연세 근대 동아시아
번역총서

한문맥의
근대

지은이 **사이토 마레시**(齋藤希史, Saito Mareshi)

1963년생. 교토대학 대학원 문학연구과 박사과정(중국어학 중국문학) 수학. 교토대학 인문과학연구소 조수, 나라여자대학 조교수, 국문학연구자료관 조교수, 도쿄대학 대학원 종합문화연구과 교수(비교문학 비교문화)를 거쳐, 현재 도쿄대학 대학원 인문사회계연구과 교수(중국어 중국문학). 중국 고전 시문을 연구의 중핵으로 하면서 근대에 이르는 동아시아의 언어와 문학으로도 영역을 넓히고 있다. 『한문맥의 근대─청말＝메이지의 문학권』(나고야대학 출판회, 2005)로 산토리학예상, 『한문스타일』(하토리서점, 2010)로 야마나시문학상을 수상. 그 밖에 『한문맥과 근대일본』(NHK북스, 2007; 가도카와 소피아 문고, 2014), 『한시의 문』(가토카와 선서, 2013), 『한자 세계의 지평─우리에게 문자란 무엇인가』(신쵸 선서, 2014) 등의 저서가 있다.

옮긴이 **노혜경**(魯惠卿, Noh Hyekyoung)

일본 쓰쿠바대학 대학원 박사과정 졸업(문학박사). 현재 연세대학교 인문예술대학 국어국문학과 조교수. 주요 논문으로 「1인칭 서술의 가능성」, 「근대 초기 이중언어 표기와 일선어 저술─현공렴의 저작물을 중심으로」 등이 있고, 번역한 책으로는 『미디어의 시대』(소명출판, 2012), 『일본의 '소설' 개념』(소명출판, 2010), 『윤동주와 한국 근대문학』(공역, 소명출판, 2016)이 있다.

한문맥의 근대 청말＝메이지의 문학권

초판인쇄 2018년 11월 25일 **초판발행** 2018년 12월 5일
지은이 사이토 마레시 **옮긴이** 노혜경
펴낸이 박성모 **펴낸곳** 소명출판 **출판등록** 제13-522호
주소 서울시 서초구 서초중앙로6길 15, 1층
전화 02-585-7840 **팩스** 02-585-7848 **전자우편** somyungbooks@daum.net **홈페이지** www.somyong.co.kr

값 31,000원
ⓒ소명출판, 2018
ISBN 979-11-5905-327-6 93830

연세 근대 동아시아 번역총서 9

한문맥의 근대
청말＝메이지의 문학권

Classical Chinese writing in the literary spheres of the late Qing Dynasty and Meiji Japan

사이토 마레시 지음 | 노혜경 옮김

소명출판

한국어판 서문 _ 한국의 독자 여러분에게

『한문맥의 근대―청말=메이지의 문학권』이라고 이름 붙인 이 책은, 부제가 '청말=메이지의 문학권'이라고 되어 있듯이 고찰 대상을 근대 중국과 일본에 두었습니다. 그렇지만 중점적으로 다루는 인물인 양계초가 그러하듯, 또한 중심 테마의 하나인 번역이 그렇듯이, 이 책에서 다루는 문제의 사정射程은 중국과 일본에만 한정된 것이 아니고 근대에 이르기까지 '한문맥'을 공유했던 한반도도 잠재적으로는 시야에 들어 있습니다. 오히려 이 책에서 다루어야 했는데 저자인 저의 역량이 부족하여 논하지 못했다고 해야 할 것입니다. 그리고 그것은, 이 책을 출판한 후 다행히도 제가 기대한 이상으로 독자를 얻은 후에 더욱 깨닫게 된 점입니다. 저 자신은 한국 근대문학에 정통한 것도 아니고 극히 대략적인 지식밖에 없지만, 한국의 선생님들이나 유학생과 접할 기회가 적지 않습니다.

제가 도쿄대학에 부임 후 처음 맡은 박사논문 심사도 한국에서 온 유학생이고(그녀는 현재 한국에서 대학 교수로 있습니다), 그 다음도 한국에서 온 유학생이었습니다(그는 현재는 일본의 대학 교수가 되었습니다). 저 자신도 종종 한국을 방문하여 학술적인 교류를 이어가고 있습니다. 그러한 기연機緣으로 인해 저는 저 자신이 생각하고 있는 '한문맥'이라는 문제가 한국에서도 중요한 문제임을 여러 각도에서 몇 번이고 깨닫게 되었습니다. 또한 이 책이 나온 2년 후에 출판된『한문맥과 근대일본―또 하나의 언어의 세계』(NHK북스, 2007)가 황호덕·임상석·류충희 세 분에 의해『근대어의 탄생과 한문―한문맥과 근대 일본』(현실문화, 2010)이라는 제목으로 한국어로 번역되어, 저와 문제의식을 공유해 주시는 한국의 독자가 새롭게 늘어난 것은 대단히 기쁜 일이었습니다. 번역이라는 사상事象을 연구테마의 하나로 삼고 있는 제가 자신의 일로 인해 번역의 힘을 실감하게 되었습니다. 그리고 이번에 노혜경 씨가 이 책의 번역을 위해 애써 주셔서 변변치 못한 제 연구가 한국 독자에게 소개되는 행운을 얻은 것에 진심으로 감사하고 있습니다.

번역을 맡은 노혜경 씨는 이 책을 정독해 주시고 많은 의문점을 정성껏 메일로, 또한 직접 만나서 저에게 물어 주셨습니다. 그중에는 이 책의 자구의 오류를 정정하는 중요한 것도 있어서 제 문장의 부족함을 통감하기도 했습니다. 그 결과, 한국어판은 원저인 일본어판보다도 정도精度가 높아져서 세상에 나오게 되었습니다. 거듭 감사드립니다.

이 번역이 계기가 되어 근대 동아시아의 문학, 언어, 그리고 출판에 관해 국경을 초월한 학술적 논의가 진전되기를 바랍니다. 물론 저도 한국의 역사와 문화에 대한 이해를 더욱 심화시키고 새로운 시야를 획득하기 위해 노력하겠습니다. 이 책을 접하는 한국의 독자 여러분이 이 책의 문제의식에 관심을 기울여주시기를 소망합니다.

2018년 9월
사이토 마레시

책머리에

　『한문맥의 근대』라는 책 제목에는 주석이 필요할 것 같다. 일반적으로 '한문맥'이라고 하면 '화문맥和文脈'에 대해서 말하는 것이며, 그 '맥脈'의 발상지는 '화문和文'에 대비되는 '한문'이다. 그러나 본서가 염두에 두고 있는 '한문'은 단지 일본에서 읽고 쓴 한문에 의한 문어문을 생각하는 것이 아니다. 근대 이전의 중국을 기점으로 동아시아 전체에 유통된 한자에 의한 문어문을 **일단** '한문'이라 하고, 그것을 원점으로 해서 전개된 에크리튀르écriture —글말— 의 권역을 '한문맥'으로 인식하고자 하는 것이다.

　위에서 '일단'이라고 한 것은, 그것을 '중국 고전문'이라고 부를 수도 있고, '지나문支那文'이라는 이름도 일찍이 있었기 때문이다. '한문'이라고 하면, **일본어로서** 훈독하는 것을 전제로 하는 것으로 전달될 우려가 분명히 있고, 또한 '한문'은 어디까지나 **중국**어이기 때문에 '중국 고전문'으로 불러야 한다는 생각도 잘 알고 있다. 그러나, '한문'이라는 에크리튀르의 가능성은 동아시아 지역의 제어諸語를 초월하여 전개된 점에 있으므로, 그것이 일본어인가 중국어인가 하는 논의는, 글말이 글말로서 지니는 가능성을 통일된 국가의 음성에 의해 목을 조르게 되는 결과를 초래할 수도 있다. 따라서 여기서 '한문'이라고 하는 것도, 중화세계의 초석임을 그대로 보여주는 '중국 고전문'이라는 호칭보다도 그 세계의 변경에서 유통된 '한문'의 호칭을 굳이 선택한 것이며, 결코 **일본어로서의 한문**을 의미하는 것이 아니다. 반대로, 그 월경성越境性에 중심을 둔 것이다.

본서의 주제는 19세기 후반에서 20세기에 걸쳐 전례가 없을 정도로 서로 교통하고 작용했던 일본과 중국에서 일어난 에크리튀르의 변용이다. 글말의 개별적인 변화인 동시에 그 구조의 변화, 나아가 글말에 대한 인식의 변화가 고찰의 대상이 된다. 이 시기, 중국대륙 동부와 일본열도는 언설言說의 공간으로서도 출판물의 공간으로서도 밀접한 관련을 보였다. 그러한 관련에 따라 구성된 역사적 시공時空을 본서에서는 청말淸末=메이지기明治期라고 부르기로 한다. 일국一國의 역사적 구분에서 사용되는 호칭을 연결함으로써 새로운 시야로의 루트를 개척하려는 것이다. 또한, 에크리튀르의 변용이 표현의 문제로 의식되고, 글쓴이와 읽는 이가 상호작용을 주고받은 장場으로서 '문학권'이라는 말을 — 근대 이전과 이후의 '문학'과 관련지어서 — 사용하고자 한다. 그것은 본서가 '문학'에 관해 이야기하는 책이기도 하므로, 가능한 한 쓰고 읽는 행위의 장場에 입각해서 서술되어야 한다고 생각하기 때문이다.

전체는 4부로 나뉜다. 이제, 각각에 대해 살펴보기로 하자.

제1부 「'지나'와 '일본'」에서는 일본에서의 국민국가 의식의 확립과 '지나'를 외부로 석출析出한 문학사 텍스트의 성립이 밀접하게 관련된 점, 더욱이 '지나'라는 호칭 자체가 그것을 준비하고 있었던 점에 관해 서술하겠다. 이것은 에크리튀르의 역사를 말해주는 언설을 분석함으

로써 그 국적의 부여가 이루어진 과정을 살펴보는 시도이기도 하다. 오늘날, 끊임없이 시장市場에 공급되고 있는 듯이 보이는 한자·한어·한문에 관한 언설에서 '한문'이 일본어인지 중국어인지가 마치 필연적인 물음처럼 반복되는 것을 접하는 것은 결코 드문 일이 아니다. 그것은, 우리가 역사적인 존재로서 어쩔 수 없이 국민국가의 틀 안에 있음을 보여주기도 한다. 본서의 시각이 그것을 상대화하여 새로운 가능성을 찾아내려고 하는 것인 이상, 국적을 부여하는 과정을 살피는 작업이 필요할 것이다.

다만, 조잡하고 타성적인 국민국가론의 재생산은 피하지 않으면 안 된다. 청말=메이지기에 쓰인 텍스트를 자료로 해서 국민국가 의식을 지적하는 것 자체는 별로 어려운 일이 아니다. 전통이 발견되거나 고전이 창조되는 것에 대해서 우리는 적잖이 싫증이 나 있다.

되도록 텍스트에 충실하고 결론을 열어둘 것. 세부 벡터vector의 다양성을 확인하고, 하나의 벡터가 특권화되어가는 메커니즘을 서술할 것. 단일한 텍스트만 가지고 이해하려 하지 말고, 복수의 텍스트 사이에서 이해할 것. 제1장에서 미카미 산지三上參次와 다카쓰 구와사부로高津鍬三郎의 『일본문학사日本文学史』를 기점이 아닌 결절점結節点으로 논하는 것은 이러한 점에 유의한 것이다. 그런 의미에서 제1부는 본서 전체의 논의를 위한 준비 운동적인 측면도 지닌다.

제2부 「양계초와 근대문학」에서는 청말을 대표하는 지식인인 양계초梁啓超의 소설론을 중심으로 논한다. 달리 말하면, 양계초가 왜 청말을 대표하는 지식인일 수 있는지, 그 소설론부터 논하겠다는 것이다. 근대의 카테고리에서는 시문詩文도 소설도 모두 '문학'에 속하지만, 전

통적으로 중국에서는 시문과 소설이 동일한 카테고리에 속하는 일이 없으며, 어쩌다가 김성탄金聖嘆처럼 동렬에 놓고 논한다 해도, 어디까지나 그것은 차원이 다른 것을 동렬로 논하는 묘수로서였다. 종종 오해받듯이 시문이 중심에 있고 소설이 주변에 위치하는 것은 아니다. 중심과 주변이라는 한 쌍은 양자가 교환이 가능한 동일한 지평 위에 있음을 암시한다. 시문과 소설은 지평을 달리했다. 양계초는 중국의 전통적인 교육을 받은 이를테면 시문의 지평을 발판으로 한 지식인이었지만, 무술변법戊戌變法의 실패로 인해 부득이하게 일본에 망명한 가운데, 일본의 정치소설을 단서로 해서 신소설을 제창하고 그것으로 소설의 지평에 새로운 질서를 확립하여 '문학' 개념의 재편성을 꾀했다. 기축機軸으로 도입된 것이 국민과 진화라는 개념이며 잡지라는 미디어가 그 기반이 되었다. 그 미디어를 무대로 양계초는 청말을 대표하는 지식인이 되었다. 무대에서는 일본의 정치소설이 번역되고 양계초의 소설이 집필되며 소설의 비평이 전개되었다.

이 문제는 메이지기 문학사상이 양계초에 미친 영향, 양계초를 매개로 한 중국에서의 국민문학 사상의 수용과 같은 논제로 서술할 수도 있겠지만, 본서는 그러한 **영향**과 **수용**이라는 접근법을 취하지 않을 것이다. 양계초가 메이지 일본의 언설을 참조해가며 새로운 소설론을 구축할 수 있었던 것은 그것을 가능케 하는 문맥이 존재했기 때문이며, 본서는 바로 그런 점에 주목해야 한다고 생각하기 때문이다. 미리 수동적인 입장을 전제로 하는 **영향**과 **수용**과 같은 접근법으로는 그 문맥에 집중하기 어렵다. 능동과 수동의 이항二項이 성립하는 것은 어디까지나 그 관계성에 있어서이며, 양계초를 매개자로 본다면 그 등장에 의해 처음으로 이항이 이항으로서 나타난 것이다. 즉 그에 따라 처음으로 일본이 발신자로서의 위치에 선 것이다. 하물며 양계초는 매개자의 역할에 대단히 뛰어난 지식인이었다. 그 점에 대해서는 제4장에서 그와 그 주변 지식인에 의한 전통소설 재평가의 언설을 검토하고, 제5장에서 그의 언어의식의 중층성重層性을 분석함으로써 보다 확실하게 인식할 수 있을 것이다.

제1부와 제2부가, 말하자면 에크리튀르를 질서 잡으려고 하는 언설에 관해 주로 서술한 데 비해, 제6장에서 제9장까지 제3부 「청말=메이지의 한문맥」에서는 개별 에크리튀르의 분석을 지향한다. 본서의 핵심을 이루는 부분이다.

『가인지기우佳人之奇遇』와 『경국미담経国美談』이라는 두 정치소설은 양계초 등 청말의 지식인에 의해 번역됨으로써, 일본이라는 국가의 틀에만 머물지 않는 번역 가능성[1]을 획득하게 되는데, 그 핵심에 관해서는 명확하게 밝혀지지 않았다. 정치소설이 중국의 전통 시문이나 백화소설白話小說의 조사措辞 혹은 구성의 재편성으로서 성립한 점, 양계초 등의 번역이 다시 그것을 재편성함으로써 청말의 표현공간에 유통시킨 사실을 각각의 언설에 입각하여 살펴보고, 정치소설을 근대 시기 한문맥의 하나의 가능성으로 바라보려는 것이 제6장의 목적이다. 이어서 제7장은 『경국미담』의 적자嫡子로서 등장한 『우키시로모노가타리浮城物語』에 대해 논한다. 신문소설로 등장한 『우키시로모노가타리』는 스스로를 신문이라는 미디어에 적합하게 만들어서 독자와 언어를 공유하

---

1 벤야민Walter Benjamin, 「번역자의 사명」, 『보들레르 신편증보판』(벤야민저작집 6), 晶文社, 1975; 『에세이의 사상』(벤야민 컬렉션 2), 筑摩書房, 1996.

려는 지향을 강하게 지닌 소설로, 쓰보우치 쇼요坪內逍遙 등이 추구한 "순연純然한 문학적 소설"과는 다른 영역을 개척하려 했지만, 신문지면에서 빠져나와 서발序跋을 붙인 단행본으로 출판하자 그 '비문학성'이 비난을 받아 논쟁을 불러일으키게 된다. 결국, 정치소설과 마찬가지로 『우키시로모노가타리』 역시 근대문학사의 주류로는 이야기하지 않게 되는데, 그것은 "순연純然한 문학적 소설"이 소설의 통속적 계몽성을 배제함으로써 성립되었음을 보여준다.

제8장에서는 더욱더 한문맥의 소재所在를 탐구하기 위해, 메이지의 유기游記를 논한다. 유기游記, 즉 기행문은 한문맥의 전통적인 장르인데 해외 도항이라는 제재의 확대도 가세해 메이지기가 되면 다양한 베리에이션을 보이며 수많은 유기가 쓰인다. 학교 작문에서도 유기는 제대로 된 문장을 쓰기 위한 레슨에 안성맞춤이었다. 에크리튀르의 기초는, 근세까지는 편지글을 씀으로써 습득하였는데 근대 이후는 기행문이 점차 그 지위를 위협한다. 예전에 없었던 표현에 대한 모색도 시작된다. 즉, 유기의 융성은 메이지문학의 한 가지 특징이라고 해도 좋을 텐데, 전통문학의 세계와 직결되기 쉽기 때문인지 근대문학의 한 장르로 주목받는 일은 적다. 물론, 개별적인 작가론에서 작가의 경험을 뒷받침하기도 하고, 작가의 시선이 고유하다는 증거로 제시하는 경우는 드물지 않지만, 그것은 어차피 유기라는 장르가 지닌 가능성을 작가라는 존재에 분단分斷해서 회수回收할 뿐이며, 거기서 볼 수 있는 것도 자연히 한정적이 된다. 근대 시기 한문맥의 모색이 이 장르에 특징적으로 나타난다는 사실에 착목한다면, 유기의 분석은 오히려 중심적인 과제로 부상하게 될 것이다.

제9장에서는 메이지문학에 있어서 한문맥의 또 하나의 중심 과제인 번역에 관해 모리타 시켄森田思軒에 초점을 맞추어 논한다. 시켄의 번역은 일반적으로 한문조 구문 직역체漢文調歐文直譯體 혹은 주밀문체周密文體로 이해하는데, 그 내실에 대해서는 아직 검토할 여지가 있다. 한학의 소양만 가지고 그 한문조漢文調를 설명하는 것은 너무나도 피상적이서 번역문체의 변화에도 주목할 필요가 있다. 사실, 시켄의 번역은 번역 불가능성이라는 딜레마와의 사투이며, 그 사투의 흔적을 번역문 여기저기에서 찾아볼 수 있다. 서양과 동양의 거리를 자각함에 따른 곤란, 한문을 중국의 것으로 간주함으로써 생기는 곤란. 1892년경(메이지 25)까지의 번역은 자기의 언어에 안주하지 못하는 긴장감이 전체를 규제하고 있다고 할 수 있다. 시켄은 그러한 곤란의 해결을, 화습和習2에 개의치 않고 한문으로 『일본외사日本外史』를 쓴 라이 산요賴山陽를 긍정함으로써 극복하려고 한다. 그것은 시켄 스스로가 새로운 한문맥을 개척하려고 한 순간이었다. 애석하게도 그리고 얼마 안 있어 시켄이 급사急死하는 바람에 충분히 전개되지는 않았으나, 시켄의 가능성의 일단은 1896년(메이지 29) 이후의 번역에 드러나 있다.

제4부 「금체문 미디어」는 제10장과 제11장으로 이루어지는데, 메이지기에 널리 유통된 한문 훈독체 문장과 그 작문교육에 관해 논한다. 그것은 한문맥의 대중화이며 근대화였다. 제10장에서는 메이지 10년대부터 대량으로 출현한 훈독체 한자 가나 혼용문의 작문서에 관해 서술한다. 이 문체는 당시에는 보통문이나 금체문 등으로도 불리며 신문,

---

2 [역쥐 일본인이 한문을 지을 때 일본어의 영향에 의해 범하게 되는 독특한 버릇이나 용법.

법률, 공문서, 교과서 등 공적인 장의 문체로 널리 사용되었는데, 제8장에서도 다루었듯이 학교 작문에서도 그때까지의 소로문候文[3]이나 한문을 대신하여 학습의 중심이 되었다. 정형定型을 배우고 상투구를 구사하며, 테마별로 분류된 모범문례집模範文例集을 통해 작문능력을 익힌다. 근세까지는 문장의 주제에 따라 문체가 저절로 변했지만, 메이지 금체문은 기본적으로 장르를 가리지 않는다. 말하자면 모든 사상事象을 표현할 수 있는 만능 문체였다. 그리고 이 문체를 학습하는 미디어로써 등장한 작문서는 그 책의 모습도 동판인쇄라는 메이지다운 새로움으로 넘쳐났다. 후리가나를 다용多用하는 한문맥의 문체는 이 동판인쇄와 대단히 궁합이 좋았다.

또한, 제11장에서는 당시의 작문 잡지 『학정습방록学庭拾芳録』, 『영재신지穎才新誌』와 거기에 실린 문장에 관해 서술한다. 학교의 작문과제 중에서 우수한 것을 골라서 게재하는 것으로 시작된 두 잡지는, 개인의 명예에 대한 욕망을 자극한 『영재신지』가 압도적으로 강해서, 학교별 시험답안을 전재한 것에 지나지 않았던 『학정습방록』은 얼마 안 있어 폐간된다. 『영재신지』에서는, 작문 이외의 투고도 활발해서 작문의 도작盗作을 폭로하기도 하고 지면이나 투고자를 비판하는 것도 적지 않았다. 그렇게 구성된 지면에는 정형定型을 구사한 한문맥에 대한 동화同化와 반발이 소년들의 명예와 내실에 대한 욕망을 수반하여 나타났는데, 이것은 바로 차대 한문맥의 명운을 암시한 것이었다.

종장終章은, 제1부에서 제4부까지와 내용을 약간 달리하여 한 사람의

---

3 [역주] 소로문候文이란 문말에 정중한 의미를 나타내는 '소로候'를 붙여 쓴 글. 중세 이후의 서간문이나 공문서 등에 사용했다.

서양인, 즉 어네스트 페놀로사의 눈으로 본 한자에 관해 서술한다. 그것은 서양과 동양의 종합을 이루어내고자 했던 서양인의 시선이며, 한자를 동양을 상징하는 것으로 보고 그 혼을 손에 넣고자 한 서양인의 시선이다. 그 시선은 이윽고 동양의 내부에도 들어가게 되며 그때 한문맥은 새로운 모습을 보이게 될 것이다. 이 장을 마지막에 배치한 것은 이러한 문제에 대한 통로를 여는 것으로 본서를 마무리하고 싶었기 때문이다.

이상, 본서의 구성에 따라 그 내용을 대략 서술했다. 각 장은 새로 추가한 제9장을 제외하고는 원래 이 구성을 염두에 두고 쓴 것은 아니고, 그때그때의 관심과 지면의 사정을 우선했다. 한 권의 책으로 꾸미는 과정에서 체재의 통일뿐만 아니라 필요에 따라 가필과 수정을 가함으로써 약간 분량이 많아진 장도 있지만, 각 문장의 논지나 역점을 손대지는 않았다. 미묘하게 다른 지향志向이 병존하는 것은 오히려 환영할 만한 것으로 생각한다.

문장을 쓴 순서로 보면, 제6장 「소설의 모험」이 가장 빨라서 이것이 말하자면 본서의 중심이 되었다. 여기를 기점으로 해서 양계초 쪽으로 전개한 것이 제2부, 그리고 제1부이며, 정치소설에서 메이지의 한문맥으로 전개한 것이 제3부, 그리고 제4부가 된다. 표기에 관한 원칙은 다음과 같다.

- 본문·인용문 모두 한자는 일본어에서 통상 사용하는 글자체를 사용했는데, 예藝·여餘·변辨 등은 예외로 했다. 또한, 제6장만 처음 발표 했을 때의 형태를 존중해서 인용문의 글자체를 바꾸지 않았다.

- 인용자의 주기는 [ ]로 표시하고, 중략은 (…중략…)으로 표시했다. 필요한 경우에 한해 전략前略, 후략後略을 같은 방식으로 표시했다.
- 구두점이 없거나 혹은 구점이나 두점이 구별되어 있지 않은 한문(중국문)을 인용하는 경우, 필요에 따라 구두점을 찍었다.
- 훈점訓點과 오쿠리가나送り仮名를 붙인 한문을 풀어쓰는 경우, 원문에 없는 오쿠리가나를 보충하는 때는 [ ]로 표시했다.

'한문맥'이라는 개념으로 본서에서 서술할 문제들을 부감하려는 것은 아마도 처음 하는 시도일 것이다. 그 성공 여부는 독자의 판단에 맡길 수밖에 없지만, 본서의 관심사를 얼마만이라도 공유할 수 있다면 저자로서 이보다 더한 기쁨은 없을 것이다.

차례

제1부
'지나'와 '일본'

'문학'의 근대가 시작됨에 있어서 '문학사'라는 이름이 붙은 텍스트가 큰 역할을 했다는 사실은 새삼 말할 필요가 없을지도 모른다. 전통을 재구성해서, 그 '나라'가 다른 '나라'와 현저히 다름을 보여주기 위한 것으로 엮어내는 행위의 그 중심에 '문학사'는 위치한다. 그 행위야말로 다시 말해 내셔널리제이션nationalization 이며 근대를 특징짓는 중요한 지표이다. 물론 '문학'에서 근대를 나타내는 지표로는 다양한 개념이 언급되었다. '언문일치', '근대적 자아', 또는 '내면', '풍경' 등 이루 다 헤아릴 수 없을 정도이다.[1] 이러한 사실은, 근대라는 개념의 복잡함을 보여

---

1 스즈키 사다미鈴木貞美의 『일본의 '문학' 개념日本の「文学」概念』(作品社, 1998)은 일본에서의 '문학' 개념을 총람 개괄하고 독자적인 방향을 제시한 역작으로, '근대문학'에 관한 기존의 여러 정의에 관해서는 이 책을 따르려 한다. 다만 공연히 트집을 잡는다면 제IX장 말미에 언급한 문학(문예)의 근대에 대한 정의 같은 것은 조금 의문이 들기도 한다. "이러한 문제('근대문학'의 정의 혹은 '근대문학'의 기원 문제)를 검토하려면 우선 그 전제로서, 사회체제 환원주의還元主義를 불식하는 것, 사상이나 문화의 역사는 정치나 경제와는 상대적으로 독자적인 궤적을 그리며 전개된다는 원리를 확인할 필요가 있을 것이다. 그것을 확인한 뒤에, 나 자신은, 문예의 근대적 형태의 성립조건으로 첫째, 문예 작품이 불특정 다수의 독자를 대상으로 간행되게 된다는(당연히 민중의 구어口語가 사용된다) 것, 둘째, 그 작품이 민화적民話的인 유동성에 있어서 일시적으로 기술되는 것이 아니라 명확하게 '작가(꼭 고유명사를 지닌 한 개인이

주는 것으로 볼 수도 있으나 그 편리함, 안이함을 보여주는 것이라고도 할 수 있다. 특히, 문화사적 문맥에서 사용되는 '근대'는 지나치게 융통무애融通無碍하지 않은가. 여기에서 근대의 지표를 내셔널리제이션에 두는 것은, 그러한 융통무애함에 대해, 근대를 역사적으로 생성된 메커니즘의 하나로서 그 윤곽을 명확하게 해 두고 싶기 때문이며, 그렇게 함으로써 일본에서의 '문학' 그리고 '문학사'의 출현이 동아시아 전체의 '근대화'에서 중요한 기능을 했음을 이해할 수 있기 때문이다.

주지하다시피, 애당초 '문학'이라는 말 자체가 19세기 일본이라는 시공時空에서 크게 그 의미가 변용된 것이다. 아주 거칠게 표현하면, 중국

아니어도 된다.(…중략…))의 개성이 각인되어 있고, 또한 그것을 독자가 기대할 것, 이라는 두 가지 지표를 생각하면 될 것 같다. 첫 번째 지표를 충족하는 것은 무로마치기室町期의 『오토기조시御伽草子』나 도쿠가와기德川期의 가나조시仮名草子 류일 것이다. 그 다음에 두 번째 지표를 충족하는 것이 이하라 사이카쿠井原西鶴의 우키요조시浮世草子가 아닐까. 그러나 시대時代로서의 '근대'에 관해, 도쿠가와기의 정치 형태나 경제시스템, 문화의 제 형태에는 '근대'적인 요소가 간혹 눈에 띄지만, 나 자신은 서구의 근대적인 국민국가에 의한 문화시스템의 통합은 인정할 수 없다는 입장임을 덧붙여 두겠다."(p.280) 분명 사회체제 환원주의還元主義가 엿보이기는 하지만, 사상・문화가 정치・경제에 대해서 상대적으로 독자적인 역사를 가질 수 있음을 '원리'로 확인하는 데에는 약간 주저하게 된다. 결국, 각 영역에는 각각의 '근대'가 있다―각 영역은 각자의 궤적으로 '근대'로 나아간다―는 사실로 수렴되듯이 보이기 때문이다. 그렇다면 각 '나라'에는 각각의 '근대'가 있다는 논의와 근본적인 점에서 통하게 된다. 첫 번째 지표도 두 번째 지표도, 지표 그 자체의 유효함은 부정하지 않겠으나 그렇다면 왜 그 조건을 충족한 것을 문예 내부에서의 '근대'라고 불러야 하는지 의심이 든다. 오히려 사상이나 문화가 정치나 경제로부터 상대적으로 독립되어 있다고 말할 수 없게 되는―물론 각 '나라'도― 메커니즘이 작용하는 것이 '근대'인 것이며, 그런 의미에서 이 책은 어디까지나 '근대'라는 개념이 '시대'와 불가분이라고 생각하며, 오히려 '덧붙여 둔' 사항에 '근대'의 역점이 있다고 이해했다. 물론 여기서 메이지 유신이나 서양의 충격을 그대로 '근대'의 시작으로 인정하고 싶은 것은 아니다. 모든 것을 '국민국가'론으로 돌림으로써 '국민국가'를 보강하려는 것도 아니다. 그러나 그런 인수因數들을 고려치 않고 역사적 메커니즘으로서의 '근대'를 정의하는 것이 의미가 있을까. 그런 의미에서는 가메이 히데오亀井秀雄가 『소설'론"小説」論』(岩波書店, 1999)에서 "리플렉션reflection 시스템을 내장內藏한 사회"가 출현한 것을 '근대'로 정의하고, "『소설신수小説神髄』에서 쇼요가 시도한 것은, 소설을 그러한 시스템의 중요한 한 기능으로 자리매김하는 것이었다"(제7장, p.255)라고 서술한 것에 공감한다. 다만 동아시아의 '근대'라는 시점에 중점을 두는 견해에서 보면, '사회'만으로는 역시 불충분해서 호불호에 상관없이 내셔널리제이션nationalization의 개념을 도입하지 않을 수 없다.

에서 유래한 말로 오늘날 일컫는 학문이나 인문학 전체를 지칭하던 것이, 메이지 이후에는 'literature'의 번역어로서의 의미가 강해져서 시나 소설 등 협의의 문예를 가리키는 것으로 정착되었다는 것이 대체로 일치하는 바일 것이며 이해하기 쉬운 견취도見取圖일 것이다. 단순히 의미 범위의 변동이 일어났을 뿐만 아니라, literature라는 개념이 그에 수반된 '문학'이라는 말과 더불어 새로운 영역을 생성하고 동시에 다른 제 영역과 새로운 관계를 맺기 시작한 것이다. 그리고 '문학'이라는 영역의 형성은 근대 메커니즘의 지표적 기능인 내셔널리제이션과 불가분이었으며, 그것을 지탱하기도 하고 구현하기도 한 것이 '문학사'라는 텍스트였다. 다만, 이러한 견취도는 견취도에 불과할 뿐이다. 중요한 것은 실제로 그 텍스트들에 따라서 어떤 벡터vector가 서로 착종錯綜하고, 그것이 어떻게 기능하는지를 확인하는 것이다.

일본에서 근대적 문학사의 형성을 이야기할 때, 그 창시로 가장 먼저 떠올리는 미카미 산지三上參次 · 다카쓰 구와사부로高津鍬三郎의 『일본문학사日本文学史』(金港堂, 1890) 하나를 놓고 보아도, 그것이 어떤 과정을 거쳐 최초의 '문학사'가 되었는가에 관해 자세히 논한 것이 없다.[2] 본서에

---

2 야나기다 이즈미柳田泉는 『메이지 초기의 문학사상明治初期の文学思想』 상권(春秋社, 1965)에서 '메이지 초기'라는 틀에 한정하기는 했지만, 미카미 · 다카쓰의 『일본문학사日本文学史』 이전의 문학사에 대해서 지면을 할애하여 설명했다. 그 제2편 「메이지 10년 이후의 문학사상明治十年以後の文学思想」의 「문학사의 시작」이라는 절에서 『일본교육사략日本教育史略』 『문예유찬文芸類纂』 『일본개화소사日本開化小史』의 내용을 논하고, 서구에서 문명사文明史를 수입한 것이 '문학사'가 출현한 계기였다고 하며 다음과 같이 말한다. "『문학사』가 하나의 학문으로 발전하기 시작하는 것은 일반적인 역사 연구 또는 문명사 연구(넓게는 서양학 이입)의 산하傘下에서인데, 그 자취가 뚜렷해지는 것은 1882년(메이지 15) 동경대학에서 고전강습과를 설치하고 거기에서 화문학사和文学史라는 것을 논하게 된 이후일 것이다. (…중략…)그리고 1889년(메이지 22)이 되어 비로소 새로운 문명사 식의 문학사가 쓰였다. 그것이 미카미 산지, 다카쓰 구와사부로 공저 『일본문학사』이다."(p.373) 이 책은 기본적으로 '서양학 이입'이라는 관점으로 일관한다는 점에서 본서와는 조금 관심사가 다르고 기술에도 불만이 있으나, "대부

서는 우선 근대 일본의 '문학사'의 성립에 관해, 미카미·다카쓰의『일본문학사』를 기원起源이 아닌 하나의 귀결로서 고찰하는 작업부터 시작하겠다. 그것은 막부 말기에서 메이지에 걸쳐 이루어진 '화한和漢'의 해체와 '국문학' ― 그리고 '지나문학支那文學' ― 의 발견과 그 메커니즘을 살펴보는 작업의 단초가 될 것이다.

1. '문학사'의 시작

하가 야이치芳賀矢一는『국문학사십강国文学史十講』(富山房, 1899)에서 자신의 문학사를 서술하기에 앞서 우선 선행 문학사를 쭉 나열한다.

일본문학사라는 것이 요즘 점점 사람들의 입에 오르내리게 되고 저술도 차츰 등장하게 되었습니다. 메이지 17~18년경 사학협회史學協會의 잡지에 구리타栗田, 기무라木村 같은 선생님들이 문학사를 쓰신 것을 보았습니다만, 제대로 된 책의 형태로 등장한 것은 미카미 산지, 다카쓰 구와사부로 두 사람의 일본문학사日本文学史가 처음입니다. 그 후 다시 두 사람이 그것을 조금 간략하게 해서 일본문학소사日本文学小史라는 것을 쓰고, 고나카무라 요시카타小中村義象, 마쓰다 유키노부増田于信 두 사람이 일본문학사日本文学史라는 것을 쓴 후에 오오와다 다케키大和田建樹 군이 화문학사和文学史라는 것을 썼

분의 문학사가 완전히 도외시하는『일본교육사략日本教育史略』의 자리매김을 시도하는 등 공적이 크다. 또한, 스즈키 사다미의 앞의 책은, 제IV장 제2절에 「'일본문학사'의 맹아」라는 항목을 만들어『메이지 초기의 문학사상』상권의 해당 부분을 개괄하였다.

습니다. 그 밖에 스즈키 히로야스鈴木弘恭 군의 일본문학사략日本文学史略이라는 게 있고, 신보 이와지新保磐次 군의 중학국문사中学国文史, 이마이즈미 사다스케今泉定介 군의 일본문학소사日本文学小史라는 것도 나왔다고 합니다.[3]

열거한 서목 중 발행연도를 확인할 수 있는 것을 순서대로 나열하면, 미카미・다카쓰의 『일본문학사』(1890.11), 고나카무라・마쓰다의 『중등교육일본문학사中等教育日本文学史』(1892.9), 오오와다의 『화문학』(1892.11), 스즈키의 『신찬일본문학사략』(1892.11), 미카미・다카쓰의 『일본문학소사』(1893), 신보의 『중학국문사』(1895.12) 순이다. 미카미・다카쓰의 『일본문학사』가 세상에 나온 후 문학사란 이름을 붙인 서적이 그야말로 우후죽순처럼 쏟아져 나와 잘 팔렸음을 알 수 있다. 게다가 하가 야이치는, "예전의 가학歌學 서적이나, 문장을 논한 책은 모두 문학사의 일부분으로 봐도 좋을 것입니다"[4]라고도 말하는데, 이것은 문학사가 근대 특유의 것이라는 점을 화자가 자각하지 못하고 있음을 보여주는 증거이다. 또한, 그 이상으로, 이것이야말로 '문학사'라는 새로 도입된 관념이 과거의 텍스트를 현재로 발전적으로 수렴하는 것으로서 포섭하고 회수하려는 시선을 드러냄을 단적으로 보여주는 것이다. 이러한 시선에 의해 수많은 텍스트가 문학사를 구성하는 '문학작품'으로 편성되는 것이며, 가학歌學을 "문학사의 일부분"으로 보는 것도 물론 이 시선의 증폭에 의해서이다. 지금 쓰이고 있는 '문학사'조차도 역사를 구성하는 텍스트가 된다. 모든 텍스트를 과정으로서의 역사 속에 위치 지우는 것. '문학사'적 시선이란

---

3 pp.2~3. 방점은 생략했다. 이하 같음.
4 p.3.

그런 것이고 본서조차도 그 자장磁場에서 완전히 벗어나 있다고는 할 수 없을 것이다. 그렇다면, 여기에 열거한 책 가운데 가장 먼저 문학사를 표방한 사학협회의 '문학사'란 어떤 것인가.

메이지 정부의 수사관修史館[5]을 시게노 야스쓰구重野安繹 등 한학자가 독점한 것에 대항해서, 1883년 고나카무라 기요노리小中村清矩 등 국학파는 사학협회를 결성하고 반反 수사관修史館 세력의 확대를 꾀한다. 『사학협회잡지史学協会雑誌』는 그 기관지로 같은 해 7월부터 대략 한 달에 한 번, 현재 제34호까지 간행된 것으로 확인된다. 수사관修史館이 한문으로 관선편년사官撰編年史의 편찬을 기획한 것을, 사학협회는 "우리나라의 역사를, 다른 나라의 국어로 자국의 현상現狀을 묘사하는 것은 꼴사납다"라고 비난하며, 『신황정통기神皇正統記』를 본보기로 삼아 "문체와 정신 모두 이를 본떠 국어로 국사國事를 기술하려고" 한 것인데,[6] 실제로 상호 간의 작업을 보고하는 매체가 된 것이 이 『사학협회잡지』였다. 매호 속표지에 실은 편집자의 말에는 이 잡지의 사명을 "본회가 우리 건국建國의 체재를 알 수 있는 사전史典을 편집하는 데 참고가 되는 사료史料로 쓸 만한 것이나 역사에 관한 사실을 강설講説한 것은 빠짐없이 등록함에 있다"라고 하고, 또한 그 '각종 사료史料의 강령綱領'을 "개벽사開闢史, 성학사星學史, 지리사地理史, 신기사神祇史, 조강사朝綱史, 직관사職官史, 봉건사封建史, 군현사郡縣史, 언어사言語史, 문학사文學史, 음악사音樂史, 법률사法律史, 제도사制度史, 전례사典禮史, 차복사車服史, 병제사兵制史,

---

5 [역주] 관립 일본사 편찬소. 1875년 수사국修史局으로 설립되었으나 1877년 수사관修史館으로 개칭하였다.
6 마루야마 사쿠라丸山作楽, 「사학협회 설립의 주지史学協会設立の主旨」, 『史学協会雑誌』 제1호, 1883.7.

병기사兵器史 식화사食貨史, 농업사農業史, 상업사商業史, 공업사工業史, 미술사美術史, 풍속사風俗史, 인종사人種史, 의술사醫術史, 수학사數學史, 외교사外交史, 불교사佛敎史" 등 28종으로 나눈다. 얼핏 봐도 알 수 있듯이 '직관職官'이나 '식화食貨'와 같이 중국의 사서史書에 '지志'로 되어 있는 항목이 있는가 하면, '미술'이나 '인종'과 같이 메이지라는 시대이기에 가능한 항목도 있다. 다만 여기에 열거된 항목은, 결국 그 일부분에 대해서만 사료가 제시되었을 뿐 끝내 그 장대한 기획은 이루어지지 못했는데, 그중 「문학사」는 '강설講說'을 제공한 이도 한두 명이 아니어서 이 28종의 '사史' 중에서는 활발한 논의가 이루어진 편이라 할 수 있다.

『사학협회잡지』 제2호부터 단속적으로 게재된 이 「문학사」는 고스기 스기무라小杉榲邨의 연설을 필록한 것인데, 예상되듯이 오늘날의 문학사와는 적잖이 거리가 있다. "우리나라 문학의 기원, 연혁을 서술하려면 우선 이것을 크게 자字의 설說, 문文의 설說, 학學의 설說의 세 부분으로 나눈다. 그런데, 그 자字의 일부에 태고문자太古文字의 유무를 논하는 것에서부터, 가나자假字라는 것, 가타카나, 히라가나는 물론이고"라고 시작되는 것을 보면, 그것이 littérature가 아니라 에크리튀르와 관련 있는 '학學'임은 분명하다. 물론 littérature의 기원이 본래 lettre에 기원을 둔 것임을 생각하면, 여기서 말하는 '문학'도 정확하게는 'littérature(literature)'의 역어라고 할 수도 있지만, 주목하고 싶은 것은 '자字'·'문文'·'학學'의 세 층으로 '문학'이 이루어진다고 보는, 이를테면 에크리튀르의 기원론을 내포한 구조적 파악이다. 애당초 근대 이전의 '문학'이라는 개념에 관해서는, 예를 들어 단순히 『논어』 등을 인용하여 문장박학文章博學의 의미였다고 대충 넘어갈 수는 없으며, 중국에서든 일본에서든 이 용어를 사용할 때마다 어디에 역점을 두는지 그 차이에 유의하지 않으면 안 된다. 또한, 본 장의 서두에서 서술했듯이 문학이라는 용어가 근대 이전에는 인문학 전체를 지칭했다고 종종 일컬어지는데, 그러한 개괄이 어디까지나 근대의 입장에서 이루어진 것임을 잊어서는 안 된다.

어찌 되었든 여기에서 고스기가 제시한 '자字'·'문文'·'학學'의 범위는 너무나도 광대하다. 지금 '문文'에 대해 살펴보면 "고문古文, 노리토祝詞,7 센묘宣命8류를 비롯해, 모노가타리物語,9 기행紀行, 소식消息의 여러 문체, 혹은 한문, 조칙詔勅은 물론이고, 기록일기, 화문和文 등 말하자면 문장의 여러 문체나 시가詩歌의 부류도 포함된다"라고 거의 장르를 불문하고 글로 쓴 것이면 무엇이든지 포함하려는 것 같으며, '학學' 또한, "역사학, 전고학典故學을 비롯해, 명경明經, 기전紀傳,10 명법明法 등의 여러 방면 및 유학儒學, 음운학音韻學, 또는 대학료大學寮11의 직장職掌, 학생의 수업과시修業科試에서 그 요寮의 연혁, 국학國學의 성쇠에까지 이른다. 또한 산학算學, 서학書學, 화학畫學"으로까지 영역을 넓혀서 도무지 멈출 줄을 모른다. 그리고 이러한 문학관념 역시 고스기의 독창이 아니다. 그 서술이 "간편하고 거세巨細한 두 책을 토대로", "지금 그 두 책의 설명을 절충한" 것이라고 고스기 스스로 밝히듯이, 그것은 여기서 언급한 두 책, 즉 『문교온고文教温故』(1828)와 『문예류찬文藝類纂』(1878)에 의거한 것이었다.

---

7 [역주] 제祭 의식에서 낭송하여 축복하는 말.
8 [역주] 천황의 명령을 한자만 사용하여 화문체和文体로 기술한 문서.
9 [역주] 작자의 견문이나 상상을 토대로 해서 인물, 사건에 관해 서술한 산문 문학작품. 협의로는 헤이안 시대에서 무로마치 시대까지의 고전 서사를 가리킨다.
10 [역주] 인물의 전기를 기록한 책.
11 [역주] 율령제하에서 식부성式部省에 속하는 관리 양성기관.

호고박학好古博學한 에도의 국학자 야마자키 요시시게山崎美成의 『문교온고』는 '문학文學', '학교學校', '경적經籍', '훈점訓點', '독법讀法', '문자文字', '문장文章', '시부詩賦', '와카和歌', '인판印板' 등 열 항목을 들어서 '문교文敎'의 역사를 설한다. 이 '문교文敎'는 고스기 '문학사'의 '문학'에 비하면 '산학算學'이나 '역학曆學'을 포함하지 않는 등 그 범위가 약간 좁다. 참고로 『문교온고』가 항목으로 제시한 '문학'은, '학규學規', '대소경大小經'으로 시작해서 '정주학程朱學', '신구이의新舊二儀'로 마무리하여 거의 유학과 관련된 사항으로 채워져 있다. 그런데 이 책 전체가 중국의 수필과 비슷하고 계통을 세워서 논의한 것이 아니므로, '문학'의 윤곽이 자칫 흐릿해지기 쉬운 점은 부정하기 어렵다. 어쨌든 상하권을 합쳐서 80정丁 정도의 지면에 '문교文敎'에 관해 처음 배우는 사람이 알아두어야 할 지식으로 가득 차 있는 이 책은 상당히 요긴했던 모양이다. 1897에는 70년 만에 재판까지 찍는다.

　『문교온고』와 함께 거론된 사카키바라 요시노榊原芳野의 『문예유찬』은, 『문교온고』로부터 정확히 50년 뒤인 1878년에 문부성文部省에서 발간한 총 여덟 권의 대저이다. 그 '예언例言'의 "전체를 삼지三志로 나누었는데 자字·문文·학學이 그것이다. 권말에서 문구지文具志에 관해 서술하겠다"라는 대목에서 알 수 있듯이 고스기 「문학사」의 '자字'·'문文'·'학學'은 직접적으로는 여기에서 유래한 것이다. '자字'·'문文'·'학學'이 포괄하는 영역도 거의 같다. 예를 들어 고스기가 처음에 신대문자神代文字를 논하며 그것이 후세에 만들어진 것임을 증명하는 내용 등도 『문예유찬』을 그대로 답습한 것이다. 자신이 말하는 그 이상으로, 『문예유찬』에 한 편의 '사史'로서의 체제를 부여해서 정리하려고 한 것이

고스기의 「문학사」였다고 할 수도 있을 것이다.

『문교온고』의 서술이 매우 차기풍箚記風[12]이었던 것에 비해, 『문예유찬』은 자字·문文·학學이라는 큰 틀을 갖춘 데다가, 예를 들어 '문지文志'의 경우, '문장연혁론文章沿革論', '문장분체원시도文章分體原始圖', '문장제체文章諸體', '가지歌志', '한문전래漢文傳來', '한문漢文에 속하는 제체諸體' 등의 항목으로 나누고 그중 '문장제체文章諸體', '가지歌志', '한문漢文에 속하는 제체諸體'에는 더욱더 세부적인 항목을 두는 등, 기술記述도 분류의식分類意識에 바탕을 두고 있어 상세하다. 문부대서기관文部大書記官 니시무라 시게키西村茂樹는 서문에 쓰기를, 이 책이 "일전에 본 부서의 사카키바라 요시노榊原芳埜에게 명하여 우리나라의 문예 관련 사항을 유찬하게"(원문 한문, 이하 같음)한 것이며, "인증引證이 상확詳確하고, 서사敍事가 간명簡明"하다고 평했는데, 확실히 '유찬'이라는 이름에 걸맞게 많은 사료史料를 꼼꼼하게 정리한 책이라고 할 수 있다. 물론 그것은 그대로 편리하기는 하지만 이 책의 가치가 그 실용성에만 있던 것은 아니다.

2. '화한'과 '지나'

『문예유찬』이 어떤 동기를 내포한 책인지는 니시무라 시게키가 쓴 한문 서序에서 엿볼 수 있다. 지난날 "조선 지나의 학學"이 일본에 들어와 "방인邦人 고유의 재才"와 결합하여 "우리의 문예"가 되어 서로 우열

---

12 [역주] 차기箚記는 독서했을 때의 감상이나 의견 등을 그때그때 적어놓은 것. 수상록隨想錄.

을 겨루고, 이 "비교 경쟁의 힘"이 '문예'의 융성을 가져왔으나, 이웃 나라와의 교류가 끊겼기 때문에 '문예' 또한 쇠퇴하게 되었다. 지난 이백년, "문운文運이 다시 흥興"했으나, 경쟁상대는 "지나 조선"에 머물러 있었다. 그러나 "구미 제국과 교류하게 됨에 따라 서양의 문예가 멀리 우리나라에 들어왔으므로" "비교의 경계"는 확대되고, "경쟁심"이 치열해져서 문운이 전례 없을 정도로 발전하고 있다. 그리고 "이 책이 서술하는 바는 모두 지금까지 갑중匣中에 버려두었던 것인데 다행히 비교할 만한 문예를 구미歐美에서 얻었다. 따라서 경쟁 자분自奮의 뜻을 불러일으켜 장차 새롭게 불식마려拂拭磨礪의 공功을 시도하고자 한다"라고 책의 의의를 말한다. 늘 학예의 기원을 수용하는 쪽에 있었던 나라에서, 그 수용에 적극적 가치를 찾아내는 데 외래의 '학學'과 고유의 '재才'라는 논리는 효과적일 것이다. 비교의 상대가 "지나 조선"에서 "구미 제국"으로 옮겨가고 "경쟁심"이 그 때문에 치열해졌다는 것도 메이지 정부의 문부대서기관文部大書記官에 어울리는 말일 것이다. 중요한 것은, 자국의 전통이라는 것이 늘 이 '비교', '경쟁'이 있어야 형성되는 것이라고 이 서문에서 직설적으로 말한 점이다. 게다가 또 하나 주의해야 할 것은, 이 텍스트가 1876년(메이지 9)에 문부성에서 작성한 『일본교육사략日本教育史略』 중, 마찬가지로 사카키바라 요시노가 쓴 「문예개략文藝概略」의 장章과 분량의 차이는 있어도 구성이 서로 비슷한 관계에 있다는 점이다. 카이고 도키오미海後宗臣의 「일본교육사략해제日本教育史略解題」[13]에는, 오오쓰키 슈지大槻修二의 말을 직접 인용하여 "문예개략은 이 해에 갑자

---

13 『메이지문화전집明治文化全集』 제10권, 日本評論社, 1928.

기 쓰인 것이 아니고, 사카키바라 요시노가 그전에 조금씩 엮던 것을 편집국 사람들이 같이 정리한 것"이라고 서술하였다. 여기서 "사카키바라 요시노가 그 전에 조금씩 엮던 것"이란, 나중에 『문예유찬』이라는 제목이 붙게 되는 이 책이다.[14] 「문예개략」이 '문자', '문장', '문학'의 세 절에 '문구文具'를 덧붙인 체재로 되어있는 것을 보면 둘의 유사성은 일목요연하다. 그리고 『일본교육사략』이야말로 국외 수요에 대응해 독자를 국외에 상정하고 엮은 '사史'였다. 그 서문에 이렇게 서술한다.

　　구미 각국에는 모두 교육용 역사서가 있으나 우리나라는 아직 이것이 없다. 역사서는 이 책을 엮음으로써 시작된다. 이 책이 완성되는 것은 메이지 9년 즉, 서력 1876년인데 미국이 독립한 지 백 년이 된다. 미국 국민이 성대하게 박람회를 필라델피아費拉特費府에서 개최하려고 하는데 우리나라에 국서를 보내 그 박람회에 전시할 책을 요청했다.

'費拉特費府' 즉, 필라델피아에서 개최된 미국 독립기념 박람회에 전시된 『일본교육사략』이, 근대 일본의 '문학사'의 성립을 이야기하는 데 빼놓을 수 없는 책이라는 것은 새삼 지적할 필요도 없다. 이 책은 전체를 크게 「개언槪言」, 「교육지략敎育志略」, 「문예개략文藝槪略」 등 3부로 나누고, 거기에 「문부성연혁략기文部省沿革略記」를 붙였다.

---

14 앞의 책 『메이지 초기의 문학사상』 상권에는, "추측하건대 문부성에서는 원래 일본문학사를 만들려는 생각이 있어서 사카키바라에게 그 편찬을 맡긴 것으로 생각되는데, 머레이의 발의로 『교육사략』을 만들게 되자 그 문학사적 부분을 보충할 필요에서 갑자기 사카키바라가 편찬한 개요를 정리해서 제3부로 삼고, 사카키바라가 전부터 작업해 온 부분은 『유찬類纂』의 이름으로 별도로 간행한다. 그런 것이 아닐까"(p.325)라고 되어있다.

「개언」은 문부성 학감學監으로 미국에서 초빙해 온 데이비드 머레이 David Murray의 글을 고바야시 노리히데小林儀秀가 번역한 것이고, 「교육지략」은 오오쓰키 슈지大槻修二가 초안을 잡고 나카 미치타카那珂通高가 교정을 보았다. 「문예개략」은 사카키바라 요시노, 「문부성연혁략기」는 쓰마키 요리노리妻木頼矩가 각각 저술하였다. 「개언」에는 "일본 고대의 문학이라고 칭하는 것은 오로지 역사 이학理學 시부詩賦 소설 같은 부류로"라고 되어있어서, '시부詩賦'야 어떻든 간에 '소설'도 '문학'의 범주라고 머레이가 언명한 점이 주의를 끈다. '소설'은 이미 한토漢土의 그것이 아니며, "널리 중인衆人이 읽는 것으로 특히 부녀자가 좋아하는 것이 많다"라는 것을 보면, 더더욱 어떠한 경위로 그런 발언을 하게 됐는지 당연히 천착해야 하지만, 안타깝게도 그 경위를 밝힐 재료를 갖고 있지 않다. 그리고 그 이상으로 흥미로운 것은 「개언」에서 한자를 '지나 문자', 사서오경을 '지나 경전'으로 부르는 등, 중국에서 유래한 것에 집요할 정도로 '지나支那'를 붙인 점이다. 오오쓰키의 「교육지략」 장章에서는 오히려 이와 반대로 화한和漢의 구별조차 거의 하지 않았고, "문자의 전래傳來"도 '조공朝貢'이라는 관계 속에 기원이 있는 것으로 본다. '지나'라는 단어도 끝내 보이지 않고, 한자나 유학의 본적本籍을 따지지도 않는다. '지나'는 '화한和漢' 속에 완전히 내재화되어 있다. 그러고 보면 「개언」에서 머레이의 영어 원문에 있는 'Chinese character'를 단지 '지나 문자'로 바꾼 것에 불과하다 하여 그 의의를 과소평가할 수는 없다. '화환和漢' 속에 내재화되어 있던 중국이, 미국인 머레이의 시선에 의해 '지나'로서 척출되어 외재화外在化된 것. 여기서 이루어진 고바야시 노리히데의 번역은 그러한 벡터의 구현이며, 그것은 마치 'WA-KAN, ワカン, 和漢,

n.Japan and China'(헵번 『화영어림집성和英語林集成』)이라고 화한사전에서 정의하는 것과 마찬가지로, 네이션을 전제로 한 시점으로 전환이 이루어졌음을 의미한다. 서양 학자가 '지나'라는 서구의 시각에 근거를 둔 용어를 사용한 시점에서 이 전환은 내포되어 있던 것인데, 그것이 지리적 명칭을 넘어서 문화의 본적本籍을 보여주는 용어로 사용된 사실은, 그 전환을 현현顯現시키게 되었다. 그것은 번역이라는 행위가 낱말의 치환이 아닌 인식의 상호 행위임을 보여주는 일례이기도 하다.

「교육지략」에서 문화의 본적을 따지지 않았던 것과는 달리 「문예개략」의 장章은 「개언」과 방향을 같이한다. 「문예개략」은 번역이 아니므로 새삼스레 '지나'라는 표현을 사용하지 않아도 될 법한데, 당토唐土에서 유래한 것에 대해 적극적으로 '지나'라는 표현을 붙인다. 다만, '한漢'이라는 표현도 여전히 사용하고, "천이백 년경부터 지나 문장을 학습하고 매사에 지나 풍을 숭상함으로써 일상의 글이 모두 한문이 되었다"라고 되어 있어서, 읽는 이로 하여금 잠시 '지나支那 문장'이 일본화日本化한 것이 '한문'인가 하는 생각이 들게 하지만, "센묘宣命 같은 것도 지나어支那語가 섞여 있는 것이 있다", "정부가 반포한 글이 점점 더 지나문支那文으로 통용되었는데"라는 대목을 보면, 그런 예상도 어긋나서 결국 '한漢'과 '지나'의 차이가 무엇인지 확실하지는 않다. 그러나 적어도 이 텍스트에 '한자', '지나자支那字', '한문', '지나문支那文' 등의 표현이 조금 부자연스럽게 혼재하는 것은 분명하고, 그렇다면 '한漢'이라고 말할 수 있는 것을 '지나'로 바꾸어 말하고 있음이 오히려 명백해진다.

그런데 「문예개략」이 '문자', '문장', '문학', '문구文具'로 구성되어 있다는 것은 이미 언급했는데, 그중 '문장'의 세목을 살펴보면, '일기기행日記

紀行', '모노가타리文物語文', '와카의 서和歌の序', '우타歌', '한문漢文'과 같은 식이어서, 요즘의 '문학사'가 대상으로 하는 범위에 가깝다. 또한, 특히 '우타歌'에는 다른 항목보다 많은 지면을 할애하여 시대별 전형을 제시하는 등 국학자로서의 체면을 세웠다. 하지만 그것도 「문예개략」 전체를 놓고 보면, 한학과 관련된 사항이 과반수를 차지하는 것을 살짝 바꿔치기한 것에 불과하다. 일본 '문예'의 기원을 우선 '문자'에 두고, 더구나 그 '문자'의 발명이 아닌 전래傳來에 기원을 두어버리면, 국학자로서 실력을 발휘할 여지가 별로 없었다. 사카키바라가 할 수 있었던 것은, 이 「문예개략」의 장章을 한자 가타카나文으로 쓰인 다른 장章을 따르지 않고, 한자 히라가나로 일관되게 쓰는 것뿐이었을지도 모른다. '화한和漢'에서 '지나'를 외부로 석출析出하려는 생각은 있지만, 그 변별은 그다지 철저하지 않아서 '화한'은 '화한'인 채로 때에 따라서 공존하고 있을 뿐이다. 물론, 이는 '화한'에서 '지나'를 변별해서 척출한 결과 발견되어야 할 '일본'의 윤곽이 '문예'의 영역에서 명확하지 않았던 점에도 기인한다. 중국·조선에서 전래한 이것저것을 제거하고 '일본 고래古來'의 전통을 찾아내어 기둥을 하나 세운 후, 거기에 다시 한번 대륙에서 유래한 학예學藝를 내걸고 하나의 학예사學藝史를 엮어내기에는 '일본 고래古來'가 아직 믿음직스럽지 못했다. 무엇보다도 '일본 고래古來'에 문자는 없고, 다시 말해서 에크리튀르가 없었다. 에크리튀르를 중심에 두면 '일본문학사'에서 '지나'를 몰아내기가 매우 어렵다. 훗날 누군가가 그것을 깨닫고 '문자文字'가 아닌 '소리聲'에 문학의 기원을 찾아가게 될 것이다. 그러나 사카키바라에게 있어 문자의 심리적 속박은 아직 강하다. 「문예개략」은 "우리나라는 태고에 문자가 없었다"라는 문구로 시작하는 것이다.

『문예유찬』으로 돌아가 그것을 자세히 읽어보면 「문예개략」에서는 눈에 띄던 '지나자支那字', '지나어支那語', '지나문支那文'이 모습을 감추었음을 알게 된다. '지나'라는 말을 안 쓰는 것은 아니지만, 에크리튀르로서의 '지나자支那字', '지나어支那語', '지나문支那文'은 모두 '한자', '한어', '한문'으로 바뀌었다. 「문예개략」에 "정부가 반포하는 글이 점점 더 **지나문**支那文으로 통용되었으나 천오백 년 경부터 유학생도 없고 지나와의 왕래도 뜸해짐에 따라 그 문법이 도착倒錯하고 점차 흐트러져서 다른 일종一種의 문체를 이루었다"라고 한 부분을, 『문예유찬』에서 "관부官府 일용日用의 글은 **한문**을 사용하지만, 후세에 지나의 유학생도 없고 그 글을 화어和語로 도치倒置해서 짓기 때문에 문법이 흐트러져서 다른 일종의 문체를 이루었다"라고 한 예는 그 전형이라고 할 수 있다. 「문예개략」의 성립 사정을 생각하면 『문예유찬』의 이러한 방향이 꼭 「문예개략」보다 나중에 생긴 것이라고 단정할 수는 없지만, 에크리튀르의 기원에서부터 서술하기 시작한 책에서, 모든 것을 '지나'로 변환할 위험을 고려해서 일단 '지나'라고 했던 것을 다시 '한漢'으로 돌려놓았다고 생각할 수도 있다. 또한 『문예유찬』 「문지文志・문장연혁」에는 「문장분체도文章分体図」라고 하여 '고문古文'과 '한문'을 각각 연원으로 삼은 계도系図가 삽입되어 있는데, 거기에 있는 것은 역시 '한문'이지 '지나문'이 아니었다. 한 가지 확인해두어야 할 것은, 이 '고문'과 '한문'이 계보로서는 결코 서로 섞여 있지 않다는 점이다. 「문장분체도」에 화한혼효문和漢混淆文과 같은 개념은 존재하지 않으며, 다구치 우키치田口卯吉가 『일본개화소사日本開化小史』 권4(1881)에서 '일본의 속문俗文'과 '한문' 사이에 "일종의 중간문법"을 지닌 것이 생겨났다며 "나는 이것을 일본문日本文이라고 부른다"[15]라고 단언한 것과 같이 되지는 않았다.

'화한和漢'의 불협화음을 내포하면서도 『문예유찬』은 전체적으로 '자字'·'문文'·'학學'의 구성을 취함으로서, 일본에서 에크리튀르의 백과전서와 같은 지위를 확립하고 고스기 「문학사」의 토대가 되었다. 그리고 『사학협회잡지』 제7호 「문학사」에서 고스기는 일본 문자의 역사를 처음에 서술한 이유를 "우리나라 글文의 기원, 문학의 연혁을 서술하고자 하면, 우선 이 글의 하나의 기계器械라고 할 만한 글자의 성질부터 말하지 않을 수 없음으로"라고 설명하고, 이 '자字'·'문文'·'학學'의 세 층이 문학의 기원을 이야기하기 위해 채용된 구조임을 『문예유찬』을 대신해서 밝힌다. 그러나 일견 온당하게 보인 문자로 시작되는 「문학사」는 생각지도 못한 반격을 받는다.

애당초 니시무라가 『문예유찬』 서序에서 "옛날에 조선, 지나의 학學이 우리나라에 들어와 방인邦人 고유의 재才가 서로 결합하여 우리의 문예가 되었다"라고 말하듯이, 문자로부터 시작되는 「문학사」는 필연적으로 한자의 도래에서부터 이야기를 꺼내야 하므로 아무리 "방인邦人 고유의 재才"를 강조해도, 중국을 기원으로 인정하지 않을 수 없다. 메이지 초년의 국학파 중, 첨예화되고 있던 부분이 그것에 반발을 한 것도 어찌 보면 당연했다. 고스기의 「문학사」는 같은 『사학협회잡지』 지상에서 구리타 히로시栗田寛의 신랄한 비판을 받게 된다.

---

15 제7장.

문학의 근본은 도의道義를 밝히는 데 있으며, 문학의 효용은 정교政敎를 돕는 데 있지 문장을 조탁하고 자구字句를 수식하는 데 있지 않다. 그러나 도道는 글이 없으면 전할 수가 없고, 글은 도道가 아니면 쓸모가 없다. 이른바 도道는 한토漢土의 가르침이 있어야 존재하는 것이 아니다. 천지天地가 시작되었을 때부터 우리 천신天神이 정해놓은 바이다. 이른바 글은 한학漢學이 있어야 존재하는 것이 아니다. 천지天地가 시작되었을 때부터 우리 황국皇國에 전해지는 문장文章이다. 일월성신日月星辰이 하늘에 밝게 빛나는 것은 하늘의 글이 아닌가. 초목산천草木山川이 대지에서 명미明媚한 것은 대지의 글이 아닌가. 사람의 희로애락의 정情이 마음속에 쌓여 말로 표현되는 것이 사람의 글이다. 고로 이자나기노 미코토伊弉諾命가 천주天柱를 돌며, 아름다워라,[16] 하는 표현이 있는 것이다.[17]

이하, 『고사기古事記』의 친숙한 신들이 속속 등장하여 일본에도 옛날부터 말은 있었다고 번갈아가며 주장하는데, 이제 그 부분은 생략해도 될 듯싶다. 한토漢土에서 들여온 '정주학' 그대로인 문이재도文以載道 설은 메이지의 국학자에게는 당연한 전제와 같아서, 요점은 오히려 그것을 뒤집어서 "이른바 도道는 한토漢土 가르침이 있어야 존재하는 것이 아니다"라고 교묘히 말하는 것에 있을지도 모른다. 그러나 "이른바 글은 한학漢學이 있어야 존재하는 것이 아니다"는 둘째치고라도, "천지天地

---

16 [역주] 일본신화에 나오는 이자나기노 미코토伊弉諾命와 이자나미노 미코토伊弉冉命 두 신이 부부의 연을 맺기로 하고, 천주天柱를 서로 반대 방향으로 돌다가 둘이 한 곳에서 만났을 때 여신女神이 먼저 "아 멋진 낭군이여"라고 외치면, 남신男神이 이어서 "아 아름다운 소녀여"라고 화답했다는 내용을 인용한 것임.
17 「문학사췌언文学史贅言」, 『사학협회잡지』 제9호, 1884.3.

가 시작되었을 때부터 우리 황국皇國에 전해지는 문장文章이다"라며, 바로 "일월성신日月星辰이 하늘에 밝게 빛나는 것은 하늘의 글이 아닌가"라고 반문하는 데에는, 고스기도 대꾸할 말을 찾지 못해 고민했음이 틀림없다. "사람의 희로애락의 정情이 마음속에 쌓여 말로 표현되는 것이 사람의 글이다"라고 마치 한학자가 "정情이 속에서 움직여 말로 나타난다"(「毛詩序」)를 부연한 듯한 문구는 고스기가 의거한 에크리튀르로서의 '문학'상像과는 상당히 거리가 있다.

이 대단히 도전적인 서두로 시작되는 「문학사췌언」은 고스기의 「문학사」와 거의 동시에 『사학협회잡지』 제10·12·13호에 3회에 걸쳐 연재되는데, 고스기는 제12호에 게재한 「문학사」 말미에 "(고스기) 스기무라 이에 한마디 하겠다"라며, "요전에 기무라 군이 부고附考를 썼다. 이번에는 구리타栗田 군이 다시 여언餘言을 실었다", "제군에게 바라건대 두 사람의 주장을 합쳐서 본 문학사의 참모습을 알 수 있는 것으로 보아달라"라고 말할 뿐 구리타에게 반박하려고 하지 않는다. 여기서 "기무라 군 부고附考"라는 것은, 기무라 마사코토木村正辞가 고스기의 「문학사」 중 문자에 대한 부분을 보충하기 위해 제6호(1883.11)·7호(1883.12)·11호(1884.4) 등 3회에 걸쳐 게재한 「문학사부설文学史附説」이라는 제목의 연설을 가리킨다. 기무라가 고스기의 논조에 특별히 불만이 있었던 것은 아니고, 한자를 흉내 내어 만든 국자國字/和字 등에 관한 해설을 덧붙이려던 것에 불과하다. '문학'을 에크리튀르 쪽으로 끌어가려고 한 점에서는 오히려 고스기에 가깝다고 할 수 있다. 다만, "지나자支那字 만큼 그 수가 많고 글자마다 음과 훈이 많아서 번잡한 것이 없다"라고 시작하듯이, 기무라의 강연에는 '한자'라는 표현과 '지나자支那字', '지나 문자支那文字'라는 표현이 병존하는데, 고스기가『문예유찬』과 마찬가지로 '한자'로 통일한 것에 비하면 역시 '지나 문자'가 눈에 띈다. 국학자들도 '한자'와 '지나 문자' 사이에서 아직 흔들리고 있었고 게다가 그것은 비단 호칭만의 문제가 아니었다. 이 경우에 국자國字의 설명을 목적으로 하는 기무라의 주장은, 한자 안에 "지나의 문자"와 "황국皇國의 문자"의 변별선을 긋지 않으면 안 되었다. '지나'는 그 변별의 표징이다.

결국, 고스기가 "원고에서 우연히 비슷한 주장은 제외하고, 두 사람의 주장에 양보하겠다"라며 소극적인 태도를 보이는 바람에 주객主客이 도무지 불분명해진다. 그 결과, 분량 면에서도 고스기의「문학사」가 제2·4·7·12·19호 등 총 5회를 차지하여 가장 길고, 또한 애당초「문학사」를 서술하기 시작한 것이 고스기임에도 불구하고, 앞서 인용했듯이, 하가 야이치의『국문학사십강』에는 "메이지 17~18년경 사학협회의 잡지에, 구리타, 기무라 등 선생님들이 문학사를 쓰신 것을 봤습니다"와 같이 이름이 빠지게 된다. 어찌 되었든『사학협회잡지』에 게재한 '사史' 중, 이처럼 복수의 저자가 이름을 올린 것은「문학사」가 유일하며, 다른 '사史'에는 '부설附說'이나 '췌언'이 등장하지 않은 점은 유의할 필요가 있다. 사람들 ― 특히 국학자 ― 은 문학사를 쓰고 싶어서 좀이 쑤신 것이다. 그리고 그런 욕망은, 지금까지 살펴보았듯이 '문학'이 오늘날 의미하는 '문학'이 아니기 때문에, 혹은 '소설'도 '문학'이라고 불렸듯이 널리 그것을 포괄하는 것이기 때문에 생긴 것이었다. 좀더 부연하자면 '문학'이 '지나'도 포섭했다는 것, 그것은『화영어림집성和英語林集成』 초판(1867)의 '문학'에 "Learning to read, pursuing literary studies, especially the Chinese Classics"라고 한 것과 같은 상황이어서, 국문학자들은 우선 이 '문학'에서 '지나'를 외부로 척출하려 한 것이다. 시가詩歌와 소설을 중심에 둔 '문학'을 이야기할 수 있게 되는 것은 이 작업 후이다. 그렇게 본다면 '문학사'에 대한 지향이 서구의 충격Western Impact이 계기가 되었다 할지라도, 거기에서 바로 서양문학사 풍의 텍스트가 편찬된 것이 아니라는 점은 특히 강조하지 않으면 안 된다. '문학사'는 먼저 국학자들의 손으로 엮였다. 그리고 "서양 각국에 있는 문학사와 문학서 간의 체재를 참고하여 이것을 절충 참작했다"라고 스스로 밝힌 미카미・다카쓰의 『일본문학사』가 그것들과 무관하게 홀연히 쓰였냐 하면 그렇지는 않은 것이다.

3. '일본'의 확립

'문학사文學士 미카미 산지・문학사文學士 다카쓰 구와사부로 공저 오치아이 나오부미落合直文 보조'라고 하여 1890년(메이지 23) 10월에 긴코도金港堂에서 출판된 『일본문학사』상・하 2권이 세상에 나오게 된 경위를 미카미 산지는 이렇게 회상한다.

이것(당시의 학생이 서양에 빠져서 일본에 소홀했던 것)은 요컨대 일본문학사와 같은 형태로 전체를 볼 기회가 극히 드문 것이 원인이다. 사카키바라 요시노라는 사람의 『문예유찬』과 오자키 마사요시尾崎雅嘉의 『군서일람群書一覧』 같은 것이 있는데, 책 이름과 해제 정도는 종류별로 쓰여 있어서 굉장히 편리하지만, 그것은 단지 일종의 조사물에 불과하다. 그 때문에 일본에도 재료는 옛날부터 많이 있으니까 이것을 테인의 문학사류로 편찬하면 대단히 유용하리라고 생각했습니다.

그래서 우리 클래스는 다카쓰 구와사부로와 둘만 있을 때는, 학생 때부터 가끔 그런 이야기를 서로 나누며 그런 것을 하나 기획해보자고 했었습니다. 그러자 졸업한 10월에 긴코도金港堂라는 서적상이 어디서 들었는지 나를 찾아와 출판하게 해달라고 해서 한두 번 상의한 후 출판하기로 한 것입니다. 그런데 마침 이때 오치아이 나오부미落合直文 군도 그런 생각이 있었는지 재료를 조금 모아둔 게 있었습니다. 그래서 그것을 완전히 무시할 수가 없어서 제1판을 찍을 때는 오치아이 나오부미 보조라고 해서 (메이지) 24년인가에 출판했습니다. 나중에는 오치아이 군의 이름은 빼고 두 사람의 이름으로만 된 것입니다.[18]

위 인용문에서 '테인'은 이폴리트 텐Hippolyte Taine을 가리키는데, 저서 『영국문학사』로 유명한 19세기 후반의 프랑스 비평가이다. 발행연도에 대한 기억이 다른 것은 회상 글에서 흔히 있는 일이다. 더구나 미카미가 제국대학을 졸업한 것이 1889년, 즉 메이지 22년이니까 기획한 지 대략 1년 만에 『일본문학사』가 출판된 셈이다. 그나저나, 이 회상에 따르면 『문예유찬』에 대한 불만은 그것이 '사史'가 아니라는 점에 있었다. 같은 내용을 『일본문학사』의 '서언緖言'에서는 이렇게 설명한다.

저자 두 사람이 일찍이 대학에 있었을 때, 늘 함께 서양의 문학서를 보며

---

18 미카미 산지, 『메이지 시대의 역사학계―미카미 산지 회구담明治時代の歷史学界―三上参次懷旧談』, 吉川弘文館, 1991.

그 편찬법이 훌륭함에 감탄하고, 또한 문학사라는 것이 있어서 문학의 발달을 소상히 밝힌 것을 보고, 이를 연구하는 순서가 잘 갖추어져 있음을 기뻐했다. 이와 동시에 우리나라에는 아직 그와 같은 문학서가 없고 문학사라는 것도 없어서, 우리 문학을 연구하는 것이 외국 문학을 연구하는 것보다도 한층 곤란함을 느낄 때마다 그를 부러워하고 이를 가엾이 여겨서 어떻게든 우리나라에도 그에 뒤떨어지지 않는 문학서, 또한 그에 뒤지지 않는 문학사를 만들어야겠다는 강개慷慨가 발연히 일어나지 않는 적이 없었다.[19]

이러한 기술들만 보면, 『문예유찬』을 어떻게든 '문학사' 풍으로 만들고자 한 고스기의 「문학사」 같은 것은 개의치 않는 듯하고, 또한 남몰래 『일본문학사』라는 책을 구상하던 것을 긴코도金港堂가 어디서 들었는지 알아내서, 일약 세상을 놀라게 한 것 같이 읽힌다. "본방本邦 문학사의 효시"라고 자칭하기에 충분할 만큼 특별하기는 하다. 다만, 이것에는 조금 주석이 필요하다. 실은 미카미는 제국대학을 졸업하기 직전에 이미 「일보문학사」의 구상을 세상에 알렸었다. 『황전강구소강연皇典講究所講演』5(1891.4)에 "저는 오늘부터 일본문학사를 강의할 예정인데, 오늘은 우선 그 서론을 말씀드리겠습니다"라는 서두로 게재한 「일본문학사서론」이 활자화된 것으로는 가장 이르다. 주지하다시피 국학원대학国学院大学의 전신인 황전강구소皇典講究所가 국전國典[20] 연구와 신관神官[21] 양성을 목적으로 신도神道사무국에 의해 창설된 것이 1882년이고

---

19 미카미 산지·다카쓰 구와사부로, 『일본문학사』, 긴코도金港堂, 1890, pp.1~2. 이하 책 제목만 표기함.
20 [역쥐 고전古典의 의미.
21 [역쥐 신사神社에서 신을 모시는 일을 하는 사람.

개교식은 11월 4일에 거행되었다. 다만, 설립은 했으나 실제 활동은 적 잖이 침체를 모면하기 힘들었던 듯, 1889년에는 대폭적인 확대 개정이 이루어지게 되었다. 그 중심이 된 것이 같은 해 1월 9일부터 매주 열린 강구소 주최 공개강연회였으며, 『황전강구소강연』은 그 필기를 정리 해서 월 2회 발행한 것이다. 미카미는 강연회 중 제7회, 즉 아마도 3월 에 강구소에서 강연한 것으로 보인다.

『황전강구소강연』 5에 개재된 강연록은 미카미의 것 외에는, 고스기 의 「미술과 역사의 관계」 및 기무라 마사코토의 「헌법에 관한 이야기」 로, 신기하게도 일찍이 『사학협회잡지』 지상에서 함께 「문학사」를 강 의한 두 사람의 것이었다. 그리고 미카미도 『사학협회잡지』는 물론 제 대로 읽고 있었다. 잠시 그 강연을 들어보자.

근래, 태서泰西 사학史學의 강구법講究法이 개발된 이래, 동양에 진사眞史가 없다는 것은 자주 듣는 이야기입니다. 과연 인과因果의 이법理法을 밝힌 사 서史書는 없는 것 같기는 한데, 저 아라이 하쿠세키新井白石의 독사여론読史余 論 등은 이에 가까운 것입니다. 그뿐만 아니라 요즘 이른바 진사眞史를 자처 하는 것도 잇따라 나오는 모양인데 문학사 쪽은 전혀 진전이 없습니다. 원 래 우리나라에는 문학사라는 것이 없고 문학상의 사서史書 비슷한 것으로는 학자의 언행을 기록한 선철총담先哲叢談, 책 이름을 열기한 군서일람群書一覧 과 같은 것뿐입니다. 몇 해 전 사학협회잡지에 일본문학사라는 제목의 문장 이 실렸는데, 이것은 저의 이른바 문학사와는 상당히 관찰점이 다릅니다. 문학이 무엇인지는 나중에 말하겠지만, 우선 우리나라에서 문학이 융성한 것은 누구나 다 아는 왕조시대.[22] 그러나 도쿠가와 시대야말로 실로 문학의 전성시대입니다. 그 이유는 도쿠가와 시대에는 문학의 모든 종류가 완비되어 있어서, 패사稗史, 소설, 하이카이俳諧, 교카狂歌, 죠루리문淨瑠璃文, 교겐문狂言文, 센류川柳, 교쿠狂句 등에 이르기까지 융성이 절정에 달했기 때문인데, 선배 제씨는 이런 문장들을 경멸하는 풍조가 있어서 문학의 범위 내에 자리를 내주지 않는 것 같습니다. 또한, 그중에는 "왕조의 문학은 진정한 문학이 아니다, 문학이란 세도인심世道人心을 교화하는 것에 한한다"라며 제가 존경하는 『겐지모노가타리源氏物語』와 『마쿠라노소시枕草子』도 문학의 세계에서 몰아내려는 대가大家가 있습니다. 그 뜻은 심히 감탄스러우나 문학 그 자체를 위해서는 충분히 이러한 잘못된 견해를 가려내지 않으면 안 됩니다.

"참 활발하도다. 우리나라에 모노가타리류가 성행하는 것이"로 시작하는 쓰보우치 쇼요坪內逍遥의 『소설신수』가 1886년에 출판되고 나서 아직 몇 년 지나지 않았기 때문에, 미카미도 물론 그런 풍조에 젖어 있었다. 『사학협회잡지』의 「문학사」에 대한 첫 번째 불만으로 소설이나 모노가타리物語에 대한 경시를 든 것은, 이 시기에 학창 시절을 보낸 이들로서는 당연한 반응이라 할 수 있다. 뭐니 뭐니 해도 『소설신수』는 "그야말로 인기가 있었던"[23]것이다. 그리고 "선배 제씨"라며 비판하는 그 자세에는 분명하게 세대의식이 배어있다. 고스기가 1834년, 구리타가 1835년, 기무라가 1827년생으로 막부 말기에 국학자로서 교육을 받은 세대이고, 미카미는 그로부터 거의 삼십 년 후인 1865년생으로 철이

---

22 [역주] 왕조시대란 헤이안平安 시대(794~1192년)를 일컫는다.
23 미카미 산지, 『메이지 시대의 역사학계─미카미 산지 회구담明治時代の歷史学界─三上參次懷旧談』, 吉川弘文館, 1991.

들었을 때는 시대가 메이지로 바뀌어 있던 제국대학 학생이었다. 『일본문학사』 「서언」에서는, 우에다 반넨上田万年의 『국문학国文学』(双々館, 1890.5)과 하가 야이치・다치바나 센자부로立花銑三郎의 『국문학독본国文学読本』(冨山房, 1890.4) 등 두 책을 예로 들어 "종래 학자들의 저서와는 성격이 크게 다르고 우리가 전에 기획했던 것의 일부를 성취한 것"으로 "우리 국문학의 과학적 연구에 크게 공헌하는 것"이라고 칭찬하는데, 우에다와 하가, 다치바나 모두 미카미보다 두 살 아래인 1867년생인 점은 유의해야 한다. 그리고 우에다가 『국문학』에서 "저자는 그 화학자和学者와 더불어 나라奈良 엔기 조延喜朝의 문학을 존중하는 동시에 후세의 발달에 관계되는 이러한 전기戦記 수필 요문謠文 원본院本 소설 하이카이俳諧 교카狂歌 등도 존중해 마지않는다", "고로 저자는 쉽사리 오늘날의 화학자和学者에게 뇌동할 수 없으며 그들이 도외시하고 버려두었던 것을 되살려서 굳이 이것들을 교육계에 도입하려는 것이다"(「서언」)라고 언명한 것은, 물론 미카미의 논조와 호응한다.

그러나 「일본문학」을 어디에 자리매김할 것인가 하는 문제에 관해서는 미카미가 독창적인 생각을 한 것이 아니다. 예를 들어 다음과 같은 구절을 보자.

종래 국학자가 화문和文을 칭찬한 것은 그 비교하는 바가 오직 지나문支那文뿐이어서 비교 구역이 좁습니다. 오늘날에는 구주歐洲 각국의 문학과 대조할 수 있는데, 막상 비교해 보면 부족한 점도 많은 대신 우리 특유의 장점도 적지 않은 것 같습니다.

앞서 서술했듯이, 이러한 인식은 니시무라의 『문예유찬』 서序에 이미 드러나 있던 것이다. 「일본문학」과 비교, 대조할 상대를 '지나'에서 '구주歐洲'로 옮긴다는 근본적인 생각은 니시무라나 미카미도 다르지 않다. 단지, 한 세대 전의 국학자가 무엇보다도 '와한和漢'에서 '지나'를 외부로 척출하는 작업을 하지 않으면 '일본'도 금세 불확실해질 듯했던 것에 비해, 미카미의 경우는 '일본'이라는 국가의 틀이 거의 자명한 사실인 듯이 공고해졌다. "우리나라에서 그 고유의 특질을 갖춘 문학을 가리켜서 국문학(내셔널리터러처)이라고 한다"[24]라고 단언하는 개념장치를 제국대학 학생은 이미 손에 넣고 있었다. 그리고 그 공고한 국가國家—국문國文의식은 문학의 효용을 이야기할 때에도 그대로 반영된다. 강연을 들어보자.

한 수의 와카, 한 절의 시라도 인류을 감화시키고, 부부 사이를 화목하게 만드는 정도의 효용은 괜찮습니다. (…중략…) 일부의 패사稗史, 소설이라도 나라의 풍기를 바꾸고 천하의 기운을 왕성하게도 하며, 또한 이를 소모하게도 하는 힘이 있음은 누구나 아는 바입니다. 하지만 앞서 나열한 것은 문학의 효용 중 하찮은 것이며 이와는 별개로 저대著大한 것이 있습니다. 그것은 문학이 국가를 사랑하는 마음을 사람들에게 가르친다는 점입니다. 저는 앞서 일본문학이라는 잡지 지상에서 애국심을 기르는 데에도 국사國史를 배울 필요가 있다고 했는데 문학 또한 그렇습니다.

---

24 「총론・제4장 국문학」, 『일본문학사』.

왜 문학이 애국심을 길러주는가 하면, 텍스트 안에 애국을 고무하는 기술이 있기 때문만은 아니다. "일본에 진구神功 황후라든가 도요토미 히데요시가 나타나서 무위武威를 해외에까지 떨쳤다고 생각하면 왠지 기쁩니다. 또한, 우리나라에 후지산이 있고, 비와코琵琶湖 호수 같은 것이 있다고 생각하면 이 또한 그냥 기쁩니다"라는 것과 마찬가지로, "『겐지모노가타리源氏物語』 같은 것은 나라의 보물이어서, 이것을 읽으면 우리나라에도 이 정도의 것이 있었나 싶어 일본이 그리워지기" 때문이다. 물론 이것은 크나큰 도착倒錯으로, "『겐지모노가타리』"를 "나라의 보물"로 만들기 위해서 '문학사'가 쓰이는 것이다. 그리고 그것은 "진구神功 황후"나 "도요토미 히데요시"가 "무위武威를 해외에까지 떨친" 것을 "왠지 기쁘게" 생각하도록 이야기를 엮어내는 것과 완전히 똑같은 지평에서 이루어지는 도착倒錯이다. 그리고 '왠지'라든가 '그냥'이라는 표현은 그야말로 그러한 도착을 은폐하려고 하는 표징이다. "『겐지모노가타리』"를 걸작으로 만드는 것, 그리고 걸작을 "나라의 보물"로 만드는 것. 게다가 그 조작의 흔적을 은폐하고 그 자명성을 강조하는 것. 그것은 분명히 '문학사'의 '효용'이었다.

그런데, 미카미가 "일본문학이라는 잡지"라고 지칭한 것은, 1888년 8월에 창간된 잡지 『일본문학』으로, 그 제4호에는 분명 미카미의 「국사國史와 애국심」이라는 논설이 실려 있다. 그리고 그 제10호(1889.5)와 제12호(1889.7)에는 『황전강구소강연』에 게재한 것과 같은 제목과 내용의 「일본문학사서론日本文学史緖論」이 실려 있다. 차이는 『황전강구소강연』에 게재된 것이 강연의 속기록이었던 것에 대해, 『일본문학』에 게재된 것은 "태서泰西 사학史學의 강구법講究法이 개발된 이래, 동양에 진사眞

史가 없다는 것은 자주 듣는 이야기입니다"라고 서두가 시작되듯이, 그 원고 혹은 강연을 서면어書面語로 바꾸었다는 것뿐이다. 애당초 『일본문학』은 황전강구소 졸업생에 의해 창간된 것이며, 그 기고자도 황전강구소에 관계하는 국학자들과 겹친다. 밀접한 관계가 있었다고 할 수 있다. 그리고 그 창간호 권두에 실린 「일본문학 발행의 취지」는 아래와 같다.

　　사람의 성질 품위를 인품이라 하고, 나라의 성질 품위를 국격이라고 한다. 인품이 어떤지 알려면 그 사람의 경력 태도에 대하여 살펴야 하며, 국격이 어떤지 알고 싶으면 그 나라의 문학에 비추어보아야 한다. 지금 여기서 일본문학이라고 부르는 것은 우리나라 현재의 문학을 통칭하는 것이 아니고, 우리나라 고유의 문학, 즉 국격의 여하를 징증徵證할 수 있는 것을 말한다.

"우리나라 현재의 문학"이 아니라 "우리나라 고유의 문학"이야말로 '일본문학'이라는 주장은, 미카미의 국가國家-국문國文 의식에 그대로 직결된다. '국격'은 '문학'으로 증명할 수 있는데 그 '문학'은 "우리나라 고유"의 것이 아니면 안 된다. 결국, 무엇이 "우리나라의 고유"한 것이고 무엇이 '국격'인지는 미리 정해져 있는 것이므로, 이 언명言明은 거의 토톨로지tautology이다. 그리고 여기서 말하는 '문학'은, 잡지 『일본문학』의 내용으로 판단하면 '국격'과 관련된 학예 일반을 폭넓게 지칭하여서, "문학이란 어떤 문체를 가지고 추론에 상상을 뒤섞고, 쾌락으로써 교훈과 실용을 겸하여 많은 사람에게 대략적인 지식智識을 전하는 것을 말한다"[25]라고 미카미가 설명한 '문학'과 정의가 다르다. 그런데 그 차이가 결코 양자의 단절을 의미하는 것이 아님에는 충분히 주의해야 한다. 종래, 이 '문학'에 대한 정의의 차이야말로 근대적 문학 의식의 시작인 것처럼 논의되었고, 때로는 미카미와 같은 정의도 공리주의적이므로 전근대적 문학관이라고 평가받기조차 했는데, 그것이야말로 근대문학의 한 신화神話에 불과하다. 잡지『일본문학』의 '문학'과 미카미의 '문학'은 공액적共軛的으로 잇닿아 있고 이 공액성이야말로 일본 근대의 '문학'의 핵심이다.[26]

'화한和漢'에 걸쳐 있는 에크리튀르에서 '지나'를 외부로 척출하기 위해서는, 와카和歌나 모노가타리物語를 "우리나라 고유"의 에크리튀르의 중심에 두지 않으면 안 되었다. 즉 '문학'의 중심을 조작하고서야 비로소 '지나'를 '지나'로서 다룰 수 있었다. 일단 중심이 확정되어 버리면 그 영역은 임기응변 변환자재, 그때그때 형편에 맞게 정하면 된다. 실제로 미카미는『일본문학』제19호(1890.2)에 황전강구소에서 강연한 것을 기록한「일본 역사문학상의 관찰」이라는 문장을 기고하고, "**일본문학의 관점에서**"(강조는 원문) 일본의 사서史書를 논하기도 한다. 그리고 그 주장은 일찍이 수사관修史館의 한학자에 대항해서 사학협회에 모였던 국학자들의 주장과 다르지 않다. 미카미는 재래의 사서史書가 "한문으로 쓰여 있기" 때문에 "본래 역사가 지녀야 할 효능"을 갖추지 못했다며, 예를 들어「일본외사日本外史」같은 것도 "외국의 문장으로 쓴 것이므로 일본문학 상권보다는 아주 가치가 적다"라고 단언해 버린다. "한문을 따르지 않는 것은 아니다"라고 말은 하지만 그것은 어디까지나 '외국'의 것으로서였다. 그가 잘 쓰는 '왠지'란 표현도 역시 이 강연에 등장한다.

25 「일본문학사서론日本文学史緒論」, 위의 책.
26 스즈키 사다미, 앞의 책 제7장은 종래의 논의를 총괄하면서 이 문제에 접근했다.

원래 자기 나라의 역사를 외국 글로 쓴다는 것은 이세伊勢의 대신궁大神宮을 벽돌 석조로 짓는 것과 마찬가지여서, 이것 때문에 그 고유의 존엄을 감손減損하지는 않겠지만 왠지 그 고유의 존엄 이외의 것에 감정이 상하게 됩니다.

따라서 미카미가 "일본문학의 눈으로 볼 때는" "스가와라菅原[27]나 오오에노 마사후사大江匡房[28]도 무라사키 시키부紫式部[29]나 세쇼나곤淸少納言[30]만 못하다"라고 하는 것이 당연했다. 일찍이 사학협회에 참집參集한 선배 국학자들보다 더욱 과격한 말을 내뱉는 것은, 그가 '일본문학'이라는 확고한 개념장치를 가지고 있었기 때문이다.

미카미·다카쓰의 『일본문학사』는 첫머리에 「총론」을 기술한 다음 제1편 제1장을 「일본 상고문자上古文字 유무有無의 논」이라는 제목으로 서술하기 시작한다. 우리는 여기서 사카키바라의 『문예유찬』 이래의 '전통'을 확인할 수도 있을 것이다. 에크리튀르의 기원은 역시 이야기되어야 한다. 그러나 '일본문학'의 '고유'성을 이미 확신해버린 『일본문학사』는, "고래로부터 우리 국어의 아름다움만을 과칭誇稱하여 문자 같은 것을 돌아보지" 않았다고 아무런 흥분도 없이 태연하게 말할 수 있었고, 이제 에크리튀르의 기원 같은 것은 별거 아니게 되었다. 노리나

---

27 [역주] 스가와라노 미치자네菅原道真(845~903)는 헤이안 전기의 학자, 한시인漢詩人으로 서예에 능해 삼성三聖의 하나로 불린다. 『유취국사類聚国史』를 편찬하고 『삼대실록三代実録』에도 관여했다. 시문은 『관가문초菅家文草』, 『관가후집菅家後集』에 수록되었다.

28 [역주] 오오에노 마사후사大江匡房(1041~1111)는 헤이안 시대 후기의 유학자이자 가인歌人이다. 저서로 『강가차제江家次第』, 『본조신선전本朝神仙伝』 등이 있다.

29 [역주] 무라사키 시키부紫式部는 헤이안 중기의 여관女官으로 『겐지모노가타리』의 저자이다.

30 [역주] 세쇼나곤淸少納言은 헤이안 중기의 여관으로 화한和漢의 학문에 능통했으며 수필집 『마쿠라노소시枕草子』의 작자이기도 하다.

가宣長 이후, 국학자들이 최대의 적으로 여겼던 '한漢'은 외부로 간단히 내팽개쳐버릴 수 있는 것이 되어있었다.

4. '동아'로

1882년, 다구치 우키치田口卯吉는 집필을 시작한 지 6년 만에 『일본개화소사日本開化小史』를 완성했다. 거기에 기술된 '문학사'는 화문和文[31]을 일본 고유의 것으로 보는 시점은 있으면서도, "문학의 역사는 문장의 화한和漢을 따지지 말고 오로지 그 주의主意 취향趣向이 좋고 멋이 있는 것을 취해야 한다"[32]라면서, 앞서 언급했듯이 화한혼효문和漢混淆文을 '일본문'으로 정의하였다.

천팔백 년대 이전에는 한어漢語의 용법이 여전히 아직 일본의 습속習俗과 친화하지 못해서 한어와 화문和文이 각각 분리된 모양새였는데, 세월이 흐름에 따라 한어가 점차 세속에 침투하여 천팔백 년대 말, 천구백 년대 초부터 그 이른바 화문 중에 한어를 섞는 일이 점점 많아졌다. 이때 한문의 변체變體인 일기체日記體가 점점 일본의 속어俗語와 섞이고 일본의 속문 또한 한문의 구조句調와 근사近似하여 그 사이에 저절로 일종의 중간문법을 낳는 맹아를 싹틔웠다. 나는 이것을 일본문日本文이라고 부른다. 즉 지금까지 사용하고 전해지는 문장을 이르는 것이다.

---

31 [역주] 화문和文은 한자로 쓴 한문에 대해 가나 문자로 쓴 글을 지칭한다.
32 권4 제7장.

즉, 여기서는 '화한'에서 '지나'를 척출하지 않고, 혼효混淆야말로 '일본'이라고 여긴다. 그것은 『문교온고』와 『문예유찬』에서 서술하고자 한 '문학사'의 하나의 귀결이었다고 할 수 있다.[33] '문학사'를 '개화開化'와 결부시켜 생각해보면, 이문화異文化를 적절하게 수용하는 것은 오히려 칭찬받아 마땅한 일이다. 그러나 한편으로 '일본'의 윤곽을 명확하게 하고자 하는 지향도 확실하게 존재해서, 그런 이유로 화和/한漢과 일본/지나는 별개의 위상에 속하는 것으로 파악하였다. 여기서 '일본'에 포함되는 것은 '한漢'이지 '지나'가 아니다. '한문'은 어디까지나 '한문'이라고 쓰지 '지나문'이라고 쓰는 법은 없다. '지나'에 관해서는 별도로 이야기할 자리가 마련되어 있었다. 즉, 다구치는 『일본개화소사』를 완결한 이듬해인 1883년에 이미 『지나개화소사支那開化小史』를 출판한 것이다.

그것은 '일본문학사'가 유행한 후 출현한 것이 '지나문학사'였다는 점과 같은 메커니즘에 의한다. '일본'의 윤곽을 명확하게 하기 위해서는 '지나'를 다시 파악할 필요가 있었다. 왜 중국 본국보다 앞서서 첫 '지나문학사'가 일본인 손으로 쓰였는가, 그 이유는 여기에 있다. "지나의 문학을 역사체로 논술한 책은 일본은 물론이고 본국인 지나에도 없다. 그것은 고죠古城 씨의 지나문학사가 효시이다"[34]라고 했듯이, 고죠 테이키치古城貞吉의 『지나문학사支那文学史』(富山房, 1897)야말로 세계 최초의 중국문학사였다. 허버트 자일스Herbert Giles가 영국 캠브리지에서 "This is the first attempt made in any language, including Chinese, to produce a history of Chinese literature"라고, 그의 저서 *A History of Chinese*

---

33 『일본개화소사』제7장에는 『문교온고』를 거론한 주석이 있다.
34 나카네 키요시中根淑, 『지나문학사요支那文学史要』, 金港堂, 1900.

*Literature*의 서문에 쓴 1900년에는, 이미 고죠의 책이 세상에 나와 있었다. 그리고 그 「범례」에는, "본서의 원고를 1891년(메이지 24) 가을에 쓰기 시작하다"라고 되어있어서, 이 책이 바로 '일본문학사'가 한창 유행하던 때에 구상되었음을 보여준다. 그리고 '일본문학사'가 그러하듯이, 이렇게 쓰인 '지나문학사'가 국가－국민을 표징하는 것으로 '문학'을 파악하려는 것은 조금도 이상한 일이 아닐 것이다. 그 '서론'은 무엇보다 먼저 '지나 국민'을 규정하는 것부터 시작한다.

　　따라서 하나의 국민으로서는 대단히 통일성이 부족한 면이 없지 않으나 개인으로서는 이익을 좇고 부富를 도모하는 데 적극적이고 혜민慧敏한 것이 정말로 유대인과 비슷한 점이 있다. 이는 특별히 지금의 지나인을 보고 주장하는 것이 아니며, 그들이 선천적으로 영리를 추구하는 인민이라는 것은 후세에 천국天國같이 여기는 요순堯舜시대의 인민에 연원淵源하는 사례를 찾아볼 수 있기 때문이다.

이런 식으로 '문학사'는 간단히 그 '국민'의 성정을 수천 년 거슬러 올라가 규정할 수가 있다. 그리고 일본인이 '지나문학사'를 쓸 때, 다른 외국 문학에 대해서와는 달리 거기에 각별한 의미를 부여하는 것이 상례였다. 이 책에 붙어있는 이노우에 테쓰지로井上哲次郎의 서序가 "우리나라의 문화는 책과 지나에서 얻은 바가 적지 않다"라는 기술로 시작되는 것은, 무엇보다도 '화한和漢'의 기억이 강하기 때문이며, 물론 지금은 "지나를 능가하기에 이르렀다"라는 것인데, 그래도 "지나 문학을 연구하지 않으면 우리나라 고래의 전고를 어떻게 탐구할 수 있겠는가"라고 하는 것은 그 전형적인 사례일 것이다. 이노우에는 다시 이렇게도 말한다.

> 그러나 지나인 자신은 본래 개괄력槪括力이 부족하고, 또한 지금 학술계의 상태가 어떠한지 분별할 수 없으므로 지나문학사를 저술할 필요성을 깨닫지 못하며, 가령 그것을 알더라도 그에 걸맞은 자격이 있는 자가 없다. 과연 그렇다면 지나 문학 저술과 같은 것은 우리 방인邦人이 자진해서 그 임무를 맡지 않으면 안 된다.

중국문학사를 쓰는 것은 일본인의 임무라고 말한다. '화한'에서 '지나'를 외부로 척출함으로써 확립된 '일본'이, 이번에는 '지나'를 보살펴 주겠다는 것이다. 여기에서부터 동아시아의 맹주를 자임하게 되기까지의 거리는 불과 얼마 안 된다. 이것을 단순히 제국주의적 자아의 팽창으로만 봐서는 아마도 문제의 핵심이 보이지 않을 것이다. 그것은 '화한'으로부터 '동아'에 도달하기 위한, 즉 '일본'이라는 네이션nation을 안팎으로 뚜렷한 윤곽을 지닌 것으로 만들어내기 위한 사고思考 메커니즘의 하나의 궤적인 것이다. 그러한 내셔널리즘의 메커니즘이 당연히 '일본'이라는 '나라'의 내부에서만 기능하는 것은 아니다.

중국인이 스스로 쓴 최초의 '중국문학사'가, 고조의 『지나문학사』가 출판된 다음 해인 1898년에 간행된 사사카와 다네오笹川種郎의 『지나문학사』(博文館)의 중국어 역이 계기가 되었다는 점은, '화한'에서 '일본'과 '지나', 그리고 '동아'로의 도정을 생각할 때에 반드시 참조해야 할 사실이다.[35] 사사카와의 『지나문학사』의 중국어 역이 상해중서서국上海中西書局에서 출판된 것은 1903년이며, "일본 사사카와 다네오의 중국문학사를 본떠서 저술했다"라고 권두에 밝힌 임전갑林伝甲의 『중국문학사』가 처음 발행된 것은 1904년으로 알려져 있다. 그리고 그것은 청일전쟁 이후, 특히 양계초梁啓超 등 유신파의 망명 이후 더욱 활발해진 일본에서 중국으로의 지식·사상의 대량 유입 상황이라는 틀에 되돌려놓고 재차 검토해야 하는 사항이다. 근대적 문학관념이 일본과 중국 상호 간에 어떻게 유통되고, 어떤 식으로 기능을 했는가 하는 문제도 포함하여 장을 바꿔서 논하고자 한다.

---

35 또한, '중국문학사'의 출현에 관해서는 다구치 이치로田口一郎의 「중국 최초의 '중국문학사'는 무엇인가中国最初の「中国文学史」は何か」, 『颱風』 제32호, 1997.1 참조.

 '지나'가 차별용어인지 아닌지, 사용할 것인지 말 것인지 하는 논의
는 오늘날까지도 잊을 만하면 되풀이된다. 좀처럼 결말이 나지 않을 것
같은 이러한 논의의 한편으로, 예를 들어 가와시마 마코토川島真의 「'지
나' '지나국' '지나공화국'─일본 외무성의 대중 호칭 정책'支那' '支那国' '支那
共和国'─日本外務省の対中呼称政策」[1]과 같은, 외교사의 입장에서 착실한 사료
분석을 하고 아울러 '중국'이라는 틀 자체에 대한 시각을 지닌 논고도
접할 수 있다는 사실은, '지나'의 호칭 문제가 과거의 문제가 아닌 앞으
로의 중국 연구의 위상과도 관련되는 대단히 현재적인 과제임을 보여
준다. 중국을 '지나'라고 부르던 '중국'이라고 부르던, 의식적으로 그렇
게 부를 때, 국민국가의 틀 안에서 살아가는 우리의 자自─타他 인식이
어떤 것인지 스스로 현재화顯在化시킬 것이 요구되기 때문이며, 그것을
빼놓고 '지나', '중국'의 적부적을 논해도 논의는 진전되지 않을 것이다.

---

1 『중국연구월보中国研究月報』 제571호, 1995.9.

호칭이 지닌 정치상·외교상의 의의에 대해서는 앞서 소개한 가와시마의 논문이 상세한데, 여기서는 더욱 언설론적言說論的인 틀 안에서 이 문제를 생각하고자 한다. 그것은 19세기 말의 동아시아 세계에서 국민 국가 의식(내셔널리즘)이 어떻게 형성되었는지를 살펴보는 작업의 하나이기도 하다.

1. 호칭으로서의 '지나'

국호國號 문제로서 '지나'에 관해서는 지금까지 수많은 이들의 발언이 있었다. 그중에서 사네토 게이슈實藤惠秀가 『중국인 일본 유학사中国人日本留学史』(구로시오 출판, 1960)에 「국호 문제」라는 제목으로 1절을 할애하여 이 문제를 논한 것은 문제를 역사적으로 개관한 것으로 잘 정리되어 있다.

사네토는 청일전쟁 후, 아이들이 "일본이 이겼다, 지나가 졌다"라며 청나라 사람을 놀려댔던 것을 서술하고, "이때부터 일본인의 지나라는 표현은 경멸하는 의미로 사용되었다"라고 한다. 다만, "그 무렵 '지나' 혹은 '지나인'으로 불리는 것에 대해서 중국인들은 아직 악감정을 지니지 않았던 듯하다"라며, 와세다대학 청국 유학생부가 졸업생들의 기념 휘호를 모은 『홍적첩鴻跡帖』을 인용해서 흥미로운 사실을 지적한다.

그 제4책(1907년분의 일부)을 조사해보면 집필자 95명 중 이름만 적고 관적貫籍을 쓰지 않은 사람이 33명인데, 나머지 62명이 관적을 적어놓은 것을 보면

지나	18
청국	12
중국(중화를 포함함)	7
국호를 쓰지 않은 사람	25

이 경우에 '지나'는 만주족의 '청淸'을 부정하기 위해 사용한 것이므로 혁명적 의의가 있었다.

'지나'뿐만 아니라 '중국'도 역시 '청淸'을 사용하지 않겠다는 의식에 근거를 둔 것으로도 생각할 수 있는데, 그에 대해서는 뒤에서 논하기로 한다. 그런데 사네토의 이 지적은 여전히 유효하다. 그리고 "일본인의 입에서 '지나'라는 말을 듣고 불쾌하게 느끼게 되는 것은 21개조[2] — 시베리아 출병[3] — 파리 평화회의와 같은 식으로 일본의 야심이 잇달아 드러남에 따라서이며, 5·4운동 이후로 생각한다"라며 욱달부郁達夫와 곽말약郭沫若 등을 인용한다. 또한, 사네토에 따르면 중화민국 정부가 정식으로 일본 정부에 항의하기에 이른 것은, 1930년 5월 27일 자 『도쿄아사히 신문東京朝日新聞』 외신에서 "중앙정치회의는 일본 정부와 인민이 중국에 대해 지나支那라는 명칭을 붙이고, 일본 정부가 중국 정부에 보내는 정식 공문에도 대지나공화국大支那共和國으로 기재한 것을 볼 수 있는데, 이 지나의 의미가 대단히 불명료해서 현재의 중국과는 추호도

---

2 [역주] 제1차 세계대전 중이던 1915년, 서구열강이 후퇴한 틈을 타서 일본이 중국에 들이민 권익 확대 요구. 이 교섭에서는 독일이 산동성山東省에서 행하던 권익의 계승이나 만몽滿蒙에서의 일본의 권익문제를 다루었다. 중국의 저항에 따라 약간 수정되기는 했으나 최후통첩을 함으로써 승인하게 했다. 이로 인해 중국의 대일감정은 크게 악화하였다.
3 [역주] 1918~1922년 체코군을 구한다는 명목 아래 일본이 미국, 영국, 프랑스, 이탈리아 등과 함께 러시아혁명에 대한 간섭을 목적으로 시베리아에 출병시킨 사건.

관계가 없는 말이다. 그러므로 외교부는 신속히 일본 정부에 대해서, 중국을 영문으로는 내셔널 리퍼블릭 오브 차이나라고 쓰고 중국문으로는 대중화민국大中華民國이라고 읽으니까 앞으로 이렇게 기재하도록 요구하고, 만일 지나라는 표현을 사용한 공문서가 있다면 단호히 수취를 거절해야 한다"라고 보고한 것과 같은 상황이었다.[4]

그해 말에 일본 정부는 정식으로 '지나공화국'을 '중화민국'으로 바꾸기는 했지만, 민간에서는 여전히 '지나'가 사용되었으며 중국인 유학생과 일본인 사이의 논쟁도 빈번했다. 사네토는 이미 1930년 6월 8일에 「중화라고 부르자」라는 글을 『도쿄아사히 신문』에 기고했다. 이 기고는, 어느 기고자가 앞의 외신에 반박하며 오히려 '중화'라는 거만한 국호를 중화민국이 쓰지 말아야 한다고 공공연히 말한 것에 대한 반론이었다. 그때 사네토의 논리는 단순 명쾌하여 '지나'라는 호칭을 중국 측이 원하지 않는 이상 "그들이 보기에 올바르다고 생각하는 이름을 부르도록 해야 한다", "그것이 민족적 교제의 올바른 예의"라는 것이었다. 하지만 "일본인이 '지나'를 좋아하고, '중국'을 거부하고 싶은 기분은 전후에도 여전히 이어졌으며", 사네토는 그 이유를 다음과 같이 정리하였다.

① 중국이란 것은 오만한 명칭이다.
② 역사적 통칭으로는 지나 외에는 없다.
③ 지나＝차이나는 세계적 명칭이다.

---

[4] 이에 관련해, 앞서 인용한 가와시마 마코토의 논문에서 제기한 의문은 경청할 만하다. 또한, 이에 앞서 1913년의 중화민국 승인에 즈음하여 한문으로는 '中華民國', 화문和文으로는 '支那共和國'을 정식 명칭으로 결정한 경위도 가와시마의 논문이 상세하다.

④ 일본에 중국 지방이 있다.

사네토는 ①에 관해서는, 국호는 어느 것이나 많든 적든 그러하며, 게다가 지금의 중국은 오만한 국가가 아니라는 점, ③에 대해서는, 세계 최대의 인구를 지닌 중국 자신이 '지나'라 부르지 않고, 또한 소련도 '키타이'라고 부르고 있어서 세계적 명칭이라고 할 수 없는 점, ④에 대해서는, 오히려 일본의 '중국 지방'이 실정에 맞지 않으므로 '혼슈本州 서부지방'으로 개명하는 것이 좋다고 반론한다. 가장 많은 지폭을 할애한 것이 앞에서 건너뛴 ②에 관한 반론이다. 즉, '지나'라는 말의 연원이 인도를 거친 것으로 불전에서 종종 볼 수 있는 표현이기는 하나 일본어가 된 것은 아니며, 일본어에 도입된 것은 아라이 하쿠세키新井白石의 『채람이언采覧異言』(1713)에서 시작되었다는 점,[5] 점차 지도나 표류기에 사용되었지만 "청일전쟁 때까지 지나라는 표현이 서민들 사이에서는 쓰이지 않았다"라는 점을 사례로 들어 서술한다. 메이지 초기 단계에서는 종종 "서양인의 말 흉내"로 '지나'라고 했던 사실도 정확하게 지적하는데, 역시 강조한 것은 청일전쟁 후의 중국에 대한 멸시와의 관련이다. 그 후, 메이지 다이쇼 쇼와를 통틀어 오로지 '지나'라는 표현이 사용되었다. 그리고 1946년 6월 6일의 외무차관 통달 및 7월 3일의 문부차관

5 사네토는 용의주도하지 못하게 '일본어'로서라고 말하는데, 오히려 세계지리에 대한 인식하에 지역 호칭으로서 '지나'가 사용되었다고 이해하는 편이 정확할 것이다. 아라이 하쿠세키의 『서양기문西洋紀聞』 권하卷下에는 "치이나란 즉 지나이다"라고 하는 한편, "팻켕은 곧 대청大淸의 북경北京이다"라고 하여 '지나'를 어디까지나 '치이나'에 대응하는 표현으로 파악하였다. 또한, 근세 일본의 아시아 지리 인식에 관해서는 도리이 유미코鳥井裕美子, 「근세 일본의 아시아 인식近世日本のアジア認識」, 溝口雄三 외편, 『交錯するアジア』(アジアから考える 1), 東京大学出版会, 1993이 요령 있게 잘 정리해 놓았다.

통달 「지나라는 호칭을 피하는 것과 관련해서」에 따라 보도·출판 방면에서는 점차 '지나'를 대신해 '중국'을 사용하게 되고, 신중국이 탄생하고 약진함에 따라 "중국이라는 말이 일본인의 입을 통해 나오게" 되었다고 결론지었다.

이러한 인식하에 이루어지는 사네토의 논의를 단적으로 보여주는 것은 예를 들어 다음과 같은 부분이다.

> 문자는 언어를 옮기는 것이지만 언어 그대로는 옮길 수 없다. 언어에는 남성·여성의 음색이 있으며, 동성同性 중에도 각자의 개성이 있다. 고저가 있고 강약이 있다. 게다가 희로애락의 감정도 담을 수 있다. 언어가 실로 다면적인 데 비해 문자는 일면적이다.

> 지금 '지나'라는 단어에 관하여 논한다면, 인도에서 생긴 것을 중국인이 한자로 옮긴 이래, 천여 년 쭉 같은 상황이다. 그러나 그것을 존경의 뜻으로 말하는 경우와, 멸시해서 말하는 경우는 전혀 음색이 다르다. 다이쇼 이후 일본인이 중국인을 바라보는 시선이 달라지기 시작했다. 그 때문에 입에 담는 '지나'라는 단어의 음색도 변했다. 메이지 시대에 장꼴로라고 불렸던 그 기분으로 지나인이라고 부르는 것이기 때문에, 중국인이 들으면 불쾌해졌다. 그래서 메이지 시대는 유학생들이 문제 삼지 않았던 일본인의 '지나'가 큰 문제가 된 것이다.

사네토는 이러한 논리로, '지나'라는 단어가 역사적인 것이므로 그 자체는 차별적이 아니므로 사용해도 전혀 무방하다는 의견을 무효화한다. 초점은 '지나'라는 단어가 아니고 중국에 대한 멸시에 있다. 멸시하며 한번 내뱉은 말을 버리는 데 주저하는 것은 그 멸시의 마음을 아직 지니고 있기 때문이 아닐까, 그렇게 사네토는 물음을 던지는 듯하다. 논리는 단순할수록 힘이 강하고, 논점을 '멸시'에 집중시킴으로써 이 물음은 그 굳건함을 획득하는 것일 텐데, 또한 그 때문에 '지나'라는 표현이 왜 메이지 이후 특히 주목받았는지 되돌아보는 일이 적다. 자세한 고증을 통해서 그 표현이 메이지 이후에 차차 사용되었다는 것을 밝히면서도 그것을 사용하게 된 원인에는 관심을 돌리지 않는다.

서민 레벨에서의 '지나'의 보급이 청일전쟁 이후임을 말할 때, 사네토는 청일전쟁 이후의 중국 멸시를 반드시 언급하는데, '지나'라는 말과 중국 멸시가 어떤 관련이 있는지 그 메커니즘은 밝히지 않는다. 사네토의 주장을 부연하자면, '지나'라는 말의 보급과 중국 멸시는 각각 별개로 등장했고 그 시점에서는 "유학생들이 문제 삼지 않았다"라는 것이다. 둘 사이의 관련성이 긴밀해진 것은 "다이쇼 이후 일본인이 중국인을 바라보는 시선이 달라지고" 나서라는 이야기가 된다. 그러나, 그 "문제 삼지 않았던" 때의 '지나'가 실은 모든 것을 준비하고 있었다면 어떨까. "혁명적 의의를 지닌" '지나'와 "서양인의 말 흉내"였던 '지나'. 사네토가 무심코 행한 이런 지적들은 실은 하나로 묶을 수가 있으며 바로 거기에 문제의 핵심이 있다.

그런데 다음 내용을 서두르기 이전에, 국호國號로서의 '지나' 문제를 논한 또 다른 논객 한 사람, 다케우치 요시미竹內好의 논의에 관해서도 살펴보자.

다케우치 요시미의 평론 활동은 대단히 다방면에 걸친다. 수많은 중

국론은 시대와 함께하며 시대에 큰 영향을 주었다. 국민문학론 같은 것이 가장 돌출된 것 중의 하나일 텐데, 중국의 국호 호칭 문제도 중국에 대한 그의 인식을 보여주는 것으로 중요하다. 다케우치는 이 문제에 관해 대단히 열심이었고 "어느 정도 자신 있는 분야"(「중국을 알기 위해 9 지나와 중국中国を知るために 九 支那と中国」, 『竹内好全集』十, 筑摩書房, 1981)이기도 했다.

다케우치도 사네토와 마찬가지로 전전戰前부터 '지나'라는 호칭에 관해 논했다. 하지만, 그때의 태도는 사네토와 조금 다르다. 1940년에 잡지 『중국문학』 제64호에서 그는 이렇게 말한다.

> 과거에 지나라고 부름으로써 분명히 지나를 경멸했는지, 지금 중국으로 부름으로써 꼭 경멸하는 것은 아닌지, 누구라도 자기 마음에 물어보지 않고서 표현의 문제를 제기한다면 이보다 심한 문학의 배신은 없을 것이다. (…중략…) 지나라는 단어를 확실하게 사용할 수 있다면 지나를 중국으로 바꾸는 것은 사소한 수고이다. 지금은 지나를 사용하는 연습을 하고 싶다. 그 날이 올 때까지.
>
> ―「지나와 중국」

이 시기의 『중국문학』을 중심으로 한 다케우치의 평론 활동에는 상당히 절박한 중국 인식이 드러나 있다고 할 수 있다. 자기의 존재와 깊이 관련되는 것으로 이미 '지나'가 있었기 때문에 호칭 운운하는 문제로 끝낼 수가 없었다. 지금 그 상세한 내용을 논할 여유는 없지만 '지나'라는 호칭이 지닌 문제의 깊이를 보여주는 발언으로, 이것은 기억해두어야 할 것이다.

그런데 전후 20년이 지나 다케우치는 잡지 『중국』에 연재 중이던 「중국을 알기 위해」 제9회에서 다시 「지나와 중국」이라는 표제로 국호 호칭 문제를 거론하고, 이후 단속적으로 이 주제를 연재했다. 패전 후 '지나'라는 호칭은 사용하지 않게 되었지만 그 호칭의 전환을 둘러싸고 다양한 논의가 있었다. 다케우치는 그것을 염두에 두고, 또한 "이 문제에는 일본과 중국의 근대사의 모든 무게가 실려 있다. '중국을 안다'라는 것의 의미, 이미지를 변혁하는 것의 의미, 그 전부가 걸려 있다"라고 인식하기 때문에 다시 이 문제를 위해 지면을 할애한다.

다케우치의 결론은 분명하다. '중국'이라고 불러야 한다는 것이다. 이 태도는 앞서 인용한 전전戰前의 자세와는 조금 다르다. '시국적'이라면 '시국적'이라고 할 수 있다. 그러나 '중국'으로 부른다고 해서 그것으로 문제가 해결된다고 생각하지 않는 점은 전전戰前부터 일관된 자세이다. "'지나'를 '중국'으로 바꾼 것은 그 자체로는 나쁘지 않다. (…중략…) 잘못을 잘못으로 인정하고 반성해야 할 것을 반성하고 바꾼 것이 아니라는 점이 화근을 남겼다"(「중국을 알기 위해 12 지나에서 중공으로中国を知るために 十二 支那から中共へ」)라고 말하듯이, 패전 직후에 내린 통달에는 "앞으로는 이유 여하를 막론하고"라든지 "요컨대 지나라는 단어를 사용하지 않으면 된다"와 같은 문구가 보여 대단히 무사안일주의이다. 물론 그것으로 문제는 끝나지 않는다. 다케우치는 1952년에 아오키 마사루青木正児가 「지나라는 명칭에 관하여支那という名称について」라는 글을 『아사히 신문朝日新聞』에 기고하고, 유승광劉勝光이 같은 신문 지상에서 맹렬히 반론한 것을 13년 후에 거론하며, 이렇게 말했다.

어원은 미칭美稱이고, 중국의 불교 신자에게는 자칭自稱이며, 유럽어에서는 반감을 갖지 않는다는 것이 사실이다. 그런 사실을 지적하는 것은 좋다. 그러나 그러니까 일본인의 지나도, 라는 논법은 성립하지 않는다. "그런데도 불구하고" 일본인의 지나는, 이라는 논리 전개가 있어야 비로소 문제의 출발점에 서게 된다.

─ 「중국을 알기 위해 18 이름을 바르게 할까」

그 기본적인 자세는 여기에 다 드러나 있다. 왜 일본인의 '지나'만을 이토록 혐오하는 것일까. 그 점을 생각하지 않는 한 이 문제는 해결되지 않는다고 그는 말한다.

다케우치가 언급한 아오키 마사루와 유승광의 논쟁에서는, 유승광의 반론이 너무나 감정적이고 그 때문에 사실을 오인한 부분이 대단히 많다. 아오키가 '지나'라는 단어의 유래를 설명한 부분은 사네토의 설명보다도 정밀해서 고전문학 연구자의 면모가 생생히 드러나기는 한다. 그러나 다케우치는 그것을 인정하면서도 "애당초 중국인이 '지나'를 싫어하게 된 것이 청일전쟁의 결과인 것처럼 아오키 씨가 착각하는 데에 문제가 있을 것이다. 청일전쟁에서 태평양전쟁까지를 연속적으로 파악하는 아오키 씨의 사관史觀이 문제"라고 말한다. 오히려 "'지나'가 중국에서 공민권公民權을 갖게 된 것이 청일전쟁 이후"인 것이다. 그렇다면 어떻게 이런 문제가 생겼는가, 그 원인을 다케우치는 다음과 같이 파악한다.

중국인이 '지나'에 혐오감을 느끼게 된 것은 1910년대부터였고 그것이 보급된 것은 1920년대이다. 즉, 중국 내셔널리즘의 발흥과 일본 제국주의 진출의 접점에서 이 문제가 일어났다. 중화인민공화국이든 중국공산당이든 이 문제와는 전혀 관계가 없다. 오히려 국민당 시절이 훨씬 민감했다. 일본 정부도, 신문도, 국민도 이 중국 내셔널리즘의 요구를 무시했다. '지나'를 끝까지 밀어붙이려고 했다. 즉, 일본이 '간섭벽干涉癖'을 발휘한 것이다. (…중략…) 화근은 중국 내셔널리즘 경시輕視라는 역사의 유산에 있다. 내셔널리즘을 없애려고 무리를 하니까 '그림자 없는 그림자'도 생기고, '지나'가 침략의 상징이라는 도착倒錯된 논의도 나온다. 그 결과, 까짓것 한번 해보자는 반발도 일게 된다.

— 「중국을 알기 위해 11 유령의 설幽霊の説」

이러한 다케우치의 인식은 오늘날까지도 대단히 유효한 논의이기는 하나, 그 한편으로 다케우치의 독자적인 '내셔널리즘'론은 동시에 약점도 드러낸다. 극단적으로 말하면 다케우치에게 있어서 '내셔널리즘'을 주장하는 주체는 중국이고, 일본은 자신의 '내셔널리즘'에 따라 그것에 대항한 것이 아니라, 단지 그것을 없애려고 했을 뿐이라는 이야기가 된다. 이 논리는 다케우치의 근대의식에 바탕을 둔 것이라 할 수 있다. '중국'이라는 명칭이 "하나의 문명권 혹은 민족공동체에 붙인 총칭"이라는 점, "이러한 용법으로 중국이라는 말이 사용된 것은 20세기에 들어서부터"인데, "근대 내셔널리즘이 발흥함에 따라 자칭自稱을 정하자는 요구가 일어서 중국 외에 중화, 때로는 지나 등이 사용되었는데, 점차 중국으로 고정되었다"라고도 그는 말하는데, 그것은 맞는 이야기이다. 그런데 일본은 왜 중국을 일부러 '지나'라고 부르기 시작했는가, 그 문제에 대해서 다케우치는 언급하지 않는다. 역으로 바로 그 점에 중국 멸시라는 틀로는 다 포괄할 수 없는 일본 자신의 국민국가 의식=내셔널리즘이 있던 것이 아닐까.

메이지기의 '지나'라는 호칭이 중국인도 빈번히 사용하여 하등 차별적인 표현이 아니었다고 단정하는 다케우치는, 그 호칭을 왜 메이지기에 이르러 일본인이 빈번히 쓰기 시작했는가 하는 점에 대해서도 '지나' 옹호론자와 마찬가지로 시대의 추세라든가 편의 같은 이유를 대려고 하지는 않는다. 사네토도 마찬가지였다. 하지만 실제로는 중국을 '지나'라고 부르는 행위 자체가 막말幕末 메이지기 일본의 내셔널리제이션의 일환이어서, 필시 그것을 생략하고 일본이 네이션nation으로서 서기는 어려웠다.

2. '화한'의 해체와 '지나'

내셔널리즘이라는 것은 정치적이기도 하지만 또한 대단히 문화적이다. 물론 양자는 항상 긴밀한 관계에 있어서 때로는 불가분이지만, 여기서는 근대 일본의 내셔널리즘과 관계가 깊은 문화적 텍스트로 1876년에 문부성이 작성한 『일본교육사략日本敎育史略』을 우선 대상으로 삼아, '지나'라는 말이 이 책 속에 어떤 식으로 등장하는지 살펴보겠다. 이하, 제1장과 논의와 인용이 중복되는 부분이 있는데, '지나'를 호칭 문제라는 관점에서 다시 한번 살펴보고자 한다.

필라델피아에서 개최된 독립기념박람회에 전시된 『일본교육사략』은 일본이 구미歐美와 비견할 만한 문화를 지닌 국가임을 보여주기 위해 쓰인 텍스트였다. 앞 장에서 서술했듯이 이 책은 「개언」(데이비드 머레이 저, 고바야시 노리히데 역), 「교육지략」(오오쓰키 슈지大槻如電 초안, 나카 미치다카那珂通高 교정), 「문예개략」(사카키바라 요시노榊原芳野)의 3부 구성에 「문부성연혁략기」를 덧붙인 것이다. 예를 들어 「개언」에서는 일본 교육의 시작을 다음과 같이 서술한다.

학사學事의 유래

이 나라 교육의 남상濫觴은 쇼군將軍 직을 두기 전부터 있었다. 그리고 학문의 연원은 다른 제 분야와 마찬가지로 지나 및 고려에서 전해진 것이 가장 많다. 기원 삼백 년경 고려와 지나의 학사學士가 일본에 건너와 지나의 문자와 서적을 전했다고 한다. 그리고 지나 문자가 전해지지 않았던 옛날에는 일본에 문자가 없었다고 지금은 모두 믿고 있다. 현재 간이 서법書法에서 사용하는 이로하イロハ라고 부르는 48문자는 통상의 지나 문자체를 생략한 것과 같은 것이다. 처음에 지나 문자가 전래하였을 때에는 이것을 지나 북지北地에서 사용하던 순수한 음을 사용하여 불렀는데, 그 후 국음國音에 영향을 받아 그 자운字韻이 점점 문란해져서 마침내 이것을 보고 읽고만 할 뿐이지 들어서는 이해할 수 없게 되었다.

오늘날에는 한자라고 기술해야 할 부분을 여기서는 모두 '지나 문자'로 부르고 있음을 알 수 있다. 혹은 다른 대목에 "매일 학교가 시작될 때 대략 삼백 명의 학생을 모조리 대강당에 모으고, 이때 학교의 교수가 지나 경전 중에서 두세 문장을 골라 학생들에게 가르쳤다"라고 하듯이 사서오경을 '지나 경전'으로 부르는 등 중국에서 전래한 것에는 조금 집요하게 느껴질 정도로 '지나'라는 표현을 붙여 놓았다. 머레이의 영어 문장을 번역할 때에 China와 Chinese를 그대로 모두 '지나'로 바꿔버린 결과 이런 집요함이 생겼을 텐데, '지나'라는 표현이 더해짐으로써 그것이 명백하게 '외부'로부터 건너온 것이라는 사실을 강하게 의식하게 되는 것은 분명하다. 막부 말기부터 지역 호칭으로 사용한 '지나'를 문화의 **본적**本籍을 나타내는 꼬리표로 이용함으로써 근세 이래의 '지나'의 용법과는 다른 힘을 이 단어는 발휘한다. '지나 문자'라고 칭할 때 그것은 '지나'라는 '나라'의 고유한 것으로 새롭게 의식되고, '지나'는 '일본'이 아닌 것의 표징으로 기능을 하기 시작한다.

번역이 아닌 오오쓰키의 「교육지략」에서는 오히려 반대여서, 기원起源면에서 중국에 속한다는 것에 그다지 신경을 쓰지 않고, 피해갈 수 없는 문자의 전래에 관해서도 일본에 대한 '조공朝貢'이라는 관계로 설명한다.

우리나라의 상세上世에 문자가 없어서 옛날 사람들의 말과 행동은 세상 사람들의 구전을 통해 전해졌다. 그러는 사이에 간신히 생긴 문자는 외국에서 들어온 것이다. 가이카開化 천황 때에 대가라大加羅 사람이 건너와 처음으로 문자를 전했다고 한다. 그 후 스진崇神 천황 때에도 같은 나라 사람이 귀화하여 이때부터 문자를 사용했다고 한다. 당시 스진 천황 65년에 그 나라의 국왕이 처음으로 사신을 보내 조공을 바치고 68년에는 왕자가 건너왔는데, 마침 천황이 붕어하자 머무르며 스이닌垂仁 천황을 섬기니 특별히 국호를 임나任那라 하사하였다. 이것이 외국 조공의 시작이자 문자가 전래한 기원으로 본다.

「개언」과 비교하면 그 차이가 두드러진다. 머레이는 문명의 전파에서부터 세계사를 논하려고 하는 자세가 농후하다. 문명의 중심은 '지나'이며, '일본'은 그 주변 국가로 여겼다. 그 때문에 '문자'의 기원이 '지나'에 있다는 사실을 더욱 의식하게 된다. 오오쓰키의 인식은 다르다. 문자가 '해외'로부터 건너왔다고 서술하기는 하지만 그 '문자'에 '지나'를 덧붙이는 일은 없다. 모든 것이 '여기'에 오는 것이 마땅하니까 왔다는 느낌까지 들며 '문자'는 거의 헌상받은 조공품과 같다. 그러나 국학자의 예민한 부분을 별개로 친다면, 오히려 이 오오쓰키의 인식이야말로 전통적이고 일반적이었다고 할 수 있다. '화和'와 '한漢'은 새삼스레 나눌 필요가 없고, '화한和漢'은 하나로 묶여서 열도의 문화를 구성한다. 그러한 문맥에서 보면, 「개언」이 'Chinese character'를 '지나 문자'로 바꾼 것은 단순한 치환 이상의 의미를 지님을 이해할 수 있을 것이다. 사네토가 언급했듯이 그것은 "서양인의 말 흉내"이지만, 그러나 그 "말 흉내"는 근대 시기 내셔널리즘을 가속하는 장치가 되었다. '지나'라는 표현에 의해 중국은 대상화된다. 그 외재화外在化에 의해 비로소 일본은 일본일 수 있는 것이다.

'화한' 안에 내재화되어 있던 중국이, 미국인 머레이의 시선을 거쳐 '지나'로 외재화된 것. 분명하게 "WA-KAN, ワカン, 和漢, n. Japan and China"(『和英語林集成』)라고 사전에는 정의했어도, 그 표제어 '화한'과 역어 'Japan and China' 사이에는 과감한 시점의 전환이 필요했다. 이미 네이션의 시선을 획득한 서양인 입장에서 보면 '화한'은 정확히 'Japan and China'가 된다. 그러나 '화한'은 오히려 종합하는 명사이지 '화'와 '한'을 분할하는 명사가 아니다. '화'와 '한'의 경계는 종종 애매하며 '한'

은 '화'에 깊숙이 들어와 있다. 하지만 'Japan and China'는 다르다. 재팬은 재팬이고 차이나는 차이나이다. '지나'라는 양학자洋學者 풍의 표현을 번역으로 오히려 적극적으로 사용함으로써, 「개언」의 역자는 그 시점의 전환을 급하게 마무리 지으려 했다고 할 수 있다.

제1장에서 서술했듯이 오히려 '지나'를 대상으로 하여 파악함으로써 이루어진 것은 결국 그 실상을 밝히는 것이 아니라 오히려 '지나'를 없앤 후의 '일본'의 순수성에 가치를 찾으려는 시도였다. 「개언」을 발표한 지 10년이 채 안 된 1884년 3월, 『사학협회잡지』 제9호에 게재된 구리타 히로시栗田寛의 「문학사췌언文学史贅言」에 다음과 같은 서술이 있음을 상기했으면 한다.

이른바 글은 한학漢學이 있어야 존재하는 것이 아니다. 천지天地가 시작되었을 때부터 우리 황국皇國에 전해지는 문장文章이다. 일월성신日月星辰이 하늘에 밝게 빛나는 것은 하늘의 글이 아닌가. 초목산천草木山川이 대지에서 명미明媚한 것은 대지의 글이 아닌가. 사람의 희노애락의 정情이 마음속에 쌓여 말로 표현하는 것은 사람의 글이다. 고로 이자나기노 미코토伊弉諾命가 천주天柱를 돌며, 아름다워라, 하는 표현이 있는 것이다.

물론 에도 국학과의 연속성을 여기에서 찾아내는 것은 간단하다. 노리나가宣長 이래, 문자 즉 한자를 이차적인 것으로 간주함으로써 '한漢'에 대한 '화和'의 우위를 찾아내려는 것은 이미 진부할 지도 모르겠다. 그러나 막부 말기부터 메이지에 걸쳐 구미歐美로부터 대량의 사서史書와 지지地誌가 유입됨으로써 이러한 사고법은 그냥 국학 안에 갇혀있지 못하게 된다. 일본에 관해 말하는 것은 그것을 세계사 또는 문명사 속에 자리매김하려는 시도이다. 여기에 서술된 내용도, 아시아 문명의 기원으로 '지나'의 존재가 부상함에 따라 대항적으로 '일본'이 강조된 것인데(1장에서 서술했듯이, 이것은 고스기 스기무라小杉榲邨의 「문학사」에 대한 비판이었다), 말하자면 국학적 언설이 새로운 활로를 찾았다고도 할 수 있다.

머레이가 '지나'를 연발했듯이 "서양인의 말을 흉내" 냄으로써, 중국에서 유래한 것과 중국적인 것을 '지나'로 묶어 버리는 동시에 거기서부터 반전反轉되어 '일본'의 위상을 짚어보는 흐름이 생긴다. 국학적 언설은 거기에 잘 들어맞는데, 동시에 그것은 이미 국학의 틀을 넘어서 응용되고 있다고도 할 수 있다. 그리고 다구치 우키치田口卯吉가 『일본개화소사』를 종결시킨 이듬해에 『지나개화소사支那開化小史』(1883)를 출판했다는 사실이 상징하듯, 일본과 관련된 언설이 늘어남에 따라 중국과 관련된 언설도 늘어간다. '한漢'이나 '당唐' 등이 아닌, 더욱 고차원적인 (혹은 그렇게 믿은) 문명의 시선으로 '지나'라고 부른 그것이 어떤 것인지 이쪽에서 규정함으로써 피아彼我의 경계선은 분명해진다. 근대의 국민국가 의식＝내셔널리즘은, 단지 외부를 '오랑캐夷'로 배제함으로써 성립하는 그런 것이 아니다. 거울을 앞뒤에서 비추는 것과 같이 서로의 모습을 비춰봄으로써 형성되어 간다. 그리고 일본인이 중국에 대하여 말할 때, 다른 외국과는 달리 거기에 각별한 의미를 부여하려는 점에 관해서는 역시 고죠 테이키치古城貞吉의 『지나문학사』(1897)에 실린 이노우에 테쓰지로井上哲次郎의 서序를 참조하고자 한다. 거기에서는 "우리나라의 문화는 책과 지나에서 얻은 바가 적지 않다"라고 시작되는데, 지금은 "지나를 능가하기에 이르렀다"라며, 그래도 "지나 문학을 연구하지 않고 우리나라 고래의 전고典故를 어떻게 탐구할 수 있겠는가"라고 말한다. 그리고 또 하나, 이노우에는 강조하고 싶은 것이 있었다. 다시 한 번 인용하겠다.

> 그러나 지나인 자신은 본래 개괄력概括力이 부족하고, 또한 지금 학술계의 상태가 어떠한지 분별할 수 없으므로 지나문학사를 저술할 필요성을 깨닫지 못하며, 가령 그것을 알더라도 그에 걸맞은 자격이 있는 자가 없다. 과연 그렇다면 지나 문학 저술과 같은 것은 우리 방인邦人이 자진해서 그 임무를 맡지 않으면 안 된다.

'지나'라는 이름을 채용한 것 그 자체가 이러한 인식을 편제編制하는 전제가 되는 것이 아닐까. 상대를 '청국'으로 부르는 것만으로는 불충분하다. 수천 년 이어진 역사를 뒤집으려는 것이니까. '중국'이나 '중화'로는 곤란하다. 그것은 '화한' 시대의 명칭이고, 중국의 문화적 우위를 나타낼 수 있으니까. '지나'라는 단어는 그야말로 "서양인의 말 흉내"(사네토)이므로, 서양과 마찬가지로 외부로부터 중국을 가리켜서 일본이 언제라도 우위에 설 수 있는 대상임을 보여줄 수가 있다. 그리고 일본의 문화적 내셔널리즘은 한자 한문으로 대표되는 중국에서 유래한 문화를 외부로 배출함으로써 간신히 성립할 정도로 취약하고, 바로 그래서 철저하게 '지나'라는 명칭을 고집해야 했던 것이 아닐까.

아마도 사정은 조선반도에서도 마찬가지였을 것이다. 예를 들어 1895년에 학부學部[6] 편집국이 간행한 『국민소학독본国民小学読本』에 「지나국」이라는 과가 있는데, 거기에 드러나는 중국 인식은 개명파開明派

에 의한 것일 텐데 지극히 낮은 평가이다. 그것이 대국大國이기는 하지만 근년에는 "점점 쇠잔"하여 아편전쟁에 지고 열강에 휘둘려 세계의 웃음거리가 되어서 불쌍하기도 하고 우습기도 하다고 단언하는, 근대로 들어선 이후의 그 대중관對中觀의 변화는 국명國名을 서양과 일본을 본떠 '지나국支那國'이라고 부르는 것과 무관하지 않을 것이다.

사네토와 다케우치 등이 문제 삼지 않았던 시기에 이미 '지나'는 그런 것이었다. 그렇다면 이 시기에 중국인들도 '지나'라는 호칭을 많이 이용하고, 거기에 "혁명적 의의"(사네토)를 담았던 것을 어떻게 이해할 것인가. 무술정변 이후 일본에 망명한 양계초梁啓超를 사례로 그 사정을 밝혀 보자.

3. 양계초의 '지나'

일본에 망명한 양계초는 1898년 12월 23일, 요코하마에서『청의보清議報』를 창간했다. "嗚呼、我支那国勢之危険、至今日而極矣"로 시작하는 창간호「서례叙例」의「종지宗旨」에는 다음과 같이 되어있다.

1. 維持支那之清議、激発国民之正気

2. 增長支那人之学識

3. 交通支那日本両国之声気、聯其情誼

---

6 [역주] 대한제국 때에 교육에 관한 일을 맡아보던 관청. 고종 32년(1895)에 학무아문을 고친 것이다.

4. 発明東亜学術、以保存亜粋

얼핏 봐도 알 수 있듯이 '지나' 일색이다. 「서례」 전체를 훑어보아도 '청국'은 물론 '중국'도 없다. 그리고 '지나'는 자칭自稱이다. 그렇다면 일본에 건너가기 전에는 어땠을까.

양계초가 주필을 맡고 변법운동의 기관지 역할을 담당했던 『시무보時務報』를 보면 자칭으로 압도적인 것은 '중국'이다. 예를 들어 청일통상조약淸日通商條約을 외신으로 전할 때도 '중일통상조약中日通商條約'으로 번역하거나 '일본인민지재중국자日本人民之在中國者'로 번역하지 '청국'이라고 안 한다.[7] 또한 『시무보』에는 고죠 테이키치의 「동문보역東文報訳」 기고란이 있는데, 거기에도 원래는 '청국'이나 '지나'였을 것 같은 부분이 모두 '중국'으로 되어있고 '지나'라는 표현은 거의 찾아볼 수 없다. 물론 일본에 망명하기 전부터 양계초는 '지나'라는 호칭이 일본에서 통용되는 것을 알았을 것이다. 강유위康有為의 『일본서목지日本書目志』에는 '지나'라는 말이 붙어 있는 수많은 서명書名이 기록되어 있고, 『시무보』에 연재되던 「변법통의変法通議」에도, "吾所見日本人之清国百年史·支那通覧·清国工商指掌"이라고 되어 있다. 『시무보』만 보면 자칭으로서의 '중국'은 이미 확고한 것이고, 영어의 'China'나 일본어 '지나'의 역어로도 정착된 것이다. '중국'이라는 호칭을 사용하는 것은 『시무보』의 통일된 방침이었다고 할 수 있다.

그러나 무술유신戊戌維新에 실패하고 일본에 망명하자마자, 전술한 바

7　『시무보時務報』제1책, 1896.8.

와 같이 양계초는 '중국' 대신에 '지나'를 사용하게 된다. 왜 그럴까. 일본에서 조어造語한 대량의 '신명사新名詞'를 중국어에 도입했던 것과 마찬가지로, 일본에 건너온 양계초의 눈에 '지나'라는 호칭이 신기하게 비쳐서 원래 불교학에도 정통했던 그이기에, 그 유래도 알고 하여 즉각 이 단어를 쓴 것일까. 일본과의 연계를 모색하던 차에 일본이 부르듯이 '지나'라고 해두는 편이 유리하다고 판단했을까. 혹은 '지나'라는 호칭에서 '중국'으로는 나타낼 수 없는 새로운 개념을 감지한 것일까. 아쉽게도 그 답을 가르쳐줄 사료를 지금 찾아낼 수는 없다. 그러나 이 '중국'에서 '지나'로의 전환이 단번에 이루어졌다는 것은 누가 보아도 명백하다.

『청의보』 제1책에는 『시무보』에 연재되던 「변법통의」에 이어 「속변법통의」라는 제목하에 「논변법필자평만한지계시論変法必自平満漢之界始」라는 논설이 게재되었는데, 그때까지는 '중국'으로 썼던 부분이 모두 '지나'로 되어있다. 실제로 『시무보』에 게재할 당시에 앞서 인용한 서명書名 이외에는 '지나'라는 단어는 전혀 찾아볼 수 없고 모두 '중국'이다. 그것이 『청의보』로 게재지가 바뀌자마자 모두 '지나'가 된다. 다만, 『청의보』는 『시무보』에서 '중국'으로 통일했듯이 '지나'로 통일한 것은 아니다. '지나'가 다수를 차지하기는 하나, 다른 기사에는 '청국'과 '중국'도 혼재하고 있고, 양계초 자신이 쓴 논설에서도 범칭으로서의 '중국'은 기피하지 않는다.

그렇기는 하지만 그 창간 「종지宗旨」에 '지나'라고 되어 있고, 또한 「지나근사支那近事」, 「지나철학支那哲学」이라는 칼럼이 있듯이, 공식적으로는 '지나'가 중국의 호칭이었다고 보아도 좋다. 그러나 1년여가 지난 후 『청의보』 제36책에서는, 그때까지 사용하던 「지나근사支那近事」라는 칼럼의 이름을 「중국근사中国近事」로 바꾼다. '지나'라는 호칭을 모든 기사에서 배제하지는 않았으나 이 36호를 전후해서 뚜렷하게 '지나'보다도 '중국'을 즐겨 사용하게 되었다. 그리고 그것은 양계초의 기사에서 특히 더 그렇다. 왜 다시 '지나'를 '중국'으로 바꿨는지, 그 설명은 '지나'를 사용했을 때와 마찬가지로 없다. 하지만 그것을 설명하는 것으로 보이는 논설이 한 호 앞서 『청의보』 제35책에 실려 있다. 「소년중국설少年中国説」이다. 양계초는 다음과 같이 말한다.

애당초 그 옛날 우리 중국에 과연 국가가 있었을까. 조정이 있었을 뿐이다. 우리 황제黃帝의 자손 일족이 모여서 생활하고 이 지구상에 존재한 지 수천 년이 지났지만, 그 나라의 이름이 무엇인지 물어도 아무것도 없는 것이다. 이른바 당우唐虞 · 하夏 · 상商 · 주周 · 진秦 · 한漢 · 위魏 · 진晉 · 송宋 · 제齊 · 양梁 · 진陳 · 수隋 · 당唐 · 송宋 · 원元 · 명明 · 청淸이라는 것은 조朝의 이름이다. 조朝라는 것은 어느 집안의 사유재산이며, 나라라는 것은 인민의 공유재산이다. (···중략···) 대략 이런 것임을, 조정이 늙었다고 말하는 것은 상관없지만 나라가 늙었다고 말하면 안 된다. 조정이 늙어서 죽을 지경에 이른 것은 사람이 늙어서 죽을 지경에 이른 것과 같은 것이다. 내가 말하는 중국과 무슨 관계가 있을까. 즉, 내가 말하는 중국은 지금까지 세계에 출현한 적이 없고 이제 겨우 막 싹을 내민 것이다. 천지天地는 광대廣大하고 전도前途는 요원遼遠하다. 멋지지 않은가 나의 젊은 중국이여.[8]

---

8 원문은 본서의 제3장 104쪽을 참조.

마치니의 청년 이탈리아 운동에 계시를 받아 제창한 이 '소년중국'은 중국을 늙은 대국이라고 함부로 부르는 일본과 서양에 대한 반박이었는데, 주목할 만한 것은 중국에는 국가는 없고 조정밖에 없었다고 하는 당시 일본에서 통용되던 주장을 그대로 사용하여, 그러므로 이제부터 우리의 '중국'은 시작하는 것이라고 선언한 점이다. 조정의 이름은 있으나 국가의 이름은 없었다, 국가는 이제부터 만드는 것이다, 그 이름이 '중국'이다. 이 논리는 마치 조정의 이름은 있지만, 총칭이 없어서 '지나'라고 부른다고 일본인이 종종 주장하는 것을 역으로 이용한 근대 국가 선언이다. 그런 의미에서 이 '중국'은 『시무보』 시기의 '중국'보다 훨씬 명확한 내셔널리즘에 뒷받침되어 있다. 중화의식에 바탕을 둔 '중국'이 아니고 국민국가 의식에 토대를 둔 '중국'이라고 할 수 있다. 그리고 그것이 '지나'라는 호칭을 일단 거쳐서 획득한 것이었다는 사실은 주의하지 않으면 안 된다. 어쩌면 양계초는 '지나'라는 호칭을 사용함으로써 일단 중국을 외부로부터 파악하는 작업을 했다고도 할 수 있다. 국외로 망명 중인 상황에서 한번 외부의 시점으로 중국을 바라보는 것이 자국을 '지나'로 부르는 것과 연관이 있었다. 그리고 확실하게 내셔널리즘을 내 것으로 만들었을 때, 이제 '지나'라는 단어는 필요 없게 되었다. 다시 '중국'으로써, 게다가 거기에 신생新生의 숨결을 담아서 자국自國을 부르고자 했다. 양계초는 일본이 규정한 '지나'를 통과함으로써 새로운 '중국'을 획득했다. 즉, 일본의 내셔널리즘을 통과함으로써 중국의 내셔널리즘을 획득한 것이다.

'지나'라는 호칭이 메이지 이후 활발하게 사용된 것은 일본인이 어떻게든 자국의 문화에서 외래의 것 — 중국에서 유래한 것 — 을 배제하고, 새롭게 일본 고유의 '전통'을 만들어내려고 했기 때문이었다. 일본이라는 국가 안에 외부 국가의 요소가 있으면 안 된다. 일본은 일본이고 지나는 지나이어야 한다. 한자라고 하는 대신에 새롭게 지나 문자라고 한 것은 바로 그것이 외래의 것임을 강조하기 위해서였다. 그리고 또한, 배출한 문화를 총체적으로 규정하는 호칭으로도 '지나'가 필요했다. 문화적 통일체로서 '지나'라는 관념의 성립이, 문화적 통일체로서의 '일본'이라는 관념의 성립과 표리 관계에 있다는 것은 아무리 강조해도 지나치지 않을 것이다. '지나'가 역사적 통칭으로 적당하니까 사용한다는 논의가 이따금 전혀 반성 없이 역사적 통칭으로서의 '일본'을 전제로 하는 것은, 그러한 사실의 반증이 될 것이다. 그리고 '지나'를 '중국'으로 바꾼 것만으로는 여전히 이 관계가 유지되고 이어질 것이다. "상대가 싫어하는 말은 사용하지 않는다"라는 것은 처세술로는 유효하지만 결국 처세술에 불과하다. 한편으로 처세술에 반발하여 '지나'를 사용한다 해도, 지금까지 언급한 메커니즘을 자각하고 그것을 뛰어넘으려는 것이 아니라면 단순히 센 척하는 것에 불과하다. 중요한 점은 문화적 아이덴티티의 함정을 자각하고 끊임없이 만들어지는 그 함정을 부수어 나가는 작업을 추진하는 것이며, 사네토와 다케우치의 논의를 뛰어넘는 것도 그러한 작업에 의하는 수밖에 없다. 호칭으로서의 '지나'를 논하는 가치는 그 점에 있으며 그런 의미에서 우리는 '지나'라는 단어에 여전히 주의를 기울이지 않을 수 없다.

신국민의 신소설
근대 문학관념 형성기의 양계초

양계초가 창도하고 전개한 '소설계 혁명'을 비롯한 일련의 문학혁신운동은 중국 에크리튀르의 전통 세계에 큰 변동을 초래하였다. 물론 공을 양계초 한 사람에 돌릴 수는 없지만, 이 변동의 거의 모든 국면에 주도자로서 그리고 매개자로서 관여한 양계초의 존재는 너무나도 크다.

주지하다시피 그가 구체적으로 문학혁신운동을 일으키는 계기가 된 것은 무술정변戊戌政變 후의 일본 망명이며, 그에게 큰 영향을 준 것은 메이지 일본의 문학 상황이었다. 종래, 그 영향 관계에 대해서는 『가인지기우佳人之奇遇』나 『경국미담経国美談』 등 정치소설의 번역, 그리고 『신중국미래기新中国未来記』 등 창작이라는 면을 중심으로 논의되는 경우가 많았다. 아울러 양계초가 망명한 시기의 정치소설은 일본에서는 이미 과거의 것이 되어 양계초는 단지 메이지문학의 보잘것없는 영향을 받은 것에 불과하다거나, 보다 '뒤처진' 단계의 중국에 그것들을 적용한 것에 불과하다는 논조가 불식하기 어렵게 존재한 것도 사실이다. 양계초를 투과적透過的인 매개자로 규정하여 그 섭취로부터 적용으로, 라는 한 방향의 흐름에만 주목한다면 분명히 그렇게 보인다. 그러나 양계초라고 하는 매개 장치에서는 섭취와 적용이 항상 상호작용을 하고, 게다가 그것이 장치 자체의 변용을 이끌어내는 계기가 되고 있다. 시야를 좀더 넓게 가질 필요가 있을 것이다.[1]

『문학』 개념의 재편성이라는 점에 착목하면, 양계초의 혁신운동은 일본의 문학 상황을 뒤좇는 것이 아니라 오히려 동시대적 상호 반응을 하고 있음을 확인할 수 있다. 근대 일본문학사를 한 줄기의 직선적인 '문학사'로 서술하는 것을 전제로 해버리면, 그리고 각각의 문학의 근대화가 어떤 하나의 코스를 밟는 것이라고 한다면, 분명 양계초의 문학운동은 뒤를 좇는 것이다. 그러나 에크리튀르의 세계에 단선적 발전만을 보려는 시선이야말로 허망한 것이며, 하물며 다양한 조류가 합류하고 서로 충돌한 메이지문학에서 양계초의 혁신운동과 결부되는 요소는 그 안에서 항상 반복되는 출렁임과 같은 형태로 존재했다. 그리고 중요한 사실은 양계초의 운동이, 중국문학과 일본문학이 제각기 일국一國 문학사에 대한 욕망을 노골적으로 드러내던 그 흐름을 가속하는 동시에 문학이 일국一國만으로는 성립할 수 없는 지점에 입각해 있었다는 점이다.

이번 장에서는 양계초가 종래의 전통적 문학관文學觀을 출발점으로 하여 어떻게 새로운 시대를 위한 문학관을 형성해 나갔는지 '국민', '미디어', '진화'라는 세 가지 주요 개념을 축으로 분석하고, 그것들이 일본의 근대적 문학관념의 성립과 어떻게 연관되는지 밝히고자 한다.

---

1 본서 제6장을 참조.

1. 통속을 위한 소설

지금 우리는 시문도 소설도 동서양을 불문하고 모두 한데 묶어서 '문학'이라고 부르지만, 근대 이전의 중국에서는 소설이 시문과 하나의 범주를 형성하는 것은 있을 수 없는 일이었다. 물론 명말에 이르면 『수호전水滸伝』이나 『서상기西廂記』 등의 주석을 써서 속문학이 높은 평가를 받게 한 이지李贄나 『수호전』을 『사기史記』나 두보의 시에 비견할 만하다고 한 김성탄金聖嘆과 같은 사대부가 등장하기는 하지만, 그들이 어디까지나 이단異端으로서 그 생을 마감했다는 사실을 잊어서는 안 된다. 소설과 시문이 함께 '문학'이라는 이름 아래 순순히 동거할 수 있게 된 것은 근대 이후이다.

하지만 근대에 들어서 일어난 이러한 변용을 소설의 지위가 향상되어 문학에 끼게 된 것이라고 개괄해 버리는 것은 조금 부정확하다. 거기에서는 문학의 개념 자체도 크게 변용되었으며, 패러다임의 변동은 에크리튀르의 포치 전체와 관련되어 있다. 지금 우리가 '소설'이라 칭하는 장르 자체가 이 포치布置의 재편에 따라 간신히 성립된 것이며, 그 이전에 소설이라는 확고한 장르가 ─ 지위는 낮지만 ─ 존재하여 그 지위가 상승해서 문학의 일부분이 된 것은 아니다. 그 이전에는 문언文言[2] 필기소설과 백화白話 장회소설章回小說[3]을 그 밖의 많은 것들과 함께 다루는 일은 있어도, 다른 것 보다 두드러지는 특질을 지닌 하나의 장르로는 누구도 생각하지 않았다. 따라서 문제는 근대에 들어서 **새롭게**

---

2 [역쥐] 문어문.
3 [역쥐] 중국의 구어 소설로 회를 나누어 기술한 형식의 소설.

'소설'로 명명된 장르를 중심으로 '문학'이 재편된 경위와 의미를 묻는
것이 아니면 안 된다.

양계초의 소설론은 그런 의미에서 그야말로 문학 재편의 돌파구를
연 셈인데, 그 역사적 의미를 확인하기 위해서라도 근대 이전에 소설에
대한 가치 부여가 어떤 형태로 이루어졌는지 한번 훑어볼 필요가 있다.
그것에는 대략 두 개의 흐름이 있었다.

하나는, 소설이 정사正史에는 실리지 않을 것 같은 작은 사건과 일화
를 기술하고 있어서 사료史料로서 정사를 보완할 수 있다는 것. 소설을
패사야승稗史野乘이라고 부르듯이 이러한 생각은『한서漢書』예문지藝文志
이래 통용된 것으로 극히 일반적인 통념이라고도 할 수 있는데, 이것은
필기나 수필 등 주로 문언文言의 단편을 염두에 두고 형성된 견해이다.

다른 하나는, 소설이 일시적인 오락을 제공하는 것으로, 독자에게 상
상의 나래를 펼치게 하여 별천지로 이끄는 효과가 있다는 것. 이것은
비교적 새로운 관념인데 백화 장회소설이 성행함에 따라 등장한 견해
이다. 장회소설의 태생이 설서說書[4] 등의 오락문예에 있음을 생각하면
이러한 관념이 나타난 것도 이상할 것은 없다. 여기에서 중요한 것은,
그 이전에는 말하자면 '사史'의 부속물의 지위밖에 부여받지 못했던 소
설에서 새로 오락성이라는 독립된 가치를 찾게 된 점이다. '사史'로부터
의 독립이라는 이 계기는 이후 소설론의 관건을 이루게 된다.

예를 들어 다음과 같은 논의는[5] 얼핏 보기에는 소설의 지위를 깎아내

---

4 [역주] 설서說書는 중국 민간문예의 하나로 화예話藝의 총칭. 당대의 사원에서 행하던 속강俗
講을 그 기원으로 보는데, 송, 원대에는 설화인說話人이라는 직업적 예인이 상설 무대에서 연
행하게 되고, 또한 구어 소설이 발생하는 모체가 되었다.

5 유양야사酉陽野史,『신각속편삼국지후전新刻續編三国志後伝』「引」(万曆刊).

리는 듯하지만, 실은 거기에 독립된 가치를 인정한다는 점에서는 — 특히 그것이 『삼국지연의三国志演義』라는 가장 역사에 밀착한 소설의 속작續作에 붙은 서序인 점을 고려하면 — 의의가 작지 않다.

　　夫小説者、乃坊間通俗之説、固非国史正綱、無過消遣于長夜永昼、或解悶于煩劇憂愁、以豁一時之情懐耳.

　　소설이라는 것은 역시 민간 통속의 이야기여서 정통의 국사國史와는 물론 다른 것이며, 시간이 긴 것을 주체하지 못해 심심풀이로나 가슴이 답답할 때의 기분 전환에 잠깐 마음을 주는 것에 불과하다.

'사史'로부터의 이러한 해방은 장르로서 '소설'의 성립을 예감하게는 하지만, 오락성만을 레종 데뜨르Raison d'être라고 하기에는 전통의 힘이 너무나도 컸다. 오락성을 강조하는 동시에 그것이 교화敎化에도 도움이 된다는 주장이 바로 등장한다. 일견 소설의 가치를 높이려는 듯이 보이나 실은 소설이라는 장르의 종속성을 재확인하는 주장일 뿐이다. 재미있고 유익한 '통속'을 위한 소설. 선악을 분별하지 못하는 부녀 동몽을 교화하기 위해서는 경서나 사서史書를 음독하게 하기보다는 소설이라는 오락성이 강한 텍스트를 이용해 부지불식간에 인도하는 것이 좋다는 것이다.[6] 바다를 건너 우리 교쿠테 바킨曲亭馬琴의 권선징악 소설론에 이르기까지, 이 관념은 시대가 바뀜에 따라서 더욱 보편적인 견해가 되어 갔다. 이러한 소설관을 가지고 바라보면 **유익하지 못한** 소설은 아무

6　예를 들어 명明의 가정본嘉靖本 張尚德(修髯子), 『삼국지통속연의三国志通俗演義』「引」, 혹은 본서 제6장을 참조.

리 재미있어도 사악한 길로 이끄는 책에 불과하다.

이렇게 오락과 교화를 결합한 소설관은 청말이 되어 유럽의 소설이 들어왔을 때, 수용하는 데 대단히 유효하게 작용했다. 동치同治[7] 11년 (1872)에 번역 출판된 소설 『흔석한담昕夕閑談』에는 역자 여작거사蠡勺居士 /蔣子襄?의 「소서小叙」가 붙어 있는데, 거기에 드러나는 소설관은 서양소설을 접하고 새로 획득한 것이 아니라 전통적인 소설관의 연장선에 있는 것이었다.

> 且夫聖経賢伝、諸子百家之書、国史古鑑之紀載、其為訓於后世、固深切著名矣、而中材則聞之而輒思臥、或併不欲聞。(…中略…) 若夫小説 (…中略…) 使人注目視之、傾耳聴之、而不覚其津津有味、孳孳然而不厭也、則其感人也必易、而其入人也必深矣。
>
> 애당초 성인聖人의 경전이나 현인賢人의 전기, 제자백가의 저술이나 국사고전國史古傳의 기사紀事는 후세에 대한 가르침이라는 점에서는 참으로 깊고 분명하나, 보통 사람이 들으면 졸리거나 전혀 들을 기분이 안 난다. (…중략…) 소설이라면 (…중략…) 사람들도 주의를 기울이고 귀를 기울이며 흥미진진해서 싫증이 나지도 않으므로 사람을 감화시키기도 쉽고, 사람들 마음속에 깊이 파고들 수 있는 것이다.

경서나 역사서의 가르침은 물론 훌륭하지만 보통 사람이라면 졸리는 법, 소설이라면 저도 모르는 사이에 빨려 들어가 가르침도 스며들게

---

7 [역주] 청나라 목종穆宗 때의 연호.

된다. 그러므로 여작거사蠡勺居士는 "누가 소설을 샛길이라고 하는가"라고 윗글에 이어서 말하며, 더욱이 이 책『혼석한담』으로 번역한 소설의 원작은 '서국명사西国名士'의 손으로 이루어진 것으로, "심상尋常한 평화平話, 무익한 소설"과는 비교가 안 된다고 주장한다. 소설에 가치를 부여하는 수법 자체는 중국이라는 문화권 안에서 사전에 형성된 것이었다.

다만, 조금 주의해야 할 것은 종래에는 교훈성이 이를테면 오락성의 면죄부의 역할을 했던 것 — 교훈성이 있으므로 오락성도 허용된다 — 에 비해, 여기서는 '통속'이기 때문에 '샛길'이 아니라는, 즉 오락성을 수반하는 것의 적극성을 주장하고 있는 점이다. 이 '통속'성의 강조야말로 훗날 양계초의 소설론을 이끄는 것이었다.

그런데, 그 양계초의 소설관을 살펴보는 데 시기적으로 가장 빠른 사료는 1897년 1월 21일(음력)의『시무보』제18책에 게재된「변법통의」논학교5論学校五「유학幼学」이다. 그「오왈설부서五曰説部書」에 양계초는 이렇게 말한다.

古人文字与語言合、今人文字与語言離、其利病既娄言之矣。今人出話、皆用今語、而下筆必効古言。故婦孺農氓、靡不以読書為難事、而水滸三国紅楼之類、読者反多於六経。(…中略…) 今宜専用俚語、広著群書、上之可以借闡聖教、下之可以雑述史事、近之可以激発国耻、遠之可以旁及彝情、乃至宦途丑態、試場悪趣、鴉片頑癖纏足虐刑、皆可窮極異形、振厲末俗、其為補益豈有量邪。

옛날 사람은 문자(글말)와 어언語言(입말)이 일치했는데 요즘 사람은 문자와 어언이 분리되어 있다. 그 득실은 이미 여러 번 이야기되었다. 요즘 사람이 이야기할 때는 모두 요즘 말을 사용하는데, 글로 쓸 때는 꼭 옛날의 예스러운 말을 흉내 낸다. 그러므로 부녀婦女 동몽童蒙 농민農民 상인商人 모두 독서를 어려워한다. 그러나 『수호전』, 『삼국지』, 『홍루몽』 같은 부류는 육경六經보다도 독자讀者가 도리어 많다. (…중략…) 지금 오로지 이어俚語를 사용하여 다양한 책을 광범위하게 저술한다면, 위로는 성교聖敎를 밝힐 수 있고 아래로는 사서史書를 이것저것 기술할 수 있으며, 가까이는 국치國恥 의식을 일깨울 수 있고, 멀리는 외국의 사정에도 정통할 수 있다. 나아가서는 관도官途의 추태나 과거科擧의 부패, 아편의 악벽惡癖이나 전족纏足의 잔학성도 모두 상세하게 묘사해 민중을 격려할 수 있으므로 교화에 유익하기 그지없다.

「설부서說部書」를 이야기하면서 그 내용이 아닌 '어언語言'을 먼저 언급하는 것에 유의해야 한다. 애당초 '설부說部'라는 술어 자체가 그렇게 오래된 것이 아니어서, 지금 현재로는 명대明代까지밖에 거슬러 올라가지 못하는데, 물론 경經・사史・자子・집集의 네 부와 대비해서 '설부說部'라고 부르는 것이며, 그것은 『한서漢書』 예문지藝文志이래 자부子部 소설가가 비대해짐에 따라 독립한 것으로 간주해도 좋을 것이다. 송宋・원元・명明을 거치며 수량이 비약적으로 늘어난 '소설'을 어떻게 분류할 것인가, 가르침을 설하는 '경經'도, 사실을 서술하는 '사史'도, 혹은 사상을 기술하는 '자子'도, 문예를 모아놓은 '집集'도 아닌, 다시 말해 예전부터 내려오는 사부분류四部分類로는 적잖이 처리하기 곤란한 서책을 우선 '설說'이라 하여 따로 묶은 것이다. 그러므로 별도로 분류한 것은 소거법消去法적이기는 해도 역시 내용에 따른 것이며, 일반적으로 '설부'라고 하면 지금도 문언 필기 소설을 포함하듯이, 반드시 '이어俚語'[8]를 그 첫째가는 속성으로 보는 것은 아니다.

이렇게 보면, 양계초가 '설부'를 우선 그 '어언'으로 특징지은 것은 관심이 어디에 있는지를 여실히 보여주는 것이라 할 수 있다. 여기서는 소설이 '이어'로 쓰여 있어서 민중도 이해하기 쉽다는 점에 중점을 두고, 그것을 교육에 이용하면 효과가 크다고 주장한다. 더욱이 인용문의 중략 부분에는, 일본에는 가나 혼용 문장이 있어서 "글자를 알고 책을 읽고 신문을 보는 사람이 나날이 늘어난다"라는 유명한 구절이 있는데,[9] 이것도 '설부'의 본질을 '어언'에 있다고 본 양계초 본연의 인식이었다. 『흔석한담』의 서序에서 강조한 '통속'에, 원리적이면서 역사적인 필연을 중첩하려는 것이다. 그리고 '통속'의 목적도 단순히 부녀 동몽을 올바른 길로 인도한다는 것에서, "가까이는 국치國恥 의식을 일깨울 수 있고, 멀리는 외국의 사정에도 정통할 수 있다"라는 시대에 맞는 구체적인 것으로 바뀐다.

"소설의 가치를 처음으로 천명한 문장"[10]으로 불리는 「본관부인설부연기本館附印說部緣起」(嚴復・夏曾佑)는 이보다 약 9개월 뒤에 『국문보国聞報』에 게재된 것인데, 더욱 상세하고 구체적인 소설론이 전개되어 "歐美東瀛、其開化之時、往往得小說之助(유럽과 미국, 그리고 일본은 개화開化할 때 자주 소설의 도움을 빌렸다)"라고 서술한다. 하증우夏曾佑는 양계초가 『망우 하수경 선생亡友夏穗卿先生』(1924)에 썼듯이 양계초가 19세 때 만난

---

8 [역주] 속어俗語를 가리킴.
9 본서 제5장 166쪽을 참조.
10 아영阿英, 『만청소설사晚清小說史』, 商務印書館, 1937. 作家出版社에서 1955년에 개정판이 나옴.

"나의 청년 시절의 학문형성에 가장 영향을 준 선생님"이자 "30년이 넘은 친구"인데, 소설에 대한 생각도 공유하는 부분이 있었음이 틀림없다. 물론 강유위가 다음과 같은 말을 한 것을 잊어서는 안 된다.

今日急務、其小説乎。倪識字之人、有不読経、無有不読小説者。故六経不能教、当以小説教之。正史不能入、当以小説入之。語録不能論、当以小説論之。律例不能治、当以小説治之。天下通人少、而愚人多.。深於文学之人少、而粗識之無之人多。六経雖美、不通其義、不識其字、則如明珠夜投、按剣而怒矣。(…中略…) 物各有群、人各有等。(…中略…) 今中国識字人寡、深通文学之人尤寡。経義史故、亟宜訳小説而講通之。

오늘날의 급무는 소설이다. 겨우 글을 읽을 수 있는 사람 중에 경전을 안 읽는 사람은 있어도, 소설을 안 읽는 사람은 없다. 그러므로 육경六經으로 가르칠 수 없다면 소설로 가르치는 것이 좋다. 정사正史로 인도할 수 없다면 소설로 이끄는 것이 좋다. 어록語録으로 깨우칠 수 없으면 소설로 깨우치는 것이 좋다. 율례律例로 다스릴 수 없으면 소설로 다스리는 것이 좋다. 이 세상에는 뛰어난 사람은 적고 어리석은 사람이 많다. 학문에 정통한 사람은 적고 대충 알든지 전혀 모르는 사람이 많다. 육경六經은 훌륭하지만, 그 도리를 모르고 그 글을 읽지 못하면 보물을 두고도 썩히는 꼴이라, 오히려 오해를 부를 수도 있다. (…중략…) 사물에는 각각 동류同類가 있고, 사람에는 각각 등품等品이 있다. (…중략…) 지금 중국에서는 글자를 아는 사람이 적고 깊이 있게 학문에 정통한 사람은 더욱 적다. 경전의 도리, 사서史書의 기사記事는 신속하게 소설로 만들어서 널리 강설하지 않으면 안 된다.[11]

"経義史故、亟宜訳小説而講通之", 즉, 그 내용이 '경經'이고 '사史'인 것을 '소설'이라는 **형식**으로 널리 퍼지게 한다는 것은 양계초의 소설관의 출발점이기도 하며, '소설계 혁명'을 이끌기도 한 「역인정치소설서訳印政治小説序(정치소설 번역 출판의 서문)」(1898)에도 "남해 선생南海先生의 말"로서 이 『일본서목지日本書目志』의 지어識語가 인용된다. 그런데, 실은 그 「역인정치소설서」가 왜 양계초의 '소설계 혁명'을 이끄는 것이었는가 하면, 그것은 앞서 언급한 '통속'의 효용성만을 강조한 소설론에 머무르지 않는 부분이 있기 때문이다. 거기에는 분명히 무언가 비약이 있다.

주지하다시피 「역인정치소설서」는 양계초가 일본에 망명한 후 요코하마에서 간행한 『청의보』 창간호에, 도카이 산시東海散士, 즉 시바 시로柴四朗의 『가인지기우佳人之奇遇』를 번역한 「가인기우佳人奇遇」와 함께 게재된 것이다. "政治小説之体、自泰西人始也(정치소설의 양식은 유럽인으로부터 시작됐다)"라고 시작하는 그 문장은, 「변법통의」와 마찬가지로 소설이 계몽의 도구로서 얼마나 유효한지를 강조한다. 그리고 강유위의 말을 인용한 다음 정치소설에 대하여 이렇게 말한다.

> 在昔欧洲各国変革之始、其魁儒碩学、仁人志士、往往以其身之経歴、及胸中所懐政治之議論、一寄之於小説。於是彼中綴学之子、黌塾之暇、手之口之、下而兵丁、而市儈、而農氓、而工匠、而車夫馬卒、而婦女、而童孺、靡不手之口之、往往毎一書出、而全国之議論為之一変。彼美、英、徳、法、奥、意、日本各国政界之日進、則政治小説為功最高焉。英

---

11 강유위, 『일본서목지日本書目志』 권14.

名士某君曰、小説為国民之魂。豈不然哉。豈不然哉。今特採外国名儒所撰述、而有関切於今日中国時局者、次第訳之、附於報末、愛国之士、或庶覧焉。

옛날에 구주歐洲 각국의 변혁이 시작되자 훌륭한 학자, 뛰어난 인물들이 왕왕 자신의 경력이나 가슴속에 담아두었던 정치 논의를 오로지 소설로 썼다. 그러자 학문에 힘쓰는 자제들이 학업 틈틈이 그것을 저마다 손에 들고 화제로 삼아, 아래로는 병사, 상인, 농민, 기술자, 인력거꾼 마부, 부녀와 아이들에 이르기까지 손에 들고 입에 올리지 않는 이가 없으며, 가끔 책이 하나 나올 때마다 전국의 논의는 그로 인해 일변했다. 저 미국·영국·독일·프랑스·오스트리아·이탈리아·일본의 정계政界가 나날이 진보하는 것은 정치소설의 공적이 제일 크다. 영국의 유명인사 아무개가 말하기를 소설은 국민의 혼이라고 했다. 바로 그렇다. 지금 외국에서 유명한 학자의 저술 중 현재의 중국 시국과 관련 있는 것만을 골라 차례대로 번역해서 잡지 끝부분에 싣겠다. 애국지사여, 바라건대 책을 읽으시오.

강유위의 『일본서목지』에 수많은 정치소설이 기재되어, 그중에는 스에히로 텟쵸末広鉄腸의 『남해지격랑南海之激浪』 등과 같이 '정치소설'로 표시된 것이 있기는 하나, 정치소설론을 내세운 것은 이 「역인정치소설서」가 처음이다. 물론 이것은 양계초 자신이 『가인지기우』라는 구체적인 작품을 손에 쥠으로써 생겨난 주장이었다. 게다가 이 논의는 '경經', '사史'의 내용을 '소설' 형식으로 저술한다는 종래의 논점에서 보면 어떤 비약이 생겼다. "자신의 경력"이나, "가슴속에 담아두었던 정치 논의"를 오로지 '소설'로 써서 보여주겠다고 하는 이상, 그 내용은 이미 '경

經', '사史'와 같이 공적인 필터를 일단 거쳤다기보다는 더 개인적인 것으로부터 직접 발신된 것이며, 사부四部 분류로 말하면 오히려 '집集'으로 분류되어야 할 언지言志[12]의 문학에 가까운 것이다. 소설을 '문학'의 한 장르로 여기게 되는 과정을 생각하는 데 이 인식은 중요할 것이다.

게다가 여기서는 "小説為国民之魂(소설은 국민의 혼)"이라고까지 말한다. 이 말은 소설의 첫 번째 특징을 '이어'에 둔 인식과는 확연히 구분된다. 독자의 대상도 "애국지사愛國之士"이고, 게재한 번역 「가인지우佳人奇遇」의 문장부터가 전고典故를 다용한 완전한 문언이어서 아이들에게 가르치기에 적합하다고는 도저히 말할 수 없다. 그렇게 된 것은 물론 원작 『가인지기우』의 문체에 원인이 있지만,[13] 『가인지기우』를 번역 소개하려는 것 자체가 양계초로서는 하나의 선택이었다는 점을 고려한다면, 양계초의 소설관에 하나의 전기轉機가 있었다고 보지 않으면 안 된다. 그리고 이 전기는 1902년에 창간된 『신소설新小説』 제1호 개권벽두開卷劈頭, "欲新一国之民、不可不先新一国之小説(일국의 민중을 혁신하려면 먼저 일국의 소설을 혁신하지 않으면 안 된다)"라는 구절로 시작된 「논소설여군치지관계論小説与群治之関係(소설과 사회의 관계를 논함)」에 이르러 하나의 집성을 보여준다. 중국의 근대적 문학관념 형성에 큰 의미를 지닌 양계초의 이 전기가 같은 시기 메이지 일본의 문학사조와 어떤 관련이 있는지, 우선 양계초에게 큰 영향을 주었다고 일컬어지는 도쿠토미 소호德富蘇峰와 그 정치소설의 관계를 축으로 살펴보겠다.

---

12 [역주] 시詩를 일컬음.
13 본서 제6장을 참조.

2. 국민을 위한 소설

양계초와 도쿠토미 소호의 관계에 주목하여 양계초의 '신문체'를 상세하게 논한 것은 하효홍夏曉虹의 『각세여전세覚世与伝世』(上海人民出版社, 1991)이다. 하효홍은 오로지 문체 면의 영향에 중점을 두고 논하는데, 실은 소설 관념 면에서도 도쿠토미 소호 및 그가 결성한 민유사民友社와 양계초는 관계가 적지 않다. 조금 더 말하자면, 메이지 30년대 일본문학계의 동향과 양계초의 문학혁신운동 사이에도 동시대적인 연쇄를 확인할 수가 있다. 1863년, 즉 메이지유신이 일어나기 5년 전에 규슈九州 구마모토熊本에서 태어난 소호의 문학적 교양은 동시대의 지식인과 마찬가지로 역시 중국의 고전을 읽는 것에서 시작되었다. 열 살 전후 삼 년 남짓한 동안 한자 학교에 다닌 그는 사서오경을 소독素讀[14]하는 것부터 시작하여 『좌전左伝』, 『사기史記』, 『당송팔가문唐宋八家文』, 『자치통감資治通鑑』 등을 읽기에 이르렀다고 한다. 애당초 그의 아버지 도쿠토미 기스이德富淇水는 "요순堯舜 공자孔子의 길을 밝히고 서양 기계器械의 기술을 익혀야 한다"(「左大二姪の洋行を送る」)라고 실학을 주장하고 개국을 논한 한학자 요코이 쇼난橫井小楠(1809~1869)의 수제자로, 당연히 집에 한적漢籍 장서도 적지 않아서, 소호는 『한초군담漢楚軍談』이나 『그림책 삼국지絵本 三国志』 등 통속 역사소설과도 자연히 친숙했다.

1880년 도시샤同志社를 퇴학하고 도쿄에 갔다가 구마모토에 돌아오게 된 18세의 소호는 그에게 결정적인 영향을 준 한 권의 책과 만난다.

---

14 [역주] 소독素讀이란 특히 한문을 내용의 이해와 상관없이 글자만 소리 내어 읽는 것을 말하는데, 한문 학습의 초보로 여겼다.

매콜리Thomas Babington Macaulay의 에세이이다.

　나는 권두 첫 번째의 밀턴론을 읽고 새로운 세계가 내 앞에 펼쳐진 듯한 기분이 들었다. 옛날에 라이 산요賴山陽가 소년 시절에 소동파의 논책論策을 읽고 감동했다고 하는데, 아마도 비슷한 느낌을 나도 받은 것 같다. 매콜리의 글은 나에게는 모든 방면에서 심심深甚한 영향을 주었는데, 어찌 그저 문자장구文字章句일 뿐이라고 하겠는가. 사상 면에서도 또한 착안着眼 면에서도 말하자면 나의 인생관, 세계관에 지대한 영향을 주었다.[15]

　라이 산요賴山陽와 소동파의 관계에 자신과 매콜리를 비유하는 점에, 소호가 자신을 어떤 위치에 두려고 했는지가 어슴푸레 드러나는데, 그렇다면 매콜리의 밀턴론은 어떤 것이었을까. 간단히 말하면 그때까지 시인·문인으로서만 알려진 밀턴을 크롬웰의 공화정에 참가한 혁명가로서 재평가하려는 것이다. 이 밀턴론은 당시 일본에서 큰 환영을 받아 동경대학의 영어 교과서에도 채택되어 쓰보우치 쇼요 같은 이도 이것으로 배웠는데, 소호의 경우는 훗날 『두보와 밀턴杜甫と弥耳敦』(民友社, 1917)이라는 대저서를 쓰기에 이른다. 이 책에서는 두보와 밀턴을 다음과 같이 평한다.

　두보는 충의를 군주의 제단에 바치고 밀턴은 자유를 국가의 제단에 올린다. 그들의 성향이 같지는 않지만 철두철미 정치적인 점에서 그 방식이 한

15　도쿠토미 이이치로, 『독서구십년読書九十年』, 大日本雄弁会講談社, 1952.

가지이며 일신을 바쳐서 목적을 향해 희생적이라는 점에서 그 취향이 같지 않을 수 없다. (…중략…) 시詩의 판도는 광대하다. 꼭 정치와 접촉해야 시인이 될 수 있는 것은 아니다. 그렇지만 정치와 접촉하는 것이 인생의 중요한 부분, 큰 부분과 접촉하는 것, 즉 인생의 요소, 극소極所와 접촉하는 것임을 안다면, 정치적 시인의 인스피레이션이 특히 비정치적 시인보다 농후하다는 것 또한 실로 부인할 수 없는 사실이다.

즉, 그들의 가치를 그들이 "정치적 시인"인 점에 있다고 보고, 그 때문에 다른 "비정치적 시인"보다 뛰어나다는 것인데, 이것도 매콜리의 주장과 겹치는 동시에 소호 자신의 문학관의 근본을 보여주는 것이다. 그가 디즈레일리와 위고를 애독해서 위고에 관한 한 영어로 번역된 것은 전부 읽었다는 것도 이상할 것이 없다. 덧붙여 말하자면, 소호가 위고를 읽게 된 것은 자유당 창설자인 이타가키 다이스케板垣退助가 알려주고 나서라고 전해지는데, 그 이타가키야말로 위고를 직접 방문하여 아래와 같은 이야기를 들은 이였다.

선생께서 말씀하시기를, 나를 보고 일본의 현세現勢를 추측하건대, 아마도 인민을 관감흥기觀感興起하려면 구미 자유주의의 정론政論 패사稗史류를 그 나라의 신문 지상에 속속 게재하는 것이 급무라 생각한다고.[16]

이타가키는 정치소설류를 대량으로 일본에 들여와 그것을 『자유신문

---

16 『자유신문自由新聞』 610, 1884.7.22.

自由新聞』지상 등에 번역 게재함으로써 정치소설이 유행하는 하나의 원인을 만들었는데, 당연히 도쿠토미 소호 또한 그러한 흐름 속에 있었다.

그런데 소호는 구마모토에 귀향한 후 1882년에 이른바 민권사숙民權私塾[17]인 오오에 의숙大江義塾을 개설한다. 소호는 여기에서 미국 혁명사와 영국 헌법사 등을 강의하는 한편, 1885년부터 간행된『가인지기우』등의 정치소설도 교재로 사용했다.『가인지기우』와 나란히 불리는 정치소설『경국미담』은 그 전편前編이 1883년에 간행되었는데, 이에 대해서도 소호는 "나의 소년 시절에 가장 나를 움직인 소설은 야노 후미오矢野文雄의『경국미담』이었다"(『読書九十年』)라고 말한다. 따라서 이러한 경력의 소호가 쓴「근래 유행하는 정치소설을 평한다」(『국민지우国民之友』6호, 1887.7.15) 또한 단순한 정치소설 비판일 수는 없으며 오히려 정치소설에 대한 기대를 표명한 글로 보는 것이 정확하다. 그는 이렇게 말한다.

무릇 문학자는 사회의 명경明鏡일 뿐만 아니라 또한 그 등대가 되지 않으면 안 된다. 지식 세계의 대표자일 뿐만 아니라 또한 그 예언자가 되지 않으면 안 된다. 그렇다. 그리고 오늘날 우리나라 인민은 실로 벌판으로 불러내는 예언자의 목소리를 듣고자 발망跋望하는 것이다.

소설이 사회의 실정을 모사摸寫하는 것이라는 쓰보우치 쇼요의『소설신수』(1885~1886) 이래의 사실론寫實論이 일단 바탕에 깔려있기는 하나,

---

17 [역주] 자유민권운동의 영향을 받은 민간 교육기관.

소호가 강조하는 것은 역시 문학자의 사회적 정치적 역할이다. 「문학자의 목적은 사람을 즐겁게 하는 데 있는가」(『국민지우』 제39호, 1889.10.22)에서도 문학자의 사명에 대해 언급하며 "그들은 자신이 세상의 예언자, 설교자, 교사임을 잊어서는 안 된다"라고 말한다. 즉, 교육가 계몽가로서의 소설가야말로 그가 이상理想으로 여기는 것이었다. 소호가 당시 유행하던 정치소설을 비난하는 것은 "체재體裁의 불체재不體裁", "각색은 있으나 없는 것과 마찬가지", "의장意匠의 변화가 적음", "묘사하기는 하나 날카롭지 못함"과 같이 그 문학적 기교가 졸렬해서 독자의 감흥을 불러일으키지 못하기 때문이며 정치소설 자체를 비난하는 것은 아니다. 즉, 기교가 뛰어나서 독자를 잘 감화시킬 수 있는 정치소설이야말로 소호의 이상이다. 1890년 야노 류케矢野龍渓가 『보지이문 우키시로모노가타리報知異聞浮城物語』를 발표하자마자, 소호가 "19세기의 수호전"이라는 찬사를 보내어 이를 칭찬한 것은 당연한 일이었다.

그리고 소호의 이러한 문학관을 뒷받침한 것이 '지식 세계의 제2혁명'론이다. 『장래지일본将来之日本』(経済雑誌社, 1886), 『신일본지청년新日本之青年』(集成社, 1887)에서 제시한 이 주장은 메이지유신을 정치, 사회상의 제1혁명으로 규정하고 아직 성취하지 않은 정신상의 혁명을 청년을 주체로 해서 이루어내야 한다는 것이다. 소호는 "나는 제군과 함께 이 19세기 온 세계 문명의 대기운을 받아 우리나라의 시세時勢를 변화시키고, 이로써 지식세계智識世界의 제2혁명을 성취하고자 한다"라고 말한다. 그 목적을 달성하기 위해 창간된 잡지가 바로 『국민지우』이며, 그 표지에는 「정치경제사회급문학지평론政治経済社会及文学之評論」이라는 제목을 붙이고, 그 합본에는 「신일본문학지일대현상新日本文学之一大現象」이라고 가필했듯이, 문학도 이 "지식세계의 혁명"에 참여하는 것이 명백했다. 언문일치체 소설의 시초로 불리는 『부운浮雲』을 막 세상에 내보낸 후타바테이 시메이二葉亭四迷 역시 소호의 『신일본지청년新日本之青年』에 감동한 한 사람이다.

> 일전에 귀저貴著 신일본지청년이라는 제목의 소책자를 읽었는데, 대개 소생의 마음속에서 이해하지 못했던 것들이 모조리 종이 위에서 춤을 춥니다. 소생의 감정은 모조리 언어가 되고 논의가 되며 지식이 되어 종이 위에서 춤을 춥니다. 만약에 말 못하는 사람이 하루아침에 말을 할 수 있게 되어 만족스러운 인간이 된 기쁨을 상상한다면, 소생의 환희 정도를 추측할 수 있으리라 생각합니다.[18]

양계초가 민유샤民友社 계열 출판물의 영향을 많이 받았다는 사실은 이미 논의되었기 때문에 두말하지는 않겠지만, 아마도 양계초가 소호의 문장을 "나는 심히 이것을 아낀다"(『汗漫錄』 1899, 후에 『夏威夷游記』)라고 말한 배후에 이 후타바테이의 감동과 동질의 것이 있었음은 틀림없다. 우리는 양계초가 일본에서 얻은 것을 이야기할 때 그것이 종종 편의적인 것이었음을 강조하기 마련인데, 그러나 적어도 소호와의 관계에서는 그것이 뭔가 **감동**을 수반했던 것 같다.

그런데 양계초가 창간한 잡지와 이름이 같은 일본의 소설 잡지 『신소설』이 1889년에 슌요도春陽堂에서 창간되었는데, 게재된 작품의 내

---

18 1887년 8월 23일 자 「도쿠토미 이이치로 앞 후타바테이 시메이 서간德富猪一郎宛二葉亭四迷書簡」.

용은 둘째치고라도 적어도 그 발간 취지는 소호의 '신국민론新國民論'과
호응하고 양계초의 '신소설'과 이어지는 것이었다.

그렇다면 신소설이란 무엇이며 신소설가란 누구인가. 신소설은 부녀자
의 장난감이 아니다. 세상 사람들에게 아부하며 자신을 파는 도구가 아니
다. 철학가의 이론, 정치가의 사업, 종교가의 설법, 자선가의 시여施與, 우
세가憂世家의 강개 등의 옆에서 돌진하여 자기 가슴속의 생각을 외계의 상
상에 맡기고 우주에 만포산재漫布散在 하는 무량무한의 자료를 수습하여 공
중에 누각을 짓고 인물을 등장시켜서 만남을 만들고 죽음과 삶을 흉내 냄
으로써 흥기興起하게 하고, 즐기게 하고, 경계하고 삼가며, 감오感悟하게 해
서 그것으로 그 사회의 여러 종파의 전도사와 함께 경륜經綸의 대업을 아로
새기는 것이다. 그의 실례를 찾는다면 스토 여사가 엉클 톰스 캐빈을 써서
노예의 상태를 묘사함으로써 미국인의 마음을 크게 움직여서 노예 폐지론
이 실행에 이른 것과 같은, (⋯후략⋯).[19]

이러한 논의는, 한편에서 겐유사硯友社 계열 작가들에 의한 세밀한 묘
사가 특징인 연애소설이나 인정소설人情小說이 세상의 환영을 받았던 까
닭에 몇 번이고 반복해서 등장하게 된다.

무릇 문학이라는 것은 일국一國의 정신이 되고 사회의 선도자가 되어야
하므로 고결순백高潔純白할 때는 국민의 성정 풍속을 고결순백하게 하고,

19 아사히나 치센朝比奈知泉, 「신소설 발간의 취지新小說發刊の趣旨」, 『新小說』 제1기 창간호, 1889.1.5.

외속오탁猥俗汚濁할 때는 사람의 마음도 부패하게 한다.[20]

메이지 20년대에서 30년대에 걸쳐 일본의 문학계는 늘 논쟁 속에 있었다. '문학극쇠文學極衰' 논쟁이나 『우키시로모노가타리浮城物語』 논쟁은 말하자면 인정人情에 전념하고 세밀한 묘사를 중시하는 '연문학軟文學'과, 웅대한 구상과 경세經世의 뜻을 자부하는 '경문학硬文學' 간의 싸움이었다. 민유샤民友社에 속한 야마지 아이잔山路愛山도 이렇게 주장한다.

문장은 곧 사업이다. 문사文士가 붓을 휘두르는 것은 영웅이 검을 휘두르는 것과 같은데, 이는 모두 허공을 가르기 때문이 아니라 이루어야 하는 바가 있기 때문이다. 수많은 탄환, 수많은 칼날이 만약 세상을 이롭게 하지 못한다면 공허할 뿐이니, 화려한 말, 미묘한 글을 몇백 권 남겨서 천지간에 머무른다 해도 인생에 관여하지 않는다면 이 또한 공허할 따름이다.[21]

이런 사람들에게 정치소설은 그 본질에서는 조금도 시대에 뒤떨어진 것이 아니었다. 『가인지기우』는 1885년에 초편初編을 발간한 이래 12년의 세월을 들여서 8편까지 간행하고는 결국 미완으로 끝났는데, 1891년에 그 제5편이 출판되었을 때도 여전히 "참으로 이것을 오늘날의 참소설이라고 부르지 않는다면 그 무엇을 소설이라 부르겠는가"[22]라는 찬사가 있었다.

---

20 이소가이 운포磯貝雲峯, 「닻을 메이지 24년의 문학해에 내리다纜を明治廿四年の文学海に解く」, 『日本評論』 제23호, 1891. 2.

21 「라이 노보루를 논하다頼襄を論ず」, 『国民之友』 178호, 1893. 1.

22 「메이지 25년의 문학계明治廿五年の文学界」, 『女学雑誌』 303호, 1892.

그리고 양계초가 일본에 망명한 1898년이야말로 정치소설 대망론의 바람이 불기 시작한 해였다. 무서명無署名의 「정치소설의 기운政治小説の気運」이 8월에 『제국문학』에 게재되고, 우치다 로안内田魯庵의 「정치소설을 지어라政治小説を作れよ」가 9월에 『대일본』에 발표되며, 그리고 이에 앞서 다카야마 쵸규高山樗牛는 「소설혁신의 시기小説革新の時機」(1898.4)라는 제목으로 '국민문학'의 제창을 『태양』 지상에서 전개했다. 그는 야노 류케의 『경국미담』이나 스에히로 텟쵸末広鉄腸의 『설중매雪中梅』와 같은 소설을 '국민문학'으로서 널리 알리고, '사실주의' 소설을 '비국민적 소설'이라고 공격한다. 물론 이런 논의들에는 반론도 많았지만 지지하는 이들도 적지는 않았다. 도쿠토미 소호도 이 해에 갖은 인터뷰에서 "요즘 소설의 결점" 첫 번째로 "정치적인 요소"가 없다는 것을 꼽았다.[23] 양계초가 이 해에 **국민소설론으로서**의 정치소설론을 드높이 내세운 것은 오히려 시류에 편승한 것으로 볼 수도 있다.

　따라서 양계초가 「논소설여군치지관계論小説与群治之関係(소설과 사회의 관계를 논함)」에서, "일국의 국민을 혁신하고자 하면, 먼저 일국의 소설을 혁신하지 않으면 안 된다"라고 서술하여 '소설'과 '국민'의 관계를 강조한 것은, 소호를 비롯한 민유샤民友社 계열의 문학론을 바탕으로 해서 「역인정치소설서訳印政治小説序」에서 보여준 새로운 문학 의식을 더욱 전개한 것이라 할 수 있다. 소호의 문학관이 물론 전통 시문詩文에서의 '문이재도文以載道'론의 흐름을 이어받은 것이라는 사실은 앞서 일별한 그 한학적 소양의 측면에서 보아도 명백해서, 양계초의 소설론이 본래 그

---

23 『와세다문학早稲田文学』 7년 7호, 1898.4.

것과 친화성이 높음은 두말할 필요도 없다. 당시 이미 정치소설의 계절은 지나갔다고 지적하기보다는, 그러한 문단사적인 문학사의 시점에서 벗어나 동아시아라는 더 넓은 틀의 문학론 계보 속에 정치소설론을 놓고 생각하는 것이 유의미할 것이다.

한편, 일본의 국민문학론은 불완전하기는 하지만 일본문학이란 무엇인가 하는 아이덴티티의 문제를 내포한 일본문학사의 성립 위에 이루어졌다. 근대 일본에서 '소설'을 중심으로 문학이 재편성된 것과 한문을 배제하고 가나 문자를 중심으로 문학사가 구상되기 시작한 것과는 서로 연동되어 있다. 본서 제1장에서 서술했듯이 '국민문학'에는 '문학사'의 뒷받침이 필요했다. 그러나 「논소설여군치지관계」는 "중국 사회가 부패한 모든 근원"이 구소설에 있다고 단정은 해도, 자국의 '문학사'를 구축하려는 자세는 찾아볼 수 없다. 전통의 재발견/재구성은 후술하듯이 양계초 자신에 의해 따로 이루어지게 되는데, "지금의 사회를 개량하려면 반드시 소설계 혁명부터 시작하지 않으면 안 된다, 국민을 혁신하고자 하면 먼저 일국의 소설을 혁신하지 않으면 안 된다"라고 끝을 맺는 「논소설여군치지관계」는 어디까지나 구폐를 타파하려는 것이다. 여기서는 모든 것이 다시 새로 태어나야 한다고 선언한다. 이는 1887년, 소호가 『국민지우』의 창간에 임해 권두에 "구일본의 노인이 드디어 떠나고 신일본의 소년이 바야흐로 왔다"라고 선언한 것을 계승하면서도, 더욱 격한 것이라 할 수 있다.

소호의 "신일본의 소년"에 상당하는 자의식이 잘 드러나는 것이 제2장에서도 인용한 『청의보』 제35책(1900.2)에 게재된 「소년중국설」이다. 양계초는 이렇게 말한다.

且我中国疇昔、豈嘗有国家哉。不過有朝廷耳。我黄帝子孫、聚族而居、立於此地球之上者既数千年、而問其国之為何名、則無有也、夫所謂唐虞夏商周秦漢魏晋宋斉梁陳隋唐宋元明清者、則皆朝名耳。朝也者一家之私産也、国也者人民之公産也。(…中略…) 凡此者謂為一朝廷之老也則可、謂為一国之老也則不可。一朝廷之老且死、猶一人之老且死也。於吾所謂中国何与焉。然則吾中国者、前此尚未出現於世界而今乃始萌芽云爾。天地大矣。前途遼矣。美哉我少年中国乎。

애당초 그 옛날 우리 중국에 과연 국가가 있었을까. 조정이 있었을 뿐이다. 우리 황제黃帝의 자손 일족이 모여서 생활하고 이 지구상에 존재한 지 수천 년이 지났지만, 그 나라의 이름이 무엇인지 물어도 아무것도 없는 것이다. 이른바 당우唐虞·하夏·상商·주周·진秦·한漢·위魏·진晉·송宋·제齊·양梁·진陳·수隋·당唐·송宋·원元·명明·청淸이라는 것은 조朝의 이름이다. 조朝라는 것은 어떤 집안의 사유재산이며, 나라라는 것은 인민의 공유재산이다. (…중략…) 대략 이런 것임을, 조정이 늙었다고 말하는 것은 상관없지만 나라가 늙었다고 말하면 안 된다. 조정이 늙어서 죽을 지경에 이른 것은 사람이 늙어서 죽을 지경에 이른 것과 같다. 내가 말하는 중국과 무슨 관계가 있을까. 즉, 내가 말하는 중국은 지금까지 세계에 출현한 적이 없고 이제 겨우 막 싹을 내민 것이다. 천지天地는 광대廣大하고 전도前途는 요원遼遠하다. 멋지지 않은가 나의 젊은 중국이여.

민유사民友社도 선전한 마치니의 청년 이탈리아 운동에 계시를 받아 제창된 이 '젊은 중국(소년중국)'은, 중국을 노대국老大國으로 불러대는 일본과 서양에 대한 반박이었다. 이미 제2장에서 논했듯이, 양계초는 망명 이후 그때까지 사용하지 않던 '지나'라는 호칭을 『청의보』 지상에서 적극적으로 사용하게 되는데, 이 「소년중국설」을 계기로 다음 제36책 이후의 『청의보』에서는 '중국'을 공식명칭으로 사용하게 된다. 양계초에 대한 핵심만 다시 설명하자면, 중화의식의 뿌리가 깊은 '중국'이라는 호칭으로부터 바깥에서 바라본 '지나'라는 호칭을 거쳐서, 다시한 번 이제부터 건설해야 할 국가로서의 '중국'이라는 개념에 다다랐다는 것이다. 양계초의 국민소설론의 배후에 있는 것은 이렇게 해서 획득한 자국의식이며, 그것은 역시 양계초가 망명할 당시 일본문학의 자국의식과는 성질이 다른 것이었다. '정치소설' 찬양이라는 점은 공통되어도 '국민'이라는 점에서는 오히려 일치하지 않았으며, 그것은 물론단순히 근대화의 늦고 빠름에서 오는 차이 같은 것이 아니다. 각자의 소설론이 같은 계보를 밟으면서도 분기해가는 지점은 거기에 있었던 것이 아닐까.

따라서 「논소설여군치지관계」를 국민소설론으로 읽으려고 하면, 슬로건만 선행해서 구체적으로 어떤 소설을 어떤 국민에게 발신하는지는 오히려 「역인정치소설서」보다도 내실이 후퇴한 것처럼 보인다. 반면에 소설의 효용에 관해서는 초기의 '이어俚語'에만 주목하는 태도에서한참 벗어나, 왜 소설이 사람들을 열중하게 만드는지 그 내용과 기법에파고들어 고찰하였다. "浅而易解(내용이 얕아서 이해하기 쉽다)", "楽而多趣(재미가 있어서 많은 흥미를 끌 수 있다)"에서 이유를 찾은 구래舊來의 입장을 부정하고, 보다 적극적으로 소설이 지닌 "불가사의한 힘"을 해명하려고 한다.

독자들이 상상의 나래를 펼쳐서 현재와는 다른 처지를 경험하게 하는 것. 현재의 처지에서 독자가 말로 표현할 수 없는 것을 대신해서 표현하는 것. 양계초는 이 두 가지야말로 "文章之真諦(문장의 참뜻)", "筆舌之能事(필설이 할 수 있는 역할)"이라며, 바로 소설이 가장 잘 이것을 해낼 수 있다고 한다. 때문에, "小説為文学之最上乘也(소설이야말로 문장 표현의 최고봉이다)"라는 것이다. 물론 이것은 단순한 통속소설론을 뛰어넘었다. 사부四部의 서書와의 관계에서 논하는 것이 아니라, 이미 '문장'의 본질로서 어떠한가 하는 논의로 진행된 것이다. 그리고 이를 토대로 해서 소설의 장르를 크게 '이상파 소설'과 '사실파 소설'로 나누는 것은 쓰보우치가 말하는 '로망스'와 '노벨'에 딱 맞게 대응을 해서, 분명히 어떤 경로를 통해 일본의 문학평론을 빌린 것 같기도 하다. 그런데 그 특징을 철두철미 독자에 대한 효과의 측면에서 논하는 것은, "소설이 인간 세계를 지배하는 데에는 네 개의 힘이 있다"라며 불교적 개념을 구사하여 '훈熏', '침浸', '자刺', '제提' 등 네 가지를 들어 상세히 논하는 것과 더불어 역시 양계초의 독창이라 할 수 있다.

문장이 사회를 지배하는 것. 소설론으로서 보다 오히려 미디어론으로서 「논소설여군치지관계」를 파악한다면, 양계초의 안광眼光은 꽤 멀리까지 내다보고 있는 셈이다. 그리고 이 주장이 무엇보다도 "중국 유일의 문학보文學報"인 잡지 『신소설』의 권두에 게재됐다는 사실이 상징하듯이, 양계초에게 소설과 잡지 ─ 미디어 ─ 는 불가분의 것이었다. 그렇다면 『신소설』이란 어떤 잡지였을까.

3. 문학잡지의 탄생

양계초는 1902년 11월 14일에 잡지 『신소설』을 창간했는데, 그에 앞서 『신민총보新民叢報』 제14호에 신소설보사新小說報社의 이름으로 「중국 유일의 문학보 〈신소설〉中國唯一之文学報〈新小説〉」이라는 장문의 접이식 광고를 실었다. 이 광고는 단순한 선전이라기보다는 한 편의 소설론으로, 양계초와 그 주변에서 소설을 어떻게 파악하고 어떻게 하려고 했는지를 아는 데 적당한 재료가 된다. 광고문이 먼저 "小説之道感人深矣(소설이라는 것은 사람을 깊이 감화시킨다)"이라고 시작되는 것은 '소설'의 미디어로서의 힘을 강조한 것인데, 더욱이 『신소설』의 취지를 이렇게 말한다.

> 一 本報宗旨、専在借小説家言、以発起国民政治思想、激厲其愛国精神。一切淫猥鄙野之言、有傷徳育者、在所必擯。
>
> 본보의 종지宗旨는 오로지 소설가의 말을 빌려서 국민의 정치사상을 일깨우고, 그 애국정신을 격려하는 데 있다. 일체의 음외淫猥하고 야비한 말, 덕육德育에 해가 되는 것은 반드시 물리친다.

"국민의 정치사상"을 일깨우고 "애국정신"을 격려하기 위해 소설을 이용한다는 것은 바로 「역인정치소설서」에서 제창한 국민소설론이다. 또한, 게재하는 작품에 대해서는 다음과 같이 말한다.

> 一 本報所登載各篇、著訳各半、但一切精心結撰、務求不損中国文学之

名譽。

　본보에 등재하는 각 편은 창작과 번역이 반반인데 모두 고심작이다. 중국문학의 명예를 훼손하지 않기를 바란다.

　눈길을 끄는 것은 '중국문학'이라는 표현이다. 『신민총보新民叢報』제20호에 게재된 기사 「『신소설』제1호」에는 "其広告有云、務求不損祖国文学之名譽(그 광고에는 조국문학의 명예를 훼손하지 않기를 바란다고 되어 있다)"이라고 '중국문학'이 '조국문학'으로 바뀌었는데, 이것은 '중국문학'이라는 단어가 아직 널리 통용되는 표현이 아니었음을 보여주는 한편 그 단어가 내포하는 내셔널리즘을 드러내기도 한다. 수준이 높은 작품을 싣지 않으면 "중국문학의 명예"가 훼손되어버린다는 것은 즉, 총체로서 '중국문학'이라는 것이 존재하고 개개의 작품이 그것에 속하는 것을 전제로 하기 때문이다. 마치 국가의 성원인 국민의 행동이 국가의 명예를 뒷받침하듯이 뛰어난 작품이 그 나라 문학의 명예를 드높이는 것이다. 총체로서의 '국문학'이라는 개념은 총체로서의 '국가'라는 관념과 동시에 구상되었다. 국가와 국민의 관계는 그대로 문학과 작품의 관계인 것이다.

　'중국문학'이라는 관념이 여기서 등장하는 것은 지금까지 살펴본 그의 소설론의 전개를 보아도 있을법한 귀결인데, 1897년(메이지 30)을 전후해서 활발하게 주창되기 시작한 '일본문학'이라는 관념에 반응한 것이라는 점도 의심할 여지가 없다. 그리고 '일본문학'이 '일본문학사'와 동시에 구상되었듯이, '중국문학'에도 역시 '중국문학사'가 준비되어 있었다. 제1장에서도 서술했듯이 『시무보時務報』와도 관련 있는 고조 테이키치가 『지나문학사』를 펴낸 것이 1897년이고, 다음 해에는 사사카와 다네오의 『지나문학사』도 간행되며, 『지나문학사』의 중국어 역이 상해중서서국에서 출판된 것이 1903년, "일본 사사카와 다네오의 중국문학사를 본떠서 저술했다"라고 권두에 밝힌 임전갑林传甲의 『중국문학사』가 처음 발행된 것이 1904년이었다. 즉 『신소설』을 발간한 1902년 당시 일본에서는 '지나문학사'라는 호칭이 이미 정착되어 있었고, 중국인의 손으로 펴낸 '중국문학사'도 태동기에 있었다. 그러나 일본의 '지나문학사'가 곧바로 양계초의 '중국문학'을 뒷받침한 것이 아니라는 점은 여기서 확인해두지 않으면 안 된다. 일본인의 손으로 이루어진 '지나문학사'는 기본적으로 문언文言을 주로 한 역조歷朝 문학사로 양계초가 의도한 '신소설'을 뒷받침할 만한 '중국문학사'가 아니었다. 하물며 고죠 테이키치의 문학사는 그 「서론」에 '지나 국민'을 "일국민一國民으로서는 통일성이 대단히 부족한 면이 없지 않으나 개인으로서는 이익을 좇고 부를 꾀하는데 활발하고 혜민慧敏하다", "그들이 선천적으로 영리를 추구하는 인민이라는 것은 후세에 천국天國같이 여기는 요순堯舜시대의 인민에 연원淵源하는 사례를 찾아볼 수 있기 때문이다"라고 규정하는 것에서부터 '문학사'를 서술해서, "내가 말하는 중국은 지금까지 세계에 출현한 적이 없고 이제 겨우 막 싹을 내민 것이다"(「소년중국설」)라고 목소리를 높이는 양계초의 입장과 전혀 맞지 않음은 분명하다. '지나문학사'는 어디까지나 진부한 '지나'를 통해 중국을 이해하려는 것이었다. 따라서 양계초의 새로운 '중국'을 위한 '문학사'는 따로 쓰이지 않으면 안 되었는데, 이에 대해서는 다음 장에서 언급하기로 한다.

그런데 『신소설』의 취지에는 다음과 같은 조항도 있다.

一 本報文言俗語参用。其俗語之中、官話与粵語参用。但其書既用某体者、則全部一律。

본보는 문언과 속어를 모두 사용한다. 속어 중에서는 관화官話와 월어粵語를 사용한다. 그러나 한 문장 안에서는 혼용하지 않는다.

앞에서 인용한 『신민총보』 제20호 기사에는 "다만 문언과 속어가 섞여 있는 데가 있는 것은 결점이다. 그렇지만 중국 각 성省의 말이 제각각이고 저자의 출신지도 다양하므로 어쩔 수 없다"라고 평해서, '속어'에서의 '관화官話'의 존재가 희미해져 버렸는데, '속어' 중에 '관화'와 '월어'를 들고 있는 점은 역시 주의할 만하다. 물론 아무리 『신소설』 동인의 대부분이 광동廣東 출신이었다고는 해도 널리 전국의 독자를 대상으로 하는 이상 실제로 광동어로 쓴 것은 그렇게 많지 않고 거의 희본戲本과 속곡俗曲에 한정되어 있었는데, 중국에서 처음 간행된 소설 잡지에 방언으로 쓴 작품이 소수이기는 해도 게재되었다는 사실은 기억해둘 필요가 있다. 속어로 문장을 쓰려고 하면 특히 중국에서는 방언의 존재를 강하게 의식하지 않을 수 없고, 무엇보다도 양계초 자신의 모어가 광동어였다. 또한, 구래의 속문학俗文學을 단지 소설의 틀로만 파악하지 않고 속곡이나 연극도 널리 포함해서 생각한다면, 광동 사람인 양계초에게 월어 가요나 희극의 존재는 무시할 수 없었을 것이다. 그리고 또한, '소설'을 위한 언어가 구어와 불가분이어야 한다는 의식과 '중국문학'의 일환인 이상 '국민' 모두가 동등하게 이해할 수 있어야 한다는 암묵의 요청 사이에서 "어찌할 도리가 없다"라는 상황에 이 잡지가 놓였던 것은, 훗날의 백화문학과 '보통어'의 관계를 생각하는 데도 간과할 수 없는 사실이다.

위와 같이 광고 「중국 유일의 문학보 〈신소설〉」은 잡지의 취지를 조목별로 기술하고, 그 다음에 내용 일람을 싣는다. 그 항목은 "도화圖畵 · 논설 · 역사소설 · 정치소설 · 철리과학소설哲理科學小說 · 군사소설軍事小說 · 모험소설 · 탐정소설 · 사정소설寫情小說 · 어괴소설語怪小說 · 차기체소설箚記體小說 · 전기체소설傳奇體小說 · 세계명사일사世界名士逸事 · 신악부新樂府 · 월구급광동희본粤謳及廣東戲本"과 같은 식인데, 그것이 이미 존재하는지 어떤지는 차치하고 일단 '소설'이라고 부를 수 있는 것은 모두 제시하려는 의도가 노골적이다.

물론 양계초가 보기에 세상의 모든 것은 '소설'을 빌려서 말할 수 있으며 이와 같은 나열도 전혀 이상할 것이 없다. 그리고 '○○소설'이라고 부르는 것은 메이지기에 유행한 각서角書[24]를 그대로 흉내 낸 것이다. 그러나 그 내실은 메이지 소설의 각서角書가 선전 문구류였던 것에 비해 더욱 관념적이어서, 소설로 무엇을 쓸 것인지, 무엇을 쓸 수 있는지를 제시한 것으로 이해해야 한다. 열거한 소설 유목類目의 앞부분에 놓인 '역사소설', '정치소설', '철리과학소설' 등 셋은 각각 게재 예정의 소설 제목까지 실려 있어서, 중점이 어디에 있었는지를 잘 알 수 있다.

실제 잡지를 보면, "도화圖畵 · 논설 · 연재소설 · 전기傳奇 · 희본戲本 · 잡기 · 잡가요 · 소설론"이 『신소설』 매호의 대략적인 구성인데, 그보다 10개월 전에 발간된 『신민총보新民叢報』를 포함해 모두가 본보기로 삼은 것은 『태양』 같은 당시 일본 종합잡지의 지면 구성이라 생

---

24 [역쥐] 죠루리나 가부키의 제목 혹은 이야기책 제목 위에 두 줄이나 몇 줄로 붙이는 간단한 글.

각된다. 또한, 소설을 중심으로 전기傳奇나 희본戱本 등 소설 이외의 속
문학에 지면을 제공한 것이나 운문이 잡가요로서 매호 권말에 게재된
것도 주목할 점이다.

  그러나 전체의 특징을 말하자면, 잡지『신소설』의 중심을 이루는 것
은 역시 장회소설체章回小說體 연재소설이다. 양계초의『신중국미래기新
中国未来記』[1~3, 7]([ ]안은 통권호수), 주규周逵의『홍수화洪水禍』[1, 7], 나보羅普
의 『동구여호걸東欧女豪傑』[1~5], 오견인吳趼人의 『통사痛史』[8~13, 17~2
4]・『이십년목도지괴현상二十年目睹之怪現状』[8~15, 17~24]・『구명기원九命
奇冤』[12~24], 탕보영쇄湯宝栄瑣의『황수구黃繡球』[15~24] 등등, 주요 연재
소설은 정도의 차이는 있어도 기본적인 틀로써 회목回目을 갖춘 장회소
설체章回小說體를 채용한다. 역사소설이나 사회소설을 표명한 외관은 참
신하고 제재도 그 시대에서 취해 시사時事를 반영했으나, 그 어투는 종
래의 설서인說書人 즉, 책 읽어주는 사람의 어투에서 유래한 것이었다.

  한편으로 장회소설체를 이용한 연재는 잡지라는 미디어에 매우 적
합했다. 이야기가 절정에 달했을 때 "要知後事如何、且聽下回分解(자,
앞으로 어떻게 될까요. 다음 회를 기다리시라)"이라고 한 회를 마무리하면 읽
는 이는 다음 호도 사고 싶어지는 법, 작자도 매회 이야기를 마무리 지
을 수 있어서 좋다. 또한, 제재가 신기하기 때문에라도, 이야기의 틀이
구투舊套를 유지하는 것은 작자에게도 독자에게도 일종의 안정감을 보
증하는 데 중요한 사안이었다. 예를 들어『신중국미래기』같은 것은 연
설이나 논의가 끝없이 이어져 자칫하면 장황해져서, 장회체 틀이 없었
더라면 아마도 텍스트로서의 통일감을 유지하지 못했을 것이다. 양계
초 자신도 그「서언緖言」에서 "似説部非説部、似稗史非稗史、似論著

非論著、不知成何種文体(소설인지 야사野史인지 논설인지 분간이 안 된다, 과연 어떤 문체인가)"라고 토로하는데, 뒤집어 말하면 장회章回라는 틀이 있어서 그 안에 무엇이든지 집어넣을 수 있었다.

번역소설도 특히 장편의 경우는 장회소설로 번역하는 경향이 현저하다. 『신소설』에 게재된 번역소설은 일본어본을 중역한 것이 많아서, 예를 들어 노자동盧藉東・홍계생紅渓生의 『해저여행海底旅行』(베른 원작, 오오히라 산지大平三次 역, 『오대주중 해저여행五大洲中海底旅行』)[1〜6]([ ]는 통권호수), 나보羅普의 『이혼병離魂病』(구로이와 루이코黒岩涙香 『탐정探偵』)[1〜4, 6], 남야완백자南野浣白子의 『이용소년二勇少年』(사쿠라이 오손桜井鴎村, 『이용소년』)[1〜7], 양계초의 『아황궁중지인귀俄皇宮中之人鬼』(알렌 업워드 저, 도쿠토미 로카德富蘆花 역 『冬宮の怪談』)[2], 옥슬재주인玉瑟斎主人의 『회천기담回天綺談』(가토 마사노스케加藤政之助, 『英国名士回天綺談』)[4〜6], 방경주方慶周・오견인吳趼人의 『전술기담電術奇談』(기쿠치 유호菊池幽芳 『新聞売子』)[8〜18]과 같은 것들인데,[25] 그중 장회소설체를 택한 것은 『해저여행』 『회천기담』 『전술기담』이다. 물론 이들의 원작이 장회소설체일 리가 없다. 그러나 일단 번역되면 "正是 請看拳翮凌雲士 河以銀屏夢裏人"(『해저여행』 제1회)과 같이 끝부분의 대구對句까지 삽입되어 버린다. 하지만 그것은 일반 독자들이 전혀 관심을 두지 않는 사항이었다. 틀이 구투인 만큼 내용에 집중할 수 있다는 것이다. 어느 일기[26]에는 이렇게 적혀 있다.

---

25 원작이나 필명 등의 비정比定은 다루모토 테루오樽本照雄 편, 『신편증보 청말민초소설목록新編増補 清末民初小説目録』, 済南・斉魯書社, 2002를 참조했다.

26 손보선孫寶瑄, 『망산려일기忘山廬日記』, 1903.5.29(음력).

晡、臥窗間観『海底旅行』。読書之楽使人于脳中多開無数世界。余是居然随欧魯士、李蘭操等游海底矣。海底各種動物、植物奇形異状、皆為陸地所未見。

신시申時. 창가에 엎드려서 『해저여행』을 읽는다. 독서의 즐거움은 사람 머릿속에 무수한 세계를 여는 것이다. 나는 欧魯士(아노락스)와 李蘭操(네드랜드)를 따라 해저를 돌아다닌다. 해저에는 기괴한 모습의 다양한 동식물이 있는데 모두 다 육지에서는 본 적이 없는 것이다.

일기를 쓴 손보선孫宝瑄은 양계초 등과도 교류가 있고『시무보』의 집필자이기도 했는데, 즉 양계초 주변에서는 소설이 이런 식으로 읽혔다. 다른 날짜 일기[27] 속에는 이런 이야기도 나온다.

観西人政治小説、可以悟政治原理。観西人科学小説、可以通種種格物原理。観西人包探小説、可以覘西国人情土俗及其居心之険詐詭変、有非我国所能及者。故観我国小説、不過排遣而已。観西人小説、大有助于学問也。

서양인의 정치소설을 읽으면 정치 원리를 이해할 수가 있다. 서양인의 과학소설을 읽으면 다양한 물리 원리에 정통할 수 있다. 서양인의 탐정소설을 읽으면 서양인의 인정 풍속과 그 생각이 위험하다는 것, 도저히 우리나라가 따라갈 수 없음을 알 수 있다. 그러므로 우리나라 소설을 읽는 것은 시간 보내기에 불과하지만 서양 소설을 읽는 것은 학문에 큰 도움이 된다.

---

27 위의 책, 1903.6.1(음력).

요컨대 이 일기를 쓴 사람은 전형적인 신학문을 한 독자이다. 그리고 양계초가 소설계 혁명을 주창한 것도 중국소설의 주제를 바꿔야 한다고 한 것이지, 그 형식까지 일신一新하라는 것이 아니었다. 오히려 눈에 익은 형식이 주제를 변혁하는 데에는 더 나을 것이다. 그러나 일단 문을 열면 모든 것이 그렇게 간단하지만은 않다. 주계생周桂笙의 『독사권毒蛇圈』[8, 9, 11~19, 21~24]은 '법국 포복 원주法国鮑福原注'라고 되어 있는 번역소설[28]인데, 그 서두에는 이렇게 쓰여 있다.

訳者曰。我国小説体裁、往往先将書中主人翁之姓氏来歷、叙述一番、然後詳其事蹟於後。或亦有用楔子・引子・詞章・言論之属、以為之冠者。蓋非如是則無下手処矣。陳陳相因、幾於千篇一律、当為読者所共知。此篇為法国小説巨子鮑福所著、其起比処即就父母問答之詞、憑空落墨、恍如奇峰突兀、従天外飛来、又如燃放花炮、火星乱起、然細察之、皆有条理、自非能手、不敢出此。雖然、此亦欧西小説家之常態耳。爰照訳之、以介紹於我国小説界中、幸弗以不健全譏之。

역자가 말하기를, 우리나라 소설의 체재는 대개 우선 이야기 속 주인공의 이름과 내력을 한바탕 서술한 후 그 사적事蹟을 상세히 기술합니다. 혹은 설자楔子, 인자引子, 사장詞章, 강석講釋 등을 이용하여 앞머리에 배치합니다. 그렇지 않으면 어디서부터 손을 대야 할지 모르기 때문입니다. 그대로 답습해서 거의 천편일률인 것은 독자도 다 아시겠죠. 이 작품은 프랑스소설의 대가 포복鮑福의 저술로, 글의 첫머리는 부모父母가 문답하는 내용입

---

28 부아고베Fortune Du Boisgobey의 *In the Serpents' Coils* (프랑스의 원서는 미상)를 번역한 것으로 추측.

니다. 갑자기 문장이 시작되어 우뚝 솟은 기봉奇峰이 하늘 저 멀리에서 날아온 듯하고 폭죽에 불이 붙어 불꽃이 튄 듯이 눈이 아찔합니다. 그래도 자세히 보면 모두 이치가 있어서, 달인이 아니라면 이렇게는 못하겠죠. 그렇지만 이 또한 서양의 소설가들에게는 드문 일이 아닙니다. 여기에 그대로 번역해서 우리나라 소설계에 소개하겠습니다. 모양을 갖추지 못했다고 비난하지 마시기를.

그래도 여전히 이 소설은 장회체를 무리하게 취하려고 하여 회목回目을 붙이고 "且待下文分説(다음 회를 기대하시라)"로 매회를 마치는데, 구소설과의 차이는 어쩔 수 없이 의식하게 된다. "新小説之意境与旧小説之体裁、往々不相容(신소설의 정취와 구소설의 체재는 어울리지 않는 것이 많다)"(앞 기사 「『신소설』 제1호」)이라는 고민은 어쩔 도리가 없다. 잡지로서 『신소설』이 중요한 것은, 바로 이러한 문학적 실험이 그 지면 곳곳에서 이루어졌다는 점이다. 내세운 목적은 통속과 계몽에 있었을망정, 일단 새로운 에크리튀르에 제공된 자리는 그 자리의 독자적인 힘을 갖게 된다. 창간 광고에는 예고되지 않았던 소설론 칼럼이 「소설총화」라 하여 제7호부터 연재되는 것도, 말하자면 이 자리의 힘에 의한 것이었다. 어렸을 적부터 받은 교육의 산물인 시문의 창작이라면 어려움 없이 다룰 수 있겠지만, 창작이든 번역이든 소설을 쓴다는 것은 정말 골치 아픈 작업이어서 특히 실제로 서양 소설의 번역에 종사하면, 내용뿐만 아니라 서술형식의 차이도 깊이 생각하게 된다. 잡지 『신소설』을 계속 발행한다는 것은 '소설'이란 무엇인가를 늘 다시 인식하는 작업이었다고 말할 수 있다. 그 하나의 발로가 「소설총화」이다.

「소설총화」를 연재함에 앞서 양계초는 간단히 책의 내력을 밝힌다.

談話体之文学尚矣。此体近二三百年来益発達、即最乾燥之考拠学金石学、往往用此体出之、趣味転増焉。至如詩話文話詞話等、更汗牛充棟矣。(…中略…) 惟小説尚闕如、雖由学士大夫鄙棄不道、抑亦此学幼穉之徴証也。余今春航海時、篋中挾桃花扇一部、藉以消遣、偶有所触、綴筆記十余条。一昨平子・蛻庵・困斎・彗广・均歴・曼殊集余所、出示之、僉曰、此小説叢話也、亦中国前此未有之作、盍多為数十条、成一帙焉。談次、因相与縦論小説、各述其所心得之微言大義、無一不足解頤者。余曰、各筆之、便一帙。衆曰、善。

담화 형식의 문장은 유래가 오래되었는데, 이 형식은 요 이삼백 년 사이에 크게 발달했다. 가장 무미건조한 고증학이나 금석학도 때때로 이 형식으로 서술하면 재미가 더해진다. 시화詩話나 문화文話 게다가 사화詞話 같은 것은 헤아릴 수 없을 정도이다. (…중략…) 소설만 아직 없는 것은 제대로 된 인사人士가 멸시하는 탓이기도 하지만, 애당초 이 학문이 아직 유치한 탓이기도 하다. 나는 올봄에 항해했을 때 짐 속에 『도화선桃花扇』을 넣어가서 심심풀이로 삼았다. 생각이 떠오르는 대로 차기箚記를 적어놓은 것이 십여 개가 되었다. 며칠 전 평자平子(狄葆賢)・세암蛻庵(麦孟華)・슬재瑟斎(麦仲華)・혜엄彗广(미상)・균역均歴(미상)・만수曼殊(梁啓勲)가 모였을 때, 꺼내어 보여주었더니 모두 말하기를 이것은 소설총화小説叢話이다, 지금까지 중국에 없던 것이므로 몇십 개로 내용을 부풀려서 한 권으로 내야 한다고. 이야기하면서 서로 소설을 논하고 깨달은 이치를 주고받았는데 다 이해되는 것뿐이었다. 내가 각자 적어내면 한 권이 될 것이라고 하자, 모두 찬성했다.[29]

여기서 '항해'라 함은 1903년의 미국 도항을 가리키는데 그때 『도화선』을 가져갔다는 것은, 일본으로 망명하는 배에서 『가인지기우』를 읽었다는 것과 그야말로 대조적이라 할 수 있다. 구래의 소설을 모두 부정했어야 할 양계초이지만, 『신소설』의 발행인으로서 구소설에 관한 관심이 오히려 강해지면 강해졌지 약해지지 않았다. 그리고 유의해야 할 것은 우선 첫째, 「소설총화」가 양계초 한 사람의 손으로 이루어진 것이 아니라 그 주위에서 함께 소설에 관심이 있던 사람들이 서로 이야기하고 붓을 들어서 썼다는 사실이다. 양계초의 문학 사상을 논하려면 항상 이러한 장場의 존재를 무시할 수 없다. 특히 침사묵고沈思默考하기보다는 담론풍발談論風發한 가운데 자신의 사고를 발전시켜 나가는 양계초에게는 이러한 장이 갖는 의미가 클 것이다. 양계초의 이름으로 쓰인 대론大論보다도 이러한 자잘한 차기箚記야말로 그 문학관이 잘 드러나는 경우가 많다.

둘째, 애당초 『도화선』에 대한 비평에서 시작되었듯이, 이 「소설총화」에는 중국 구소설에 대한 재평가가 현저히 눈에 띈다는 점이다. "중국 사회 부패의 총근원"이라고 일단 잘라버리지 않을 수 없었지만, 진정으로 '국민'과 '소설'을, 또는 '문학'을 연결지어 생각하려고 한다면, 과거 속에서 무언가 '전통'을 찾아내지 않으면 자신의 기반조차 불확실해져 버린다. 물론 그 재평가의 방법은 새로운 가치 기준이 아니면 안 된다.

---

29 『신소설』 제7호, 1903.9. '균역均歷'은 인명이 아닐 가능성도 있지만, 우선 이렇게 읽어 두겠다.

吾国之小説、莫奇於紅楼夢、可謂之政治小説、可謂之倫理小説、可謂之社会小説、可謂之哲学小説、道徳小説。

우리나라의 소설은, 『홍루몽紅樓夢』만큼 훌륭한 것이 없다. 정치소설이라고도 할 수 있고 윤리소설이라고도 할 수 있으며, 사회소설이라고도 할 수 있고 철학소설, 도덕소설이라고도 할 수 있다.

협인俠人의 이름으로 제12호에 실린 총화 중의 이 한 구절은 그 재평가가 어떻게 이루어졌는지를 잘 보여준다. 이 문장은 『홍루몽』을 전면적으로 재평가한 후, 음서淫書로 단정해버리는 세속을 격렬하게 비판한다. 그리고 같은 해인 1904년, 왕국유王国維의 『홍루몽평론紅樓夢評論』도 세상에 나왔다. 물론 쇼펜하우어의 철학을 자유자재로 구사한 왕국유의 주장과 불과 몇 줄의 이 문장을 똑같이 취급할 수는 없지만, 요점은 구소설을 전면 부정하고 신소설만 선양宣揚하는 단계에서 둘 다 벗어났다는 점에 있다. 서양 소설의 대량 이입과 번역을 거침으로써 중국 태생의 소설에 대한 견해도 확실하게 변화하고 있었다.

4. 진화하는 문학

호적胡適은 『오십년래중국지문학五十年来中国之文学』(申報館, 1924)에서 "1904년 이후 과거科擧는 폐지되었지만, 명확하게 백화문학을 주장하는 자는 나타나지 않았다", "1916년 이후의 문학혁명운동에 이르러 비로소 의식적으로 백화운동을 주장하게 되었다"라고 말한다. 주작인周作

人은 『중국신문학지원류中国新文学之源流』(北平人文書店, 1932)에서 청말의 백화문을 논하기를, 그 주요 목적이 교양이 그리 높지 않은 대중을 계몽하기 위함이며 "요컨대 그 시기의 백화는 정치적 필요성에서 유래한 것으로 무술정변의 여파의 하나에 불과하고, 훗날의 백화문과는 별 관계가 없다"라고 언급한다. 물론 전면적인 백화운동은 문학혁명에 이르러 나타나는 것임이 틀림없지만, 호적 등과 같이 과거를 단정지어 버리는 것도 조금은 불공평하다. 실제로는 앞선 소설계 혁명의 과정에 훗날 백화운동의 핵심을 이루는 주장이 이미 드러나 있기 때문이다.

앞 절에서 서술했듯이 잡지『신소설』은 제7호(1903)부터 「소설총화」를 연재하고, 양계초를 비롯해 적보현狄葆賢, 맥맹화麦孟華, 오견인吳趼人 등 그 주변 사람들이 시화詩話 등의 형식을 흉내 내어 일종의 집단창작 '소설화小說話'를 열기列記하였다. 여기에서 전개되는 논의는 이미 초기의 정치적 공리주의에서 벗어나 보다 문학사적 시점에 입각해 있었다. 지어識語에 이어 「소설총화」의 맨 앞에 실린 양계초의 글은 중국의 문학진화론의 관념이 처음 표출된 것이어서 대단히 의의가 깊다.

> 文学之進化有一大関鍵、即由古語之文学変為俗語之文学是也。各国文学史之開展、靡不循此軌道。
>
> 문학의 진화에는 큰 요체가 있다. 즉 고어古語 문학에서 속어俗語 문학으로 변화한다는 것이다. 각국의 문학사 발전은 모두 이 과정을 밟는다.

근대 중국의 문학진화론의 요점이 이미 여기에 다 표현되어 있다고 할 수 있다. 만물은 진화하며 문학 또한 예외가 아니다. 진화의 궤도는 고어에서 속어로 정해져 있다. '설부說部'의 첫 번째 속성을 '이어俚語'로 정했을 때는 편린조차 찾아보기 어렵던 진화의 개념이 여기서는 이미 전제가 되어있다. 그리고 역시 주목하고 싶은 것이, 각 국가에 저마다 문학사가 존재하고 게다가 그것이 같은 진화의 과정을 밟는다는 언명 이다. 국민국가를 구상하는 데 어울리는 문학사의 슬로건을 양계초는 손에 넣은 것이다.

여기서 사용되는 '문학'이라는 말은 '문장박학文章博學'[30]이 아닌, 이미 literature의 번역어로서의 '문학'에 상당히 접근해 있다. 말할 필요도 없이 '문학'의 이 용법은 메이지 일본에서 일반화된 것이었다. '진화'라 는 용어도 마찬가지여서, 다른 항목에서 "스펜서가 이르기를 우주 만사 는 모두 진화의 이치를 따르는데, 문학만이 그렇지 않아서 때로는 진화 와 반비례한다"라고 스펜서를 인용해 논박하는 것을 보아도 '진화'의 발상이 어디서 유래했는지를 알 수 있다. 그리고 "各国文学史之開展、 靡不循此軌道(각국의 문학사 발전은 모두 이 과정을 밟는다)"라는 주장의 배 후에는 속어俗語 혁명을 서술하는 유럽 문학사를 어떠한 형태로든 본보 기로 하고 있으며, 그것은 마치 호적이 「문학개량추의文学改良芻議」(『新青 年』 제2권 제1호, 1917.1)에서 단테와 루터를 예로 든 것과 마찬가지이다.

흥미롭게도 이 『신소설』 제7호에는 초경楚卿 즉 적보현狄葆賢의 「논문 학상소설지위치論文学上小説之位置」라는 논설이 권두에 실려 있어서 소설 론의 기운이 대단히 왕성해지고 있음을 알 수 있다. 그런데 거기에는 "飲冰室主人常語余、俗語文体之流行、実文学進歩之最大関鍵、各

---

30 [역주] 북송北宋의 형병邢昺은 '문학'을 '文章博學'이라고 주석했는데, 이때의 '문학'은 고금의 문헌이나 학문에 정통함을 가리키는 폭넓은 의미였다.

国皆爾、吾中国亦応有然。近今欧米各国学校、倡議廃希臘羅馬文者日盛、即如日本、近今著述、亦以言文一致体為能事(음빙실주인이 늘 내게 하는 말은, 속어 문체의 유행이야말로 문학 진보의 최대 요점이며 각국이 모두 그렇듯이 중국도 그래야 한다는 것이다. 요즘 구미 각국의 학교에서는 그리스 로마의 문장을 폐하자는 논의가 점점 활발해지고, 일본에서 최근의 저술은 역시 언문일치체로 솜씨를 겨룬다)"라는 대목이 있다. 양계초가 '속어'를 칭송하는 배경에는 일본의 언문일치체가 있음이 틀림없다. 1886년(메이지 19)에 출판된 모즈메 다카미物集高見의 『언문일치』에 시나가와 야지로品川弥二郎가 쓴 서문에 "문학의 진보를 증명하는 데에는 여러 가지가 있겠지만, 우리나라에서는 우선 언문일치를 그 제일의 징표라 칭할 수 있다"라는 구절이 있던 것도 상기될 것이다.

이렇게 '속어'를 주축으로 문학사를 구축할 때 그 원점은 역시 선진先秦[31]에 두게 된다.

中国先秦之文、殆皆用俗語、観公羊伝楚辞墨子荘子、其間各国方言錯出者不少、可為左証。故先秦文界之光明、数千年称最焉。

중국 선진先秦의 글은 거의 다 속어를 사용했다. 『공양전公羊伝』, 『초사 楚辞』, 『묵자墨子』, 『장자荘子』를 읽을 때 각국의 방언이 섞여 나오는 경우가 적지 않은 것이 그 증거이다. 선진의 문장계가 찬란하게 빛나는 까닭에 수천 년에 걸쳐서 최고로 여기는 것이다.

---

31 [역쥐 춘추 전국 시대를 달리 이르는 말.

선진의 문장이 구어에 가깝다고 주장하는 것은 물론 양계초의 전매특허가 아니며, 예를 들어 남송의 대유학자 주희朱熹가 『시경詩経』을 재차 주해註解한 동기도 이미 동질의 문학관을 지니고 있었기 때문이다. 그러나 구어에 가까운 점이야말로 가치가 있다고 보고 진화의 기점을 거기에 두는 것은 역시 양계초의 독자적인 인식이다. 그리고 선진 이래의 속어 문학을 계승하는 것은 송宋・원元 이후의 속어 문학으로 본다.

　尋常論者、多謂宋元以降、爲中国文学退化時代。余曰、不然。夫六朝之文、靡靡不足道矣。即如唐代韓柳諸賢、自謂起八代之衰、要其文能在文学史上有価値者幾何。昌黎謂非三代、兩漢之書不敢観、余以爲此即其受病之源也。自宋以後、実爲祖国文学之大進化。何以故。俗語文学大発達故。

　일반적으로 송宋・원元 이후는 중국문학의 퇴화 시대라고 하는 경우가 많은데, 나는 그렇게 생각하지 않는다. 육조六朝의 문장은 퇴폐적이어서 말할 필요도 없고, 당대唐代의 한유韓愈・유종원柳宗元 등 제현도 스스로 팔대八代의 쇠퇴를 일으켰다고는 하나, 그 문장의 문학사상의 가치가 얼마나 되겠는가. 한유가 삼대三代・양한兩漢의 책이 아니면 읽지 않는다고 했는데, 내 생각으로는 그것이 폐해의 근원이다. 송宋 이후 실은 조국문학이 대진화를 이루었다. 무슨 이유일까. 속어 문학이 크게 발달했기 때문이다.

한유, 유종원의 고문古文을 평가하는 데 "문학사상의 가치", 속어로 진화하는 문학사상의 가치를 들고나온 것은 아마도 양계초가 처음이었다. 「지나문학사」는 쓰였지만, 상술한 바와 같이 그것은 문언을 중심에 두어 한유, 유종원의 고문은 오히려 높이 평가받았다. 호적이 "지금 세상에서 보면 중국문학은 원대元代가 가장 융성했다고 해야 할 것이다"(「문학개량추의」) 이라고 평가하기 십오 년이나 앞서 양계초가 이렇게 언명했다는 사실은 좀더 강조해도 좋을 것이다. 하물며 호적의 논의는 『송원희곡사宋元戱曲史』(商務印書館, 1915)를 대표로 하는 왕국유의 원곡元曲[32] 연구보다 더욱 뒤에 위치하는 것이다.

그리고 양계초는 송 이후의 속어 문학 발전에 관해서도 견취도를 제시한다.

> 宋後俗語文学有兩大派、其一則儒家、禅家之語録、其二則小説也。小説者、決非以古文之文体而能工者也。本朝以来、考拠学盛、俗語文体、生一頓挫、第一派又中絶矣。苟欲思想之普及、則此体非徒小説家当採用而已、凡百文章、莫不有然。

> 송 이후의 속어 문학에는 2대 유파가 있는데 첫째는 유가儒家・선가禪家의 어록語録이고 둘째는 소설이다. 소설은 고문古文 문체로는 잘 완성이 안 된다. 본조本朝 이래로 고증학이 융성하여 속어 문체는 좌절되었고 첫째 유파 또한 끊기고 말았다. 사상의 보급을 생각한다면 이 문체(스타일)는 소설가만 채용할 것이 아니다. 모든 문장이 그렇게 되어야 한다.

속어 문체가 소설가의 전매특허가 아니라는 것을 역사적으로 설명함으로써, 오늘날 모든 문장이 속어체로 씌어야 한다는 주장을 뒷받침

---

32 [역쥐 중국 북방계의 가곡歌曲 및 그것을 바탕으로 한 희곡. 금나라의 원본院本이 진화한 것으로, 원나라 때에 융성하여 원곡元曲으로 불리었음.

하고 있다. 어록의 존재에 주목하는 것 자체가 선견지명이 있다고 할
수 있다. 하지만 말하기는 쉽고 행하기는 어려운 법이니 그 어려움 또
한 양계초는 인식하고 있었다.

雖然、自語言文字相去愈遠、今欲為此、誠非易易、吾曾試驗、吾最知之。
　　그렇지만 어언(입말)과 문자(글말)의 거리가 점점 멀어져서, 지금 그것
　　을 하려 해도 대단히 곤란하다는 것은 자신의 체험으로도 잘 알고 있다.

　　적보현의 「논문학상소설지위치」(『신소설』 제7호)에서는, "中国文字衍
形不衍声、故言文分離、此俗語文体進歩之一障碍、而即社会進歩
之一障碍也。為今之計、能造出最適之新字、使言文一致者上也。
即未能、亦必言文参半焉。此類之文、舎小説外無有也(중국의 문자는
모양을 따르고 소리를 따르지 않는다. 그 때문에 말과 글이 분리되어 있다. 이것이야
말로 속어 문체의 진보를 저해하는 장애의 하나이며 다시 말해 사회의 진보를 저해
하는 장애의 하나이다. 지금의 계책으로는 최적의 새로운 문자를 만들어 내서 말과
글을 일치시킬 수 있다면 더할 나위 없을 것이다. 그렇게 할 수 없다면 말과 글을 섞
어서 쓰게 해야 한다. 이러한 문장은 소설 이외에는 없다)"라고 그 방책을 세웠
는데, 『신소설』에 모여든 사람들에게 이 **언문불일치**는 공유하는 난문難
問이었다. 같은 취지의 발언은, 예를 들어 베른의 『2년간의 휴가二年間の
休暇』를 모리타 시켄森田思軒이 일본어로 번역한 것을 중역重譯해서 『십오
소호걸十五少豪傑』이라고 발표했을 때의 후기[33]에서도 찾아볼 수 있다.

33『신민총보新民叢報』 제6호, 1902.4.

本書原擬依水滸紅楼等書体裁、純用俗話、但翻訳之時、甚為困難。参用文言、労半功倍。(…中略…) 但因此亦可見語言、文字分離、為中国文学最不便之一端、而文界革命非易言也。

이 책은 원래『수호전』이나『홍루몽』의 체재를 본떠 전부 속어를 사용할 생각이었는데, 막상 번역하려니까 대단히 어렵게 느껴졌다. 문언을 섞음으로써 수고를 줄이고 공功을 벌 수 있었다. (…중략…) 다만, 어언과 문자의 분리가 중국문학의 가장 불편한 점이며, 문계혁명文界革命이 그렇게 간단히 이루어지지 않을 것을 이것으로도 알 수 있다.

훗날 주작인도 "고문古文을 쓰는 것이 백화白話를 쓰는 것보다 꽤 편하다. 백화로 쓰는 데 종종 어려움을 겪는다"(『中国新文学之源流』)라고 했을 정도이다. 양계초의 어려움은 가히 짐작할 만하다.

따라서 실제 창작이라는 면에서 보면 양계초는 그다지 성공했다고 할 수 없다. 백화를 쓸 것을 주장했지만 그 문장 자체는 여전히 문언으로 쓰였다.『신소설』에 게재된 작품 중에서 백화로 쓴 것은 결국 소설이나 희극, 가요 등 속문학에서 유래한 것에 한정되어 있었고, 그 형식도 앞서 말했듯이 기본적으로는 구래의 장회소설이나 희극 스타일을 계승한 것이었다. 그러나『신소설』의 지면에서는 확실히 새로운 시대로의 태동이 느껴져서, 예를 들어 양계초와 더불어 가장 이른 시기의 외국어 소설 번역자인 임서林紓가 시종 문언에 의한 번역 방법을 바꾸지 않고 끝내 백화운동에도 반대한 것을 생각하면, 양계초가 근대 중국의 언어 문제에 보여준 의식은 역시 깊었다고 할 수 있다.

그런데『신소설』제7호의 다른 항목에서는 소설뿐만 아니라 운문의 관점에서도 문학의 진화를 논한다.

凡一切之事物、其程度愈低級者則愈簡單、愈高等者則愈複雑、此公例
也。故我之詩界、濫觴於三百篇、限以四言、其体裁為最簡単。漸進為五
言、漸進為七言、稍復雑矣。漸進為長短句、愈復雑矣。長短句而有一定
之腔、一定之譜、若宋人之詞者、則瘉復雑矣。由宋詞而更進為元曲、其
復雑乃達於極点。

무릇 모든 사물은 정도가 낮은 것일수록 단순하고 정도가 높은 것일수록
복잡하다는 것이 공리公理이다. 그래서 우리 시계詩界가『시경詩経』삼백 편
으로 시작되었을 때는 사언四言뿐이고 체재도 극히 단순하던 것이, 오언五
言, 또는 칠언七言으로 진보하여 적잖이 복잡해졌다. 더욱이 장단구長短句로
진보해서 점점 복잡해졌다. 장단구長短句에는 정해진 공腔, 정해진 보譜가
있고 송나라 사람들의 사詞는 더욱더 복잡해져서, 송사宋詞에서 더 발전하
여 원곡元曲에 이르면 그 복잡함이 정점에 달했다.

여기서는 단순한 것에서 복잡한 것으로라는 진화의 논리를 이용하
여『시경詩経』에서 원곡元曲까지를 하나의 흐름으로 평가한다. 양계초
가 이렇게 말하는 것은 실은 희곡이 중국의 시 중 가장 진화한 것임을
말하고자 함이다. 전에 황준헌黃遵憲과 동서의 시를 논했을 때 고대의
호메로스나 단테, 근대의 바이런이나 밀턴과 같은 장편 시가 중국에 없
는 것은, 중국 문인의 재능이 뒤떨어지기 때문이라고 그가 말한 적이
있었다. 그러나 생각해보면 그것은 중국의 시를 협의로 파악했기 때문
이다. 서양의 시는 원래 중국의 소騷·악부樂府·사詞·곡曲 등 모든 것

에 대응하며, 그렇게 보면 굴원屈原·송옥宋玉이 호메로스·단테에 못 미칠 것도 없고 탕현조湯顯祖·공상임孔尚任 등이 바이런·밀턴보다 못할 것도 없다고, 그렇게 말하기 위해서 이 진화론을 들고나온 것이다.

앞 절에서 서술했듯이 「소설총화」의 집필은 무엇보다『도화선』의 재평가가 계기가 되었다. 희곡은 속어라는 점에서도 본보기가 되고 문학적 가치라는 점에서도 서양의 걸작에 대항할 만한 질을 갖추고 있다. 『도화선』이 그 대표로서 재발견된 것이다.『신소설』제7호의 「소설총화」 끝부분에 있는 양계초가 태평양 선상에서 썼다는 7칙에서는『도화선』의 구성이 교묘함을 칭찬하고 문사文辭의 애절함을 감탄하며, "読此而不湧起民族主義思想、乃無心者也(이것을 읽고 민족주의 사상이 일어나지 않는 자는 매정한 자이다)"라고까지 단언한다. 물론 '민족주의 사상'을 일깨우는 바로 그 점이 **중국문학**에 어울리고 **문학**으로서 가치 있는 것이므로, 오늘날의 견지에서 그것을 정치주의적이라고 하는 것은 초점이 빗나간 것이다. 양계초는『도화선』에 대한 애착이 깊어서 20년도 더 지난 1925년, 자진해서 그 주석을 작성하기에 이른다.[34] 단순한 효용주의적인 칭찬이 아니었다.

『신소설』에서 양계초가 제기한 중국문학 진화론은, 초기의 소설 효용론보다 더 원대한 시야를 확보하기 위한 기반이 되었다. 5·4운동 이후의 백화 문학운동은 바로 그 연장선에 있다. '속어'라는 축에 의해 '진화'의 과정을 찾아내고, 그것을 토대로 '중국문학'인『시경』에서 「신소설」까지 고금 아속의 텍스트를 그 안에 포괄하는 개념을 만들어 낸 것.

---

34 『음빙실합집 전집飮氷室合集 專集』95(上海中華書局, 1936), 中華書局(北京), 1989 影印.

양계초가 일본에 망명하기 전에는 그 구상조차 불분명했던 이 개념이, 일본으로의 망명을 계기로 일본의 문학 상황에 양계초가 반응해 가는 가운데 점차 확고해진다. 『신소설』이라는 문학 미디어의 확립과 '중국 문학'이라는 관념의 성립은 밀접한 관련이 있으며, 더욱이 그것은 메이지 일본에서 '일본문학'의 선양과도 동시대적 연쇄를 이루었다.

양계초는 확실하게 중국과 일본문학의 매개 역할을 하면서, 그것을 통해 이번에는 중국문학이라는 것을 응고시키는 역할을 했다. 비유하자면, 『가인지기우』를 번역함으로써 『도화선』을 발견하게 된 것이다. 이 번역에서 발견으로의 길을 여는 것이야말로 근대 문학관념 형성기에 양계초가 맡은 역할이었다. 응고된 일국一國 문학사가 다시 열릴지 말지는 이미 양계초가 알 바가 아니다.

4장

「소설총화」의 전통과 근대

소설계 혁명을 창도한 양계초가 1902년 11월 14일에 창간한 잡지 『신소설』은 중국의 첫 소설 전문잡지였다. 또한, 창간에 앞서『신민총보新民叢報』제14호에 실린 광고에 공공연하게 선전했듯이 "중국유일지문학보中国唯一之文学報", 즉 중국의 유일한 문학잡지였다. 그리고 이 잡지 『신소설』에는 「소설총화小説叢話」라는 제목으로 양계초를 중심으로 하는 사람들이 제각기 차기箚記를 기고한 소설론이 연재되었다.

「소설총화」에서 양계초가 어떤 논의를 전개했는지 그 범위와 한계에 관해서는 제3장에서 이미 다루었기 때문에 반복하지 않겠다. 여기서는 그것을 전제로 해서 양계초 외의 다른 필자의 글에까지 시야를 넓혀서 「소설총화」에서 무엇을 언급했는지 좀더 상세히 살펴보겠다.

1. 중국과 외국의 비교

『도화선』에 대한 평가를 발단으로 하듯이, 「소설총화」의 중심이 되는 것은 구소설의 재평가였다. 양계초는 『신소설』 제1호에 실은 「논소설여군치지관계論小説与群治之関係」에서 구소설을 "吾中国群治腐敗之総根源", 즉 사회가 부패한 것은 소설 탓이라고 잘라 말했는데, 「소설총화」에서는 오히려 구소설에서 적극적인 가치를 찾아내려고 한다. 황림黃霖은 『근대문학비평사近代文学批評史』에서 「소설총화」의 작자들이 양계초의 구소설 멸시에 반론한 것이라고 서술하는데,[1] 그것은 일면적인 평가가 아닐까. 양계초는 소설과 사회의 관계에서 구소설을 부정한 것이며, 앞 장에서 언급했듯이 '문학사'의 구상이 한 번 이루어지면 전통의 재구축은 필수가 된다.

그렇다면 「소설총화」에서 구소설의 재평가가 어떻게 이루어졌을까. 지금 그중 몇 가지를 예시해 보겠다.

英国大文豪佐治賓哈威云、小説之程度愈高、則写内面之事情愈多、写外面之生活愈少、故観其書中両者分量之比例、而書之価値、可得而定矣。可謂知言。持此以料揀中国小説、則惟紅楼夢得其一二耳。余皆不足語於是也。

영국의 대문호 좌치빈합위佐治賓哈威(미상)가 말하기를 소설의 정도가 높아지면 높아질수록 내면을 그리는 것이 많아지고 외면 생활을 그리는 것이 적어진다. 따라서 어떤 책 안에서 차지하는 양자의 분량을 비교하면 그 책

---

1 제7장 「소설론」 제2절 「『신소설』적 소설론『新小説』的小説論」, 上海古籍出版社, 1993.

의 가치를 알 수 있다고. 맞는 말이다. 이에 따라 중국소설을 품평하자면
『홍루몽』이 조금 볼 만할 뿐 다른 것은 모두 말할 가치도 없다.

— 슬재瑟齋,『신소설』제7호

金瓶梅一書、作者抱無窮冤抑、無限深痛、而又処黒暗之時代、無可与
言、無従発泄、不得已藉小説以鳴之。其描写当時之社会情状、略見一班
[斑]。(…中略…) 真正一社会小説、不得以淫書目之。

『금병매』라는 책은 작자가 끊이지 않는 원망과 끝없는 아픔을 안고 게다
가 암흑의 시대에 살아서 이야기할 상대도 없고 생각을 표현할 방법도 없
어서, 하는 수 없이 소설을 빌려서 불평을 털어놓은 것이다. 당시 시대 상
황의 묘사에서 그 일단을 엿볼 수 있다. (…중략…) 진정한 사회소설이며
음서淫書로 간주해서는 안 된다.

— 평자平子,『신소설』제8호

聖嘆乃一熱心憤世流血奇男子也。然余于聖嘆有三恨焉。一恨聖嘆不生
于今日、俾得読西哲諸書、得見近時世界之現状、則不知聖嘆又作何等感
情。(…중략…) 三恨紅楼夢茶花女二書、出現太遅、未能得聖嘆之批評。

김성탄은 세상에 분노하고 피를 흘린 열혈한이다. 하지만 나는 김성탄에
게 세 가지 원망스러운 점이 있다. 첫째는 성탄이 지금 세상에 태어나지 않
은 점이다. 서양 사상가의 책을 읽히고 요즘 세계의 현상을 보여준다면 성
탄이 어떻게 생각할까. (…중략…) 셋째는『홍루몽』과『차화녀茶花女』, 이
두 책이 너무 늦게 세상에 나와서 성탄의 비평을 듣지 못한 점이다.

— 평자平子,『신소설』제8호

金瓶梅之声価、当不下於水滸紅楼。此論小説者所評為淫書之祖宗者
也。余昔読之、尽数巻猶覚毫無趣味、心窃惑之。後乃改其法、認為一種
社会之書以読之、始知盛名之下、必無虚也。

『금병매』의 성가聲價가 『수호전』이나 『홍루몽』보다 못하지 않은 것은,
소설을 논하는 자들이 평하는 음서의 원조로서이다. 나는 옛날에 이것을
읽었는데 몇 권을 읽어도 전혀 재미있지 않아서 내심 당혹스러웠다. 후에
읽는 법을 바꾸어 일종의 사회소설로 읽고 나서 명성에는 반드시 근거가
있음을 겨우 깨달았다.

— 만수曼殊, 『신소설』 제8호

'슬재瑟齋'(麦仲華) · '평자平子'(狄葆賢) · '만수曼殊'(梁啓勳)의 이 차기는,
중국소설과 서양소설을 함께 놓고 생각하려는 점에서 공통된다. 영국
의 문호 '좌치빈합위佐治賓哈威'의 말을 빌려 『홍루몽』의 가치를 판단하기
도 하고, 혹은 김성탄에게 『홍루몽』과 더불어 『차화녀茶花女』(『椿姬』)의
비평도 시키고 싶어 하는 것은 그 좋은 사례이다.[2] 구소설 중에서도 '음
서'의 대표인 『금병매』를 '사회소설'이라는 라벨로 그 가치를 재인식하
려는 것은 역시 서양문학을 접하고 난 이후의 관점이다. 오해해서는 안
될 것은 이러한 것들이 서양문학의 단순한 수용이나 수입이 아니라는
점이다. 오히려 소설에 대한 사고의 영역을 확대한 것으로 보는 편이 적
당하다. 예를 들어 『홍루몽』 하나를 보아도 "紅楼夢一書係憤満人之作
(…中略…) 而專以情書目之、不亦誤乎。(『홍루몽』은 분만憤懣이 가득한

---

2 김성탄은 「소설총화」를 통틀어서 높은 평가를 받는다. 소설 창작뿐만 아니라, 소설 비평 역
시 '국민'이 해야 할 일로 재인식하려고 한 『신소설』 동인들에게 김성탄은 좋은 모델이었다.
또한, 여기에서 소설비평에서의 전통과 근대의 접점을 찾을 수도 있을 것이다.

사람의 작품이다 (…중략…) 그런데도 정애情愛의 책으로만 보는 것은 완전히 잘못이다(平子)"(제9호), "紅楼夢之佳処、在処処描摹、恰肖其人。(『홍루몽』의 장점은 모든 묘사가 그 인물에 딱 어울리는 점이다)(平子)"(제9호), "吾国之小説、莫奇於紅楼夢。可謂之政治小説、可謂之倫理小説、可謂之社会小説、可謂之哲学小説、道徳小説。(우리나라의 소설은 『홍루몽』만큼 훌륭한 것이 없다. 정치소설이라고도 할 수 있고 윤리소설이라고도 할 수 있으며 사회소설이라고도 할 수 있고 철학소설·도덕소설이라고도 할 수 있다)(俠人)"(제12호)와 같이 반청反淸의 입장에서 평하기도 하고 묘사의 뛰어남을 칭찬하기도 하며 혹은『신소설』광고와 같은 라벨을 붙여보는 등 가치 판단의 기준이 다양하여, 서양의 소설론을 그저 수입해서 그것으로만 소설을 분석하는 것이 아니다.

그러한 상황 속에서 문제가 된 것은 역시 중국과 외국소설의 비교였다.『신소설』제13호에서 협인俠人은 중국소설과 서양소설을 소설 분류의 세밀함, 등장인물과 이야기의 복잡함, 분량의 길이, 구성의 묘妙 등 네 가지 면에서 비교하여 앞의 한 가지는 서양이 뛰어나지만 뒤의 세 가지는 모두 중국이 낫다고 평가했다. 또한, 중국이 못한 점은 뛰어난 점 때문에 생긴 것이므로 꼭 결점이라고 말할 수는 없다며 "吾祖国之文学、在五洲万国中、真可以自豪也(우리 조국의 문학은 세계에서도 자랑할 만하다)"라고 주장한다. 유치한 민족주의라고 비웃기는 쉬울지 몰라도 오히려 유의해야 할 것은 '祖国之文学(조국의 문학)'이 '五洲万国(세계)' 속에서 존재를 주장하지 않으면 안 되게 되었다는 사실이다. 국민국가의 시대에는 각 국가와 그 구성요소가 항상 서로 비교 대조 당하게 된다. 비교 기준은 보편과 고유가 서로 얽혀서 때때로 결론이 안 나게 되는데, 중요한 것은 결론이 아니라 비교 대조한다는 행위이다. 『신소설』 제20호의 「소설총화」에서는 앞의 사례와는 반대로 '신분身分', '욕매辱罵', '회음誨淫', '공덕公德', '도화圖畫'의 면에서 중국소설이 외국소설보다 못하다는 논의를 '지신주인知新主人'(周桂笙)이 주장한다. 결론은 반대지만, 어찌 되었든 비교라는 행위가 가능해진 것은 '소설'이라는 틀이 중국과 서양의 보편적인 것으로 전제가 되어있기 때문이다. 「소설총화」라는 장場에서 필요했던 것은 우선 그러한 전제의 구축이며, 나아가서 그것이 초래하는 남과 나의 차이를 인식함으로써 자국 문학의식을 형성하는 것이었다. 이 비교론들은 논의로는 확실히 일면적이고 조잡할지도 모르겠으나, 논의의 틀이 성립되었다는 사실에 우선 주목해야 할 것이다.

그리고 소설의 비교는, 사회의 비교, 민족의 비교, 국가의 비교로 쉽게 전화轉化된다.

蓋小説者乃民族最精確最公平之調査録也。吾嘗読吾国之小説、吾毎見其写婦人眼裡之美男児、必曰「面如冠玉、脣若塗脂。」此殆小説家之万口同声者也。吾国民之以文弱聞、於此可見矣。吾嘗読德国之小説、吾毎見其写婦人眼裡之美男児、輒曰「鬚髪蒙茸、金鈕閃爍。」蓋金鈕云者、乃軍人之服式也。観於此、則其国民之尚武精神可見矣。

본디 소설이라는 것은 민족의 가장 정확精確하고 가장 공평한 조사록이다. 우리나라 소설을 읽으면, 여성의 눈에 비치는 미남자를 묘사하는 대목에서는 반드시 "얼굴은 관옥冠玉 같고 입술은 연지를 바른 듯하다"라고 하는데 이것은 소설가들이 거의 이구동음異口同音이다. 우리 국민이 문약文弱

하기로 이름이 난 것은 여기서 비롯되었을 것이다. 독일의 소설을 읽으면, 여성의 눈에 비치는 미남자를 묘사하는 부분은 매번 "수염과 머리가 헝클어지고 금 단추가 번쩍거린다"이다. 금 단추라는 것은 군인의 복장을 가리킨다. 이로써 그 국민의 상무尙武 정신을 엿볼 수 있다.

— 만수曼殊, 『신소설』제13호

여기에서는 소설의 클리셰가 그대로 국민성의 표징이 된다. 소설은 국민과 접속하고 세계와 접속한다. 소설의 공간이 단숨에 확대된 것이다. 바꿔 말하면, 소설을 논함으로써 만사를 논하는 것이 가능해진다. 만사를 논할 수 있으므로 소설이 문학의 최상위가 된 것이다. 그리고 이렇게 확대된 소설 공간 안에서 '진화'를 보편의 준칙準則으로 한 '중국문학'의 전통을 재검토하게 된다.

2. 진화의 중핵

소설이 문학 진화의 중핵이라는 인식은 예를 들면 다음과 같은 전통의 재편성을 초래했다.

> 故孔子当日之刪詩、即是改良小説、即是改良歌曲、即是改良社会。然則以詩為小説之祖可也、以孔子為小説家之祖可也。
>
> 따라서 공자가 그 당시 『시경』을 편정編定한 것은, 다시 말해 소설의 개량이자 가곡歌曲의 개량이며 사회의 개량이었다. 그렇다면 『시경』을 소설의

시조始祖로 보아도 될 것이며 공자를 소설가의 시조로 보아도 되는 것이다.

— 평자平子, 『신소설』 제9호

孔子曰、我欲托之于空言、不如見之于行事之深切著明也。吾謂此言実
為小説道破其特別優勝之処者也。(…中略…) 若是乎由古経以至春秋、不
可不謂之文体一進化、由春秋以至小説、又不可謂之非文体一進化。使孔
子生於今日、吾知其必不作春秋、心作一最良之小説、以鞭辟人類也。

공자가 이르기를, 내가 추상적인 말로 기록하는 것보다 실제로 일어난
일을 보여주는 편이 훨씬 절실하고 선명해진다고 했다.[3] 내 생각에 이 말이
실은 소설의 특히 뛰어난 점을 갈파한 것이다. (…중략…) 이와 같다면 옛
경전으로부터 『춘추春秋』에 도달한 것은 문체의 진화라고 하지 않을 수 없
다. 공자가 오늘날 살아있었다면 분명 『춘추』를 짓지 않고 한편의 좋은 소
설을 지어서 인류를 편달했음이 틀림없다.

— 협인侠人, 『신소설』 제13호

중국에서 문명의 전통을 이야기할 때 공자의 이름을 빼놓을 수는 없
다. 하물며 양계초 등은 강유위 문하이다. 공자를 전통의 출발점으로
이야기함으로써 이 전통은 정통이 될 수 있다. 종래의 시문 중심 문학
관文學觀을 재편하기 위해서는 공자의 등장이 불가결했다. 시 삼백 편을
정한 것은 소설개량과 마찬가지이다. 옛 경전으로부터 『춘추』에 도달
한 것은 진화이며 『춘추』로부터 소설에 도달하는 것도 진화이다. 이러

---

3 『사기史記』 태사공太史公 자서自序에, "昔孔子何為而作春秋哉"라는 물음에 답하여 태사공이
"子曰、我欲載之空言、不如見之於行事之深切著明也"라고 한 것에서 유래함.

한 논의는 새로운 전통의 구축을 용이하게 한다. 그리고 양계초는 더욱 주도면밀하게 전통을 재구축하고 있었다. 제3장에서 인용한 태평양의 선상船上에서 기술한 차기箚記 7조 중 하나를 다시 한 번 살펴보자.

> 凡一切之事物、其程度愈低級者則愈簡單、愈高等者則愈複雑、此公例也。故我之詩界、濫觴於三百篇、限以四言、其体裁為最簡單。漸進為五言、漸進為七言、稍復雑矣。漸進為長短句、愈復雑矣。長短句而有一定之腔、一定之譜、若宋人之詞者、則愈復雑矣。由宋詞而更進為元曲、其復雑乃達於極点。
>
> ―『신소설』제7호

　　소설이 아닌 운문의 진화를 단순에서 복잡으로라는 '공례公例'(公理)에 따라 이해한다. 『시경』에서 원곡元曲까지를 그러한 도정에 위치를 부여함으로써, 운문의 진화라는 면에서 보면 희곡이 가장 진화한 장르가 되는 셈이다. 「소설총화」에서 왜 소설이 아닌 운문의 진화를 이야기하는가 하면, 결국은 속어로 쓰인 희곡이 운문의 진화 면에서도 가장 발달한 장르라고 말하고 싶기 때문이다. 이 글에 이어서 양계초는 '곡본曲本'이 다른 시체詩體보다 우수한 점을 네 항목으로 나누어 설명한다. 첫째는 노래와 대사가 서로 보완하여 묘사가 지극히 세밀한 점. 다음으로 일반 시는 한 사람의 감정을 그릴 뿐이지만 곡본은 등장인물 각각의 감정을 표현할 수 있는 점. 그리고 장단長短의 변환이 자유자재여서 한 곡을 몇 절에서 몇십 절까지, 일 절을 몇 조調에서 수십 조調까지 모두 작자의 뜻대로 할 수 있는 점. 또한 시詩나 사詞보다 격률格律이 자유로워서 조금 음률을 이해하기만 하면 신조新調를 만들 수도 있고, 구조舊調에 의존하더라도 한 구의 자수字數를 엄격히 제한할 필요가 없는 점. 양계 초는 이 네 항목을 근거로 해서, 중국의 운문 중 앞으로의 진화는 몰라 도 지금까지를 살펴보면 희곡이 최대 최고이며, 삼대양한三代兩漢의 문 장이 아니면 굳이 보지 않겠다는 한유韓愈를 본떠 옛것을 귀히 여기고 지금 것을 업신여기는 것 같은 구폐舊弊에는 도저히 찬동할 수 없다고 말한다. 이러한 주장은 직접적인 영향의 유무는 별개로 치더라도, 왕국 유王国維의 『송원희곡고宋元戲曲考』(商務印書館, 1915)[4]를 분명히 예고한 것 이었다.

그런데 희곡을 운문의 정점으로 보는 발상은 서양문학과의 비교에 서 비롯된 것이었다. 마찬가지로 태평양의 선상에서 기술한 차기에 다 음과 같은 대목이 있다.

泰西詩家之詩、一詩動輒数万言、若前代之荷馬但丁、近世之擺倫弥児 頓、其最著名之作、率皆累数百葉、始成一章者也。中国之詩、最長者如 「孔雀東南飛」「北征」「南山」之類、罕過二三千言外者。吾昔与黄公度論 詩、謂即此可見吾東方文家才力薄弱、視西哲有慚色矣。既而思之、吾中 国亦非無此等雄著、可与彼頡頏者、吾輩僅求之於狹義之詩、而謂我詩僅 如是、其謗点祖国文学、罪不浅矣。詩何以有狹義有広義、彼西人之詩不 一体、吾儕訳其名詞、則皆曰詩而已。若吾中国之騒之楽府之詞之曲、皆 詩属也、而尋常不名曰詩。於是乎詩之技、乃有所限。吾以為若取最狹

---

4 발표 당시는 『송원희곡사宋元戲曲史』.

義、則惟三百篇可謂之詩。若取其広義、則凡詞曲之類、皆応謂之詩。数詩才而至詞曲、則古代之屈宋、豈譲荷馬但丁、而近世大名鼎鼎之数家、若湯臨川孔東塘蒋蔵園其人者、何嘗不一詩累数万言耶、其才力又豈在擺倫弥児頓下耶。

유럽 시인의 시는 한 편의 시가 자칫하면 몇만 어가 된다. 고대 호메로스나 단테, 근세의 바이런이나 밀턴 등의 가장 유명한 작품은 대개 모두 수백 쪽이 모여서 겨우 한 장章을 이룬다. 중국 시는 가장 긴 「공작동남비 孔雀東南飛」와 「북정北征」, 「남산南山」과 같은 것도 몇천 어를 넘는 것은 드물다. 나는 전에 황공도黃公度와 시를 논하는 자리에서, 우리 동방東方 문인文人의 재력才力이 박약하다는 것을 이것으로도 알 수 있고 서양의 대가大家에게 부끄럽다고 했다. 나중에 곰곰이 생각해 보니 우리 중국에도 그들에 대항할 수 있는 웅편雄篇이 없는 것은 아니다. 우리가 단지 협의의 시詩에서 그것을 찾으려 하고 우리 시는 이런 것뿐이라고 생각한 것이다. 조국의 문학을 중상中傷한 것으로 죄가 가볍지 않다. 시에 어떻게 협의와 광의가 있겠는가. 즉, 저 서양인의 시는 형식이 다양한데, 우리가 그 명칭을 번역할 때 어느 것이나 다 시라고 불러 버렸다. 우리 중국의 소騷나 악부樂府, 사詞, 곡曲은 모두 시에 속하지만, 보통은 시라고 안 해서 그 때문에 시의 범위가 좁아져 버렸다. 내 생각으로는 가장 협의로는 삼백 편만 시이고, 광의로 보면 사곡詞曲 류는 모두 시라고 해야 한다. 시인의 범위를 사곡詞曲으로까지 넓히면 옛날에는 굴원屈原이나 송옥宋玉이 있어서 호메로스나 단테보다 못할 것도 없다. 탕임천湯臨川이나 공동당孔東塘, 장장원蒋蔵園 같은 근세 대가가 한 편의 시에서 몇만 어를 사용하지 않는 경우가 있을까. 그 재력才力이 바이런이나 밀턴만 못할까.

일찍이 황준헌과 시를 논하며 고대의 호메로스나 단테, 근대의 바이런이나 밀턴이 쓴 것과 같은 장편 시가 중국에 없다는 이유를 들어서, 중국 문인의 재능이 이렇게나 뒤떨어지니 서양의 대가에게 부끄러운 점이 없지 않다고 했다. 그러나 생각해 보면 그것은 시를 좁은 의미로 파악하기 때문이며, 애초에 서양 시에 대응하는 것이 중국에서는 소騷·악부樂府·사詞·곡曲 등 전부인 것이다. 이처럼 넓은 의미의 시로 생각한다면 굴원·송옥은 호메로스·단테와 길항할 것이고, 가깝게는 탕현조湯顯祖, 공상임孔尚任, 장사전蔣士銓 같은 희곡작가도 바이런이나 밀턴에게 자리를 내줄 일은 없다. 양계초는 이렇게 인식함으로써 중국 문학 속에서 확고한 전통을 찾아낼 수 있었다. 전통이라는 것은 하나의 전통만 단독으로 존재할 수 있는 것이 아니다. 타자他者의 전통과 상호 대비함으로써 비로소 성립하는 것이며, '조국문학祖國文學'이라는 표현도 이러한 대비 속에서 탄생한다.

이렇게 해서 신문학과 접속할 수 있는 전통이 구축되었다. 시문도 소설도 희곡도, 중국문학이라는 하나의 전통 속에서 이야기할 수 있게 된 것이다. 그리고 양계초가 이 전통 속에서 최고 걸작이라고 생각한 것이 『도화선』이었다. 처음에 언급했듯이 양계초가 태평양 선상에서 기술한 차기는 오로지 『도화선』 때문에 쓰였다. 예를 들면 다음과 같은 대목.

論曲本当首音律、余不嫻音律、但以結搆之精嚴、文藻之壯麗、寄託之遙深、論之、窃謂孔云亭之桃花扇、冠絶前古矣。

곡본曲本을 논하는 데에는 음률을 가장 중요하게 고려해야 하지만, 나는 음률은 잘 알지 못해서 구성의 치밀함과 수사修辭의 훌륭함, 담겨 있는 의미

의 심원深遠함을 논할 수밖에 없다. 그리되면 공운정孔云亭의『도화선』이 전
대前代의 으뜸이라 생각한다.

　다른 대목에서는, 권두에 선성先聲[5] 한 단락을 두고 권말에 여운餘韻
한 단락을 두는 것이 공상임孔尚任의 창안으로 다른 사람이 모방하기 어
려운 점, 등장인물 중 하나인 노찬례老贊礼가 작자의 분신이고 희곡 전
체의 구성과 곡조에 관여하는 점, 더욱이『도화선』에는 청조清朝에 정
복당한 데 대한 원망이 감추어져 있어서, 생각이 있는 자라면 그 대목
에 이르러 '민족주의지사상民族主義之思想'이 저절로 끓어오르는 점 등을
논한다. 위에 인용한 대목에서 "구성의 치밀함과 수사의 훌륭함, 담겨
있는 의미의 심원함"이라고 개괄적으로 서술한 것을 구체적인 예를 들
어 기술한다. 그중에서도 특히 양계초의 심금을 울린 것은 '곡주哭主',
'침강沈江' 두 단락의 망국지탄亡國之歎이었던 듯해서,『가인지기우』에도
망국지탄이 넘쳐나던 것을 떠올린다면 양계초가 어떤 문학을 추구했
는지 어느 정도 이해할 수 있을 것이다. 국사國事에 적극적으로 관여하
여 망명자 신세가 된 양계초에게『가인지기우』와『도화선』은 감정을
공유할 수 있는 문학이었으며, 그러한 멘탈리티mentality하에 일련의 소
설론이 쓰였다는 사실을 우리는 잊어서는 안 된다. 국가적인 정동情動
을 형성하는 것으로써 소설이 존재할 수 있는 점, 혹은 정동情動을 내셔
널라이즈nationalize하는 장치로써 문학이 발동發動할 수 있음을 양계초는
먼저 몸소 보여준 것이며, 그런 의미에서도 중국 근대문학 비평의 그야

---

5 ［역쥐 일러두기 혹은 프롤로그.

말로 효시였다.

「소설총화」는 좋든 나쁘든 전체의 의미에는 관심을 기울이지 않고, 논의는 다양하게 이루어지지만, 난내欄內에서 논쟁으로 발전하느냐 하면 그렇지는 않다. 『도화선』을 정점으로 하는 전통의 틀에 관해서도 좀 더 살을 붙여서 한 편의 문학사를 엮는 데까지는 이르지 못한다. 그러나 그러한 잡다함 속에서 다음 세대로 계승 발전될 논의가 시작됐다는 사실은 지금까지 서술한 대로이며, 독자 편에서 보면 소설을 어떻게 이야기할 수 있는지 모델을 다양하게 제공해 주는 즐거움도 찾을 수 있다. 또한, 이러한 「총화」의 체제는 전통문학에 익숙한 눈에는 친숙한 것이기도 했다. 처음에 언급했듯이 「소설총화」의 첫 번째 역할이 소설을 이야기하는 장場의 창설이었음을 생각하면, 여기에 필요한 것은 다관茶館에서 주고받는 자유로운 소설 담의談義이며 새로운 성당聖堂과 같은 장론莊論은 다른 자리에 세우면 되는 것이었다.

『신소설』 지상의 창작이나 번역과 「소설총화」의 관련에 관해 지금으로서는 명확한 견해를 갖고 있지 않다. 오견인吳趼人과 주계생周桂笙 같은 이도 「소설총화」에 기고했는데, 여기서는 상세하게 음미하지 못했다. 『도화선』과 『홍루몽』이 재평가를 받아 근대문학을 시작하기 위한 기초가 만들어졌다는 것은 상술한 대로지만, 그러한 '전통'이 근대문학으로서의 신소설에 어떻게 활용되었는지를 포함해서 이 시기의 문학비평에 관해 더욱더 검토해야 할 부분이 적지 않다.

5장

관화와 화문
양계초의 언어의식

　양계초는 소설계혁명 · 시계詩界혁명 · 문계文界혁명 등 일련의 언론 · 출판 활동을 통해, 중국이 전통 에크리튀르의 세계로부터 근대 에크리튀르 세계로 변용하는 계기를 마련하는 역할을 했다. 본서 제3장에서는 문학관념의 영역에서 그 역할을 '국민', '미디어', '진화'의 세 가지 측면에서 고찰하고, 양계초가, 작은 커뮤니티별로 형성된 시문詩文 결사結社를 대신하는, 중국 전토全土 ─ 적어도 그 의지만은 ─ 를 뒤덮을 듯한 가상적인 장場인 잡지라는 미디어의 형성(공시적共時的 제도)과 과거에서 미래로 하나로 이어지는 생명계生命系로서 '중국문학'을 인식하는 '문학의 진화'라는 개념의 확립(통시적通時的 제도)을 통해 '국민의 문학'이라는 관념을 확립한 점, 그리고 그러한 일련의 움직임들이 양계초가 망명했을 당시의 일본 정황과 깊이 관련되어 있음을 보여주었다.

　물론 에크리튀르의 변용에서 양계초의 역할은 그것이 다가 아니다. 예를 들어 신어新語의 대량 도입이나 근대 언어로서의 백화白話의 채택, 더욱이 신문체新文體라는 장치 등 더욱 실제적인 언어 운용 면에서 보아도 그 역할이 대단히 크며, 종래에도 다양한 각도에서 그 점이 논의되었다. 그러나 그가 어떻게 그런 언어활동이 가능했는가 하는 문제에 관해서는 비교적 간단히 양계초 특유의 효용주의效用主義(거칠게 표현하면 편의주의)에 그 원인을 돌리는 경우가 많다. 그것은 고찰 대신에 낙인을 찍어버릴 위험성이 항상 뒤따른다. 이것이 실용주의이며 이것이야말로 양계초의 특질이라는 식으로. 그러나 양계초의 언어활동이 분명 효용주의적이라 해도, 그 효용주의라는 용어는 낙인을 찍기 위한 것이 아니라 그 의미를 양계초에게 알맞게 묻기 위한 것이 아니면 안 될 것이다.

이러한 문제의식을 전제로 해서, 이 장에서는 양계초에게 언어란 무엇이었는지, 혹은 무엇일 수 있었는지를 탐구하고 그것이 그의 언어활동과 어떤 관련이 있는지 생각해 보고자 한다.

1. 모어

광동성廣東省 신회新會에서 태어난 양계초의 모어母語는 월어粵語(광동어)이다. 북경을 중심으로 사용되는 관화官話[1]와 언어적으로 너무 거리가 있어서 단순히 '사투리'의 차원이 아니라는 것은 누구나 아는 사실이다. 그리고 후천적으로 취득해야 하는 관화를 양계초는 아무래도 잘하지 못했던 것 같다. 예를 들어 양계초가 광서제光緖帝를 처음 알현했을 때의 에피소드를 왕조王照는 다음과 같이 전한다.

---

1 [역주] 중국 청나라 때에 관청에서 쓰던 표준말.

청조清朝의 관례로는 관리로 추천받은 자가 황제를 배알하려면 한림원翰林院에 들어가는 것을 허락받든지 적어도 내각중서內閣中書는 되어야 했다. 이때 양계초의 이름이 사람들의 이목耳目에 선명했기 때문에 틀림없이 이례적인 발탁이 있을 것이라는 소문이 나돌았으나, 배알한 후 겨우 육품관六品官을 받았을 뿐 여전히 신문 주필의 지위에 머무르며 조정의 벼슬을 하지는 못했다. 듣기로는 양 씨가 경어京語를 잘 못 하고, 배알할 때 발음을 잘 못 해서 서로 뜻이 잘 안 통하여 광서제가 불쾌히 여겼다는 것이다(그 당시 양 씨의 발음은 '효孝'를 '호好', '고高'를 '고古'와 같이 읽는 경우가 많았는데, 이는 내가 직접 들은 것이다).[2]

양계초의 발음 자체에 관해서는 왕조王照도 직접 들은 셈인데, 이 에피소드를 양계초는 『무술정변기戊戌政変記』 등에서도 언급하지 않았고 또한 여기에서도 "듣기로는"이라고 표현했듯이, 진위는 분명치 않지만 있을 법한 일로 널리 유포되었을 것이라 쉽게 짐작할 수 있다. 유당唯唐은 「양계초여보통화梁啓超与普通話(양계초와 보통화)」에서 다음과 같이 부연한다.

본래 양계초는 광동 태생으로 방언이 심했다. 그는 늘 '효孝'를 '호好', '고高'를 '고古'와 같이 발음했다. 그 결과, 황제를 알현했을 때 그의 광동 사투리가 많은 오해를 종종 불러일으켜서, 군신君臣 모두 유신維新의 뜻을 품고 있음에도 언어의 벽 때문에 마음을 터놓고 이야기할 수가 없었다. 광서제

2 중국사학회中国史学会 주편主編, 「복강익운겸사정문강서復江翊雲兼謝丁文江書」, 『中国近代史資料叢刊 戊戌変法』 2, 上海 : 神州国光社, 1953. p.573.

는 마음속으로 유쾌할 리가 없고 그 때문에 양계초를 중용하지 않았다. 양계초가 뛰어난 식견과 재능이 있음에도 백일유신百日維新 시기에 힘을 충분히 발휘하지 못한 것은, 보통화普通話의 학습이 정치투쟁과 깊이 관련되어 있다는 의미가 아닐까! 양계초도 훗날 인정하듯이, 그는 처 이혜선李蕙仙에게 보통화를 배워서 점차 국내에서 유신사상을 더욱 유효하게 선전할 수 있게 되었다고 한다.[3]

'효孝'는 월음으로는 [hau3]인데 경음京音의 '호好'와 발음이 비슷하여 혼동이 생겼을 것이고, '고高'는 월음으로는 [gou1]이지만, '포布'와 '보報'가 월음으로는 동음 [bou3]이듯이 경음京音으로 고칠 때 혼동하기 쉬운 운모韻母이다. 또한 왕조王照가 '경어京語'라고 부른 것을 여기에서 '보통화普通話'로 표현을 바꾼 것은 이 문장이 보통화의 중요성을 강조하기 위해서 쓰였기 때문인데, 물론 '보통화'라는 용어 혹은 개념이 이때 이미 확립된 것은 아니다. 다만 보통화의 베이스가 기본적으로 관화官話이고, 광동 출신의 양계초가 보기에는 옛날의 '경어京語'이든 현재의 '보통화'이든 실질적으로는 거의 차이가 없을 것이다. 한편 양계초의 아내 이 씨는 귀주貴州 출신의 경조공京兆公 이조의李朝儀의 막내딸인데 "生於永定河署, 幼而隨任京畿山左"(「悼啓」),[4] 영정하서永定河署 즉 하북성河北省에서 태어나 부친의 부임지를 따라서 북경 주변과 산동山東에 살았다고 기술되어 있듯이, 부친의 직업이나 생활한 지역을 보아도 북경관화

---

3 『문자개혁文字改革』, 北京 : 語言出版社, 1984. p.41.

4 양계초, 『음빙실합집飮氷室合集 문집文集』 44 上, 上海中華書局, 1936(北京 : 中華書局, 1989 영인). 이하, 『문집文集』 44 上과 같이 표기한다.

에 대한 친숙함은 양계초와 천양지차였다.

관화는 단순히 실제 공통어로 널리 사용되었을 뿐 아니라, 청조에서
는 공적인 자리에서 사용해야 하는 구두어口頭語로서 다른 언어에 대해
규범적인 지위에 있었다. 예를 들어 유정섭俞正燮은 『계사존고癸巳存稿』
제9 '관화'에서 다음과 같이 말한다.

> 옹정雍正[5] 6년, 복건·광동 출신 중에 관화를 못하는 자가 많으니, 지방관
> 은 잘 훈도하라는 칙령이 있었다. 정신廷臣이 협의하여 8년을 기한으로 해
> 서 거인擧人·생원生員·공생貢生·감생監生·동생童生 중 관화를 못하는 자
> 는 시험을 못 보게 되었다.

'정음서원正音書院'이라는 형태로 구현한 이 제도는 결국 유명무실하
게 되고 그 효과가 어느 정도였는지 확실치 않으나, 양계초뿐만 아니라
민어閩語, 월어가 모어인 이들이 관화를 잘 못 했다는 것, 그리고 관화를
사용하는 것을 중앙관료의 자격으로 여겼음을 알 수 있다. 관리 등용시
험인 과거 자체는 문언 필기시험이어서 구두 언어로 월어를 쓰든 관화
를 쓰든 차이가 없다. 오히려 오래된 운韻을 종종 보존하는 월어가 관화
보다도 시작詩作에는 편했을 수도 있다. 즉 월어밖에 못하는 사람이라
도 과거에 충분히 합격할 수 있었다. 그러나 관화를 못하면 관료끼리
나아가서는 황제와의 의사소통도 안 되고 각지에 부임했을 때 실무에
도 지장을 초래한다. 관화를 강제하는 이유이다.

---

5 [역주] 중국 청조 세종世宗 때의 연호(1723~1735).

그런데 양계초는 자신의 '廣東腔(광동 사투리)'에 관해 「망우하수경선생亡友夏穗卿先生」에서 이렇게 술회한다.[6]

我十九歳始認得穗卿。(…中略…) 我当時説的純是「広東官話」、他的杭州腔又是終身不肯改的、我們交換談話很困難、但不久都互相了解了。

나는 열아홉 살 때 처음 수경穗卿을 알게 되었다. (…중략…) 내가 당시 사용한 것은 완전히 '광동관화'였고 그도 평생 안 바뀐 항주杭州 사투리였기 때문에 우리가 대화를 나누기는 곤란했지만, 금방 서로를 이해할 수 있게 되었다.

'광동관화'라는 것은 월어 사투리가 섞인 관화를 말하는 것이지 월어 그 자체는 아니다. 월어 화자가 관화를 관화답게 말하려고 해도 여전히 완전하지 못하기 때문에, 문법·어휘·발음 등 다양한 면에서 월어의 특징이 드러나 버린다는 것이다. 이른바 '남청관화藍青官話'의 일종이라 할 수 있는데, 관화와 월어는 특히 거리가 있어서 필연적으로 그 '사투리'가 상당히 세지지 않을 수 없었을 것이다. 흔히 "天不怕、地不怕、只怕広東人説官話(하늘도 두렵지 않고 땅도 두렵지 않다. 오직 관화를 하는 광동 사람만 무섭다)"라고 하듯이 광동 출신이 말하는 관화는 정말 알아듣기 힘들다고 하는데, 양계초가 스스로 '광동관화'라고 부르는 것은 그 점을 자각하고 있었다고 할 수 있다.[7] 그리고 오어吳語가 모어인 하증우夏

---

6 『문집文集』 44 上.
7 또한, 현재는 방언 구분의 하나로 '관화官話'가 있어서 '화북관화華北官話', '서북관화西北官話', '서남관화西南官話', '강회관화江淮官話' 등 네 가지로 통상 구분하는데, 여기서 말하는 '관화'와 '광동관화'는 물론 그것과는 개념이 다르다.

曾佑와 나눈 대화도 필시 '남강북조南腔北調'의 '남청관화藍靑官話'이었음이
틀림없다.

2. 월어와 광동

양계초에게 있어 관화의 어려움은 무엇이었을까. 말할 필요도 없이
모어인 월어와 관화가 너무나도 다르다는 점이었다. 다이어 볼J.Dyer Ball
은 이렇게 서술한다.

> 관화Mandarin가 중국어the language of China이고 광동어나 중국의 다른 구두
> 어는 그 방언에 불과하다는 생각이 퍼져있는 듯한데, 그러한 생각은 옳지
> 않다. (…중략…) 관화가 중국 전역의 모든 조정이나 관청의 공통어a lingua
> franca로 사용되고 있는 것은 분명하다. 하지만, 오백 년도 더 전에 영국 역
> 사에서 상당히 오랜 기간 프랑스어가 영국의 궁정 언어the Court language였고,
> 영국어a English language는 프랑스어밖에 모르는 사람들에게는 무시당한 언
> 어이기는 했어도 분명히 존재했다.[8]

관화와 월어를 과거 영국에서의 프랑스어와 영어의 관계에 비유하
는 것은 조금 극단적이지만, 월어Cantonese가 관화Mandarin의 방언dialect이
아닌 별개의 언어라는 인식은 정당하다고 할 수 있다. 월어는 관화를

---

8 "Introduction", *Cantonese Made Easy*, Hong Kong : Kelly and Walsh, 1883, p.xiv.

사투리 발음한 것patois 같은 것이 아니다. 또한, 볼은 더글러스Carstairs Douglas의 *Dictionary of the Amoy language* 서문의 한 구절[9]을 다음과 같이 인용한다.

관화官話, 객가어客家語, 광동 및 하문廈門의 구어 등등, 중국의 수많은 구두어를 많든 적든 중국에 거주하는 서양인이 이미 배우고 있다. 이것들은 한 언어의 방언이 아니다. 이것들은 동계同系 언어cognate languages로 아라비아어, 헤브라이어, 시리아어, 에티오피아어, 여기에 셈 어족의 다른 언어 상호 간에 볼 수 있는 관계와 마찬가지이고, 혹은 영어, 독일어, 네덜란드어, 덴마크어, 스웨덴어 등의 사이에서 볼 수 있는 관계와 마찬가지이다.

관화官話, 객가어客家語, 광동백화廣東白話, 하문백화廈門白話 등이 한 언어의 방언이 아니라 동족同族의 제 언어라는 규정은 조금 거칠기는 해도[10] 일면의 진실을 담고 있다. 지금 그것들을 '방언'으로 부르는 배경에는, 하나의 민족은 하나의 언어라는 의식과 중국이라는 통일체에 대한 강한 지향이 작용하고 있다.[11] 하지만 여기는 사회언어학적으로 중국의 '방언'이 무엇인가를 논하는 자리가 아니다. 월어가 북경관화北京官話와는 전혀 다른 언어로 독자적인 서기법書記法을 지녔으며, 하나의 문

---

9 Carstairs Douglas, *Chinese-English Dictionary of the vernacular or spoken language of Amoy; with the principal variations of the Chang-chew and Chin-chew dialects*, London : Trubner, 1873, p. vii.
10 유럽 제어諸語와 달리 중국 제 언어는 동계同系의 언어라고는 할 수 없고, "예를 들면 월어는 문화적인 어휘만 중국어화한 타이어 — 좀 더 정확하게는 치완어 — 비슷한 것"(橋本万太郎, 『現代博言学』, 大修館書店, 1981, p.384)이라는 주장처럼 애초부터 계통이 다른 제어 위에 '한어漢語'가 씌워진 것으로 보는 설도 유력하다.
11 근대 중국의 이러한 의식 형성에는 물론 양계초 자신도 깊이 관여했다.

화권을 확립하고 있다는 것을 확인하면 그것으로 충분하다. 이 월어 입문서에는 이른바 광동 방언자方言字[12]를 대명사나 의문사 등 언어의 기층 부분에서 이용한 서기법이 쓰였는데, 그것은 지금 홍콩 거리에서 볼 수 있는 것과 거의 다르지 않다. 서기법이 확립되어 있다는 것은 공간적으로나 시간적으로나 대면에 의한 전달을 넘어선 범위에서 공통의 언어가 사용되고 있음을 의미한다. 월구粤謳나 목어서木魚書 등 설창문학說唱文學의 존재 역시 그것을 뒷받침하는데, 예를 들어 현재, 홍콩은 제쳐놓고라도 광동성에서도 광동어 방송인 광주전시대廣州電視臺가 이 지역의 중심적인 미디어의 하나가 되었다는 사실은, 중국의 다른 지역과 비교해도 이 지역이 강한 언어적 독자성을 계속해서 유지하고 있음을 보여주는 증거이다. 물론 이 독자성이 유지되는 데에는 홍콩 할양을 전형으로 하는 근대 시기 월어권 지역의 지정학적 특성도 크게 영향을 미쳤음을 잊어서는 안 된다.

양계초의 언어의식을 살피는 데 그의 모어가 월어였다는 사실, 다시 말해 그가 광동 지역 출신이었다는 점은 대단히 중요하다. 그렇다면 양계초는 광동이라는 지역을 어떻게 인식했을까.

「남해강선생전南海康先生伝」[13]에 "우리 월粤은 중국에 있으나 변요邊徼한 지역이고 오령五嶺에 가로막혀 문화는 늘 중원에 뒤처진다"라고 묘사하듯이, 양계초에게 월 땅은 문화적으로 뒤처진 변강으로 우선 인식되었다. 중화의식에 토대를 둔 전통교육을 받은 지식인이 이러한 인식을 지니는 것은 물론 당연하다. 그러나 한편으로 월이라는 지역이 변강

---

12 [역주] 방언의 표기에 쓰이는 한자.
13 『문집』 6.

이기 때문에 독자성을 지닐 수 있음을 그는 인정하고 있었다. 그는 「중국지리대세론中国地理大勢論」[14]에서 다음과 같이 말한다.

中国為天然一統之地、固也。然以政治地理細校之、其稍具独立之資格者有二地、一曰蜀、一曰粵。(…中略…) 粵、西江流域也。黄河揚子江開化既久、華実燦爛、而吾粵乃今始萌芽、故数千年来未有大関係於中原。雖然、粵人者、中国民族中最有特性者也、其言語異、其習尚異。其握大江之下流而吸其菁華也、与北部之燕京、中部之金陵、同一形勝、而支流之紛錯過之。其両面環海、海岸線与幅員比較、其長率為各省之冠。其与海外各国交通、為欧羅巴、阿美利加、澳斯大利亜、三洲之孔道。五嶺亘其北、一界於中原、故広東包広西為自捍、亦政治上一独立区域也。

본디 중국은 천연일통天然一統의 땅이다. 그러나 정치 지리 면에서 자세히 보면 어느 정도 독립의 자격을 갖춘 지역이 두 곳 있다. 촉蜀과 월粵이다. (…중략…) 월은 서강西江 유역이다. 황화黄河와 양자강은 예로부터 열려서 꽃과 열매가 찬란하지만, 우리 월은 싹이 막 나왔을 뿐이어서 그 때문에 수천 년 이래 중원中原과 교류가 적었다. 그러나 월인粵人은 중국 민족 중 가장 독자성을 지녔을 것이다. 언어가 다르고 습속도 다르다. 대강大江의 하류에 있어서 그 혜택을 받는 지역이라는 점에서는 북쪽의 연경이나 중부의 금릉金陵과 지세地勢가 같으며, 지류支流가 뒤섞여 있는 형상은 그보다 더하다. 양면이 바다로 둘러싸여 육지 면적에 대한 해안선의 비율은 어느 성省보다도 웃돈다. 해외 각국과의 교통은 유럽, 미국, 오스트리아 등 세 대륙과 통

14 『문집』10.

한다. 오령五嶺이 북으로 이어지고 중원과 경계를 이루어서 그 때문에 광동은 광서도 포함하여 한 영역을 이루며, 역시 정치상 하나의 독립 구역이다.

지리적으로 대하의 하류 지역에 있어서 북경이나 남경과 같은 지세라는 이유를 들어, 그 대도시들과 동격이라 말하고 해외와 교통이 열려 있다는 것을 근거로 다른 도시보다 낫다고 한다. 이러한 적극적인 가치 부여에 따라 중앙과는 지리적으로 차단되어 있다는 사실조차 이점으로 인식된다. 언어나 습속이 다른 점도 후진성을 드러내는 것이 아니라 독립성을 보여주는 것이다. 그리고 촉과 월 지역에 대해 양계초는 "他日中国如有聯邦分治之事乎、吾知為天下倡者、必此両隅也(장래에 중국이 연방제를 채택하게 된다면 이 두 지역이야말로 주창자主唱者가 될 것이다)"라고까지 말한다. 변강邊疆 의식과 더불어 독립성에 대한 자부심도 분명히 있었다.

그러한 자부심을 품고 쓴 것이 「세계사상광동지위치世界史上広東之位置」[15]이다. 제목에 드러나듯, 이것은 광동이 해외 교통 면에서 다른 지역보다 나음을 특히 논한 것이다. 그리고 그 첫머리는 변강이라는 것과 독자적이라는 사실을 특히 더 대비적으로 서술했다는 점에서 흥미롭다.

広東一地、在中国史上可謂無糸毫之価値者也。自百年以前未嘗出一非常人物、可以為一国之軽重、未嘗有人焉以其地為主動、使全国生出絶大之影響。岐嶇嶺表、朝廷以羈縻視之。而広東亦若自外於国中、故就国史

---

15 『문집』 19.

上観察広東、則鶏肋而已。雖然、還観世界史之方面、考各民族競争交通之大勢、則全地球最重要之地点僅十数、而広東与居一焉、斯亦奇也。

　광동 지역은 중국사에서 전혀 가치가 없었다고 할 수 있다. 근 백 년 이래 국운을 좌우할 만한 걸출한 인물이 안 나왔고 이 지역을 진원震源으로 해서 전국에 큰 영향을 주는 활동을 하는 이도 없었다. 험준한 영남嶺南 지역은 조정에서 보면 역외域外나 마찬가지였고, 광동 또한 스스로 나라 밖에 있는 것 같은 위상이었다. 그 때문에 중국사에서 보면 광동은 계륵鶏肋에 불과했다. 그러나 시야를 세계사로 넓혀서 각 민족의 경쟁과 교류라는 관점에서 보면, 지구 전체에서 가장 중요한 지역은 불과 열 곳 정도이고 광동은 그중 하나이다. 흥미로운 일이 아닌가.

　양계초 특유의 극단론이기는 해도, 중국에서 보면 변강이지만 세계에서 보면 요지要地라는 주장은 나름대로 설득력이 있다. 이 글의 참고문헌으로는 프리드리히 히르트Friedrich Hirth의 *Chinesische Studien*(1890), 쓰보이 쿠메조坪井九馬三의 『사학연구법史学研究法』(1903), 사이토 아구齋藤阿具의 『서력동침사西力東侵史』(1902), 다카쿠스 준지로高楠順次郎의 『불령인도지나仏領印度支那』(1903), 여기에 『사학잡지史学雑誌』에 게재된 시라토리 구라키치白鳥庫吉 · 나카무라 큐시로中村久四郎 · 이시바시 고로石橋五郎 등의 논문을 제시하였다. 그러나 광동에 대한 이러한 의식은 그의 독자적인 생각으로 볼 수 있다. 그리고 이 변강이지만 독자적이고 해외로 열려있어서 장래성이 있는 지역이라는 것은, 막부 말기에서 메이지에 걸친 시기의 일본의 자의식과 우연히도 일치한다. 중원을 중심으로 하는 중화체제에 동요가 생김으로써 싹튼 변강의 자의식이라는 점에서 광동과 일본은 어느 정도 공통점이 있지 않을까.

어찌 되었든 광동의 우위성은 역시 해외와의 교통에 — 비록 그것이 홍콩 할양이라는 결과를 초래했을지라도 — 있었다. 언어 교류의 면에서 보아도, 예를 들어 여섯 권짜리 *A Dictionary of the Chinese Language*(Macao, 1815~1823)를 완성한 모리슨Robert Morison이 1828년에는 세 권짜리 월어사전 *A Vocabulary of the Canton Dialect*을 마카오에서 출판하고, 윌리엄스 Samuel Wells Williams도 *A Tonic Dictionary of Chinese Languages in the Canton Dialect*(『영어분운촬요英語分韻撮要』)를 1856년에 광동에서 간행했듯이, 영월 英粤사전은 영한英漢사전과 거의 동시에 등장했다. 또한, 후쿠자와 유키치가 샌프란시스코에서 선물로 사 온『화영통어華英通語』에 일본어 번역을 붙여 간행한 것이 1860년이었는데, 함풍咸豊 연간에 원본이 출판된 이 책은 원래 영어와 월어의 대역본對譯本으로, 한자로 쓴 음주音注도 월음粤音을 사용했다. 일본에서는 이노우에 테쓰지로井上哲次郎의 개편본으로 알려진 롭샤이드William Lobsheid의『영화자전英華字典』(1866~1869)도 관화음官話音과 월어음粤語音을 병기한다. 양계초는「세계사상광동지위치 世界史上広東之位置」에서 이렇게 말하기도 한다.

米侖氏 Milne 之英華字典、成於道光3年(1823年)、実欧亜字書嚆矢。米氏旅粤凡二十五年、所訳皆粤音也。近三十年前粤人所統編之字典、至今猶見重於学界。日人之研究英語、其始亦藉此等著述之力不尠。

밀른Milne 씨의 영화자전英華字典은 도광道光 3년(1823)에 완성되었는데 이것이 유럽—아시아 사전의 시초이다. 밀른 씨가 월에 온 지 25년, 번역은 모두 월음이다. 30년 전쯤에 월인이 속편續編한 사전은 지금도 학계에서 중요하게 여긴다. 일본인이 영어를 연구하는 것도 그 시작은 이 저술들의 힘을 빌리는 경우가 적지 않았다.

밀른William Milne은 모리슨의 제자인데, 중국에 건너온 지 9년 되던 해에 말라카에서 객사했고 사전 편찬의 기록도 없으므로 아마도 이것은 모리슨을 착각했을 것이다. 다른 기술도 부정확해서 아마도 전해 들은 것을 적은 듯한데, 그래도 19세기 후반에 수많은 월어 사전과 학습서가 서양인의 손으로 엮였다는 사실은 변함이 없다. 월어의 국제적인 지위는 여기에서는 언급하지 않은 화교를 생각해 보아도, 관화보다 나으면 나았지 못하지는 않았다.

양계초가 월어를 어떻게 인식했는지 구체적으로 언급한 것은 많지 않다. 그러나 적어도 지금까지 살펴본 것처럼 다양한 측면에서 보아도, 월어를 관화보다 뒤떨어지는 언어라든가 개량해야 할 언어로 생각하지 않은 것만은 분명하다. 월어가 중원中原의 고음古音을 보존하고 있는 사실은 이미 진풍陳澧이나 굴대균屈大均 등의 고증으로 알려져 있고, 광동과 마찬가지로 중원에서 보면 변강의 언어이기는 하지만 독자적인 가치를 지닌 하나의 언어로 인식되었음이 틀림없다. 월어 화자話者인 것이 관화를 습득하는 데 장애가 된다는 것을 양계초는 잘 알고 있었지만, 광동에서 월어를 없애고 관화를 사용하자고 주장하지는 않았다. 양계초가 창간한 잡지 『신소설』에 특히 월구粤謳 및 광동 희본戲本란이 만들어진 것은 물론 독자 중에 광동 출신이 많았다는 이유도 있겠지만, 한편으로 월어 자체가 잡지에 실릴 수 있는 언어라는 전제가 필요했을 것이다. 그런 의미에서는 다른 소설이 사용하는 백화와 완전 동격이다.

『신소설』에 실린 월구나 광동 희본은 장면 설정은 역시 광동이 중심이지만 폐쇄적인 향토의식을 지향하려는 것이 아니다. 예를 들어 광동 희본 「황소양회두黃蕭養回頭」는 구국을 테마로 한 연극인데, 그 첫머리에는 놀랍게도 황제黃帝가 무대에 오른다. 황제는 중국의 상황을 우려하며 '천시天時, 지리地利, 인화人和'를 갖춘 광동을 "各省之倡(각 성의 선도자)"이라 하고, 명대明代에 반란을 일으킨 광동의 황소양黃蕭養을 되살려서 그 선도로 삼으려 한다. 제목 「황소양회두黃蕭養回頭」는 이러한 설정에서 유래한다. 여기에는 청말 광동인의 향토의식과 중국의식의 상호 관련 구조가 대단히 이해하기 쉽게 드러나 있다. 월구에도 "平日我四万万同胞、佢都党係牛馬看待"[16]와 같은 구가 자주 나오는데, 아주 단순하게 표현하면 지금은 중원을 대신해서 광동의 우리가 4억의 중국 동포를 이끌고 간다는 의식이다. 그리고 그 동포 의식의 중심에 황제가 있다는 것은 새삼 말할 필요가 없다.[17]

3. 한민족의식과 문언 그리고 관화

「삼십자술三十自述」[18]은 서序에 해당하는 첫 번째 단 다음에 "여향인야余鄕人也"라는 구로 시작한다. '향인鄕人' 즉, 촌놈이라는 것이 우선 그의

---

16 제10호 '開民智'.
17 청나라 초기 왕선산王船山이 쓴 『황서黃書』의 황제黃帝 숭배와 배만排滿 사상이 청말의 혁명 운동에 영향을 주었다는 사실은 일찍이 구와바라 지쓰조桑原隲藏가 「역사상으로 본 남북지나 歷史上より觀たる南北支那」(『白鳥博士還曆記念東洋史論叢』, 岩波書店, 1925. 후에 『桑原隲藏全集』第二券, 岩波書店, 1968)에서 지적했다.
18 『문집』 11.

자의식이었다. 그것은 광동이 벽원僻遠한 지역이고 태어나 자란 곳이 광주부廣州府가 아닌 신회新會였다는 점에서 유래했을 것이다. 그리고 자신의 고향과 태생에 관해 그는 이렇게 술회한다.

有当宋元之交、我黄帝子孫与北狄異種血戰不勝、君臣殉国、自沈崖山、留悲憤之記念於歴史上之一県、是即余之故郷也。郷名熊子、距崖山七里強、当西江入南海交匯之衝、其江口列島七、而熊子宅其中央。余実中国極南之一島民也。先世自宋末由福州徙南雄、明末由南雄徙新会、定居焉。

송나라 말년 우리 황제黄帝의 자손은 북방 이민족과의 혈전血戰에서 패하여 군신君臣은 나라를 위해 목숨을 버리고 애산崖山에서 몸을 던졌다.[19] 비분을 역사에 남긴 그 땅이 바로 우리 고향이다. 웅자熊子라는 곳인데 애산에서 7리 남짓 서강西江이 남해南海에 하구河口를 펼치는 곳. 하구에 열도가 일곱 있는데 웅자熊子는 그 중앙에 위치한다. 나는 실로 중국 극남極南의 일개 도민島民이다. 선조는 송말宋末에 복주福州에서 남웅南雄으로 이주하고 명말明末에 남웅에서 신회新會로 옮겨 여기에 정주定住했다.

변강에는 살아도 그 태생은 황제의 자손 즉 한민족이라는 자부가 광동인에게는 보편적인 인식이다. 특히 남송南宋 말기에 강서江西와 경계를 접하는 남웅南雄 — 주기항珠璣巷에 한정되는 경우가 많다 — 에 이주

---

19 1279년 광동廣東 신회新會의 애산崖山(厓山, 또는 厓門山이라고도 표기한다)에서 원군元軍에 맞서 최후의 저항을 한 육수부陸秀夫는, 싸움에 패하자 유제幼帝 조병趙昺을 등에 업고 바다에 몸을 던졌다.

했다는 기술은 광동인의 족보에서 흔히 볼 수 있다. 예를 들어 굴대균도 그 시조가 남웅 주기항에 유래한다고『광동신어^{廣東新語}』에 서술했다.[20] 이 전승의 의미가 자신이 '만족^{蠻族}'이 아니라 중원으로 거슬러 올라갈 수 있는 태생임을 보여주는 데 있음은 말할 필요도 없을 것이다.

그렇지만 한편으로 양계초는 이러한 전승이 전승일 수밖에 없는 까닭을 날카롭게 꿰뚫어 보고 있었다. 「중국역사상민족지연구^{中國歷史上民族之研究}」[21]에서 다음과 같이 서술한다.

今粵人亦無自承為土者著、各家族譜、什九皆言来自宋時、而其始遷祖皆居南雄珠璣巷、究含有何種神話、舉粵人竟無知者。要之、広東之中華民族、為諸夏与擺夷混血、殆無疑義。

지금의 월인도 본디부터 토착이라고 자인^{自認}하는 자는 없으며 각 집안의 족보에는 십중팔구 송나라 때 건너왔다고 되어 있다. 또한, 이주한 선조는 하나같이 남웅 기주항에 살았다고 하는데 이것이 어떠한 신화^{神話} 때문인지는 월인이라도 아는 이가 없다. 요컨대 광동의 중화민족이 제하^{諸夏}와 파이^{擺夷} 사이의 혼혈임은 의심할 여지가 없다.

순수 혈통의 한민족임을 뒷받침하기 위한 전승에 의혹을 지적하고 광동의 '중화민족'을 한민족(諸夏)과 남방 제족(擺夷)의 혼혈로 보는 인식은 옳다. 다만, 이 문장이 「삼십자술^{三十自述}」보다 이십 년 뒤인 1922

---

20 남웅 주기항 전승에 관해서는,『중국의 이주 전설－광동원주민족고^{中国の移住伝説－広東原住民族考}』,『牧野巽著作集』제5권, 御茶の水書房, 1985를 참조.
21 『專集』42.

년에 쓰인 것이며 신해혁명을 거치면서 '중화민족'이라는 초월적인 개념이 이미 정립되었다는 점은 역시 유의하지 않으면 안 된다. "凡遇一他族而立刻有"我中国人"之一観念浮於其脳際者、此人即中華民族之一員也(다른 민족을 만나 바로 "나는 중국인이다"라는 생각이 머리에 떠오른다면 그 사람은 중화민족의 일원인 것이다)"이라고 하고, 광동인에 대해서도 "南越王佗自称 '蛮夷大長'、此即漢文帝時、広東人尚未加入中華民族之表示、及魏晉以後、粤人皆中華民族之一員也(남월南越 왕 조타趙佗는 스스로 '만이蠻夷의 대장'이라고 불렸는데, 이것은 한나라 문제文帝 때에는 광동인이 아직 중화민족에 들어가지 않았음을 보여준다. 위진魏晉 이후에는 월인은 모두 중화민족의 일원이 되었다)"라고 한다. 더욱이 "満洲人初建清社、字我輩曰漢人、自称旗人、至今日則不復有此称謂有此観念、故凡満洲人今為中華民族之一員(만주인이 청조를 세웠을 당시는 우리를 한인漢人이라고 부르고 자신들을 기인旗人이라고 불렸는데 지금은 이제 이 호칭도 관념도 없으므로 만주인은 중화민족의 일원이다)"이라고까지 말할 정도로 이 '중화민족'이라는 개념은 초월적이다. 따라서 월인의 혼혈성을 언급하는 것도 이러한 초월적 관념이 있기 때문이다. 물론 이러한 관념은 고래로부터의 '중화' 개념에 통하는 것이며 신해혁명 이전부터 양계초의 마음속에도 그에 대한 지향이 없지는 않았다. 그러나 애초에 지녔던 자의식은 오히려 족보에 기술되는 전승에 가깝고, 가령 혼혈이라 해도 혈통의 중심은 역시 한족에 두지 않으면 안 되었다. 1901년의 「중국사서론中国史叙論」[22]에서 "対於苗図伯特蒙古匈奴満洲諸種、吾輩龐然漢種也。号称四万万同

---

22 『문집』6.

胞、誰曰不宜(묘족苗族이나 티벳족, 몽고족, 흉노족, 만주족 같은 제 민족에 대해서는 우리는 위대한 한민족이다. 4억 동포라고 부르는 데에 누가 반대할 것인가)"라고 소리 높여 외치는 자민족 의식이야말로 양계초의 근저에 있었다.

그 의식을 뒷받침하는 것이 바로 교육이다. 그러나 그것은 너는 한민족이라고 주입하는 교육이 아니다. 만고불역萬古不易의 경전을 암송하고 문장을 짓는 것이 스스로가 중화문명의 일원이라는 의식을 양성해서, '중화문명'의 틀이 '한민족'으로 쉽게 전화轉化하는 국면에 직면하면 민족의식으로서 현현하는 것이다. 4, 5세에 조부와 모친에게서 '사자서시경四子書詩經'을 배우고 6세가 되어 부친에게서 '중국략사中國略史'를 배워 '오경五經'을 떼고, 8세에 작문을 배우기 시작해서 9세에 천 글자로 된 문장을 지을 수가 있었고 12세에 학원學院의 시험을 봐서 박사제자원博士弟子員[23]이 된 양계초는, 바로 전통적 지식인이 되기 위한 교육을 어렸을 때부터 받은 셈이며 중화 전통 세계의 일원이라는 자기 인식도 당연히 이 과정에서 형성되어 갔다.

어렸을 적부터 경서를 암송하고 작문도 능숙했다는 서술이 중국 지식인의 전기에 꼭 등장하는 것은 경서의 언어 즉, 문언을 습득하는 것이 바로 그 세계에 들어가는 길이였기 때문이다. 과거도 결국 작문 시험이다. 언어적으로 말하면 문언이라는 틀이 한민족의 틀인 것이다. 그리고 월어와의 관계에서 보면 그것은 같은 언어 안의 입말에 대한 글말이 아니다. 중국어 안에 문언과 백화가 있다고 통상 생각하지만, 그것은 맞지 않는 경우가 많다. 애당초 그 '중국어'라는 개념도 근대에 뒤

---

23 「삼십자술三十自述」을 따른다.

늦게 만들어진 것임을 생각하면 문언과 백화도 일단 떼어 놓고 생각해야 한다. 적어도 월어와 문언은 별개의 언어이며 문언을 배우는 것은 모어 외에 또 하나의 언어를 배우는 것이다.

동시에 중국 지식인의 의식에서 보면, 문언은 지금 말하는 데 사용하는 언어 — 양계초라면 월어 — 의 기원이며 한민족으로서의 자신들의 기원이었다. 각 지역에서 각기 다른 언어를 사용하기는 하지만, 기원으로서의 언어는 공유한다는 것이 중화 세계의 언어구조였다. 양계초의 경우, 향토와는 월어를 통해 이어지고, 중국과는 문언을 통해 이어지는 것이다. 따라서 문언만 제대로 읽고 쓸 수 있으면 관화가 다소 서툴어도 그로 인해 한민족으로서의 자부에 상처가 나지는 않는다. 관화를 써야 하는 이유는, 통용되고 있기 때문이지 바르기 때문이 아니다. 예를 들어「변법통의変法通議」 논역서에서는, 인명이나 지명의 번역에 관해 고봉겸高鳳謙이 "外国用英語為主。以前此訳書多用英文也。中国以京語為主、以天下所通行也(외국에서 영어를 주로 사용한 것은 이 번역서들의 대부분이 영문을 사용했기 때문이며 중국에서 북경어(관화)를 주로 하는 것은 천하에 통용되기 때문이다)"이라고 말하는 것에 원칙적으로는 찬성하면서도, 지금까지의 번역은 민월閩粤 출신 역자의 손으로 이루어진 것이 많고 '방음方音'[24]이 많지만, 통용되고 있는 것은 그대로 쓰는 것이 좋다고 제언한다. 통용되기만 하면 민음閩音이든 월음粤音이든 상관없다. 양계초에게 관화는 말하자면 매개언어les langues véhiculaires[25]이다. 그리고 백화

---

24 [역주] 방언의 발음.

25 Luis-Jean Calvet, *Les langues véhiculaires*, 《Que sais-je?》 n° 1916, PUF, 1981(林正寬 譯, 『超民族語』, 白水社, 1996)을 참조.
　　[역주] 칼베는 지리적으로 인접해 있어도 같은 언어를 말하지 않는, 그러한 언어 공동체간에

문을 제창하는 것도 문언과 월어의 통합을 꾀하는 것과 같은 것이 아니라, 이 매개언어인 관화를 구두뿐만 아니라 서기書記에서도 통용시키자는 것이다. 그러면 전통 문언도 월어도 그대로 보존된다. 그것은, 예를들어 1896년, 심학沈学의 『성세원음盛世元音』이 『신보申報』와 『시무보時務報』에 게재됐을 때 양계초가 쓴 「심씨음서서沈氏音書序」[26]의 다음과 같은 논의와도 통한다.

天下之事理二、一曰質、一曰文。文者、美観而不適用、質者、適用而不美観。中国文字畸於形、宜於通人博士、箋注詞章、文家言也。外国文字畸於声、宜於婦人孺子、日用飲食、質家言也。(…中略…) 西人既有希臘拉丁之字、可以稽古、以待上才、復有英法各国方音、可以通今、以逮下学。(…中略…) 此後中土文字、於文質両統、可不偏廃、文与言合、而読書識字之智民、可以日多矣。

천하의 도리道理에는 두 가지가 있다. 질質과 문文이다. 문文은 아름다우나 쓸모가 없고 질質은 쓸모가 있으나 아름답지 않다. 중국 글자는 형태에 중점이 있어서 문인이나 학자가 경서에 주注를 달거나 시문을 짓는 데 적합하다. 즉, 문의 언어이다. 외국의 글자는 음성에 중점이 있어서 여성이나 어린이가 일상적으로 사용하기에 적합하다. 즉, 질의 언어이다. (…중략…) 서양인에게는 그리스·라틴 이래의 문자가 있어서 옛날로 거슬러 올라가 학문을 탐구할 수도 있고, 영국 프랑스 독일 각국의 토착 음으로 읽

상호 전달을 위해 이용되는 언어를 매개언어媒介言語('langue véhiculaire')라고 부른다. 일본에서는 이를 '초민족어超民族語' 혹은 '탈 것 언어乗り物言語'로 번역했다.
26 『문집』 2.

고 써서 처음 배우는 이가 지금 세상에서 사용할 수도 있다. (…중략…) 앞으로 중국의 문자가 문과 질을 모두 갖추고 글과 말을 합하게 된다면, 읽고 쓸 수가 있고 서책을 즐기는 지혜로운 백성이 날로 많아질 것이다.

『성세원음』은 속기速記 부호를 토대로 만든 절음자切音子를 한자 대신 사용하자고 제창한 것인데 가로쓰기를 주장하기도 한다. 청말의 절음자 운동을 이야기하는 데에도 중요한 저작이다. 양계초의 서문은, 한자 폐지를 주장하는 『성세원음』의 과격함을 전통적인 문文/질質의 논의를 가져와 한자와 절음자의 병존이라는 쪽으로 끌어가려고 하는데, 마침 문언과 백화문의 관계도 이 한자와 절음자의 관계, 즉 문/질의 관계였다. 질은 실용을 목적으로 한다. 문이 있기에 질이라는 실용에 철저할 수가 있다. 양계초의 효용주의란 이런 것이었다. 그리고 또한 일본어도 그들에게는 '질'과 같은 언어였다.

4. 일본어

양계초는 종종 일본어에 관해 논했다. 그것이 어떤 것이었는지 많은 책에서 이미 다양한 문맥으로 언급되기는 했는데, 지금 다시 한 번 양계초의 논의를 정리해 보면 그 주장을 크게 두 가지로 나눌 수 있다. 하나는 일본인에게 있어서의 일본어이고, 또 하나는 중국인에게 있어서의 일본어이다.

주지하는 바와 같이 망명 이전의 일본어에 대한 양계초의 지식은 황준헌에게서 유래한 것이다. 예를 들어 자주 인용되는 「변법통의」 논유학論幼学의 「설부서説部書」 논의[27]도 그중 하나이다.

日本創伊呂波等文字四十六字母、別以平仮名片仮名、操其土語以輔漢文、故識字読書閲報之人日多焉。今即未能如是、但使専用今之俗語、有音有字者以著一書、則解者必多、而読者当亦愈夥。

일본은 이로하伊呂波 등 문자 46 자모를 만들고 히라가나와 가타카나로 나누어 토어土語를 이용해서 한문의 보조로 삼았다. 그 덕에 읽고 쓸 수가 있어서 책을 손에 들거나 신문을 읽는 사람이 늘어났다. 중국에서 그대로 그렇게 할 수는 없더라도, 오로지 지금의 속어로 음과 글자가 일치하는 것을 이용하여 책을 쓰면 이해하는 사람이 틀림없이 많을 것이고 독자도 점점 늘어날 것이다.

여기에서 말하는 내용은, 일본에서는 '토어土語'[28]를 나타내는 자모字母가 있기 때문에 식자율이 높다는 점, 중국에서도 자모를 만드는 것이 당장은 무리여도 구화口話와 서기書記가 합치하는 속어로 책을 써야 한다는 점이다. 앞서 언급한 「심씨음서서沈氏音書序」에도 어언語言/口話과 문자文字/書記의 괴리를 지적한 황준헌의 논의가 인용되어 있는데, 그 논의도 『일본국지日本国志』에서 일본의 가나 문자를 논하고 서술한 것이다. 가나 문자를 지닌 일본어가 일본인의 식자율 향상에 유용하다는 사실은 양계초가 백화문을 제창하게 이끌었다. 일본문이 백화문에 그대

---

27 『문집』1.
28 [역주] 토착민이 사용하는 언어.

로 연동된다.

중국인에게 일본어가 어떤 의미가 있는지에 관한 양계초의 논의도 다른 변법파變法派 인사와 공통되는데, 예를 들어 「변법통의」 논역서論譯書 말미의 한 대목은 동시기의 것 중에서도 가장 잘 정리되어 있어 양계초의 관심의 깊이를 보여준다.

日本与我為同文之国、自昔行用漢文、自和文肇興、而平仮名片仮名等、始与漢文相雑厠。然漢文猶居十六七。日本維新以後、鋭意西学、所繙彼中之書、要者略備、其本国新著之書、亦多可観。今誠能習日文以訳日書、用力甚尠、而獲益甚鉅。計日文之易成、約有数端。音少一也。音皆中之所有、無棘刺扞格之音、二也。文法疏闊、三也。名物象事、多与中土相同、四也。漢文居十六七、五也。故黄君公度、謂可不学而能、苟能強記、半歳無不尽通者、以此視西文、抑又事半功倍也。

일본은 우리나라와 동문同文을 쓰는 나라여서 예로부터 한자를 사용하여, 화문和文이 융성한 후에는 히라가나와 가타카나를 한문에 섞어 쓰게 되었다. 그래도 한문이 열에 여섯 일곱을 차지한다. 일본은 유신 후 유럽의 학문을 적극적으로 배워 그 주된 것은 번역이 되어 있고 새로 저술된 책도 꽤 근사하다. 만약에 일본어를 배워서 일본 책을 번역한다면 힘은 덜 들이면서도 얻는 것이 대단히 클 것이다. 일본어가 배우기 쉬운 이유가 몇 가지 있다. 첫째, 우선 음의 종류가 적은 점. 둘째, 그 음이 중국에 전부 있어서 어려운 발음이 없는 점. 셋째, 문법이 간단한 점. 넷째, 사물의 명칭이 중국과 같은 것이 많은 점. 다섯째, 한문이 열에 여섯 일곱을 차지하는 점. 그래서 황공도黄公度(황준헌)가 말한 것이다. 배우지 않아도 할 수 있게 되고 열

심히 하기만 하면 반년 정도에 다 통하게 되어 서양 언어를 배우는 것에 비하면 절반의 노력으로 효과는 갑절이라고.

음절 수가 적은 점. 중국에 없는 음이 없는 점. 문법이 간단한 점. 명칭이나 개념이 중국과 같은 점. 한문이 6, 7할을 차지하는 점. 이와 같은 인식은 기본적으로는 황준헌을 따른 것인데, 역시 가장 강조하는 것은 '동문同文' 즉, 한자를 사용한다는 점이다. 「독일본서목지서후読日本書目志書後」[29]에는 더 확실하게 "日本文字、猶吾文字也。但稍雑空海之伊呂波文、十之三耳。泰西諸学之書、其精者日人已略訳之矣。吾因其成功而用之、是吾以泰西為牛、日本為農夫、而吾坐而食之(일본 글은 우리글과 거의 같아서, 구우카이空海의 이로하 문자가 십 분의 삼 정도 섞일 뿐이다. 유럽의 학술서 중 뛰어난 것은 일본인이 이미 거의 번역했으므로 우리는 그 성과를 이용하면 된다. 다시 말해서 유럽을 소라고 하고 일본을 농부라고 한다면 우리는 그냥 앉아서 먹는 셈이다)"이라고 서술하고 또한 그 습득에 관해서도 "使明敏士人、習其文字、数月而通(총명한 사람에게 그 글을 배우게 하면 몇 개월이면 할 수 있게 된다)"이라고 말한다. 서양 학술의 정화精華를 얻는 데 사용하기 위한 언어 그것이 일본어였다. 이러한 기조는 망명 이후 실제로 일본어에 둘러싸인 생활을 하게 된 이후에도 변함이 없다. 「논학일본문지익論学日本文之益」[30]에서는 영문과 일문을 비교하여 영문은 오륙 년 배워야 겨우 성과가 나오고, 그래도 여전히 학술서는 못 읽는 것에 비해서 일문은 "数日而小成、数月而大成(며칠 만에 약간 통하고 몇 개월에 성과가 난다)"

---

29 『문집』 2.
30 『문집』 4.

이므로, 우선 일본글을 배우는 것이 영리하다고 말한다. 또한, 일본어가 어렵지 않으냐는 설문에는 아래와 같이 답한다.

有学日本語之法、有作日本文之法、有学日本文之法、三者当分別言之。学日本語者一年可成、作日本文者半年可成、学日本文者数日小成、数月大成。余之所言者、学日本文以読日本書也。日本文漢字居十之七八、其専用仮名、不用漢字者、為脈絡詞及語助詞等耳。其文法常以実字在句首、虚字在句末。通其例而顛倒読之、将其脈絡詞語助詞之通行者、標而出之。習視之而熟記之、則以可読書而無窒矣。余輯有和文漢読法一書、学者読之、直不費俄頃之脳力、而所得已無量矣。

일본어를 배우는 방법이 있고 일본문을 짓는 방법이 있으며 일본문을 배우는 방법이 있다. 이 세 가지는 나눌 필요가 있다. 일본어를 배우는 데는 1년 걸리고 일본문을 짓는 데는 반년 걸리며 일본문을 배우는 것은 며칠 하면 모양새가 잡혀서 몇 달 하면 성취할 수 있다. 내가 말하고자 하는 것은 일본문을 배워 일본 책을 읽자는 것이다. 일본문은 한자가 7, 8할이고, 한자를 쓰지 않고 가나를 쓰는 것은 맥락사脈絡詞나 어조사語助詞 같은 것뿐이다.[31] 그 문법은 항상 실자實字를 구의 첫머리에 두고 허자虛字를 구의 끝머리에 둔다. 그 점을 간파하여 뒤집어서 읽으면 자주 사용하는 맥락사와 어조사를 알 수 있으므로 그것을 차근차근 배워서 기억해두면, 책을 술술 읽을 수 있게 될 것이다. 내가 『화문한독법和文漢読法』이라는 책을 편찬했는데 일본문을 배우는 사람이 이것을 읽으면 머리를 쓰지 않아도 될 뿐 아니라

---

31 문법 용어는 이하, 원칙적으로 원문의 표기를 따른다.

효과도 이루 다 헤아릴 수 없다.

목적은 일본어를 말할 수 있게 되는 것이 아니라 일본 책을 통해서 서양의 학술을 얻는 데 있으므로 우선 일본문을 읽는 방법을 배우는 것이라며, 구체적으로 그 독해법을 전수한다. 이 방법은 『가인지기우佳人之奇遇』의 번역에 협력한 나보羅普 등 유학생 사이에서도 필시 사용했을 방법임이 틀림없다. 생각할 필요도 없이, 일본의 훈독은 한문을 전도시켜서 읽는 것이며 중국인이 반대로 훈독체 문장을 전도시켜서 한문으로 고치는 것을 깨닫는 데는 시간이 걸리지 않았을 것이다. 애당초 일본의 한문 학습에는 훈독을 한문으로 고치는 '복문復文'이라는 과정이 있었다. 일본인 누군가가 그 방법을 시사했을 가능성도 있을 것이다. 이 전도독법顚倒讀法의 실제 운용에 관해서는 위 인용문에도 나와 있듯이 『화문한독법和文漢読法』이 상세하다.

『화문한독법』은 전 42절을 할애하여 일본문을 어떻게 읽는지 설명하는데, 우선 제1절에 "凡学日本文之法、其最浅而最要之第一者[32]、当知其文法与中国相顛倒、実字必在上、虚字必在下(일본문을 배우는 데 가장 간단하고 중요한 첫 번째 방법은 그 문법이 중국과는 반대여서 실자實字가 반드시 위, 허자虛字가 반드시 아래라는 점을 이해하는 것이다)"이라고 되어있고 이하 세부 운영에 관해 서술해 간다. 전도독법顚倒讀法이라고 해도 단지 뒤집기만 하면 되는 것이 아니고 일본어 문법에 맞춰서 설명을 덧붙이게된다. 그런 의미에서, 예를 들어 제3절의 다음과 같은 기술은 중국어에

---

32 '者'는 본래는 '着'.

대한 문법의식도 보여주어 흥미롭다.

　　亦有虛字而在句首者、則其虛字乃副詞也。中國人向来但分字爲實字活
字虛字三種、実字即名詞也。惟虛字之界、頗不分明、実包括助動詞副詞
脈絡詞語助詞皆在其内。今学日本文、不可不將此諸類辨別之。

　　또한 허자虛字 중 구의 첫머리에 오는 것이 부사이다. 중국인의 기존 분류
는 실자實字・활자活字・허자虛字 등 3종이다. 실자라는 것은 명사이다. 허
자의 범위는 확실하지 않은데 조동사・부사・맥락사・어조사가 그 안에
포함된다. 일본글을 배우려면 이것들을 변별하지 않으면 안 된다.

　『마씨문통馬氏文通』[33]이 상해상무인서관上海商務印書館에서 출판된 것
은 1898년인데, 여기에서는 중국어 품사를 '명자名字', '대자代字', '정자靜
字', '동자動字', '상자狀字', '개자介字', '연자連字', '탄자歎字', '조자助字'로 나누
었다. 양계초가 『화문한독법』을 썼을 때는 아직 이 책을 안 보았던 듯
하다. 『화문한독법』에서 언급한 「논학일본문지익論学日本文之益」은 1899
년에 발표됐는데, 어쩌면 『화문한독법』 자체가 『마씨문통馬氏文通』과
거의 같은 시기에 씌었을 가능성도 있다. 어찌 되었든 상당히 이른 시
기에 중국어 품사 구분에 눈을 돌린 것으로, 게다가 그 분류가 일본어
와의 대조 속에서 이루어졌다는 점이 흥미롭다. 예를 들어, 제6절에서
는 '가可', '불不', '비非', '능能'을 조동사로, 제7절에서는 '기既', '미未', '장將',

---

33 [역주] 중국 청말의 양무파洋務派 관료 마건충馬建忠이 지은 문법서인데 전 10권이 1898년에
　　간행되었다. 마건충이 프랑스에서 배운 라틴 문법을 기초로 해서 중국어 문어문을 연구한 것
　　으로 중국인에 의한 최초의 문법서이다.

'수須' 등을 부사로 분류한다. 일본문이 부사·명사·동사·조동사 순으로 구성되는 점에서 이러한 변별이 필요해지는데, 중국어 문법론으로서도 당시의 최첨단으로 볼 수 있다. 이 품사 구분이 일본의 문법서에서 온 것임은 의심할 여지가 없지만, 양계초가 일본에 건너갔을 즈음에는 이미 이런 종류의 책이 대단히 많아서 아쉽게도 그 전거는 아직 밝혀지지 않았다. 이 품사 구분이 다른 것에 영향을 주었는지도 포함해서 앞으로 자세한 조사가 필요할 것이다.[34]

한편, 중국인이 일본어를 배울 때 한 가지 어려운 점이 용언의 활용인데 양계초는 이를 대담하게 잘라버린다. "我輩於其変化之法、皆可置之不理。但熟認之知其為此字足矣(우리는 활용에 관해서는 무시하겠다. 잘 보아 어떤 글자인지 알면 된다)"(제16절), 보고 무엇인지 알면, 즉 활용하는 부분이 모두 'ラ行'이든 'カ行'이든 같은 행인지 알면 되는 것이다. 그 밖에도 장문長文을 끊기 어려울 때는 '而'에 해당하는 'テ', '的'에 해당하는 'ル'를 안표로 삼으면 된다는 병법서 풍의 지시(제31절), 일본에서 인쇄할 때 탁음을 생략하는 경우가 많다는 등의 세심한 주의까지(제37절), 이 『화문한독법』은 꽤 주도면밀한 실용서라 할 수 있다. 이 책에서 가장 지면을 많이 할애한 것이 제38절에 붙여놓은 일본에서 만들어진 한자어, 즉 화제한어和製漢語 일람이다. "人格 民有自由権謂之人格若奴隷無

---

34 또한, 선교사의 중국어 학습을 위해 쓰인 문법서가 『마씨문통』 이전에 있었다는 사실은 정당하게 평가할 필요가 있다. 그중에서도 T. P. 크로포드의 『문학서관화文学書官話』(T.P. Crawford, *Mandarin Grammar*, 1869)는 일본에서도 오오쓰키 후미히코大槻文彦 해解, 『지나문전支那文典』(1877, 大槻氏 藏版)이나 가나야 아키라金谷昭 훈점훈점訓點, 『대청문전大淸文典』(1877, 靑山堂)과 같은 화각본和刻本이 있는데, 품사분류도 이미 되어있다. 『문학서관화』의 품사명은 『화문한독법』과 전혀 중복되지 않는데, 오오쓰키 후미히코의 주기注記에 사용된 명칭은 '맥락어脈絡語'를 제외하고 모두 겹친다. 다만 개념에는 약간 차이가 있다.

人格者也", "団体 凡衆聚之称", "国際法 交渉法", "惟物論者 質学中重形骸軽魂霊者", "共和政体民主" 등 서양의 번역서를 읽는 데 분명히 필요할 것 같은 메이지 이후의 신한어新漢語에서부터, '大安売 格外公道', '昆布 海帯菜' 등 별로 그 방면에는 관계가 없을 것 같은 일상어까지 그 수록어는 다양하다. 물론 번역서 중에는 소설도 포함되어 있으므로 속어도 알아둘 필요는 있겠지만 '다시마'까지 나올 것 같지는 않다. 양계초가 선전한 것과는 달리, 이 어휘표는 번역뿐만 아니라 일본 신문의 독해, 게다가 어느 정도 일상생활에도 쓸 수 있게 편찬된 듯한데, 어쩌면 당시 대량으로 출판된 하야지비키早字引(일용사전) 류를 토대로 했을지도 모른다.

어찌 되었든 최소의 지식으로 최대의 효과를 노린 이 책은 많은 독자를 획득했다. 삼십 년 후 주작인周作人은 이 책을 "지금까지 삼십 년이 넘도록 그 영향이 대단히 커서 한편으로는 일본어 학습을 고무시켰지만 다른 한편으로는 일본어를 너무 간단하다고 오해하게 만들어, 이 두 상태가 현재도 남아 있다"[35]라고 비판한다. "일본어는 결국 하나의 외국어일 뿐 거기에 한자를 많이 사용한다고 해서 실제로는 우리한테 그렇게 유리하지도 않다"라고 인식했던 주작인과는 달리 양계초에게 일본어는 이를테면 피진 차이니즈pidgin Chinese이고 그래서 매개언어가 될 수 있어서, 주작인과는 처음부터 입각점이 달랐다. 그런 의미에서 『화문한독법』은 양계초의 일본어 인식을 여실히 보여준다.

더욱 주의해야 할 것은 「논학일본문지익」에서 양계초가 『화문한독

---

35 「화문한독법」, 『고죽잡기苦竹雑記』, 上海良友図書印刷公司, 1936.

법』을 권하는 대상을 한정했다는 사실이다.

> 然此為已通漢文之人言之耳。若未通漢文而学和文、其勢必至顛倒錯雑
> 乱而両無所成。今吾子所言数年而不通者、殆出洋学生之未通漢文者也。
>
> 그렇지만 이는 한문에 능통한 사람을 위한 말이다. 만약 한문에 능통하
> 지 않은데 화문和文을 배운다면 틀림없이 혼란스러워서 영문을 모르게 되
> 고 성과를 내지 못할 것이다. 당신이 말하는 몇 년을 해도 안 통하는 사람이
> 란 양학洋學을 배워서 한문에는 능통하지 않은 사람일 것이다.

물론 한문에 능통하지 않다는 것은 학문에 능통하지 않다는 의미이
기도 하다. 같은 시기에 쓰인 「동적월단東籍月旦」[36]에서는 더욱 분명하
게 말한다.

> 治西学者大率幼而治学、於本国之学問、一無所知、甚者或並文字而不
> 解。且其見識未定、不能知所別択。
>
> 서양 학문을 배우는 자는 대개 어렸을 때부터 시작하는데 우리나라의 학
> 문에 관해서는 완전 무지해서 문장도 제대로 못 읽는 사람이 있다. 식견도
> 없어서 뭐가 좋은지도 모른다.

양학洋學(西學) 수득修得의 최대 결점은 배우는 데 지나치게 시간과 품
이 들어서 중국의 학문을 익힐 틈이 없는 것이라고 양계초는 말한다.

---

36 『문집』4.

왜 동학東學(일본의 학문)을 배우는 게 좋은가 하면 중국 학문을 확실히 배운 후에 시작해도 충분히 여유가 있기 때문이다. 서양의 학술은 필요하지만, 중국 고유 학문의 방해가 되어서는 안 된다. 양계초가 일본문에 주목하는 것은 문언文言에 의해 구성된 전통 학술의 세계로부터 반걸음만 내디뎌도 대단히 효율적으로 서양의 정화精華를 손에 넣을 수 있기 때문이었다. 앞 절에서 서술한 한자와 절음자切音字의 관계, 즉 문文 / 질質의 대비는 여기에도 들어맞는다. 기원起源 언어에 대한 효용의 언어. 일본문은 양계초에게는 안성맞춤의 효용 언어였지만, 그것이 효용 언어일 수 있었던 것은 한문이라는 기원 언어가 확고하게 존재했기 때문이다.

언어는 무언가를 전하기 위한 것인 동시에 그것을 사용하는 것이 조금은 자의식의 지주支柱가 되기도 한다. 양계초의 언어 인식으로는 월어粤語는 월인粤人인 것과 깊은 연관이 있고 문언은 한민족의 일원이라는 증명이었다. 이런 것들은 쓸모가 있는지 없는지를 떠나서 선험적으로 존재하는 것이었다. 한편으로 관화, 백화문, 절음자, 일본문, 그리고 그의 이른바 신문체新文體도 완전한 효용의 언어였다.

이 구조는 청말민초淸末民初의 중국 언어 공간에 적용하여 향토어鄕土語 · 통행어通行語 · 전통어傳統語의 삼 층 구조로서 재인식할 수도 있을 것이다. 물론 각각이 각각의 언어 공간에서 기능하는 것이므로 이것들을 한데 모은다고 '중국어'가 완성되는 것은 아니다. 근대국가의 틀 안에 그것이 재편됨에 따라 각각이 '중국어'의 일부로 인식되어 가겠지만, 양계초가 일본문의 효용을 말하고 백화문을 제창한 그때는, 어디까지나 각각 제 역할을 다할 뿐이었다. 그리고 이러한 구조를 가장 유효하게 기능할 수 있게 한 것이 양계초이고 그가 근대 중국의 에크리튀르 변용에 크게 관여하게 된 것도 여기에서 유래한다.

6장

소설의 모험
정치소설과 그 중국어 역을 둘러싸고

한 나라의 문학을 주제로 거론할 때 외부, 즉 타국의 문학으로부터 어떤 영향을 받았는지 검토하는 작업은 흔히 볼 수 있고 필요한 것이기도 하다. '일본문학'의 경우를 생각해 보면 근대 이전에는 중국의 영향을, 그 이후에는 서양의 영향을 여러 각도에서 논의하여 많은 성과를 거두어왔다. 사실, 가령 고대에서 근세에 이르는 문학의 전개를 살펴보려고 하면 그 대상을 극히 좁은 시기에 한정시킨다 해도 중국문학에서 받은 다양한 작용을 고려하지 않을 수 없다.

그러나 이러한 관점에서 이루어지는 비교론이나 영향론은, 본서의 앞에서 서술했듯이 문학이라는 것을 미리 나라별로 분류하고 그것을 비교 대조함으로써 성립하는 지극히 근대적인 방법이라고 할 수 있다. 그것이 나라별로 엮은 문학사의 확충에 기여할지는 몰라도 그것으로 일국 문학사의 틀을 뛰어넘기는 어렵다. 영향이나 수용이라는 관점은 문학사를 터놓는 듯이 보여도 실은 외부와 내부의 경계를 재규정하는 것으로 끝나버리는 경우가 적지 않다.

메이지 이후의 근대화에 따라, 그때까지 줄곧 대륙에서 수입해 온 일본의 문학은 그 관계를 역전시켜서 이번에는 중국이 일본에 배우게 되었다고 흔히들 말한다. 하지만 그 '역전'은 단순히 근대화가 더디고 빠름에 따른 사제師弟관계의 교체로 간주할 현상이 아니고 영향론이나 수용론을 뛰어넘은 영역으로 이끄는 문제로 재인식할 수 있는 현상이다. 그것은 일본의 근대문학이 어떻게 성립했는지, 동아시아에서 문학의 근대가 어떠한 과정을 밟아왔는지를 생각하는 단초가 된다. 청조 말년의 양계초를 중심으로 하는 메이지 정치소설의 소개와 번역은 동아시아 문학에서 '근대'의 문제를 생각하는 데 획기적인 사건이라 할 수 있다.

양계초(1837~1929)가 무술변법戊戌變法의 실패 이후 일본에 망명한 것은 1897년 9월, 즉 청조 광서光緖 24년, 일본에서는 메이지 31년, 양계초가 26세 때였다. 그해 11월에는 이미 요코하마에서 『청의보淸議報』를 발간하고 그 창간호에 임공任公이라는 호로 「역인정치소설서譯印政治小說序」라는 글을 써서, 『가인지기우佳人之奇遇』의 중국어 역 「정치소설 가인기우政治小說佳人奇遇」와 함께 게재했다.[1] 이 번역은 『청의보』 제35책까지 거의 매호 연재되고 이어서 「경국미담 전편経国美談前編」이 제36책부터 51책까지, 후편이 제54책부터 69책까지 거의 매호 번역되어 실렸다(다만 후편이 미완인 채로 연재가 끝나는 바람에 완역은 따로 단행본으로 간행되었다).[2] 이번 장에서는 이 두 편의 '소설', 즉 야노 류케矢野龍渓의 『경국미

---

1 중국어 역 『가인기우佳人奇遇』는, 『청의보』 제32호까지의 게재분을 한 책으로 묶은 『청역가인지기우清訳佳人之奇遇』(京都大学附属図書館 所藏, 단, 권10까지)를, 권11 이후는 성문출판사成文出版社 영인판 『청의보』(臺北, 1967)를 저본으로 하고 『음빙실합집 전집』 88에 수록된 『가인기우佳人奇遇』도 참조했다. 또한, 『전집全集』 판은 후에 재편再編된 단행본이 저본인데 자구字句에 약간 차이가 있고 그 밖에 「역인정치소설서」가 「가인기우서佳人奇遇序」라는 제목으로 바뀌었다. 이하 『전집』 판을 재편판再編版으로 부르겠다.

담』과 도카이 산시의『가인지기우』를 중심으로 이 작품들이 근대 이전 중국문학의 아속雅俗 양면에 많은 것을 기대고 있음을 밝히고, 그것이 반대로 '근대소설'로서 중국어로 번역되었을 때 어떠한 편차를 낳았는지 주의 깊게 살피면서 그 '문학성'을 고찰해 가고자 한다. 말하자면, 중국에서 일본으로, 일본에서 중국으로 '문학'이 환류還流하는 현장에 입회하여 그것이 각각의 장에서 '문학'이 되기 위해서 무엇이 이루어졌는지 생각해 보려는 것이다.[3]

1.『가인지기우』의 중국어 역

도카이 산시, 즉 시바 시로柴四朗의 이름으로[4]『가인지기우』1편(권1~2)이 발표된 것은 1885년 10월로, 마침 그해 9월에는『소설신수小説神髓』첫 권이 출판되었다. 이후, 2편(권3~4)이 다음 해인 86년 1월, 3편(권5~6)이 같은 해 8월, 4편 권7이 87년 12월, 4편 권8이 88년 3월에 차례로 간행되고, 5편(권9~10)이 3년 뒤인 91년 11월, 6편(권11~12)이 그로부터

---

2 중국어 역『경국미담』은, 앞의 책 성문출판사成文出版社 판『청의보淸議報』및『근대 중국 사료 총간近代中國史料叢刊』제3편 제15집(台北・文海出版社, 1986)에 수록된『청의보 전편淸議報全編』을 저본으로 삼았다.『청의보 전편』은『청의보』가 종간한 후, 주요 기사나 논문 등을 신민샤新民社(요코하마)가 재편집한 것이고 그 제3집에「가인기우」와「경국미담」이 수록되어 있는데, 두 작품 모두 저본은 단행본인 듯하다. 이하,『청의보 전편』판을 재편판再編版으로 부르겠다. 또한, 역자가 누구였는지는 여러 가지 설이 있어서(주규周達라는 설이 유력) 개인역인지 공역인지도 분명하지 않은데, 이에 관여한 것이 양계초 혹은 그와 가까운 인물임은 틀림없다.

3 『가인지기우』는 하쿠분도博文堂 초판본을,『경국미담』은 1886년 합본 5판을 저본으로 사용하고 인용은 루비 및 할주割注, 권점 및 밑줄을 원칙적으로 생략했다. 또한 구두점은 굳이 찍지 않았다.

4 오오누마 도시오大沼敏男(「『佳人之奇遇』成立考証序説」,『文学』제51권 제9호, 1983.9)는, 이 '소설'이 도카이 산시 이외의 인물이 첨삭해서 성립했다는 사실을 밝혔다.

6년 뒤인 97년 7월, 7편(권13~14)이 같은 해 9월, 8편(권15~16)이 같은 해 10월에 발표되어 전 8편 16권의 장편이 완성된다. 양계초가 일본에 망명하기 바로 1년 전의 일이었다. 양계초가 어떤 경위로 이 책을 입수하고 번역하게 됐는지, 또한 애초에 번역자를 양계초로 단정해도 좋은지는, 이미 허상안許常安이 「『청의보』 등재『가인지기우』에 관하여-특히 그 역자『淸議報』登載の『佳人之奇遇』について-特にその訳者」에서 소상히 밝혔으며, 그 역문에 대해서도 일련의 연구를 통해 면밀한 검토가 이루어졌다.[5] 여기서는 그러한 성과들을 토대로 각각의 텍스트가 전체적으로 어떤 문학성을 실현했는지, 그리고 양자의 문학성이 어떻게 겹치고 어떻게 어긋나는지 고찰하고자 한다.

앞서 언급했듯이, 『가인지기우』의 번역에 임해 양계초는 「역인정치소설서訳印政治小説序(정치소설 번역 출판의 서문)」라는 유명한 문장을 발표했다. 우선 이 문장을 짧게 소개하겠다.[6] 여기서는 먼저 "정치소설의 양식은 유럽인으로부터 시작됐다"라는 문장으로 시작해서 "무릇 인정人情은, 장엄莊嚴을 두려워하고 해학을 좋아하지 않는 이가 없다. 고로 고악古樂을 들으면 바로 무서워 숨고, 정鄭·위衛의 음악을 들으면 바로

---

5 동경교육대학東京教育大学, 『한문학회회보漢文学会会報』 제30호(1971.6). 허상안許常安의 논고는 그 밖에 「『청의보』 등재『가인지기우』에 관하여-특히 그 명역과 오식 정정『淸議報』登載の『佳人之奇遇』について-特にその名訳と誤植訂正」(『斯文』 제66호, 1971.8), 「『청의보』 등재『가인지기우』에 관하여 2-특히 그 오역①『淸議報』登載の『佳人之奇遇』について2-特にその誤訳①」(동 제67호, 1971.10), 「『청의보』 등재『가인지기우』에 관하여-특히 서양적 외래어(1)『淸議報』登載の『佳人之奇遇』について-特にその西洋的外来語(一)」(동 제68호, 1972.2)를 참조했다. 또한, 야마다 게이조山田敬三의 「한역『가인기우』의 주변-중국 정치소설 연구 찰기漢訳『佳人奇遇』の周辺-中国政治小説研究札記」(『神戸大学文学部紀要』 9, 1981)에서는 실제 역자를 나보羅普로 본다.

6 이하, 인용하는 중국문 중 소설의 번역 및 비교적 짧은 것은 원문으로 제시하고 비교적 긴 것은 요미쿠다시読み下し로 제시하겠다. 요미쿠다시에서 문말의 조자助字 등은 가능한 한 살리겠다. [역주] 요미쿠다시読み下し는 한문을 일본어 어순으로 풀이한 것.

현혹되어 지칠 줄 모른다. 이는 실로 유생有生의 대예大例이니 성인聖人이라고 해도 어쩔 도리가 없다. 잘 배운 자는 인정에 의해 이를 잘 이끈다. 때문에 어떨 때는 이를 표현하는데 골계滑稽로써 하고, 어떨 때는 이를 우언寓言을 빌려 표현한다. 맹자孟子에 호화호색好貨好色이라는 비유가 있고, 굴평屈平에 미인방초美人芳草라는 사辭가 있다. 휼간譎諫을 회학詼謔에 담고, 충애忠愛를 형염馨艶하게 발發한다"라며 교화教化를 위해 수사修辭가 유효하다고 말한다. 한편 "중국의 소설은 구류九流에 속하기는 하나, 『우초虞初』 이래 뛰어난 작품이 적고" 또한 "회도회음誨盜誨淫[7]의 양단兩端에서 벗어나지" 못하므로 "제대로 된 학자는 굳이 입에 담지 않는다". 그러나 "인정人情이 장莊을 꺼리고 해諧를 좋아하는 대예大例"는 변함이 없어서 "학문을 닦는 자들이 학업 틈틈이 『홍루몽』을 손에 들고 『수호전』을 입에 담으며 끝내 끊지를 못하는" 상태라 논하고, 글을 읽는 자 중에 경전을 읽지 않는 사람은 있어도 소설을 읽지 않는 사람은 없으니 육경六經과 정사正史로는 교도教導할 수 없는 하민下民도 소설이라면 가능하다고 남해 선생南海先生(강유위)이 적절하게 표현한 그대로라고 한다. 또한 "이전에 유럽 각국에서 변혁 초기, 그 괴유魁儒·석학碩學·지사志士가 왕왕 자신의 경험이나 가슴 속에 품은 정치 논의를 먼저 소설에 담았는데", 학생에서 병졸·농민·직인職人·부녀자에 이르기까지 그 소설을 읽지 않는 이가 없고, "가끔 책이 하나 나올 때마다 전국의 논의가 이것 때문에 일변一變한다. 저 미美·영英·독德·불佛·오奧·이伊, 일본 등 각국의 정계가 나날이 진보하는 데에는 바로 정치소

---

7 [역주] 회도회음誨盜誨淫은 도둑질을 가르치고 음탕함을 가르친다는 뜻으로, 『주역周易』 「계사전繫辭傳」에서 유래.

설의 공이 가장 크다", 그 때문에 "지금 특히 외국 명유名儒의 저술 중 오늘날의 중국 시국과 관계 깊은 것을 골라 차차 번역해서 권말에 신겠다"라는 것이다. 끝에는 "바라건대 애국지사는 보시라"라고 독자에게 호소하며 글을 맺는다.

일독하면 명백하듯이, 여기에는 공리주의적 소설관이 노골적이다. 다른 양식에 대한 소설의 우위성은 무엇보다 그 통속성, 대중성에 근거한 것이다. 물론 이러한 관념은, 위 인용문에 강유위의 말이 인용되어 있듯이, 당시의 중국 계몽가들에 공통된 것이었다. 서양과 일본이 개화하는 데 소설의 힘이 크게 작용했다는 주장도 근본을 따지고 보면, 엄복嚴復 등이 중심이 되어 편집한『국문보国聞報』지상에 발표된「본관부인설부연기本館附印說部緣起(본사가 설부說部를 부록으로 인쇄하는 취지)」(1897)에 "유럽 ·미국·동영東瀛(일본)이 개화할 때 종종 소설의 도움을 받았다"라고 한 것에서 유래한다. 그리고 이 소설 효용론은, 예를 들어 '재도載道'설 등의 전통적인 문학 개념과 결코 어긋나지 않는다. 어디까지나 계몽을 위한, 교화를 위한 표현이며 문학표현 그 자체의 가치는 보장되지 않는다. 문文은 도道를 싣는 수레이다. 즉, 무언가의 '내용'을 전달하는 '수단'으로서만 문장이 의의가 있다는 생각과 별반 차이가 없다. 문학 일반이 아닌 소설론에 한정시켜도 이러한 생각의 선례를 찾아내는 것은 간단하다.

사관史官의 기록은 사건은 소상하지만 문장이 예스럽고 그 속에 담긴 뜻도 미묘하고 심오해서, 통유숙학通儒夙學이 아니면 책을 펼쳐 보는 사이에 곤수困睡하지 않는 이가 드물다. 그래서 호사가好事家가 통속에 가까운 말로 은괄釋括[8]해서 책을 지어 세상 사람들에게 들려주어 그 사건을 잘 알고 사건을 통해 그 의미를 깨닫고 의미를 통해 감동하기를 바란다.

— 장상덕張尚德, 「三国志通俗演義引」[9]

소설에 무언가 적극적인 가치를 부여하려는 문인에게 있어서 이와 같은 논법은 상투적인 것이었다. 풍몽룡馮夢龍(1574~1646)이 엮은 유명한 통속단편소설집 「삼언三言」에 각각 『유세명언喩世明言』 『경세통언警世通言』 『성세항언醒世恒言』이라는 이름이 붙은 것은 물론 그러한 발로이다. "명明이라 함은 어리석음을 이끌 수 있다는 의미이다. 통通이라는 것은 속세에 적응할 수 있게 하는 것이다. 항恒은 곧 이것을 배워서 싫증내지 않고 오래도록 전해질 수 있게 함이다. (…중략…) 『명언明言』 『통언通言』 『항언恒言』으로 **육경국사**六經國史**의 보**輔**로 삼는** 것 또한 좋지 아니한가"라고 『성세항언醒世恒言』 서序에 서술한 것을 보면 한층 사정을 이해하기 쉽다. 「역인정치소설서」가 바로 이 전통적 소설관에 깊이 뿌리내린 것임은 분명하다. 게다가 '소설'에 대비되는 것은 어디까지나 '육경六經', '정사正史', '어록語錄', '율령律令' 등 모두 일반적으로 문학이라고 할 수 없는 텍스트이다. 이러한 양식들이 모두 사회적 효용이나 교육적 효과를 어떠한 형태로든 의도하는 것임을 생각하면, 이러한 대비는 당연히 전통문학으로서의 '시부詩賦', '문장文章'과는 대비되지 않을 뿐만 아니라, '소설'을 어떤 위치에 두려고 하는지 여기서 확인할 수 있다. 참고로 『청의보』 제1책 권두의 '서례敍例'는 연재하는 장르를 '본보

---

8 [역주] 바르게 고치는 것.
9 명明 가정본嘉靖本 『삼국지통속연의三国志通俗演義』, 1522년 서序.

소간록약분육문本報所刊錄約分六門'이라 하여 여섯으로 나누어 "① 지나인 논설支那人論說 / ② 일본급태서인논설日本及泰西人論說 / ③ 지나근사支那近 事 / ④ 만국근사萬國近事 / ⑤ 지나철학支那哲學 / ⑥ 정치소설政治小說" 순으 로 열거하고 실제로도 대개 이 순서로 편집을 했는데, '보말報末'에 거의 매호 '시문사수록詩文辭隨錄'이라는 제목으로 근작 시문을 등재한 점은 유의할 만하다.

그리고 '소설'의 게재에 즈음하여, 「가인기우佳人奇遇」가 '일본 도카이 산시東海散士 전 농상부 시랑農商部侍郎[10] 시바 시로柴四郎 선選', 「경국미 담」이 '전 출사청국대신出使淸國大臣 일본 야노 후미오矢野文雄 저著'와 같 이,[11] 종래에 소설을 간행할 때의 통례와는 달리 저자 이름에 모두 당 당한 관직명을 붙여서 실은 점에도 주의해야 한다. 물론 이것은 공적 으로 인정받은 장르가 아니었던 '소설'에 공적인 표현 수단으로서 권위 를 부여하기 위함이다. 그야말로 경세제민經世濟民을 위한 '소설'을 의도 했던 것이다.

그런데 이러한 서문을 붙여서 번역한 「가인기우」이지만, 이 소설의 번역문은 변문조騈文調의 완전한 문언이어서 '부녀', '동몽'은 물론이고 '병정'이나 '농민'을 대상으로 썼다고는 도저히 말할 수 없다. 서문 말미 에 독자에게 호소하며 '애국지사'라고 한 것으로 보아도, 상정하는 독 자가 사대부 계급임은 두말할 필요도 없다. 예를 들어 그 첫머리를 원 문과 대조하여 인용하면 다음과 같다.

---

10 [역주] 시랑侍郎은 관직명으로 차관에 해당.
11 재편판에서는 각각 '日本柴四朗著' '日本矢野文雄著'로 되어 있다.

東海散士一日費府ノ獨立閣ニ登リ仰テ自由ノ破鐘ヲ觀俯テ獨立ノ遺文ヲ讀ミ當時米人ノ義旗ヲ擧ゲテ英王ノ虐政ヲ除キ卒ニ能ク獨立自主ノ民タルノ高風ヲ追懷シ俯仰感慨ニ堪エス愴然トシテ窓ニ倚リテ眺臨ス會會二妃アリ階ヲ繞テ登リ來ル<u>翠羅面ヲ覆ヒ暗影疎香白羽ノ春冠ヲ戴キ經穀ノ短羅ヲ衣文華ノ長裾ヲ曳キ風雅高表</u>實ニ人ヲ驚カス一小亭ヲ指シ相語テ曰ク**12**

東海散士一日登費府獨立閣。仰觀自由之破鐘。俯讀獨立之遺文。愴然懷想。當時米人擧義旗。除英苛法。卒能獨立爲自主之民。倚窓臨眺。追懷高風。俯仰感慨。俄見二妃繞階來登。<u>翠羅覆面</u>。<u>暗影疏香</u>。<u>載白羽之春冠</u>。<u>衣經穀之短羅</u>。<u>曳文華之長裾</u>。<u>風雅高表</u>。駘蕩精目。相與指一小亭語曰。

(밑줄 친 부분은 그대로 중국문으로 되돌려 놓은 부분, 이하 같음)

『가인지기우』의 문장이 미문美文이라고는 하나, 그래도 대체적으로 중국어 역의 문장이 수사적으로 세련되어서, 원문이 조금 소박하고 정리되지 않은 인상을 줄 것이다. 예를 들어 중국어 역의 "倚窓臨眺。追懷高風。俯仰感慨"라고 정연히 서술한 부분은 그 어휘는 모두 원작에서 볼 수 있는 것이지만, 원작에서는 네 글자의 리듬을 이루지 않는다.

---

12 [역주] 인용문의 내용은 다음과 같다. "도카이 산시가 하루는 필라델피아의 독립각Independ-ence Hall에 올라 자유의 종Liberty Bell이 울리는 것을 보고 독립선언문을 읽으며, 당시 미국인들이 정의의 깃발을 들어 영국 왕(조지 3세)의 학정虐政을 물리치고 끝내 독립을 쟁취한 자유인민으로서의 고풍高風을 추회追懷하며 부앙俯仰하니 감개 무량하여, 격정이 가슴에 치밀어 탄식하며 창에 기대어 내려다보고 있자니 마침 두 처자가 계단을 올라왔다. 얇은 녹색 천으로 얼굴을 가리고 있는데 은은한 향기가 감돈다. 하얀 새의 깃털을 단 모자를 쓰고 오글쪼글한 비단으로 된 짧은 저고리에 아름다운 무늬의 긴 치맛자락을 끄는 그 고상한 우아함이 놀랄 만큼 돋보였다. 작은 건물Carpenters Hall 하나를 가리키며 말하기를"

또한 중국어 역에서는 '風雅高表'와 나란히 원작에는 없는 '駘蕩精目'이라는 네 글자를 보충해서 대구로 해놓았다. 그 밖에도,

散士亦費府ノ郭門ヲ出テ步シテ西費ニ還ル輕靄糢糊トシテ晚風衣裝ヲ吹キ遙ニ竈谿ノ依稀タルヲ望ミ蹄水ノ浩蕩タルヲ觀テ轉ᵗ懷古ノ情ニ堪ェス[13] (권1)

散士亦出費府郭門。步還西費。輕靄糢糊。晚風吹袂。遙矚竈谿之依稀。瞰蹄水之浩蕩。感今念昔。情不能堪。 (권1)

과 같이 '晚風吹袂', '感今念昔。 情不能堪' 등 모두 사자구四字句로 맞추어져 있는데 이런 예는 빈번히 찾아볼 수 있다.[14] 양계초 스스로 "전부터 동성파桐城派의 고문古文을 좋아하지 아니하고, 유년시절 문장을 지을 때에는 한말漢末·위魏·진晉의 것을 배워서 대단히 기교를 중시했다"[15]라고 한 그 편린이 엿보인다. 그렇다 하더라도 원작의 한문훈독체가 중국어 역에서 충분히 이용되고 있음은 이상의 부분만으로도 쉽게 알 수 있다. 밑줄 친 부분 이외에도, 구문構文은 그대로인데 같은 의미의 다른 글자로 바꿔 쓴 부분('望'→'矚', '觀'→'瞰' 등)도 적지 않다. 훈독체라고 해

---

13 [역주] 인용문의 내용은 다음과 같다. "산시 또한 필라델피아의 성곽을 빠져나가 걸어서 서西필라델피아로 돌아갔 다. 옅은 안개가 자욱하고 저녁 바람에 옷깃이 날린다. 저 멀리 밸리 포지Vally Forge가 아련히 보이고, 델러웨이 강Delaware River의 호탕浩蕩함을 바라보니 사뭇 회고懷古의 정을 누를 길이 없다."

14 이미 고지마 노리유키小島憲之의 『일본문학의 한어표현日本文學における漢語表現』, 岩波書店, 1988, 제7장에 같은 지적이 있다.

15 오노 카즈코小野和子 역주, 『청대학술개론淸代學術槪論』, 平凡社, 1974, 25장.

도 결국은 일본어여서, 처음부터 한문(중국 고전문)으로 생각하고 한문으로 초안을 잡은 다음 그것을 일본어 어순으로 고쳐 읽지 않는 한(어쩌면 그런 경우에도 일본어가 모어母語인 사람이라면 이른바 '화습和習'을 피하기 어려울 것이다), 그대로 한문으로 되돌린다고 의미가 통할지 자연스런 문장이 될지 알 수 없으나, 그런 것 치고는 원문 대비 완성도가 꽤 높다고 할 수 있다. 한편으로 중국어 역 자체가 일본어에 끌려가는 감이 없지 않으나, 어쨌든 『가인지기우』의 문체가 지극히 한문적인, 다시 말해 중국 고전 문언의 세계에 가까운 문체임은 위와 같은 예로 보아도 명백하다. 가능한 한 한시문 중에서 어휘를 골라 한문으로 되돌릴 수 있는 구문을 기반으로, 상투성을 넘어 진부함을 그대로 느끼게 하는 표현을 전개한 것이 『가인지기우』의 문체이다. 당시 아직 일본어를 못했던[16] 양계초가 중국어 역이 가능하고 더욱더 미문화美文化를 꾀할 수 있었던 이유이다.

변문조의 미문美文이라는 원작 문체의 방향을 그대로 중국어 역이 답습한 것은 그대로 한문으로 되돌려 놓으면 의미가 통하는 경우가 많은 번역의 편의를 위함도 물론 있겠지만, 『가인지기우』라는 '소설' 자체가 변문조의 미문과 떼어놓을 수 없다는 점도 경시할 수 없는 요인이라 할 수 있다. 즉, 이 '소설'의 목적이 망국亡國의 울분이나 국가의 경략經略을 이야기함에 있음을 전제로 한다면, 역시 지식인의 문체인 문언文言이야 말로 그에 어울리며 또한, 본래 변려문의 조건이 단순히 사륙四六의 대구對句를 나열하는 것만이 아니라 전거典據가 있는 표현을 적극적으로 활용해야 하는데, 『가인지기우』의 문장이 한적에서 유래한 전고典故를

---

16 허상안許常安, 「『청의보』 등재 『가인지기우』에 관하여—특히 그 역자『淸議報』登載の『佳人之奇遇』について—特にその訳者」를 참조.

많이 사용한 점[17]도 중국어 역이 변문조의 문체를 채택하도록 재촉한다. 예를 들어 도카이 산시가 홍련紅蓮을 "남악南嶽에 은거하며 발을 창랑滄浪에 씻고 진토塵土를 벗어나서 은일隱逸한다"(권1)라고 평하는 부분은 『초사楚辭』 어부편의 유명한 "滄浪之水淸兮、可以濯我纓。滄浪之水濁兮、可以濯吾足(창랑의 물이 맑으면 갓끈을 씻을 것이오, 창랑의 물이 흐리면 발을 씻을 것이오)"라는 표현과 그것을 베이스로 한 조식曹植의 「왕중선뢰王仲宣誄」(『文選』 권56) 중 "振冠南嶽、濯纓淸川"이라는 표현을 명백히 답습하는 것으로, 중국어 역도 "振冠南嶽。濯足滄浪。高蹈風塵。睥睨人表"라고 사자구四字句로 맞추었다. 새로 중국어 역을 덧붙인 후반 여덟 자도 곽복郭璞의 「유선시遊仙詩」(『文選』 권21)에 나오는 '高蹈風塵外'라는 구와 중장통仲長統의 이른바 「악지론樂志論」(『後漢書』 本伝)에 "睥睨天地之間"이라고 한 것을 계승한 것으로, 모두 은일隱逸과 관련 있는 조사措辭이다. 여기에서도 중국어 역이 원작의 경향을 더욱 강화했음을 확인할 수 있다.

또한 『가인지기우』는 일본 '소설'로는 전례가 없을 만큼 많은 40편 남짓의 한시漢詩가 등장인물의 자작自作으로서 삽입되어 있다. 한시에 담긴 감정이 이 작품의 기조를 이루어 당시 독자들로부터 문장의 전려典麗함과 더불어 열광적인 환영을 받았다는 것은 새삼 사례를 인용할 필요도 없을 것이다. 하지만 이 한시들은 어디까지나 '소설' 속에 놓일 때 비로소 음미할 만한 가치가 있는 레벨이며 중국어 역자譯者의 눈에 이 시들이 과연 단독으로 감상할 만한 것으로 비쳤는지는 적잖이 의심

---

17 고지마小島의 앞의 책에도 예시가 있다.

스럽다. 그럼에도 불구하고 전편을 통틀어 7할 이상의 한시를 중국어 역에서도 채택하고 생략된 부분도 전후 플롯의 구성이 바뀌거나 삭제됨에 따라서 생략된 경우가 많아, 전후의 구성은 그대로 두고 시만 뺀 사례는 극히 적다. 또한 채택한 한시에 첨삭을 가하는 경우도 없지는 않지만 전체의 기조를 바꾸지는 않는다. 그렇다면 중국어 역에서도 이 한시들을 이 '소설'의 중요한 구성요소로 인정한 것으로 보아도 좋을 것이다. 참고로 뒤에서 논의할 『경국미담』에는 유명한 「봄꽃」이라는 시가 삽입되어 있는데, 이것을 중국어 역에서는 전혀 비슷하지 않은 시로 번역한다.

見渡セハ 野ノ末、山ノ端マデモ 花ナキ里ソナカリケル 今ヲ盛リニ咲キ揃フ 色香愛タキ其花モ過キ越シ方ヲ尋ヌレハ、憂キコトノミゾ多カリキ (…中略…) 世ノ為 ニトテ誓ヒテシ 其ノ身ノ上ニ喜ノ花ノ蕾ハ憂キ事ト 知リナハ何カ憾ムヘキ 春ノ花コソ例ナレ 春ノ花コソ愛タケレ[18]

— 제11회

我有短劍兮。以斬佞臣。丈夫生世兮。以救兆民。功耀日星兮氣凌雲。震天地兮驚鬼神。是男兒之本分兮。是豪傑之偉勳。又何畏乎患難。又何苦乎艱辛。君不見世界之擾擾。悉豪傑之風雲。

— 중국어 역 제121회

---

18 [역주] 인용문은 다음과 같은 내용이다. "바라보면 들녘 끝 산마루까지도 꽃이 없는 동네가 없다. 지금 한창 핀 색향 고운 저 꽃도 지난 세월을 물으면 괴로운 일이 많았다.(…중략…) (고난을 이기고) 세상을 위해 피고자 맹세한 그 한 몸이 지금은 기꺼이 꽃을 피웠지만, 봉오리일 적 괴로움을 안다면 우리도 무엇을 원망하겠는가. 봄꽃이야말로 (고난을 극복하고 성공한) 좋은 예이다. 그렇기에 봄꽃은 사랑스럽다."

지금은 단지 그 극단적인 차이를 지적하는 정도로 해두고 차이가 지니는 의미에 대해서는 깊이 들어가지 않겠지만, 이러한 개작이 『가인지기우』 중국어 역에 거의 없는 것은 역시 유의해야할 점이다. 실제로 조금만 주의하면 한시를 아무렇게나 삽입하는 것이 아니라 작품의 정조情調를 고조시키기 위해 나름대로 궁리한 것임을 알 수 있다.

예를 들어 권4에는 죽은 유란幽蘭(후에 살아 있음이 확인됨)이 남긴 「我所思行내가 생각하는 곳」이라는 '장가長歌'를 홍련이 부르는 장면이 있다.

　　홍련이 말을 잇기를 (…중략…) 여사(유란)가 저를 돌아보며 장가長歌 한 수를 지었으니 그것을 읊게 해달라고 청했는데, 아소사행我所思行을 노래하는 노랫소리가 금석金石같이 굳은 지조에서 나온 것이라 완약婉約하면서 우유優遊하고 교려矯勵하면서도 강개慷慨하여 차마 듣고 있기 힘들었다고 했다. 이에 산시는 낭자가 만약 그 노래를 적어두었다면 왜 나를 위해 불러주지 않느냐고 말했다.

그러나 본래 악부제樂府題에는 「我所思行」이라는 제목이 없고, 실은 이것은 후한後漢 장형張衡의 「사수시四愁詩」(『文選』권29, 『玉台新詠』권9)를 흉내 낸 것이다. 이미 진晉나라의 전현傳玄 및 장재張載의 「의사수시擬四愁詩」(모두 『玉台新詠』권9)[19]가 있는 것으로 미루어 이 시가 일찍부터 의작擬作의 대상이었음을 알 수 있다. 설명의 편의를 위해 「사수시」의 제1수를 예로 든다. 참고로 전체는 네 수로 구성된다.

---

19 장재張載의 「의사수시擬四愁詩」는 네 수 중 하나가 『문선』권30에 수록된다.

我所思兮在太山(아소사혜재태산)　　내가 생각하는 곳은 태산에 있는데

欲往從之梁父艱(욕왕종지량부간)　　가서 따르고 싶어도 양부梁父가 험
　　　　　　　　　　　　　　　　난하네.

側身東望涕霑翰(측신속망체점한)　　몸 기울여 동쪽을 보니 눈물이 붓
　　　　　　　　　　　　　　　　을 적시네.

美人贈我金錯刀(미인증아금착도)　　미인이 나에게 금착도金錯刀를 주었
　　　　　　　　　　　　　　　　으니

何以報之英瓊瑤(하이보지영경요)　　무엇으로 이에 보답하리오. 영경
　　　　　　　　　　　　　　　　요英瓊瑤

路遠莫致倚逍遙(노원막치의소요)　　길이 멀어 가지 못하고 기대어 소
　　　　　　　　　　　　　　　　요逍遙하네.

何爲懷憂心煩勞(하위회우심번로)　　어찌 근심을 품고 마음을 번로煩勞
　　　　　　　　　　　　　　　　하리오.

　네 수를 통틀어 반복되는 부분(제3구의 '동東'은 '남南', '서西', '북北'으로 바꿔 말한다)에 밑줄을 쳤는데 얼핏 보기에도 명백하듯이 거의 반복에 가까운 형태로 네 수가 이어진다. 명明 호응린胡応麟의 『시수詩藪』에서는 "優柔婉麗、百代情語、獨暢此篇"(内編 巻三)이라 평하는데, 조사措辭의 염려艶麗함과 더불어 반어反語의 다용多用과 네 수 반복이라는 기법도 효과적이라 할 수 있다.

　『가인지기우』의 이른바 '我所思行' 또한 전체를 네 수로 구성하고 네 수 모두 "我所思兮在○○、欲往從之○○○ (내가 생각하는 곳은 ○○에 있는데 가서 따르고 싶어도○○○"로 시작하는 일곱 수를 배열하여 「사수시」를 토대로 하고 있음이 명백하다. 구성상의 두드러진 차이는 한 수를 4

구句 1운一韻으로 해서 전 5운 20구로 늘린 점, 반복 부분을 처음 두 구와 말미 네 구에 한정하고 게다가 그 네 구를 네 수 모두 동일하게 한 점을 들 수 있다. 그 제1수를 예시하면 다음과 같다.

我ガ所ノ思フ兮在リ故山ニ。欲セハ往テ從ハント之行路難シ。人生ノ百事易ク蹉跎タリ。幾タビカ使ム遷客ヲシテ發セ長歎ヲ。家國衰廢日已ニ遠ク。君主蒙塵何ノ處ニカ逃ル。舊廬ノ雙燕歸ルニ無ク家。滿目晝暗シテ草菀菀。老父春秋超ユ古稀ヲ。繁霜埋メテ頭ヲ雪印ス眉ニ。鐵石之肝磨トモ不レ磷。松柏之心死トモ不レ移ラ。常ニ秉ニ正義ヲ排ス邪說ヲ。數提ゲテ干戈ヲ除ク妖蘗ヲ。經營如ク此ノ誰ガ不レ感セ。底事ヤ一朝罹ル縲絏ニ。月ハ横ニ大空ニ千里明カニ。風ハ搖シテ金波ヲ遠ク有リレ聲。夜寂寂兮望ム茫茫。船頭何ゾ堪エン今夜ノ情。

이를테면 구수를 늘림으로써 시에 담는 내용을 늘리고 한편으로 반복하는 부분을 전후에 집중시킴으로써 그 효과를 높인 것이다. 특히 "月橫大空千里明" 이하 말미 네 구가 반복되는 것의 인상이 강해서, 도쿠토미 로카德富蘆花의 『검은 눈과 갈색 눈黒い目と茶色の目』 중 『가인지기우』의 한시를 낭송하는 장면에서도 바로 이 시의 이 부분을 중심으로 인용한다.

그러나 가인지기우의 화려한 문장은 협지사協志社[20] 학생들 사이에서도 널리 애독되어 그중 수많은 전려典麗한 한시는 대개 암송되었다. 케이지敬二

───────────

20 [역주] 도시샤대학同志社大学의 전신인 도시샤同志社를 가리킴.

의 동급생으로, 학과 공부는 몰라도 시음詩吟은 전교 제일로 인정받던 얼굴이 살짝 얽은 오가타 긴지로尾形吟次郎 군이, 취침시간이 다 된 서리 내린 달밤에 기숙사와 기숙사 사이의 자갈길에서 "我所思兮在故山…月橫大空千里明、風搖金波遠有聲、夜蒼々兮望茫茫、船頭何堪今夜情(내가 생각하는 곳은 고향에 있는데…달이 넓은 하늘을 가로질러 천 리를 밝히고, 바람이 금물결을 일으켜 멀리서 소리가 들려온다. 밤은 창창하고 소망은 망망하니 뱃사공이 오늘밤의 정취를 어찌 견디리오)"라고 금석이 맞부딪치는 것처럼 쩌렁쩌렁한 소리로 낭랑하게 읊을 때면 기숙사의 유리창마다 새어나오는 램프 불빛마저 조용하고 예습 묵독에 여념이 없는 삼백의 청년들은 부들부들 몸을 떨며 홀린 듯이 넋을 잃고 듣는 것이었다.

또한 권6에서는 홍련이 이 '我所思行'에 화답한 자작시를 낭송하는데 그 시도 각 수의 말미에는 "月橫大空千里明"이하 네 구를 반복한다. 압운을 조사해 보아도 거의 틀림없이 한 수 5운韻을 '평平・측仄・평平・측仄・평平'으로 환운換韻하며 네 수를 맞추어서 고체시古體詩이기는 하지만 운율상의 배려를 엿볼 수 있다. 그리고 더욱 중요한 것은 이 시의 정조情調가 원시原詩「사수시」의 설정을 효과적으로 활용한 점이다. 실은『문선』에는「사수시」의 성립 사정을 해설한「서序」가 실려 있다.[21]

장형張衡이 태사령太史令의 직무에 오래 머무는 것을 좋아하지 않아 양가陽嘉 연간에 외직으로 나가 하간河間의 재상이 되었다. 당시에 국왕이 교사

---

21 이 서序가「자서自序」인지의 여부는 일찍이 송宋 왕관국王観国의『학림学林』권7에서 논의되었는데, 후세 사람의 위탁偽託이라는 설이 유력하다.

驕奢한 데다 법도를 준수하지 않았다. 또한 호우豪右들 가운데 겸병兼併하는 자들이 많았다. 장형이 부임한 후에 위엄으로써 통치하며 속현屬縣을 몰래 잘 살폈다. 간활奸猾하게 교겁巧劫을 행하면 그들의 이름을 모두 은밀히 알아내서 관리들에게 명하여 수포收捕하고 모조리 잡아넣었다. 호협豪俠과 유객遊客들이 모두 황구惶懼해서 달아나 국경을 빠져나갔다. 군중郡中이 잘 다스려져 쟁송爭訟이 그쳤으며 옥獄에는 죄수가 없었다. 그 당시 천하가 점점 피폐함에 울울鬱鬱하여 뜻을 얻을 수가 없어 사수시四愁詩를 지었다. 굴원屈原을 본떠 미인을 군자에 비유하고 진보珍寶를 인의仁義에 비유하며 수심설분水深雪雰을 소인小人에 비유했다. 도술道術로써 나라에 보답하고자 당시 군주에게 시를 올리고자 생각했으나 참사讒邪로 인해 상달上達되지 않을 것을 우려했다.

위의 인용에서는 표출되는 감정이 「이소離騷」를 중핵으로 하는 굴원屈原을 따른 것임이 명백히 드러나고, 제민濟民에 전념하는 인간의 우수憂愁가 이 시의 기조를 이루고 있음을 설하는데, 여기에서 그려지는 장형張衡의 이미지와 『가인지기우』의 등장인물들의 이미지, 그리고 장형의 배후에 있는 굴원의 이미지를 연속적으로 파악하는 것은 그리 어려운 일이 아니다. 애국자의 분만憤懣과 우수憂愁야말로 『가인지기우』라는 '소설'을 지배하는 감정이다. 그리고 주목해야 할 것은 "미인美人을 군자君子에 비유하고"라는 부분 이하 우의寓意에 대한 설명이다. 『초사楚辭』에서 미녀와 향초香草가 뛰어난 인물과 드높은 절조의 메타포라는 것은 후대의 독자들에게 거의 자명한 사실로 여겨져 왔는데,[22] 「사수시」에서 노래하는 '미인' 또한 단순히 아름다운 여성을 가리키는 것이 아님을 여기에서 설명하고 있다. '我所思行'이 「사수시」를 모방하는 것은, 바로 그것이 "우유優柔하면서 완려婉麗", "백대百代의 정어情語"라는 평가를 듣는 표현의 질을 유지하면서, 게다가 이러한 배경하에 읽혀 왔다는 사실을 전제로 하기 때문이다. 그렇기 때문에 '我所思行'은 좋고 나쁨을 떠나 『가인지기우』 중에서 아마도 가장 인상적인 시가 될 수 있었다. 아름다운 히로인이 남긴 비분강개의 시. "완약婉約하면서도 우유優遊하고, 교려矯勵하면서도 강개慷慨하다"라는 형용은 이 시가 그렇게 읽혀야 하는 것임을 강조하고 있다.

참고로, 히로인의 이름을 '유란幽蘭'이라고 한 것도 전거는 분명히 「이소離騷」의 "유란을 묶어놓고 우두커니 서있네", "이르기를 유란만은 찰 수 없노라고"라는 대목에서 따온 것으로 보인다. 물론 '유란'은 군자가 몸에 지니고 다닐 만한 향기가 그윽한 풀로 청아하고 높은 덕의의 상징이다.

그런데 이처럼 한시문의 전통을 마음껏 활용한 문체에 관해 도카이산시는 서序에서 다음과 같이 말한다.

그러나 여러 해를 객지에 있으면서 나라를 근심하고 세상을 개탄하며 천리만리 산해山海를 발섭跋涉하여 무슨 일에나 감발感發하여 글로 옮긴 것이 쌓여서 10여 권에 이르렀다. 이것 모두 투한偸閑의 만록漫錄인데 일본어로 쓴 글도 있고 한문도 있고 때로는 영문도 있어서 **아직도 일체一體의 문격文格**

---

22 후한後漢 왕일王逸의 「離騷章句」에 "離騷之文、依詩取興、引類譬諭、故善鳥香草以配忠貞、惡禽臭物以比讒佞、靈脩美人以媲於君、宓妃佚女以譬賢臣、虬龍鸞鳳以爲君子、雲霓以爲小人"이라고 되어 있다.

을 이루지 못하였다. 올해 귀국하여 아타미熱海의 온천장에서 요양하며 처
음으로 60일간의 휴가를 얻었다. 그리하여 **우리나라의 요즘 글을 본떠** 집록
集錄 삭정削正하고 이름을 붙였는데 가인지기우佳人之奇遇라고 한다.

여기서 말하는 "우리나라의 요즘 글"이 결국 한문 훈독체의 의미였
음은 말할 필요도 없다. 그러나 과연 1885년 그 당시 그것이 보편적인
인식이었을까. 또한 『가인지기우』의 문체가 당시 쓰이던 훈독문을 충
실히 습용襲用한 것이었을까. 훈독체 '소설'이란 본래 어떤 것이었을까.
잠시 『가인지기우』에서 벗어나 이 문제를 생각해 보기로 하자.

2. '소설'의 문체

한문직역조의 훈독문을 '소설'에 사용한 이른 예로는 니와 준이치로
丹羽純一郎 역 『구주기사 화류춘화歐州奇事花柳春話』(1878~1879)를 들 수 있
다. 그 서두를 인용하면 다음과 같다.[23]

第一章

獵夫モ亦能ク憐ㇺ窮鳥ヲ

世人休ㇾ疑李下ノ冠[24]

---

23 『화류춘화花柳春話』의 저본은 초판본을 사용했다.
24 [역주] 인용문은 다음과 같은 내용이다. "사냥꾼도 도망 온 새는 불쌍해서 쏘지 않는 법이다.

<ruby>爰<rt>コト</rt></ruby>ニ説キ起ス<ruby>話柄<rt>ワヘイ</rt></ruby>ハ市井ヲ距ルフ凡ソ四里許ニシテ一ツノ<ruby>荒原<rt>クワウゲン</rt></ruby>アリ
<ruby>緑草繁茂<rt>リョクサウハンモ</rt></ruby>、<ruby>怪石突兀<rt>クワイセキトツコツ</rt></ruby>、満眼荒涼トシテ<ruby>四顧<rt>シコ</rt></ruby>人聲ナク<ruby>恰<rt>アタカ</rt></ruby>モ<ruby>砂漠<rt>サバク</rt></ruby>ノ中ヲ行
<ruby>草蕪<rt>クサボウボウ</rt></ruby>クカ如ク唯<ruby>悲風<rt>ヒフウ</rt></ruby>ノ<ruby>颼々<rt>ソウソウ</rt></ruby>トして<ruby>草蕪<rt>サウブ</rt></ruby>ニ<ruby>戰<rt>ソヨ</rt></ruby>グヲ聞クノミ<ruby>寂寞<rt>サキバク</rt></ruby>ノ<ruby>惨景<rt>サンケイ</rt></ruby>云フヘ
カラス人ヲシテ覺エス<ruby>慄然<rt>リツゼン</rt></ruby>タラシム四時<ruby>既<rt>スデ</rt></ruby>ニ此クノ如シ<ruby>况<rt>イハ</rt></ruby>ンヤ<ruby>冬陰黯淡<rt>トウインアンダン</rt></ruby>
物色ヲモ分カツヘカラサル<ruby>暗夜<rt>マックロ</rt></ruby>ヲヤ

　　지금부터 하는 이야기는 시정市井에서 대략 사 리 정도 떨어진 한 황원荒原에서 시작한다. 녹초가 무성하고 괴석이 우뚝 솟아 있는데 눈에 가득 황량하여 사방에 사람 소리가 없는 게 흡사 사막 한가운데를 가는 것과 같고 단지 구슬픈 바람만 우수수 불어 잡초가 흔들리는 소리가 들릴 뿐 적막한 참경慘景은 이루 말할 수 없어 사람으로 하여금 저도 모르게 전율을 느끼게 한다. 네 시가 이미 이렇거늘 하물며 동음冬陰이 암담黯淡하여 분간이 안 되는 암야暗夜 에는 어떻겠는가

　　영국 리턴의 소설 『어니스트 멀트레이버스Ernest Maltravers』와 『엘리스Alice, or The Mysteries』를 원작으로 하는 이 번역의 문체에 관해, 야나기다 이즈미柳田泉는 『메이지 초기 번역문학의 연구明治初期翻訳文学の研究』(春秋社, 1961)에서 "당시 유행한 신문조新聞調의 한문직역체"로, "이것은 그 당시 신가문新家文이라고 불렀다"라고 지적한다. 아울러 오른쪽 옆에 한자 읽는 법을, 왼쪽 옆에 속훈俗訓을 붙인[25] 한자 가타카나 혼용 한문조의

　　세상 사람들이여, 자두나무 밑에서 갓을 고쳐 쓴다고 함부로 의심하면 안 된다."

25 [역주] 세로쓰기를 한 인용문 원문의 왼쪽에 붙어 있던 속훈俗訓을 가로쓰기 체재의 본서에서는 원문 밑에 표기하는 방식을 취했다.

번역이라고 하면 역시 『서국입지편西国立志編』(1871)이 떠오르는데 그 문체는 "天ハ自ラ助クルモノヲ助クト云ヘル諺ハ、確然經驗シタル格言ナリ、僅ニ一句ノ中ニ、歷ク人事成敗ノ實驗ヲ包藏セリ(하늘은 스스로 돕는 자를 돕는다는 속담은 분명히 경험에 의한 격언이다. 불과 한 구절 안에 널리 인사 성패의 실험을 담았다)"(제1편 제1칙)와 같은 것이며 계몽을 위한 것이라 추측되는데, 오른쪽에는 읽는 법을, 왼쪽에는 훈을 붙여 놓았다.[26]

『화류춘화』의 번역 과정에서 중국의 통속적인 재자가인才子佳人물을 본떠서 수사修辭 윤색이 가해지기는 했으나, 번역문에 가타카나 혼용의 훈독체를 사용하는 것은, 이 『서국입지편西国立志編』으로 대표되는 계몽가 문체로서 훈독문의 계보를 이은 것이라 할 수 있다. 니와 준이치로가 발문跋文에 "자세히 고금古今의 인정人情을 탐구하고 원근遠近의 이속異俗을 서술하여 한번 읽으면 인생의 비탄정사悲歡正邪를 소상히 알 수 있게 한다. 그리고 우리나라의 다메나가 슌스이為永春水가 지은 우메고요미梅暦[27]와 같이 독자로 하여금 쓸데없이 치정痴情을 불러일으키는 것이 아니다"(『화류춘화』 부록 말미)라고 서술한 것과, 문체상의 '고급스러움'은 당연히 호응했다. 그리고 이 '고급스러움'은 독자에 대해서도 절대적인 효과를 발휘했다. "이 소설들『화류춘화』 및 가와시마 츄노스케川島忠之助 역

---

26 나가미네 히데키永峰秀樹 역 『欧羅巴文明史』(1874~1877)의 「범례凡例」에는 "문장의 훈독은 번거로우므로 대강 음독을 이용하여 아이들을 위해 그 의미를 왼쪽 옆에 달아 놓은 것이 있다. 이것은 내려 읽는 데 방해가 되지 않게 하려고 한 것이다"라고 되어 있다. 또한 『서국입지편西国立志編』의 문체에 관해서는 오카모토 가오루岡本勳의 『메이지 제작가의 문체明治諸作家の文体』(笠間書院, 1970) 제3장 제1절 『서국입지편』의 문장ー보통문 원류의 하나로서『西国立志編』の文章ー普通文の源流の一つとして」와, 근대어학회近代語學會 편 『近代語研究』 제2집(武藏野書院, 1968)에 수록된 니시오 미쓰오西尾光雄의 「『서국입지편』의 후리가나에 관하여ー형용사와 한어サ변의 경우『西国立志編』のふりがなについて一形容詞と漢語サ変の場合」 등에 상세하다.

27 [역주] 에도시대 서민의 연애 생활을 그린 인정본人情本의 대표작, 『슌쇼쿠우메고요미春色梅暦』(1832~1833).

『팔십 일간의 세계일주』이 희작자戲作者류의 문장이 아닌 이러한 인텔리 문장으로 씌었다는 점이 얼마나 그 유행을 도왔는지 모른다."(야나기다 이즈미柳田泉의 앞의 책) 이렇게 이 '소설'은 '고급' 독자들이 가까이 해도 상관없는, 아니 '고급'이 되고 싶은 독자야말로 손에 쥐어야 하는 것이 되었다. 그리고 또한, 『화류춘화』가 재자가인才子佳人물이면서 동시에 입지立志를 다룬 이야기이기도 하다는 것은 일찍이 마에다 아이前田愛가 "『화류춘화』는 메이지 서생書生들이 제일 먼저 만난 입지소설이며 교양소설이었다"(『明治文学全集』 月報71 「『화류춘화』의 위치『花柳春話』の位置」)라고 지적하는 대로이다. "애당초 남아男兒가 사업事業을 이루고 천하를 경제經濟하는 것이 어찌 비단 정부政府뿐이겠는가. 책을 써서 일반 인민을 구한다면 그 공 또한 크지 않겠는가"라고 플로렌스의 입을 빌어 말하고, 멀트레이버스가 "지금 그것을 너의 입을 통해 듣다니 더할 나위 없이 행복하며 기쁜 일이다"라고 응수하는 장면(제54장)이야말로 독자讀者인 서생에게는 인정본적人情本的인 남녀의 교정交情을 대신하는 새로운 연애의 모델이었다.

동시에 그 틀과 수사修辭는 상술한 바와 같이 중국 통속의 재자가인 소설을 기반으로 하는데, 각장에 대구對句로 된 표목標目을 내세우기도 하고, "지금부터 하는 이야기는"이나 "필경 멀트레이버스와 플로렌스의 연정戀情이 어떠한지는 독자 여러분께서 잘 살펴봐야 한다"(제54장 말미)와 같이 기본적으로 장회소설章回小說의 어투를 답습하는 것도 이 때문이다. 이는 또한 그 번역 제목을 『화류춘화』라 하며, 핫도리 부손服部撫松이 교열하고 나루시마 류호쿠成島柳北가 제언題言에 "영국인 리톤牢度倫 씨의 원저原著로, 니와 준이치로丹羽純一郎가 번역하는 정사情史이다"라고 하는 이유이다. 당연히 거기에는『화월신지花月新誌』등을 무대로 했던 한문 희작戱作의 수사법이 작용했을 것으로 예상된다. 예를 들어 왼쪽에 속훈 俗訓을 붙이는 것은 그 유래가 위로는 이른바 '문선 읽기文選よみ'[28] 까지 거스를 수 있다. 그 현저한 사례가 한적漢籍, 특히 백화소설 등의 시훈施訓에서 독자의 이해 편의를 위해 이용하는 "亂呼亂喊ス", "快些", "媒婆" (오카 학쿠岡白駒,『小說奇言』1753)와 같은 것인데, 점차 현학 취미적인 요소가 강해져서 한문 희작戱作 작가들은 문장표현 기법의 하나로 이것을 적극적이고 유희적으로 이용하게 되어 "胡‐亂休說卿不記乎佳‐節之客亦斷‐髮‐頭‐顱"(나루시마 류호쿠成島柳北,『柳橋新誌』2편)와 같은 식이 되었다. 중국 통속 백화소설의 시훈施訓(이것도 일종의 번역임)에서 배운 이 기법이『화류춘화』의 왼쪽(본서에서는 아래)에 붙인 루비에도 영향을 주었다는 사실은 이미 의심할 여지가 없을 것이다. 아마도『화류춘화』의 훈독문은『서국입지편』의 계몽과『화월신지花月新誌』의 유희를 겸비한 분명 개화기에 어울리는 문체였던 것이다.

그런데 정치소설의 효시로 보는 도다 킨도戸田欽堂의『민권연의 정해파란民權演義情海波瀾』(1880) 또한 인정본 풍의 줄거리 구성을 갖추고는 있어도, 그 문체는 가타카나 혼용의 훈독체를 기본으로 행의 왼쪽(본서에서는 아래)에 화독和讀을 제시하여 인정본과는 전혀 다르다.[29]

　　天鷄ハ籠裏ニ連叫シ、芍藥壇上ニ滿開ス。主人軒端ニ靜坐シ、悠々手ニ月琴ヲ弄シ、流水雅曲ヲ朗謠シテ餘念ナシ。此幽靜ナル庭院ハ野外閑

地ニ非ズシテ却テ、紅塵十丈ナル浮世小路ノ中ニ在リテ、夫ノ和國屋民
　　　　　　　　　　　　　マチナカ
次ノ別業ナリ。首夏日永ク、壁間ノ時器漸ク午前十字ヲ報ズ。時ニ家僮
　　ベッタク　　　　　　　　　　　　ハシラ　トケイ
來テ一封ノ郵書ト一葉ノかなよみ新聞紙トヲ捧グ**30**
　　　　　ユウビン　イチマイ

— 제4장 첫머리

번화가에 있지만 조용한 별장에서, 청나라에서 전래된 월금月琴, 새
장의 종다리에 화단의 작약 등 소도구는 중국풍이지만, 벽시계에 우편
과 신문이라는 식으로 문명개화의 온갖 소품을 다 갖춘 장면이 개화기
한문 희작의 세계를 배경으로 하고 있음은 틀림없다. 사실, 미와 신지
로三輪信次郎가 쓴 한문 서序는 "그 음설淫褻하고 외쇄猥琑함에 있어 우메고
요미梅曆, 동경신지東京新誌와 어찌 구별이 되겠는가"라며 슌스이의 『우
메고요미』와 나란히 핫도리 부송이 주간主幹한 『동경신지』의 표면상
근사성近似性을 언급하고 있고, 그 교열은 나루시마 류호쿠에게 의뢰 받
은 것이었다. 그러나 '소설'의 문체면에서 보면 『정해파란』이 훈독체를
쓸 수 있었던 것은 필시 『화류춘화』의 훈독체가 이미 존재했기 때문임
이 분명하다. 물론 같은 한문 훈독체라도 『정해파란』이 확실히 더 경기
輕綺해서 희문戱文의 성격이 강하게 드러나는데, 그 문체의 토대는 속언
본俗言本의 인정본人情本이나 칠오조七五調의 독본이 아니다. 또한 상술한
바와 같이 『화류춘화』에는 재자가인才子佳人 소설의 장회체章回體를 본떠

---

30 [역주] 인용문의 내용은 다음과 같다. "종다리는 새장에서 지저귀고 작약은 화단에 만개했다.
　　주인은 처마 끝에 정좌하여 유유히 손으로는 월금月琴을 연주하며 유수流水와 같은 아곡雅曲
　　을 노래하는 데 여념이 없다. 이 유정幽靜한 저택은 야외 한지閑地가 아닌 오히려 번화가 우키
　　요 코지浮世小路(겐로쿠元祿 시대, 에도 니혼바시日本橋에 있던 거리)에 있는 와코쿠야 민지和
　　國屋民次의 별장이다. 초여름 해는 길어서 벽시계가 이윽고 오전 10시를 알린다. 때마침 심부
　　름하는 아이가 와서 편지 한통과 가나요미かなよみ 신문지를 내민다."

서 대구對句로 된 제목을 장마다 붙이는데, 이것 역시 『정해파란』이 계승하게 된다.

메이지 초년 여전히 한문 교양에 의거하며 '근대'적 문학개념을 아직도 지니지 않았던 지식인들은, 남녀의 정이 복잡하게 얽히는 것을 축으로 해서 전개되는 텍스트, 즉 구 사회의 문인文人문학에서는 다룰 수 없었던 주제를 전개하는 텍스트를 서양의 소설이든 에도의 인정본이든 중국의 재자가인물이든 똑같이 '정사情史'라고 부르며, 굳이 말하자면 '문학'의 새로운 형태로써 전통적인 한시문의 장외牆外에 세우려고 했다. 나루시마 류호쿠가 『화류춘화』를 '정사'로 인정하고, 도다 킨도가 작자를 자칭自稱하는 말로 '정사情史'를 사용하며, 'サクシャ(작자)'라고 왼쪽에 루비를 붙인 것도[31] 같은 흐름 속에 있었다고 할 수 있다. 확실히 여기에서는 각각이 지닌 문학사적 배경이 모두 무화無化되어 있기는 하다. 하지만 거기에 종래의 '상上의 문학'도 '하下의 문학'도 아닌 문학에 대한 지향을 찾아내는 것이 결코 불가능하지는 않다. 『화류춘화』가 그것을 강력하게 입증하는 텍스트였다고 한다면, 『정해파란』은 말하자면 그에 편승한 텍스트였다. 그리고 그때 한문을 일본어로 훈독한 문체와 장회소설의 틀이라는, 모두 한시문의 전통적 교양을 전제로 하면서도 동시에 주변에 속하는 양식을 채택한 점은 유의해야 하지 않을까.

---

31 쓰가 테이쇼都賀庭鐘의 『義経磐石伝』(文化3(1806))에 이미 '정사 씨情史氏'라는 단어가 보인다. 도쿠다 다케시德田武의 「요미홍론読本論」(『秋成・馬琴』『鑑賞日本古典文学』第三十五巻, 角川書店, 1977)의 해설을 인용하겠다. "또한, '정사情史'는 권지卷之5 상上의 14「西行奇に忠信を扶け、布裙隊に尤物を認る事」에서 요시쓰네義経와 시즈카 고젠静御前이 요시노야마吉野山에서 이별하는 장면, 또는 붙잡힌 시즈카 고젠이 요리토모頼朝 면전에서 요시쓰네를 그리워하는 노래를 부르는, 두 사람의 끈끈한 정을 그린 장면 다음의 논찬論讃에 쓰인 말이다. 정사正史가 보통 이와 같이 정서적인 장면을 서술하는 경우는 드물다. 이런 사정을 고려하면 이 단어도 역시 '정사'에 대한 변격變格의 역사임을 보여주는 단어인 셈이다."

한편『가인지기우』의 문체는 앞서 검토한 두 '소설'의 문체와는 역시 크게 다르다. 희작조戯作調가 강한『정해파란』은 논외로 치더라도,『화류춘화』와『가인지기우』의 문체 차이는 결국『경국미담』과『가인지기우』의 문체 차이와 연속적인 성질의 것이라 생각한다. 앞서 말했듯이 『가인지기우』에 사용된 한문 훈독체의 특징은 단순히 훈독어로 서술할 뿐만 아니라 한적에 전거를 둔 표현을 다용하는 점에 있는데,『화류춘화』의 훈독문은 이러한 수사에는 힘을 쏟지 않는다. 물론 "泰山崩レ 北海覆ルモ(태산泰山이 무너지고 북해北海가 뒤집혀도)"(제60장)와 같이 원작에는 있을 수 없는 한문적인 표현이 종종 눈에 띄지만, 이런 것들은 거의 상투적인 표현이어서『가인지기우』처럼 독해하는 데 높은 교양이 필요하지는 않다. 이러한 차이를 염두에 두고, 이어서 야노 류케이의 『제무명사 경국미담』(전편 1883, 후편1884)이 지니는 '소설'로서의 위상을 검토하기로 하자.

3.『경국미담』의 양식

『경국미담』의 '소설'로서의 양식은『화류춘화』와 마찬가지로 요미홍読本[32] 이나 장회소설의 틀을 채택했다. 더구나 이 '소설'은 '정사正史'에 의거한 것임을 강하게 표방한다. 즉, 테베齊武 · 아제阿善 · 스파르타 斯波多 등 3국을 중심으로 국가의 흥망성쇠를 이야기하는 것으로 보나,

---

32 [역주] 에도 중기~후기 소설의 일종으로 공상적인 구성, 복잡한 줄거리를 흥미위주로 엮은 것이 많다. 불교적 인과응보, 도덕적 교훈 등이 주요 내용이다.

페로피다스巴比陀 · 에파미논다스威波能 · 멜로瑪留 등 세 영웅의 활약으로 보나, 당시 독자가 근세 연의소설演義小說의 걸작 『삼국지연의』를 연상했다 하더라도 조금도 이상할 것이 없다. 수많은 미평尾評이나 두평頭評 그리고 권점圈點의 존재도 향수享受하는 방법에 있어서 장회소설을 모방함을 보여주며, 구리모토 죠운栗本鋤雲과 요다 각카이依田学海 등의 비평 스타일도 장회소설을 거의 답습한 것이라 할 수 있다. 또한 후편 권두의 「문체론」에도 "일본 구래舊來의 패사소설체稗史小說體를 사용하려고 힘썼다"라고, 문체상으로도 요미홍에 접근을 시도한 사실이 서술되어 있다. 그 틀로 판단할 때 이 '소설'이 장회체 연의소설의 계보를 잇는 것은 명백해서, 그 점을 무시하고는 『경국미담』의 '근대성'을 논한다 해도 그 핵심에 다가갈 수 없을 것이다.[33] 게다가 『청의보』에 연재된 중국어 역은 더욱더 완전한 장회소설 양식으로 꾸미고 역문에도 백화白話를 사용하여 『가인지기우』 중국어 역과는 대조적인 모습을 보여준다. 이를테면 장회소설 본가에 역수출 한 셈이다. 하지만 반대로, 그로 인해 중국어 역과 원서의 차이가 두드러져서 『경국미담』이 단순히 연의소설의 무대를 고대 그리스로 바꾸어놓기만 한 것이 아님을 알 수 있고, 근세소설로부터 이탈해가는 모습을 확인할 수가 있다.

장회소설의 형식은 명明에서 청淸에 이르는 시기에 정비되어 거의 정형화된다.[34] 대구의 회목이 장마다 붙어있는 것도 그 일례인데, 앞

---

[33] 마에다 아이前田愛의 「메이지 역사문학의 원상─정치소설의 경우明治歷史文学の原像─政治小説の場合」(『展望』, 1976년 9월호)와 『메이지 정치소설집明治政治小説集』(『日本近代文学大系』 제2권, 角川書店, 1974)에 수록된 『경국미담』의 주석 등, 마에다 씨의 정치소설에 대한 일련의 연구는 이미 이 관점에서 많은 성과를 올렸고, 본장에서 기대는 바도 크다.
[34] 참고로 장회소설의 형식에 관한 해설을 토우도 아키야스藤堂明保 · 이토 소헤이伊藤漱平의 「근세소설의 문학 · 언어와 그 시대近世小説の文学 · 言語とその時代」(大阪市立大学 編, 『中国の

서 서술했듯이 『화류춘화』와 『정해파란』도 본문은 훈독문이지만 이 회목만은 훈점을 붙인 칠언의 대구로 거의 일관하고 있다.[35] 『팔견전八犬伝』[36]이나 『궁장월弓張月』[37] 등 바킨馬琴의 요미홍読本도 회목이 한문 대구인 점에서는 마찬가지이고 각 회에 실리는 표목標目은 가나를 섞어서 일본어 어순으로 바꾸어 놓았는데, 책 권두의 목록에서는 훈점을 찍은 대구여서 자수字數에 길고 짧음은 있어도 양구両句는 맞추어져 있다. 그러나 『경국미담』을 보면 회목은 대부분 이구二句 구성이기는 하나 처음부터 가나를 섞어서 일본어 어순으로 고쳐 쓴 문장으로 되어 있고, 게다가 한문으로 되돌려 놓아도 꼭 대구가 된다는 보장이 없다. 그런 한편으로 훈독문의 자수는 항상 양구를 맞추어 놓았다. 예를 들어 전편前編 제4회의 표목은 "兵威ヲ弄テ公會ヲ解散ス／大會堂ニ諸名士縛ニ就ク"로 자수는 열한 자로 맞추어져 있는데, 이것을 그대로 한문으로 되돌려 놓아도 대구가 안 될 것은 명료하다. 이에 비해 중국어 역은

八代小説』, 平凡社, 1965)에서 인용해 두겠다. "장회소설은 통상 '회목回目'('표목標目')으로 불리는 각 회各回마다 소제목을 갖고 있으며, 명대明代까지는 칠언(칠자구) 또는 팔언을 두 구 겹친 대구 형식을 취하지만, 회에 따라 자수字數가 여전히 일정치 않은 경우도 많았다. 청대淸代에 이르면 형식면에서 정비에 박차를 가해 회목도 책 전체를 일정한 자수로 통일하려고 하게 된다. 이 회목을 이어서 다음에 '표제시標題詩'라고 부르는 시사詩詞를 두는 경우가 많은데, 이것에는 그 회의 내용이 담긴다. 각 회에는 전체의 구성과는 별개로 대개 절정이 두 군데 설정되고 회목의 대구는 이에 맞춘 것인데, 후자後者의 '扣子'(매듭, 이음매의 의미)에 이르면 이야기를 고조시킨 다음 일단 중단하고 "且聽下回分解(잠시 다음 회에서 밝혀지는 것을 들으시라)"와 같이 틀에 박힌 문구로 회를 맺는다. 그 전(후)에 "正是(이것이야 말로 바로…)"로 이끌어 내는 칠언이구七言二句나 그 밖의 시구와 시를 두어서 이야기를 한숨 돌리는 형식을 보통 취한다. 이러한 회의 축적에 의해 '장회소설'이 이루어져 있는데, 각 회는 분량도 고른 것이 당연히 바람직하다."

35 『화류춘화』 본편 66장 부록 12장 중 세 사례(본편 25장·35장·37장) 정도가 칠언에서 일탈하여 한문산체漢文散體로 된 회목이 실려 있는데, 모두 잠언箴言과 비슷하고 『서국입지편』의 소제목을 연상시키는 점은 흥미롭다. 한편 『정해파란』의 회목은 모두 칠언의 대구. 또한 『설중매雪中梅』와 『화간앵花間鶯』도 한문 대구를 회목으로 실었다.

36 [역주] 교쿠테이 바킨曲亭馬琴의 『난소사토미팔견전南総里見八犬伝』을 가리킴.

37 [역주] 교쿠테이 바킨曲亭馬琴의 『춘설궁장월椿說弓張月』.

"入公會名士就縛/借外兵奸黨橫行"이라고 정연한 칠언 대구로 마무리해 놓았다. 주목해야 할 것은 한문이 아니라 훈독문의 자수가 맞추어져 있는 점이다. 이것은 명백하게 작위성을 느끼게 하는 변환이어서, 문체로서 훈독문을 한문으로부터 자립시키기 위한 작업의 일환으로 보는 것도 그렇게 무리는 아니다. 물론 한문으로 되돌려 놓으면 대구가 될 수 있는 회목도 적지 않지만, 그 경우도 훈독문으로서의 자수가 조심스럽게 맞춰지는 것은, 요미홍読本의 일본어 어순으로 쓴 회목에 그러한 배려가 보이지 않는 점을 감안하면 더욱 그런 느낌을 강하게 한다. 기준은 이미 일본어로서의 훈독체에 있으며 한문은 이제 규범으로서 구속력을 잃었다.

이것을 이 '소설'이 구술 필기를 토대로 했다는 점에 원인을 돌리는 것은 물론 부당할 것이다. 그것은 자수의 일치이지 음절수의 일치가 아니다. 그런 의미에서 이 작위作爲는 대단히 기묘했고 결국 답습되어야 할 규범이 되지 못한 것도 이상하지는 않다. 그러나 이 기묘함이야말로 『경국미담』의 위상을 단적으로 보여주는 것이라고 할 수 있다.

회목 이외에도 원작에 비해서 중국어 역 장회소설로서의 정연함은 얼핏 보기에도 명백하다. 회수는 전후편 모두 원작에 맞추었지만, 서술의 전후를 바꾸어 넣은 경우도 적지 않아서 그런 만큼 회의 내용이 종종 원작과 일치하지 않는다. 서스펜딩suspending[38]이 충분히 발휘되는 장면에서 분회分回하는 것이야말로 장회소설이 장회로 불리는 연유인데, 중국어 역은 그 점을 충분히 고려한 것이다. 예를 들어 전편 제2회는 원작

---

38 [역주] 소설 등에서 다음이 어떻게 전개될지 알 수 없는 긴박한 상태.

에서는 '희랍열국의 형세'라는 제목으로 이야기의 배경이 되는 상황을 약술하는 데 한 회를 다 할애했는데, 이러한 분회는 장회소설의 범형範型으로부터는 완전히 일탈해 있다. 이 '소설'이 지니는 '실사성實事性'에 관해서는 뒤에서도 언급하겠지만, '소설'의 틀이 이미 근대적 계몽에 크게 영향 받았음을 우선 지적하고자 한다. 당연히 중국어 역은 이 분회를 거부하고 원작 제3회 전반까지를 제2회로 한다.

此ノ時ハ正ニ盛夏ノ最中ニテ日ハ最ト長キ頃ナレトモ早ヤ七時下リニ

ナリケルカ折シモ遽タゝシク足音シテ案內ヲモ乞ハス主人ノ居室ニ馳ケ

來タル二三ノ壯士アリ之ヲ見レバ則チ瑪留、勇其貞、須杜倫ニシテ皆ナ

正黨ノ有志者ナルカ喘キ喘キ馳セ入ル中ニモ眞ツ先ニ進ミタル瑪留ハ憤

怒ノ中ニ喜色アルカ如ク早ヤ室外ヨリ大音ニテ

　巴君、巴君、濟民ノ功業ヲ立ツヘキ時節到來セリ

　ト叫ヒテ他ニ何事モ說カス只管其ノ邊ヲ走リ廻リケル次テ入リ來リシ

勇其貞、須杜倫ノ兩人ハ言葉セハシク主人ニ向ヒ（…後略…）

―전편 제3회[39]

却說那時是夏天。日子極長。巴比陀那天做了許多事情。夕陽還沒下山。

---

39 [역주] 인용문의 내용은 다음과 같다. "때는 바야흐로 성하盛夏의 한 가운데 해가 가장 긴 때이지만 벌써 일곱 시가 지났는데, 마침 그때 황급한 발소리가 나더니 안내도 받지 않고 집주인의 거실로 달려온 두세 명의 사내들이 있었다. 이들은 멜로, 유크라테스, 스트론으로 모두 정당正黨의 유지자有志者인데, 숨을 헐떡거리며 달려온 사람 중에 제일 먼저 온 멜로는 분노하는 가운데에도 기뻐하는 기색이 있는 듯이 벌써 바깥에서부터 큰 소리로 "페로피다스, 페로피다스, 제민濟民의 공업功業을 세워야 할 때가 왔네"라고 외치며 다른 말은 하지 않고 그저 그 주변을 뛰어다녔다. 다음에 들어온 유크라테스와 스트론, 두 사람은 말하기 바쁜 듯 주인에게 (…후략…)"

兀自在那園裡散步細思。只聽得外面脚步響動。似有兩個人進來。只聽得
外面氣喘喘的喊道。巴君巴君。立功業的機會到來了。正是

變出不測。禍生意外。天忌英雄。百端窘害。

欲知這些人是誰所言又何事。且聽下回分解。

第三回 英雄避難走阿善 壯士傷心哭故人
却說巴比陀接着這數人進來。乃是瑪留、勇具貞、須杜倫三人。皆正黨裏
有志的人。瑪留憤怒之中。又有喜色。也不管怎麼一直跑進來。在室外即
大聲叫道。巴君巴君。机會到了。你言這機會是誰。只聽見三人向主人
道。(…後略…)

— 중국어 역 전편 제2회 · 3회

    줄거리에는 변화가 없지만 비교해서 읽으면 상당히 다른 인상을 받
을 것이다. "일곱 시"라는 구체적인 시간이 "夕陽還沒下山(석양은 아직
산 너머로 지지 않고)"라는 정경으로 바뀌고, 원작에는 없는 "散步細思(골
똘히 생각하며 산책한다)"는 장면이 추가되어 그 다음에 발생하는 소란스
러움과 대조를 이룬다.[40] 침입자가 누구인지는 분명하지 않은 채 원작
에는 없는 "正是"로 이끌어내는 사언사구四言四句가 장면을 고조시킨다.
바로 이러한 장면에서 분회 하는 것이 장회소설에서 화자의 역할이다.
그런데 중국어 역에서는 원작에는 보이지 않는 말미의 사언사구四言四句
(운을 꼭 맞추지는 않는다)가 매회 반드시 등장하는데, 이것도 장회소설의

---

40 이 전단前段에서, 원작에서는 "혼자 후원後園을 바라보며 묵연默然히 있었다"라고 되어 있던 것
을 중국어 역은 "在後園默然打算"이라고 페로피다스를 정원으로 나가게 해 버렸다. 아마도 오
역이겠지만 그 때문에 정원에서 산책하며 생각에 잠긴 페로피다스라는 정경이 가능해졌다.

특징적인 양식이다. 물론 요미홍에서는 이 양식을 답습하지 않았으므로 『경국미담』이 그것을 사용하지 않는 점을 특별하게 볼 수는 없다. 하지만 중국어 역이 "欲知這些人是誰所言又何事。且聽下回分解(이 사람이 누구인지, 또 무슨 말을 하는지 알고 싶거든 다시 다음 회를 기대하시라)"식의 상투적인 문구로 반드시 끝나고, 『팔견전八犬伝』에서도 매회는 아니지만 대개 권마다 "이 자는 누구인가. 그것은 다음 권에서 이야기가 풀리는 것을 보면 알 것이다"(제4집 권2 제34회)와 같은 표현으로 끝맺는 경우가 많음을 생각하면, 『경국미담』이 이렇게 한 회를 매듭짓는 경우가 넉넉히 어림잡아도 2할 미만인 것은,[41] 서스펜션suspension의 담당자가 화자의 요설饒舌에서 독자의 상상력으로 이행해 가는 증거라고 생각할 수도 있다. 예를 들어 전편 제3회는 페로피다스가 화살을 맞아 말과 함께 물에 빠진 후 레온이 비탄에 잠기고 멜로는 오히려 분연해 하며 서로 헤어지는 장면에서 끝나는데, 여기에는 그 차이가 뚜렷이 드러난다.

二人ハ遂ニ此處ヨリ袂ヲ分チ各々其ノ志ス方ニソ走リケル此ノ日ハ是レ紀元前三百八十二年第八月十二日ノ事ナリキ[42] (제무 소란齊武騷亂의 연월은 방씨防氏 자씨慈氏의 희랍사)

兩人遂各拜別。一個投阿善。一個轉舊路去了。看官聽說。這巴比陀英雄

---

41 다만 이 기법이 부분적이기는 해도 『경국미담』에서 볼 수 있는 것은, 『화류춘화』가 거의 그것에 개의치 않음을 생각하면 잘 남아 있는 편이라 할 수 있고 그런 점에서도 근세소설과 가깝다는 것을 짐작할 수 있다.

42 [역주] 인용문의 내용은 다음과 같다. "두 사람은 결국 여기에서 헤어져 각자 뜻하는 쪽으로 달려갔다. 이는 기원전 삼백팔십이 년 제 팔 월 십이 일의 일이었다."

盖世。智勇無匹。一定是後來能建功立業的人。天既生了也。如何又叫他落水而死。且這齊武。天既是要他立于霸國的地位。又把他第一流的名士死了。據此看來。那彼蒼是最可鄙的了。不知正是

　　阻力愈大。立功愈高。萬死一生。方成大業。

欲知後事如何。且聽下回詳述。

　　원작이 "기원전 삼백팔십이 년 제 팔 월 십이 일의 일이다"라고 끝맺은 것은 마침 다음회인 제4회가 같은 날의 에파미논다스의 행동을 서술하며 "기원전 삼백팔십이 년 제 팔 월 십이 일의 일이다"라고 끝맺은 것과 호응하는데, 중국어 역은 그것을 일절 무시하고 "看官聽說(그런데 여러분)"이라며 화자가 등장하여 원작과 비교하면 쓸모없이 느껴질 만한 사설辭說을 늘어놓는다. 여기에서도 『경국미담』 서술의 '새로움'을 찾아볼 수 있을 것이다. 구체적인 연월의 제시가 화자의 서스펜션을 대신할 만한 역할을 하고, 독자는 이 연월을 실마리로 삼아 스스로 이야기를 재구성하는 입장에 서게 된다. 그리고 그것은 『경국미담』이 근세소설에서 벗어나는 과정이기도 하다. "일곱 시"와 "夕陽還沒下山(석양은 아직 산 너머로 지지 않고)"의 차이도 한가지로 생각할 수 있다. 중국어역에서 구체적인 연월과 일시를 노골적으로 제시하는 것은 그 '소설성'을 약화시키면 약화시켰지 강화하는 것이 아니었다. 그보다는 "夕陽還沒下山"이라는 상투적인 표현이야말로 그 '소설성'을 따르는 것이었다. 물론 구체적인 시간을 서술하는 것을 근세소설에서 찾아 볼 수 없다는 것이 아니다. 하지만 전편前編 범례에 "요즘 소설에서 회중시계를 사용하는 경우가 엄청 많은데, 이 책에서는 이것을 제대로 사용하지 못하고

단지 겨우 시각을 재는 물시계나 모래시계 정도여서, 시간을 서술하는
데 밤 몇 경更이라고 한 부분이 있고 혹은 무슨 시時라고 한 부분이 있다.
그러나 대개는 오늘날의 이십사 시를 사용한다"라고 서술하는 것을 보
면, "요즘 소설"로서 『경국미담』이 제시하는 연월일시의 역할이 크다
는 것을 느끼지 않을 수 없다.

　　장회소설의 서술 스타일을 깼다는 것이 중국어 역과의 비교를 통해
밝혀지는 사례를 하나 더 인용하겠다. 유명한 첫머리 장면이다.

　　斜陽西嶺ニ傾キ今日ノ課程モ終リシニヤ衆多ノ兒童ハ皆々歸リ去リケ
ル跡ニ尚ホ殘リ留リシハ年ノ頃十六歲ヲ首トシテ十四歲マテナル七八名
ノ兒童ナリ此ノ一群ノ兒童ニ向ヒ敎師ト見エテ其ノ齡六十餘リ鬚眉共ニ
雪白ナル老翁カ黌堂ノ隅ニ飾付ケタル一個ノ偶像ヲ指シテ語リケルハ(…
後略…)43(방점, 후리가나는 원문을 따름)

　　却說。昔日希臘國齊武都有個學堂。那學堂的敎習。鬚眉皓白。年約六
十餘歲。學生七八人。都不過十餘齡。一日夕陽西傾。學課已完。那些學
生一齊向先生道。今日功課旣完。間暇無事。請先生講一二故事聽聽。時
學堂塑有幾個偶像。先生因指着內中一個道。(…後略…)

---

43 [역쥬] 인용문의 내용은 다음과 같다. "사양斜陽은 서령西領에 기울고 오늘 공부도 끝났는지
아이들은 모두 돌아갔다. 그 뒤에도 여전히 남아있던 것은 나이 열여섯 정도를 우두머리로
해서 열네 살 정도까지의 아이들 칠팔 명이다. 이 일군의 아이들을 향해 교사로 보이는 예순
남짓의 수염과 눈섭이 눈처럼 흰 노옹老翁이 횡당黌堂 구석에 장식해 놓은 조각 하나를 가리
키며 이르기를 (…後略…)"

"突而起墨韵極超脱極閑妙(갑자기 문장을 쓰기 시작하니 울림이 속세를 초월해서 선묘鮮妙하다)"라고 합본판合本版의 두평頭評에서 모리타 시켄森田思軒이 평하듯이, 이러한 이야기의 시작은 아무런 서두 없이 갑자기 서사의 틀 안으로 독자를 끌어들임으로써 기존에 없던 새로움을 확실하게 느끼게 한다. 그러나 중국어 역은 이렇게 시작하는 것을 싫어하여, 우선 "却說(그건 그렇고)" 이하의 서두에서 무대 장치를 설정한 다음, "一日(어느 날) …"이라고 이야기를 시작한다. 원작이 노교사의 역사 이야기와 학생들의 반응을 서술한 다음, 비로소 "애당초 이 땅이 어떤 곳인가. 희랍 제무齊武(테베)의 수도로 이 건물은"이라고 설명하고 이어서 서사의 주인공이 되는 학생들의 태생을 밝혀 나가는 수법으로 효과를 높이는 것에 비하면, 중국어 역의 서술은 어디까지나 상투적인 느낌을 면할수 없을 것이다. 그리고 원작의 '새로움'은 화자의 시선에도 있어서, "오늘 공부도 끝났는지", "교사로 보이는"과 같은 서술은, 중국어 역과 같이 처음부터 모든 것을 숙지하고 있는 화자와는 다른 입장을 취한다.

今此ノ詞ヲ傍ラニ聞キ居タル瑪留ハ大ニ失望セルカ如クニ見エニケル蓋シ此ノ人ハ素朴正直ナレトモ極メテ性急ノ人ナレハ此ノ騷亂ニ臨ミ巴比陀ハ定メテ(…中略…)ト思ヒ居タルニ我カ深ク信向セル其ノ人ノ(…中略…)ト語リシユエ斯クハ失望セシナルベシ

지금 이 이야기를 옆에서 듣던 멜로는 **몹시 실망한 듯이 보였다.** 아마도 이 사람은 소박하고 정직하지만 대단히 성급한 사람이어서 이 소란騷亂을 구실로 페로피다스가 필시 (…중략…) 라고 생각했는데, 자기가 굳게 믿는 그 사람이 (…중략…) 라고 말해서 **이렇게 실망한 것이리라.**

위의 인용문도 그와 비슷한 것으로 『경국미담』의 특히 전편 전반부에는 이 외에도 "아마도… 라고 생각한다"와 같은 구문이 눈에 띄는데, 화자에 의한 관찰과 그 추측이 이 서술들을 통해 드러난다. 분명 이러한 서술들이 시종일관 나타나는 것이 아니며 텍스트에서 지배적인 시점을 확립하고 있지는 않지만, 장회소설 혹은 요미홍讀本적인 화자가 어떻게 '근대화'되어 가는지를 생각할 때 무시할 수 없는 사례이다.

이렇게 근세소설로부터의 이탈을 꾀하는 『경국미담』이지만, 그런 한편으로 얼핏 보기에는 그것을 답습하는 듯한 표현도 적지 않다. 예를 들면 다음과 같은 장면이다.

又令南ハ今巴氏ノ一言ヲ聞キ其志願ハ已ニ達セルガ如キ思ヒナレドモ言フ所アラント欲シテ猶未タ言ハス(…中略…)正ニ是レ暖ヲ送ルノ輕雨花稍ク綻ヒ、溪ニ入ルノ春風鶯將サニ囀セントス

또한 레오나는 지금 페로피다스의 한 마디를 듣고 그 소망이 이미 이루어진 것 같은 생각이 들었지만 하고 싶은 말이 있어도 여전히 말하지 않았다. (…중략…) 때마침 따뜻함을 선사하는 가랑비에 바야흐로 꽃망울을 터트리고, 골짜기에 불어대는 봄바람에 바야흐로 꾀꼬리가 지저귀려 한다.

— 전편 제9회

巴氏ハ傍ニ立寄リテ面上ノ覆布ヲ取リ除クレハ贋フ方ナキ令南ニシテ容顏玉ノ如クナレトモ淸眼堅ク閉テ花唇動カス淡紅薔薇ノ色已ニ其ノ面

ヲ謝シ去リシハ問ハスシテ永眠不起ノ人ト爲リシヲ知ルヘシ狂雨枝ヲ折ル花神何レノ處ニカ宿セン暴風樹ヲ拔ク芳魂尋ルニ由シナシ英雄ノ情緒果シテ亂ルゝヤ亂レサルヤ

　페로피다스가 옆에 다가서서 얼굴 위에 덮은 헝겊을 제치니 의심할 여지 없는 레오나이다. 얼굴은 옥玉과 같으나 맑은 눈을 굳게 감은 채 꽃과 같은 입술은 움직이지 않고 담홍 장미 빛깔이 이미 얼굴에서 사라졌으니 묻지 않아도 영면永眠 불기不起의 사람이 되었음을 알 것이라. **광우**狂雨**가 가지를 꺾으니 화신**花神**은 어디에 머무르리오. 폭풍이 나무를 뽑으니 미인의 넋**芳魂**을 찾아도 알 길이 없다. 영웅의 마음이 과연 흐트러질 것인가 말 것인가.**

　　　　　　　　　　　　　　　　　　　　　　　— 후편 제3회

　전자는 페로피다스가 레오나에게 처음으로 "애모愛慕의 정"을 느끼는 장면이고 후자는 폭도에게 살해된 레오나의 유해를 페로피다스가 대면하는 장면인데, 한시를 흉내 낸 대구를 삽입하는 이러한 정경情景이 당시의 독자에게는 『경국미담』의 매력의 하나였을 것임을 상상하기 어렵지 않다. 후편 제1회에 페로피다스와 레오나가 대화를 나누는 유명한 장면이 있는데, 요다 각카이가 그것을 "有這箇光景。乃能做小說。使人不倦。否則一部相斫書。成何世界(이런 장면이 있기에 소설이 될 수 있고 사람으로 하여금 싫증나지 않게 한다. 그렇지 않으면 단지 전쟁을 기술하는 책에 불과해서 전혀 재미있지 않다)"라고 회 끝머리에서 평하는 것도 그 일단을 보여주는 것이다. 재자才子와 가인佳人이 등장해야만 '소설'이 될 수 있다는 생각은 앞서 서술한 '정사情史'의 틀과 이어지는 것이며 그 코드가 여기에도 일관되어 있다. "소설은 인정人情을 서술하는 것이므로 자

연스럽게 남녀의 상사相思를 이야기하지 않을 수 없다"(『소설신수』)라는 것은 당시의 이런 통념을 따른 것이 분명하다. 근대문학의 확립 과정에서 이 "남녀의 상사"를 어떻게 서술할지 다양한 시도가 이루어졌지만 한시 풍 대구의 삽입은 분명히 중국 재자가인 소설의 수법을 흉내 낸 것이며 그런 의미에서는 낡은 방식이다. 즉 그것에만 눈을 돌리면, '소설'에서 가장 중요한 연애의 정경情景에 관해서는 역시 근세소설적 서술 스타일을 벗어나지 못한 상태라고 단정해도 그렇게 무리는 아니다. 사실, 독자에게 레오나의 가인으로서의 모습을 인상 지우기 위해서는 이러한 수사가 불가결이었을 것이다. 후편 제11회 첫머리에 성장盛裝한 두 소녀가 나타나 에파미논다스에 관한 소문을 이야기하는 장면이 있는데, 여기에서도 "恰モ是レ双蓮水ヲ出テ櫻桃妍ヲ競フ(마치 두 송이 연꽃이 수면에서 얼굴을 내밀고 앵두나무가 아름다움을 다투는 듯하다)"이라는 표현이 보인다.

하지만 애당초 『삼국지연의』든지 『수호전』이든지 연의소설에서는 영웅이 사랑을 하는 경우가 거의 없어서 사랑 이야기는 재자가인물才子佳人物의 영역 밖으로 벗어나지 않으며, 아울러 '재자'는 어디까지나 '재자'에 지나지 않고 '영웅'이 되지는 않았다.[44] 그리고 위에 인용한 서술 중 특히 후자는 '재자'의 코드를 '영웅'의 코드가 지배하는 형태를 취한

---

44 그런 의미에서 『팔견전』의 시노信乃와 하마지浜路의 비련은 연의소설의 코드에서 벗어난 것이며 요미홍이 중국소설에서 한 걸음 벗어난 것임을 보여준다. 마에다 아이前田愛 씨가 페로피다스와 레오나의 비련의 모델로 시노와 하마지의 비련을 강조하는 것도 무리는 아니다. 하지만 레오나도 페로피다스도 그 감정을 말로 표현할 기회를 끝내 얻지 못하며 하마지가 시노에게 구애하는 것과는 본질적으로 차이를 보인다. 수다스런 연애에서 과묵한 연애로의 전환. 근세문학에서 근대문학으로의 전환을 여기에서 확인할 수 있다고 한다면 조금 앞서 나간 것일까. 또한 마에다 씨의 지적에 관해서는 앞의 책 『메이지 정치소설집明治政治小說集』 및 『근대문학의 성립기近代文学の成立期』(シンポジウム日本文学⑫, 学生社, 1977)를 참조.

다. "심서心緒가 엉클어진 실과 같이 되었으나 몸은 일군一軍의 장將으로서 사관들 앞이므로 눈에서는 눈물 한 방울 흘리지 않았다"라는 서술은 여실히 그런 점을 보여준다고 할 수 있다. "名士佳人相遭佳話"(前編 제9회 요다 각카이依田学海 미평尾評)이라는 상투적인 틀을 쓰면서도, '재자'는 '영웅'으로 변모하고 게다가 그 영웅이 요미홍이나 연의소설의 '영웅'과는 확연히 달라진 모습으로 등장한다. 페로피다스와 에파미논다스가 정치가로서 연설의 재능에 더하여 논리적인 사고력이나 관찰안觀察眼 등, 송강宋江과 관우關羽와는 역시 다른, 보다 '근대'에 어울리는 영웅의 모습을 보여주고 있는 것은 새삼 말할 필요도 없을 것이다. "이 때 회장에 가득한 회민會民의 시선은 적군 아군 할 것 없이 모두 에파미논다스 한 사람을 주시하여 그가 단상으로 다가가자 회민會民의 시선 또한 에파미논다스를 따라서 함께 발언대 위로 올라갔다"(前編 제4회)라고 영웅을 바라보는 시선을 서술한 '참신함'도 그것을 돕고 있다고 할 수 있다.[45] 과연, 삼분법적 인물의 배치는 근세소설적이라 할 수 있으며, 후지타 메이카쿠藤田鳴鶴가 전편前編 말미 미평尾評에서 페로피다스·에파미논다스·멜로를 각각 "지력智力·양심·정욕情慾"에 대응시키고, 『소설신수』가 그러한 인물 배치를 비난한 것은 분명히 주지의 사실이다. 또한 멜로가 장비張飛와 무송武松 등 연의소설에서는 빼놓을 수 없는 인물상[46]을 거의 그대로 모방한 것이고 오히려 그 때문에 독자의 흥미를 끈 것도 사실이다. 하지만, 바로 그 때문에 페로피다스나 에파미논다스의 '참신

---

45 모리타 시켄森田思軒은 제7회 첫머리에서 이 부분도 포함하여 "趣絶妙絶幷西文寫法大抵似八旬周球記等爲之粉本"이라고 평하고 베른의 『팔십 일간의 세계일주』 등의 서사기법을 언급했다.

46 오가와 다마키小川環樹의 『중국소설사의 연구中國小說史の研究』(岩波書店, 1968) 제2부 제3장 「『수호전』의 문학水滸傳』の文學」 등을 참조.

함'이 돋보이지 않을까. 근세소설적 틀의 효과적인 이용과 그 내실의 전환. 『경국미담』의 '근대성'은 우선 여기서부터 이야기해야 할 것이다. 그리고 그것은 또한 '정사正史'와 '소설'의 관계에 관해서도 마찬가지이다.

4. '정사正史'와 '소설'

"야노 후미오 **찬담보술**矢野文雄纂譚補述"임을 표지에 내건 『경국미담』은 그 성립 경위를 「자서自序」에 이렇게 밝힌다.

1882년(메이지 15) 봄에서 여름으로 바뀔 무렵, 나는 병을 앓아 열흘 넘게 드러누워 있었다. 무료함에 견딜 수가 없어서 사책史冊을 읽다가는 싫증이 나서 이내 화한和漢 소설을 구해서 읽었다. 모든 책의 각색이 진투陳套하고 말투가 비속하여 성에 안 차서 아쉬웠다. 그 뒤 며칠을 손 가는 대로 머리맡의 책을 골라 읽었다. 책 중에 우연히 희랍 테베齊武 발흥의 사적史蹟을 기술한 것이 있었는데 그 내용이 기이하여 꾸미지 않아도 사람을 즐겁게 하기에 충분했다. 이에 이것을 역술하고자 마음먹고 여러 대가의 희랍사를 구했으나 그 책이 대단히 귀해서 (…중략…) 또한 역사가가 테베에 관해 기술한 것은 대개 당시의 전말을 상술한 것이 적어서 읽는 사람으로 하여금 모호하여 운연雲煙이 가로막고 있는 듯한 기분이 들게 한다. 이에 처음으로 그 부족한 부분을 보술補述하고, 장난삼아 소설체를 배우고 싶은 마음이 생겼다. 그러나 내 뜻은 본래 정사正史를 기술하는 데 있으므로 보통 소설과 같이 멋대로 사실事實을 바꾸고 정사선악正邪善惡을 전도順倒하는 것과 같은 짓은 하지 않고 단지 사실 안에서 조금 윤색을 할 뿐이다.

기술은 '사책史冊'과 '소설'을 왕복하지만 기점은 항상 '사책'에 있다. 물론 선비의 입장에서 보면 정사와 패사의 높고 낮음은 새삼 말할 필요도 없지만, 여기에서 '사책'을 읽다 질려서 '화한和漢 소설'을 손에 들었으나 그 '각색'도 '말투'도 졸렬했다는 구절을 처음에 배치하고, 그에 비해 "희랍 테베齊武 발흥의 사적史蹟을 기술한" 문장이 "그 내용이 기이하여 꾸미지 않아도 사람을 즐겁게 하기에 충분한" 것이었다고 서술을 이어가서, 텍스트 그 자체의 재미라는 점에서 '소설'과 '사책'을 대비시킨 점은 주목할 만하다. 평가의 기준은 "사람을 즐겁게 하기에 충분한가"이며 회음회도誨淫誨盜인지 권선징악인지 당장은 따지지 않는다. '소설'에 대한 비난도 '각색'이나 '말투'와 같은 표현 기법상의 문제에 대해서이지 내용의 윤리적 판단에 따른 것이 아니다. 그리고 '역술譯述'의 계기가 이미 "그 내용이 기이하여" "사람을 즐겁게 하기에 충분하다"는 점에 있는 이상, 그 연장으로서 '보술補述'을 덧붙이고 '소설'화를 시도함에 있어서도 그 동기에서 벗어나는 일이 없다. 따라서 이 「자서」 말미에 공리적 소설관에 대한 반박을 서술하는 것도 의외는 아니다.

세상 사람들은 걸핏하면 패사소설도 도덕에 도움이 된다고 하는데 그것은 과장된 것이다. 진리眞理나 정도正道를 가르치는 책이라면 세상에 이미 있거늘 왜 패사소설을 일부러 사용할까. 오로지 현실세계에서는 스스로 좀처럼 경험할 수 없는 별세계를 만들어서 책을 펼치는 사람을 고락苦樂을 맛볼 수 있는 꿈의 세계로 이끄는 것이 패사소설의 본령이다. 그러므로 패사소설은 음악·회화 등 제 미술과 다르지 않고 평범한 오락(유희)의 하나이다. 이 책을 읽는 사람은, 이 책도 오락을 위한 도구라고 생각하고 보기를 바란다. 다만 책 줄거리나 골자(구성)는 정사와 사실에 근거했다.

후편에 덧붙인 「문체론」에서도 '정사'와 '소설'의 구별은 반복된다. 즉 세상의 문장을 갑甲 "좌전左傳, 사기史記, 한서漢書, 오대사五代史, 통감通鑑, 태평기太平記, 겐페이성쇠기源平盛衰記류"와, 을乙 "시부詩賦 가송歌頌 패사소설류"로 이분하여, "갑은 사실을 증명하는 용도로 쓰기 위해 후세에 전하는 것"이며, "을은 사람에게 오락을 제공하기 위해 세상에서 행하는 것"이라 하고, "이것이 패사소설에서 시속時俗에 들어가기 쉬운 문체를 사용하는 더더욱 불가피한 이유이다"라고 설하는 것은 앞서 살펴본 양계초의 논의가 교화주의敎化主義에 철저한 것에 비해 두드러진 차이를 보인다. 특히 "음악 화도畫圖 혹은 "시부詩賦 가송歌頌"과 "패사소설"이 오락성이라는 점에서 동렬에 놓은 것은 전통적인 분류를 벗어난 것으로, 근대적 예술 관념으로 이어지는 것이라고도 할 수 있다. 그러나 바킨馬琴 또한 "믿음직한 말은 아름답지 못하나 이로써 후학을 경계할 것이며, 아름다운 말은 믿음직하지 아니하나 이로써 여자와 아이를 즐겁게 해야 할 것이다. 만약에 정사를 가지고 패사를 평가하면 원기방저圓器方底[47]가 될 뿐이다"(『八犬伝』 제2집 자서自序)라고 설하여 '정사'와 '패사'를 구별했듯이, 근대 이전에도 '소설'의 오락성을 강조하는 관점은

---

47 [역쥐 서로 맞지 않는다는 의미.

이미 존재했다. 그 점을 고려하지 않고 야노 류케이의 주장을 그대로 '근대'의 증거로 간주하는 것은 지나친 졸속일 것이다.

두말할 필요도 없이, '소설'을 위안거리에 지나지 않는다고 생각하는 것은 예로부터의 통념이었다. 거기에서 탈피하고자 교화에 유용하다는 주장이 시작되고, '정사'의 통속화로서의 성격이 강조되었다는 것은 이미 사례를 통해 살펴본 대로이다. 그 이후 '소설'의 독자성에 대한 주장은 '정사'와의 긴장관계를 전제로 해야 하는 것이 되었다. 어떻게 정사로부터 자립하는가가 과제였다고 해도 좋을 것이다. 따라서 표면적인 유사와는 반대로 근세소설의 오락성에 관한 주장은『경국미담』이 보여주는 소설 오락론과는 자연히 다른 성질을 갖는다.

소설이라는 것은 민간 통속의 이야기여서 정통의 국사國史와는 물론 다른 것이며, 시간이 긴 것을 주체하지 못해 심심풀이로나 가슴이 답답할 때에 기분전환을 위해 잠깐 마음을 주는 것에 불과하다. (…중략…) 세간에서 공연되는 전기傳奇 회극戲劇을 보지 않는가. 날마다 공연되는데도 싫증 내지 않으며, 그 안에 백에 하나도 진실이 없는데도 왠지 사람들은 즐거워하고 많은 이들이 선망한다. 그저 기쁨을 일시에 얻으며 결론이 있고 (이야기의) 처음과 끝이 있는 것에 불과할 따름이다. (…중략…) 대개 이 책을 보는 자는 소설로 여기고 읽지, 정사正史로 생각하고 보지는 않을 것이다. 기서奇書와 견줄 수는 없지만 지금까지 전해 내려온 원래의 전傳(삼국지)을 그리워한다는 점에서는 감흥을 느낄 수 있을 것이다. 그리고 세상 사람들에게 한때의 즐거움을 주고, 더불어 인생에서 마음에 품는 여러 감개를 펼쳐 보일 수 있다고 군자가 말한다.

소설의 유희성을 강조하는 점에서는 위의 언설과 류케이의 주장 사이에 단절을 찾아내는 것이 불가능하다. 차이는, 만력万曆 연간에 간행된 「소설」에 실린 이 「인引」이 사람들의 감정에 호소할 수 있다면 굳이 사실史實에 밀착할 필요가 없음을 언명한 점에 있다. 오락 감흥을 목적으로 한다면 정사의 실實을 따르지 않고 소설의 허虛를 강화해도 그 자체는 조금도 부정할 만한 것이 아닐 것이다. 야노 류케이의 논의는 오히려 후퇴한 듯한 느낌마저 든다.

> 일찍이 박물지에서 이르기를, 한나라의 유포劉褒가 운한도雲漢圖를 그리자 보는 사람들이 더위를 느꼈고 북풍도北風圖를 그리자 보는 사람들이 추위를 느꼈다고 한다. 그림이 본래 진짜 현실이 아닌데 어떤 연유로 여기에 이르렀는지를 마음속으로 추측해본다. (…중략…) 그림을 진짜 현실이라고 하는 것은 옳지 않지만 가짜 현실이라 해도 진짜 현실보다 낫지 않은가. 그렇다면 문필가 또한 그렇게 할 수 있으면 그것으로 충분하다는 것이다.
>
> — 수향거사睡郷居士, 「이각박안경기서二刻拍案驚奇序」**49**

음악이나 회화와 마찬가지로 소설에도 '별천지'로 독자를 이끄는 효

---

48 도쿠다 다케시德田武의 『일본근세소설과 중국소설日本近世小説と中国小説』(青裳堂書店, 1987) 제1부 제3장에 따르면 1703년(겐로쿠 16)에 간행된 『통속 속삼국지通俗統三国志』의 서序도 이 「引」을 대체로 답습한다. 한편 인용은 정정한 부분이 있기는 하지만 문장을 고려해서 『중국 역대소설논저선中国歴代小説論著選』上, 江西人民出版社, 1982를 따른다.

49 명明 숭정崇禎 5년(1632) 간본 『이각박안경기二刻拍案驚奇』.

능이 있음을 이야기하는 데에도, 야노 류케이의 말은 여기에까지는 이르지 못한다. '현실'과 '묘사'를 '참'과 '거짓'의 관계로 파악하면서도, 여전히 '거짓'이 지니는 표현력에 주목하는 태도는 오히려 야노 류케이의 시점보다 넓은 지평을 바라볼 수 있을 것이다. 이러한 언설들은 '사실'인 것, '참' 된 것과의 긴장관계 아래에서 성립했다. 그렇지 않으면 힘을 가질 수 없는 것이다. 그러나 야노 류케이의 소설 오락론은 결코 '사실', 즉 '정사正史'를 배제하는 것이 아니다. "그러나 내 뜻은 본래 정사를 기술하는 데 있으므로 보통 소설과 같이 멋대로 사실事實을 바꾸고 정사선악正邪善惡을 전도顚倒하는 것과 같은 짓은 하지 않는다." "그저 그 대략적인 골자는 정사正史 실적實跡을 서술할 따름이다." 기점起點은 역시 '정사正史'에 있어서 그 고리는 풀리지 않는다.

결국, 후지타 메이카쿠藤田鳴鶴에게 "류케이의 말은 지나치게 겸손하다", "본서가 유완遊玩의 구具라 하더라도 그 서술하는 바는 그렇지 아니하고 경륜經綸에 도움이 된다"(후편 서)라는 평을 듣고, 모리타 시켄에게는 "소설은 문장의 유희遊戲이다"라는 동의를 받으면서도 "(소설이 오락임에도) 지금은 오히려 시대를 구하고 민중을 안심시키는 도구가 된 것은 본연의 모습이 변해버린 것이 아닌가"(후편 발跋)라고 논해지는 것은, 야노 류케이가 말하는 정사가 시켄이나 메이카쿠에게는 교화와 통하는 것으로 이해되었기 때문이다. 분명히 야노 류케이는 "독자로 하여금 소설을 읽는 유쾌함을 얻는 동시에 정사를 읽는 공능功能을 얻게 한다"(전편前編 범례)라고 하여 '정사'의 '공능'을 '소설'의 '유쾌'와 동렬에 두었다. 그리고 '정사'의 '공능'이라고 하면, 바로 '권선징악'이라는 단어가 떠오르는 것도 한학의 교양을 쌓으며 자란 지식인의 입장에서는 당연하였다. 췌언일지 모르겠으나, 이 단어는 『춘추좌씨전春秋左氏伝』 성공成公 14년 편의 기술을 근거로 해서 두예杜預가 「서序」에서 제시한 춘추필법春秋筆法 다섯 가지 중 하나, "징악이권선懲惡而勸善"에서 유래하는데, 중국의 역사 기술, 즉 정사를 일관되게 뒷받침하는 사상이었으며, 집요한 것 같지만, 근세소설이 권징을 표방한 것도 물론 그것이 패사로써 정사를 보술補述하는 것에서 시작되었다.

그런데 막부 말기 유신 시기, 그때까지 규범이 되었던 중국의 정사를 대신하듯이 서양 제국의 '정사', 즉 유교적 틀과는 무연하고 종종 문명 진보의 법칙성을 대대적으로 내세우는 역사기술이 대량으로 유입함에 따라서 '정사' 그 자체의 질이 급속도로 변모해 나가게 된다.[50] 예를 들어, 기조Guizot 저, 나가미네 히데키永峰秀樹 역, 『구라파문명사欧羅巴文明史』(1874~1877)는 그 「총론総論」에서 이렇게 서술한다.

또한 문명은 나날이 진보하여 멈추지 않는 것이다. 그러므로 문명사라는 것은 정법政法의 선악에 따라 문명의 도度, 선진 후퇴하는 원인의 본원本原을 기술하고, 인류의 추향趨向이 나날이 인욕人欲의 나를 버리고 인자仁慈의 길로 진보하는 형상形狀을 싣는 책이다.

또한 쇼헤이코昌平黌[51]에서 공부한 후 메이지 정부의 수사관修史館 편수관編修官이 된 시게노 야스쓰구重野安繹는 서양의 사서史書를 이렇게 평가한다.

---

50 이 점에 관해서는 오오쿠보 도시아키大久保利謙의 『일본 근대 사학의 성립日本近代史学の成立』(『大久保利謙歴史著作集』 7, 吉川弘文館, 1988)등을 참조.
51 [역쥐] 에도 막부의 학문소.

일본과 중국의 역사서가 단순히 사실을 기술하는 데 그치는 것과 달리 하나의 사건을 그 유래부터 귀결에 이르기까지 전말을 빠짐없이 써서 당시의 사정을 생생히 종이 위에 현출現出해내는 그 체재는 참으로 채용해야 한다.

— 「국사편찬의 방법을 논하다」[52]

『경국미담』이 의거했다고 일컫는 '정사'란 바로 이 새로운 '정사'였다. 아울러 중국 근세에도 다음과 같은 언설이 있었다는 것을 상기했으면 한다.

지금 본서의 기奇함을 보건대, 배운 사람學士으로 하여금 이것을 읽고 유쾌하게 하고, 위항委巷의 배우지 못한 사람 또한 이것을 읽어서 유쾌하게 하며, 영웅호걸로 하여금 이것을 읽고 유쾌하게 하고, 범부, 속인으로 하여금 이것을 읽어서 또한 유쾌하게 하기에 충분하다. (…중략…) 연의를 쓰는 사람은 문장의 기함으로 그 사실의 기함을 전하며, 천착하지 않고 단지 그 사실을 관천貫穿하고 그 시작과 끝을 뒤섞었을 뿐인데 기하지 않은 것이 없다. 이 또한 세상에서 벌어지는 일 중 아직 본 적이 없는 것이다.

— 위 김성탄僞金聖嘆, 「모종강평개본삼국지연의서毛宗崗評改本三国志演義序」

그 아주 초기의 판본[53]에 "晋平陽候陳壽史傳 後學羅本貫中編次(진나라 평양후 진수가 쓴 역사 전기를 후학 나본羅本, 즉 관중貫中이 차례로 엮었다)"라고 기술되어 있듯이, 『삼국지연의』라는 책은 『삼국지』라는 정사를 바

---

52 『동경학사회원잡지東京学士会院雑誌』 제1편 제1책, 1880.

53 각주 9와 같다. 또한 통속소설 작가의 정사에 대한 의식에 관해서는 오가와 다마키小川環樹의 앞의 책 제1부 제1장 「『삼국연의』 발전의 자취『三国演義』の発展のあと」 등을 참조.

탕으로 그 이전 '평화平話'[54]의 불합리한 부분, 사실史實과 맞지 않는 부분을 빼고 사서史書를 충분히 활용해서 성립한 '소설'이다. 모종강毛宗崗은 더욱더 사실과의 정합을 꾀하고 또한 독법을 제시하며 평을 붙여 개작하였다. 그 「독삼국지법讀三国志法」에서는 분명 이른바 '정통'이 제일 중요하게 논의되고 그것은 권징주의로 이어지는 성질의 것이기는 하나, 이 「서序」에서 오히려 사실史實의 '기奇', 독서의 '쾌快'가 강조된 점은 유의해야 한다. 야노 류케이의 논의는 이 연의소설의 「서序」를 근거로 해서 이루어졌다고 굳이 추측해 본다. 앞서 서술했듯이, 『경국미담』 전편 자서自序에서도 테베의 역사를 "그 내용이 기이하여 꾸미지 않아도 사람을 즐겁게 하기에 충분하다"라며 다시 이렇게 말한다.

> 무릇 사서史書는 사태의 기奇로써 전하는 것이 있고 글의 기로써 전하는 것이 있다. 그 사실과 글, 둘 다 기를 겸비한 것이라면 더할 나위 없이 좋다. 내가 이 책을 희저戲著한 데에는 그 뜻이 문조文藻에 있지 않고 오히려 사태에 있다. 그러므로 그 구조 배치에 대해 많은 생각을 하고 행문行文 구법句法에 살짝 힘을 주었다. 세간의 이 책을 읽는 이들은 이 점을 잘 헤아려 주시오.

이미 답은 나와 있다. '사태'의 기이함을 아는 것. '정사'를 윤리의 규범이 아니라 개화開化 시대의 탐욕스런 호기심의 대상으로 파악한다. 아는 것의 놀라움과 기쁨이 '정사'에 대해 집착하게 한다. "사실을 증명하는 용도로 쓰기 위해 후세에 전하는 것"이라고 류케이는 '정사'를 규

---

54 [역주] 『삼국지평화三國志平話』를 가리킴.

정한다. 바킨이 말하는 "이로써 후학을 경계할 것"이라는 성격은 이미 후퇴했다고 볼 수 있다. 근세 이전에 '정사'와의 거리를 헤아리지 않고서는 어떠한 지위도 획득할 수 없었던 '소설'이, 말하자면 '정사'의 변모에 따라 그 위상을 전환할 수 있었던 사례를 우리는 이『경국미담』에서 찾아볼 수 있으며, 그것은 '소설'의 '근대화'라는 문제를 생각하는 데 필시 중요한 계기가 될 것이다.[55]

5. '소설'의 근대

『가인지기우』와『경국미담』이 대조적인 텍스트성textuality을 보여준다는 것은 지금까지 언급한 것으로도 예상될 것이다. 우선, 문체의 대조.『화류춘화花柳春話』의 한문 훈독체는 원래 '소설'의 문체가 아니었던 훈독체를 번역을 위한 문체와 한문 희작戱作에 의한 '정사情史'적 틀, 이 두 가지를 계기로 해서 '소설' 속에 흡수한 것이었다.『경국미담』은 요

---

55 종래의 정치소설 연구는 이 '소설'과 '정사'의 관계에 관해서 다양한 논의가 이루어졌지만 아직도 부족한 감을 금할 수 없다. 정사에 토대를 둔다고 표방한 것을 근대성의 증거로 삼기도 하고, 반대로 소설을 근세 요미홍과 동렬에 두고 정사의 강조는 표면상의 원칙으로 보는 등(마에다 아이 씨는 앞의 책『메이지 정치소설집』의 보주補注 62에서, 히라오카 도시오平岡敏夫 씨가 전자의 견해를 취하는데 비해, 후자의 견해를 보이며 반박했다. 상세한 내용은 앞의 책을 참조), 정사 자체의 변모에는 별로 주의를 기울이지 않았다. 다만, 아스카이 마사미치飛鳥井雅道,「미야자키 무류의 환상—정치소설과 '근대'문학·재론宮崎夢柳の幻想—政治小説と<近代>文学·再論」, 飛鳥井雅道 편,『国民国家の形成』, 筑摩書房, 1984에서는 단편적이기는 하지만『경국미담』의 이 문제에 관해 다음과 같이 언급하였다. "이러한 필법筆法은 에도의 요미홍에도 이미 존재했던 기법이었으며 따라서 독자와의 약속으로서는 일단 출전出展 표시를 한 정도에 불과했을 것이다. (…중략…) 하지만 개화기 이후의 새로운 독자는 개화기를 경험하고 또 한 유럽의 '실사實事'의 강력함에 너무나도 압도당해 있었으므로 이러한 역사 주석注釋을 에도시대의, 예를 들면 바킨馬琴의 주석이나 참고문헌보다도 곧이곧대로 받아들인 흔적이 있다."

미홍의 문체를 그것에 가미하면서, 한문에서 자립한 문체로서 훈독체를 확립하려고 했다. "우리나라의 문체가 잡박雜駁하고 일정한 격례格例가 없는 것이 참으로 이때보다 심한 적이 없다"(후편 「문체론」)라는 인식 하에, "완전한 시문時文"(후편 「문체론」)을 만들어내려 했다고 야노 류케이는 말한다. 한편으로 이 소설이 번역으로서의 요소를 지니는 것도 그와 큰 관계가 있다. 훈독체가 애당초 중국 고전문의 번역문이고 처음에는 구문歐文(유럽 사람들이 쓰는 글─역주)을 번역하여 읽는 데에도 훈독식 방법이 답습되었으므로, 구문 직역체歐文直譯體 또한 훈독체의 한 변종일 수밖에 없었다. "원고를 완성하기에 이르러 그 문자를 점검하니, 구문직역체 한문체가 삼분의 이를 차지하고 화문체和文體 속어체가 나머지 삼분의 일인 것 같다"(후편 「문체론」)와 같이, '화문체和文體 속어체'와 대조해서 양자를 비교하는 그 구분 방법을 보아도 그 점은 분명할 것이다. 어찌 되었든 『경국미담』의 문체가 훈독조訓讀調를 기본으로 하면서도 한문으로부터의 이탈을 꾀했다는 것은 지금까지 살펴본 대로이다. 그에 비해서 『가인지기우』는 반대로 한문에 대한 의거를 분명하게 보여주는 문체로 서술하고, 한적에 바탕을 둔 전고도 대단히 많아서 **완전한 한문체**라고 부를 만한 문체를 지향한다. "우리나라의 요즘 세상의 글을 본떠서"라고 도카이 산시가 말하는데, 오히려 실제로는 반대이다. 이 문체는 거의 고립해 있다고 해도 좋을 것이다.

게다가 '소설'의 틀로 『경국미담』이 연의소설 형식을 모방한 것에 비해, 『가인지기우』가 취하는 형식의 선례를 찾아내는 것은 대단히 어려운 일이다. 미문美文에다 장편이고 주인공이 작자와 일치한다는 것을 명시하는 등, 그런 조건을 충족시키는 것은 이미 '소설'이 아니고 전통

문학인 시부詩賦에 가깝다. 플롯의 전개를 보아도 그렇고, 제목이 재자가인才子佳人 이야기임을 명시하기는 하나, 이 '소설'은 물론 단순한 연애소설이 아니다. 세키 료이치關良一는 「가인지기우」[56]에서, "이 작품은 재자가인 소설로서는『유선굴遊仙窟』,『홍루몽紅楼夢』의 방식을, 수많은 지사志士 인인仁人이 활약하는 파란만장한 전기傳奇로서는『삼국지』,『수호전』의 방식을 계승하고, 책사策士의 모략謀略을 모았다는 점에서는『전국책戦国策』의 방식을 답습하여 그것들을 종합했다"라고 하는데, 여기에 열거한 텍스트의 잡다함은 이 '소설'의 모티브가 잡다함을 의미할 것이다. 오히려 참신하다고 할 수 있을 정도로 복고적인 문체와는 대조적으로,『가인지기우』의 작품으로서의 통일성은 대단히 불안정하다.

결론부터 말하면, 이 '소설'을 떠받치고 있는 것은 소설의 틀이 아니라 문체이다. 모티브의 배치나 플롯의 전개는 이 '소설'에 통일성을 부여하지 못해서 "전후 맥락이 없는 삽화의 집합이라는 인상을 받는다"(나카무라 미쓰오中村光夫)[57]라는 평을 듣기에 이르지만, 그와는 대조적으로 그 복고적이면서도 정동적情動的인 문체는 연면히 끊이지 않고, 삽입된 한시와 더불어 열광적인 환영을 받았다. 그것은 마치『경국미담』이 정당正党 대 간당奸党 혹은 테베 대 스파르타라는 대립구도를 플롯의 중핵에 놓고, 그러한 플롯의 전개를 그때까지 맡아 온 장회체 연의소설의 수법을 토대로 해서 틀을 확고히 한 다음에 문체나 서술의 '근대화'를 시도한 것과 대조적인 모습을 보여주는 것이라 할 수 있지 않을까.

다만, 재자가인의 이야기, 변문조騈文調의 문체, 작가와 주인공의 일

---

56 『언어와 문예言語と文芸』1960년 7월호.
57 「작품해설作品解説」,『政治小説集』(日本現代文学全集 3), 講談社, 1965.

치라는 세 가지 점에서 『가인지기우』의 계기가 되었을 것 같은 텍스트는 존재한다. 이미 지적이 있었듯이 당唐 장문성張文成의 『유선굴』이다. 후지이 신이치藤井真一는 「가인지기우와 유선굴佳人之奇遇と遊仙窟」[58]에서, 도카이 산시東海散士・유란幽蘭・홍련紅蓮 등 세 사람의 인물설정, 조곡竈谷[59]에서의 해후와 이별이 『유선굴』의 영향을 받았음을 지적했는데, 후속 연구에서 『유선굴』과의 유사점을 언급하는 경우에도 이를 답습하여 벗어나지 못한다. 변문조의 문체, 작가와 주인공의 일치라는 두 가지 점에서도 두 작품의 근접을 확인할 수 있을 것이다. 이 두 가지가 『가인지기우』의 큰 특징임을 생각하면, 중국에서는 일찍 소멸되고 일본에서만 널리 유포된 전기소설傳奇小說을 계기로 그것이 메이지의 '소설'에 등장한 것은 참으로 흥미로운 사상事象이라 할 수 있다. 게다가 이 두 가지는 『유선굴』이 다른 많은 전기소설들과 분기分岐되는 특징이며, 중국소설사상 그 양식은 고립되어 있는 것이다.

참고로 『유선굴』의 첫머리를 인용한다.

若夫積石山者、在乎金城西南、河所經也。書云、導河積石、至于龍門。卽此山是也。僕從汧隴、奉使河源。嗟運命之迍邅、歎鄕關之渺邈。張騫古迹、十萬里之波濤。伯禹遺蹤、二千年之坂隥。深谷帶地、鑿穿崖岸之形、高嶺橫天、刀削崗巒之勢。

대저 적석산積石山은 금성金城의 서남西南에 있으며 황하黃河가 지나는 곳이다. 서경書經에 이르기를 황하를 적석積石에서 끌어와 용문龍門에 이른다,

---

58 『국어와 국문학国語と国文学』 제11권 제12호, 1934.12.
59 [역주] 밸리 포지Vally Forge를 가리킴.

라고. 즉 이 산이 바로 여기이다. 내 황명을 받들어 견농汧隴에서 하원河源으로 가게 되었다. 운명의 둔전迍邅을 탄식하고 향관鄕關의 묘막渺邈함을 한탄한다. 장건張騫의 고적古迹, 십만리의 파도. 백우伯禹의 유종遺蹤, 이천년의 판등阪隥. 심곡深谷이 대지를 달리고, 애안崖岸의 형상을 착천鑿穿하고, 높은 봉우리는 하늘을 가로지르고, 강만崗巒의 형세를 도삭刀削한다.

사륙구四六句를 기조로 하는 변문으로 서술하고 주인공이 1인칭 '복僕'으로 등장함을 알 수 있을 것이다. 그 줄거리는 주지하다시피, 이 '복'이 두 사람의 미녀와 시를 주고받으며 온갖 환락을 즐기고 하룻밤을 보낸 뒤 이별을 고하고 떠난다는 내용이다. 두 사람의 미녀란 최십랑崔十娘과 그 올케 왕오수王五嫂인데, 후지이 신이치藤井眞一가 지적하듯이 최십랑崔十娘이 유란에, 왕오수王五嫂가 홍련에 대응하는 것은 연령의 상하 및 '복'과 맺어지는 이가 십랑이라는 이유에서이다. 물론 『유선굴』에 범경에 해당하는 인물은 등장하지 않지만 말이다.[60]

---

60 중국어 역에서 범경范卿은 조곡窀谷에서 하룻밤을 보낸 후에 처음으로 등장한다. 즉 원작에서, 유란과 홍련의 시중을 들던 중국인 노인이 두 사람의 이야기를 듣고 "지금 비로소 두 아씨가 국가의 충신열녀忠臣烈女임을 알았습니다. 늙은 쇤네도 멸한 왕조明朝의 고신孤臣"이라며 자신의 신분을 밝혀서 생각을 술회하고 마지막에는 산시도 가세하여 망국지사亡國之士의 기우奇遇에 네 사람이 감동한다는 설정인데 비해, 중국어 역은 산시가 유란, 홍련과 이별하는 장면에서 "范卿者支那志士也. 憤世嫉俗. 遁跡江湖. 與教士交最契. 過從甚密. 久耳幽蘭紅蓮之名. 散士此行. 早約其艤舟相待. 至則范卿已久待河邊"이라며 등장한다. 따라서 원작에서는 범경范卿이 고시古詩 "今日良宴會"를 낭음朗吟하는 것으로 되어 있는데, 중국어 역에서는 유란이 그것을 노래하고 네 사람이 시를 창화唱和하는 장면에서는 범경의 시가 삭제된다. 왜 이런 조작을 했는지 그 이유에 관해서는 다양한 추측이 가능할 것이다. 범경이 명明의 유신遺臣인 만큼 중국어 역이 이를 다루는데 신중을 기했을지도 모르고 그 서술 내용에 불만을 느꼈을지도 모른다. 풍자유馮自由의 『辛亥前海内外革命書報一覽』(『革命逸史』 제3집)에는 『佳人奇遇』의 역자를 나보羅普라고 한 다음, "惟關於中國志士反抗滿虜一節、爲康有爲强令刪去"라고 하여, 이 삭제가 번역 원고가 완성된 후에 양계초의 스승 강유위康有爲의 지시로 이루어진 것으로 되어있다. 앞서 소개한 「한역『가인기우』의 주변漢訳『佳人奇遇』の周邊」 참조. 다만, 그렇다면 범경의 신분이나 이야기의 내용을 바꾸는 것으로 충분하고 망국 지사가 해후하

어찌 되었든 주목해야 할 것은 가인상佳人像의 전환이다. 『경국미담』은 재자가인 소설의 틀을 이용하면서 재자를 영웅으로 변환하고, 그에 맞추어 가인을 영웅에 어울리는 여성으로 만들었다. 『가인지기우』는 반대로 가인이 단순한 미녀에서 아름다운 지사志士로 전환한 것이 돋보이고, 산시는 결국 재자才子적 인상을 씻을 수 없는 존재라는 것에 주목하게 된다. 그리고 이러한 가인상佳人像의 전환은 상술한 바와 같이, 표면적으로는 선녀 미인을 노래하지만 내적으로는 현군현신賢君賢臣을 가리킨다는 중국의 전통적인 수사 방법을 역으로 이용해서 성립하였다. "산시는 처음에는 유란의 풍채가 한아閑雅하고 용모가 수려함에 끌려서 고재高才 절의節義로 사람을 감동시키는 것이 이처럼 탁연한지 몰랐다. 지금 유란이 말하는 것을 들으니 경모敬慕의 정이 더욱 간절하다"와 같이 명기되어 있는 전환은, 말하자면 가인佳人의 사대부화士大夫化이다. 그리고 그 문체도 그와 더불어 사대부화를 꾀하게 된다. 망국의 비애, 난세의 우수, 불우不遇에 대한 분만憤懣은 한시문의 규범인 『문선』을 펼치면 그 전고를 어렵지 않게 찾을 수 있다. 작자와 주인공의 일치는 자기 표백을 가장 중요하게 여기는 전통적 한시문의 입장에서 보면 지극

는 장면부터 삭제할 필요는 없을 것 같다. 어찌 되었든 결과적으로 중국어 역에서 산시와 가인佳人의 해후는, 범경이 등장하지 않음으로써 쉽게 『유선굴』의 인물구성을 연상시키는 장치가 되었다. 다만, 양계초는 『유선굴』의 존재를 아마도 몰랐을 것으로 추정된다. 『유선굴』이 중국에 본격적으로 소개된 것이 1929년, 노신魯迅이 서序를 쓰고 천도川島, 즉 장정겸章廷謙이 교점校點한 북신서국北新書局 본에 의해서이기 때문이다. 물론 사내가 산중이나 물가의 굴에서 선녀를 만나 하룻밤을 같이 한다는 것은 설화의 패턴으로는 흔히 볼 수 있는 것이며(마에노 나오아키前野直彬, 『중국소설사고中国小説史考』, 秋山書店, 1975, 제II부 제3장 「신녀와의 결혼神女との結婚」 참조), 그 점에만 한정시킨다면 꼭 『유선굴』이어야 하는 것은 아니다. 한편, 변려문으로 쓰인 '소설'에는 그 밖에도 가경嘉慶 연간의 재자가인 소설인 진구陳球의 『연산외사燕山外史』가 예외적으로 존재한다. 1878년에는 오오고 보쿠大郷穆의 훈점訓點에 의한 화각본和刻本이 간행되어서 이것이 『가인지기우』에 미친 작용도 생각해 볼 필요가 있을 것 같다.

히 당연한 것이었다. 주인공인 산시뿐만 아니라 이 '소설'의 등장인물들은 모두 자신의 입으로 자기에 관해서 말하고 독자는 산시와 함께 그것을 듣는다. 이것은 유일한 '나私'의 시선이 작품 세계를 지배하는 근대소설적인 1인칭이 아니다. 다른 누구도 아닌 '나'의 시선이 우선되고 타자의 시선이 배제되는 것과 같은 세계가 아니다. 『가인지기우』에서 그려지는 자기自己는 타자와 접속하기 위해 표백表白하는 자기이며, 바로 그때 사인士人 문학의 전통이 가장 유효하게 발휘되는 것이다. 『경국미담』과 『가인지기우』에는 삽화 대신 각각 〈희랍열국할거지도希臘列國割據之圖〉(그림 1), 〈구인세계잠식참상歐人世界蠶食慘狀의 실도實圖〉(그림 2)라고 제목을 붙인 지도를 실었는데, 이 지도는 이 두 '소설'의 대조를 상징하는 듯한 모습을 보여준다. 전자가 경선經線과 위선緯線을 명시한 지명뿐만 아니라 지형도 적어 넣은 교과서풍의 지도인데 비해, 후자는 빈말로라도 정확하다고는 할 수 없는 세계지도(아메리카 대륙은 거의 생략되어 있다) 위에 유럽인의 지배가 미치는 지역을 새까맣게 칠하거나 회색을 써서 표시했다. 흰 부분은 일본·조선·중국에서부터 페르시아·아라비아에 걸친 지역임을 간신히 나타낼 뿐이고 지명이나 경위선經緯線 같은 것은 일절 적혀 있지 않다. **역사가의 소설**과 **시인의 소설**의 대비를 여기에서도 찾아볼 수 있다.

중국어 역이 이 두 소설을 대조적인 모습으로 번역한 것은 어느 면에서는 양자의 '소설'로서의 본질을 꿰뚫고 있었다고 할 수 있다. 그러나 중국어 역 『가인기우』 앞에 붙인 서序가 『가인지기우』의 문학으로서의 본질을 파악하지 못하였듯이, 『경국미담』을 장회소설의 규범에서 결코 벗어나지 않게 하려다가 그 새로움을 잃었듯이, 아마도 이 중국어

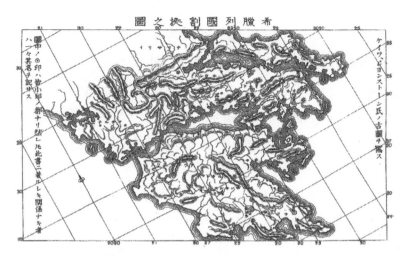

〈그림 1〉 희랍열국할거지도希臘列國割據之圖(『경국미담』 제2회)

〈그림 2〉 구인세계잠식참상歐人世界蠶食慘狀의 실도實圖(『가인지기우』 권9)

역은 '실패'였다. 그것은 『수호전』의 표지에 "조국 제일의 정치소설"이라고 대서특필[61]할 것을 준비하고, 모든 텍스트를 '정치政治'로 평가하는 시대를 준비하는 실패였다. 그리고 마침 그 음화陰畵로서 일본문학은 정치소설이 쇠퇴 일로를 걷는 시대에 돌입한다. 그렇기에, 넓게 문학의 '근대'라는 문제를 생각할 때에 바다를 건너간 이 정치소설들이 다시 항로를 열 수 있다는 것을 여기에서 보여주려고 시도했다. 기존의 정치소설 연구에서는 자칫하면 그 시점視點이 일본에 머물러서, 그로 인해 거기에서 그려지는 '근대'도 다소 자폐적인 경향이 없지 않았다. 정치소설의 문학으로서 '근대'는 단지 메이지 일본의 '근대'인 것이 아니라, 한자를 하나의 매체로 해서 부분적이기는 해도 문학 기반을 공유했던 동아시아 전체의 '근대'를 지향했을 것이다.

---

61 연남상생燕南尚生의 『신평수호전新評水滸傳』(保定直隷官書局鉛印, 1908); 마제질馬蹄疾 편 『수호서록水滸書録』(上海古籍出版社, 1986)의 해당 부분 및 권두화(그림 28)를 참조. 연남상생燕南尚生의 '敍', '凡例', '新或問', '命名釋義'는 마제질 편 『수호자료휘편水滸資料彙編』(中華書局, 1980)에 수록. 이 '敍'는 교쿠테 바킨曲亭馬琴, 다카이 란잔高井蘭山, 오카지마 칸잔岡島冠山 등에 의한 일본의 번역을 높게 평가하며 『수호전』을 "公德之權興", "憲政之濫觴"을 설한 것이라고 보고, 또한 삽화도 오카지마의 번역서에 실려 있는 삽화를 사용한다고 명기한다. 그 편집 발행에 일본인도 깊이 관여했으리라는 것은 『수호서록水滸書録』에 실린 기사로도 알 수 있고 신식 표점標點을 채용하는 등 흥미로운 점은 많지만, 아쉽게도 원본이 일본에는 없고 중국에서도 단 두 부가 확인된다.

236 한문맥의 근대

7장

『우키시로모노가타리』의 근대

1890년(메이지 23) 1월 10일, 그리고 11일, 13일, 14일『우편보지신문郵便報知新聞』은 제1면 첫머리에 "오는 15일 이후의 보지신문은 왼쪽과 같은 내용들을 게재하오. 강호 제군은 더욱더 애독해주시기를 바라오"라는 글로 시작하는 사고社告를 실었다. 다섯 조목에 걸친 이 사고社告의 첫머리에 "보지이문報知異聞이라는 제목의 일종의 신작 소설을 게재할 것이다"라고 예고된 소설, 즉 단행본으로 출간할 때에『보지이문 우키시로모노가타리報知異聞浮城物語』라고 이름 붙인[1] 그것이 이번 장에서 다룰 텍스트이다. 1883년(메이지 16)에『테베 명사 경국미담齊武名士経国美談』을 간행한 지 7년, 야노 류케이에게 있어서 두 번째 소설은, 그것이 불러일으킨 논쟁과 더불어 소설의 근대를 이야기하는 데 빼놓을 수 없는 존재여서 물론 그것을 주제로 한 논고도 적지는 않다. 그중에서도 야나기다 이즈미柳田泉의 「야노 류케이『우키시로모노가타리』에 관하여矢野龍渓『浮城物

---

1 판권장에 "메이지 23년 4월 16일 출판"으로 되어 있다.

語』について」,[2] 오치 하루오越智治雄의 「『우키시로모노가타리』와 그 주위『浮城物語』とその周囲」,[3] 「『우키시로모노가타리』에서 『해저군함』까지『浮城物語』から『海底軍艦』まで」,[4] 등은 이 소설을 읽을 때에 시사하는 바가 대단히 크다. 이번 장에서는 이 논고들을 전제로 해서 『우키시로모노가타리』가 '소설'로서 기도企圖한 '근대'가 어떤 것이었는지, 좀더 텍스트에 입각해서 살펴보고자 한다.

1. 신문지의 소설

야노 류케이의 『우키시로모노가타리浮城物語』를 논함에 있어 우선 이것이 신문소설이었다는 점을 유의할 필요가 있다. 예비 독자로 상정한 것은 바로 『우편보지신문郵便報知新聞』의 독자, 즉 류케이가 유럽 체류 후 귀국하여 착수한 신문개혁의 결과 획득한 구독자 수만 명이었다.[5]

「보지이문」이 『우편보지신문郵便報知新聞』에 예정보다 하루 늦게 연

---

2 『정치소설연구政治小説研究』하권(『明治文学研究』제10권, 春秋社, 1968)에 수록. 또한 야나기다 이즈미柳田泉의 『해양문학과 남진사상海洋文学と南進思想』(ラジオ新書94, 日本放送出版協会, 1942)에도 수록.

3 『근대문학 성립기의 연구近代文学成立期の研究』(岩波書店, 1984)에 수록. 첫 발표지는 『근대문학의 검토近代文学の検討』(『論集「文学史」』제1집, 白帝社, 1962). 『야노 류케이집矢野龍渓集』(『明治文学全集』15, 筑摩書房, 1970)에도 수록.

4 『문학의 근대文学の近代』(砂子屋書房, 1986)에 수록. 첫 발표지는 『国文学』臨時増刊(学灯社, 1975.3).

5 사이토 큐우지齋藤久治(『신문 생활 삼십 년新聞生活三十年』, 新聞通信社, 1932.)는 "그 이전에는 불과 오륙 천을 발행하는 데 그쳤던 보지報知가 일약 이만오천에 달했다"라고 서술한다. 또한 야마모토 다케토시山本武利의 『근대 일본의 신문 독자층近代日本の新聞読者層』(法政大学出版局, 1981)에 따르면 1890년(메이지 23)의 『우편보지신문郵便報知新聞』1일 발행부수는 2만 568부이다.

재를 개시한 1890년(메이지 23) 1월 16일의 바로 다음날, 『요미우리신문』의 "문학상의 주필主筆"(「사고社告」, 『요미우리신문』, 1889.11.23)이었던 쓰보우치 쇼요坪内逍遥는 「신문지의 소설」이라는 제목의 글을 『요미우리신문』에 이틀에 걸쳐 게재했다.

그 신문에 처음 소설이 실리자 세상 사람들은 대부분 눈이 휘둥그레져서, 신문은 새로운 사실을 보도해야 하는 것인데 진부한 꾸며낸 이야기를 싣는 것은 이치에 맞지 않는다고 비난하는 이가 많았다. 그러나 서양 신문에도 소설이 실린다는 것이 알려지자 비난하는 소리가 어느새 사라졌다. 지금은 근엄한 경향의 신문 외에는 모두 경쟁하듯이 소설을 싣는다. 그렇다면 처음에 소설을 물리친 것이 도리인가, 나중에 이것을 받아들인 게 옳은 것인가.

"그 신문에 처음 소설이 실리자"라는 것은 소신문小新聞[6]의 잡보雜報 연재물을 말하는 것이 아니라, 1886년(메이지 19) 1월, 『요미우리신문』이 "순연純然한 소설"[7]을 지면에 등장시키고, 또한 같은 해 9월, 류케

---

[6] [역주] 메이지 전기前期 신문의 한 형태로 시정의 사건이나 화류계 스캔들 등이 중심이었다. 대개 담화체 문장으로 서술하고 부속활자(루비)를 달았다. 요미우리, 아사히 신문 등이 그 대표이다.

[7] 1885년(메이지 18) 12월 27일 자 「요미우리 잡담読売雑談」란에 「신문지의 소설新聞紙の小説」이라는 제목을 붙여서 '연화한인聯画閑人'의 이름으로 가토 시호加藤紫芳가 다음과 같이 서술한다. "어떤 사람이 한인閑人을 힐난하여 말하기를, 당신들이 일하는 요미우리신문에 기재하는 연재물은 특별히 기이한 이야기를 구성하거나 외설스런 자구를 끼워 넣거나 하지는 않지만, 그 쓰는 글이 소설과 유사한데다가 취의趣意도 없고 우의寓意도 없이 단지 사실을 서술하는 데 불과하므로, 이런 것을 다른 잡건雜件과 같이 싣기 보다는 차라리 순연純然한 소설을 편술編述해서 별도의 란에 올리는 게 낫다, 라고. (…중략…) 시험 삼아 그 사례를 구미歐美 신문에서 찾아보니 매주 발간되는 신문이라도 그런 예가 적지 않다. 현재 프랑스의 쁘티 저널(소신문이라는 뜻) 같은 것은 매일 발행되는데 지면이 이름 그대로 대단히 작아서 우리 요미우리보다 한 치나 더 작은 소신문이지만, 매일 그 신문 하단에 두 편 씩 소설을 싣는데다가 프랑스 내에서 있었던 일은 대소 빠짐없이 기재함으로써 대단히 사회의 신용이 두터워서 발간 부

이의 개혁안에 따라서 대신문大新聞[8]의 대표인『우편보지신문』도「가파통신 보지총담嘉坡通信報知叢談」란을 신설하여 번역소설을 연재한 것 등을 가리키는 것으로 볼 수 있다. "비난하는 이"로는 후쿠치 오치福地桜痴가『동경일일신문東京日日新聞』지상에서『우편보지郵便報知』의 소설 게재를 비난한 것 등[9]이 상기될 텐데, 그렇게 말하는 후쿠치 오치 자신도 그다음해, 1887년에는 디즈레일리B. Disraeli의 *Contarini Fleming*을「콘타리니 이야기昆太利物語」(처음에는「昆太郎物語」)라 하여 쓰카하라 쥬시엔塚原渋柿園과 공역으로『동경일일신문』에 연재한 것은 필연적인 추세였다. 쇼요는 다음과 같이 말한다.

내 생각에는 신문에 소설을 싣는 것이 옳고 그른지 서양의 관례를 따질 필요도 없다. 신문의 역할은 본래 보도에만 있는 것이 아니므로 독자가 즐길 거리를 만드는 것도 좋다. 다만 신문 독자가 소수가 아니고(속사정이야 어찌 되었든 겉으로는) 사회 전체이므로 현우賢愚 남녀노소를 불문하고 모두가 신문을 읽는다는 사실을 잊어서는 안 된다. 이것이 신문과 책의 차이의 요점으로, 책의 저자와 신문 기자가 주의를 달리해야 할 이유이다. (…중략…) 무엇보다 책은 값도 비싸고 종류에 따라서는 전문가가 아니면 사지 못하는 것도 있지만 신문은 그렇지 않다. 전혀 풍아風雅한 마음이 없는

수가 많게는 60만 부를 넘는다고 한다. 그러므로 우리 요미우리신문에 소설을 싣는 것을 굳이 반대할 이유가 없으니 내년 봄부터는 별도의 란을 만들어서 매일 한두 장씩 기자가 편술한 것이나 구미 소설 중 가장 좋은 것을 골라 등재하고 그 밖의 소설과 비슷한 연재물은 일절 없애기를 바란다."

8 [역쥐 대신문 역시 메이지 전기 신문의 한 형태로 지면이 넓고 문어체로 쓰인 정론政論 중심의 신문이다.『동경일일신문東京日日新聞』,『우편보지신문郵便報知新聞』등이 이에 속한다.

9 『보지 칠십년報知七十年』(報知新聞社, 1941)에 따름. 다만 후쿠치 오치의 비난을『우키시로모노가타리』를 연재했을 때로 보는 것에는 동의하지 않는다.

이도 가볍게 사서 읽을 수 있다. 그러므로 기자가 주의하지 않으면 즐겁게 하려다가 불쾌감을 주고 도움이 되게 하려다 해를 끼쳐서 생각지도 않은 죄를 지을 수 있다. (…중략…) 그중에서도 소설은 소년들의 관심을 끄는 것이므로 기자가 애써 그 시대에 주목하여 사회와 개인의 관계를 살피지 않으면 뜻하지 않은 위해危害를 조장할 수도 있을 것이다.

신문에 소설을 게재하는 것이 옳고 그른지에 대한 결론은 쉽게 난다. "독자가 즐길 거리"를 제공하는 것도 좋다. 쇼요의 신문소설에 대한 태도는 첫머리부터 명백하다. 『소설신수』에서 주장한 미술(예술)로서의 소설이 아니라 오락으로서의 소설이 처음부터 전제가 된다. 그런 다음 어떤 소설이 신문에 어울리는가, 하는 논의가 전개된다. 쇼요는 단행본으로 출간되는 소설과 신문에 게재되는 소설을 독자라는 관점에서 명확하게 구별한다. 신문은 이미 '사회 전체'의 미디어이며 대상이 되는 독자가 말하자면 불특정 다수임을 유의해야 하고 그 영향력이 — 소설의 경우는 특히 청년에 대해 — 대단히 크다는 것을 무엇보다 명심하지 않으면 안 된다는 것이다. 무엇보다도 '신문'이라는 미디어의 질質이 모든 것을 규정한다.

만약에 그 미술이라는 것을 절대적으로 말할 수 있는 것이라면, 나는 나체 미인상도 천박한 줄거리의 책도(그 솜씨만 교묘하다면) 모두 미술의 범주에 들어가야 한다고 믿는다. 그러나 그것도 실은 절대적으로 말하는 미술의 미美이지 사회(세상)에 보여줄 만한 것이라고는 생각하지 않는다. 이것도 절대적 미술가는 미美라고 할 것이다. 그러나 넓은 의미의 사회에는 계급이 몇 단계나 있고 사람의 품격도 각양각색이다. (…중략…) 하여튼 신문소설로는 나는 이러한 작품이 실리지 않기를 바란다. 차라리 유익하고 재미있는 것이든지 혹은 무해하고 아름다운 것이 좋다.

"소설이 미술인 이유를 밝히려면 우선 미술이 무엇인지를 알지 않으면 안 된다"라는 공언으로 시작되는 『소설신수』의 주장은 스스로 배제되고, "유익하고 재미있는 것이든지 혹은 무해하고 아름다운 것"이야말로 신문소설로서 최상이라고 본다. 그리고 그것을 후퇴로 보는 비난을 『소설신수』의 독자로부터 받을 것을 미리 예상한 듯 서둘러 보충설명을 덧붙인다.

이런 말을 한다고 해서 내가 굳이 권징주의勸懲主義를 부활시키려는 것이 아니다. 사회와 신문의 관계에 유의하여 재앙의 씨앗을 뿌리지 말라는 것뿐이다. 이런 종류의 논의는 일찍이 보지신문報知新聞에서 한 적이 있다. 또한 여학잡지女學雜誌에서도 논한 적이 있다. 다만 그것과 이것이 다른 점은, 그것은 이런 논의를 소설 전체에 대해서 하고 나는 신문소설에 대해서만 말한다. (…중략…) 생각건대 신문소설은 순연純然한 문학적 소설로 보아서는 안 될 것이다. 설사 미술로서 부족한 데가 있어도 신문의 의무, 즉 널리 이롭게 하고 널리 즐겁게 한다는 점에서 본분을 다한다면 충분히 칭찬함이 마땅할 것이다.

"보지신문報知新聞에서", "여학잡지女學雜誌에서도"라는 부분은 문맥을 보아도 확실하고, 또한 『쇼요선집逍遙選集』 별책 제3권(春陽堂, 1927)에 이 글을 수록할 때 "보지신문報知新聞이", "여학잡지女学雑誌가"로 고쳐졌듯이, 쇼요 자신의 주장을 가리키는 것은 아니다. 구체적으로 누구의 어떤 논설을 자칭하는지는 특정하기 어려우나, 야노 류케이와 이와모토 요시하루巖本善治 등 소설의 교화 통속의 역할을 중시하는 계몽가의 논의를 염두에 둔 것은 분명하다. 그 계몽가들과 쇼요의 차이는 "그것은 이런 논의를 소설 전체에 대해서 하고 나는 신문소설에 대해서만 말한다"라는 단 한가지이다. 뒤집어 말하면 신문소설만 놓고 보면 쇼요의 태도는 계몽가의 태도와 아무런 차이가 없다. 미술로서의 소설의 가치는 '순연한 문학적 소설'에서는 가장 중요하지만, '신문소설'에서는 "널리 이롭게 하고 널리 즐겁게 한다"는 것이 본분인 이상 그것을 운운하는 것은 난센스이다. 신문인가 단행본인가 하는 미디어의 구별이 소설 그 자체에 이르러 가치 기준이 확실하게 이분되는 것이다.

그런데 이상한 것은 요즘 작가와 비평가이다. 후자는 신문소설을 가지고 걸핏하면 문인을 들었다 놓았다 하려하고, 문인도 이것을 신경 써서 몇 안 되는 사람의 칭찬과 비난에 눈이 휘둥그레지고 쫑긋 귀를 세워서 몇 줄 안 되는 소설을 쓰는 것조차 조탁彫琢의 노고가 적지 않다고 한다. (…중략…) 문학을 유용하게 하려면 세상에 그 계통의 잡지가 많은데 그런 것에 실어야 색도 향도 알아보는 사람을 만날 것이다. 이 시대의 경황景況을 알고자 하는 신문의 독자는 대개 제목을 대강 훑어보고 마음이 끌리는 것을 주의해서 본다. 무슨 여유가 있어서 감상을 일삼겠는가.

'신문 독자'의 특성을 생각하는 것이 소설의 성격에까지 영향을 미친다는 것은 작품을 쓰는 입장에서 이미 모리타 시켄森田思軒이 언급했다. 『우편보지신문』에 연재했던 번역소설란 「서문소품西文小品」을 1889년 (메이지 22) 5월 11일부터 『국민지우国民之友』로 옮기게 되자 시켄은 다음과 같이 말한다.

> 전에 그 한편을 보지신문報知新聞에 실었다. 그런데 신문이 본래 몹시 바쁜, 망극忙劇의 장場이므로 독자가 한번 보고 지나치는데 눈에 띈다면 다행으로 여겨야 한다. 그런데 서양 글의 어조가 요요繚繞하고 게다가 번역이 우졸迂拙하여 이른바 한번 훑어보는 사이에 바로 이해할 수 있게 하려면 자연히 가끔 생략하는 곳과 삭제해야 하는 부분이 있는 것은 어쩔 수 없다. 이로 인해 결국에는 독자와 역자의 만남도 만족스럽지 못하게 끝나버린다. 고로 이것(서문소품)을 여기(국민지우)에 싣는다. 잡지를 읽는 이가 아마 한결 더 한가한 시간이 있음을 믿기 때문이다.

신문과 잡지의 차이이기는 하지만, 소설도 매체에 따라서 달리 써야 한다는 것을 실제 경험으로서 토로했을 것이다. 연재물이 아닌 "순연한 소설"이 신문에 등장한지 3년, 어떤 소설이 신문에 적합한지 공통의 인식은 분명히 형성되고 있었다. 물론 모리타 시켄은 신문 독자와 잡지 독자의 시간적 여유의 차이를 문제 삼고 있어서, 쇼요가 이미 독자로서의 자질 그 자체의 차이까지 문제시하는 것과는 역점 두는 부분이 다르다. 어쩌면 그것은 『우편보지신문』과 『요미우리신문』이 각기 대신문과 소신문이었던 것에 기인한 것인지도 모르겠으나 현실적으로는 그 차이가 작아지고 있었다.

쇼요로 다시 돌아가 보자.

다만 괘씸한 것은 비평가이다. 원래 신문에 실린 후에 합본한 것을 마치 신작 新作을 평하듯이 소설의 체재를 갖추지 못했다는 등 매도한다.

이 양자의 구분을 혼동하는 작가나 비평가, 그중에서도 비평가는 당연히 비난받아 마땅하며, 신문 연재소설이 나중에 단행본으로 출판되었다 해도 비평은 그 과정을 알아본 후에 하지 않으면 안 된다. 그리고 '신문'과 '책자'의 구분은 이후에도 집요하게 반복되는데, 여기서는 우선 끝머리에 조목별로 쓴 제언을 살펴보겠다.

첫째, 소설에도 당세當世의 사정을 보도한다는 의미를 부여하여 가능한 한 당세를 중심으로 해서 현재의 인물 풍속 또는 경향 등을 보여주어야 한다.
둘째, 누가 보아도 공감할 수 있는 것, 혹은 다수의 사람이 이해할 수 있는 것, 다시 말해 일부 관계자들만 아는 이야기가 되지 않게 할 것.
셋째, 부모 형제가 같이 읽어도 지장이 없을 것.
넷째, 과거의 일이나 미래의 일을 소재로 한다면 되도록 당세와 다른 점을 지금 사람에게 알려줄 것.
다섯째, 결국 즐겁게 하는 동시에 당세의 모습을 전하든지, 그렇기 않으면 다소나마 교도敎導하려는 마음이 있을 것.

쇼요의 제언은 어디까지나 신문소설에 대한 것이었다. 그리고 『우키시로모노가타리』도 바로 신문소설로서 등장한 것이다. 우치다 로안內

田魯庵의 비판에 응수하는 모양새로 강연한 「우키시로모노가타리 입안의 시말浮城物語立案の始末」[10]에도 "독자에게 오락을 제공하는 것이 소설의 주산물이다. 세상을 바로잡고 풍속을 격려하며, 사람을 훈계하고 시대를 풍자하는 것, 이것은 소설의 부산물이다"라고 되어 있듯이, 이 점에서 쇼요와 류케이의 입장 차이는 없는 듯 보인다. 그렇다면 우치다 로안의 비난은 "원래 신문에 실린 후에 합본한 것을 마치 신작新作을 평하듯이 소설의 체재를 갖추지 못했다는 등 매도하는" 부류였을까. 이 문제를 생각하기 위해서는 우선 『우키시로모노가타리』를 신문 연재 당시의 모습을 쫓아서 제대로 살펴볼 필요가 있다.

2. 「보지총담」에서 「보지이문」으로

"일종의 신작소설"로 「보지이문」을 예고했을 때, 동시에 "장기將棋 묘수 및 기보를 실어 두었습니다. 강호 제군은 속속 이에 명안名案을 내주시기를 간청"[11]한다는 새로운 기획도 준비되어 있었다. "나쁘지 않은 오락"(「우키시로모노가타리 입안의 시말」)으로 독자의 마음을 끈다는 점에서는 박보장기博譜將棋나 소설이나 구별이 없다. 그러나 단지 기보를 싣기만 하면 되는 박보장기와 달리 소설은 이야기를 끄집어내려면 그 나름의 틀을 마련할 필요가 있었다. "지면 사정으로"[12] 예정보다 하루 늦

---

10 『우편보지신문郵便報知新聞』, 明治 23.6.28~7.1. 『국민신보国民新報』, 明治 23.6.28~7.2에도 게재됐는데 자구字句에 조금 이동異同이 있다.
11 「사고社告」, 『우편보지신문郵便報知新聞』, 明治 23.1.15.
12 위의 글.

게 연재를 시작한 「보지이문」은 실록으로 가장하는 것을 잊지 않았던 것이다. 그 머리말이 "오오이타현大分県 붕고노쿠니豊後国 미나미아마베군南海部郡, 구 사이키 번령佐伯藩領에 휴우가도마리日向泊라는 한 어촌이 있다"로 시작하는 것은, 사이키佐伯 출신인 류케이와 소설의 주인공 가미이 세이타로上井清太郎가 동향同郷임을 암묵리暗黙裡에 드러내며, "작년, 즉 1889년 외국 우편으로 백부 아무개에게 한 통의 편지를 보냈다. (…중략…) 그 편지가 전해져서 사원社員의 손에까지 들어갔다"라는 서술을 믿게 하려고 한 것이다. 게다가 제2회에는 세이타로가 "일찍이 고향에서 아키즈키秋月, 구스노키楠 두 선생님 문하에서 공부"했다는 사실을 기술하는데, 야노 류케이가 아키즈키 기쓰몬秋月橘門과 구스노키 분우쓰楠文蔚에게 배운 것[13]과 겹쳐진다.

이것을 읽어보니 세이타로 자신의 이야기로, 그 내용이 더없이 재미있어서 읽는 사람으로 하여금 넋이 나가고 정신을 노닐게 한다. 마치 한 편의 좋은 소설이다. 우거진 것을 베어내 군더더기를 없애고 거기에 수식修飾을 더하여 제목을 보지이문이라고 붙였다. 책 속에 기술한 사항이나 연월이 상세하지는 않다. 그러나 세상에 알려진 사건에 비추어서 생각하건대 제 일회의 발단은 1878년(메이지 11)경부터 시작되는 것 같다.

그 편지에 적힌 내용 그 자체가 흡사 소설과 같다고 한 다음, "우거진 것을 베어내 군더더기를 없애고 거기에 수식修飾을 더했다"라고 말한

---

13 『류케이 야노 후미오전龍渓矢野文雄伝』을 참조.

다. 마치 "나 셀커크가 겪은 환난患難을 기록하고 (…중략…) 다니엘이 본서를 입수하여 이것을 로망의 자료로 삼아서 번안했다"(요코야마 요시키요橫山由淸, 『로빈손표행기략魯敏孫漂行紀略』 부재附載)는 것과 마찬가지로, 즉 '수식修飾' 이전의 텍스트는 실록이라는 것이다. 그러나 그 '실록'을 지나치게 곧이곧대로 믿을 것 같은 독자도 있을 것이라 헤아려서 미리 양해의 말도 넣지 않으면 안 된다.

또한 책 내용 중 아주 큰 사건이면서도 국내외의 신문에 실리지 않은 것이 적지 않다. 그 행적에 의심스러운 점이 있다면 독자들은 하나의 소설로 이를 이해해주기 바란다.

'실록' 그 자체에도 의심스러운 구석이 있지만, 그건 그렇다 치고 그 편지를 소설로 이해하면 끝나는 문제이다. 하지만 그 '실록'에 대한 의심이 가미이 세이타로의 실존 여부에까지 미치지는 않는다. 머리말에서 서술한 경위經緯의 진실성은 흔들리지 않으며 거짓말을 하고 있다면 그것은 가미이 세이타로이지, 「머리말」을 쓴 필자가 아니다.

원서는 일기류이므로 모두 본인의 자서체自敍體를 사용한다. 본사에서 이것을 고칠 때에도 원서를 따른다. 글 중에서 '나余'라고 부르는 것은 가미이 세이타로를 가리키는 것으로 알아두라.

따라서 위와 같은 내용이 이어져도 독자들에게는 아무런 위화감이 없다. '자서체自敍體' 문제에 관해서는 후술하겠지만, 우선 여기서는 그것이 소설의 실록성 담보를 소설 속 인물에게 떠맡겨 버리는 대단히 교묘한 수단으로 쓰이고 있다는 점을 지적해 둔다. 그리고 그를 위해서는 「머리말」의 존재가 불가결하다. 과연 어디부터가 '신작소설'인가. 「머리말」은 어느 쪽에 속하는가. 보도인가, 소설인가.

실록을 수식해서 소설로 만든다는 수법은 류케이에게는 꽤 익숙한 것이었다. 애당초 그의 소설 저작 출발점은 "실사實事에 조금 윤색을 하는"(야노 류케이, 「테베명사 경국미담자서齊武名土経国美談自序」,) 데에 있었던 것이다. 한 걸음 더 나아가 텍스트를 액자소설 구조로 만듦으로써 허구와 사실의 가교 역할을 하려는 시도는 이미 「보지총담報知叢談」에서 이루어졌다.[14] 『우편보지신문』은 먼저 1886년(메이지 19) 9월 19일 자 「광고」에서 이렇게 예고한다.

본지本紙에 소설 하나를 싣습니다. 전부터 계획했던 것인데 아무래도 (지면을) 개혁한 지 얼마 되지 않아서 요 이삼일 중에 손을 대기는 어렵겠지만 우선 여기에 그 줄거리를 소개합니다. (…중략…)

오른편의 사우社友 아홉 명이 윤번으로 삼사일에 완결되는 소설을 역술譯述하거나 자작自作해서 익명으로 본지 지상에 싣겠습니다.

"사우社友 아홉 명"이란 후지타 메이카쿠藤田鳴鶴를 필두로 모리타 시켄과 오자키 가쿠도尾崎咢堂, 거기에 류케이 자신을 포함한 아홉 명인데,

---

14 이에 대해서는 후지이 히데타다藤井淑禎의 「모리타 시켄의 출발—『가파통신 보지총담』 시론 森田思軒の出発—『嘉坡通信報知叢談』試論」(『国語国文学』, 1972.4)과 고모리 요이치小森陽一의 「기술'하는 '실경' 중계자의 1인칭<記述>する'実境'中継者の一人称」(『構造としての語り』, 新曜社, 1988)이 상세하다.

「보지이문」에서도 그랬듯이 우선 그것이 '소설'이라는 것은 미리 예고
된다. 그리고 이 연재는 "문원文苑의 영화英華를 다투는 솜씨 겨루기"이
며 "널리 독자 제군의 공평公評을 청한다"는 모양새의 기획이었다. 이
「광고」는 20일 이후에는 「사고社告」로 이름을 바꾸어 닷새에 걸쳐 게재
되고, 30일에는 「소설게재광고」라 하여 "일전에 광고한, 사우社友들이
윤번으로 기초起草한 소설이 드디어 내일 1일부터 서양풍속기 다음에
새로운 난을 신설하여 게재를 시작한다"라고 독자의 관심을 촉구했다.
여기까지만 보면 1회로 끝맺는 단편을 연작하는 것으로 누구든지 예상
할 것이 틀림없다. 그러나 다음날에 게재된 '소설'은 독자의 예상을 뛰
어넘은 것이었다.

　　사원社員 야노의 지인인 싱가폴新嘉坡에 거주하는 영국인 조셉 클라크 씨
　　로부터 최근 우편으로 다음과 같은 편지를 받았다.

이미 고모리 요이치小森陽一가 「〈기술〉하는 '실경實境' 중계자의 1인
칭」에서 지적하듯이, 이 편지의 날짜가 "천 팔백 팔십 육년 구월 십오
일"인 것은 현실의 10월 1일이라는 시간을 고려한 것이며, 또한 야노 류
케이가 지면 개혁을 선언한 「개량의견서」가 지난 9월 16일 자 『우편보
지신문』에 실린 것과 무관하지 않을 것이다. 게다가 10월 8일에 제1화
「티벳 상인의 이야기志別士商人の物語」가 끝난 후에 한 글자를 띄어서

　　조셉 클라크 씨의 제1회 통신은 여기서 끝났지만 오는 9일 요코하마에 입
　　항하는 동서회사東西會社의 우편선郵便船으로 반드시 제2회 통신이 도착할 터

인즉 하루 이틀 사이에 계속해서 갖가지 기화奇話를 번역할 예정입니다.

라고 과장해서 서술하기도 하고, 10일에는 「가파통신 보지총담 속재광고嘉坡通信報知叢談続載広告」라 하여

클라크 씨 통신 제2고稿가 예고했던 대로 어제 9일에 도착했습니다. 바로 다음호, 즉 모레 12일에 발간하는 신문부터 연재를 시작합니다.

라고 정성들인 광고 글을 싣는 등, 사실성을 부여하기 위한 가교 역할은 주도면밀하다. 그리고 그 수법은 「보지이문」과 똑같다고 할 수 있다. "갖가지 기화奇話"의 진위를 『우편보지신문』은 보장하지 않는다. '조셉 클라크' 또한 마찬가지이다. '기화奇話'를 모집한 관주館主 '로이 미첼'도 관여하지 않는다. 거짓말을 하고 있다면, 번갈아 등장하는 화자話者들인 것이다. 그러나 몇 겹으로 액자 구조를 만듦으로써 어느새 소설은 사실과 맞닿게 된다. 마치 사람에서 사람으로 전해지는 소문처럼, 거짓말이었을 지도 모르는 것이 진짜 같은 모습을 띄게 된다.

그러나 이것은 "사우社友들이 윤번으로 기초起草한 소설"이 아니던가. 예고에서 게재 위치까지 지정하는 것은 독자들이 그것을 오인하지 않게 하기 위해서가 아닌가. 「보지총담報知叢談」은 소설로 예고했음에도 불구하고 신문 기자의 농간으로 어느새 사실이 뒤섞이게 된다. "'허구'의 소설란을 '사실 보도'와 명확히 구별하지 않고 오히려 '사실 보도'의 일환으로 포함시켜 나간다는 편집 의도"(「〈기술〉하는 '실경' 중계자의 1인칭」)라는 지적은 뒤집어 읽을 수도 있을 것이다. 소설이 사실 보도를 그

일환으로서 포함시켜 가는 것이라고.

3. 루비와 삽화

「보지이문」이 신문 연재 중에 미묘하게 그 모습을 바꾸었다는 사실은 지금까지 주목받지 않았다. 예를 들어 루비(부속활자)를 붙이는 법. 처음에는 오른쪽 루비,[15] 게다가 순수하게 독음만을 제시하는 것이었는데, 제15회 이후 루비는 왼쪽[16]으로 이동하고 독음뿐만 아니라 종종 속훈俗訓도 제시하게 된다. "火光の發灼せし場處は其の位置、船を隔てゝ上流八九町の處に在るか如し(불길이 타오르는 장소는 그 위치가 배를 사이에 두고 상류 팔구 정쯤에 있는 듯하다)"(제15회 火焰山)과 같은 식으로 루비 중에 독음과 훈이 혼재한다. 실은 제15회 이전에도 "汝曹"(제8회)나 "海鎮"(제9회) 등 순수하게 독음을 제시했다고 보기 어려운 것이 있어서 사실, 독음을 제시하는 총 루비로 전편을 바꾼 『정정신간 우키시로모노가타리訂正新刊浮城物語』(1906.1)를 보면 "汝曹", "海鎮"과 같이 고쳐졌는데, 적어도 "発灼せし"과 같이 루비에 따라 일본어 어순으로 풀어 읽을 수 없는 예는 존재하지 않는다.

오른쪽(본서에서는 위)에 독음, 왼쪽(본서에서는 아래)에 훈을 다는 수법 자체는 새로운 것이 아니지만, 메이지기의 텍스트라면 『서국입지편西

---

15 [역주] "오른쪽 루비"라는 것은 세로쓰기로 되어 있는 본서의 일본어판 원서를 전제로 한 것이다. 본서는 책의 형태가 가로쓰기 체제를 취하고 있으므로 원서의 오른쪽 루비를 본서에서는 본문 위에, 왼쪽 루비는 본문의 아래로 위치를 바꾸어 달았다.
16 [역주] 본서에서는 아래쪽.

国立志編』, 더욱이 소설이라면 『구주기사 화류춘화欧洲奇事花柳春話』가 금방 떠오를 것이다. 특히 『화류춘화』에서 그것이 사용된 배경에는 중국 통속소설의 시훈施訓에서 배운 기법으로서 의미가 있다는 점, 즉 『서국입지편』의 계몽과 한문 희작戲作의 유희를 모두 갖춘 수법이라는 것은 제6장에서 언급했는데, 「보지이문」의 경우도 기본적으로는 그것을 답습했다고 볼 수 있다. 다만, 독음과 훈을 모두 왼쪽에 붙여버리는 방법은[17] 어쩌면 「보지이문」에서 고안해낸 것일지도 모른다. 참고로 『우편보지신문』의 다른 난은 모두 오른편에 독음의 루비를 부분적으로 붙였을 뿐이며 「보지이문」보다 앞서는 「보지총담報知叢談」란도 마찬가지이다. 즉, 제15회 이후의 「보지이문」은 왼쪽 루비의 존재여부에 따라 지면 중에서 다른 기사와 명확하게 구별되는 표징標徵을 드러내게 된다.

게다가 삽화도 제15회 언저리를 경계로 큰 변화를 보이는데, 그것은 루비의 변화와 연동된다고 생각한다. 기존의 논고가 단행본으로 출간된 『우키시로모노가타리』, 심한 경우는 치쿠마쇼보筑摩書房판 『메이지문학전집』에 수록된 본문에만 의거하는 경우가 적지 않다는 사실을 고려해서, 조금 장황하지만 신문 연재 시의 모습을 다음 표로 일람하겠다.

---

17 "幾区にも仕切りあり"(第18回)의 '幾区'에 오른쪽 루비 'コンパートメント(compartment)', 왼쪽 루비 'いくづ라고 붙였듯이 예외가 없지는 않지만, 이것 역시 오른쪽 루비가 독음을 보여주는 것은 아니다.

날짜	회목	루비	삽화
1.16	서언(緒言), 제1회 작은 가방[小革囊]	우(右)·독음	×
1.17	제2회 반초전(班超傳)[18]	우(右)·독음	×
1.18	제3회 호장부(好丈夫)	우·독음	×
1.19	제4회 시를 읊다[吟詩]	우·독음	×
1.20	제5회 밀화(密話)	우·독음	×
1.21	제6회 대사업(大事業)	우·독음	×
1.22	제7회 신판도(新版圖)	우·독음	◎(地圖)
1.23	제8회 연판장(連判狀)	우·독음	×
1.24	제9회 부서(部署), 훈련(訓練)	우·독음	×
1.25	제10회 대연습(大演習)	우·독음	×
1.26	제11회 신발명(新發明)	우·독음	×
1.27	제12회 홍콩(香港)	우·독음	×
1.28	제13회 지리(地理), 풍속(風俗)	우·독음	×
1.29	제14회 라부안 만(灣)	우·독음	◎
1.30	제15회 화염산(火焰山)	좌·독음/훈	○
1.31	제16회 복수(復讐)	좌·독음/훈	○
2. 1	제17회 둔도(遁逃)	좌·독음/훈	○
2. 2	제18회 신문지(新聞紙)	좌·독음/훈	×
2. 3	제19회 의결(議決)	좌·독음/훈	◎(船圖)
2. 4	제20회 종적(蹤跡)	좌·독음/훈	◎
2. 5	제21회 선실내(船室內)	좌·독음/훈	○
2. 6	제22회 순시(巡視)	좌·독음/훈	○
2. 7	제23회 바타비아 부(府)	좌·독음/훈	○
2. 8	제24회 담판(談判)	좌·독음/훈	○
2. 9	제25회 포대(砲臺)	좌·독음/훈	◎
2.10	제26회 천상(天上), 천하(天下)	좌·독음/훈	×
2.11	제27회 공중(空中)	좌·독음/훈	◎
2.12	제28회 사탕수수밭[砂糖團]	좌·독음/훈	○
2.13	제29회 모르핀제	좌·독음/훈	○
2.14	제30회 순환(循環)	좌·독음/훈	○
2.15	제31회 성사(盛事)	좌·독음/훈	○
2.16	제32회 크로커다일	좌·독음/훈	○
2.17	제33회 오장(伍長)	좌·독음/훈	◎
2.18	제34회 대환(大患)	좌·독음/훈	◎(圖鑑)

날짜	회목	루비	삽화
2.19	제35회 산병(散兵)	좌·독음/훈	○
2.20	제36회 큰 구멍	좌·독음/훈	○
2.21	제37회 범포(帆布)	좌·독음/훈	○(圖鑑)
2.22	제38회 기행(紀行)	좌·독음/훈	◎(圖鑑)
2.23	제38회[19] 출선(出船)	좌·독음/훈	○
2.24	제40회 응접(應接)	좌·독음/훈	×
2.25	제41회 영사(領事)	좌·독음/훈	◎
2.26	제42회 서한(書翰)	좌·독음/훈	×
2.27	제43회 반한(返翰)	좌·독음/훈	×
2.28	제44회 다섯 척의 포함(砲艦)	좌·독음/훈	×
3. 1	제45회 설백함(雪白艦), 자바양(洋)에서 격전(激戰)을 벌이다	좌·독음/훈	◎(海戰第一圖)
3. 2	제46회 감전(酣戰)	좌·독음/훈	◎(海戰第二圖)
3. 3	제47회 제독(提督), 두 전함을 연파(連破)하다	좌·독음/훈	×
3. 4	제48회 웰컴만(灣)	좌·독음/훈	×
3. 5	제49회 일본남아의 본분	좌·독음/훈	×
3. 6	제50회 알현(謁見)	좌·독음/훈	◎
3. 7	제51회 철도선(鐵道線)	좌·독음/훈	×
3. 8	제52회 지뢰함	좌·독음/훈	×
3. 9	제53회 옛 수도	좌·독음/훈	×
3.10	제54회 기상천만궁(騎象天滿宮)	좌·독음/훈	◎
3.11	제55회 여단장(旅團長)	좌·독음/훈	×
3.12	제56회 접전(接戰)	좌·독음/훈	○(地圖)
3.13	제57회 진대(鎭臺), 삼로(三路)에 대군을 보내다	좌·독음/훈	○(地圖)
3.14	제58회 코끼리, 당나귀	좌·독음/훈	○
3.15	제59회 생포	좌·독음/훈	×
3.16	제60회 양웅(兩雄), 영리(營裏)에 사전(死戰)을 결(決)하다	좌·독음/훈	○
3.17	제61회 유라바야(由樂坡)를 앞에 두고 대군을 싸우게 하다.	좌·독음/훈	×
3.18	제62회 르탕 신문의 통신자	좌·독음/훈	×
3.19	제63회 교룡(蛟龍)이 어찌 끝까지 연못 속의 동물이리오	좌·독음/훈	×

18 [역주] 본문에 『십팔사략』 제3권, 반초班超의 고사가 인용되어있다.
19 [역주] 원문에 38회가 두 번 있음.

삽화란에 ◎로 되어 있는 것은 단행본에도 채택된 것이고 단순히 ○로 되어 있는 것은 단행본으로 발간하는 과정에서 생략된 삽화이다. 또한, ○ 또는 ◎ 외에 아무것도 주석이 없는 것은 모두 그 회의 이야기 속 한 장면을 그린 것이다. 갑작스럽게 그리게 한 것도 있었던 듯, 예를 들어 제29회의 삽화 같은 것은 "어제 삽화는 기쿠가와와 가미이 두 사람이 벌거숭이가 되어 엉덩이를 맞아야 하는데 옷으로 가려져 있고 또한 꽁꽁 묶여 있는 것은 그림 주문에 착오가 있었기 때문이다. 삼가 독자들께 사죄한다"와 같이 다음날에 「사고謝告」를 싣는 상황이 벌어지기도 하지만, 대체로 소설에 임장감臨場感을 불어넣는데 성공했을 것이다.

주석을 단 것에 관해 설명하자면, 제7회는 "사쿠라作良 선생님이 보여준 지도의 대략은 왼쪽과 같다. 지도 속의 점선은 항해 예정선이다. 그 검게 지워 없앤 지방地方은 우리가 앞으로 침략해야 할 영토이다", 제19회는 "위에 실은 것은 1, 2등을 차지하는 순양함의 약도이다. 앞 그림은 갑판 위 대포의 장치를 보여주고 뒤 그림은 측면을 보여준다. 물론 포砲의 숫자 및 위치는 함艦에 따라 다소 차이가 있는데, 이 그림은 소설 이야기 속의 해적선으로 알아두시오", 제34회는 "위에 실은 것은 로베르토 씨의 풍속지風俗志에 나오는 다이카 만족蠻族 전사의 그림이다", 제37회는 "위에 실은 것은 브라운 씨의 지지地誌 중에 나오는 보르네오 내부 지역 오랑캐의 초상이다", 제38회는 "커피나무에 열매가 달린 그림", "세레베스 특산 뿔 달린 멧돼지[20] 그림", 제45회, 제46회는 각각 "해전 제일도海戰第一圖", "해전제이도海戰第二圖", 제56회는 "위 그림은 동인도제

---

20 [역주] 바비루사를 가리킴.

도와 일본의 위치 크기 등을 보여 준다", 제57회는 "위 그림은 카이오海王와 우키시로浮城, 두 군함이 홍콩에서 자바의 웰컴만까지 가는 사이에 겪은 것을 그림으로 보여 준다"와 같은 설명을 덧붙였다. 이는 소설의 이해를 돕는 동시에 그 사실성을 강조하기 위한 삽화임을 알 수 있다. 물론 야노 류케이의 말에 따르면, 소설을 빌려서 이런 것들의 지지地誌라든가, 해사海事, 물산物産을 알리려는 것이기도 했다.

그런데 한눈에 알 수 있듯이 제13회까지는 제7회의 지도 외에는 삽화를 전혀 넣지 않았다. 그러나 제14회를 시작으로 연일 삽화가 실리고 도중에 약간 빈도가 낮아지기는 하지만 삽화의 존재는 지극히 당연한 것이 되어 간다. 그것과, 오른쪽 루비가 왼쪽으로 옮겨가고 속훈俗訓도 제시하기 시작한 것이 관련이 있음은 의심할 여지가 없다. 제14회, 15회를 경계로 해서 「보지이문」은 한층 더 독자의 획득을 꾀하기 시작한다. 「보지이문」이 신문소설인 이유는, 단지 그것이 신문에 연재되었기 때문이 아니라 이처럼 늘 그 자세가 독자를 향해 열려 있다는 점에 있다. 신문에 연재하는 것의 장점은 독자에게 즉시 응답할 수 있다는 점이다. "장기將棋 묘수 및 기보를 실어 두었습니다. 강호 제군은 속속 이에 명안名案을 내주시기를 간청합니다"라는 투고 모집을 상기하기 바란다. 『우편보지신문』의 개혁이 독자의 지면 참여를 추진하는 데 있었음을 생각하면, 「보지이문」의 이러한 지면상의 변화가 『우편보지신문』 독자의 어떤 반응이나 제언에 따른 것이 아닌가 하는 추측도 가능하다. 아쉽게도 그것을 확인할 수 있는 구체적 자료는 찾을 수 없지만, 적어도 이러한 시도가 철두철미 독자에게 관심을 둔 것이었음은 분명하다.

그리고 「보지이문」은 제27회가 신문 제3면에 게재된 것 이외에는 모두 제1면에 등재되었기 때문에, 때로는 세 단을 차지하기도 했던 그 삽화가 대단히 이목을 끌었을 것이 틀림없다. "때문에 한 자, 한 구, 하루라도 독자를 싫증나게 한다면 이미 소설의 본의本意에 어긋나는 것이다. (…중략…) 일의 대소大小, 문자의 번간煩簡 하나라도 독자를 의식하지 않은 것이 없다. 어떻게 하면 한 회 그리고 또 한 회 독자를 꼬드겨 읽게 할 것인가 하는 한 가지가 작가의 최대 고심이라 할 수 있다"(『우키시로모노가타리 입안의 시말』)라는 야노 류케이의 말과 삽화의 증가・확대는 직접 관계가 있을 것이다. 그리고 그 삽화는 때로는 소설의 한 장면을, 그리고 때로는 남양南洋의 풍속 자연을 보여주는 식으로 풍속과 계몽을 잘 겸비했다.

화제를 루비로 되돌리자. 제15회부터 나타난 훈訓 루비는 회를 거듭할수록 점차 증가하는 경향을 보이는데, 우선 제1회의 기능을 살펴보면, 난해한 한어의 의미를 가르치는 것이었다. "우키시로모로가타리가 대체로 호장豪壯하고 척락拓落함을 주로 하는 이상 가장 격양激揚한 기운이 있는 한어조漢語調, 한문쿠즈시漢文崩し[21]를 사용하기로 결심했다"(『우키시로모노가타리 입안의 시말』)라며 한어를 다용多用한 「보지이문」의 행문은 널리 독자를 확보하려는 소설치고는 적잖이 난삽했고, 단순히 독음을 붙이는 것만으로는 부족한 경우도 있었을 것임을 쉽게 상상할 수 있다. '일격분제一擊粉霽'에 '한번 치자 미진微塵'(제21회), '면색자홍面色赭紅'에 '낯빛이 붉고'(제40회) 등 마치 중국 백화소설의 시훈施訓과 같이 전통적인 사례나, '주부역관主簿譯官'에 '서기書記, 통변通辯'(제21회), '신판도新版圖'

---

[21] [역주] 한문을 훈독한 문체, 한문 훈독체漢文訓讀體를 가리킴.

에 '새로운 영지^{領地}'(제23회) 등 보다 귀에 익숙한 한어의 독음을 제시해서 의미를 깨닫게 하는 메이지의 신문에 적합한 사례 등, 그 루비를 붙이는 방식은 자유자재이다. 삽화와 마찬가지로 통속과 계몽을 잘 겸비했다고 할 수 있다. 그리고 또한, "호장척락^{豪壯拓落}과 골계소학^{滑稽笑謔}을 주로" 엮은 「보지이문」의 '호장척락^{豪壯拓落}'을 "격양한 기운이 있는 한어조^{漢語調}"가 담당하고 있다면, '골계소학^{滑稽笑謔}'에는 그 루비가 상당히 도움이 되었다.

> 八木田氏曰く"然らば遁走乎"綜理、声を励まして曰く"進航を急くのみ
> 何そ遁走と言はん"と(余は謂ふ亦た是れ遁走と)
>
> 야기타 씨가 말하기를 "그러면 도망가는 것인가" 총리, 목소리에 힘주어 말하기를 "진항^{進航}을 서두르는 것뿐이지 도망치는 것이 아니네"라고. (나는 말한다. 이것 또한 도망치는 것이라고)
>
> ― 제17회

"도망가는 것인가" "도망치는 것이 아니네" "도망치는 것이다"라고 대화나 내언^{內言}에 붙인 루비는 거의 화자의 입에서 나온 말인 듯한 색채를 띠우고, 그것이 또한 재미를 더하고 있음을 알 수 있다. 한문 희작^{戱作}의 세계가 그대로 여기에 접속되어 있는 것이다. 게다가 한문 희작이 문인들의 현학적인 유희였던 것에 비해, 여기서는 그 수법이 신문독자의 오락으로 제공되었다. 한 마디 덧붙이자면, 가미이 세이타로의 한학 소양은 사서오경의 소독^{素讀}22은 끝냈어도 『십팔사략^{十八史略}』은 읽

---

22 [역주] 문장 뜻의 이해는 차치하고 우선 글자만을 소리 내어 읽는 것. 한문 학습의 기초로 여겼다.

〈그림 1〉『보지이문 우키시로모노가타리』 제33회(1890), 와세다대학 도서관 소장

〈그림 2〉『정정신간 우키시로모노가타리』(1896), 와세다대학 도서관 소장

은 적이 있지만 『후한서後漢書』는 읽은 적이 없는 그런 정도였다.

이렇게 도입된 「보지이문」의 독자적인 루비는 아마도 독자들의 호평을 받았을 것이다. 단행본이 되는 과정에서는 전편을 통틀어 왼편에 독음과 훈을 섞어서 루비를 다는 이 수법이 채용되고, 게다가 제15회 이전은 물론이고 그 이후에도 신문 연재했을 때에 비해 속훈俗訓의 수량은 증가하였다. 그러나 앞에서도 말했듯이 1906년(메이지 39)에 「정정신간訂定新刊」이라 하여 재간되었을 때에는 한자 전부의 독음을 보여주는 총總 루비로 바뀌어버렸다. 이는 1890년(메이지 23)의 시점에서는 불가결했던 통속과 계몽이 16년 후에는 이미 필요 없어졌음을 보여주는 증거가 아닐까. 참고로 이 「정정신간訂定新刊」본에서는 삽화도 모두 생략되어 단 하나 권두화卷頭畵로 제33회의 삽화를 다시 그려서 채색하여 실었을 뿐이다. 그리고 이 권두화, 기구氣球가 추락해서 '만족蠻族'에게 붙잡힌 가미이 세이타로와 의사 기쿠가와 키요시菊川淸가 당장에라도 악어에게 잡아먹힐 듯한 구도는 변함이 없으나, 고바야시 키요치카小林淸親가 그린 원화에서는 가미이와 기쿠가와 두 사람이 당황하여 발버둥치는 모습을 우스꽝스럽게 그렸던 것에 비해(그림 1), 오타케 치쿠하尾竹竹坡가 그린 이 권두화에서는 덮치려고 하는 악어를 두 사람이 매섭게 째려보고 있다(그림 2). 두 사람의 풍모도 동일한 인물을 그렸다고는 도저히 생각할 수 없을 만큼 바뀌어서, 그 한심했던 가미이가 16년의 세월이 흐르면 이렇게 대장부가 되는가, 하고 무심코 감탄할 정도이다. 어찌 되었든, 여기서는 루비가 됐든 삽화가 됐든 이 소설이 독자를 리얼타임에서 강하게 의식했었다는 점, 즉 『우키시로모노가타리』의 본질이 신문소설이라는 점을 확실하게 말해준다.

4. 자서체

「보지이문」의 「서언」은 이러하다.

　　원서原書는 일기류이므로 모두 본인의 자서체自敍體를 사용한다. 본사에서 이것을 고칠 때에도 원서에 따른다. 글 중에서 '나余'라고 칭하는 것은 가미이 세이타로를 가리키는 것으로 알아두라.

'가미이 세이타로'가 소설 속에서 어떤 인물인지 그 태생에 관해서는 야노 류케이가 쓴 「서언」에서 이미 언급했었다. 고향을 떠난 이후의 경력은 세이타로 자신의 입으로 이렇게 술회한다.

　　처음에는 어느 정도 필요한 학자금을 갖고 있었는데 나쁜 친구의 꼬임에 빠져 유탕遊蕩에 반 이상을 써버렸다. 그 이후로 몹시 곤궁해지자 전에 저지른 잘못을 뉘우치고 고베神戶의 외국 선교사 집에 기숙하며 심부름을 하면서 오로지 어학을 공부하는 한편 틈 날 때마다 한학도 배웠다. 그 선교사가 귀국한 후에는 다시 오사카의 다른 선교사 밑에서 일하면서 삼 년간 절약하고 용돈을 저축하여 드디어 백 엔이 되었기에 이제부터 동경에 가서 입신할 뜻을 이루고자 요코하마에 도착했다. 그 후의 행운은 어젯밤에도 이야기한 그대로이다.

　　　　　　　　　　　　　　　　　　　　　　— 제3회 「호장부好丈夫」

　"그 후의 행운"이라는 것은 숙소에서 백 엔을 도둑맞은 것을 가리키는데, 그것은 차치하고라도 일독해도 "한 사람의 보통 사람을 주인공으로 해서"(『우키시로모노가타리 입안의 시말』)라는 설정이 들여다보일 것이다. 하지만 그가 단순한 "보통 사람"인 것은 아니다. 소설 속의 그의 역할로 또 하나 중요한 것은 그가 외국어 능력이 있고 한학의 소양도 지녔다는 점이다. "불어, 영어, 독일어"도 "대강 용법을 변별할 수 있고", "산술算術(주판 놓는 것)"은 "특히 좋아한다"는 점을 확인한 다음, "그러면 신문체新聞體 문장은 어떤가?"라고 사쿠라作良[23]가 묻는다. "문장도 서툰 주제에 소설체 작문을 좋아해서 가끔 지방신문에 투고한 적도 있습니다. 하여간 일기 쓰는 정도는 할 수 있습니다"라는 대답에 사쿠라는 "아주 좋네"라고 대답한다. "요즘은 간단한 담화까지도 한문쿠즈시漢文崩し 신문체의 어조를 사용하는 세상이다"(『우키시로모노가타리 입안의 시말』)라고 야노 류케이가 말했듯이, '신문체新聞體'란 결국 '한문쿠즈시漢文崩し'를 가리키는데, 그것을 다루려면 사서오경의 소독素讀을 끝낸 정도의 한학 소양이 우선 필요할 것이다. 그리고 "소설체 작문을 좋아하는" 것은 그대로 『보지이문』의 원原 텍스트의 집필과 연속하며 그것을 "지방신문에 투고"했었다는 것을 보면, 이미 발표매체까지 약속 받은 것이다. "자네가 통역을 잘하고 산술도 할 줄 알고 신문체 문장도 짓는다고 하니, 우선 당분간 우리 두 사람의 서기 겸 역관이라 생각하고 늘 두 사람을 따라 다니도록 하게"라며 최종적으로 가미이 세이타로에게 부여한 역할은, 그가 이 소설의 가장 중요한 '화자話者'라는 것, 앞으로 일어날 일들이 모두 그의 시각에서 그려진다는 것을 보증한다. 그러나 그

---

23 [역쥐 작품의 주인공인 사쿠라 요시부미作良義文를 가리킴.

시각은 어디까지나 "서기 겸 역관"의 것이지 서사를 진행해 나가는 주인공의 것은 아니다. 그는 역할 때문에 이야기를 하지만, 그가 아니고서는 이야기할 수 없는 내재적內在的인 특권성을 그 자신이 지닌 것은 아니다. 이야기하기에 충분할 만한 사건은 항상 그의 외부에 존재한다. 그리고 "언어와 동작이 일찍이 상정常情에서 벗어나지 않으며"(「우키시로모노가타리 입안의 시말」)라는 세이타로의 시선은 독자들이 아주 간단하게 그 프레임을 확정할 수 있는 시각이었다. "서기 겸 역관"인 세이타로는 독자에 대해서 아무런 비밀도 없으며 독자는 안심하고 그의 '보고'를 들을 수 있는 것이다.

서사학Narratology 용어로 말하면, 가미이 세이타로는 "주변적인 1인칭 화자"[24]이다. 서사를 이끌어 가는 주인공은 계획의 수모자인 사쿠라 요시부미作良義文와 다치바나 가쓰타케立花勝武이고 가미이 세이타로는 어디까지나 주변적인 인물에 불과하다. 물론 그는 단순한 방관자도 통행인도 아니며, 사쿠라 요시부미에게 "각별한 취급"을 받는 사이에 「제17 서기 겸 역관」의 역할을 부여받은 인물이다. 그 밖에도 다른 승조원과는 자연히 위치가 다르며, 또한 계기가 우연한 것이었을지언정 사쿠라와 다치바나를 따르게 된 것은 그 자신의 의지에 의해서이다. 서사의 추이推移를 관찰된 사실로서 보고하는 것이 아니고 그에 참여하는 자의 체험으로서 이야기하려고 한다. 그러나 "'주변적인 1인칭 화자'에 의해 진행되는 서사는 어떤 경우라도 화자와 주인공이라는 두 인격 사이에 잠재하는 긴장관계가 서사의 의미구조를 뒷받침하는 결정적으로 중요

---

24 F. 슈탄젤, 마에다 쇼이치前田彰一 역, 『이야기의 구조物語の構造』, 岩波書店, 1989, 제IV장.

한 국면을 이루는"[25] 것이라면, "두 선생님이 정말로 대국의 군주라면 나는 충분히 내각서기관장內閣書記官長의 자격이 있다"(제8회)라는 그의 독백은, 역시 "주변적인 1인칭 화자"에 어울리는 것 같지는 않다. 형태적으로는 그렇더라도 이 소설을 다른 1인칭 소설과 동렬로 취급하는 것에는 주저하지 않을 수 없다. 서사학에서 인칭을 논하는 것의 의미는 그것이 표현의 질과 어떻게 관련되는가 하는 물음을 전제로 하는 것이며, 형태적으로 화자가 어떤지 지적하는 것만으로는 텍스트 읽기에 기여하는 바가 적을 것이다. 그렇다면 「보지이문」의 '자서체'를 둘러싼 틀은 어떤 것이었을까.

야노 류케이의 첫 소설 『경국미담』의 인물설정은 중국 백화소설이나 요미홍의 틀을 넘어서면서도, 그 좌표는 역시 그것을 원점으로 해서 구할 수밖에 없는 성질의 것이었다. 후지타 메이카쿠가 페로피다스, 에파미논다스, 멜로를 각각 '지력. 양심. 정욕'[26]에 대응시킨 것은 일반 독자들의 지지를 얻었을 것이 틀림없다. 그리고 페로피다스나 에피미논다스가 요미홍적 틀 위에 '근대'에 어울리는 영웅의 모습을 만들어내려고 한 것을 상기한다면, 그것이 사쿠라 요시부미나 다치바나 가쓰타케로 이름을 바꾸어도 『경국미담』과 「보지이문」의 인물설정 방법에 별반 차이가 없음을 억지로라도 깨닫지 않을 수 없다. 또한 사쿠라든 다치바나든, 소설 스스로 ""다치바나立花가 본래 성姓입니까." "아니, 나는 그것을 알고 있네, 하지만 아직 그것을 말할 수 없네""(제5회)라고 서술하지 않으면 안 될 만큼 그 명명命名이 의도하는 바도 너무나 노골적이

---

25 위의 책.
26 『경국미담』 전편 말미 미평尾評.

다. 지인용智仁勇의 삼걸三傑을 대신해서, 문무文武의 두 영웅. 단행본으로 간행할 때 덧붙인 요다 각카이依田学海의 회평回評은 사쿠라와 다치바나에 대해 "두 사람의 용모와 인품이 한 사람은 지智를, 다른 한 사람은 용勇을 표현한다"(제3회)라고 평하는 것을 보아도 인물상의 연원이 어디에 있는지 분명할 것이다. 더욱이 "각별한 취급"을 하는 "제일 대통령"에 사쿠라를, "제이 해륙병사종리海陸兵事綜理"에 다치바나를 배치하여 관직의 고하에 따라 신중하게 무武 위에 문文을 두는 그 수법. 계급장에 따라 목숨을 부여받은 호걸들을 대신해서 등장하는 것은 관직에 따라 역할을 다하는 높은 고관대작들이다.

내가 지난해에 일본 청년들에게 모험외정冒險外征 사상을 고취하고자 우키시로 모노가타리를 썼습니다. 그때도 곤란한 것이 인물의 이름이었습니다. 주인공이라고 할 만한 인물의 이름은 힘들었습니다. 이래저래 생각한 끝에 이것은 죄다 나무 이름을 붙이는 것이 좋겠다고 생각했습니다. 그래서 거물을 사쿠라作良 아무개, 다치바나立花 아무개라고 했는데 책을 보시면 압니다. 성姓은 대개 나무 이름입니다. 교묘하게 써서 얼른 이해가 안 갈 수도 있지만 나무 이름입니다.[27]

과연, 하기萩, 사사노笹野, 기쿠가와菊川 같은 성이 쭉 이어지는 것을 보고 "얼른 이해가 안 갈지" 어떨지는 차치하고라도, 야노 류케이가 나중에 이렇게 술회하고, 이야기 서두에 "바킨馬琴이 깃타리 핫타로切足澀

27 「예로부터의 이상적인 행복국의 종류古来理想の幸福国の種類」, 『龍渓矢野先生講話 社会主義全集』, 現代社, 1903.

太郎 혹은 시타라 시쿠지로아야우시殻楽四九次郎綾丑라는 이름을 붙였다"28
라며 말을 꺼내도 그것은 하나도 놀랄 일이 아니다. 도쿠토미 소호德富
蘇峰가 "19세기의 수호전"29이라고 평했듯이 『우키시로모노가타리』는
메이지의 요미홍이니까 말이다.

가미이 세이타로로 말할 것 같으면, 한결같이 용맹스럽기는 하나 독
자의 비웃음을 살 정도로 우스꽝스러운 멜로 또는 장비張飛나 무송武松
을 대신해서 "서기 겸 역관"으로서 등장하여, "보통 사람"이기에 가능한
우스꽝스러움을 연출해서 독자들의 웃음을 이끌어내려 한다. "보통 사
람"이라는 것은 메이지의 신문 독자에게는 친근한, 어쩌면 자기 자신일
지도 모르는 존재였다. 입신출세를 위해 상경하는 서생書生들의 한 전
형이기도 할 것이다. 그렇지만 그 존재가 전형이기 때문에 '자서체'로
서술되는 이야기는 그 역할에서 벗어나는 일이 없다. 먼저 "보통 사람",
"서기 겸 역관"인 가미이 세이타로를 설정하고 그의 입을 통해 이야기
한 것을 '자서체'라고 부르는 것에 불과하다. 그러나 메이지 20년대의
'자서체'가 모두 그랬던 것은 물론 아니다.

'자서체'라는 말에서 바로 떠오르는 텍스트 중에 모리타 시켄이 『국
민지우国民之友』 제8호(1887.9.15)에 발표한 「소설의 자서체 기술체小説の
自叙体記述体」가 있다. 요다 각카이依田学海의 「협미인侠美人」에 대한 평으
로 서술을 시작하는 이 문장에서 시켄은, "이렇게 자신을 책 속의 한 인
물로 만들거나 책 속의 한 인물을 자신이라 하여 단지 이 한 인물을 주

---

28 [역주] 모두 교쿠테 바킨曲亭馬琴의 『팔견전八犬伝』에 등장하는 인물 이름이다. 『팔견전八犬
伝』 원문에는 '切足滅太郎' 의 '切'이 '㐂'로 되어 있고, '殻楽四九次郎綾丑'의 '殻楽'는 '設良'로 되
어 있어서, 『우키시로모노가타리』에서 인용하는 과정에 오식이 생겼을 가능성이 있다.
29 『보지이문 우키시로모노가타리報知異聞浮城物語』 서序.

위主位에 두고, 책 전체의 경화수월鏡花水月은 모두 빈위賓位로 그려내는 것을 나는 임시로 자서체라고 명명한다"라고 자서체를 정의한다.[30] 여기에서 자서체는, 제삼자의 묘사에 사용하는 기술체記述體와 대조해서 다음과 같이 높이 평가한다.

보통의 기술체가 중경중정衆景衆情을 일시에 그려내는 절묘함을 갖추었음에도, 또한 표리유명表裏幽明을 일제히 그리는 절묘함을 갖추었음에도 불구하고 한 인물이 그런 처지나 형편에 놓였을 때의 감정 상태를 그려낼 때의 절실함은 무엇과도 바꿀 수 없다. 읽는 이로 하여금 황홀해서 넋이 나가고 눈앞에서 이를 목격하는 것 같은 기분이 들게 하는 묘함은 자서체의 독무대와 같아서 기술체가 따라잡기 어려운 점이다.

이야기하는 사람이, 본인밖에 견문할 수 없고 느낄 수 없는 것을 본인의 입으로 이야기하는 것. 그 표현의 절대성에 모리타 시켄은 주목한다. "남의 이야기를 들을 때 몇 사람 건너서 들으면 본인한테 직접 듣는 것과는 그 이야기가 마음에 와 닿는 정도가 얕고 깊음이 현저하게 차이나는 법이다. 이는 절절함에 있어서 타인의 비희悲喜를 슬프고 기쁘게 이야기하는 것이 자신의 비희悲喜를 있는 그대로 토로하는 것만 못하기 때문이다." 이야기로 표현되는 언어는 대체 불가능한, 유일무이한 언어로 제시되어야 한다. 그러나 「보지이문」의 자서체 표현은 그러한 절대성을 갖고 있지는 않다. 무참히도 "우거진 것을 베어내 군더더기를

---

30 메이지 20년대의 자서체에 관해서는 시켄의 이 세밀한 분석도 포함해서, 앞서 소개한 『구조로서의 서사構造としての語り』에 수록된 논문들이 상세하다.

없애고 거기에 수식修飾"이 가해지고 스타일만 "원서를 따른다"라는 것이다. 가미이 세이타로가 보낸 것은 서간書簡이며 그 서간은 '일기류'였다. 하지만 이것을 서간체 소설이나 일기체 소설이라고 부를 수는 없을 것이다. 형태적인 문제보다도 이러한 소설에서 원고 편집자는 화자 고유의 표현을 고치면 안 되기 때문이다. 전지전능한 화자의 말은 그것이 전지전능한 까닭에 그 누구의 말도 아니다. 그렇지만 1인칭으로 서술한 표현은 화자가 소유한 표현이며 그 화자 고유의 표현이다.

그러나 「보지이문」은 주저하지 않는다. 아무렇지도 않게 "기자가 그러는데 위에서 사쿠라 씨가 말한 토지, 산물에 관한 내용은 머레이 씨의 산업지리서 주장과 같다고 한다. 또한 풍속에 관한 부분은 브라운 씨의 세계풍속지와 같다"(제13회)와 같이 주석을 달아도, '나余'와 '기자' 사이에는 아무런 긴장관계가 없다. 「보지총담報知叢談」에서는 번역이라는 형태로 변용이 이루어졌지만 그래도 1인칭으로 이야기하는 화자의 말은 존중되었다. 표현이 개인에게 속하는 것, 그 소설의 극점極點이 1인칭 소설, 나아가서는 '사소설私小說'이었다고 한다면 류케이의 표현은 개인을 향하지 않는다. 그의 표현은 다수의 독자들에게 향유되지 않으면 의미가 없는 것이다. 야노 류케이가 "만일 내 취향대로 한다면 조금 더 길게 쓰고 싶은 부분도 꽤 많았지만 그렇게 하면 독자의 기분을 상하게 하지 않을까 싶어서 생략하고 또 생략하는 경우가 많았다"(「우키시로모노가타리 입안의 시말」)라고 하는 것과, 모리타 시켄이 「서문소품西文小品」을 『국민지우』에 옮겨서 게재했을 때 "이른바 한번 훑어보는 사이에 금방 이해할 수 있게 하려면 자연히 가끔 생략하는 곳과 삭제해야 하는 부분이 있는 것은 어쩔 수 없다. 이로 인해 결국에는 독자와 역자의 만남도 만족스럽지 못하게 끝나버린다"라고 하는 것과는 표현에 대한 태도에 현격한 차이가 있다. 「보지이문」이 '자서체'를 채용하는 의미는 오로지 사실성의 확보, 그것도 서사의 틀로서 사실성을 확보하는 데 있었다. 동시대同時代적인 화자를 설정해서 '서기 겸 역관'의 역할을 맡기는 것은 그 점을 강화하기 위해서이다. 표현의 고유성을 지니지 않은 틀의 사실성. 신문 지면에 이토록 어울리는 텍스트도 없을 것이다. 따라서 거기에서 이야기되는 언어는 보다 읽기 쉽고 재미있고 도움이 되도록 고쳐 쓰는 것에 저항하지 않는다. 사실을 향해, 그리고 독자를 향해 활짝 열린 소설에서 말은 사유私有할 수 있는 것이 아니다.

"서문序文과 발문跋文이 아무런 효과도 없는 오늘날, 수많은 명사들의 양두羊頭를 걸어놓고 팔기 시작한³¹ 「우키시로모노가타리」는 적어도 눈먼 사회를 놀라게 할 것이다"³²라는 한 문장으로 우치다 로안內田魯庵의 격한 비판이 시작되었듯이, 철두철미 신문소설로 씌어진 「보지이문」이 단행본『우키시로모노가타리』로 발간되었을 때, 이 책에는 모리타 시켄, 도쿠토미 소호, 모리 오가이, 나카에 초민中江兆民, 이누카이 쓰요시犬養毅의 서문이 실리고, 연재할 때는 없었던 한문 회평回評³³이 요다 각카이의 손에 의해 덧붙여졌다. 마치 지면에서 빼낸 신문소설을 지키는 해자처럼 그것들은 소설을 에워싸고 방어한다. 「보지이문」이『우편보지신문』의 독자에게 제공되었을 때 서문이나 제언은 필요 없었다. 한문 회평까지 실은 것은 아무리 재독再讀하는 독자에게 즐거움을 주려

---

31 [역주] 양두구육羊頭狗肉의 고사를 가리킴.
32 「『우키시로모노가타리』를 읽다『浮城物語』を読む」, 『国民新聞』, 明治 23.5.8.
33 [역주] 각 회 말미에 붙인 작품 평.

는 의도가 있다고 해도, 루비를 붙이고 삽화를 늘려서 독자의 저변을 확대하려고 한 연재의 방향과는 역행한다. 그리고 서발序跋이든 회평이든 그 독자로 상정한 것은 조금이라도 문학적 소양이 있는 자여서, 신문 연재할 때의 독자층과는 미묘하게 중점이 어긋난다.

쇼요는 "신문의 소설"과 '책자'로 된 소설의 차이를 집요하게 반복해서 언급했다. 하지만 야노 류케이가 "소설은 나쁘지 않은 오락을 세상 사람들에게 제공하는 것이다"(「우키시로모노가타리 입안의 시말」)라고 논할 때, 그 소설이 실린 매체가 신문인지 단행본인지의 구별은 없다. "또한 신문 지상에 실리는 소설은 한 권의 책으로 세상에 나오는 소설과 그 취향이 다름을 알아야 한다"(「우키시로모노가타리 입안의 시말」)라는 말을 하는데, 그 내용을 들여다보면 "소설란을 제외한 신문의 본색으로, 온 지면의 기사가 하나같이 떠들썩한 그날그날의 사건이 아닌 것이 없고 오리고 붙이는 아수라장을 연출한다. 이 아수라장 옆에서는 순식간에 소설의 별천지를 본다. 한쪽은 열의 극이고, 한쪽은 정靜의 극이다. 어지간히 장단 맞추기 힘들다"라고 하여 쓰보우치 쇼요나 모리타 시켄이 말하는 변별과는 전혀 다른 모양새이다. 결국, 쇼요가 「신문의 소설」로 논한 성질, 즉 "유익하면서도 재미있는 것"이 야노 류케이에게는 전부였다. 그러나 「보지이문」이 『우키시로모노가타리』가 되었을 때 소설의 모습에는 확실히 변화가 생겼다. 「보지이문」은 그 본질이 신문소설인데도 어떻게든 '책자'에 어울리는 옷을 걸치려는 듯이 보인다.

소설이 신문에 연재되는 한 쇼요와 류케이는 대립하지 않는다. 하지만 그것이 단행본으로 만들어졌을 때 쇼요가 한편에서 확보해 두었던 "순연純然한 문학적 소설"의 모습이 류케이의 눈에 들어온다. 쇼요는 어

떤 의미에서는 "계몽가의 문학"(『『우키시로모노가타리』와 그 주위』)을 신문
소설에 가두어 두려고 한 것이고, '신문지의 소설'과 "순연한 문학적 소
설"을 분리해 둠으로써 "순연한 문학적 소설"의 확립을 꾀한 것이다.
『우키시로모노가타리』는 이러한 분리를 거부하고 서발序跋이나 평어評
語로 무장해서 이쪽이야말로 진정한 소설이라고 부르짖지 않을 수 없
게 된다. 물론 서발이나 평어는 근세소설의 상투적인 수법이어서 그 무
장은 조금 구폐舊弊의 느낌을 면하기 어렵다. 하지만 근세소설을 기반
으로 하면서도 신문이라는 근대 미디어에 철저히 적응시킴으로써 소
설에 새로운 영역을 개척하려고 한 점에 『우키시로모노가타리』의 근
대가 있었다고 한다면, 신문에서 이 소설이 빠져나왔을 때 그 구폐만이
두드러지는 것도 나름 까닭이 있다.

　그리고,

　소설은 미술적인 문자가 아니면 안 된다. '미美'의 약속을 지키지 않으면
안 된다. 인간 생활을 그려내는 것이 목적이 되지 않으면 안 된다. 사람과
운명 사이를 규정하는 천연의 법칙을 끌어내지 않으면 안 된다. 동력動力과
반동력反動力에 의해 생겨나는 행위를 그리지 않으면 안 된다.[34]

혹은,

　소설은 인간의 운명을 보여주는 것이다. 인간의 성정을 분석해서 보여주

---

34 「보지이문(야노 류케이 씨 저)報知異聞(矢野龍渓氏著)」」, 『国民之友』, 明治 23.4.3.

는 것이다. 그리고 가장 진보한 소설은 현대의 인정人情을 그려내는 것이며, 그 이외에 소설은 없다고 말할 수도 있다.[35]

라고 강조했듯이, 소설의 모든 요소가 혼효混淆하던 시기를 끝내고 '미술'은 위이고 '오락'은 아래라는 식으로 경계 짓는 시선이 정착한 것은 분명해서, 『우키시로모노가타리』의 존재에 의해 이 시선은 더욱 강고해져 갔다. '오락'은 소설의 이름값을 못하고 기껏해야 '신문의 소설' 이라는 이 시선은 이후에도 끊임없이 근대문학을 지배해 간다. 그러나 근대는 '미술' 하나에만 있는 것이 아니다. 『우키시로모노가타리』에서 표현되는 말은 고유성을 갖지 못한 말, 소비되는 말, 전달을 위한 말, 그리고 공유되는 말이 근대소설에서 어떻게 생성되어 가는지를 가르쳐 줄 것이다.

비판을 받아서 그랬는지 자세히 알 수는 없으나, 마다가스카르 섬 영유까지도 계획했던 『우키시로모노가타리』는 불과 네덜란드령 인도네시아의 독립전쟁에 관여하는 것만으로 붓을 꺾는다. 그리고 오시카와 슌로押川春浪가 『해저군함』으로 그 뒤를 이었을 때 『우키시로모노가타리』는 스스로는 별로 원치 않던 계보系譜의 조상으로서 '순연한 문학적 소설'의 바깥에 자리를 부여받게 된다.

---

35 「『우키시로모노가타리』를 읽다『浮城物語』を読む」, 『国民新聞』, 明治 23.5.8.

8장

메이지의 유기
한문맥의 소재

유기游記[1]의 융성이 막말幕末에서 메이지 20년대에 걸친 시기 문학의 큰 특징을 이룬다는 사실은 좀더 주목해도 좋을 것이다. 물론 여행이라는 테마 자체는, 어쩌면 기행문이라는 장르 자체는, 동서양을 막론하고 고전적이어서 기행문이라고 하면 메이지가 아니고 에도江戸가 아닌지 미심쩍어 할지도 모른다. 그렇지만 메이지의 유기游記는 여러 가지 점에서 시대를 구분 짓는 특징을 지닌다.

우선 살펴보아야 할 것은 막말에서 메이지에 걸쳐 출간된 대량의 해외 도항기의 존재이다. 언어도 습속習俗도 다른 곳을 여행함으로써, 명소의 확인과 나열에 빠지기 쉬운 근세 기행문과는 전혀 다른 흐름이 나타난 것은 기행이라는 장르에 큰 변화를 가져왔다. 하지만 조금 앞

---

1 [역주] 유기游記는 도서 중 지리서의 일부로 분류되는 경우도 있지만 일반적으로는 보다 넓게 여행가의 기록과 문인의 기행문을 포함한다. 주로 국내의 명소를 여행한 견문을 소재로 한다. 한편으로는 문학적 색채가 강해서 시부詩賦와 나란히 문인의 작문 가운데 빼놓을 수 없는 문장의 하나이고, 다른 한편으로는 실록적이고 학술적 색채가 강해서 여행기를 넘어 독립된 분야를 형성하는 데까지 이어진다.

질러 말하자면, 그 해외 도항기들 역시 그 이전에 나온 기행의 틀과 무관하게 쓰였냐 하면 그렇지는 않다. 새로운 곳으로의 여행이기에 퍼셉션perception의 자세는 구투舊套에 의존하기 쉽다. 특히 상세한 기록을 취지로 할 뿐만 아니라 거기에 무언가 문학다운 것을 담으려고 하면 더욱 그러하다. 메이지의 유기는 그런 가운데 구래의 수법을 바꾸어가며 새로운 형型을 만들어 갔다.

그리고 새로운 형을 만들어 나가는 과정에서는 해외 도항이라는 제재의 새로움에 더하여, 유통 환경이나 독자층이 메이지에 들어와 크게 변했다는 점도 강하게 작용했다. 신문이나 잡지 등 광범위한 독자를 상정하는 정기간행물의 등장은 그 구체적인 사례로 바로 떠오른다. 목판인쇄에서 동판인쇄 혹은 활자 인쇄로의 이행에 따른 출판 유통의 양적, 질적 변화도 시야에 넣지 않으면 안 될 것이다.

그러면 서두는 이쯤하고, 여기서는 우선 나쓰메 소세키夏目漱石의『목설록木屑錄』부터 읽기로 하자. 처음에 해외 도항 운운하면서 고등학생의 여름 보소房総 여행기부터 읽기 시작하는 것은 훗날 문호가 되는 저자의 이름에 가치를 인정해서가 아니라, 1889년(메이지 22)에 제1고등학교 본과생이 한문으로 쓴 여행기에 메이지의 유기가 어떤 전제하에 쓰였는지 잘 드러나 있기 때문이다.

1. 『목설록』

『목설록木屑録』은 이렇게 시작된다.

余児時、誦唐宋数千言、喜作為文章。或極意彫琢、経旬而始成、或咄嗟衝口而発、自覚澹然有樸気。窃謂、古作者豈難臻哉。遂有意于以文立身。自是遊覧登臨、必有記焉。[2]

옛날의 대작가와 어깨를 견주는 것도 어려워하지 않던 소년 소세키가 자신 있어 하던 시문詩文은, 몇 년 후에 다시 읽어보고는 부끄럽기 짝이 없어서 모두 태워 없애게 되는데, 여기서는 "이때부터 유람등임遊覧登臨하면 반드시 글이 나왔다"라는 대목에 주의했으면 한다. "문장으로 입신하려는" 사람으로서 작시작문作詩作文의 동기는 우선 '유람등임'[3]이었다. 물론 이것은 한시문의 전통이며 메이지 시대에도 한시문을 짓는 이에게는 초학初學부터의 기본 소양이어서, 어렸을 적부터 당송唐宋의 시문詩文 수천 언數千言을 암송했던 소세키에게는 지극히 당연한 것이었다고 할 수 있다. 그리고 "유람등임하면 반드시 글이 나왔다"고 한다면 '글'을 위해서 '유람등임'을 한다 해도 이상할 것이 없다. 그것은 본말전

---

2 『소세키전집漱石全集』제18권, 岩波書店, 1995.
   [역주] 인용문의 내용은 다음과 같다. "나는 어렸을 때부터 당송唐宋의 걸작 명편名篇 수천언數千言을 읊으며 즐겨 문장을 지었다. 어떤 때는 심혈을 기울여 다듬어서 열흘이나 시간을 들여야 비로소 완성이 되었고 또 어떤 때는 순간적으로 내뱉은 것이 그대로 담연澹然하고 박기樸氣가 있음이 느껴졌다. 남몰래 생각하건대 옛날의 대가大家도 못 당할 것이라고 결국 문장으로 입신해 보겠노라 결심했다. 이때부터 유람등임遊覧登臨하면 반드시 글이 나왔다."
3 [역주] 유람하며 높은 곳에 올라가서 아래를 바라보는 것.

도라고도 말할 수 없을 정도로 일체를 이루는 것으로 인식되었다.

窃自嘆曰、古人読万巻書、又為万里遊。故其文雄峻博大、卓然有奇
気。今余選耎趑趄、徒守父母之郷、足不出都文。而求其文之臻古人之
域、豈不大過哉。**4**

'선연자저選耎趑趄'는 우물쭈물 주저하는 모습. 결국 자기 시문의 모자
람을 '만리萬里의 유遊'가 부족한 탓으로 돌릴 정도로 작시작문에서 여행
은 불가결한 것이다. '만권萬卷의 서書' '만리萬里의 유遊'야말로 시문을 향
상시키는 자원이었다. 표현을 거슬러 올라가보면 "信乎、不行一万
里、不読万巻書、不可看老杜詩(참으로 옳은 말이다. 만리를 가지 않고 만권
의 책을 읽지 않고서 두보杜甫의 시를 읽으면 안 된다)"(『王直方詩話』)와 같이, 이
것은 두보의 시를 읽기 위한 전제이기는 하지만 거꾸로 두보가 시성詩聖
인 이유이기도 하고 나아가서는 작시작문의 요건이 되기도 한다.

그러나 여행만 한다고 시문이 써지는 것은 아니다. 소세키는 1887년
(메이지 20) 드디어 후지산 등정을 마쳤는데도 "不能一篇以叙壮遊", 즉
그 장대한 여행을 기록한 글을 한 편도 쓰지 못했으며, 이어서 1889년
(메이지 22) 7월, 오키쓰興津 해안에 피서 차 가지만 "遂不得一詩文(끝내
시문 한 편도 얻지 못했다)"**5**이라고 한다.

---

4 [역주] 인용문의 내용은 다음과 같다. "남몰래 스스로를 한탄하며 말하기를, 고인古人은 만 권
의 책을 읽고 또한 만 리를 노닐었다. 고로 그 글은 웅준박대雄峻博大하고 탁연卓然히 기기奇
氣가 있다, 라고. 지금, 나는 우물쭈물 주저하느라 공연히 부모가 계신 고향을 지키며 발이 도
성 문을 나가지 못한다. 그런데도 그 글이 고인의 경지에 이르기를 바란다면 어찌 큰 과오가
아니겠는가."

5 다만 1889년 8월 3일 자 마사오카 시키正岡子規에게 보낸 서간에는 오키쓰興津의 지세地勢와

嗟乎、余先者有意於為文章、而無名山大川揺蕩其気者。今則覧名山大川焉、而無一字報風光。豈非天哉。

문장을 지으려고 했을 때는 명산대천名山大川을 얻지 못하고 명산대천을 눈앞에 두었을 때는 문장이 안 나온다. "어찌 하늘의 뜻이 아니랴"라는 것은 조금 과장되게 들리겠지만, 그 만큼 여행과 시문은 밀접하다. 그리고 오키쓰 여행 다음 달인 8월, 보슈房州를 30일간 여행하고 돌아간 후 유기를 쓰게 되자 소세키는 간신히 마음을 달랠 수 있었다.

窃胃、先之有記而無遊者、与有遊而無記者、庶幾于相償焉。

그런데, 이렇게 '유遊'와 '기記'가 상응相應을 이룬 유기는 어떤 것이었는가. 간단히 설명하면, 한시를 끼워 넣은 한문으로 쓰고 일록日錄은 아니지만 거의 시간 순서에 따라 토픽을 배열하는 것이다. 내용을 대략 간추리면, 8월 7일, 배로 보슈로 향할 때 배 멀미를 하고 모자를 떨어트리고, 그 자리에 함께 했던 세 여자에 관한 내용의 단락, 보슈에 도착한 후의 해수욕에 관한 단락, 오키쓰興津와 아와安房 호타保田의 경관 대비로 이루어진 단락, 장대한 자연 경관을 처음 접한 감개를 전하는 단락, 동행인과 자신의 대비로 이루어진 단락, 어느 날 밤, 지난날을 생각하며 자신을 되돌아보는 단락, 마사오카 시키正岡子規에게서 받은 글과 시에 대한 단락, 보슈의 지세를 서술하다가 노코기리야마鋸山의 개산開山[6]에

───

풍경을 한문으로 쓴 사백 자 남짓의 미완 유기遊記가 남아있다. 앞의 책『전집』제18권에「도카이도 오키쓰 기행東海道興津紀行」이라는 가제로 수록된다.

이르고, "기축己丑 8월 아무 날"의 노코기리야마 등산을 기록한 긴 단락.
호타保田 북쪽의 동문洞門[7]에 관한 단락, 친구 요네야마 야스사부로米山保
三郎에 관한 단락, 동문洞門을 시로 읊은 단락, 호타 남쪽의 만灣에 있는
거암巨巖을 서술하고 게다가 풍광風光을 노래하기에 이르는 단락, 탄죠
지誕生寺[8]와 타이노 우라鯛の浦[9]에 관한 단락, 여행 중의 시를 몇 개 모은
단락, 이 유기에 관하여 정리한 단락.

단락 상호간의 관계는 구성상의 긴밀함이 별로 없고 오히려 단편短篇
으로 된 각각의 유기를 합쳐 엮은 듯한 느낌을 준다. 이것은 필자가 마지
막 단락에서 서술하듯이, 생각나는 대로 글을 지어서 일단 완성되면 고
치지 않았던 것에 원인이 있을 테지만, 만약 그렇다면 더욱 주의해야 할
것은 단락 상호간의 관계에 비해 오히려 단락 내의 구성이 현격하게 탄
탄한 점이다. 노코기리야마 기행을 중심으로 하는 긴 단락은 지세에서
부터 시작해서 "기축己丑 8월 아무 날, 나는 여러 사람과 오르다"라고 기
행을 시작하는데, 폐가廢家를 보고는 유신維新의 변變을 생각하고 발걸음
을 옮김에 따라 전개되는 나한상의 배치를 논하며 산 정상에 이르자 시
를 쓰고 단락을 바꾸는 등, 서술의 충실함과 더불어 『목설록』 중에서도
가장 공을 들인 단락으로 볼 수 있다. 그런데 그 정도까지는 아니지만 각
단락에는 많든 적든 나름대로의 구성, 보다 적절한 표현을 찾는다면, 형
型이 있다. 생각나는 대로 썼다 해도 몸에 배인 형에서는 벗어날 수 없다.
한시문에 능숙해지는 것은 무엇보다 이러한 형에 능숙해지는 것이었

6 [역쥐 절을 처음 세우는 것.
7 [역쥐 동굴 입구에 만든 문.
8 [역쥐 치바현千葉県 가모가와시鴨川市 고미나토小湊에 있는 일련종日蓮宗의 대본산大本山.
9 [역쥐 치바현 가모가와시 연안 해역.

다. 메이지에 들어와서도 여전히『고문진보古文真寶』나『문장궤범文章軌範』의 훈점訓點[10]주석본이 계속해서 출판된 것은 바로 문장궤범으로서의 역할을 한시문이 맡고 있었기 때문이다. 주제로서의 유기는 작시작문을 배울 때 이러한 형型을 제공하는 데 기여하는 바가 컸다. 게다가 한문을 자원으로 해서 성립한 메이지기 보통문에서도 유기는 그러한 기능을 했다. 유기의 형型은 한문에 그치지 않고 대개 문장을 쓰는 데 기본을 계속 제공했던 것이다. 지금 그 사정을 알아보기 위해, 일단『목설록』에서 벗어나 메이지 초기의 작문용 교과서를 살펴보기로 하자.

2. 작문의 본보기

1879년(메이지 12)에 출판된 야스다 케사이安田敬斎의『기사논설문례記事論説文例』는 다음해인 1880년의 재판再版에 실린 광고에 따르면 다음과 같은 것이었다.

요즘 세상에 작문서가 모자라지는 않지만 문례文例가 착잡錯雜한 우려가 있고, 숙자熟字가 신기新奇 이문異聞의 해害가 있다. 그래서 처음 배우는 사람을 그르치는 경우가 아마 적지 않을 것이다. 다만 본서는 작문의 비결, 조사助詞의 체격體格[11]은 물론이고, 본편을 시후時候, 기유記遊, 기사記事, 기

---

10 [역주] 훈점이란 한문을 일본어 문장 구조에 따라서 읽기 위해 원문의 행간이나 자간에 붙인 문자나 부호를 말한다.
11 [역주] 문법에 가까운 의미.

전기戰記, 경하慶賀, 상도傷悼, 논문論文, 설문說文, 잡편雜編 등 아홉 부문으로 나누어 250장의 문례文例를 기술했다. 또한 첫머리에 두 단으로 된 칸을 만들어 시령時令(절기), 인륜, 금수, 초목의 이칭異稱에서부터 75종의 편지글을 비롯하여 대략 아속雅俗의 숙자熟字 유어類語를 자세히 채택하여 빠짐이 없고, 한어에는 모두 좌우에 방훈傍訓[12]을 달았다. 학교의 학생은 말할 것도 없고 널리 세상 사람들의 작문 규범에 도움이 되는 완전무결한 양서이므로 강호의 제언諸彦은 신속히 구매해서 한류韓柳[13]의 자취를 붙잡을 수 있기를 바란다.

동판銅版으로 두 권, 합쳐서 100정丁[14] 남짓, 교열校閱에는 다나카 요시카도田中義廉가 이름을 올리고, 발행은 분엔이도 마에카와 젠베文榮堂 前川善兵衛. 이러한 작문서가 한편으로 근세의 왕래물往來物[15]을 이어받았다는 것은 상권을 점하는 '시후문時候門' 문례 중 척독문尺牘文이 적지 않고, 게다가 「일용척독日用尺牘」을 그 뒤에 붙인 것을 보아도 확실하다. 그런데 다른 한편으로 왕래물이 습자習字를 겸하여 초서체나 행서로 쓰인 소로문候文[16] 또는 한문이었던 것으로 미루어 보면, 여기에 채용된 문체는 한자 가타카나 혼용의 이른바 보통체普通體이고 서체는 동판銅版으로 선명하게 찍은 해서이다. 즉, 근세 왕래물과는 자연히 뚜렷하게 구분이

---

12 [역주] 루비(후리가나).
13 [역주] 당唐의 문장가 한유韓愈와 유종원柳宗元을 가리킴.
14 [역주] 일본 전통 제본 방식으로 제작된 서적의 안과 겉 2쪽을 한 단위로 해서 그것을 셀 때 쓰는 용어.
15 [역주] 가마쿠라鎌倉・무로마치室町 시대에서 메이지・다이쇼기에 이르기까지 초등교육용으로 편집된 교과서류의 총칭.
16 [역주] 정중한 의미를 나타내는 '소로候'를 사용해서 쓰인 글로 중세 이후의 서간이나 공문서, 신고서 등에 쓰였다.

되며 '기유문記遊門'에서 시작하여 기사 논설문의 작문례를 보여주는 하권이 제목과 더불어 오히려 중심을 이루고 있음을 알 수 있다. 뭐니 뭐니 해도 목표는 한유韓愈, 유종원柳宗元인 것이다. 그리고 친숙함과 실용면에서 '시후時候'가 각별하다는 것을 고려하면, 하권 첫머리에 '기유記遊'를 배치한 것은 바로 소세키가 '유遊'와 '기記'의 일체一體를 반복해서 언급한 것과 호응할 것이다. 작문에는 우선 '유람등임'이다.

그런데 그 '기유문記遊門'은 「하해河海」, 「산악山嶽」, 「교야郊野」, 「계학溪壑」, 「성읍城邑」, 「구지舊趾」, 「승적勝跡」, 「화목花木」, 「온천溫泉」, 「폭포瀑布」, 「원지園地」, 「사원寺院」, 「신사神社」로 내용을 나누고, 거기에 맞지 않는 것은 '잡편문雜編門'으로 분류해 놓았다. 「하해河海」에는 "비와코琵琶湖를 유람하는 기記", "배를 추遡해서 촌수遡水를 거스르는 기記", '산악山嶽'에는 '부악富嶽의 기記', '이치노다니一ノ谷를 지나는 기記', '오토와야마音羽山를 유람하는 기記' 등 후지산을 제외하고는 모두 관서關西의 경승인 것은, 저자와 발행처가 오사카에 있는 점이 반영되었을 것이다. 참고로 촌수遡水는 요도가와淀川17를 가리킨다. 각각의 문례는 길어도 1정丁을 넘기지 않아서 대개 초학인 사람에게 적합한 분량을 지키고 있다. 예를 들어 '이치노다니一ノ谷를 지나는 기記'.

섭攝의 꼬리, 파播의 머리, 남南으로는 해양海洋을 받고 북北으로는 산령山嶺을 등지고 산요山陽 왕환往還의 충로衝路, 이를 이치노다니一ノ谷라고 한다. 평망平望 십리가 이연夷然하게 깔려있는 듯하다. 되돌아서 텟카이야마鐵拐山

---

17 [역주] 오사카 북부를 관류貫流하는 하천.

산을 바라보니 회구懷舊를 금할 수 없다. 노도怒濤는 모래를 휘감아말고 산을 무너뜨린다. 솔바람은 하늘을 향해 으르렁거리고 태양이 기운다. 나는 한참을 저회低徊하며 자리를 뜰 수 없었다. 개연히 이를 기술한다.

정형定型의 학습이야말로 작문의 첩경임을 여실히 보여주는데, 더욱 노골적이 되어 버리면, 야스다 케사이의 『기사논설문례』를 본떠 1881년(메이지 14)에 출판된 미즈노 겐조水野謙三의 『기사논설문례記事論說文例』(山中市兵衛 판)의 「공원公園의 기記」에, "予ノ寓ヲ距ルコト数町、一小丘アリ、何々ト云フ、土地高爽山水明媚、植ウルニ芳草奇木ヲ以テシ、鑿ツニ泉水ヲ以テス(우리 집에서 몇 정町 떨어진 곳에 작은 언덕이 하나 있는데, 무엇무엇이라고 한다. 토지는 고상高爽하고 산수는 명미明媚하다. 방초芳草 기목奇木을 심고 천수泉水를 판다)" 운운해서, "何々(무엇무엇)"에 근처의 언덕 이름을 넣으면 1정丁 완성, 이라는 간편함에까지 이른다. 미즈노의 『기사논설문례』는 대략적인 구성은 야스다 케사이를 거의 답습하고 개개의 문례도 야스다를 의식했다. 예를 들어 「계학溪壑으로 옮기는 기記」(야스다)와 「계학溪壑에서 유람하는 기記」(미즈노).

나는 본래 산수山水를 즐겨서 늘 승지勝地를 구했으나 뜻을 이루지 못했다. 올해 학우學友의 주선으로 주거를 옮길 수 있었다. 이 지역은 서북西北에 산을 등지고 동남東南은 물이 흐르는데, 산이 높지 않으나 백운白雲이 꼭대기를 뒤덮고 물은 많지 않으나 청심淸深 묘망渺茫하여 바라보기에 충분하다.
　　　　　　　　　　　　　　　　　　　　—「계학溪壑으로 옮기는 기記」

나는 본래 산수山水를 즐겨서 늘 승지勝地를 구했으나 뜻을 이루지 못했다. 이에 신사辛巳년 여름 칠월 관가官暇[18]를 받아 닛코日光 산중山中에서 더위를 피했다. 산중에 계간溪澗이 많아서 봄여름은 백천百泉이 가득 돌아 흐르고 물이 여기에 쏟아져서 모습을 비춘다. 군봉群峯 만학萬壑 장림長林이 골짜기를 품고 앞은 준험峻險하여 해를 가리고 뒤는 깊고 어두워서 가로막는다. 봉우리 모습과 산의 자태가 볼수록 괴이하다. 현천懸泉 비폭飛瀑이 도처에 있다.

— 「계학溪壑에서 유람하는 기記」

시작 부분이 거의 같은데, 이사와 여행으로 표현에 차이를 보이며 전자가 토지를 특정하지 않은데 비해 후자는 닛코日光라고 명시한다. 학습자 입장에서는 이렇게 다양한 패턴을 볼 수 있는 것은 환영할 만한 일로, 이런 종류의 참고서가 많이 팔린 듯 동공이곡同工異曲의 책이 잇달아 나오게 된다. 그 상세한 내용은 제10장으로 미루는데, 이러한 메이지 10년대 작문서의 성행이 한문맥의 유기를 확고하게 뒷받침했다는 사실을 여기서 확인해 두겠다. 소세키가 메이지 10년대 전반에 이러한 작문서를 보기에 조금 나이가 많은 것은 분명하지만, 유기의 위상이라는 점에서 보면 거리는 그다지 멀지 않다.

---

18 [역주] 관아에서 내려주던 휴가.

3. 경景 • 사史 • 지志

『목설록』의 유기로서의 특징 중 하나는 한문 사이에 간혹 한시를 끼워 넣는 것이다. 얼핏 당연하게 보이는 이 스타일은 실은 한문의 원천인 중국에서 유래한 것이 아니다. 중국의 유기는 『문선』에 수록된 기행문이나 유람의 부賦에서 그 근원을 찾을 수 있겠지만, 부賦는 부賦로서 성립한 것이지 거기에 시詩를 끼워 넣는 것은 아니다. 당송唐宋의 고문古文으로 쓰인 유기도 문장은 한문이며 기행의 시는 시로서 별도로 기록하는 것이 보통이다. 한문에는 한문으로서의 리듬과 아름다움이 있기 때문이다.

그러나 화문맥和文脈에서는 산문 사이에 단가短歌를 삽입하여 기행에 리듬을 만드는 것이 보편적이었다고 할 수 있다. 일기나 기행에 단가는 으레 따르기 마련이다. 그렇다면 한문으로 쓴 기행에 한시를 삽입하는 것은 화문맥을 본뜬 것일 가능성이 높다.[19] 그것이 언제부터 생겨났는지 소상하게 밝히지는 않겠으나, 일찍이 하야시 라잔林羅山이 1616년(겐나 2)에 에도에서 교토까지의 여행을 기록한 『병진기행丙辰紀行』은 한문에 한시를 섞은 기행이다. 다만, 『계미기행癸未紀行』에서는 오히려 한시가 주이고 한문은 시를 도정道程에 이어주는 역할을 하는 데 불과하다.

근세의 한문 기행문에는 전반에 일록日錄의 한문기행을, 후반에 한시를 한데 모아두는 것이 적지 않다. 한연옥韓聯玉의 『동오기행東奧紀行』과 『천교기행天橋紀行』 등이 그 전형일 것이다. 그리고 한신문의 전통에서

---

19 고타지마 요스케古田島洋介의 「삽시문의 계보─일본문학사 시론揷詩文の系譜─日本文学史試論」, 『比較文学研究』 45, 1984.4을 참조.

보면 그 쪽이 오히려 상투적이다. 그러나 메이지기에는 오히려 한문이나 훈독문을 베이스로 하고 그 단락을 맺는 것으로서 한시를 배치하는 형식을 종종 볼 수 있게 된다. 야스다 케사이의 『기사논설문례』에서는 「1월 우인友人의 양행洋行을 축하하다」의 말미에 칠언절구를 두고, 미즈노 겐조의 『기사논설문례』에서는 「게곤華嚴 폭포의 기記」의 끝에 칠언절구를 붙였다. 이 기記들이 말하자면 긴 유기의 한 단락 한 단락에 상당하는 것임을 생각하면, 이러한 시의 이용법은 『목설록』과 차이가 없다. 그렇다면 왜 이 형식이 메이지기에 현저한가.

1862년(분큐 2)에 요코하마에서 유럽을 향해 출발한 후치베 도쿠조淵辺德藏의 『구행일기欧行日記』(『견외사절일기찬집遣外使節日記纂輯』3)는 훈독문으로 쓴 일록日錄 사이에 와카和歌와 한시를 섞어놓았다. 그 단가는 예를 들면,

　　大海の浪にただよふうき枕うきは此世にたくいやはある

　　나는 지금 대해의 파도에 흔들흔들 떠도는 배 안에 누워있는 괴로운 처지에 있다. 이 물 위에 떠있는 것과 같은 괴로움이 이 세상 어딘들 다를까.

이고, 또한 한시는,

　　回望無山影 玉竜跳怒涛 大鑑軽於葉 微躯便羽毛[20]

---

20 [역쥐 인용문의 내용은 다음과 같다. "돌아보니 산의 모습은 보이지 않고 용이 거센 파도 위를 뛰어오르고 있다. 큰 배도 (바다 위에서는) 나뭇잎처럼 가볍고 보잘것없는 내 몸은 새털과 같다."

와 같은 것이어서 일시적인 감회를 읊기에 족하면 충분하다는 태도임은 부정할 수 없다. 공간公刊을 목적으로 하지 않고 비망備忘을 위해 쓰인 일록日錄일 터이니 그것은 오히려 당연하다고 할 수 있는데, 반대로 일록에 그런 시를 쓰는 것이 드문 일이 아니었다는 이야기가 될 것이다. 1865(게이오 원년)의 유럽행을 기술한 시바타 다케나카柴田剛中의 일기[21]에도 많은 한시가 삽입되었는데 쇼헤이코昌平黌에서 배운 그로서는 그것이 당연했을 것이다. 한시문의 소양을 갖춘 사족士族의 지극히 평범한 행위로 여행이 있으면 시詩가 따랐던 것이다. 하지만 그것은 아직 규범이 아니다. 그것이 하나의 규범으로 성립하려면 역시 뭔가 계기가 필요했다.

그런 의미에서 나카이 오슈中井桜洲의 『서양기행 항해신설西洋紀行航海新説』 및 『만유기정漫游記程』은 좀더 주목할 필요가 있다. 『항해신설航海新説』은 사쓰마 번薩摩藩을 탈번脱藩한 후 고토 쇼지로後藤象二郎에게 의탁하던 나카이 오슈가 1866년(게이오 2), 도사土佐의 유우키 코안結城幸安과 함께 영국에 갔을 때의 일록 두 권인데, 원래 『목견이문 서양기행目見耳聞西洋紀行』이라 하여 1868년(게이오 4)에 오사카에서 출판된 것을 1870년(메이지 3), 미즈모토 나루미水本成美와 이마후지 고래히로今藤惟宏 등의 서序, 오오누마 친잔大沼枕山의 제시題詩, 그리고 와시즈 기도鷲津毅堂의 발跋을 붙여서 새로 출판한 것이다. 정판整版[22]선장線裝[23]에 문체는 한자 가타카

21 『서양견문집西洋見聞集』(日本思想大系 66), 岩波書店, 1974에 『仏英行』이라 하여 수록.
22 [역주] 오자나 조판의 잘못된 부분을 교정 지시대로 고쳐서 활자를 바꿔 끼우거나 판을 다시 짜는 것.
23 [역주] 책 장정 방법의 하나. 인쇄된 면이 밖으로 나오도록 책장의 가운데를 접고 책의 등 부분을 끈으로 튼튼하게 묶는다.

나 혼용의 훈독체, 여기에 오오누마 친잔과 와시즈 기도의 평이 덧붙여져서 결국 메이지의 유기로서 공인받은 것이었다.

『만유기정』은 1874년부터 영국 공사관 서기로 런던에 있던 나카이 오슈가 1876년, 프랑스·독일·러시아·터키를 거쳐 귀국했을 때의 유기 세 권인데 1877년에 출판되었다. 『항해신설』과 마찬가지로 정판整版 선장線裝, 평점評點이 붙어있는 훈독문과 한시. 상권과 중권은 런던에서 상하이에 이르기까지의 일록日錄, 하권은 유럽과 미국 체재 중의 잡기雜記와 한시를 모은 것. 오오쿠보 도시미쓰大久保利通와 이토 히로부미伊藤博文의 제자題字, 가와다 오코川田甕江·나카무라 케이우中村敬宇·나루시마 류호쿠成島柳北·후지타 메이카쿠藤田鳴鶴·이와야 이치로쿠巖谷一六·이마후지 고래히로今藤惟宏·구리모토 죠운栗本鋤雲 등의 서발序跋, 평점評點은 나루시마 류호쿠와 요다 각카이依田学海, 청淸의 엽송석葉松石 등도 가세하는 등, 조금 맥이 빠질 정도로 쟁쟁해서 『항해신설』보다 더욱더 이 책이 해외 유기의 권위인 것처럼 굴었다는 것은 상상하기 어렵지 않을 것이다. 적어도 이토록 권위를 높이려고 한 해외 유기는 이것 말고는 없다. 그리고 나루시마 류호쿠가 1872년의 자신의 도항기渡航記를 1881년부터 『화월신지花月新誌』에 연재할 때 나카이 오슈의 유기를 염두에 두었을 가능성도 있다. 나루시마 류호쿠가 『만유기정』 발跋에 "蓋余亦嘗遊彼地。其所欲記而未記者。君能尽之矣(내가 일찍이 그 곳을 여행한 적이 있다. 쓰려고 했으나 못 쓴 부분을 자네는 다 썼다)"라고 말하는 것은 그 복선으로도 읽힌다. 한시에 관한 한 오히려 류호쿠에게 유리했을 텐데, 원 목록이 한문으로 되어 있던 것을 훈독체로 다시 써서 수식에 신경을 쓴 것은[24] 어쩌면 나카이 오슈의 유기가 원인의 하나였을 것이다.

해외 도항기가 메이지의 유기에서 갖는 의의는 지금까지 서술한 문文과 시詩의 구성상의 문제에 그치지 않는다. 한문맥 특유의 경景·사史·지志를 합쳐서 기행의 골격으로 삼는 수법의 재발견이야말로 해외 유기에 의해 생긴 결과였다. 『만유기정』에서 인용한다.

十八日朝十時遙ニ莫斯科府ヲ林端ニ望ム其尖塔金色ノ朝旭ニ映シ円閣ノ空ニ聳ルヲ見テ往昔拿破崙カ此府ヲ陷ルニ当リ府ノ南面ヨリ遙カニ高閣ノ雲ニ連ルヲ望見シ快気勃然トシテ自ラ禁スル能ハズ軍隊中ニ大呼シテ天下有名ノ莫斯科府今日我カ掌裡ニ帰シタリト云ヒシヲ追想シ余モ亦胸宇ノ開霽スルヲ覚エタリキ[25]

分夜朔風寒裂膚。鉄車蹴雪客身孤。今朝早掲朱簾望。楼閣連雲満旧都。

奈此凍雲氷雪何。仏軍曾此捲旗過。休将成敗論既往。英傑由来遺算多。

曾従仏軍此地過。全部焼滅惨情多。行々憶起当年事。苦雪酸風入莫科。

百里兼程入鄂羅。蕭条無物着吟哦。斜陽残雪旧都路。古戦場荒春樹多。(방점원문, 방선생략)

---

24 마에다 아이前田愛의 「류호쿠 「항서일승」의 원형柳北 「航西日乘」の原型」, 『近代日本の文学空間―歷史・ことば・状況』, 新曜社, 1983를 참조. 이 논고는 후에 『막말・유신기의 문학 나루시마 류호쿠幕末・維新期の文学 成島柳北』, 『前田愛著作集』 제1권, 筑摩書房, 1989에 수록된다.

25 [역주] 인용문의 내용은 다음과 같다. "18일 아침 10시 저 멀리 모스크바를 숲속 저편에 바라다보는 그 첨탑이 금빛 아침 햇살에 비치고 원각圓閣이 하늘에 솟아 있는 것을 보며, 옛날에 나폴레옹이 이 도시를 함락시킬 때 도시 남쪽에 저 멀리 고각高閣이 구름과 이어진 것을 바라보며 쾌기快氣가 발연함을 스스로 억누르지 못하여, 천하의 모스크바가 오늘 내 손안에 들어왔다고 군대에 크게 외친 것을 회상하니 나 또한 가슴이 뻥 뚫리는 것을 느꼈다."

제2수에는 "叱咤生風、迂儒胆寒(질타가 바람을 일으키니 세상 물정에 어두운 선비는 간담이 서늘하다)"이라는 나루시마 류호쿠의 평이 있고, 또한 별두鼈頭에는 "百川曰、俳優団十嘗扮楠廷尉、平日動作以廷尉自居、其用意至矣。先生望見莫斯科府、則完然拿破崙再生、其気概可想也"라고 요다 각카이가 평한다. 질타 소리에 겁쟁이는 간담이 서늘하겠지, 배우 단주로団十郎가 구스노키 마사시게楠木正成로 분장했을 때 평소의 행동도 마사시게처럼 하려고 애썼다, 선생 또한 평소에도 나폴레옹의 기개를 지녔을 것이라며 평자評者는 작자의 영웅호걸의 면모를 칭송해 마지않는다. 경景을 람覽하고, 사史를 회懷하며, 지志를 드높이는 것. 근세의 기행에는 보기 드문 영웅호걸의 기개야말로 메이지 유기의 특징이며 영웅호걸의 기개를 토로하는 데에는 한문맥이 안성맞춤이었다.

당토唐土에서는 사적으로는 문인文人이어도 공적으로는 사인士人이어서 시문도 그 밸런스 위에 성립하는 것이 보통이었다. 『고문진보古文真宝』도 『문장궤범文章軌範』도 과거科擧 수험용, 즉 사인士人이 되는 데 필요한 것이었으므로 작문은 바로 관도官途와 직결되었고 표면상으로는 경세제민經世濟民에 이르는 길이었다. 그에 비해 일본의 문인은 시문 작자로서의 면모가 부각되는 경향이 있었음을 부정할 수 없을 것이다. 근세의 기행이 문인 묵객墨客의 독무대였던 것도 같은 것이며, 『목설록』 또한 주조主調는 그것을 계승하는 것이다.

그러나 메이지라는 시대가 되자 사인士人이 되려고 하는 작자가 등장한다. 그들은 한시문 내지 한문을 자원資源으로 하는 문체를 자신의 문체로 선택해서 가공加工해 간다. 유기에서 그 전형이 『항해신설』과 『만유기정』인 것이다. 그리고 경景·사史·지志에 정情을 더하여 일록에서 소설로 옮겨가면, 필라델피아의 벙커힐晩霞丘에서 강개慷慨한 도카이 산시에게로 흐름을 이끄는 것은 수월할 것이다. 『가인지기우』는 메이지 유기의 도달점이었다.

한편, 경景·사史·지志를 갖춘 유기의 흐름은 나루시마 류호쿠의 『항서일승航西日乘』을 거쳐 고지식한 텍스트를 하나 낳게 된다. 모리 오가이森鷗外의 『항서일기航西日記』이다.

4. 『항서일기』

『항서일기航西日記』는 1884년(메이지 17)에 모리 오가이가 육군 파견 유학생으로 독일에 건너갔을 때의 일록을 1889년이 되어 『위생신지衛生新誌』 제2호에서 11호에 걸쳐 연재한 것이다.[26] 『만유기정漫游記程』과 『항서일승航西日乘』이 훈독문에 한시를 섞고, 고지마 노리유키小島憲之가 『말의 무게─오가이의 수수께끼를 푸는 한어ことばの重み─鷗外の謎を説く漢語』(新潮社, 1975)에서 영향을 지적한 『특명전권대사미구회람실기特命全権大使米欧回覧実記』가 훈독문으로 쓰인 것에 비해, 『항서일기』는 한문에 한시를 섞은 점이 특징적이다. 한문은 가끔 방점을 붙이는 외에는 구점句點뿐이고 훈점訓點도 붙이지 않는다. 독자를 널리 확보하려 하지 않고 오히

---

26 『항서일기航西日記』에 관해서는 이자와 쓰네오井沢恒夫·이토 유미코伊藤由美子·오오노 료지大野亮司·다케치 마사유키武智政幸·혼다 미치아키本田孔明의 「『항서일기』 주석『航西日記』注釈」, 『季刊 文学』 제8권 제3호, 岩波書店, 1997 및 그 속편(『鷗外』 제62호부터 연재)이 선행연구를 총괄하고 새로운 지견知見을 제시하여 중요하다.

려 정통에 대한 지향을 느끼게 하는데, 그와 동시에 조사措辭나 어휘가 선행하는 이 문헌들을 토대로 한다는 것은 훈독문이나 보통문의, 말하자면 복문적復文的인 요소가 어쩔 수 없이 포함됨을 의미하기도 한다.

또 하나 주의할 것은 나가세 세이세키長瀬静石의 평을 앞에 실은 점인데, 이것은 『항해신설』이나 『만유기정』과 같은 스타일이다. 『만유기정』의 평을 쓴 요다 각카이는 모리 오가이의 한문 스승이었는데, 독일 유학을 떠나는 오가이에게 송별 시를 보내기도 한다. 물론 한문으로 쓰는 이상 평評이 필요하다는 것은 당시 지극히 일반적인 인식이었다. 예를 들어 『목설록』의 경우는 소세키가 마사오카 시키正岡子規에게 첨삭비평을 의뢰한다. 따라서 『항서일기』가 직접 『만유기정』 등을 모방했다고 단정하는 것은 조금 성급할 것이다. 요점은 문체든, 평이든 『항서일기』가 조금 고지식할 정도로 한문으로서의 **정통**正統을 지향했음을 지적하고 싶은 것이다.

이러한 사실은 1882년(메이지 15) 2월의 니가타新潟 출장을 기술한 『북유일승北游日乗』, 또한 같은 해 홋카이도北海道·도호쿠東北 방면의 출장을 기술한 『후북유일승後北游日乗』이 화문和文에 와카和歌·한시를 섞은 것임을 생각하면, 보다 확실하게 알 수 있다. 일찍이 1879년부터 『화월신지花月新誌』에 연재된 류호쿠의 『항미일기航薇日記』는 1869년 도쿄에서 빗츄備中까지 왕복한 것을 기술한 유기인데, 여기에는 와카·하이쿠·한시를 자유자재로 삽입한다. 어쩌면 『북유일승』을 이 흐름을 잇는 것으로 볼 수도 있겠으나, 그렇게 되면 해외 유기에 특히 한시 한문을 지향하는 경향이 있는 점이 더욱 두드러진다. 행문行文에 화문和文이나 훈독문을 사용한다면 삽입하는 것이 한시든 와카든 상관없다. 그러나 행문에 한문을 사용하면 삽입하는 것은 한시로 한정되어 버린다. **순수한 한문맥에 대한 지향**指向. 다만 문장에 시를 섞는 일록日錄 스타일이 오히려 일본 것이라는 사실은 이미 언급한 대로이다.

그렇다면 『항서일기』의 실제 모습은 어떤 것이었을까. 출범한 지 일주일 후, 8월 30일의 기사를 살펴보자.

> 三十日。過福建。望台湾。有詩。青史千秋名姓存。鄭家功業豈須論。今朝遥指雲山影。何処当年鹿耳門。[27] 又絶海艨艟奏凱還。果然一挙破冥頑。却憐多少天兵骨。埋在蛮烟瘴霧間。過厦門港口。有二島並立。詢其名云兄弟島。有感賦詩曰。一去家山隔大瀛。厦門港口転傷情。独憐双島波間立。枉被舟人呼弟兄。此夕洗沐于舟中。

나가세 세이세키는, 처음 칠절七絶 "青史…"에 "成功当首肯於地下", 즉 정성공鄭成功도 지하에서 끄덕일 것이라고 평하고, 다음의 "絶海…"이라는 칠절에는 "実明治七年之役。三軍尽罹瘴毒。余亦病。幸而生還。今日読此詩。竦然涕下(메이지 7년의 싸움은 사실이다. 삼군이 모두 풍토병에 걸렸다. 나도 병에 걸렸으나 다행히도 살아 돌아왔다. 지금 이 시를 읽으니 송연하여 눈물이 흐른다.)"라고 자신의 타이완 출병 경험을 연결 짓기도 하며, 또한 마지막 칠절 "一去…"에는 "航西紀行之詩。景情写得妙(항서기행의 시는 정경을 잘 묘사했다)"라고 말한다.

두 번째 시에 대한 평은, "차라리 불쌍히 여긴다. 수많은 천병天兵의

---

27 『항서일기』중의 한시에 관해서는 『오가이 역사문학집鷗外歷史文学集』제12권(고타지마 요스케古田島洋介 주석, 岩波書店, 2000)이 참고할 만하다.

뼈가 묻혀서 만연장무蠻烟瘴霧 사이에 있는 것을"의, 특히 '蠻烟瘴霧'[28]에서 촉발된 것인데, 이 표현은 중국에서 보았을 때 남방南方의 변강邊疆을 가리킬 때 반드시 끄집어내는 클리셰cliché로, 물론 남방을 제재로 한 시에도 종종 사용된다. 나가세는 그것이 클리셰에 그치지 않음을 자신의 경험으로써 제시하려는 것이다. 하지만 시어詩語로는 클리셰여서, '만蠻'자에 반응하고 또는 '명완冥頑'이라는 단어와 묶어 생각하여 여기에서 모리 오가이의 '제국주의적' 사고방식을 읽어내는 것은 합당치 않다. 시에 있는 것은 중국에서 변강을 바라보는 전통적인 시선이며 사인士人이고 싶은 모리 오가이는 그것을 모방하는 것에 불과하다. 이윽고 거기에 일본으로부터 아시아로 돌린 시선이 겹쳐질 것이고 한문맥도 그 안에서 일정한 역할을 해나가겠지만, 여기에서 갑자기 그것을 읽어내도 별로 도움이 안 된다. 오히려 주의해야 할 것은 클리셰에 새로운 의미를 추가해가는 나가세의 평이 지닌 기능이며, 이렇게 해서 의미를 더해가는 과정이다.

위에서 인용한 부분은 시가 과반수를 차지하는데, 한 수도 시를 쓰지 않는 날도 있어서, 홍콩에서 영국군 병원을 시찰한 날 등은 기사도 상세하고 평에도 "此一段叙事特詳。作者本旨(이 단락은 서사가 특히 상세하다. 작자의 본래 취지이다)"라고 하듯이, 『항서일기』의 서술은 내용에 맞춰서 자유자재이다. 선행연구에서 밝혔듯이, 표현에는 다른 것을 참고로 한 부분이 많아서 지지地誌의 정보를 그대로 베낀 것 같이 보이는 부분도 없지 않으나, 한문 유기의 본연의 모습으로는 오히려 당연하다고 할

---

28 [역쥐 미개한 땅에 떠돈다는 독기를 품은 안개.

수 있다. 나루시마 류호쿠는 『만유기정』 발跋에서 앞으로 해외에 나갈 사람은 이 책을 짐 속에 넣어가라고 했는데, 낯선 지방에 대한 시선을 뒷받침하는 것으로서 무엇보다 필요한 것은 책이었다. '만권萬卷의 서書'와 '만리萬里의 유遊'. 모리 오가이 역시 『항서일승』을 읽은 후 유학을 떠났다. 기존의 기술을 이용하는 것의 옳고 그름을 따지는 것은 메이지 유기의 경우는 별로 의미가 없다. 참고한 것이 있든 없든, 서술이 최종적으로 사실과 이어지기만 하면 되는 것이다. 그리고 평자評者인 나가세도 『항서일기』의 가치를 그런 점에서 평가하려고 하지는 않았다. 나가세는 발跋에서 이렇게 말한다.

> 近世航泰西者。各有紀行。皆自政教風俗。至草木虫魚之微。洋紀無遺。諸国事情可以見。然而森林太郎君航西紀行。行文作詩。出於慷慨悲壯之余。一種風涛之気。溢於紙上。使人一読神馳者。洵為紀事上乗。古人謂。詩心之声。猶信。誰亦以謂文雅不済事歟。予不自揣加評語。亦為風涛所激也。

"시詩는 마음의 소리"라는 것은 명나라 초기 송렴宋濂이 한 말로 「임백공시집 서林伯恭詩集序」에 보인다. 나가세는 『항서일기』의 가치를 '강개비장慷慨悲壯'에서 찾아냈다. 결국은 뜻이다. 세세한 서술이 본래의 취지였다면 오히려 한문을 사용하지 않는 편이 낫다. 오슈와 류호쿠가 훈독문을 사용했음에도 모리 오가이는 여기에 역행했다. 어쩌면 선행하는 서술을 한문으로 다시 고쳐 써서 칭찬을 들으려는 야심까지 있었는지도 모른다.

5. 한문맥의 행방

1885년(메이지 18) 5월 2일, 『우편보지신문』에 단속적斷續的으로 연재되던 모리타 시켄森田思軒의 「방사일록訪事日錄」은 제3회 첫머리에 이렇게 기술한다.

나는 이번 회부터 일록의 문체를 조금 바꿀 것이다. 처음에 나는 이번 여행을 기술하는 데에는 순수한 한문을 사용할까 잠시 생각했지만 원래 한문이 신문과 잘 맞지 않는 데다가 내 이번 여행은 본래 그 목적이 풍경을 즐기고 산수山水를 그리는 것도 아니며 민중의 살림살이나 지방의 풍속을 시찰하는 것도 아니다. 내가 방문한 역정歷程을 독자와 사우社友에게 알리는 정도로 그친다면 구태여 풍아風雅로운 체 하지 않아도 될 것 같아서 이 문체는 도외시하기로 했다. 하지만 다소 필벽筆癖이 기우는 부분도 있어서 당시에 유행하던 글 중 약간 딱딱한 한 문체를 골라서 그것을 사용했다. 즉 1, 2의 두 원고가 그것이다. 그런데 지금 내지內地에 들어가 점차 진정한 중국 여행의 상황을 체험하기에 이르러 다시 이 딱딱한 문체가 좋지 않은 점이 있음을 깨달았다. 딱딱한 문체는 우리글의 한 종류이기는 하나, 실은 한문 냄새가 나는 부분이 적지 않다. 또한 거의 그 범위 안에서 벗어나지 못하는 경우가 많다. 그리고 한문이라는 것이 대개 예穢를 기奇로 바꾸고 루陋를 아雅로 변화시키는 힘을 지녀서 독자로 하여금 그 실경實境을 알지 못하게 해버리는 것을 묘예妙詣라느니 상승上乘이라느니 하면서 칭찬한다. (…중략…) 이렇게 실경과 다를 위험이 있는 문체로 나의 역정을 보도하는 것은 대단히 불안하게 생각하는 점이다. 따라서 이번 회부터는 강剛하지도 유柔하지도 않으며 행운유수行雲流水, 가야할 곳에 가고 멈춰야 할 곳에 멈추는 천연자유의 문체를 사용하여 가능한 한 여행의 실경을 간직하고자 한다.

한문이라는 문체에 대한 반성은 이미 존재했다. 『항서일기』도 『목설록』도 이미 아나크로니즘이었을지도 모른다. 그러나 문제는 '실경'을 전할 수 있을지 어떨지에 대해서만 언급했다는 것이다. 뒤집어 말하면 '실경'과의 거리를 두는 것에 지장이 없다면, 한문맥은 아직 유효했다. 문체를 바꾸었다고 선언한 뒤의 기사에도 다음과 같이 되어 있다.

21일 일출과 동시에 선실을 나가 전면 부근 일대의 육지를 보았다. 이것이 산동山東이라고 한다. 이 지방은 갱회미냉산동란坑灰未冷山東乱 등 진秦 나라 때에는 혁명의 선두에 선 적도 있다. 북쪽은 우국지사가 많다고 하는 연燕 나라와 조趙 나라가 있던, 대단히 역사상의 감개를 더하는 지방인데, 성이물환星移物換, 지금은 옛날의 흔적도 없고 한 성省 기만기천의 인물이 모조리 이 지역이 쇠퇴하는 가운데 멸망했다. 하나같이 수수방관하며 자연自然의 우유부단함에 맡긴 것은 참으로 유감스럽다. 어찌 세 척 검을 차고 늪의 뱀을 베는 이 하나 없는가. 나는 점점 마음이 복받쳐 오르는 것을 억누르지 못하여 이렇게 시를 읊었다.

紅旭跳波披碧煙。山東山色落眸前。天残星斗低黄海。地接犬鶏連北燕。礼楽千年成弩末。風雲一旦競鞭先。掲来欲訪悲歌士。昔日項劉今寂然。**29**

---

29 [역쥐] 인용문의 내용은 다음과 같다. "아침 햇살에 파도가 춤추고 안개가 걷히자 산동의 산이 눈앞에 나타난다. 별이 아직 빛나는 하늘은 황해에 닿아 있고, 인가가 늘어선 평야는 북방의 연

'갱회미냉산동란坑灰未冷山東亂'은 장갈章碣의 칠절七絶「분서갱焚書坑」의 구句를 인용한 것인데, 원문은 "坑灰未冷山東乱、劉項元来不読書"이라고 되어 있으며 시는 『삼체시三体詩』에서 찾아볼 수 있다. 이 시의 '劉項' 및 모리타 시켄의 시의 '項劉'는 항우項羽와 유방劉邦. "禮樂 千年 弩末이 되다, 風雲 一旦 鞭先을 競한다" 등은 권점을 찍고 싶어지는 구일지도 모르겠다. 어찌 되었든 '실경'은 아직 기사의 모든 것을 망라하는 것이 아니며, 따라서 한문의 명맥도 여전히 끊기는 일이 없었다. 감개를 보여주는 한 한시를 삽입하는 데 주저하지 않는다.

하지만 이윽고 '실경'의 우위가 확립되면 문체는 모두 '실경'을 전하는 쪽으로 재편되어 갈 것이다. 감개조차도 '실경'일 것이 요구되고, '실경'을 전하는 문체는 '실경'만을 원천으로 하기 때문에 첨삭이나 평에 따라 상대화되는 기회를 잃고, 오히려 취약함을 드러내게 될지도 모른다. 그렇게 되면 반동도 언제가 생길 것이다. 시켄이 좁고 험난한 길로 들어가는 것은 아닌지. 그리고 유기는 그때 어떤 모습을 보여줄 것인가.

나라 땅까지 이어진다. 천년의 문명은 쇠약하여 전란이 한 번 일어나면 침략자가 앞다투어 몰려온다. 강개하는 지사志士를 찾아왔건만 옛날의 유방이나 항우와 같은 인물이 지금은 없다."

9장

월경하는 문체

모리타 시켄론

모리타 시켄森田思軒의 문장, 특히 그 번역문이 한문맥의 조사措辭를 많이 사용한다는 것은 아마 누구나 지적하는 사실일 것이다. 1894년(메이지 27)에 출판된 오오와다 다케키大和田建樹의 『메이지문학사明治文学史』에 실린 평은 동시대 것으로 확인해둘만 하다.

> 시켄 씨는 일찍이 보지사報知社에서 서양 글의 번역에 종사하였는데 평소에 갈고 닦은 한학 실력에 서양문학의 취미를 보태니 일종의 독특한 소설체小說體를 이루게 되었다. 그 문장은 이노우에 쓰토무井上勤 씨와 같이 무미無味하지 않으며 또한 구로이와 루이코黑岩涙香 씨와 같이 평이하게 흐르지 않는다. 문학을 잘 모르는 사람에게는 문장文章이 읽기 어렵고 이해하기 어려운 점이 없지 않으나, 그 조대租大한 한문체로 치밀한 사회의 이면裏面을 그려내는 묘함은 시켄 씨 단 한 사람만이 용히 지닌 것이다.[1]

---

1 오오와다 다케키大和田建樹, 『明治文学史』, 博文館, 1894, p.117.

"평소에 갈고 닦은 한학 실력에 서양문학의 취미를 보태니"라는 것
은 도쿠토미 소호德富蘇峰가 한 말로, 종종 인용되는 "시켄의 학문은 **한칠
구삼**漢七歐三(한학7 양학3), 만약 **이것이 거꾸로 된다면** 필시 오늘날의 시켄이
아닐 것이다"[2](강조는 원문의 방점, 이하 동)와도 중복되는데, 적어도 오오
와다 다케키의 평가는 그에 호의적이다. 그러나 제목이 같은 『메이지
문학사』라도 12년 후 1906년(메이지 39)에 출판된 이와키 슌타로岩城準太
郎의 『메이지문학사』의 평가는 상당히 다르다.

> 또한 시켄의 문체는 한문조漢文調 양문직역체洋文直譯體로, 그 당시에야 서
> 양의 정취를 잘 전한다고 인기가 있어서 모방하는 이도 적잖이 생겼지만,
> 사실대로 말하면 문학이 지나치게 조야粗野해서 정치精緻한 감정이나 생각
> 을 그려내기가 어렵고 게다가 다소 오역이 있음을 부정할 수 없다.[3]

이와키는 이 책이 나오고 약 이십 년 후, 1925년에 출간된 『메이지 다
이쇼의 국문학』에서는, "한문을 직역한 것 같은 문체에 아문雅文의 조동
사나 조사의 용법을 더해서 그것으로 영문英文을 축어역逐語譯한 듯한 이
상한 것이다"[4]라고까지 잘라 말하고, 그에 앞서 1921년에 출간된 다카
쓰 바이케高須梅渓의 『근대문예사론近代文藝史論』에서는 이렇게 말하기도
한다.

---

2 도쿠토미 이이치로德富猪一郎, 「모리타 시켄森田思軒」, 『漫興雜記』, 民友社, 1898. 후에 「소호
   蘇峰의 서序」, 『思軒全集』 권1, 堺屋石割書店, 1907에 수록.
3 이와키 슌타로岩城準太郎, 『메이지문학사明治文学史』, 育英社, 1906, pp. 103~104.
4 이와키 슌타로岩城準太郎, 『메이지 다이쇼의 국문학明治大正の国文学』, 成象堂, 1925, p. 125.

그러나 후타바테이 시메와 거의 같은 시기에 등장하여 번역문학에서 두각을 나타내던 모리타 시켄의 기량은 지금 보면 후타바테이보다 상당히 떨어졌다. (…중략…) 물론 시켄 자신은 번역에 일가견이 있어서 그 번역문에는 한문의 풍조風潮를 가미하여 한 글자 한 구절도 소홀히 하지 않았을 정도로 고심했지만 그 결과는 결코 좋지 않았다.[5]

이러한 평가의 차이는 시대의 차이라고도 할 수 있는데, 오오와다가 1857년(안세 4), 이와키가 1878년(메이지 11), 다카쓰가 1880년(메이지 13) 생이라는 점을 생각하면 세대의 차이로도 볼 수 있다. 이 시기 이십 년의 차이가 그들의 교양 형성에 결정적인 차이를 초래했음은 미루어 짐작할 수 있을 것이다. 아무튼 시켄의 문장이 그가 살았던 시대의 평가를 정점으로 해서 그 이후에는 하강선을 그렸다는 것은 부정할 수 없으며, 그것은 또한 '한문조漢文調'라는 것이 그린 하강선이기도 했다.

한편으로 이러한 평가는 언문일치체가 확립된 후세의 시점에서 바라본 것이어서, 당시 상황에 비춰보면 지나치게 불공평하다는 반론도 제기되었다. 가와토 미치아키川戸道昭는 「초기 번역문학에서의 시켄과 후타바테이의 위치初期翻訳文学における思軒と二葉亭の位置」[6]에서, "시켄과 후타바테이의 문장도 구문歐文 직역체의 한 바리에이션이며 둘이 크게 다른 것이 아니었다", "직역체이기만 하면 그 다음은 그 '장구章句'의 말미만 바꾸어도 '언문일치체' 문장으로 만들 수도 있고 시켄이 사용한 한문

---

5 다카쓰 바이케高須梅渓, 『근대문예사론近代文藝史論』, 日本評論社出版部, 1921, p.283.
6 『모리타 시켄집森田思軒集 I』(속 메이지 번역문학 전집−신문잡지편続明治飜訳文学全集−新聞雑誌編 5), 大空社, 2002 수록.

쿠즈시체漢文崩し体[7] 풍의 문장으로도 바꿀 수 있다"라며 후타바테이와 시켄의 번역에 본질적인 차이가 없음을 강조한다. 오히려 " 구문학舊文學에 의해 문학·문장의 세례를 받은 메이지 이십 년대 일반 독자"에게 후타바테이의 시도는 지나치게 획기적이었다는 말도 한다.

물론 이러한 반론이 한문조이니까 안 된다고 하는듯한 시켄 비판에 대해 일정한 유효성을 지니지 못하는 것은 아니다. 하지만 이 논리는 '한문 쿠즈시체풍'이라는 것이 "'장구章句' 말미의 문제"가 되어버려서, 대체 무엇이 '한문 쿠즈시체풍'인가 하는 점에서는 다른 비판자들과 마찬가지로 시켄은 한문조라는 관념의 내실에 파고들지 못했다. 일찍이 고모리 요이치小森陽一가 「행동하는 '실경實境' 중계자의 1인칭 문체 — 모리타 시켄의 '주밀체周密體'의 형성(1)行動する「実境」中継者の一人称文体 — 森田思軒における「周密体」の形成(一)」[8]에서 지적했듯이 "시켄의 '주밀체周密體'가 다분히 한문 냄새가 강한 것으로 후세에 평가받지만, 시켄 자신은 오히려 자기의 문체를 한문체·한문적 표현으로부터 이탈시키려 했다는 사실"은 역시 거듭 참조하지 않으면 안 된다. 그런 후에, 그래도 여전히 시켄의 문장, 특히 그 번역문이 '한문 냄새가 강한 것'으로 인식되어 간 것과, 그것이 어떻게 관련되는지를 생각해야 할 것이다. 그것은 한문맥의 근대가 어떤 것이었는지 확인하는 작업이기도 하다.

---

7 [역주] 한문 훈독체를 가리킴.
8 『세이죠 문예成城文藝』 제103호(1983.3). 후에 『구조로서의 서사構造としての語り』, 新曜社, 1988에 개편·가필해서 수록.

1. 구문직역체

시켄의 번역이 '한문조漢文調 양문직역체洋文直譯體'로 평가받는 것에 관해서는 실례를 찾아보는 것이 빠르다. 예를 들면 1893년(메이지 26)에 『국민지우』 제178호[9]에 게재된 어빙Washington Irving의 *The Stout Gentleman*의 번역인 「비대 신사肥大紳士」의 첫머리.

十一月といふさびしき月の雨ふりたる日曜日なりき、余は旅行の途中微しく恙ありて滞留せるが恙も漸やく瘥りたれど尚ほ熱気あればダービーの小邑の一客店に在て終日戸内にとぢこもり居りしなり、僻地の客店に在て雨天の日曜日、偶ま之を経験せしことある者独り能く余の境界を判すべし雨は窓扇を打て籔々声を作し近寺の鐘は一種あはれげなる響を伝ふ、余は何等か目を娯ましむべきものを得むと欲して窓のほとりにゆけり然れども余は一切娯しみといへるものより以外に棄てられたる者の如くなりき

십일월이라는 쓸쓸한 달의 비가 내리는 일요일이었다. 나는 여행 도중 가벼운 병에 걸려 체류했는데, 병도 차츰 나아졌으나 여전히 열이 있어서 더비 소읍小邑의 한 객점客店에서 하루 종일 집안에 틀어박혀 있었다. 벽지僻地 객점에서 보내는 비 오는 일요일. 우연히 이를 경험한 적이 있는 자만이 내 처지를 이해할 수 있을 것이다. 비는 창선窓扇을 때려 투두둑 소리를 내고 가까운 사원의 종소리는 뭔가 애절한 울림을 전한다. 나는 뭔가 눈을

9　「1893.1.13」, 『어빙집』(明治翻訳文学全集―新聞雑誌編 17), 大空社, 1997에 수록.

즐겁게 할 만한 것을 찾아서 창가로 갔다. 하지만 나는 일절 즐거움이라는 것 밖에 버려진 자와 같이 되었다.

그 전해에 잡지 『나니와가타なにはがた』 제16호[10]에 게재된 고천어사 枯川漁史(사카이 도시히코堺利彦) 역의 「살찐 나리」와 비교하면 그 특징이 더욱 분명해진다.

頃(ころ)は寂しき霜月(しもつき)、雨(あめ)ふる日曜(にちえう)の事(こと)なりき聊(いささ)かの不加減(ふかげん)より旅路(たびぢ)の足(あし)を止(とゞ)められ、快(こゝ)き方(はう)には向(む)くものから猶熱(なほねつ)の気(き)ありて外出(そとで)もならず、デルビーの宿(しゅく)の旅人宿(りょじんやど)に日(ひ)を日(ひ)ねもす閉(と)ち籠(こ)りぬ、田舎宿(いなかやど)の雨(あめ)の日曜(にちえう)！此仕合(このしあ)はせに逢(あ)ひし人(ひと)こそ我身(わがみ)の上(うへ)を推(すい)し得(う)べけれ、雨(あめ)は窓板(まどいた)に打(う)ちかゝり会堂(くわいどう)の鐘(かね)の音(ね)は物憂(ものうげ)に響(ひゞ)きぬ、窓(まど)に倚(よ)りて眼(め)を慰(なぐさ)むべきものもやと見渡(みわた)したれど、身(み)は全(まつた)く慰(なぐさ)といふものゝ外(ほか)に置(お)かれたらん様(やう)に覚(おぼ)えぬ、

때는 쓸쓸한 상월霜月, 비 내리는 일요일의 일이었다. 몸이 조금 안 좋아서 여로旅路의 발이 묶였는데, 회복되고 있기는 했으나 여전히 열이 있어서 외출도 못하고 델비의 여인숙에 하루 온종일 틀어박혀 있었다. 시골 여관에서의 비 내리는 일요일! 이 행운을 당한 사람만이 내 처지를 짐작할 수 있으리라. 비는 창판窓板을 두드리고 회당會堂의 종소리는 울적하게 울렸다. 창에 기대어 눈을 즐겁게 할 만한 것이 있는지 둘러보았지만, 내 자신이 완전히 위안慰安이라는 것의 바깥에 놓인 듯이 느껴졌다.

---

10 「1892.7.3」, 『어빙집』(明治翻訳文学全集−新聞雑誌編 17), 大空社, 1997에 수록.

「비대 신사肥大紳士」와 「살찐 나리」, 마치 그 제목의 차이가 보여주듯이 문체의 차이는 일목요연할 것이다. "余は旅行の途中微しく恙ありて滯留せるが(나는 여행 도중 가벼운 병에 걸려 체류했는데)"와 "聊かの不加減より旅路の足を止められ(몸이 조금 안 좋아서 여로旅路의 발이 묶여)"를 비교하는 것만으로도 '나余'를 명시한 것이나 한어를 사용한 직역체 등, 예전부터 지적된 시켄의 번역 특징이 뚜렷하다. 대체적으로 시켄은 직역체이고 사카이는 그에 비하면 세련된 번역이라는 느낌을 갖기 쉽다. 참고로 원문을 살펴보자.[11]

It was a rainy Sunday in the gloomy month of November. I had been detained, in the course of a journey, by a slight indisposition, from which I was recovering; but was still feverish, and obliged to keep within doors all day, in an inn of a small town of Derby. A wet Sunday in a country inn! whoever has had the luck to experience one can alone judge of my situation. The rain pattered against the casements; the bells tolled for church with a melancholy sound. I went to the windows in quest of something to amuse the eye; but it seemed as if I had been placed completely out of reach of all amusement.

시켄의 번역은 분명 원문에 충실하다고 볼 수 있다. 그렇다고 사카이

---

11 저본 불명. 가령 "Bracebridge Hall", *The Works of Washington Irving* vol.3; *Abbotsford and Newstead Abbey*(Bohn's standard library), London : George Bell & Sons, 1890에 의거했을 수 있다. 텍스트에 따라서는 "in a country inn!" 다음에 대시(dash)를 붙인다.

의 번역이 충실함에 있어서 떨어지는가 하면 결코 그렇지 않다. 어휘의 레벨에서 말하자면 "나는 일절 즐거움이라는 것 밖에 버려진 자와 같이 되었다"와 "내 자신이 완전히 위안慰安이라는 것의 바깥에 놓인 듯이 느껴졌다"는 원문의 "I had been placed"를 그대로 "놓인"이라고 번역하는 게 직역이고, "버려진 자"는 너무 의역이라는 의견도 있을 수 있다. 사카이의 번역 "시골 여관에서의 비 내리는 일요일!"의 감탄부호가 원문에서 유래한 것이라는 점과 시켄의 번역이 그것을 뺀 점,[12] 시켄의 번역 "비는 창선窓扇을 때려 투두둑 소리를 내고"가 사카이가 번역한 "비는 창판窓板을 두드리고"에 비해 역시 윤색한 표현인 점 등은 오히려 시켄의 번역이 충실하지 않다는 인상까지 줄 수 있다. '창선窓扇'은 『패문운부佩文韻府』에도 있는 단어인데, 거기에는 남송南宋의 양만리楊万里와 명나라 심주沈周의 구句가 인용되어 있고, "籔々声を作し(투두둑 소리를 내고)"는 남송 육유陸游의 구, "急雪打窓聞籔籔"(「読書」)나 "夜聴籔籔窓紙鳴"(「弋陽道中遇大雪」)을 연상케 한다.[13] '한문조漢文調'로 불리는 연유이다.

게다가 발화發話된 표현 같으면 시켄 번역의 특징이 보다 확실하게 느껴졌을 것이다. 시켄의 번역, 사카이의 번역, 원문 순으로 인용한다.

未だ幾分間ミニュートならずして余はこの家やの主婦の声を聞けり余は渠が楼上にかけのぼり来れる姿を瞥見せり顔はまッ紅かになり帽子はゆらめき舌は縦横無尽に動く、「己れは己れの家いへにありて曾て此の如き事に遭はず己れ

---

12 「오늘날의 문학자今日の文学者」(『国民之友』 48, 1889.4.22)에서 시켄은 "한 사람이 아침에 의문표? 감탄표!를 사용하기 시작하면, 저녁에는 '乎' 또는 '哉'로 충분히 그 뜻을 전할 수 있는데도 이를 남용하는 사람이 백 명은 나온다"라고 한다.

13 '籔'는 '籔'의 이자체.

は之れを保す、紳士が縦ひ金を揮りまけばとてそは非道を容るすの規約
とはならず、己れの家にて侍婢が仕ごと中にしかき所為を加へられたる
ことは曾て有らず己れの断して肯ぜざる所」

아직 몇 분도 채 지나지 않아 나는 이 집 주부의 목소리를 들었다. 나는 그
가 누상樓上에 뛰어올라오는 모습을 얼핏 보았다. 얼굴은 새빨개지고 모자
는 흔들거리며 혀는 종횡무진으로 움직인다. "나는 내 집에서 한 번도 이런
일을 당한 적이 없어. 내가 그걸 장담해. 신사가 가령 돈을 뿌린다 해도 그것
이 비도非道를 용서하는 규약이 되지는 않아. 내 집에서 시비侍婢가 일하는
중에 이런 일을 당한 적은 일찍이 없어. 내가 결코 용납할 수 없는 일이야."

間もなく我が内儀の声聞え梯子段走り上る姿見かけぬ、顔ほてらせ
て帽子がくつかせながら道々絶えず舌すべらして、あの子がそんな事
はせぬは受合なるに、旦那**14**もなんぼお金つかへばとて余まりな、あの
子も斯んな目にあふを見たは始てなるべく、決してそんな事無き筈な
るに、

잠시 후 우리 안주인의 목소리가 들리고 계단을 뛰어올라오는 모습이 보
였다. 얼굴은 달아올라 모자를 흔들며 걸어가며 끊임없이 혀를 놀리는데,
저 아이가 그런 짓을 안 한 게 틀림없는데, 나리도 아무리 돈을 써도 그렇지
너무하네, 저 아이도 이런 꼴을 당한 것은 처음일 거야. 결코 그런 일이 없
을 텐데.

---

14 원래는 'だんだ'라고 루비를 붙인다.

In a few minutes I heard the voice of my landlady. I caught a glance of her as she came tramping upstairs — her face glowing, her cap flaring, her tongue wagging the whole way. "She'd have no such doings in her house, she'd warrant. If gentlemen did spend money freely, it was no rule. She'd have no servant-maids of hers treated in that way, when they were about their work, that's what she wouldn't."

"未だ幾分間ならずして(아직 몇 분도 채 지나지 않아)"는 직역조의 범주에 들어간다 해도, "己れは之を保す(내가 그걸 장담한다)"와 "己れの断して肯ぜざる所(내가 결코 용납할 수 없는 일이다)"가 여관 여주인의 대사로 안 어울린다고 느끼는 독자도 적지 않았을 것이 틀림없다. 도쿠코미 소호가 "시켄의 소설은 **공주가 된장 거르는 체를 들고 두부를 사러 가는 듯한 분위기가 있다**"[15]라고 평하는 것도 필시 그러한 위화감과 통하는 데가 있고, 사이토 료쿠우齋藤綠雨가 시켄의 문체를 야유하여 "무슨 이유로 나는 이렇게 처음부터 그를 사랑하게 됐을까요, 나는 정말로 마음속으로부터 반했습니다"[16]라고 우라자토浦里[17]의 입을 빌려 말한 것도 같은 인상을 확대한 것이라 할 수 있다. 그 내용에 비해 문체가 쓸데없이 과장되었다는 것이다.

그러나 시켄이 사카이처럼 번역할 수는 없었다. 유명한 「번역의 마음가짐翻訳の心得」[18]이나 쓰보우치 쇼요 앞으로 보낸 서간,[19] 「작가 고심

---

15 도쿠토미 이이치로德富猪一郎, 앞의 글.
16 「문학 일괄文学一からげ」, 『読売新聞』, 1893.6.20.
17 [역주] 쓰루가 와카사오즈鶴賀若狭掾의 죠루리, 〈아케가라스유메노아와유키明烏夢泡雪〉의 여주인공인 유녀.

담(其十一) 시켄 씨의 번역론 및 『만조보萬朝報』 현상소설담, 현대 소설계의 결점」[20] 등에 개진된 그 번역론에 비추어 보면, 사카이의 번역과 같이 자연스럽게 느껴져서는 뛰어난 번역이라고 할 수 없다. "시켄 씨의 번역론"에서는 "단지 의미만을 취해서 그것을 자국 사람이 듣기에 알아듣기 쉬운 말로 쓰는 것은 어려운 것 같지만 실은 손쉬운" 일로, 문장은 부자연스러워져도 "그 말의 모습이 서양과 동양이 다르다는 것을, 다른 모습 그대로 어느 정도 보여주고 싶다"고 시켄은 말한다. "나리도 아무리 돈을 써도 그렇지 너무하네"라는 것은 입으로 소리를 내서 발화한 말로는 확실히 자연스럽겠지만, 그 자연스러움으로 인해 피차간의 차이가 보이지 않게 되는 것을 시켄은 우려했다. 또한 중국의 불전 번역에 대해 다음과 같이 언급한다.

지나인이 인도의 불경을 번역할 때 당대의 글 솜씨가 어지간히 뛰어난 선비들이 모여서 했을 텐데, 만약 그 말의 의미에 따라서 말의 계통(혈통)과 관계없이 지나支那 문장으로 옮기는 것이면 그렇게 고생하지는 않았을 것이라 생각합니다. 그러나 당시의 번역은 단지 그 의미를 파악할 뿐만 아니라 말의 모습도 함께 알고자 한 것 같고 그 결과 그 번역문이 지나 고유의 문장과는 다른 모습을 보여주게 되었습니다.

불전 번역에 의해 새로운 문체가 생겨난 것은 시켄 번역론의 근거가

---

18 『국민지우国民之友』 제10호, 1887.10.21.
19 「시켄 거사의 서간思軒居士の書簡」, 『早稲田文学』 제23호, 1892.9.15.
20 『신저월간新著月刊』 제7호, 1897.10.3. 후에 이토 세세엔伊藤青々園・고토 츄가이後藤宙外 편, 『타옥집唾玉集』, 春陽堂, 1906에 「번역의 고심翻訳の苦心」으로 수록.

된 것으로, 번역소설에 손대고 나서 얼마 안 되어 발표한 「번역의 마음가짐」에서도 이미 이렇게 서술하였다.

　　들기로는 옛날에 지나의 불경이 전해지자 당대에 뽑힌 한림학사翰林學士 수십 명의 힘을 모아 번역에 종사하게 했다고 한다. 그리하여 해놓은 것을 보면 진한秦漢의 고체古體도 아니고 변려駢儷의 신체新體도 아니다. 조구사자造句使字가 전혀 다른 모습을 지녔다. 수십 명의 학사學士를 모아 힘을 여기에 쏟은 것이다. 만일 거리낄 것 없이 하고 싶은 대로 지나 고유의 경어經語 전어典語[21]를 사용하여 마음에 드는 지나문으로 쓰게 한다면 참으로 탐낭취물探囊取物, 쉬울 것이다. 그렇기에 지금까지 한 번도 그(한림학사)의 번역보다 나은 것은 나타나지 않았다. 이는 그 번역의 마음가짐 의례義例를 우선 확정한 바가 있어서 원문의 의취意趣를 되도록 그대로 전하려고 하기 때문이다. 원문의 의취를 되도록 그대로 전하고자 하면 실로 이와 같이 하지 않을 수 없다.

　　한역漢譯 불전佛典의 번역론에 관해서는 『출삼장기집出三藏記集』의 경서부經序部에 수록된 불전 서문을 보면 그 내용을 짐작할 수 있다. 예를 들어 동진東晋 석도안釈道安의 「마하발라약바라밀경초서摩訶鉢羅若波羅蜜経鈔序」(『출삼장기집』 권8)에는 호어胡語를 한어로 번역할 때 '오실본五失本', 즉 어순이나 수사 등 원문의 모습을 잃게 되는 다섯 가지가 있음을 서술하고, 또한 구역舊譯은 정교하지만 경전의 참 모습을 잃었다고 비판한

---

21 [역주] 경어經語는 격언, 속담류를 가리키고, 전어典語는 고사故事, 연기緣起가 있는 숙어를 가리킨다.

다. 석도안이 일종의 직역주의直譯主義를 표방하고 있음은 『출삼장기집』에 수록된 글만 보아도 알 수 있다. 예를 들어 「비구대계서比丘大戒序」(『출삼장기집』권11)에서는 "諸出為秦言、便約不煩者、皆蒲陶酒之被水者也(중국의 말로 번역되어 이해하기 쉽게 한 것은 모두 물로 희석한 포도주이다)"라고 말하고, 「비파사서鞞婆沙序」(『출삼장기집』권10)에서는 이 경전을 구한 조정趙政이라는 자가 '역인譯人'을 향해 "昔来出経者、多嫌胡言方質而改適今俗。此政所不取也。何者、伝胡為秦、以不開方言求知辞趣耳(예전의 역경譯經은 호언胡言이 질박한 것을 싫어해서 지금 풍으로 고치는 경우가 많았지만 나는 그렇게 안 한다. 왜냐하면 호어胡語를 한어로 번역하는 것은, 그 지방의 말로 바꿔서 이해하기 쉽게 하는 것이 아니라, 말의 의취意趣를 구하는 것이기 때문이다)"라고 했다면서, "遂案本而伝、不令有損言遊字、時改倒句、餘尽実録也(그래서 원문대로 전하여 말을 줄이거나 늘리지 않도록 하고 가끔 구를 거꾸로 뒤집는 적은 있어도 그 외에는 모두 그대로 기록했다)"라고 서술한다. 이 문장들을 시켄이 직접 접했는지는 확실치 않은데, 물론 실제로 보았다 해도 전혀 이상할 것이 없다. 시켄의 번역론이 불전의 번역론을 직접적이든 간접적이든 지주로 삼고 있음은 의심할 여지가 없고, 「번역의 마음가짐」이 소설 번역을 시작하고 나서 대략 일 년 후, 「시켄 씨의 번역론」이 시켄이 급사하기 불과 일 개월 전에 쓰였다는 것을 생각하면, 적어도 핵심 부분에서는 시켄의 번역론은 일관되었다고 할 수 있다.

흥미로운 것은 근대 중국의 번역문체를 개척한 양계초도, 1920년이 되어서이기는 하나 「번역문학과 불전翻訳文学与仏典」[22]에서 불전의 번역

---

22 『음빙실합집 전집飮水室合集 専集』59, 北京 : 上海中華書局, 1936. 1989년에 영인.

과 그 영향에 관해 논하고 있는 점이다. 글에서 "보통 문장에서 사용하는 "之乎者也矣焉哉"와 같은 표현은 불전에서는 거의 사용되지 않는다", "변문가騈文家의 미사여구를 사용하지 않을 뿐만 아니라 고문가古文家의 정형定型이나 격조格調도 쓰지 않는다"[23]라고 지적한 것은 「번역의 마음가짐」의 내용과 통할 것이다. 물론 「번역문학과 불전」은 불전 번역에 관해 포괄적으로 논한 것인데, 시켄의 간단한 기술과 전혀 다르고 불전에 대한 조예도 양계초가 시켄보다 나을 것이다. 한편 실제 번역에 임해서는 시켄이 영어에서 일본어로 전환轉換하는 데 노심초사한 것에 비해, 양계초는 이미 제6장에서 논했듯이 일본어로부터의 중역인 점을 최대한으로 살려서 번역한다. 그것은 일본어를 "다른 모습 그대로" 보여주려 한 것이라고는 말할 수 없다.[24] 그렇다 하더라도 동아시아의 근대에 번역이라는 행위에 직면한 이들이 모두 불전 번역에 눈을 돌린 점은 역시 주의해야 할 것이다.

그런데 "원문의 의취意趣"가 "말의 모습"과 밀접하게 관련이 있다는 인식은 말할 것도 없이 시켄 고유의 생각이 아니다. 이미 1885년 11월에 출판된 『풍세조속 계사담諷世嘲俗繫思談』 권1[25]의 「예언例言」[26]은 이렇게 되어 있다.

---

23 『전집專集』 59, p.28.

24 시켄 역 『십오소년十五少年』을 번역한 『십오소호걸十五小豪傑』도, 이경국李慶国의 「모리타 시켄 역 『십오소년』에서 양계초 역 『십오소호걸』까지從森田思軒譯『十五少年』到梁啓超譯『十五小豪傑』」(『追手門学院大学文学部紀要』 38, 2002)이나 범령范令의 「양계초 역 『십오소호걸』에 보이는 모리타 시켄의 영향과 양계초의 문체 번역梁啓超訳『十五小豪傑』に見られる森田思軒の影響と梁啓超の文体改革」(『大阪大学言語文化学』 12, 2003) 등 근년의 논자와 같이, 번역의 위상에 공통점을 찾아내는 것은 가능하지만 그 비교는 좀더 넓은 시야에서 행할 필요가 있을 것이다.

25 리튼Edward George Earle Lytton Bulwer-Lytton, 후지타 모키치藤田茂吉(鳴鶴) 좌역찬평佐訳纂評, 오자키 쓰네오尾崎庸夫 역, 호치샤報知社, 1885. 「초편初篇」이라고도 부른다.

26 「明治十八年 十一月 訳者等識」.

패사稗史는 문文의 미술美術에 속하므로 구안構案과 문사文辭가 어우러져야 그 묘妙를 볼 수 있음은 두말할 필요가 없다. 그러나 세상의 대부분의 번역가는 그 구안構案만 취하여 발표하고 문사文辭에는 전혀 신경을 쓰지 않아, 원문의 본 모습을 완전히 잃어도 그리 개의치 않는 것은 동서東西의 언어 문장이 같지 않기 때문이라고는 하나, 미술美術의 문文을 번역하는 본의本意를 망실亡失[27]하는 일이 더할 나위 없이 심하다. 이에 본 번역자는 남몰래 개탄하여 상모相謀해서 일종의 역문체譯文體를 창의創意하고 어격語格이 허락하는 한 애써 원문의 형모形貌 면목面目을 살리고자 노력했다. 이를 위해서는 사소한 일본글의 법도 같은 것은 오히려 이를 어겨도 굳이 신경 쓸 필요가 없다. 정치精緻한 사상을 서술함에 있어 종종 불가피한 경우가 있기 때문이다.

소설은 예술의 영역에 속하므로 내용뿐만 아니라 표현에도 유의해야 한다. 이를 위해서 "일종의 역문체譯文體"를 만들고, "원문의 형모形貌 면목面目을 살리고자 노력"하는 것을 시켄이 답습하게 되었다. 시켄이 『계사담』권1의 미평尾評을 쓰고 권2[28]의「후서後序」[29]도 쓴 것을 보면 『계사담』의 가장 이른 독자의 한 사람이며, 애초부터 그 감수자가 후지타 메이카쿠藤田鳴鶴이고 발행처가 우편보지사郵便報知社이듯이, 『계사담』자체가 야노 류케이의 인맥 속에서 탄생한 것이었다. 당연히 한문의 서발序跋이나 평을 함께 싣는 체재體裁도 『경국미담』을 계승하여, 『경

---

27 '失'은 본래 '夫'.
28 슈세이샤集成社, 1888. 「중편中篇」이라고도 부른다.
29 "明治二十年十一月 思軒 森田文藏 撰".

국미담』전편前編에 실은 「정사적절正史摘節」, 그리고 후편에 발跋과 두평頭評[30]을 쓴 시켄이 『계사담』에 관여하는 것은 지극히 자연스러운 결과였다. 시켄에게 1885년은 갑신정변 후의 청일淸日 간 교섭을 취재하기 위해 3월부터 4월까지는 중국, 이어서 6월부터 9월까지는 불황과 흉작에 신음하는 산요도山陽道의 궁상窮狀 취재, 더욱이 11월부터는 야노 류케가 있는 런던으로 가는 등 문자 그대로 동분서주한 한 해였기 때문에 『계사담』권1의 미평은 아마도 런던으로 떠나기 직전에 썼을 것이다.

그러나 미평의 내용 자체는 역문의 좋고 나쁨을 따지는 데까지 이르지 못하고, 오히려 역문에 의해 모습을 드러낸 리튼의 글을 칭양하는 데 할애한 점은, 『경국미담』의 평이나 발跋의 소설 표현방법에 대한 분석과 매한가지이다. 확실히 1888년 5월에 출판된 권2 「후서後序」에는 리튼의 문장을 칭찬한 다음 "況嗚鶴之訳。精細謹厳。隻字不苟。足而詑異一時乎(하물며 메이카쿠가 번역한 글이 정세근엄精細謹厳하여 한 글자도 소홀히 하지 않는 것은 세상을 놀라게 할 정도였기 때문에)"라고 글을 맺고, 1889년에 출판한 『밤과 아침夜と朝』제1책[31] 「서叙」에 "후지타 씨가 『계사담』을 번역함에 있어서 조구造句 조사措辞에 한 기축을 만들었다. 간오艱奥해서 의미가 잘 통하지 않는 부분이 없지 않지만 그 원본을 보면 근엄하고 정치精緻하다. 오늘날의 무수한 주밀문체周密文體는 그 기원이 이것에까지 거슬러 올라가지 않을 수 없다"라고 서술했지만, 이들 모두 시켄이 번

---

30 『경국미담』은 전후 편 모두 두평자頭評者의 이름을 기술하지 않았는데, 다니구치 야스히코谷口靖彦의 『메이지의 번역왕 전기 모리타 시켄明治の翻訳王 伝記 森田思軒』, 山陽出版社, 2000, p.91, 모리타 사헤森田佐平(시켄의 부친)에게 보낸 야노 류케이의 서간에 "拙著経国美談後篇ニハ文蔵君ノ額評ヲ煩シ(졸저 경국미담후편에는 분조 군에게 액평을 부탁해서)"라고 되어 있다.

31 마쓰다 가쓰노리益田克徳 역술, 와카바야시 칸조若林玗蔵 속기, 博文館, 1889.

역가로 유명해진 이후라는 점에 유의할 필요가 있다. 시켄의 번역에 대한 의식은 오히려 서양문화를 직접 접촉하고 귀국한 후, 소설의 번역을 『우편보지신문』 지상에서 행함으로써 명백하게 드러났다. 「문장세계의 진언文章世界の陳言」,[32] 「소설의 자서체 기술체小説の自叙体記述体」,[33] 「번역의 마음가짐翻訳の心得」 등, 1887년에 잇달아 발표된 문체론·번역론은 『경국미담』의 문체론[34]이나 『계사담』의 번역론 흐름 속에서 시켄의 실천을 계기로 생겨난 것이었다.

그것을 염두에 두고 자세히 검토해 보면, 『계사담』「예언例言」과 시켄의 번역론은 미묘하게 입장을 바꾼 부분이 있다. 『계사담』「예언」에서는 위의 인용에 이어서, 칼라일이 괴테를 번역했을 때 "거의 일자일구一字一句를 늘리거나 줄이지 않고 역문譯文이 이루어져 정채精彩가 원문 못지않다"라고 하고, 더욱이 "논자가 말하기를 칼라일이 참으로 잘 괴테를 번역했다. 다만, 아직 이것을 영문으로 번역할 수 없을 뿐이다"라고 말을 잇는다. 자신의 번역 태도에 대해 언급한 "이를 위해서는 사소한 일본글의 법도 같은 것은 오히려 이를 어겨도 굳이 신경 쓸 필요가 없다"의 선례가 되는 셈이다. 그렇지만 이것은 서둘러 보류하게 된다. 왜냐하면 독일어로 된 문장과 영어 문장은 어원이 같지만, 일본어는 "영어와 어맥語脈 원류, 발달의 정도가 처음부터 서로 현격하게 다르므로", " 원문의 어구를 가감하지 않는 것은 도저히 불가능한 일이다. 그리고 이것을 일문으로 번역할 수 없는 결점 또한 자연히 많을 수밖에"

32 『국민지우』 제7호, 1887.8.15.
33 『국민지우』 제8호, 1887.9.15.
34 『경국미담』 후편 자서自序 부재付載 「문체론」.

없다. 원문을 일자일구一字一句라도 증감하지 않는 것은 무리이며 일본어로 번역할 수 없는 부분도 많다는 것이다.

여기에서는 번역 불가능성을 이야기하고 있다고 볼 수도 있다. 그러나 이것은 어디까지나 기술론으로서 언급한 불가능성이지, 예를 들어 영어와 독일어 사이에는 존재하지 않는 종류의 것, 즉 언어의 본질적인 번역 불가능성이 아니다. 하지만 시켄은 그것을 전제로 하면서도 더욱 본질적인 문제에 파고들려는 듯하다. 「번역의 마음가짐」에서는 오규 소라이荻生徂徠가 한문으로 번역한 『타이헤이기太平記』의 엔야판관참사塩谷判官讒死 대목은 분명히 뛰어나기는 하나 원문에는 역시 미치지 못하며, 소라이 문하인 야마가타 슈난山県周南이 『겐페이 성쇠기源平盛衰記』의 사네모리実盛의 토사討死 대목을 훌륭히 한역해서 갈채를 받은 것 역시 "원문의 의취意趣를 그대로는 전하기 어렵다"며 이렇게 서술을 이어간다.

지나支那의 문장에 숙련된 소라이나 슈난과 같은 명가名家가 지나의 문장과 가장 밀접한 관련이 있는 일본 문장을 번역할 때조차도 그 어려움이 이와 같다. 일국一國의 문장에는 그 나라 고유의 의취意趣 정신精神이 있어서 이것을 그대로 다른 나라의 문장으로 고치는 것은 거의 불가능할 정도이기 때문이다.

아무리 그 언어에 능숙하고 아무리 "밀접한 관련이 있는" 언어라도 "원문의 의취意趣"를 전하기는 어렵다. 이것은 이미 기술적으로 극복 가능한 곤란함이 아니다.

각국의 언어에는 각국의 "의취 정신"이 있다는 의식은, 근대 국민국가의 국가 고유성 추구라는 문맥에서 널리 찾아볼 수 있을 터인데, 유의할 필요가 있는 것은 그것이 소설의 번역이라는 행위 과정에서 의식되고 있는 점이다. 「번역의 마음가짐」에서는 중국의 격언('경어經語')이나 고사성어('전어典語'), 혹은 일본의 마쿠라 고토바枕語나 투어套語('사어詞語')를 번역에 사용해서는 안 된다고 역설하는데, 그것은 "무릇 경어經語 전어典語 사어詞語는 한 나라 고유의 특별한 것이다. 그 고유의 특별한 것을 다른 나라의 글에 혼입하면 그 혼입한 부분은 이미 한 나라의 고유한 글이어서 다른 나라의 글을 번역한 것이라고 할 수 없기" 때문이며, 따라서 번역의 마음가짐 제 4조로 든 "번역문은 되도록 평이하고 정상적인 말을 택하며 특별한 유래나 이의理義를 지니지 않은 습벽이 없는 말을 골라 담화적인 말로써 문장적文章的 길을 간다면 최고에 다다를 것이다"라는 것도 문화적 배경을 가능한 한 배제한 투명한 언어를 사용할 것을 지향하는 것으로 파악해야 한다. "담화적인 말"이라는 것은 류케이가 말하는 '속어이언체俗語俚言體'[35]와 등가가 아니다. 류케이의 말대로 '속어이언체'는 "골계곡절滑稽曲折의 경우에 좋은 것"이지, 결코 투명한 언어가 아니다. 즉 "나리가 아무리 돈을 써도 그렇지"라는 표현은 "속어이언체"이기는 하지만 시켄이 말하는 "담화적인 말"은 아닌 것이다.

그러나 시켄이 말하는 것 같은 번역이 가능할까. "일국一國의 문장에는 그 나라 고유의 의취 정신이 있어서 이것을 그대로 다른 나라의 문장으로 고치는 것이 거의 불가능할 정도"라면, 아무리 "경어經語 전어典語 사어詞語"를 배제한들 자국의 문장은 자국의 문장일 뿐 다른 나라의 문장

---

35 위의 글.

이 안 되는 것이 아닐까. 자국의 문장이면서 다른 나라 문장의 "의취 정신"을 전달할 수 있는 문장을 만든다면, 그것은 대체 어떤 모습이 될까.

시켄이 해야 할 일은 적어도 두 가지가 있었다. 하나는 번역에 사용하려는 말이 "평이하고 정상"인지, "특별한 유래나 이의理義"를 지니고 있지 않는지를 검토하는 것이었다. 바꿔 말하면 자국의 "의취 정신"을 담지 않은 말, 자국이나 다른 나라의 사상事象에도 범용汎用할 수 있는 말을 찾는 것이다. 우선은 그렇게 음미하여 찾아낸 말로 다른 나라의 "의취 정신"을 최대한으로 재현하는 것이었다. 완성된 번역문을 읽고 거기에 다른 나라의 "의취 정신"을 감지할 수 없다면 뛰어난 번역이라고 할 수 없다. 그렇다면 번역문이 자연스럽거나 세련된 것은 오히려 피해야 할 것이었다. 일상 언어에 매몰되지 않고 이화異化되어 나타나야 비로소 "원문의 의취"가 전달된다고 할 수 있다. 시켄의 직역체는 그러한 것으로서 존재했다. 그것은 류케이가 말하는 '구문직역체歐文直譯體'의 위치와 역시 미묘하게 다르다. 류케이의 「문체론」에는 이런 내용이 있다.

구문직역체는 그 어기語氣가 때로는 경삽梗澁하기 때문에 간혹 문세文勢를 손상시키는 일이 없지 않다. 그러나 극정극치極精極緻의 상황을 묘사하고 지대지세至大至細의 형용을 보이는 데에는 다른 세 종류의 문체가 갖고 있지 않은 일종의 묘미妙味를 함축含蓄하고 있다. 그러므로 이 문체를 현대 문장에 잡용雜用한다는 것은 지대한 편의를 얻는 것이다. 다른 문체를 전수專修하는 학사學士가 이를 보면 불법방일不法放逸한 문자라는 비난을 면할 수 없겠지만 조금 참고 이를 저작咀嚼하면 반드시 일종의 취미가 있음을 발견할 수 있다. 또한 사회가 해를 거듭함에 따라 인간사가 점점 더 번밀繁密해지므로 왕대往代 구시舊時의 문체로 현세現世의 새로운 사물을 적는 것은 대단히 어렵다. 그러므로 구미歐米의 진보한 번밀繁密한 세사世事를 서술하여 조금도 유탈遺脫이 없게 하는 구미歐米의 어법 문체를 들여와서 이를 우리의 현대 문장에 이용하면 큰 편의를 느끼는 바가 적지 않을 것이다. 나는 굳게 믿는다. 장차 구문직역歐文直譯 문체가 우리 현대 문장에 침입하는 일이 더욱더 많아지리라는 것을

"구미歐米의 진보한 번밀繁密한 세사世事"를 기술할 수 있는 "구미의 어법 문체"를 토대로 한다는 점에서, 그리고 그것이 일본어로서는 "불법방일不法放逸"한 문장이 될 수도 있다는 것은 『계사담』의 「예언例言」이나 시켄의 「번역의 마음가짐」과도 공통되는 점이다. 그러나 류케이의 경우는 마치 구미 문물의 수입 이식이 가능하듯이 그 문장도 수입 이식이 가능하며, 결국 그렇게 될 것이라고 낙관하는 듯하다. 류케이는 보편 내지는 문명 편에 서서 그 매체로서 '구문직역체'를 보고 있다. 후술하겠지만, 앞으로의 문체를 일반적으로 논할 때에는 시켄도 그와 같은 입장을 취했다. 그러나 번역의 현장에서 시켄은 오히려 고유 혹은 문화의 측면에서 그것을 파악하려고 한다. 그 '구문직역체'는 그것이 '구문歐文'의 '의취 정신'이라고 느끼게 하는, 즉 피아彼我의 차이를 확인시키기 때문에 '직역체'인 것이며 일상 언어에 매몰되지 않는 것이 중요했다. 마치 외국어처럼 느껴지는 문체. 늘 일상 언어에 대한 이화작용異化作用이 의무가 된 문체. 시켄의 번역문을 이와 같이 재인식할 때 그 '한문조漢文調'에 관해서도 자연히 다른 시각이 가능해진다. 절을 바꾸어서 서술하겠다.

2. 의취와 풍조

앞 절에서 다룬 「비대 신사肥大紳士」에는 실은 시켄 자신의 손으로 한 개역改譯이 있다. 1897년 7월에 하쿠분칸博文館이 창간한 『외국어학잡지外国語学雑誌』 제1권 제1호 「영문화역英文和訳」란에 원문과 함께 게재되었는데, 원문 첫머리 1단만 번역한 것이기는 하지만 『국민지우』 지상誌上의 번역을 상당히 고친 것이어서 흥미롭다. 앞 절에서 인용한 부분에 대응하는 곳을 살펴보자.

十一月といふさびしき月の雨ふりたる日曜日なりき、余は某地へ征行の途中微恙ありてダービーといふ小邑の一逆旅に滞留せるが、恙はやうやく痊りたるも熱気未だ祛かざるにぞ、尚終日戸内にたれこめをりしなり、嗚呼僻地の逆旅にありて雨ふる日曜日、偶ま之を経験せしことある者独り能く余の境遇の如何を知るべし、雨は窓扇を打て簌々声を作し寺院の鐘は一種の哀れげなる響を伝ふ、余は何等か目を楽ましむべきものを求めむと欲して窓のほとりにゆきぬ、然れども余は是れ一切怡愉といへるものゝ外に棄てられたる者に似たりき、[36]

11월이라는 쓸쓸한 달의 비 내리는 일요일이었다. 나는 어떤 곳에 여행 가던 중 미양微恙이 있어서 더비라는 소읍小邑의 한 여관에 머물렀는데 병은 차츰 나았는데 열이 아직도 내리지 않아서 여전히 하루 종일 방안에 틀어

---

[36] 『외국어학잡지外国語学雑誌』 제1권 제1호, 1897.7.10. 또한 끄트머리의 '者'에 루비가 없는 것은 원문 그대로이다.

박혀 있었다. 오호嗚呼, 벽지僻地의 여관에서 비 내리는 일요일이라니, 우연

히 이것을 경험한 적이 있는 자만이 내 처지가 어떤지를 알 것이다. 비는 창

문을 두드려 투둑투둑 소리를 내고 사원寺院의 종鐘은 일종一種의 구슬픈 울

림을 전한다. 나는 뭔가 눈요기할 것을 찾아서 창가로 갔다. 그러나 나는

이 일체의 이유怡愉라 할 만한 것의 밖에 버려진 자와 같았다.

이 개역改譯은 영문 일본어 번역 학습의 본보기로 게재를 앞두고 그

에 어울리게 고친 그런 것이 아니다. 앞선 번역에서 감탄부호를 없애고

번역했던 곳에 새로 '오호嗚呼'라는 표현이 더해지는 것은, 마치 이 번역

이 나오기 바로 전 해인 1896년 7월, 『국민지우』제309호 부록에 시켄

이 번역한 위고의 「사형 전 여섯 시간」의 첫머리가 "사형을 언도 받았

다, 오호嗚呼",[37] 그 영어 원문이 "SENTENCED to death!"인 것[38]에 대응

하고 있어서, 오히려 번역자의 번역 태도의 변화에 따른 개역이라 할

수 있다. "가벼운 병이 나서"를 "미양微恙"이라고 하는 것은 어쩌면 "a

slight indisposition"이라는 명사에 맞춘 것으로 볼 수도 있는데, "즐거

움"을 "이유怡愉"로 고치고 게다가 위의 인용 뒷부분을 '보다瞰る'→'부

감俯瞰', '마부馬丁'→'구동廐僮', '익사할 정도로 젖은 닭 몇 마리가'→'몇

마리의 가계家鷄가 혼신渾身 물에 빠진 것 같이 젖었는데', '근심스럽게'

→'초연愀然히', '꼼짝 않고ジット'→'응연凝然', '허무하게 내밀었는데'→

'내밀고는 좌모우색左摸右索하고 있다', '수토澳土 주위에 떼 지어서 물을

---

37 『국민지우』제309호 부록, 1896.8.15. 『위고집ユゴー集 I』(明治翻訳文学全集—新聞雑誌編 24), 大空社, 1996에 수록.

38 가와토 미치아키川戸道昭의 「메이지 시대의 빅토르 위고—모리타 시켄의 방역을 둘러싸고明治時代のヴィクトル・ユゴー—森田思軒の邦訳をめぐって」, 앞의 책 참조.

향해 시끄럽게 소리를 내며 다투듯이 마신다' → '한 곳의 황우漢汙 주위에 집취集聚하여 그 물을 둘러싸고 흰괄喧聒할 뿐이다'와 같이 고치는 것을 보면 한어漢語를 더욱 강조한 문체가 된 것이 명백하다.

또 하나, 일본어 가타카나 표기가 바뀐 것에도 유의해야 한다. '꼼짝 않고ジット'를 '응연凝然'으로 바꾸는 것 외에도, "往きつ復りつするシカミ顔は今日の天気にさも似たり(왔다 갔다 하는 찡그린 얼굴은 오늘 날씨와 사뭇 닮았다)"가 "往きつ復りつする顔は、けふの天気の如くいぢ悪げなり(왔다 갔다 하는 얼굴은, 오늘 날씨처럼 심술궂다)"와 같이 바뀌었는데, 후반에 해당하는 원문이 "looking as sulky as the weather itself"임을 생각해도 'シカミ(찡그린)'를 피하는 것이 아니라면 이 개변改變의 이유가 확실치 않다. 실제로 앞 절에서 인용한 사이토 료쿠우齋藤緑雨의 야유에 "何故に余はシカク初めより渠を愛するや、余は実にシミジミと惚れぬきたり(무슨 이유로 나는 이렇게 처음부터 그를 사랑하게 됐을까요, 나는 정말로 마음속으로부터 반했습니다)"라고 되어있듯이 시켄의 번역문에는 일본어를 가타카나로 표기한 것이 자주 눈에 띈다. 그것은 예를 들어 "オカシキ少女かな渠は何故に余を見てシカシカ驚けるならむ(이상한 소녀군 그는 왜 나를 보고 그렇게 놀랐을까)"[39]와 같은 것으로, 'ホトリ(근처)', 'ソコ(거기)', 'アチラコチラ(이쪽저쪽)' 등 꼭 가타카나로 표기하는 단어도 적지 않은데, 물론 그것 자체는 당시 소설에서 기이한 것이 아니다. 일반적으로 말하면 「가파통신 보지총담嘉坡通信報知叢談」란에 발표된 1889년경까지의 번역은 이러한 용자법用字法이 많은데, 1890년 이후의 「클

---

39 「가파통신 보지총담嘉坡通信報知叢談 문스톤[月珠]」 제4회, 속통(『郵便報知新聞』 1889.7.7). 『콜린스집コリンズ集』(明治翻訳文学全集－新聞雑誌編 9), 大空社, 1998에 수록.

로드」,[40] 「회구懷旧」[41] 등에서는 별로 눈에 띄지 않게 되고 1896년 이후의 「간일발間一髮」,[42] 「사형 전 여섯 시간」[43] 등에서는 극단적으로 적어진다. 반대로 이 번역들의 한어 비율은 이전보다도 늘어나서 정확히 「비대 신사肥大紳士」의 개역改譯 경향과 일치한다.

이는 시켄의 번역문이 시기에 따라, 또한 텍스트에 따라 상당한 변동이 있었음을 시사한다. 단순히 '한문조'와 한데 묶을 수 없는 편차가 여기에는 있다. 특히 흥미로운 것은 1896년 이후의 변화이다. 시켄의 유일한 구어역으로 알려진 「감옥 귀환牢帰り」,[44]도 1896년에 발표되었는데, 여기서는 반대로 일본어 가타카나 표기도 별로 꺼리지 않아서 시켄의 다른 번역에 비해 한어의 비율이 상당히 낮다. 한편, 유명한 「모험기담 십오 소년冒険奇談 十五少年」[45]은 1887년 전후의 「보지총담報知叢談」에 발표된 베른느의 번역보다도 훨씬 한어가 많은 문체로 번역되었다. 이러한 편차는 무엇을 의미하는가. 시켄의 번역문을 '한문조'라고 부르려면 먼저, '한문조'란 무엇인가를 문제 삼지 않으면 안 될 것이다.

시켄의 역문은 '한문쿠즈시'나 '한문훈독체' 등으로 불리는 경우가 많

---

40 Victor Hugo, *Claude Gueux*(영역도 같은 제목), 『국민지우』 제69~73호, 1890.1.3~2.13. 『위고집 I ユゴー集 I』(明治翻訳文学全集─新聞雑誌編 24), 大空社, 1996에 수록.

41 Hugo, *Bug-Jargal(Told under Canvas)*, 『국민지우』 제142호 부록~170호 부록, 1892.1.13.~10.23. 위의 책 『위고집 I ユゴー集 I』에 수록.

42 Edgar Allan Poe, *The Pit and the Pendulum*, 『태양太陽』 제2권 제3호, 1896.2. 『포집ポー集』(明治翻訳文学全集─新聞雑誌編 25), 大空社, 1998에 수록.

43 Hugo, *Le Dernier Jour d'un Condamné(The Under Sentence of Death, or A Criminal's Last Hours)*, 『국민지우』 제309호 부록~335호, 1896.8.15~1897.2.13. 『위고집ユゴー集 II』(明治翻訳文学全集─新聞雑誌編 25), 大空社, 1998에 수록.

44 Charles Dickens, "The Story of the Convict's Return", *The Posthumous Papers of the Pickwick Club(The Pickwick Papers)* Ch.6에서 발췌. 『가정잡지家庭雑誌』 제83호 부록, 1896.8.10. 『디킨스집ディケンズ集』(明治翻訳文学全集─新聞雑誌編 6), 大空社, 1996에 수록.

45 Jules Verne, *Deux ans de vacances(Two years' vacance)*의 번역. 『소년세계少年世界』 제2권 제5호~19호, 1896.3.1~10.1.

은데, 당시 한문 요미쿠다시체漢文読み下し体 문장은 '금체문今體文' 또는 '보통문' 등으로 불리며 신문의 논설이나 학술서의 번역, 혹은 법률 조문 등, 공적인 영역에서 폭넓게 사용되는 극히 일반적인 문체였다. '금체今體'는 현대풍, '보통'은 널리 통한다는 의미인데, 모두 근세 이후의 정격正格 문장인 한문에 맞서는 호칭이다. 제4부에서 논하듯이 이 문체는 한문에서 출발하였으며 한문의 수사법을 활용하면서도 만능 문체로서 표현의 확대를 꾀하여서, 교육의 장에서도 우선 이것을 습숙習熟할 필요가 있었다. 이 문체가 메이지 시대에 들어와 널리 사용된 것은, 그때까지 공적인 문장이었던 한문을 베이스로 해서 사람들이 두루 사용할 수 있도록 요미쿠다시読み下し 그대로 유통시켰다는, 말하자면 정통성과 보편성을 겸비한 문체로 자리매김했기 때문이라고 일단은 말할 수 있다. 그러나 그것만으로는 이 문체가 지닌 의미를 일면적으로밖에 파악하지 않은 것이 된다. 오해받는 것을 겁내지 않고 말하면, 이것은 일종의 언문일치체였다.

메이지유신 이전, 한학은 일반교양으로서의 지위를 점했다. 국학을 공부하든 양학을 하든 우선 한학의 소양을 갖추는 것을 제일로 여겼다.[46] 그 첫걸음이 '소독素讀'[47]이었다. 소독이라는 행위 자체는 학습 단계의 하나로 예로부터 있던 것인데, 근세 후기 간세이寬政 개혁의 일환으로 쇼헤이코昌平黌(昌平坂学問所)를 중심으로 하는 교학教學 체제가 강

---

46 근세의 교육제도에 관해서는 이시카와 켄石川謙의 『학교의 발달学校の発達』, 岩波書店, 1953. 동『일본 학교사 연구日本学校史の研究』(小学館, 1960); 다케다 칸지武田勘治의 『근세일본 학습방법 연구近世日本学習方法の研究』(講談社, 1969); 하시모토 아키히코橋本昭彦의 『에도막부 시험제도사 연구江戸幕府試験制度史の研究』(風間書房, 1993)를 참조.
47 [역주] 한문에서 의미는 생각하지 않고 글자만 소리 내어 읽는 것.

화되어 주자학 이외의 학파를 배제한 커리큘럼이 정비되는 동시에 '학문음미學問吟味' '소독음미素讀吟味'라 부르는 시험이 치러지고,[48] 더욱이 쇼헤이코를 본뜬 교육이 각지의 번교藩校 등에서 이루어짐으로써 학습 행위로서 평준화된 소독이 전국에 보급되게 된다. 소독 시험을 치르려면 정확하게 읽는 법을 확정하지 않으면 안 된다. 이학異學의 금지[49]에 따라 주자학 이외의 학파가 배제된 것과도 연동하여 '소독음미'에서 부과되는『소학小學』및 사서오경의 훈독도 고토 시잔後藤芝山의 이른바 고토 점點(訓點)으로 읽게 되고,[50] 막부 말기가 되면 더욱 원문을 보존하여 간결한 한문 읽기를 추구한 사토 잇사이佐藤一斎의 훈독법 — 잇사이 점一斎点 — 이 퍼져나간다.

한문 훈독을 베이스로 한 금체문이 급속하게 퍼질 수 있었던 것은 그것이 소독의 문자화라는 측면을 지녔기 때문이었다. 시대가 메이지로 바뀌어도 여전히 소독이 이루어지고 있었다. 일찍이 마에다 아이의「음독에서 묵독으로—근대 독자의 성립音読から黙読へ—近代読者の成立」[51] 및「막말・유신기의 문체幕末・維新期の文体」[52]는 메이지 초년의 독서에서 소독이 수행한 역할에 주목하는데, 작문의 영역에서도 소독이 수행한 역할은 크다고 할 수 있다. 한문 훈독문에는 '읽는' 행위가 내재되어 있고,

---

48 [역주] '학문음미學問吟味'는 15세 이상인 자에 대해 경서, 역사, 문장을 평가하고, '소독음미素讀吟味'는 15세 미만의 연소자를 대상으로 사서오경의 음독을 평가하는 시험이다.

49 [역주] 1790년, 간세이寬政개혁의 일환으로 에도 막부가 쇼헤이코에 대해 주자학 이외의 양명학陽明學이나 고학古學을 이학異學으로 규정하고 그 교수를 금지한 것.

50 이시카와 켄石川謙,『일본 학교사 연구日本學校史の研究』,小学館, 1960, p.196.

51 마에다 아이前田愛,『근대독자의 성립近代読者の成立』, 有精堂, 1973에 수록. 후에『근대독자의 성립近代読者の成立』(前田愛著作集 제2권), 筑摩書房, 1989에 수록.

52 마에다 아이前田愛,『근대 일본의 문학 공간—역사・언어・상황近代日本の文学空間—歴史・ことば・状況』, 新曜社, 1983에 수록. 후에 위의 책 치쿠마쇼보筑摩書房 판『근대독자의 성립近代読者の成立』에 수록.

그 '읽는' 행위의 가장 초급 단계가 소독이었다. 훈독하여 일본말 어순으로 고쳐 읽은 것을 그대로 한자 가나 혼용으로 적으면, 즉 요미쿠다시문読み下し文이 된다. 금체문과 소독의 거리는 지극히 가깝다고 볼 수 있다. 어느 정도 교육을 받은 자라면 훈독하여 일본글 순서로 고쳐 읽을 때의 음성이 몸에 배어있었다고 할 수 있고, 그런 의미에서 금체문은 음성을 문장화한 문체이기도 했다.

음독을 전제로 한 문체로 금체문을 재인식한다면 속기법과의 관련도 이해하기 쉬워진다. 1882년 다쿠사리 코우키田鎖綱紀가 일본에 도입한 속기법이 근대문학에서 수행한 역할에 대해서는 주로 언문일치의 관점에서 논의가 이루어지는 경우가 많은데, 속기법은 단지 담화의 필기에만 유효했던 것이 아니다. 『경국미담』후편의 문장 또한 류케이가 구술한 것을 와카바야시 칸조若林玕蔵가 필기한 것이라고 후편 자서自序에 서술하였다. 결국 그 필기를 '첨삭윤식添削潤飾'하는 데 품이 들어, 때로는 이럴 바에야 처음부터 자기가 직접 쓰는 것이 좋을 뻔 했다고 생각할 정도이기는 했어도, 속기법이 유효하다는 사실 자체는 류케이도 인정하는 부분이어서 권말에 「속기법에 관해 기술하다速記法ノコトヲ記ス」라는 문장을 부재했다. 거기에서는 법정이나 회의 장소에서의 속기의 유용성을 서술하고, 공용의 문체는 '한문역문체漢文譯文體'이더라도, 일언일어一言一語가 중요한 법정이나 회의 장소에서는 "일단은 언어를 있는 그대로 직사直寫하고 그후에 이를 한문역문체로 고쳐 쓰는" 방법을 채용해야 한다고 주장한다. 『경국미담』의 구술필기와 그 '첨삭윤식'의 관계도 담화를 문장으로 고치는 품이었는가 싶기도 해서, 속기와 언문일치의 관계를 여기서부터 탐색하게 될지도 모른다. 그런데 실은 "위

에서 와카바야시 씨가 날 위해 필기한 속기법의 자체字體를 옮긴" 실제
사례로 든 것은 『경국미담』 후편 첫머리의 문장 그대로여서, "紀元前三
百七十九年希臘列国ノ形勢ヨリ説キ起サム(기원전 379년 희랍 열국의 형
세에서부터 이야기를 시작하려고 한다)"으로 시작되고, "キゲンゼンサンビ
ヤクシチジウクネンギリーキレツコクノケイセイヨリトキオコサム"
이라고 가나로 독음讀音을 단 것, 즉 『경국미담』의 문장을 그대로 음성
으로 발화한 것 같이 서술되어 있다.

류케이의 선전宣傳으로 보지사報知社 내에서도 사용되었을 것 같은 속
기법을 모리타 시켄 또한 활용했다는 사실은, 예를 들어 1890년(메이지
23)의 「남창섭필南窓涉筆」[53]에 "내가 전부터 신소설과 보지신문報知新聞에
실을 원고를 구수口授하여 속기하게 한 것이 쌓여 몇 십장이 되었는데,
속기자의 정서가 늦어져서 초고 그대로 가방에 넣어둔 것을 어느 날 밤
동행한 이의 짐과 함께 도둑맞았다"와 같은 기사가 있는 것을 보아도
알 수 있다. 그리고 1892년(메이지 25) 단행본으로 나온 『회구』[54]의 「예
언例言」[55]에, "나는 평소에 속기술의 도움을 많이 빌린다. 탐정 유벨 및
클로드 등이 다 그런 것이다. 이 책이 유일하게 스스로 번역해서 스스
로 기술한 것이다. 내 경력 중에서도 드문 경우이다"라고 한 것을 보면
이 시기까지의 번역이 거의 구술필기와 그것의 수개修改라는 프로세스
를 거쳐 완성되었음을 알 수 있다. 번역에서 구술필기가 유효한 것은
원문을 눈으로 좇으면서 입으로 번역문을 읊을 수 있기 때문인데, 말하

---

53 『국민지우』 제77호, 1890. 3. 23.
54 民友社, 1882.
55 "메이지 25년(1892) 11월 9일 네기시根岸의 근광近狂(상식을 벗어난 인간)이 초려草廬에서 쓰
   다. 이날은 쾌청한 것이 이른바 소춘小春(음력 시월)의 계절에 어울린다."

자면 교실에서 교사와 학생이 하는 그것과 거의 같은 것이다. 이는 예를 들어 "여덟, 아홉 살 때 겨울 밤 옆에서 아버지가 『수호전』을 읽으시는 것을 들었다"(「남창섭필」)[56]라든가 "여덟 살부터 아홉 살 때까지 서유기, 삼국지, 수호전 등 삼부三部는 모두 선생님(종조부 모리타 요시조森田吉藏)이 머리맡에서 구수口授하는 것을 듣고 그 인명人名과 사적事蹟을 약송略誦했다"(「우억기尤憶記」)[57]와 같은 유년기를 보낸 이에게는 극히 자연스런 일이었을 것이다. 중국소설의 구수는 훈독 내지는 훈독을 약간 부드럽게 만든 상태였을 것으로 추측되는데, 이것을 음독 구수에 의한 번역의 원점原點으로 보는 것도 그렇게 무리는 아닐 것이다.

시켄이 음성을 중시했다는 것은 1888년(메이지 21) 가을 3회에 걸쳐 『국민지우』에 게재한 「와카和歌를 논한다」에서도 엿볼 수가 있다.

> 풍조風調(멜로디)는 운향韻響이 서로 꼭 맞는 곳에 존재한다. 그 말을 조성하는 부분의 소리들이 상하上下 기락起落 완급緩急 신축伸縮하는 절주節奏(리듬)과 서로 맞는 곳에 존재한다. (…중략…) 우리는 옛날에 엔초円朝의 이야기를 들으면 눈물 나는 때가 있었다. 하지만 요즘 각 신문에 실리는 글을 읽으면 그저 삭연索然함을 느낄 때가 많다. 이는 필기가 능히 말을 그대로 전하지만 그 순설脣舌에 의해 생기는 풍조風調를 모조리 전할 수는 없기 때문이다. 우리는 늘 연극의 각본을 읽은 다음 연극을 보는데, 처음에 각본에서는 대수롭지 않게 흘려버린 대사에 의외로 감동하게 되는 경우가 드물지 않다. 이는 처음에는 풍조風調 없이 보고, 이를 본 후에는 풍조에 맞춰서

---

56 『국민지우』 제78호, 1890.4.3.
57 『국민지우』 제91호 부록, 1890.8.13.

듣기 때문이다.[58]

엔초円朝[59]도 원본院本[60]도 언문일치체에 영향을 끼친 것으로 논의되는 경우가 많은데, 시켄의 표현을 빌리자면 단순히 입에서 나온 말을 그대로 필기한 것만으로는 '풍조'를 전할 수 없어서 '삭연'하지 않을 수 없다는 것이다. 1892년(메이지 25) 1월, 『가부키신보歌舞伎新報』에 게재된 「귀의 연극 눈의 연극耳の芝居目の芝居」에서는 다음과 같이 말한다.

> 사람의 즐거움은 귀로 얻는 것이 있고 눈으로 얻는 것이 있다. 그러므로 세상의 정예미술精藝美術은 귀에 호소하거나 눈에 호소한다. (…중략…) 책을 읽는 즐거움은 눈에 의한 것과 같으나 그것이 즐거운 이유는 글자의 형태에 있는 것이 아니라 그 글자가 전하는 의지意旨에 있다. 글자는 그저 강화講話 음향의 기호에 불과하다. 따라서 소설 같은 것은 그 글자로 눈에 호소함에도 불구하고 굳이 어느 한쪽에 속하게 한다면 역시 귀에 호소하는 것에 가깝다고 할 수 있다.[61]

시켄이 '의지'라고 한 것은 다른 글에서 '의취'라고 표현한 것과 같은 것일 텐데, 그것을 전하는 것이 문자의 형태가 아니라 문자의 음이라는 것은, 음독에 익숙한 시켄으로서는 극히 자연스러운 일일 것이다. 소설

---

58 『국민지우』제31호, 1888.10.5.
59 [역주] 산유테 엔초三遊亭圓朝는 에도시대의 라쿠고가落語家로 닌죠바나시人情噺에 능했고, 특히 자작 괴담『목단등롱牡丹灯籠』은 언문일치체에 영향을 준 것으로 평가받는다.
60 [역주] 본래, 중국 금나라 시대에 성행한 연극이나 그 대본을 가리키는데, 후에 일본 에도시대 죠루리淨瑠璃의 사장詞章 전부를 수록한 판본을 지칭하는 데에도 사용하게 되었다.
61 『歌舞伎新報』제2321호, 1892.1.9.

역시 "귀에 호소하는 것"이라면 글을 쓰는 사람은 그 점에 유의하지 않을 수 없다.

「와카를 논한다」는 대체로 와카와 한시의 비교론으로 되어 있는데, '풍조'를 거론한 것도 피아彼我의 차이를 거기에서도 찾아내었기 때문이다. 본래 수사학修辭學에는 'beauty美'와 'sublimity壯'라는 두 가지 개념이 있는데, 와카는 '美'에는 뛰어나지만 '壯'이 부족한 반면 한시는 두 가지를 겸비했다. 그것은 한시에는 '입성入聲'(促音)과 '양성揚聲'(撥音)이 있어서 '壯'의 '풍조'를 불러일으키지만, 와카에는 그것이 부족하다는 점이 크게 관련되어 있다는 것이다. 와카는 "지나支那의 시詩가 다양한 풍조를 만들 수 있는 것과는 달라서 그 풍조가 대단히 제한적이라는 것은 의심할 여지가 없으며, 두말할 필요가 없고 숨길 수 없는 사실이다"라고 말한다. 위에서 예로 든 두 인용문은 모두 번역론은 아니지만 시켄의 '한문조'의 핵심이 어디에 있는지 가르쳐 준다. 또한 1889년 8월의 「소하만필消夏漫筆」에는 다음과 같은 내용이 있다.

문文은 음향을 중히 여긴다. "아무쪼록 빈객께서는 옛것을 그리워하는 쌓인 정을 토로하고 지난날을 생각하는 깊은 마음을 드러내어 황제의 도道를 가르쳐서 저의 견식을 넓혀주시고 서한西漢 경도京都의 정황을 가르쳐서 저의 지식을 넓혀 주십시오"[62]와 같이 구句의 글자 수를 맞추어서 대구對句로 만드는 것도 음향을 고르는 한 가지 방법이다. 또한 "그러나 감춰진 천분天分이라는 것이 있어서 그 모습이 눈에서 사라진 듯, 없어진 듯하지만,

---

62 [역주] 이 부분의 원문은 다음과 같다. "願クハ賓懷旧ノ蓄念ヲ攄ヘテ思古ノ幽情ヲ発シ我ヲ博フスルニ皇道ヲ以テシ我ヲ弘ムルニ漢京ヲ以セヨ"

일단 그것이 발휘되면 천 리千里도 더 갈 수 있고 발휘되지 못하면 고요할 따름이다"와 같이 리듬이 뒤섞여서 짧아졌다가 길어지기도 하고 느려졌다가 빨라지기도 하는 것도 음향을 고르는 한 가지 방법이다.[63]

위의 첫 인용문은 반고班固의 「서도부西都賦」에서 가져온 것인데, 이 '음향'이 원문이 아니고 훈독문으로서의 음향을 가리킴은 명백할 것이다. 이러한 수사법은 한문에서 지극히 상투적인 것이라 할 수 있고 시켄도 지극히 초보적인 사실을 말하는 것에 불과하지만, 그것이 기본이었다. 1891년 8월과 9월의 『국민지우』[64]에 시켄이 쓴 「한문 한어漢文漢語」는, 현금現今의 문장에서 한문의 요소를 없앨 수 없음에도 불구하고 요즘 문장가들이 한문 한어의 지식이 없어서 한어로서 모양을 갖추지 못하고 의미도 없는 구를 빈번하게 사용하기에 이른 것을 비난한다. 누구나 금체문을 쓸 수 있는 세상이 되자 한문을 읽지 않고 한문 훈독의 형해만을 흉내 내어 글을 짓는 자 또한 많아진 것이다. 4년 전에 『국민지우』 지상에 실린 「문장세계의 진언陳言」[65]에서는 지금 문장에 상투적인 구가 너무나 많다고 한탄하는데, 이제는 상투구조차도 만족스럽게 다루지 못한다. 시켄이 목표로 한 한문으로부터의 이탈과는 전혀 차원이 다른 곳에서 사람들의 한문 이탈이 일어나고 있었다. 시켄이 보기에는 한문의 가장 뛰어난 부분을 버리고 조박糟粕[66]을 마시며 희희낙락하는 듯이 보였다. 「한문 한어」에서는 다음과 같이 말한다.

---

63 『국민지우』 제58호, 1889.8.2.
64 『국민지우』 제128호 및 130호, 1891.8.23・9.13.
65 『국민지우』 제7호, 1887.8.15.
66 [역쥐 본래 술지게미의 의미로 정신이 결여된 외형을 비유하는 말.

한문의 취미는 반드시 이를 필요로 한다. 그럼에도 진정한 한문은 이것을 모르니 한문을 선택할 때에는 항상 가치가 하찮은 것을 선택해서 재판 선고문과 비슷한, 옛날 신문 잡지의 논설과 비슷한, 순회巡廻하는 이원吏員의 복명서와 비슷한, 의가醫家의 진단서 병상일지와 비슷한, 산승山僧의 인도引導와 비슷한, 대언인代言人[67]의 소장訴狀과 비슷한 납臘을 씹고 와륵을 입에 머금은 것 같은 문장이 잇달아 저작자의 손에서 나온다.[68]

금체문의 융성은 세상에 한문을 보급시킨 것 같지만 실은 한문의 수명을 단축시킨 듯한 감이 있다. 그러한 상황에서 시켄이 보지保持한 '한문조'라는 것은 오히려 일상어가 되어가는 금체문에 대한 안티테제가 되어갔다. 마에다 아이는 「막말幕末·유신기의 문체」에서 이렇게 서술했다.

지방 출신의 한 소녀가 노년에 이르기까지 『일본외사日本外史』의 문장을 그 기억 속에 별 어려움 없이 저장했었다는 사실은, 메이지라는 시대에는 일상적인 구어口語의 세계와는 차원을 달리하는 또 하나의 언어 세계가 인간의 생리에 맞춰가며 살아 숨 쉬고 있었음을 보여주는 듯하다. 게다가 이 두 언어의 세계는 서로 무관하게 병립했던 것이 아니라 가역적인 관계가 유지되던 것이 아닐까. 잠재적인 음성을 수반하는 기억된 언어가 규범으로 존재하고, 이 규범으로서의 언어와 일상의 언어 사이에 만들어지는 긴장관계가 메이지인의 문체 감각의 기반을 이룬 것이 아닐까.[69]

---

67 [역쥐 변호사의 구칭.
68 『국민지우』 제130호, 1891.9.13.

좀 지나치게 로맨틱한 기술로 여겨지는 것은, 그러한 '긴장관계'를 보지保持했던 메이지인이 얼마나 있었을까 하는 의구심이 생기기 때문이다. 시켄이 한탄하는 것은 오히려 '가역성可逆性' 때문에 규범이 규범으로서의 가치를 잃어가는 모습일 것이다. 혹은 금체문의 보급에 따라 "기억된 음성"이 사라져가는 모습, 즉 기억도 낭송도 불필요한 문장이 퍼져나가는 모습이라고도 할 수 있다. 그러나 앞서 인용한 「음독에서 묵독으로」에서 "일상의 언어와는 차원을 달리하는 정신의 언어"[70]라고 표현한 그 세계를, 분명히 시켄은 유지하려고 하였다.

즉 시켄의 '한문조'는 단순히 그 자신의 '소양'이나 한문 훈독체에 익숙한 독자의 존재 탓으로만 돌릴 수 있는 것이 아니고, '풍조' 있는 언어라는 의식이 강하게 작용한 것이었다. 그러한 의미에서는 단지 외형만을 한문풍으로 — 상투적인 어구나 전고典故로 — 가다듬은 보통 '한문조'와는 자연히 다른 지평을 목표로 했다. 그리고 그것은 일상 언어에 대한 이화작용異化作用을 초래하는 직역체와 결코 어긋나는 것이 아니라, 오히려 거기에 독자적인 '풍조'를 더할 수 있다는 점에서 대단히 편리했다. 그렇다면 이 절의 첫머리에서 언급한 편차는 문체의 핵심을 파악한 데서 비롯된 자유로움으로 볼 수도 있다. 하지만 그것을 말하려면 시켄에게 한문맥이 어떤 의미를 갖는지 다른 각도에서 생각해 볼 필요가 있다. 절을 바꾸어서 서술하겠다.

69 마에다 아이前田愛, 『근대독자의 성립近代読者の成立』, 치쿠마쇼보筑摩書房 판, p. 403.

70 위의 책 p. 131.

3. 한문맥의 핵심

1890년(메이지 23), 시켄은 「남창섭필」에서 다음과 같이 말한다.

옛날에 내 종조부 요시조 선생은 산요의 외사外史가 처음 세상에 나왔을 무렵 그것을 읽고, 산요의 문장이 뛰어나기는 하나 애석하다, 일본인을 지나支那 사람 보듯 한다, 예를 들어 난코楠公 같은 이도 정직하고 의리도 두터워서 그저 조정을 위해서라고 한결같이 굳게 믿은 중후重厚 근칙謹敕의 향사鄕士 이지 산요가 묘사한 듯 경전 냄새가 나는 유학자 냄새를 풍기는 사람이 아니다, 내가 늘 일본을 묘사하는 데 이른바 한문을 쓰면 안 된다고 한 것은 바로 이 때문이다, 일본에 관해서는 일본의 문장으로 쓰지 않으면 도저히 그 진면목을 표현하기 어렵다, 라고 말씀하셨다. 아버님이 자주 내게 일러주신 칼라일이 일찍이 사史를 논하기를, 그 소리가 자연히 그 국민의 조강調腔(멜로디)에 맞는 것이 아니면 믿을 수가 없다고 한 것도 다 같은 이치이다.[71]

"일국一國의 문장에는 그 나라 고유의 의취 정신"(「번역의 마음가짐」)이 있다는 시켄의 인식에 관해서는 제1절에서 언급했는데, 이것 또한 그 문맥에서 파악할 수 있는 기사일 것이다. 종조부 요시조가 "일본에 관해서는 일본의 문장으로 쓰지 않으면 도저히 그 진면목을 표현하기 어렵다"라고 한 것은, "평소에 이른바 유자儒者와 한문을 억누르고 일본어 문장과 일본민족의 고유한 정신을 찬양하는"(「우억기尤憶記」) 인물이라는

---

71 「남창섭필南窓涉筆」, 『国民之友』 제85호, 1890.6.13.

점을 고려하면 지극히 소박한 언사일 터이나, 칼라일의 말과 겹쳐지면 국민국가의 언어의식에 관한 문제로 일반화된다. 메이지 초년, 그러한 국민국가 의식하에 한자 한문에 대한 인식에 변화가 일어났다는 것은 이미 제1장에서 서술한 대로인데, 시켄에게 이러한 인식은 성가신 것이었다.

시켄이 한학에 능했다는 것은 여기서 새삼 말할 필요도 없고, 1883년(메이지 16), 『우편보지신문郵便報知新聞』 지상에 발표한 한시가 류케이의 눈에 띄어, 『경국미담』 전편의 「정사적절正史摘節」과 후편에 두평頭評을 싣는 등 한문을 쓰는 일이 들어오게 된 것도 각종 전기傳記를 보면 명백하다. 1885년(메이지 18)의 중국 도항이 하나의 계기가 되어 '한문'으로부터의 이탈을 꾀했을 때도, 그것은 어디까지나 '실경實境'을 전달하려는 자리에서 한시문의 무효성을 이야기한 것이지, 시켄 자신이 한시문을 짓는 일을 그만둔 것이 아니었다. 1888년(메이지 21) 7월의 「일본문장의 장래」[72]에서도, 야노 류케이의 진보사관적 문체론의 흐름을 이어받아 한문적 요소가 일본문에서 점차 사라져 갈 것이라는 점, 즉 "장래에 만약 일본인의 뇌수가 점점 발달해서 세밀한 방향으로 나아간다면 지나支那 문장의 성질은 더욱 더 일본의 문체에서 멀어질 것"이라는 점, 모범으로 삼을 것은 "다른 사람에게 잘 통하는 직역 문체"라고 하면서도 마지막에 "내친김에"라며, 문장을 지을 때는 "처음에는 먼저 좌우지간 지나의 문장을 읽어서" 한자 용법에 습숙習熟해야 한다고 말한다. 또한, "지나의 문장을 읽으면 글자의 내력을 밝혀서 그 힘과 기능을 다하게

---

72 『우편보지신문郵便報知新聞』, 1888.7.24~28.

하는 이점이 있을 뿐만 아니라, 그 조구조사造句措辭(익스프레션)가 미묘하여 작문을 생각하는 데 많은 도움이 된다. 그 미묘한 점으로 말하자면 서양 문장에는 있을 수 없는 것도 있고, 또한 서양 문장과 마치 부절符節을 맞춘 것 같은 것도 있다"라고 덧붙이며 "매카시의 항해소설"의 한 구절과 「적벽부」의 구절을 대조한 것으로 결론을 삼는다. 시켄에게는 분명히 한문에 대한 애착이 있었고, 그렇다면 앞의 국학자풍의 종조부의 말에 대해서도 칼라일을 끼워 넣어 일반화함으로써 얼버무리려 한 것으로 볼 수 있다. 어찌 되었든 시켄의 입장은 분열되어 있는 듯이 보인다.

"장래에 만약 일본인의 뇌수가 점점 발달해서 세밀한 방향으로 나아간다면 지나 문장의 성질은 더욱 더 일본의 문체에서 멀어질 것"이라는 진보주의적 입장은, "일본에 관해서는 일본 문장으로 쓰지 않으면 도저히 그 진면목을 표현하기 어렵다"는 문화주의적 입장과 결부되어 한어에 대한 억제를 의식한 문체로 사람들을 이끌어간다.

한편으로 "조구조사造句措辭(익스프레션)가 미묘하여 작문을 생각하는 데 많은 도움이 된다"라는 점에 주목하는 입장에 선다면, 자칫 한어가 한어라는 이유만으로 배제할지도 모르는 전자와는 양립할 수 없는 장면이 생기지 않으리라는 보장이 없다. 시켄이 "경어전어經語典語"를 사용하지 않음으로써 한문을 중국 고전의 세계로부터 떼어 놓아 구문歐文 번역을 감당할 만한 문체를 만들려고 한 것은, 이 두 가지 입장 사이에 끼어버린 애로隘路를 빠져나가기 위함이었다.

정형定型이나 상투적인 표현을 구사하면 문장을 한문답게 만드는 것은 그리 어렵지 않다. 제10장과 제11장에서 논하듯이 그에 필요한 참고서는 세상에 넘쳤다. 시켄은 그러한 속류俗流의 한문다움을 싫어했던 것이다. 시켄이 한문에서 발견한 미점美點은 상투적인 구의 퇴적에 의해 구성되는 것이 아니었다. 그것은 여유로운 '풍조'이며 조구조사造句措辭(익스프레션)였다. 「방사일록訪事日録」[73]에서는 한문적 수사修辭가 '실경實境'을 전하기에 충분하지 않음을 분명하게 말하고, 애당초 한문은 중국에서 생겨난 것이므로 허탄虛誕한 표현이 많다며 한문으로부터의 이탈을 언급했다. 거기에는 진보주의적 입장과 문화주의적 입장이 은현隱現하고 있는데, 제1장에서 논한 메이지 이후의 '지나支那' 배제의 메커니즘과 연동되어 있다. 그러나 시켄은 번역이라는 작업을 거침으로써, 즉 구문맥歐文脈에 의해 한문맥을 되비추면서 자신의 핵심이 어디에 있는지 찾아간다. 한어의 음성에 대단히 익숙한 시켄에게 그것은 자신의 음성音聲 심부深部로 하강해 가는 시도였다.

1893년(메이지 26) 6월부터 다음해 7월까지 『국민지우』 지상에 26회에 걸쳐 연재된 「산요론에 관하여山陽論に就て」[74]는, 야마지 아이잔山路愛山이 『국민지우』 제178호 부록에 발표한 「라이 노보루를 논하다頼襄を論ず」[75] 또한 그것에 응수한 도쿠토미 소호의 문장[76]에 응답하여 쓴 것이다. 조부祖父가 산요와 교류하기도 해서 시켄에게 산요가 특별한 존재인 점은 "산요 씨의 글을 아끼고 그를 더없이 아끼며 그 사람을 추모해서, 산요 씨가 내 고향에 여행 왔을 때 조부를 위해서 썼다는 우리 집의

---

73 『우편보지신문郵便報知新聞』, 1885.5.2~5.29.

74 『국민지우』 제193~218호, 1883.6.13~1884.7.13. 후에 『라이 산요 및 그 시대頼山陽及其時代』(十二文豪 제12권), 民友社, 1898에 수록.

75 『국민지우』 제178호 부록, 1883.1.13.

76 「아타미 소식熱海たより」(番外), 『国民新聞』, 1883.3.19・26. 후에 앞의 책 『라이 산요 및 그 시대頼山陽及其時代』에 수록.

'조모암朝暮庵'이라는 제목의 액자 밑을 저회하며, 백 년 일찍 태어나서 산요 씨와 같은 세상을 살지 못한 것이 유감스럽다고 생각한 적이 여러 번 있다"[77]라고 말할 정도였다. 시켄의 저작 중 가장 긴 이 평론은 말하자면 자기의 원점으로 돌아가 한문이라는 문체에 관하여 생각할 중요한 기회가 되었다. 앞 절에서 서술했듯이, 정확히 「산요론에 관하여」를 쓴 시기를 경계로 해서 그 전과 후는 번역의 위상에도 큰 변화가 생긴 것이다.

이 절의 첫머리에서 언급했듯이, 종조부 요시조는 라이 산요가 한문으로『일본외사日本外史』를 쓴 것 자체를 비판했는데, 도쿠토미 소호 또한 다른 표현으로 그것을 비난했다.

> 그(산요)가 부자유스러운 한문으로 국속國俗 풍습이 천 리나 떨어진 일본의 사실을 자유자재로 기술한 것은 멋진 솜씨임이 틀림없으나 이를 위해 열혈熱血의 대부분을 글자에 소마消磨하여 모처럼 역사적 사실의 고찰에는 공력을 덜 들인 경향이 있는 것은 안타깝고도 안타까운 일이 아닐 수 없다.[78]

시켄은 그에 대해 일단은 '독론篤論'이라고 경의를 표한 후 반론을 시작한다. 우선, 한문으로 쓰는 것이 지극히 일반적이었다는 점. "일반 학자의 저술은 대개 한문을 사용함으로써 보통문이 된다. 그리고 외사外史의 문장은 이런 보통문 중에서도 가장 보통의 것"이었다. "가장 보통

---

77 「서목십종書目十種」,『国民之友』제48호, 1889.4.22.
78 「아타미 소식熱海たより」(番外),『国民新聞』, 1883.3.19・26. 인용은『라이 산요 및 그 시대賴山陽及其時代』p.547.

의 것"이란 어떤 것인가. 시켄은 우선 일본의 한문 역사에서부터 시작한다. 애당초 한문이 도래한 지 천오백 년, 도쿠가와德川가 "한문 중흥中興의 운運"을 연 지 이백 년, "수많은 한적이 점차 일상의 담화 사이로 침입해서 마침내 일본어와 친화하고 포합抱合하며 또한 한문 역독譯讀의 어투에 따라 생겨난 일본 고유의 토씨가 아닌 이른바 자왈子曰(공자가 말씀하시기를)류의 토씨"도 퍼져서 "마침내 일종의 변격變格을 일상의 담화에 형성하여 이에 한문과 일상의 담화의 거리를 더없이 단축해서 밀접하게 만들었다", 즉 한문 훈독조가 일상 언어에도 퍼져나갔다는 것이다. 그렇다면 한문과 "우리나라의 담화체"의 거리는 다른 외국과의 관계와는 달리, "우리나라 사람이 논어 맹자 당송팔대가의 문장을 보고 느끼는 기이함(스트렌지)의 정도"는 "현재의 지나인支那人"이 느끼는 것과 큰 차이가 없고, "다만 그것은 이른바 **보요미**棒よみ79에 가깝고 우리 것은 역독譯讀 즉, 이른바 **가에리요미**回へりよみ80에 가깝다는 차이가 있을 뿐"이라고까지 말한다. 한문은 중국의 것이지 일본의 것이 아니라는 견해를 무효화하는 것이다. 그리고 한문 중에서도 용어와 구문構文이 "우리나라의 일상 담화"에 가까운 것과 그렇지 않은 것이 있는데 산요는 후자라고 한다.

그것이 무슨 말인가. "내가 늘 농담 삼아 말하기를 사마천司馬遷의 한문이 야스이 솟켄安井息軒이나 시오노야 토우인塩谷宕陰의 한문보다도 많은 **화습**和習이 있다고", 일본의 한학자인 야스이 솟켄과 시오노야 토우인보다도 사마천이 실은 화습이 많다는 것은 "즉 사기史記의 용어와 조

---

79 [역주] 한문을 읽을 때에 위에서 아래로 내려 음독하는 것.
80 [역주] 한문을 훈독할 때 아래 글자에서 위 글자로 올려 읽는 것. 즉, 일본어 어순으로 읽는 것.

구造句가 가장 우리나라의 일상 담화와 밀접하다는 의미이다", 예를 들어 이토 히로부미의 『헌법의해憲法義解』 혹은 각종 법령 등은 낭송해도 열 중 셋 밖에 그 내용을 이해하지 못하는데 비해, 『사기史記』는 적어도 다섯이나 일곱이 이해하고, 『사기』의 문장을 모범으로 한 『일본외사』는 일본에 관한 내용인 만큼 더욱더 이해하기 쉽다, '벽전벽사僻典僻辭'[81]가 많은 『팔견전八犬伝』보다도 이해하기 쉽다고 생각한다고 시켄은 말한다. 여기에서도 피아彼我의 차를 없애려 하고 있음을 간취할 수 있는데, 흥미로운 사실은 『일본외사』의 문장이 낭송했을 때 이해하기 쉽다고 한 점이다. 앞 절에서 서술했듯이 시켄에게 문장은 음성音聲을 수반하는 것이었다. 한문으로 말하면 훈독의 음성이 되는 셈이다. 게다가 '보요미棒よみ'와 '가에리요미回へりよみ'를 동등하게 두고, 더욱이 '가에리요미回へりよみ'로 낭송해서 이해하기 쉬운 것을 '화습'이라고 한다.

　일반적으로 산요의 한문은 평속平俗하고 화습이 강하다고 한다. 화습이란 다시 말해 정통적인 중국 고전의 규범에서 벗어난 것을 말하는데, 시켄은 개의치 않고 오히려 귀로 들었을 때 이해하기 쉽다는 적극적인 의미로 사용해 버린다. 즉 『일본외사』에 화습이 느껴지는 것은 낭송했을 때 귀에 잘 들어오는 것을 추구한 결과이다. 훈독을 전제로 읽히는 일본의 한문은 그 자체로써 의미가 있으며 한결같이 중국의 규구준승規矩準繩을 따를 필요는 없다는 것이다. 문화주의적 관점으로부터 한문을 해방시키고 산요를 한문의 보편성과 적응성을 활용한 문장가로 재인식하려 했다고 할 수 있다. 예를 들어 산요의 시를 논하며 시켄은 다음

---

81 [역주] 평소에 자주 사용하지 않는 전고나 표현.

과 같이 말한다.

산요의 시는 대개 평범하다. 평범한 사회에서 평범한 생활을 영위하는 그 시료詩料와 시경詩境이 평범한 것은 당연하다. 일본의 작자가 그 시료와 시경이 자연히 변화가 다단多端한 지나인을 본보기로 해서 그 말투를 닮으려고 할 때 바야흐로 그 시가 거짓이 되기 시작한다.

일본인이 일본에서 한시를 읽는데 현실을 떠나서 굳이 중국 것을 모방하려 한다면 진실미를 잃는다. 산요의 시가 평범한 것은 제재와 경지가 평범한 것을 그대로 시로 표현했기 때문이며, 그렇기 때문에 조금도 개의치 않는다는 것이다. 다른 부분에서는, 산요의 시를 평속平俗하다고 비난하는 자가 많은데 평속하기 때문에 지금도 애송되는 것이며 아무리 당시 존숭尊崇 받은 시인이라도 산요만큼 후세에 애송된 사람이 있을까, 라고도 말한다.

산요에 대한 이러한 평가는, 일찍이 "번역문은 되도록 평이하고 정상적인 말을 택하며 특별한 유래나 이의理義를 지니지 않은 습벽이 없는 말을 골라 담화적인 말로써 문장적文章的 길을 간다면 최고에 다다를 것이다"(「번역의 마음가짐」)이라고 했던 것과 서로 비교해 보면, 시켄의 산요론이 자신의 번역문에도 적용될 수 있는 성질이었음을 이해할 수 있을 것이다. 물론 「산요론에 관하여」는 라이 산요의 전체상을 시켄 나름대로 그리는 것에 그 목적이 있었지만, "문장은 사업이기 때문에 우러를 만하다"라며 "사업가"인 산요를 논하는 야마지 아이잔이나 "국민의 영화靈化한 발언자發言者" 혹은 "예언자"로 언급하는 도쿠토미 소호의 논의와 비교하면 문장가로서의 산요에 더욱 역점을 둔 것이 분명하다. 1897년(메이지 30)에 「간세이 전후의 한학계寛政前後の漢学界」[82]를 발표한 것을 보아도 관심이 일본의 한자 한문의 위상에 있었다고 할 수 있다. 시켄은 산요를 자신의 원점原點에 둠으로써 일본어 음성으로 읽히는 한문의 모습을 확인하려고 했으며 그것은 자신의 문장을 지탱하는 지지대가 되기도 했다.

그리고 보면 이 평론 이후 발표된 번역이 한편으로는 한어의 다용多用이 두드러지고, 다른 한편으로는 구어역이 시도되는 등 번역의 성격에 맞춰서 역문을 자유롭게 구분하기 시작한 것은 필연이었다는 생각이 든다. 왜냐하면 시켄이 산요의 문장을, 중국 문장을 전범으로 하면서도 외형의 모방에 신경을 쓰는 것이 아니라 대상에 맞춘 표현 그 자체의 리듬을 중심으로 하는 문장으로 파악했기 때문이다. '화습'을 한문에 내재하는 '풍조'로 재인식하는 것. 거기에는 트랜스내셔널한 에크리튀르로서 한문을 재인식하려는 지향이 있고, 그것은 "일국一國의 문장에는 그 나라 고유의 의취 정신이 있어서 이것을 그대로 다른 나라의 문장으로 고치는 것은 거의 불가능할 정도의 것"이라는 아포리아에 대한 도전이기도 하다.

한문맥의 가능성을 여기에서 발견할 때 그것은 오히려 가소성에 가득 찬 새로운 문체로 재인식된다. 『메이지 다이쇼의 국문학明治大正の国文学』에서 "한문을 직역한 것 같은 문체에 아문雅文의 조동사나 조사를 덧붙이고, 그것으로 영문을 축차역逐次譯 한 듯한 이상한 것"이라고 비

---

82 『국민지우』 제342~346호, 1897.4.3~5.1.

난한 것은, 문자를 태생별로 분해해서 국적의 라벨을 붙이면 그렇게 된다는 것이며, 시켄이 한문맥이라는 에크리튀르의 가소성을 이언어異言語의 경계에서 찾아냈다는 것을 역으로 보여주기까지 한다. 그렇다면 시켄의 유일한 구어역 「감옥 귀환牢帰り」 또한 세상에서 흔히 말하는 '한문조' 와는 다르더라도 실제로는 시켄이 찾아낸 한문맥의 연장선에 있다고 보아도 좋을 것이다.

　善くまア帰つて来たといふて、自分を迎へて呉る人が、一個あるでは無い、善く改心してもどつたと云ふて、自分の先非を宥恕して呉る人が、一個あるでは無い、自分を納れて呉る家一つあるでは無い、自分を扶助して呉る手一つあるでは無い、而かも是れが自分の故郷、ふるさとだ。

　용케 잘 돌아왔다며 자기를 맞아주는 사람 하나 없다, 용케 개심改心해서 돌아왔다며 자기의 선비先非를 유서宥恕해 주는 사람 하나 없다, 자기를 들여 주는 집 하나 없다, 자신을 부조扶助해 주는 손길 하나 없다, 그런데도 이것이 자기의 고향, 고향이다.

　No face of welcome, no look of forgiveness, no house of receive, no hand to help him-and this too in the old village.[83]

원문과 대비하면 직역이 아닌 것은 분명한데, 역문의 중점은 직역인

---

83 저본 불명. 예를 들어 *The posthumous papers of the Pickwick club*(Tokyo, Mikawaya, 1893)가 있다.

가 아닌가가 아니다. 원문의 '의취'와 '풍조'를 어떻게 재현하는가. 위의
역문이 "뒤섞여서 짧아졌다가 길어지기도 하고 느려졌다가 빨라지기
도 하는"(「소하만필消夏漫筆」) 기법으로 이루어진 것을 발견한다면, 구어
체 안에 한문맥이 숨 쉬고 있는 것이라 해도 좋다. '자기自分'라는 단어를
삽입해서 자유 간접화법을 나타내려고 한 아이디어도 성공했다고 할
수 있다. 혹은 다음과 같은 부분.

エドマンドは再び前に進だが、つまッた様なカスレた様な声を出して、
『あなた私に物を言つて下さい』
老人は恐ろしい声を揚げて『退け』。エドマンドは尚ほ其のそばへ進みよ
つた、老人は再び『退け』と叫だが、怖ろしさに前後を忘れて、其の節を
揮りあげて、エドマンドの面の上を横すぢかひに、ハッシとばかり撲り
つけた。
『阿爺 ─ 畜生』
とつぶやいたが、驀地に飛びかゝつて、老人の喉を締めつけた。然かし
老人は自分の父である。気がつくと直に手が自然に解けて喉を離れた。

에드먼드는 다시 앞으로 나아갔는데, 목멘 듯이, 쉰 듯한 목소리로,
"당신, 나에게 말을 좀 해 주시오"
노인은 무섭게 소리 지르며 "떨어져." 에드먼드는 여전히 그 옆으로 다가갔
다, 노인은 다시 "떨어져"라고 외쳤는데, 두려움에 제정신이 아니어서 그
지팡이를 치켜들어 에드먼드의 면상面上을 수평에 가까운 상태로 퍽 소리
가 나게 후려갈겼다.

"아버지 ― 빌어먹을"

이라고 중얼거리더니 쏜살같이 달려들어 노인의 목을 졸랐다. 그러나 노인은 자기 아버지이다.

정신을 차리고 보니 이미 손이 자연스레 풀려서 목에서 떨어졌다.

Edmunds advanced.

"Let me hear you speak," said the convict, in a thick, broken voice.

"Stand off!" cried the old man, with a dreadful oath. The convict drew closer to him.

"Stand off!" shrieked the old man. Furious with terror, he raised his stick, and struck Edmunds a heavy blow across the face.

"Father ― devil!" murmured the convict between his set teeth. He rushed wildly forward, and clenched the old man by the throat ― but he was his father;and his arm fell powerless by his side.

 "당신, 나에게 말을 좀 해 주시오"는, 원문의 직역이 아님에도 불구하고 그 말투는 직역조여서 그 점이 이 대사를 돋보이게 하고 있고, 마지막 부분 등은 '에드먼드'에서 '자기'로의 전환과 "정신을 차리고 보니"의 삽입에 따른 상승효과에 의해 임장감臨場感을 높여서 "throat" 다음의 "―"가 지닌 효과를 일본어가 계승하는 데 성공했다고 할 수 있다.

 시켄은 여러 방법으로 구문歐文의 '의취'를 번역하려고 했다. 만약에 이 구어역을 다른 번역과 대립적으로 파악해서, 시켄이 만년에 구어역을 시도했지만 결국 그쪽 길로는 나아가지 않았다고 해 버린다면, 이

시기의 시켄이 무엇을 손에 넣었는지 안 보이게 된다. 구어역이든 한자의 다용多用이든 중요한 것은 시켄의 역문이 그 이전의 문체에 얽매이지 않는 자유로움을 획득해 갔다는 점이다. 그리고 그것은 자기 문체의 핵심이 '한문조'라는 것을 시켄이 파악해 가고 있었기 때문이다. 구어역을 시도하는 것도 적극적으로 한어를 사용하게 되는 것도 문체의 핵심을 파악했기 때문에 가능한 전개였다.

그러나 1897년(메이지 30) 11월 14일, 시켄의 갑작스런 죽음에 의해 그러한 시도는 부득이하게 중단되었다. 병상에 모리 오가이森鷗外가 있었다는 사실은 어쩌면 암시적일지도 모르지만 그에 관해서는 언젠가 서술할 때가 올 것이다. 여기서는 시켄이 번역이라는 영위 안에서 자신의 에크리튀르를 획득한 것의 의미를 한문맥이라는 주제에 맞추어 서술하고자 했다. 물론 시켄의 번역에 관해서, 또한 평론에 관해서 더 논의해야 할 것이 적지 않지만 그 가능성의 일단을 보여준 것으로 믿고 일단 마무리하고자 한다.

제4부
금체문 미디어

메이지 10년대에 대량으로 출판된 작문 입문서를 보다 보면 내용이나 체재에 공통된 특징을 지닌 일군一群이 있음을 금방 알게 된다. 화장和裝 동판銅版이라는 점, 한자 가타카나 혼용의 메이지 보통문(금체문今體文 또는 근체문近體文)이 주라는 점, 문례文例가 척독계尺牘系와 기사계記事系를 겸하고 있다는 점, 책의 형태가 소본小本[1]인 점, 책 첫머리에 숙어란熟語欄이 있는 점 등등. 유사類似는 곧 모방을 의미해서, 즉 장마다 망둥어난다는 식으로 이러한 모방들이 이루어진 것인데, 그것은 바로 이 스타일이 작문서로 세상에 널리 받아들여졌음을 보여주는 증거이다. 이 일군의 작문서들이 어떤 것이었는지 상세히 살펴봄으로써 우리는 메이지 보통문이 어떻게 출현해서 유포되었는지를 알게 될 것이다. 문체의 변화는 항상 그것을 구현하는 매체의 변화와 함께 한다. 메이지 보통문이 '보통'일 수 있었던 것은, 또한 '금체今體'일 수 있었던 것은 이러한 책

---

1 [역주] 일본 재래식으로 제본한 화본和本의 서형書型 중, 반지본(세로 22~23cm* 가로 15~16cm)을 반으로 접은 대략 세로 15~16cm* 가로 11cm 정도로 현재의 문고본 크기이다.

들 덕분이라는 점을 잊어서는 안 된다.

1. 『기사논설문례』

1879년(메이지 12) 5월에 발행된 『기사논설문례記事論説文例』에서부터 시작하자. 저자는 야스다 케사이安田敬斎, 판권장의 주소는 "오사카 스가와라마치菅原街 25호지号地", 출판은 마에카와 젠베前川善兵衛, 근세 이래의 오사카 서사書肆이다. 판권 면허는 1897년(메이지 12) 3월 29일. 『동경일일신문東京日日新聞』(같은 해 9월 4일) 광고에는 이렇게 되어 있다.

도쿄 다나카 요시카도田中義廉 교열 오사카 야스다 케사이安田敬斎 저
기사논설문례記事論説文例 동판銅版 전 2권 정가 칠십 전
요즘 세상에 작문서가 모자라지는 않으나 문례文例가 착잡錯雜한 우려가 있고 혹은 숙자熟字가 신기新奇한 이문異聞의 해害가 있다. 그래서 처음 배우는 사람을 그르치는 경우가 아마 적지 않을 것이다. 다만 본서는 작문의 비결, 조사助詞의 체격體格2은 물론이고 본편은 시후時候, 기유記遊, 기사記事, 기전記戰, 경하慶賀, 상도傷悼, 논문論文, 설문說文, 잡편雜編 등 아홉 부문으로 나누어 250장章의 문례文例를 기술하고 또한 첫머리에 2단으로 된 칸을 만들어 시령時令(절기), 인륜人倫, 금수禽獸, 초목草木의 이칭異稱에서부터 75종의 편지 말을 비롯하여 대략 아속雅俗의 숙자熟字 유어類語는 자세히 채택하여 빠

---

2 [역주] 체격體格은 문법에 가까운 의미.

짐이 없고, 한어漢語에는 모두 좌우에 방훈傍訓(후리가나)을 달아 학교 학생은 말할 것도 없고 널리 세상 사람들의 작문 규범에 도움이 되는 완전무결한 양서良書이므로 강호江湖의 제언諸彦은 신속히 구매해서 한류韓柳[3]의 자취를 붙잡을 수 있기를 바라오.

각지에 송달하오니 가까운 서림書林에 주문하시기 바라오.

오사카 신사이바시도오리心斎橋通り 미나미큐호지마치南久宝寺町 마에카와 젠베前川善兵衛

도쿄 니혼바시도오리日本橋通 2정목丁目 이나다 사헤稲田佐兵衛

동 시바미시마초芝三島町 야마나카 이치베山中市兵衛

동 도오리 시오마치通り塩町 나이토 덴에몬内藤伝右衛門

동 신오사카마치新大坂町 고바야시 키에몬小林喜右衛門

교열자 다나카 요시카도는 1841년(텐포 12)생, 난학蘭學에서 영학英學으로 바꾸어 윌슨 리더Willson Reader를 토대로 1873년(메이지 6)에 간행한 문부성文部省 교과서 『소학독본小学読本』의 편자로서, 또한 1874년(메이지 7)에 간행한 『소학일본문전小学日本文典』의 저자로 알려져 있다. 한편 저자 야스다 케사이는 오사카 거주 한학자로 1876년(메이지 9)에 『만국사략자해万国史略字解』, 1877년(메이지 10)에 『일본소학문전日本小学文典』을 저술하고, 그 밖에 작문서나 문례집文例集 저서도 많은데, 『제원 제계 제증 군구개정소답문격諸願諸届諸証郡区改正訴答文格』(마에카와 젠베 판, 1879), 『군구개정 원계증권 공사편리郡区改正願届証券公私便利』(마에카와 소시치前川宗七

---

3 [역주] 당의 문장가 한유韓愈와 유종원柳宗元을 이름.

판, 1879) 등 실용 문례집도 포함해 거의 오사카의 서사書肆에서 출판했고 그중에서도 분에이도文栄堂(마에카와 젠베)가 많다. 이와 관련해 국회도서관 소장본을 참고로 해서 그 저작을 발행연도 순으로 나열하면 〈표 1〉과 같다.

한번 죽 훑어보면 모두 학습서나 실용서여서, 자연히 저자 야스다 케사이의 위치가 명백해질 것이다. 『기사논설문례』의 속편으로 다나카 요시카도에 교열을 부탁한『상등기사논설문례上等記事論説文例』와『기사논설문례부록記事論説文例附録』, 더욱이 『기사논설자유자재記事論説自由自在』가 출판된 것이 오히려 그 이름을 알렸다. 『소학기사지전문례小学記事志伝文例』나『기사논설작법명변記事論説作法明辨』 등도 그 계보를 잇는 저작인데, 금체문 학습서인 이러한 '기사논설記事論説'물뿐만 아니라 여세를 몰아 썼을『한문작법명변漢文作法明辨』이나『한문독학漢文独学』 등 한문 작문 학습서도 출판한다. 이것들도 '기사논설'물과 같은 체재의 동판본이며 '기사논설'물의 고급판으로서 한문과 금체문이 어떤 관계에 있었는지를 보여주기도 한다. 『한문작법명변漢文作法明辨』 권말에는『기사 논설문법명변記事論説文法明辨』[4]의 광고가 실렸는데, "전에 폐포弊舗에서 간행한 야스다 케사이 선생의 『기사논설문례』가 제언諸彦의 큰 사랑을 받아 여러 차례 인쇄를 한 것은 정말로 감개무량하나, 그 책이 문례만 실었을 뿐 따로 작법이나 문법 주해를 하지 않아서 안타까웠다. 그

---

4 『문법지교 기사논설작법명변文法指教記事論説作法明辨』과 같은 책처럼 보이지만,『기사 논설문법명변記事論説文法明辨』 광고에는 기쿠치 산케이菊池三溪 교열, 야마다 세이후山田清風・하시모토 도쿠橋本徳 교정으로 되어있는데도, 1888년(메이지 21)의『마에카와 장판 및 발태서목前川蔵版并発兌書目』에 게재된『문법지교 기사논설작법명변』에 야스다安田의 이름만 실린 것을 보면 구별하는 편이 좋을 듯하다. 다만 이 서목에는『기사 논설문법명변』이 없어서 어쩌면 간행 계획이 바뀌어『문법지교 기사논설작법명변』이 됐을지도 모른다.

〈표 1〉

제목	출판사	발행년도
『만국사략자해万国史略字解』(권2)	오사카 마에카와 젠베	1876. 6
『일본소학문전日本小学文典』(권상) (다나카 요시카도 교열)	오사카 야스다 케사이	1877. 1
『대일본국군략표大日本国軍表』	오사카 다나카 야스지로田中安二郎	1877. 4
『만국사략자인万国史略字引』	오사카 마에카와 젠베	1877.12
『기사논설문례記事論説文例』 (다나카 요시카도 교열)	오사카 마에카와 젠베	1879. 5
『제원 제계 제증 군구개정소답문격諸願諸届諸証郡区改正訴答文格』	오사카 마에카와 젠베	1879.11
『군구개정 원계증권 공사편리郡区改正願届証券公私便利』	오사카 마에카와 소시치前川宗七 · 나카오 신스케中尾新助	1879.12
『상등기사논설문례上等記事論説文例』 (다나카 요시카도 교열)	오사카 분에이도文栄堂	1880. 1
『한문유학편람漢文幼学便覧』	오사카 마에카와 젠베	1880. 1
『회중삼서편리懐中三書便利』 (오오다테 리이치大館利一와 공편)	오사카 메이지샤明治舎	1880. 3
『기사논설문례부록記事論説文例附録』 (다나카 요시카도 교열)	오사카 마에카와 젠베	1880. 5
『작시유학편람作詩幼学便覧』	오사카 긴키 쇼로錦城書楼	1880. 6
『통속양생훈몽通俗養生訓蒙』 (巻之一 · 二)(다나카 요시카도 교열)	오사카 세이키도清規堂	1880. 6
『기사논설자유자재記事論説自由自在』 (다나카 요시카도 교열)	도쿄 타이닌 쇼오쿠耐忍書屋 (마에카와 젠베 판 있음)	1881. 1
『소학기사지전문례小学記事志伝文例』 (기쿠치 산케이菊池三渓 교열)	오사카 분에이도文栄堂	1883. 5
『한문작법명변漢文作法明弁』 (야마다 세이후山田清風 교열)	오사카 분칸 쇼도文換書堂 (판매는 마에카와 젠베)	1883. 5
『면부료연 징병령역해免否瞭然徴兵令訳解』	오사카 마에카와 소시치 나카오 신스케	1884. 1
『문법지교 기사논설작법명변文法指教記事論説作法明弁』	오사카 노무라 쵸베野村長兵衛 (마에카와 젠베 판 있음)	1884.11
『작법지남 한문독학作法指南漢文独学』 (쓰치야 호우슈土屋鳳渕 교열)	오사카 마에카와 분에이도前川文栄堂	1884.12
『통속회입 일본명치선행록通俗絵入日本明治善行録』	오사카 노무라 쵸베	1885. 5
『통속회입 일본명치이십사효通俗絵入日本明 治廿四孝』	오사카 노무라 쵸베	1885. 5
『통속회입 일본명치효자전通俗絵入日本明治孝子伝』	오사카 노무라 쵸베	1885. 5
『조례규칙원계제증문 일본류취법률전서条例規則願届諸証文日本類聚法律全書』	도쿄 분에이도文栄堂	1885. 6

런데도 세상에는 비슷한 책이 잇달아 출간되므로 지난번에 선생께 간청하여 본서를 출판하게 되었다"라고 한다. 교열을 기쿠치 산케이菊池三渓가 맡은 것은 『소학기사지전문례小学記事志伝文例』와 마찬가지이다. 야스다의 저서를 한편으로는 다나카 요시카도, 다른 한편으로는 유학자로 고명한 기쿠치 산케이에게 교열을 청했다는 것은 역시 금체문의 성격이 어떤 것이지를 보여준다. 다나카는 1897년(메이지 12)에 이미 타계했는데, 생전에 교열을 받았는지 신간 표지에서 그 이름이 한동안 사라지지 않는다. 1883년(메이지 16) 이후, 기쿠치 산케이의 이름이 자주 보이는 것은 다나카의 뒤를 이은 것으로 볼 수도 있다. 참고로 『한문작법명변漢文作法明瓣』, 『한문독학漢文独学』 모두 기쿠치 산케이에게 서序를 부탁했다.

그런데 『기사논설문례』가 어떤 책이었는지는 처음에 인용한 신문광고로 대충 알 수 있지만, 서적으로서의 특징을 실물에 입각해 조금 더 자세히 살펴보겠다. 책의 형태가 소본小本인 것은 예를 들어 『단어편単語編』 등 소학용 교과서에서 종종 볼 수 있는데, 반면에 면지面紙에 얇은 종이를 씌워 속표지에 저자 초상화를 싣고 또한 속표지 뒷면의 좌우 양면에 교열자 다나카 요시카도의 제자題字 '불식상경不飾尚絅/여광일장余光日章/시문지덕是文之德'을 소나무, 창포, 매화, 국화로 테를 둘러서 인쇄한 것은 일반적인 교과서의 모습으로 볼 수 없다. 이어서 훈점訓點을 붙인 한문으로 쓴 저자 서序가 실려 있는데, 거기에서 "요즘 시중에 작문에 관한 저서가 전파된 것이 적지 않다"라고 한 것은 광고의 내용과 부합한다. 또한 "일전에 서사書肆 마에카와 씨가 와서 교열을 도와달라고 부탁했다. (…중략…) 즉 외람되이 책 하나를 펴내어 '기사논설문례'라고 이름 붙였다. 그 목적은 단지 소학생들의 교과서용으로 제공하려는 것뿐이다"라는 것은 성립 경위를 밝힌 것인데, 이 서序 역시 장식 틀로 테를 둘렀다. 다음 장을 넘기면 매화와 장미 그림을 액자 삼아서 '증득판권曾得版權'의 붉은 도장(재판 이후는 인쇄). 표지에서부터 몇 장만 넘겨보아도 그 이전의 소학용 교과서에 비해 훨씬 고급스러움을 자아내는 것은 틀림없다.

〈그림 1〉 야스다 케사이 『기사논설문례』 속표지

조금 과장스럽다고도 할 수 있는 이 체재를 지탱하는 것이 당시 더없이 세밀했던 동판인쇄 기법이다. 다행히 『기사논설문례』의 속표지(그림 1) 등에는 '쿄센도 각響泉堂刻'이라고 명기되어 있어서, 이 책이 오사카의 동판 화가 모리 킨세키森琴石의 동각銅刻임을 알 수 있다.

2. 동판인쇄

모리 킨세키森琴石는 1843년(텐포 14)에 태어나 1921년(다이쇼 10)에 사망한 근대 남화단南畵壇의 확립에 공헌한 장로長老이며, 『근대 일본 미술 사전近代日本美術事典』(講談社, 1989)이나 『오사카인물사전大阪人物辞典』(清文堂, 2000) 등에서는 한결같이 남화가南畵家로 기술하고 있지만 메이지의 동판화·동판인쇄에도 대단히 큰 역할을 했다.[5] 니시무라 테이西村貞

는 『일본동판화지日本銅版画志』(書物展望社, 1941)에서 다음과 같이 말한다.

　　오사카에서는 또한 슌스이若林春水(와카바야시 슌스이)와 같은 시기에 모리 킨세키가 동판화를 시도했다. 킨세키는 셋슈摂州 아리마有馬 사람으로 이름은 쿠마熊, 본성本姓은 가지키梶木 씨, 어렸을 적 양자로 가서 모리森 가문을 잇는다. 그는 훗날 누구나 인정하는 남화단의 대가가 되었지만, 처음에는 다카하시 유이치高橋由一 문하에 들어가 양화洋畫를 배운 적이 있어서, 후에 오사카에서 당호堂號를 쿄센도響泉堂라 칭하여 상당히 광범위하게 동판 조각의 일가를 이룬 것을 보면 적잖이 격세지감이 있다. 불우하던 시절의 가노 호우가이狩野芳崖가 유우키 마사아키結城正明와 함께 동판 누각鏤刻 기술을 배운 일화를 비교해서 생각하면 참으로 동서東西의 좋은 이야깃거리 하나가 될 것이다.[6]

　　『일본동판화지日本銅版画志』에서는 모리 킨세키가 새긴 동판 작품으로 『일본지지략부도日本地誌略附図』(鈴木九三郎 판, 1877), 『달톤 씨 생리학서도식達爾頓氏生理学書図式』(松村九兵衛, 1878, 水口灘斎와 합작)을 들어 다음과 같이 서술한다.

　　다만 킨세키가 수전手鐫으로 새긴 동판 작품 중에서는 뭐니 해도 동전패문재경직도銅鑄佩文斎耕織図 2첩이 최고일 것이다. 본 첩은 초병정焦秉貞이 원

5　모리 킨세키의 사적事績에 관해서는 증손曾孫 모리 류타森隆太 내외분으로부터 귀중한 자료를 제공받았다.

6　니시무라 테이西村貞, 『일본동판화지日本銅版画志』, 書物展望社, 1941, p.425.

화를 그린 강희판康熙版을 축소한 것이다. 1883년(메이지 16)에 새기기 시작했는데 청나라 삼제三帝 때 만든 윤곽만이 붉은 인쇄로 되어 있고 화도畵圖는 모두 검게 인쇄했다. 각선刻線은 더할 나위 없이 신중하고 세밀하며 접쇄摺刷 또한 훌륭한 솜씨를 보여주어 동전銅鐫(동에 새기는 것) 기술은 완벽에 가깝다. 메이지 초기에 나온 여러 동판 작품을 통틀어서 백미라고 해도 과언이 아니다.

가나에 킨죠鼎金城와 닌쵸지 세이손忍頂寺靜村에게 남화南畫를 배우고 또한 메가 유우쇼妻鹿友樵, 다카기 타이조高木退蔵에게 한적을 배운 킨세키가 어떤 경위로 동판화에 눈을 돌리게 됐는지는 확실치 않다. 『일본동판화지』에는 "모리 킨세키의 유전流傳은 확실하지 않다. 전傳에 따르면 겐겐도玄々堂[7]와는 다른 유파라고 한다"라고 되어 있으나, 1873년 도쿄에 가서 다카하시 유이치高橋由一에게 서양화법을 배웠다는 점, 같은 시기 지폐료紙幣寮[8]에서 동판인쇄 임무를 맡았던 2대 겐겐도玄々堂 마쓰다 로쿠잔松田緑山의 집에 다카하시 유이치가 드나들었던 것[9]을 생각하면 역시 로쿠잔과 접촉이 있었을 것으로 생각한다. 로쿠잔은 막부 말기부터 번찰藩札[10]의 동전銅鐫에 관계했는데, 메이지 원년 정부가 태정관

---

7 [역주] 겐겐도는 교토의 동판 공방銅版工房으로 초대 겐겐도 마쓰모토 야스오키松本保居와 그의 아들인 2대 겐겐도 마쓰다 로쿠잔松田緑山을 중심으로 여기서 배출된 문하생들과 더불어 동판화계의 한 유파를 형성했다.
8 [역주] 1871년 대장성大蔵省 안에 설치된 지폐사紙幣司가 그 기원이며 같은 해 지폐료紙幣寮로 개칭하였다. 당초에는 지폐의 제조, 발행, 교환 등의 업무를 주로 했다.
9 니시무라 테이西村貞, 앞의 책, p.398. 또한 1874년 11월 7일 자『동경일일신문東京日日新聞』의 「강호총담江湖叢談」도 다카하시 유이치와 겐겐도의 친교를 전한다. 겐겐도와 메이지 서양화의 관계에 관해서는 마시노 케이코增野惠子의 「일본의 석판술 수용의 제문제日本に於ける石版術受容の諸問題」, 『近代日本版画の諸相』, 中央公論美術出版, 1998, 수록 참조.
10 [역주] 에도시대에서부터 메이지 초기에 걸쳐 각 번에서 발행한 지폐.

찰太政官札11을 발행하게 되자 그 명을 받아 교토 니죠二条에서 제작에 착수하고 다음해인 1869년에는 상경해서 관찰官札 · 증권證券의 제작을 맡게 된다. 1874년에 도쿠노 료스케得能良介의 지폐료紙幣寮 개혁에 따라 관업官業에서는 물러났는데, 문하생을 여러 명 두었고 생업은 오히려 번성했다. 참고로 로쿠잔이 지폐료를 물러난 것에 관해서 "이번에 지폐료에 천거하는 명命이 있었다. 선생이 병환으로 사퇴했는데 그 뜻은 아마도 관함官銜에 얽매이지 않고 불기자유不羈自由를 얻어 오로지 그 기技를 사방으로 펼쳐서, 우리 독립국이 바깥에서 구하지 않고 오히려 바깥이 우리에게서 구하는 권리를 차지하고자 한 것"이라는 투고(나카마루 세이쥬로中丸精十郞)가『동경일일신문』(1874.10.27)에 실려 있다.

한편, 시마야 마사이치島政一는『일본판화변천사日本版画変遷史』(1939)에서 이렇게 말한다.

모리 킨세키는 남화南畫로 유명한 화가였다. 와카바야시 슌스이若林春水와는 특히 가까운 사이로 와카바야시 씨로부터 동판화를 배우고, 와카바야시 씨가 유류도 인쇄소猶龍堂印刷所를 창립할 때에 킨세키가 큰 도움을 주는 등 교유交遊가 대단히 심후했다. 그리고 나카이 리잔中井利山, 모리 킨세키, 와카바야시 쵸에이若林長英, 미나구치 류노스케水口龍之助, 나카다 사다노리中田貞矩 등 제씨는 메이지 초년의 오사카 인쇄계에 기여한 바가 매우 컸다.

킨세키가 와카바야시 슌스이에게 동판화를 배웠다면 오사카에 돌아

---

11 [역주] 메이지 정부가 1868년에서 1869년까지 발행한 지폐.

온 이후일까? 슌스이가 로쿠잔 문하이니까 킨세키는 제자의 제자가 되는 셈인데, 어찌 되었든 킨세키의 동판술이 겐겐도亥々堂의 흐름을 잇고 있음은 틀림없다. 그리고 로쿠잔의 부친, 초대 겐겐도 마쓰모토 야스오키松本保居[12]와 그 문하야말로 막부시대 말기에서 메이지에 걸친 동판인쇄에서 대단히 큰 역할을 한 동파화가였다.

　동판화 기술이 서양에서 전래된 것이라는 점은 새삼 말할 필요도 없을 것이다. 그것이 일단 기리시탄[13]에 의해 들어왔으나 전승되지 않고, 본격적인 수입은 난서蘭書(네덜란드 서적)에 바탕을 둔 시바 코우칸司馬江漢[14]에서부터 시작되는 것도 잘 알려져 있다. 수입 당초에는 서양과 마찬가지로 어디까지나 한 장짜리 그림과 지도가 주를 이루었다. 풍경화, 명소도名所圖, 지구도地球圖, 인체해부도 등. 그런 가운데 분카文化, 분세文政 연간에 활약한 오와리尾張[15]의 동판화가 마키 보쿠센牧墨僊은 해부도나 지도 외에 잔글씨로 연표年表와 이정조견표里程早見表등을 새겨, 실용서에 동판을 이용하는 길을 열었다는 점에서 특기할 만하다. 게다가 분세文政 텐포天保 연간 교토・오사카 지역에서 활동한 나카 이사부로中伊三郎(凹凸堂)는 세자細字 수진본袖珍本[16]의 절본折本[17] 불경佛經을 동각했고

---

12 마쓰모토가松本家는 로쿠잔에 이르러 마쓰다松田로 성을 바꾸었고, 또한 로쿠잔은 선대를 마쓰다 성으로 부르기 때문에 자료에 따라서는 초대初代도 마쓰다 겐겐도松田亥々堂로 부르는 경우가 있다.

13 [역주] 전국시대 이후 일본에 전래된 그리스도교(카톨릭)신자 및 전도자를 가리킴.

14 [역주] 시바 코우칸은 에도시대의 화가이자 난학자蘭學者(네덜란드어로 수입된 서양 학문과 문화를 연구하는 사람)로, 서양의 박물학과 자연과학 등에 관심을 가져 일본에 소개했다.

15 [역주] 아이치 현愛知県 서부지방의 옛 이름.

16 [역주] 소매 안에 넣고 다닐 수 있을 만한 크기의 작은 책.

17 [역주] 책을 장정하는 방법의 하나. 옆으로 길게 이은 종이를 일정한 간격으로 병풍처럼 접어 만드는 제본 방식, 또는 그런 방법으로 제본한 책을 가리킨다. 그 앞과 뒤에 튼튼한 표지를 붙여서 첩장본帖裝本이라고도 한다.

이러한 흐름 속에서 일본의 독자적인 동판인쇄가 전개되었다. 1828년
(분세 11)에 나카 이사부로가 동전銅鐫한『법화경』발跋에는 "此経坊間細
字小本固非無之、然未有曾如此本最小且鮮明者也",[18] 즉 불경의 세
자細字 수진본이 이미 있었다는 것, 하지만 동전한 이 책이 더 작고(세로
1치 6푼, 가로 5푼) 선명하다는 내용이 적혀있다. 이『법화경』은 추선공양
追善供養[19]을 위해 새긴 것이지 독송讀誦을 위해 준비한 것이 아니다. 또
한 동종 동형의 불경이라도 여행 등에 휴대하는, 말하자면 부적으로서
의 용도가 주였던 듯하고, 이것은 이미 목판에서도 하던 것이다. 즉 종
래의 수진 불경의 수요와 세자細字 조각에 적합한 새로 들어온 동판 기
술이 결합한 것이다. 또한 현존하는 동전수진불경銅鐫袖珍佛經 중 가장
이른 것은 이노우에 큐우코井上九皐의『법화경』으로 전해지는데,『일본
동판화지』에 따르면 이노우에 큐우코가 마쓰모토 야스오키보다 조금
앞선 가미가타上方 계열의 동판 화가이고,[20] 마키 보쿠센도『반야심경般
若心経』을 잔글씨로 서사書寫하고 보살상을 그린 동판 판하도版下圖를 남
겼다는 것, 이러한 사실로도 동전수진불경이 동판인쇄사印刷史에서 하
나의 수맥水脈을 이룬다는 점에 유의할 필요가 있다.

　초대 겐겐도 마쓰모토 야스오키에 이르면 극세 동전에 의해 그림이
나 문자를 축각縮刻하는 미진동판微塵銅版이 등장한다.

18　이 책은 보지 못했고, 인용은 「동판 세자 경권에 관하여銅版細字の経巻に就て」,『書物の趣味』
　　第7冊, 1932에 의한다.

19　[역주] 망자亡者의 명복을 기원하는 공양. 보통 사십구일까지는 매 7일마다, 그 후에는 백일과
　　기일에 불사를 베푼다.

20　시마야 마사이치島屋政一,『일본판화변천사日本版画変遷史』, 大阪出版社, 1939, p.691에는 이
　　노우에 큐우코가 초대初代 겐겐도 문하라고 되어 있다.

미진동판微塵銅版이라는 것은 예를 들어 금 3푼 사방四方에 대일본국진大日本國盡, 경鯨 한 치 사방에 백인일수百人一首, 금 2푼 사방에 육가선六歌仙, 금 2푼 환丸에 열두 달 경물景物, 금 4푼 환丸에 일본국도日本國圖, 금 1푼 사방에 천자문과 같은 것을 축각縮刻한 부류이다. 물론 이 동판도銅版圖들은 육안으로는 볼 수도 읽을 수도 없기 때문에 이러한 미진微塵 그림에는 이에 부수하는 돋보기가 사용되었다. 이 미진 그림의 세밀 정치精緻를 취지로 하는 조기彫技의 특질이 점차 실용화됨에 따라서, 결국은 회보懷寶라든가 장람掌覽으로 부르는 지도, 순위표, 세견細見류의 동판 작품이 더욱더 유행하게 되고, 후년에는 쓰쿠이 기요카게津久井清影가 마쓰다 로쿠잔松田緑山의 동판 작품에 서문을 써서 '銅版之要在簡便'이라고 설파했듯이, 겐겐도玄々堂 일파 동판 작가는 동판 작품의 목표를 오로지 이 간편함이 가져다주는 사회적 용도 한 가지에만 두게 되었다.[21]

마쓰모토 야스오키가 동판 기술을 어떻게 배웠는지에 관해 정설은 없다. 오오쓰키 죠덴大槻如電은 『신찬양학연표新撰洋学年表』에서 나카 이사부로에게 전수 받은 것으로 추측하는데, 그것이 가장 타당하다는 것이 『일본동판화지』의 주장이다.[22] 그렇다면 동전수진불경에서 미진동판으로의 전개가 극히 자연스럽게 수긍이 된다. 덧붙여서 이러한 문자 동판의 흐름이 나고야에서부터 교토 오사카 지역에 일어났음을 확인할 수 있고, 메이지 이후 관서關西의 동판인쇄 융성이 여기에 준비되어 있었음을 알 수 있다.

---

21 위의 책, p.346.
22 위의 책, p.353.

야기 사키치八木佐吉의 『메이지의 동판본明治の銅版本』(古通豆本 28, 일본고서통신사, 1977)은, '동판본'이라는 호칭의 제창을 포함해서 메이지기 동판본의 전체상에 관해 겨냥도를 제시한 최초의 저술로서 가치가 높지만 위에서 언급한 사실로 미루어보면 약간 보완해야 할 부분도 있다.

동판본이란 문장(문자)이 주를 이루는 책, 자서字書, 절용집節用集23류, 그림 이야기, 쿠사조시草双紙와 같이 그림과 글이 병재되어 있는 것을 그렇게 부르는 것이다. 내 소견으로는 이러한 동판본은 가에이嘉永(1848~1854) 연간 무렵 출판이 시작된 듯하다. 이후 이러한 형태의 동판만을 이용한 책이 우리나라에서 독자적으로 발달하여 몇 천, 아니 그 이상 대단히 많은 단행본이나 시리즈물이 출판되고 여러 가지 넓은 분류 범위를 지니고 있다는 것은 책 세계의 하나의 기적이기도 하다. 그것도 메이지기에 들어와서 서양식 활판시대에 끼게 되었으니 더욱더 이상한 매력을 지닌 일군一群의 책들이다.24

메이지 동판본의 가치는 위에 서술한 대로일 것이다. 다만 동판본의 시작을 가에이嘉永로 보는 것은, 쓰쿠이 기요카게 편, 마쓰다 로쿠잔 작 『수주능묘일우초首註陵墓一隅抄』(가에이 7, 서序)를 그 비조鼻祖 혹은 비조鼻祖에 가깝게 본 것에서 유래했을 터인데, 문자를 주체로 한다는 동판본의 정의에 비추어본다면 분세文政 연간의 동전銅鐫 불경에까지 수십 년

---

23 [역주] 무로마치室町 시대에 성립한 국어사전.
24 야기 사키치八木佐吉, 『메이지의 동판본明治の銅版本』(古通豆本 28), 일본고서통신사, 1977, p.13.

은 거슬러 올라가는 것이 좋다. 참고로 이『수주능묘일우초』를『일본 동판화지』에서는 1854년(가에이 7) 작이라 하고,『메이지의 동판본』에 서도 "내가 소장한 문자만으로 된 동판본 중에서는 1854년(가에이 7) 작 이 가장 오래전에 간행된 책이다. 앞서 게재한『수주능묘일우초』라는 쓰쿠이 기요카게의 편저이다"라고 한다. 그러나 나카노 미쓰토시中野三 敏는『서지학담의 에도의 판본書誌学談義 江戸の板本』(岩波書店, 1995)에서 다 음과 같이 말한다.

간세寛政를 전후해서 동판인쇄도 등장하는데, 처음에는 양학洋学 유행의 풍조 속에서 에도의 시바 코우칸司馬江漢이나 아오우도亜欧堂, 나고야의 마 키 보쿠센 등에 의해 천문, 지리학이나, 의학 관계의 그림·삽화 등에 이용 된 것이 그 나름의 완성도를 보이게 되어 점차 글자 부분까지 포함한 책 전 체를 동판으로 처리한 것도 나타난다. 교토의 쓰쿠이 기요카게, 즉 히라쓰 카 효사이平塚瓢斎의『수주능묘일우초』중본中本 일책一册 등이 본 책 중에서 이른 시기의 것인데, 이것은 발跋에 따르면 안세安政 6년에 지은 것을 게이 오慶応 2년에 간행한 것이라고 하며, 이후에는 메이지에 들어와『바쇼옹발 구집芭蕉翁発句集』과『침홀선생문집寝惚先生文集』같은 것까지 간행되는데, 그림류와 달리 책으로서의 완성도는 목판본과 비교했을 때 현격히 질이 떨 어져서 그렇게 널리 보급되지는 않았다.[25]

보급이 안 되었는지 어떤지는 논의해 볼 여지가 있고, 또한『수주능

---

25 나카노 미쓰토시中野三敏,『서지학담의 에도의 판본書誌学談義江戸の板本』, 岩波書店, 1995, p.43.

묘일우초』는 세로 약 17센티, 가로 약 11센티이니까 중본[26]이 아니라 소본이어야 하는데, 그것은 차치하고라도『수주능묘일우초』의 간행 시기가 1854년(가에이 7)과 1866년(게이오 2) 사이에는 약간 차이가 있다.

조금 조사해보면 알 수 있는 사실인데『수주능묘일우초』에는 초각初 刻과 후각後刻이 있다. 그리고 초각을 간행한 해는 1854년이 아니라, 적 어도 1855년(안세 2) 이후로 추측된다. 왜냐하면 확인된『수주능묘일우 초』각본刻本에는 제첨題簽에 '삼각三刻' '오각五刻'으로 명기된 것이 있고, 이 각본들은 초각과 본문에 차이가 있다. 뿐만 아니라, 권말의「부록」 말미에 초각에서는 "陵墓御火葬地共凡百七十五箇所"라고 한 것을 "陵 墓御火葬地共凡百七十九箇所"라고 하는 등「부록」전체를 개각改刻했 으며, 또한 초각 후각 모두 권말에 붙인 "上官長論山陵牋(관장官長(관가 의 장)에게 바치는 묘릉墓陵을 논한 문서)" 말미에 초각에는 없는 "1855년(안세 2) 2월 17일 翁之上此書時乙卯春 官長即浅野中書君也(쓰쿠이 기요카게 津久井清影가 이 글을 바친 것은 을묘년(1855) 봄, 관장은 아사노 나가요시浅野長祚이 다)"이라는 문장을 덧붙인다. 게다가 초각에는 없는 1866년의 작가 발 문을 붙였다. 즉, 초각은 1855년 이후이고 후각은 1866년 이후인 것이 다. 또한 오각五刻에는 "본조제호가本朝帝号歌"가 "개례십언概例十言" 뒤에 실리는 것이 있고, "仁孝孝明真陵成今上践祚万々歲"라고 글을 맺은 것으로 미루어보면 이 책은 1867년(게이오 3) 이후에 간행되었음을 알 수 있다. 모든 권두의 자서自序에는 "嘉永甲寅春王月"이라고 되어 있고 (다케다 시준武田子順의 서序 날짜도 "嘉永七年孟夏日"), 확실히 초각에서는 달

---

26 [역주] 일본 재래식으로 제본한 화본和本의 서형書型 중, 세로 18~19cm * 가로12~13cm 정도 크기로 현재의 B6판에 상당한다.

리 근거로 삼을 날짜가 없기 때문에 1854년(가에이 7)에 간행한 것으로 여겼을 터이나 서序의 연월을 바로 간행 년으로 보는 것은 역시 성급한 생각이다. 다만 『일본동판화지』에서 『수주능묘일우초』를 "제국諸國의 황릉皇陵, 화장火葬 무릇 179곳을 화도畫圖로써 자세히 기술한 것이다"라고 설명한 것을 보면 후각본을 실제로 본 것이 틀림없을 텐데, 『수주능묘일우초』에 화도가 없는 점을 고려하면 실제로 본 책이 어떤 것이었는지는 알 수 없다. 화도는 이 책과 한 세트인 반지본半紙本 『성적도지聖蹟図志』에 있고, 『일본동판화지』에는 "1854년(가에이 7) 각刻"이라고 되어 있는데, 이 또한 자서自序에 "嘉永甲寅仲冬"이라고 한 것을 따른 것이라 생각한다. 그런데 그 제1첩 말미 야노 하루미치矢野玄道의 부언附言에는 "1865년(게이오 원년) 가을 8월"이라고 한 점, 또한 『수주능묘일우초』의 1866년(게이오 2) 작가 발문의 기술을 보아도 현행의 『성적도지』가 게이오 이후의 증보를 거쳐 간행된 것임은 분명하다. 이 중에는 "개정동전改正銅鐫"이라고 써넣은 메이지본明治本도 있다.

주목해야 할 것은 후각본 『수주능묘일우초』의 작가 발문에 "내 생각에는 사본寫本으로 우인友人에게 보존을 부탁해도 일단 수해나 화재 피해를 당하면 모두 허사가 된다. 그래서 내심으로 동판인쇄로 하려고 계획했다. 그것을 동정하는 사람이 있어서 자금을 제공하여 내 계획을 도와주었다. 그래서 다시 그 사람에게 부탁해서 치쿠부시마竹生島의 신사神社 보고寶庫에 비장秘藏해 놓고, 내가 죽은 후에도 반포頒布할 수 있게 하려고 생각했으나 아직 그것은 실현되지 않았다"라고, 동판을 사용하는 이유로 물과 불로 말미암은 재난을 피할 수 있는 것을 드는 점, 인쇄 반포는 그 다음 단계로 생각한다는 점이다. 판목版木이 아닌 판동版銅 자체가 그 보존 내구성 때문에 가치를 지닌다는 것이다. 이 기사는 1859년 (안세 6) 이후 1862년(분큐 2) 이전의 일로 서술하고 있어서 기술에 분명치 않은 부분은 있지만, 동전 자체는 원조를 받아 그 사이에 이루어졌다고 생각되며 이것이 초각일 것이다. 또한 증정增訂을 거쳐 널리 반포하게 된 경위가 게이오 원년 이후로 서술되어 있어서, 후각은 그것일 것이다. 이 책 안에『수주능묘일우초』를 새긴 사람에 관한 기술은 눈에 띄지 않았지만,『성적도지』에는 "이상 축도조전縮図彫鐫 겐겐도玄々堂 마쓰다 로쿠잔松田緑山 도刀"와 같이 명기하였다. 쓰쿠이 기요카게는 자신의 저서『회보동판 기내근주장람도懷宝銅版 畿内近州掌覧図』자서自序에서 다음과 같이 말한다.

> 曩著五畿内掌覧、羅_甲子災_不_遺_片板_、書賈藉_時好_、屢謀_再刊_、余以_司職多事_、峻拒不_許、仍亦請_銅鐫_、乃謀_松田玄々父子_、速竣_其功_云。蓋西洋銅刻之伝_于吾邦_、天明中東都司馬江漢始得_之、再伝至_松田氏_、初則僅々小図而止、治_近世_其法益精、積字宏図頻々出、而玄々老人男緑山益潜_心於此術_、出藍之誉藉_甚于都下_、今日銅鐫之術可_謂_独盛_哉。若夫銅鐫之要在_簡便_、且此挙急_于成功_、方位之分配、里程之展縮、不_免_有_小差_也、其精鑿確指無_遺憾_者、更期_他日_。図告_成、於_是乎序_其由_、併_賞松田氏之巧技_、此授_于書賈_云。(…後略…)

『오기내장람五畿内掌覧』은 1841년(텐포 12)에 간행되었다. 갑자甲子의 재앙이란 1864년(겐지 원년)의 하마구리고몽蛤御門의 정변을 가리킨다.

『수주능묘일우초』의 작가 발문에 언급한 물과 불로 말미암은 재난도 몸소 체험한 일이었다는 것이다. 서사書肆에 재간을 허락하지 않았는데, 동판으로 하겠다고 나서서 겐겐도玄々堂 부자에게 상담했더니 빨리 완성할 수 있다고 해서 동각하기로 했다는 것은 후단에서 "동전의 요점은 간편함에 있다"라고 한 것과 호응하고, 동판이 속성에 적합한 것으로 인식되고 있었음을 알 수 있다. 더욱이 이 서序를 쓴 것은 『수주능묘일우초』 발문을 쓴 해와 같은 1866년(게이오 2)이다.

한편 본 장의 관심사와 관련해서 생각하면 게이오 연간에 이르러 동판 절본折本의 한시문용 어휘집이 겐겐도 계열에서 다수 출판된 점이 주목을 끈다. 널리 유포된 것으로 보이는 『증보장중당송시학류원대성增補掌中唐宋詩学類苑大成』을 예로 들어보자. 1820년(분세 3)에 간행한 가마타 칸사이鎌田環斎의 『당송시어류원唐宋詩語類苑』 4권을 토케이도東渓堂 가쓰라 단스이桂淡水가 증보 개정하고 제목을 바꾸어서 동판 절본으로 새로 간행한 것이 1867년, 게다가 1870년의 개각본改刻本도 있다. 『당송시어류원』은 소본小本으로, 상란에 당송唐宋의 시어詩語에서 "춘하추동 12月 및 조충화목鳥虫花木 등의 부류・이명異名・숙자熟字・시시時時의 경물景物・즉사卽事・감개感慨・서회書懷・우성偶成[27]・유람遊覽・조망眺望・송별送別・연회宴會・경하慶賀 등의 숙어熟語・사실事實을 집록集錄"(원문 한문)하고, 하란에는 "숙자熟字로 평운平韻을 밟는다, 춘하추동으로 나누어서 이것을 신성新聲"한 것. 즉 전체를 춘하추동의 네 권으로 나누고 그중에서 상란에 2자 숙어를 부류 순으로, 하란에 3자로 된 압운구를 평성

---

27 [역취 시가詩歌 등을 우연히 짓게 된 것.

〈그림 2〉『당송시학류원대성』 면지

운平聲韻 순으로 나열한 것인데 모든 글자에 평측점平仄點을 달고 상란의 숙어에는 독음과 간단한 해석을 붙인, 오언이나 칠언의 근대시를 짓기 시작한 초학자들에게는 대단히 실용적인 책이었다. 오언도 칠언도 2자구와 3자구를 조합하는 것이 우선 기본이다. 게다가 『증보장중당송시학류원대성』은 소본을 세로 길이 반절 크기의 절본折本으로 해서, 역시 상란에 숙어, 하란에 압운구를 두었는데 숙어는 춘하추동으로 나눈 부류 순이지만, 하란은 운자에도 독음과 의미를 달고 압운구에는 3자구뿐만 아니라 2자구도 덧붙이는 등 '증보增補'라 부를 수 있는 이동異同 외에도 춘하추동을 없애고 평성운平聲韻 순으로 재배열했다. 또한 운목韻目[28] 중에서는 건곤乾坤・시후時候・인륜人倫 등의 부류 순으로 운자를 배열하는 등, 『당송시어류원』 본래의 구성을 대폭 변경했음을 알 수 있다.

필자가 아는 한, 게이오 간행본에는 마쓰다 로쿠잔이 적벽도赤壁圖와 소식蘇軾의 「후적벽부後赤壁賦」를 배경으로, 각서角書[29] 「증보정정增補訂正」이 붙어 있는 속 제목을 새긴 면지面紙가 있는 것(그림 2)과, 마쓰모토 야스오키의 막내 아들, 즉 로쿠잔의 동생인 마쓰다 류우잔松田龍山이 적벽도와 소식蘇軾의 「전적벽부」, 「후적벽부」를 새긴 좌우 양면의 권두화

---

28 [역주] 한시漢詩에서 끝구가 두 자 또는 세 자 운으로 된 글.
29 [역주] 죠루리淨瑠璃나 논문의 제목 혹은 책 이름 위에 두 줄로 나누어서 작은 글씨로 쓴 간단한 내용의 글.

가 있는 것, 두 종류가 있으며 야마다 스이우山田翠雨의 서序는 같지만 본문은 각刻이 다른 첩帖이 있고 전자에는 '효肴' 운韻 뒤에 '양운편람両韻便覧'이 들어가는 등 이동異同이 적지 않은데 후자가 후각後刻일 것이다. 메이지 간본刊本은 기본적으로 후자와 마찬가지인데, 말미에 로쿠잔의 문하인 가류테이臥龍亭 미나구치 쇼사이水口瀟斎 작『증보장중양운편람대성增補掌中両韻便覧大成』을 붙였다. 가쓰라 단스이桂淡水도 로쿠잔의 제자이므로 이 절본은 로쿠잔과 단스이, 그리고 류우잔과 쇼사이가 가세하여 동전한 것, 즉 겐겐도호々堂 문하가 분업해서 적당히 개각改刻한 것임을 알 수 있으며 동판본이 어떻게 제작되었는지 그 일단을 엿볼 수 있는 실마리가 된다.

또한 이 책이 가쓰라 단스이의 대폭적인 개편을 거친 점, 아울러 단스이 자신이 그것을 새긴 동전사銅鐫師이기도 한 점은, 동판화에서 화가와 각사刻師의 관계와 비슷하여 흥미롭다. 전존傳存하는 단스이의 동전 중에는 1867년 작인『장중시학함영掌中詩学含英』(그림 3) 같은 문자 동판이 있지만, 스스로는 권두화를 새기지 않았고 이치마이즈리一枚刷[30]의 동판화도 전해지지 않는 점[31] 등을 함께 생각해보면 그림이 아닌 시문詩文을 주로 하는 동판사銅版師가 등장하기 시작했음을 보여주는 것으로도 이해된다. 작시서作詩書와 동판의 결합은 이 시기에 단숨에 퍼진 듯하여, 절본의 작시편람作詩便覧 같은 것은 종래 목판으로 찍었던 것인데 동판이 그 판로를 개척해 나간다. 축각縮刻과 속성이 장기인 동판이 이 방면에서 목판을 능가하는 데에는 시간이 별로 걸리지 않았을 것이다.

---

30 [역쥐 종이 한 장에 인쇄한 인쇄물.
31 니시무라 테이西村貞, 앞의 책, p.412.

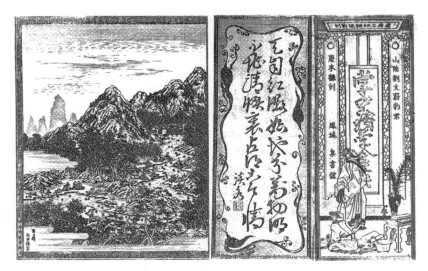

〈그림 3〉『장중시학함영』면지 · 제자題字 · 권두화

더욱이 절본뿐만 아니라 소본을 반으로 자른 크기의 수진본으로 만든
사전류에도 동판이 진출한다.

　미나구치 쇼사이는 앞서 말했듯이 1878년(메이지 11)에 간행된『달톤
씨 생리학서도식達爾頓氏生理学書図式』에서 모리 킨세키와 합각合刻을 했는
데, 양학 계열의 삽화는 여전히 동판의 중요한 영역이었다. 또한 현재
확인할 수 있는 킨세키의 동전銅鐫 중 가장 이른 것은, 후세에 호평을 받
는 동판화가 아니라 1875년(메이지 8) 말에 간행된 나가타 호우세永田方正
역『암사지구도해暗射地球図解』(岡田群玉堂) 및『조선국전도朝鮮国全図』(沢井
満輝 版), 즉 지도였다. 이것은 막부 말기에서 메이지에 걸쳐 동판 지도
가 왕성하게 간행된 것을 반영하는데, 1876년에서 1877년 사이에 킨세
키는 왕성히 지도를 동각했고 그중에는『소학지도용법小学地図用法』(日
新館, 1876) 등 소학용 지도도 포함된다. 1872년의 학제 발포에 따라 교
과서 시장이 근세와는 비교가 되지 않을 규모로 등장한다. 실용에 눈을

돌렸던 동판이 계몽서나 과업서課業書에 급속도로 접근한 것은 당연할 것이다. 『여지지략輿地誌略』의 삽화에 동판이 섞인 것은 1871년에 간행된 제2편부터이고, 1875년에 간행된 제3편은 전부 동판, 1877년에 간행된 제4편부터 동판에 석판石版을 섞게 되었는데, 이 동석판銅石版들은 겐겐도 로쿠잔이나 케이간도慶岸堂[32]의 우메무라 스이잔梅村翠山 등 지폐료에서 쫓겨난 동전사銅鐫師와 그 문하가 제작의 중심이 되었다.[33] 두말할 필요도 없이 『여지지략輿地誌略』은 대량의 이판異版도 포함하면 공전의 베스트셀러로, 동판업이 이로 인해 얼마나 윤택해졌는지 상상하기 어렵지 않다. 『소학지도용법小学地図用法』도 그렇지만 수진본형태의 보조교재나 사전류 또한 이러한 흐름 속에서 잇달아 간행되었다. 킨세키가 동판을 시작한 계기가 무엇이었는지 자세히 알 수는 없으나 적어도 1875~76년 무렵의 동판술은 분명 유망한 분야였다.

1878년(메이지 11)이 되면 킨세키는 『증보십팔사략자해增補十八史略字解』, 『증보국사략자해增補国史略字解』(모두 고노무라 쇼스케此村庄助 판) 등 수진 사전류에 손을 대어 그때까지의 지도 일변도에서 변화를 보여준다. 그 다음해에는 『이로하인절용집いろは引節用集』, 『신찬화인옥편新撰画引玉篇』, 『신찬한어자인新撰漢語字引』(모두 쇼겐로松巌楼에서 출판)을 직접 엮었고, 『신찬한어자인』에는 야스다 케사이가 서序를 썼다. 이러한 동전 수진 사전류는 대략 『옥편玉篇』, 『정자통正字通』, 『절용집節用集』 등 근세 이후의 사전을 시대에 맞춰서 고친 것과 『소학독본小学読本』, 『국사략国史略』

---

32 [역주] 우메무라 스이잔梅村翠山이 1871년 간다神田 벤케이바시弁慶橋에 설립한 동판조각회사.
33 모리 노보루森登의 「겐겐도와 메이지의 동판화玄々堂と明治の銅版画」, 『近代日本版画の諸相』, 中央公論美術出版, 1998 참조.

〈그림 4〉『신각정자통』면지·제자

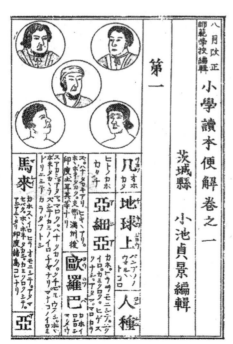

〈그림 5〉『소학독본편해』

등 소학독본류의 보조사전으로 엮인 것으로 나뉜다. 예를 들어 나가오카 도우켄長岡道謙이 찬집纂輯한 『신각정자통新刻正字通』(東京·同盟舍)은 전자의 좋은 사례일 것이다. 1877년에 간행되었는데 권말 난외欄外에 "스이쵸샤水鳥舍 에시마 코잔江島工山 사중합각舍中合刻"이라 하고 표제와 면지에는 '동판'임을 내세워서 면지에서부터 제자題字·권두화(〈대청황제지도大淸皇帝之図〉, 〈대청황후지도大淸皇后之図〉)는 주朱·벽碧·묵墨 등 삼색을 사용한 색도 인쇄, 본문 237정丁, 소본의 반절보다 더 작은 수진본(그림 4). 에시마는 도쿄의 동전사로 유명하고 코잔鴻山이라고도 불렸는데 나카 이사부로의 유파에 속한다고 한다. 후자의 사례로는 『신각정자통』과 마찬가지로 1877년에 간행된 고이케 사다카게小池貞景가 편집한 『소학독본편해小学読本便解』(핫도리 세이시치服部淸七 판)를 들 수 있다. 소본 절반 크기의 수진본이고 면지는 없으며 제자題字 반 정丁, 자서自序 1정丁, 본문 59정丁, 도판을 섞은 동판은 각공刻工의 이름을 새기지 않았고 간편함을 목적으로 하는데 실용적인 면에서는 충분했을 것이다(그림 5). 그 서序에 "이 책은 소학독본으로 제1부터 제6까지 각권에 이해하기 어려운 것을 순차로 골라 싣고 옆에 훈을 달고 밑에 속어로 편해便解를 붙이고 도화圖畵를 덧붙였다"라고 하는 것은 다른 보조사전과도 통한다. 또한 이 수진 사전류들은 일본식 장정이 보통인데, 이시즈카 기주로石塚 喜十郎의 『일본략사자인日本略史字引』(高山堂, 1878)과 같이 판지板紙 표지에 동판 대철袋綴[34]을 한 수진본도 있다.

---

34 [역주] 문자면이 바깥을 향하게 종이를 한 장씩 반으로 접어서 등 쪽을 철하는 제본법.

〈그림 6〉『증보주해 시문함영이동변』속표지 안쪽   〈그림 7〉『증보주해 시운함영이동변』권두화

　　모리 킨세키는 1879년에 다니 다카시^{谷喬} 편『증보주해 시운함영이

동변^{增補註解詩韻含英異同弁}』(고노무라 히코스케^{此村彦助}・고노무라 쇼스케^{此村庄助})

도 동각을 했다. 세로 13센티가 조금 안 되고, 가로 9센티보다 조금 모

자란 반지본^{半紙本}35 절반 크기로 수진본보다 크게 만든 것은 당본^{唐本}풍

을 의식했을 것이다. 원서인 청나라 유문울^{劉文蔚}의『시운함영^{詩韻含}

^英』은 번각된 지 오래된 책이고 가쓰라 단스이의 동판 절본『장중시학

함영^{掌中詩学含英}』도 그중 하나인데,『증보주해 시운함영이동변』은 동판

수진본으로는 이른 것이라 할 수 있다. 여기에도 동판 절본에서 동판

수진본으로 이어지는 흐름을 볼 수 있다. 킨세키는 면지나 속표지, 권

두화 등에 솜씨를 마음껏 발휘하였는데(그림 6), 속표지 등에 '오사카 쿄

센도^{響泉堂} 동각^{銅刻}'이라고 쓴 것 외에도, '강상지청풍산간지명월^{江上之淸}

---

35 [역주] 일본 재래식으로 제본한 화본^{和本}의 서형^{書型} 중, 반지를 둘로 접은 세로 22∼23cm * 가
　　로 15∼16cm 정도의 크기로 A5판에 상당함.

風山間之明月'이라는 제목의 권두화에는 '己卯夏日 琴石刻'이라고 새겼다(그림 7). 그리고 이 책과 전후한 시기에 킨세키는 『기사논설문례記事論說文例』를 동각한다.

3. 작문서의 계보

근세 이래의 서사書肆인 마에카와 젠베前川善兵衛가 금체문 작문서를 동판 소본으로 출판하려고 마음먹었을 때, 야스다 케사이가 서序에서 말했듯이 세상에는 작문서가 넘쳐났다.

그중 하나는 근세 왕래물往來物[36]의 흐름을 이으며 한자 히라가나 혼용의 소로문候文을 초서草書로 쓴 것. 편지글을 기본으로 하며 실용을 위한 증문證文·소송문·신고서 등도 포함된다. 단순히 계절별로 필요한 작문만을 위해서가 아니라 시대에 어울리는 지식을 익힐 수 있게 문장을 궁리하는 것이 보통이었다. 예를 들어 오가와 다메지小川為治 저 『한어필독 문장자재漢語必読文章自在』(고바야시 기에몬小林喜右衛門·이와모토 산지岩本三二 판, 1872년 序) 및 동 『속문장자재続文章自在』(고바야시 기에몬小林喜右衛門·이와모토 산지岩本三二·스즈키 칸지로鈴木勘次郎 판, 1874년) 등은 그 좋은 예이다. "세단歳端의 글·우右에 답하는 글·역법曆法의 글·우답右答의 글·여한餘寒(늦추위)을 묻는 글·벚꽃 놀이에 불러내는 글·우답右答의 글·신치염호神幟染毫를 부탁하는 글[37]·우답右答의 글·상사上巳(삼

---

36 [역쥐] 가마쿠라 시대부터 메이지 초기까지 생활에 필요한 여러 가지 지식을 편지체 문장 속에 담은 서당용 교과서의 총칭.

진날)에 초대하는 글·우답右答의 글·조석간만潮汐干滿의 이치를 밝히는 글·우답右答의 글·꽃구경에 불러내는 글·우답右答의 글·만물 가다랑어를 선사하는 글·우답右答의 글·온천여행을 권하는 글·단오端午를 축하하는 글·우답右答의 글·납량納源을 약속하는 글·우답右答의 글·더위에 안부를 묻는 글·우답右答의 글·뇌전雷電의 이치를 묻는 글·우답右答의 글·칠석七夕에 초대하는 글·우답右答의 글·월화영휴月華盈虧(달빛이 차고 이지러짐)의 이치를 묻는 글·우답右答의 글·중양重陽의 글·우답右答의 글·상회기건商會企建의 글·하카마기袴着38를 축하하는 글·한중寒中 기거起居를 묻는 글·우답右答의 글·눈 구경에 초대하는 글·세모歲暮의 글·우답右答의 글·입학 주선을 부탁하는 글·우답右答의 글·시세時勢를 논하는 글·우右에 답하는 글·관사官士를 여신旅贐하는 글39·기집器什 차용의 글·우답右答의 글·신혼을 축하하는 글·우답右答의 글·신굉연新閎莚을 여는 글40·우답右答의 글"이라는 목록을 일별一瞥하기만 해도 근세 이래의 왕래문往來文에 더하여 시대의 신지식을 얻기 위한 문장을 궁리했음을 알 수 있다. 책 제목에 '한어필독漢語必讀'이라고 했듯이 문장에는 한어가 빈번히 사용되었는데, 오른쪽에 후리가나로 독음讀音을 표시하고 왼쪽에 방훈傍訓이나 주해注解를 단 모습은 이른바 '용문장형用文章型' 왕래물을 답습했다.41 속편에는 "박람회 구경을 재촉하는 글", "신제新製 홍차를 선물하는 글", "외국에

---

37 [역주] 신사神社의 깃발에 휘호를 부탁하는 글.
38 [역주] 유아에게 처음으로 하카마를 입히는 의식.
39 [역주] 관리官吏를 배웅하는 글.
40 [역주] 신축 축하 잔치에 초대하는 글.
41 이시카와 마쓰타로石川松太郎의 『왕래물의 성립과 전개往來物の成立と展開』, 雄松堂, 1988 참조.

있는 친구에게 보내는 글" 등 메이지다운 문례도 섞어서 54장, 여기에
'제증문諸證文' 16장을 덧붙인다. 이 책은 중본이지만, 반지본도 많고 판
면을 2단으로 나누어 위쪽에 어휘란 등을 만든 것도 눈에 익숙한 모습
이었다. 『한어필독 문장자재』의 저자인 오가와 다메지小川為治의 『개화
한어용문開化漢語用文』 광고(『동경일일신문東京日日新聞』 1877.6.9)에 "본문 위
쪽의 해설·주석란에, 작문에 반드시 필요한 표현을 골라서"라고 한
것이 그것이다. 그리고 1874년(메이지 7)에 문부성文部省이 간행한 작문
서는 『서독書牘』(혹은 『서독일용문書牘日用文』)이라는 이름이 붙었듯이, 편
지글을 축으로 작문을 배우게 하는 것으로 확실하게 왕래물의 흐름을
잇고 있었다.[42]

　한편으로 한자 가타카나 혼용 훈독체가 메이지의 금체문으로서 급
속하게 퍼져나간 것에 대응하여, 한문을 문체의 기원에 두고 금체문의
작문을 설명하는 책이 등장한다. 가네코 세자부로金子清三郎는 1874년
(메이지 7)에 이시카와 현 학교용 출판회사石川県学校用出版会社가 간행한 반
지본半紙本 두 권으로 된 『작문계제作文階梯』, 그 「범례凡例」 제1조에서 다
음과 같이 말한다.

　이 책에서 고인古人의 글을 인용하는 데 국자國字를 섞어서 적는 것은 초
학初學인 자가 글을 쓰려고 해도 왕왕 문자에 얽매여서 그 뜻을 기술하지 못
하는 경우가 있기 때문이다. 이에 일단 국자로 그 생각하는 바를 기술할 수

---

42 『서독書牘』에 관해서는 모리 시로母利司朗가 「메이지 전기 작문교육과 문부성 편 『서독일용
　문』明治前期作文教育と文部省編『書牘日用文』」(국어교육-전사론国語教育前史論 5), 『岐阜大学国語
　国文学』 26, 1999.3에서 이 시기 작문서로서의 위치를 언급했다.

있도록 가르치고자 한다. 그저 그 말에 조리가 있어서 그 뜻을 통달通達하기를 바라기 때문이다.

이 책은 한문으로 쓰인 명가名家의 문장을 훈독해서, '일정일반격一正一反格', '중층격重層格', '쌍선격雙扇格', '입주분응격立柱分應格'(상권), '책논체策論體', '의논체議論體', '서사체敍事體'(하권), '비유격譬喩格'(부록)에 각각 배치하고 해설과 방주傍注를 덧붙여서 작문의 요체를 보여주는 것으로, 훈독문에 의한 아주 간략한 『문장궤범』과 같은 모양새이다. 문례는 27례인데 그중 맹자가 가장 많아서 6례, 이어서 한유韓愈가 5례, 라이 산요賴山陽가 3례인 것을 보면 정통적인 한문을 염두에 둔 작문서임을 바로 알 수 있다. 그러나 동시에, 문장의 골격은 훈독으로 해도 변함이 없음을 강조하고 있고 금체문이 오히려 자기 생각을 잘 전할 수 있으므로 우수하다고 이해하는 쪽으로 방향을 잡고 있다.

하지만 이 작문서가 글의 구조를 배우는 데는 좋을지 모르지만 실제로 글을 쓰려고 하면 지나치게 고급스러운 경향이 있는 것은 부정할 수 없다. 조금 뒤이기는 하나 1878년(메이지 11)에 간행된 스즈키 시게미쓰鈴木重光 저 『금체문장자재今体文章自在』(스즈키 이시로鈴木伊四郎 판)를 펼치면, 예를 들어 이런 문장이 예문에 등장한다.

시업試業 기일이 가깝다. 시업試業 기일이 가깝다. 기일이 되면 나의 일과인 학과學科는 시험을 치러서 예업藝業의 노력 여부를 살피게 될 것이 분명하다. "만약에 시찰試察을 받아 우등으로 발탁되면 붕우는 모두 나를 가상嘉賞히 여기며 말할 것이다. 그가 늘 열심히 공부하기 때문이며 영예를 얻은 사람이라고. 만약에 시찰을 받아 부질없이 낙제한다면 붕우는 모두 나를 무시하며 말할 것이다. 그가 늘 공부하지 않았기 때문이며 영예를 잃은 자라고."

이 정도면 초학자도 배울 수 있을 것 같다. 『금체문장자재今体文章自在』는 예문 뒤에 "試期・既に定リテ後に勉強スルハ真ノ勉強ニ非ス。シケンノ、ニチゲンガ、キマリテ、カラ、セイヲ、ダスハ、ホンマニ、セイヲ、ダスノデハ、ナイ、(시기試期가 이미 정해진 뒤에 공부하는 것은 참된 공부가 아니다)"와 같이 단문短文과 그 해석을 몇 개나 실은 것이 특징이며 다양하게 끼워 넣어 응용할 수 있게 되어 있는 것도 상당히 요긴하다. 이 책에 앞서 1877년(메이지 10)에는 『영재신지潁才新誌』가 창간되어 학업에서 배운 문장을 세상에 발표하는 장도 마련되어 있었다. 예를 들어 시오노이리 야스시塩野入安 편 『초학기사문初学紀事文』(이시카와 지혜石川治兵衛 판, 1878) 두 책은 그런 작문을 위해서는 대단히 유용했음이 틀림없다. 광고에서는 "본서에는 이해하기 쉬운 가구佳句를 일본어로 해석하고, 본문 위쪽에는 숙자숙어熟字熟語를 집록輯錄해서 모두 분류하여 부部를 나눈 다음 이에 두 가나(가타카나와 히라가나)를 덧붙여서 수색搜索 영해領解에 편하게 하고, 제목에 따라 자기 마음에 드는 것을 골라내서 한 장을 구성했다. 소학생뿐만 아니라 기사를 배우고자 하는 이들에게는 필요불가결한 책이다. 세상의 책이 모두 비슷비슷하다고는 하나 본디 이 책에 비할 바가 아님을 보증한다"(『東京日日新聞』 1878.3.25)라고 하는데, 즉 "白雪飛ビ罷ミテ陽春適ニ至ル(백설이 흩날리기를 멈추자 바야흐로 양춘陽春이 되었다)", "春風初メテ来リテ好鳥音ヲ弄ブ(처음으로 춘풍이 불자 좋은 새가 소리를 가지고 논

다)"(원문 총 루비, 좌훈左訓 있음)와 같이 한시문 가구佳句를 훈독한 것을 시후時候·산수山水·궁전·인품·경조慶弔·증송贈送으로 나누어 나열하고 상단에 숙어란을 둔 것으로, 말하자면 『문어수금文語粹金』 등 한문을 쓰는 데 사용된 편람류를 금체문으로 바꾼 책이다. 『시운함영詩韻含英』 등 작시서作詩書와의 거리도 가깝다. '기사문紀事文'으로 불리는 것은 서독書牘(편지)에 비해 금체문이 '記事(紀事)'에 속했기 때문이다. 그리고 왕래물에서 유래한 작문서로 배우는 서독문이 실용 문체라고 한다면, 한문에서 유래한 금체기사문今體記事文은 입지立志 내지는 입신立身의 문체라고 할 만한 위치에 있었다.[43]

이 시기 소학교에서 배워야 할 작문이 어떤 것이었는지는 오카 산케이岡三慶 저 『두서류어 소학작문오백제頭書類語小学作文五百題』(同盟舍, 1878) 4권의 광고(『가나요미신문仮名読新聞』, 1878.12.11)에서 그 일단을 엿볼 수가 있다. 즉 "이 책의 1권은 처음 배워야 할 간단한 문장 150장", "2권은 사계四季 증답贈答의 글, 전신문電信文 청취請取 제증문諸證文", "3권은 축사기사서발논설구별작법祝詞記事紋跋論説區別作法 및 문례文例 120장", "4권은 아문체 편지글 129장", "두서頭書에는 모든 작문 기사의 문어文語를 유별類別로 기술한다"라는 것으로, 2권까지가 서독계書牘系, 3권 이후가 금체계今體系라는 식이다. 여기서 주목해야 할 것은 권4, '賀年ノ啓(새해를 경하하는 글)', '同復(이에 답하는 글)', '未夕遇ワザルニ欽慕スル啓(아직 만나지 못하여 흠모하는 글)', '同復(이에 답하는 글)'과 같이 한자 가타카나 혼용의

---

43 마에다 아이의 「메이지 입신출세주의의 계보―『서국입지편』에서 『귀성』까지明治立身出世主義の系譜―『西国立志編』から『帰省』まで」, 『近代読者の成立』(前田愛著作集 第2巻), 筑摩書房, 1989 참조.

해서楷書 금체문 왕복 서간이 이어지는 가운데, 한문 척독 사례가 군데 군데 도합 22편이 삽입된 '아문체 편지글 129장'이다. 전편이 편지글로 이루어진 이 책은 금체문과 한문에 점령당한 왕래물과 같은 모습을 하고 있고 그것이 '아문체'로 불리고 있다. 1879년 6월에 판권 면허를 받고 다음해 1880년 4월에 간행된 다나카 가나에田中鼎 편『소학작문적례小学作文的例』(마쓰다 슈헤松田周平 판) 권5 '부언附言'에는, "이 편은 소학小學 상등上等 제5급부터 순서대로 아문雅文을 배우게 하기 위해서 여러 문체의 작례作例를 실은 것이다", "교칙教則을 기사 논설 등 두 문체로 실었으나 그 한편으로 여러 문체를 익힐 수 있게 특히 서독 등 4종을 부가적으로 실었다"라고 되어 있어서 이 시기의 소학 작문을 어떻게 교육했는지 알 수 있다. 여기에서 언급하는 '서독書牘'이 문부성 교과서『서독書牘』을 가리키는 것이 아니고, 한자 가타카나 혼용 금체문의 하나로서 편지글이라는 것은 '아문雅文'이 어떠한 문체를 가리키는지도 포함해서『두서류어 소학작문오백제頭書類語小学作文五百題』와 마찬가지였다.

이렇게 해서『기사논설문례』는 등장한다(그림 8). 1879년(메이지 12) 3월 9일에 판권 면허, 같은 해 5월 출간. 그 이전의 작문서가 목판 중본이나 반지본이었던 것에 비해,『기사논설문례』는 동판 소본으로 상중하 3단 구성이다. 상권은 시후문時候門과 일용척독日用尺牘, 하권은 기유문記遊門·기사문記事門·기전문紀戰門·경하문慶賀門·상도문傷悼門·논문문論文門·설문문說文門. 상단은 숙어熟語, 중단은 유어類語. 권두에「작문대강作文大綱」을 싣고, '계사係辭', '조동사', '동사動詞의 법法', '문체단조文体段調',[44] '문식체략文識体略'으로 나누어 금체문을 논한다. '부언附言'에 "내가 전에 쓴 일본소학문전日本小学文典을 참고하시오"라고 했듯이 '데니오하

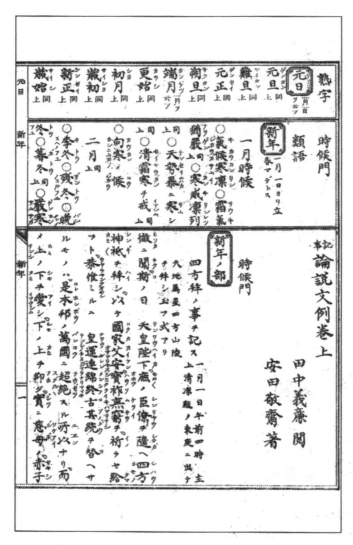

〈그림 8〉 야스다 케사이, 『기사논설문례』

てにをは'를 논하고, 시제時制를 논하며 법法을 논하여서 확실히 문전文典의 다이제스트라 할 수 있다. 『기사논설문례』가 지향하는 문장은 한문을 기원으로 하면서도 한문에 길항拮抗할 수 있는 금체문이었다. 선행 작문서를 "가나假名 용례에 오류가 대단히 많아서 교육용으로 쓰기 어려운 것이 적지 않다"라고 비난하는 것은, 이 책이 금체문의 정격正格을 지향함을 보여준다.

상권의 '시후문時候門'은 실은 기사문記事文과 서독문書牘文이 뒤섞인 구성으로 되어 있다. '신년新年' 부部를 살펴보면 '사방배四方拜[45]에 관해 기술하다', '원일元日의 기記', '하희첩賀禧帖', '동답서同答書', '사방배四方拜를 축하하는 글', '신년新年을 축하하는 편지', '동복문同復文', '세단시필歲旦試筆[46]의 기記', '신년경하新年慶賀의 글', '동복독同復牘', '춘한春寒의 기記', '칠종七種의 기記', '인일초객人日招客', '조춘개숙早春開塾의 기記', '한중寒中에 보내는 편지', '동회시同回示', '1월 우인友人의 양행洋行을 축하하다', '조춘早春 스미요시住吉 유람기', '강상江上 조매早梅 관람기', '춘초春初 개교식開校式을 축하하는 글', '조춘早春 우인友人의 중학中學 입학을 축하하다', '공원公園에서 조매早梅를 관람하는 기', '효창개학기曉窓開ㄴ鸞記', '설중탐매기雪中探ㄴ梅記'와 같은 식이다. 본래 작문의 문례로 편지글과 기사문이 별개의 흐름이었다는 것은 이미 서술했다. 기존의 작문서도 서독을 금체문으로 바꾸면서도 여전히 기사문과 별개였는데, 이 시점에 시후문時候門에서 양자가 구별 없이 다루어진 것은, 이 책이 금체문이 만능이라는 것을 확신했기 때문이다. 게다가 하권 상란은 '수간[47] 유어手柬類語'라고 제목

---

45 [역주] 궁중에서 거행하는 한 해의 첫 의식.
46 [역주] 신년에 처음으로 글자를 쓰는 것.

을 붙이고 목록에는 "속문언어俗文言語를 아언雅言으로 번역하는 것"이라고 주를 달아놓았는데, 그 내용은 종래의 '일필계상一筆啓上'에 해당하는 구句 대신에 "삼가 편지를 올립니다"와 같은 금체문 예구例句를 열거하는 등 금체문 편지에 사용해야 할 예구를 분류해서 제시한 것으로, 다시 말해 소식왕래消息往來의 금체문판이다. 금체문이 한문에 대해서는 훈독문, 소로문候文에 대해서는 "속문언어俗文言語를 아언雅言으로 번역하는 것"이라고 되어있듯이 '아언雅言'으로 행세한 것은, 앞의 '아문雅文'과 마찬가지이다. 소학용 과본課本으로는 적잖이 과장스러운 만듦새라고 앞서 서술했는데, 그것은 이 '아문雅文' 의식에 뒷받침되어 있었다.

동판의 장점은 이제 더 이상 말하지 않아도 이해될 것이다. 거의 모든 문장에 후리가나를 달았고 좌훈左訓도 많이 붙여서 상중하 3단에 모든 사상事象에 대응하는 문례를 채워 나간다. 고급스러움도 포함해서 기존의 작문서와 뚜렷이 다른 모습을 보여주는 데 성공했다. 마에카와 젠베의 시도는 달성된 것이다.

4. 모방과 보급

『기사논설문례』가 출간된 후에 유사한 책들이 잇달아 나왔다는 것은 이미 서술한 바 있다. 그중 몇 가지를 살펴보면, 1880년(메이지 13) 5월 29일에 판권 면허를 받고 같은 해 10월 1일에 출판된 이마이 타다유

---

47 [역쥐 수간手柬은 친필 서간을 이름.

〈그림 9〉 이마이 타다유키, 『기사간독문례』　　　　〈그림 10〉 미즈노 겐조, 『기사논설문례』

키今井匡之의 『숙어유찬 논설 기사간독문례熟語類纂 論説 記事簡牘文例』(고토
쓰나요시後藤綱吉 • 야마나카 코노스케山中孝之助 판)(그림 9) 등은 그 이른 예일
것이다. 동판 소본 2책, 상중하 3단, 단 권두화가 없고 면지도 글자뿐,
서문이 색도인쇄인 것이 눈에 띨 뿐이고 동전사銅鐫師의 이름도 보이지
않는다. 권두에 「작문개법作文概法」을 배치했는데 시제나 법法 등 문법
설명은 없고 오로지 한문에서 유래한 문체 분류나 조자助字 해설이 기술
되어 있을 뿐이다. 상권을 '시령時令'에 할당한 것은 야스다 케사이의
『기사논설문례』와 같고, 기사와 서간이 섞여 있는 것도 같다. 하권을
'절물節物', '가신佳辰',[48] '제전祭奠',[49] '축하祝賀', '개횡開黌',[50] '정무政務', '기
기機器', '문예文藝', '연회宴會' 등 품제品題별로 분류한 것은 그 나름의 아이

---

48 [역주] 길일의 의미.
49 [역주] 의식을 갖춘 제사와 의식을 갖추지 않은 제사를 통틀어 이르는 말.
50 [역주] 개교開校의 의미.

〈그림 11〉 미즈노 겐조, 『기사논설문례』 권두화

디어일 것이다. 상단은 숙어나 이명異名, 중단은 "통속일용문通俗日用文의 사詞를 아언雅言으로 엮은 것으로 서독書牘에 반드시 필요한 것", 이것은 야스다의 『기사논설문례』와 같다. 반복하는 것 같지만, 한문으로부터 의 거리에 의해 의식되던 금체문이 '통속일용문'에서 전환될 수 있는 문 체로 재인식되고 있는 점은 주의할 필요가 있다.

다음은 1881년(메이지 14) 6월 28일 판권 면허, 같은 해 8월에 출판된 미즈노 겐조水野謙三의 『기사논설문례記事論説文例』(야마나카 이치베山中市兵衛 판)(그림 10)이다. 표제標題가 그대로임은 물론이고 구성도 이마이 타다유 키今井匡之의 책 이상으로 야스다의 『기사논설문례』를 흉내 내었다. 장 판인藏版印을 찍은 속표지, '도쿄 시바구 철도발차지도東京芝区鉄道発車之図' 라는 제목의 권두화(그림 11) 등, 각사刻師의 이름은 쓰여 있지 않지만 호화로움은 야스다의『기사논설문례』못지않다. 뿐만 아니라 이마이본도 참조했다는 사실은 두 책 모두 권두에 '문화文話'를 배치하고, 이마이본이 "무릇 사람은 사상이 있어서 마음속에서 움직이고 구설口舌로 발發하는 것을 언어라 하고, 이것을 필찰筆札로 기재한 것이 곧 문장이다"라고 시작하는 것에 대해, 미즈노본은 "사람은 모두 사상이 있다. 마음속에서 움직이는 이것을 구설口舌로 발發하는 것을 언어라 하고 이것을 필찰筆札로 기술하는 것을 문장이라고 한다"라고 시작하는 것을 보아도 명백할 것이다. 권두의 해설만 놓고 보아도 말의 활용에 관한 서술은 야스다본을 답습하고, 조자助字 해설을 덧붙인 것은 이마이본을 참고했다.

상권에 시후문時候門과 사계부속일용척독四季付屬日用尺牘을 두는 것은 야스다본 그대로이고, 야스다본이 시후문時候門의 설명에 "무릇 문제文題의 사계四季와 관계있는 화조풍월花鳥風月의 영詠 및 음신증답音信贈答의 기記 등 모두 이 문門에 모았다"라고 하는 것에 대해, "무릇 문제文題의 사계四季와 관계있는 화조풍월花鳥風月의 영詠 및 음신증답音信贈答의 기記 등 모두 이 문門에 엮었다"라고 끝의 한 단어밖에 다르지 않은 것만 보아도 그 모방 상황을 알 수 있을 것이다. 하권은 기유문記遊門・기사문紀事門・기전문紀戰門・논설문論說門・간독문簡牘門으로 나누어 야스다본보다 간략하지만, 상단과 중단은 야스다본과 이마이본을 절충했다.

일찍이 마에카와 젠베는 1880년(메이지 13) 5월 18일,『쵸야신문朝野新聞』의 광고를 통해 모방을 견제했다.

기사논설문례 메이지 12년 출판

위의 책 상등上等 동 13년 3월 출판 동 부록 근각近刻

본서가 출판된 지 얼마 안 되었음에도 다행히 강호제언의 갈채를 받았다. 이는 오로지 폐사의 영광일 뿐 아니라 저자의 노고도 수포로 돌아가지 않았으며, 또한 이를 영광으로 아는 바이다. 그러나 달도 차면 기우는 게 도리인지라 어쩌면 금후 유사한 책을 출판해서 이 영광을 해하는 자가 없으리라는 보장을 못하므로 『기사논설문례記事論説文例』를 구매하고자 하는 제군諸君은 반드시 다나카 요시카도田中義廉 혹은 야스다 케사이의 책을 표적으로 삼아주시기를 희망한다. 공로功勞에 상응하는 정리正理가 널리 세상에 퍼지기를, 제군이 기편欺騙에 빠지지 않기를 희망한다. 더불어 독자의 애고愛顧를 사謝하고 또한 오래토록 이를 잃지 않기를 바라며 이와 같이 광고한다.

　　결국 사태는 서사書肆가 우려하던 대로 흘러가는데, 오히려 수많은 모방을 만들어냈다는 점에서 서사와 저자 그리고 각자刻者는 평가받아야 할 것이다. 메이지 10년대는 물론이고 20년대에 이르기까지 이런 종류의 동판본이 활발하게 간행되고 보급되었다.

　　그런데 그런 와중에 말이죠. 영어를 배우려고 선교사가 하는 학교에 들어갔습니다. 그런데 그 학교에서는 『우편보지신문郵便報知新聞』을 구독했습니다. 거기에 시켄 씨의 맹인 사자瞽使者가 매일매일 실립니다. 이게 또 월등히 재미있어서 여기에서 신문의 소설 읽는 재미를 알았습니다. 이게 또 고질이 되어 학과는 뒷전으로 돌리고 농땡이를 쳤고 나중에 다른 사숙私塾에 들어갔는데 거기 선생님은 절대로 그런 것을 읽히지 않았습니다. 하지만 예의 그 나니와전기難波戦記를 빌려준 친구, 그 친구한테서 지혜를 얻어 책 대여점에 빌리러 가는 것을 배운 것이죠. (…중략…) 어떤 것을 읽었는지 잘 기억이 안 나지만, 그중에 원한이 뼈에 사무친 책이 한 권 있습니다. 그것 역시 나니와전기難波戰記류의 작품인데, 빌려와 감춰 둔 것을 들켜서 뺏기고 말았습니다. 그때는 책 빌리는 값이 쌌지만 이 책만은 삼십 전이나 했습니다.

나무삼보南無三寶 삼십 전, 용돈이 없으니까 지불할 수가 없습니다. 그런데 소학교 선생님이 상으로 준 『기사논설문례』라는 것을 두 권 판 것입니다. 이게 못된 짓의 시작이었죠. 그 후에 사서四書를 팔더니 오경五經을 없애고 월사금이 밀리고, 숙모에게 울며 매달리는 칠칠치 못함. (…후략…)

—이즈미 교카泉鏡花, 「いろ扱ひ」[51]

호쿠리쿠 영화학교北陸英和学校를 중퇴한 다음 사숙私塾에 다녔을 때의 일이라고 말하는 이 일화에 등장하는 『기사논설문례』가 과연 어느 『기사논설문례』였는지 알 길이 없다. 다만 신구新舊를 불문하고 소설에 빠졌던 십대의 이즈미 교카泉鏡花가 책 대여점에 책값을 지불하기 위해 우선 이 책을 전당 잡힌 것은 소학교 선생님이 상으로 준 것이었다는 점도 그렇고 제법 그럴싸한 이야기이다.

---

51 『신소설新小説』 第6年 第1卷, 1901.1. 인용은 슌요도春陽堂 판 『교카전집鏡花全集』 권15, 1927을 따랐다.

11장

작문하는 소년들

『영재신지』 창간 무렵

1877년(메이지 10) 3월에 창간된 『영재신지頴才新誌』는 메이지 소년들의 입신출세주의 맥락에서 논의되는 경우가 많다. 마에다 아이前田愛의 「메이지 입신출세주의의 계보―『서국입지편』에서 『귀성』까지」[1]는 타이틀부터가 그 전형이자 선구로, 이 잡지의 위치를 결정짓는 데 큰 영향을 주었다. 『영재신지』에 투고한 글 중에서 『서국입지편西国立志編』과 『학문의 권장学問ノスヽメ』에 대한 '반응'을 찾아내어, "1872년의 신학제를 통과한 첫 세대"인 "남동생들 세대"가 『서국입지편』과 『학문의 권장』을 어떤 식으로 받아들여 자신들의 피와 살로 만들어 나갔는지 그 어긋남이나 왜곡까지를 포함해서 명쾌하게 논하였다. 그렇지만 그것은 어디까지나 입신출세주의라는 시점에서 『영재신지』의 투고 내용에 착목한 것으로, 이 잡지가 어떤 조건하에 입신출세를 고취하는 장이 되었는지 그에 관한 분석은 이루어지지 않았다. 분명히 투고자들을 받쳐

---

1 『문학文学』 1965년 4월, 후에 『근대독자의 성립近代読者の成立』(有精堂, 1973)에 수록. 또한 『근대독자의 성립近代読者の成立』(前田愛著作集 第2卷), 筑摩書房, 1989에 수록.

주는 에토스가 입신출세에 있다 해도 이 잡지는 무엇보다도 작문 잡지로서 등장한 것이었다. 입신출세를 외치기 위해 창간한 것이 아니며 소년의 의견을 모으는 투고 잡지로서 창간한 것도 아니다.

따라서 야마모토 다케토시山本武利의 「해설 마에다 아이 씨의 독자 연구의 의의─신문 독자 연구자의 입장에서 보아解說 前田愛氏の読者研究の意義─新聞読者研究者の立場から見て」[2]가 "메이지 입신출세주의의 계보"에 관해 "교과서적이고 작문 콩쿠르적인 틀에 박힌 문장이 많은 이 투고 잡지만으로 '메이지 입신출세주의의 계보'를 추구하는 것의 모험적인 측면에 대한 자각이 부족하다는 비판을 받아도 어쩔 수 없을 것이다"라고 한 것은, 잡지의 성격을 잘 판별할 필요가 있다는 제언으로서는 맞는 말이다. 그러나 『영재신지』를 "교과서적이고 작문 콩쿠르적인 틀에 박힌 문장이 많은" 잡지라고 뭉뚱그려 버리는 것만으로는, 그러한 틀에 박힌 문체와 입신출세에 관한 언설의 관련 양상이나 그와 인접하는 다양한 에크리튀르와의 관계에 대해 생각할 길을 막아버릴 수 있다. 가미쇼 이치로上笙一郎는 「『영재신지』 해설─일본 근대문화의 요람으로서『穎才新誌』解説─日本近代文化の揺籃として」[3]에서 『영재신지』를 "아동표현사兒童表現史라는 입장에서 바라본다면 '형식주의 작문'의 큰 무대였다"라고 하는데, 그 또한 같은 것이다.

사토 타다오佐藤忠男는 「논쟁의 장으로서의 소년잡지─『영재신지』가 맡은 역할論争の場としての少年雑誌─『穎才新誌』の担った役割」[4]에서 일찍이 이러

2   마에다 아이前田愛, 『근대독자의 성립近代読者の成立』(前田愛著作集 第2巻)에 수록.
3   『『영재신지』 복각판 해설・총목차・색인『穎才新誌』復刻版解説・総目次・索引』, 不二出版, 1993에 수록.
4   『권리로서의 교육権利としての教育』(筑摩書房, 1968)에 수록. 후에 『권리로서의 교육 / 언어의

한 논의에 대해 반박하며 현대 작문교육의 대척점에 위치하는 것으로
『영재신지』의 문장을 재인식하여 적극적 가치를 찾아냈다.[5] 여기서는
『영재신지』가 우선 무엇보다 작문의 장이었다는 점에 집중해서 생각해
보려 한다. 그것은 메이지 초기의 학교와 미디어의 관계 및 금체문(메이
지 보통문) 보급의 메커니즘을 이해하는 실마리가 될 것이다.

1. 『학정습방록』

1877년(메이지 10) 『학정습방록学庭拾芳録』이라는 작문 잡지가 슈우세
칸聚星館에서 발간되었다. 제1호는 '1877년(메이지 10) 2월 26일 출판신고
필', 현재 소장所藏이 확인되는 마지막 호인 제62호는[6] '1877년 12월 10
일 신고'. 『영재신지』 제1호가 3월 10일 자이니까, 그와 거의 동시기에
창간되어 만약 제62호로 정간되었다면 채 1년이 안되어 명맥이 끊긴
셈이 된다. 그 때문인지 이 잡지는 특별히 언급되는 일도 없었는데,[7] 메
이지 초기의 작문과 학교 그리고 미디어의 관계를 생각할 때에 중요한
재료가 된다.

논리와 정념権利としての教育 / 言葉の論理と情念』(『佐藤忠男著作集』, 三一書房, 1975)에 수록.

5 아오야기 히로시青柳宏의 『투서잡지 · 『영재신지』 연구-메이지 10년대 전반 청소년의 서기
문화投書雑誌 · 『穎才新誌』の研究-明治10年代前半の青少年の書記文化』(『名古屋大学教育学部紀
要 · 教育学科』38, 1991)는 그것에 입각해서 『영재신지』 상의 논쟁에 하버마스적인 '공공성公
共性'을 찾아내려고 한다.

6 국회도서관 소장. 또한 제58호(1877.11.27 신고)부터 편집 겸 발행인이 바뀌고 표지 호수도
'제1호'로 바뀌는데, 속 제목에는 통권 호수가 표시되어 있어서 여기서는 그것을 따른다.

7 위의 책 『『영재신지』 해설-일본 근대문화의 요람으로서』穎才新誌』解説-日本近代文化の揺籃
として』는 『영재신지』와 "같은 작문 투고 잡지"로 그 이름만 언급하는데, '메이지 7년(1874) 창
간'이라고 하는 것은 무엇을 근거로 한 것인지 알 수 없다.

판본은 소본으로 가철假綴하여 본문과 같은 재질의 종이를 사용한 표지를 포함해서 매호 대략 6정丁의 활판 인쇄. 아키즈키 다네다쓰秋月種樹[8]가 쓴 1877년 1월자 한문 서序를 매호 싣고, 판권장에는 슈우세칸聚星館 관장 요시오카 야스미치吉岡保道와 편집 겸 발행인 야마모토 소노에山本園衛의 이름이 있다. 잡지의 내용은 작문시험의 우수답안을 학교별로 게재하는 것인데, 제1호라면 표지에 '사카모토 학교坂本学校/1월 시험', 면주面柱[9]에 '사카모토 학교 시험'이라고 쓴다. 한 학교의 답안이 여러 호에 걸쳐서 게재되는 경우도 종종 있어서 사카모토 학교의 1월 시험 답안은 제1호부터 3호에 걸쳐 실렸다. 학생의 주소·부형父兄의 이름·성명·급級·연령 등을 싣는 것은 『영재신지』와 마찬가지이지만, 학교별로 훈도訓導[10]나 준훈도準訓導[11]의 이름이 처음에 실리는 점, 학교에 따라서는 '갑과상甲科賞'을 받았는데도 작문이 실리지 않은 자들의 이름을 나열하고, 수험자수와 갑·을·병·무상無賞·낙제한 사람 수를 적는 등, 어디까지나 학교 단위인 점이 『영재신지』와 크게 다르다.

작문의 문체는 한자 가타카나 혼용의 금체문과 한자 가타카나 또는 히라가나 혼용의 소로문候文이 대부분이고 한문은 극히 적다. 여자가 차지하는 비율은 5분의 1 정도여서 당시 소학교 학생의 남녀 비율에 비추어도 높지는 않은데, 문체에 명확한 남녀차가 나타나지 않는 것은 이 시기의 『영재신지』와 마찬가지이다. 제목은 예를 들어 사카모토 학교 1월 시험을 보면 「후지와라노 후지후사藤原藤房의 논론論論」(금체문2), 「도쿄

---

8 [역주] 막부 말기·메이지기의 정치가로 시문에 뛰어나고 서예가로도 알려진다.
9 [역주] 난외표제欄外標題.
10 [역주] 훈도訓導는 제2차 세계대전 전 일본 심상소학교尋常小學校의 정규교원을 이르는 말.
11 [역주] 준훈도準訓導는 일부 교과에 관한 면허장을 소지한 준교원을 이르는 명칭.

번화의 경황景況을 지방 사람에게 알리는 글」(소로문5), 「양행洋行하는 사람에게 보내는 글」(소로문4), 「도쿄가 나날이 개화해 가는 경황景況을 지방 사람에게 알리는 글」(소로문1), 「개점開店을 축하하는 글」(소로문1), 「매화梅花 유람을 권유하는 글」(소로문2), 「고향의 부모님 안부를 여쭈는 글」(소로문1), 「지구의 모양은 어떠한가」(금체문2), 「공기설空氣說」(금체문2), 「남에게 답하는 글」(소로문2), 「매화 구경을 권유하는 글」(소로문6)과 같은 식이어서[12] 개화 왕래물이라고도 할 만한 소로문이 주를 이룸을 알 수 있다. 물론 학교에 따라, 혹은 시험에 따라 금체문과 소로문의 비율은 변동이 있겠지만, 대략적으로 말하면 하급생은 소로문, 상급생은 금체문이라 할 수 있다. 「후지와라노 후지후사藤原藤房의 논論」은 모두 상등上等 제7급 학생이 쓴 것이고, 소로문은 모두 하등下等 제2급 학생이 쓴 것이다. 물론 이것은 작문이 우선은 '서독書牘', 즉 편지글부터 들어간다는 당시 커리큘럼에 따른 것인데, 「지구의 모양은 어떠한가」나 「공기설空氣說」과 같이 이과 교과서를 그대로 베껴 쓴 것 같은 설명문이 하급의 하등下等 제4급 학생의 시험으로 치러졌다는 것은 주의할 필요가 있다.

사론史論이 한문에서 유래한 훈독문인 것에 비해 교과서의 설명문은 구문歐文에서 유래한 번역문이어서 한문에 필요한 정형구나 훈고訓詁가 필요 없다. 『삼자경三字経』이나 『천자문』은 아무리 쉬어도 한문으로 구성된 고전 세계를 배경에 지니고 있는 점에 변함이 없으나, 과본

---

12 ( )안의 숫자는 작문의 예문 수. 「洋行ノ人ニ送ル文(양행하는 사람에게 보내는 글)」은 제2호 이하 게제분에서는 「洋行ノ人ニ贈ル文」로 되어 있다. 표제가 없는 것이 하나 있는데 숫자에는 포함시키지 않았다.

課本(교과서)의 한자 가타카나 혼용문의 배경에 있는 것은 서양 세계로부터 얻은 지식뿐이다. 따라서 「후지와라노 후지후사藤原藤房의 논論」과 「공기설空氣說」은 소로문을 사이에 두고 전혀 다른 문체로 성립했다. 그러나 한자 가타카나 혼용의 요미쿠다시체読み下し体(훈독체)라는 점에서는 모두 금체문으로서 소로문에 대치하고 있으며, 아마도 거기에서 금체문이 보통문인 이유가 드러나게 되는 것인데 그에 대해서는 뒤로 미루겠다.

그런데 『학정습방록』은 매호 권말에 편자編著가 책의 내력을 다음과 같이 서술한다.

이 책자는 전국 각 학교 학생의 진보를 장려하기 위한 것이어서 사관私館의 홍익鴻益을 꾀하지 않고 저가로 발매하며 또한 순익純益의 일부를 각 학교에 일조하기 위해 헌납하려는 미지微志에 따라 사방四方의 군자에게 애람愛覽을 청하면서도 굳이 할인하지 않음을 양해하시라.

게재한 학교에는 원고료 대신 얼마간 기부하겠다는 것인데, 가격은 1호에 1전, 처음에는 1개월에 4호 정도였던 것이 10호 정도까지 빈도가 늘고, 제32호부터 매월 15호를 배부하겠다며 가격도 1전 5리로 인상한다. 『영재신지』가 매주 토요일 발행으로 1호당 8리이니까 그에 비하면 『학정습방록』은 비싸다. 그것이 이 '미지微志' 때문인지 어떤지 자세히 알 수는 없으나, 이 잡지가 학교와의 긴밀한 관계하에 이루어졌다는 것은 사실일 것이다. 예를 들어 제10호는 히사마쓰 학교久松学校의 3월 시험 답안을 수록하고 답안 앞에 히사마쓰 학교 교사의 문장을 실었는데,

그 서두는 "요시오카吉岡 군 족하足下가 지난번에 본교에 귀한 걸음을 하셔서 신지新誌 발행의 취지를 알리고 또한 본교 학생의 문고文稿를 골라서 이것을 지상紙上에 실으려 한다", 즉 발행처가 직접 소학교를 방문하여 원고를 의뢰했다는 것이다. 더욱이 이 교사는 "그러나 천학핍재淺學乏才하여 그 능력이 부족한 데가 있으니 멀리 사카모토阪本(학교) 등이 선미善美함을 기급企及하지 않을 수 없다". "오호라, 어느 누가 경쟁의 지기志氣가 없겠는가"라고 말한다. 발간된 잡지에서 다른 학교 학생의 작문을 보고 학생뿐만 아니라, 아니 학생보다도 오히려 교사들이 우선 다른 학교에 대한 대항 의식을 부추기게 되었다. 공적인 장에서의 경쟁이라는 모티프가 작문이라는 행위에 도입된 것이다.

2. 『영재신지』

『영재신지』는 『학정습방록』과는 달리 책자 형태가 아닌, 대판大判[13]을 둘로 접고 3단 구성한 모습으로 등장했다. 발행소는 제지분사製紙分社, 편집장 겸 출판인은 하케타 시로羽毛田侍郎였다. 『학정습방록』과 같이 학교 단위로 호를 구성하지는 않았지만 초기의 지면에는 같은 소학교 학생의 작문이 줄지어 실리기도 하고 단골로 실리는 학교도 있으며, 『학정습방록』과 마찬가지로 학교와의 관계가 적지 않아 교사가 원고를 모아서 투고한 것이 분명하다. 『영재신지』와 『학정습방록』 양쪽에

---

13 [역주] 보통보다 큰 사이즈의 종이.

같은 소학교의 이름이 보이는 것은 지극히 당연한 것이고, 양쪽에 같은 학생의 이름이 보이는 것도 저마다 우수한 작문을 실으려고 하는 이상 당연할 것이다. 심한 경우에는 『학정습방록』에 실린 작문이 똑같이 그대로 『영재신지』에 등재된 일까지 있어서,[14] 즉 『영재신지』와 『학정습방록』은 소스source를 공유했던 것이다. 덧붙이자면, 『영재신지』의 발행인인 제지분사의 국장 요우 소노지陽其二의 장녀 다카鷹子의 작문 「도쿄 번화의 경황景況을 지방 사람에게 알리는 글」이 『학정습방록』 제1호에 게재되어 있는 것을 보면 요우 소노지가 그 창간을 몰랐을 리가 없고, 상상력을 발휘한다면, 『영재신지』 발간의 계기가 딸의 작문이 『학정습방록』에 실리게 된 것이었을 지도 모른다. 『학정습방록』 제7호 (1877.3.8 신고) 판권장에 "인쇄 요코하마 제지분사"라는 어구가 있는 것을 보아도 양쪽에 뭔가 연락이 있었음을 추측할 수 있다.

『영재신지』에는 분명히 "바라건대 사방의 군자께서는 그 번로煩勞를 불문不問하고 원고를 폐사에 투고하시기를"(「품고稟告」)이라고 되어 있어서, 투고를 널리 호소하는 부분이 『학정습방록』과의 분기점이 되었다. 그렇다고 해서 소학교 학생이 학교를 무시하고 투고할 수 있는가 하면 특히 초기에는 그렇지 않았다. 우치다 로안內田魯庵은 「메이지 10년 전후의 소학교」[15]에서 다음과 같이 회상한다.

나는 이 영재신지에 이름이 실리는 것이 부러워서, 학교에서 높은 점수

---

14 『학정습방록』 제29호(1877.5.7 신고)에 게재된 홍고 사다타로本鄕定太郎의 작문 「부모에게 해야 할 본분의 설父母ニ尽ス可キ職分ノ説」이 『영재신지』 제30호(1877.10.20)에 보인다.
15 『태양』 1927년 7월호. 후에 『우치다 로안 전집內田魯庵全集』 3, ゆまに書房, 1983에 수록.

를 받은 작문이 있으면 영재신지에 기서寄書해도 좋은지 여러 번 선생님께 허락을 구했는데, 어려서부터 이름을 내미는 것은 해가 된다며 허락하지 않았다.

작문은 어디까지나 학교에서 이루어지는 것이며 시험에 의해 평가받는 것이었다. 시험에서 고득점을 하면 다음번에는『영재신지』에 이름을 올릴 수가 있다.『학정습방록』이 말하자면 학교별 단체전이었다고 한다면『영재신지』는 개인전, 학교의 이름도 올라가고 자기 이름도 올라가는 것이었다. 입신출세의 에토스는 작문이라는 행위 속에 내포되어 있었다.

그리고 학생들이 공명을 좇아 다투어 작문한 것은 시험작문과 마찬가지로 미리 주제가 정해진 작문이고, 그렇다면 틀에 박힌 형型이 범람하는 것은 피할 수 없다. 그러나 그러한 수많은 틀에 박힌 형에 의해 금체문은 작문을 위한 형을 획득해 나간다. 1877년 당시, 금체문에 사용하기 위한 한어나 정형구를 제공하는 사전류는 많이 있었지만, 어떤 일정한 주제별로 모범 문례를 나열한 것은 습자를 겸한 왕래물밖에 없어서 교사들은 왕래물의 문장을 금체문으로 바꾸는 등 궁리를 해가며 학생들에게 작문을 가르쳤을 것이다. 그런 가운데『학정습방록』이나『영재신지』는 다른 학교에서 시도하는 것을 직접 알 수 있는 좋은 수단이기도 했다. 즉 이 잡지들이 모범문례집이 된 셈이며『영재신지』의 재간再刊 합본合本이 환영받은 데에도 그런 배경이 있었음이 틀림없다.

1878년(메이지 11)이 되면 각종의 작문서 광고가『영재신지』에도 등장한다. 그중의 하나『학도필휴 메이지 문감学徒必携明治文鑑』의 광고문[16]

에는 "본서 상권에 오로지 사시四時 속용俗用 왕복 편지글을 기재하고 당시 유행하는 가타카나 혼용의(御座候得共[17]는 없음) 편지글을 부록으로 싣고" "하권에 대단히 뛰어난 논설기사 작례를 싣는다"라고 되어 있는데, 실제로 보면 과연 초서草書로 된 왕래문 옆에 금체今體의 '御座候得共'가 없는 편지글을 곁들였다. 또한 마찬가지로 지상誌上에 광고가 나온 『가나삽입 학습궤범仮名挿入習文軌範』[18]은 여덟 권 전부를 금체문의 작례로 채웠는데, 그 제목에는 『학정습방록』이나 『영재신지』에서 눈에 익은 것이 적지 않다. 학생들은 이것들을 배워서 시험에서 득점을 하고 그리고 잡지에 투고하는 것이다. 시기는 약간 뒤이지만 『신문투서 기사 논문 소설 종본新聞投書記事論文小説種本』이라는 노골적인 타이틀의 책까지 등장하고,[19] 범례에도 "본서 기사는 영재신지와 소학잡지 등 학동 신문 투고가를 위해 만든 것"이라며 거침이 없다. 이렇게 해서 학교와 투고 잡지와 작문서 사이에 수많은 작문이 오고 가며 작례를 늘리고 제목을 갖추어 나갔다. "남동생들 세대"가 모든 것을 금체문으로 이야기하기 위한 준비는 1877년부터 수년에 걸쳐 형성된 이 사이클에 따라 먼저 이루어졌다.

---

16 『영재신지』 제70호, 1878.7.6. 『메이지 문감明治文鑑』은 1878년 6월 출판.
17 [역주]'御座候得共(ござそうらえども)'는 '~이기는 하지만'의 의미로 소로문의 특징적인 표현임.
18 광고는 『영재신지』 제88호, 1878.11.9. 『습문궤범習文軌範』은 전前 네 책이 1878년 8월에 출판, 후後 네 책이 1879년 3월에 출판되었다. 광고에는 "네 책 기설의 부 출판, 네 책 논서발잡문 기각四冊記説 / 部出版四冊論序跋雑文既刻"이라고 되어 있다.
19 1885년 1월 출판. 저자는 야마다 큐사쿠山田久作, 발매처는 지유카쿠自由閣.

3. 작문의 허실

그러나 시험답안집이나 모범문례집과 달리 투고에 의해 구성되는 잡지는 반드시 예정조화豫定調和를 이루지는 않는다. 『영재신지』제18호(1877.7.7)에는 청목생青木生이라고 칭하는 인물이 "소학교 학생이 시문詩文을 투고하거나 와카和歌를 기고하는 경우가 종종 있다. 내가 보기에 이것은 아직 호사가好事家의 이름을 면할 수 없는 것이다"라고 찬물을 끼얹고, 또한 제21호(1877.7.28)에서 '우인友人'은 "재동경일한생在東京一寒生" 다나카 란케多奈加蘭渓라는 인물로부터 "영재신지에 실린 문장은 모든 필력을 타인에게 빌려서 그 문장이나 그 삶에서 비롯된 작품이 아니고 단지 허식을 탐하고 명예를 낚고자 할 뿐"이라고 하는데, 그것이 과연 사실이냐는 질문을 받는다. 둘 다 소학교에 다니는 학생은 아닌 것 같은데 이런 목소리가 들리는 것도 『영재신지』가 이미 교실 바깥으로 열려 있음을 보여주는 증거일 것이다. 제31호(1877.10.6)에서는 더욱 구체적으로, 제24호에 실린 '모씨의 막내 아무개'가 자기도 잘 아는 사람인데 이런 문장을 쓸 수 있을 리가 없어서 본인을 힐문했더니 이웃 사람이 대신 써준 것이라는 언질을 받았다는 투서가 '연령미상'의 나미키 시게아쓰並木滋敦로부터 들어온다. 이에 대해 소학교 학생 측으로부터 다소 반응이 있어서 "오호嗚呼, 기자선생을 속일 뿐만 아니라 여러 학교의 학생들을 속이는 그 죄가 크지 않겠는가. 이러한 행동을 했을 시에는 가령 학술에 정통하더라도 평생 입신할 수 없을 것이다"(제35호, 1877.11.3)라는 투고가 있었고, 또한 제51호(1878.2.23)에서는 후세 학교布施学校의 학생 두 명이 "재동경 나미키 시게아쓰在東京並木滋敦 군에게 보낸다"라는 제목의 문장을 각각 지어서 나미키가 부정을 폭로한 것을 칭송했다. 작문 연습에서 첨삭이 가해지는 것은 특별히 거론할 정도의 일도 아니지만 소년들이 민감해진 것은 작문이 이미 명예를 얻기 위한 수단이 되었기 때문이다. 명예에는 내실이 따르지 않으면 안 된다. 진정한 영재의 이름값을 못하는 자가 영재顆才인 척 하는 것은 용서할 수 없다는 것이다.

타인의 손을 빌리는 것 외에 표절 역시 당연히 문제시 된다. 제56호(1878.3.30)에 실린 와타베 토노스케渡部董之助의 「사다모리 히데사토 우열의 論貞盛秀鄕優劣ノ論」에 대해 제58호(1878.4.13)에는 그것이 이시카와 코우사이石川鴻斎의 『일본외사찬론日本外史纂論』을 표절한 것이라는 비난이 나오고, 제57호(1878.4.6)에 게재된 와타나베 도라渡辺とら의 「사람들이 여자한테 빠지는 것을 경계하는 변辨」에 대해서는 제63호(1878.5.18)에 그것이 오오타 긴죠太田錦城의 『오창만필梧窓漫筆』을 표절한 것이라는 지적이 그러한 사례이다. 다만 후자는 사태가 의외의 방향으로 전개된다. 제65호(1878.6.1)에 와타나베 도라가 투고를 해서, 실은 이 문장을 자신은 전혀 알지 못하고 이웃 사람이 자신의 이름을 사칭해서 투고한 것이라고 주장한 것이다. 이 호에는 그 밖에도 「친우 아무개가 담화의 진위를 묻다」라는 거의 3단 전부를 사용한 긴 투고가 있는데, "이 신지新誌에 투고하는 자가 교활하게 아동의 명예를 미끼로 해서 타인의 문장 시가를 훔치는가 하면, 부형父兄이 자기 자녀에게 명예를 얻게 하려고 문장 시가를 주어서 투고하게 하는 부류가 있다", 또한 실제로 교사가 학생의 이름을 사칭해서 투고한 사례를 본 적이 있다, 즉 『영재신지』는 영재顆才라는 이름에 배치하는 유명무실한 잡지여서 볼 만한 것이 못된다고 우인友人이 말하는데 사실인지를 묻는다. 이 우인友人은 여느 때처럼 가설이겠지만, 그 주장 중에서 흥미를 끄는 것은 "이 글(의 작자)은 나이가 아직 불과 일곱 살인데 어떻게 이와 같이 술을 많이 마실 수 있는가, 또 이 글(의 작자)은 나이가 아직 불과 여덟 살인데 어떻게 혼자서 달밤에 배를 타고 갈 수 있겠는가, 이는 실로 본인이 지은 게 아니라는 증거이며"와 같은 대목으로, 요컨대 한문맥의 수사修辭를 그저 흉내 낼 뿐인 작문임을 아는지 모르는지, 글쓴이의 '진실'에 어울리지 않으므로 이것은 '거짓'이며 본인의 작품일 리가 없다고 단언해 버리는 점이다.

작문의 기본은 우선 좋은 글의 모방에 있었으므로 연습과 표절은 좀처럼 차이를 두기 어렵다. 한문맥의 작문에서는 정형定型과 전고典故에 습숙해서 그것을 자유자재로 구사할 수 있어야 비로소 명문名文의 영예를 얻을 수 있다. 상급생이라도 기껏해야 십대 전반의 소학교 학생이, 꽃구경이라며 술을 마시고 달구경이라며 배를 띄우는 것은 기묘하기는 하지만 그렇더라도 금체문이 한문맥을 전제로 해서 만들어지는 한 그러한 클리셰는 피할 길이 없다. 그것을 본인의 작품이 아닐 것이라며 공격하는 것은 유치하다고 할 수 있는데, 그러나 여기에는 큰 전환점이 감추어져 있다. 요는 한문맥으로 문장을 쓰는 것의 본질과 관련되며, 금체문이 한문맥에 의존하고 있는 사실을 둘러싼 전단戰端이 은밀하게 열려있는 것이다.

작문하는 소년들은 명예를 얻고자 작문에 힘쓰는 사이에 명예에는 내실이 따라야 한다는 공격을 받게 된다. 지상誌上에서 논쟁을 거듭하는 동안에 어느덧 커뮤니케이션이 결여된 모범문례집의 세계가 성에 차지 않게 된다. 『영재신지』는 작문이라는 행위를 전경화前景化함으로써 글쓰기가 내포하는 여러 가능성을 소년들에게 보여준 것이었다. 제

1면에 늘 서화畵面가 실린 것의 시비是非를 둘러싼 논쟁이 1878년에 일어난 것에 관해서는 이미 논의되었는데,[20] 애당초 『영재신지』의 이러한 지면紙面은 그림이나 제자題字를 벽두에 싣는 당시 도서의 지극히 일반적인 형태를 반영한 것이기도 하며, 그렇다면 『영재신지』의 지면을 논하는 것은 즉, 그 밖의 세계에서 에크리튀르 본연의 모습을 논하는 것으로 이어진다. 투고자 중에서 수많은 문장가가 배출되었다는 점에 『영재신지』의 가치를 우선 찾아내는 것이 보통이기는 하지만, 학교와 연속하는 문장 수업의 장으로서만 파악해서 그렇게 말하는 것이라면 피상적이라는 비난을 피할 수 없을 것이다. 여기에서는 극히 간단하지만 작문이라는 행위를 보다 시대에 열려있는 것으로 파악하여 그 가능성의 위상을 확인하고자 했다. 에크리튀르의 변동이 큰 파도를 일으키기 시작한 시대에 작문하는 소년들은 그 선두에 서 있었다.

---

20 사토 타다오佐藤忠男, 「논쟁의 장으로서 소년잡지論争の場としての少年雑誌」, 『권리로서의 교육権利としての教育』, 筑摩書房, 1968; 아오야기 히로시青柳宏, 「투서잡지・『영재신지』 연구投書雑誌 ・『穎才新誌』の研究」, 『名古屋大学教育学部紀要・教育学科』 38, 1991.

상징으로서의 한자

페놀로사와 동양

    동아시아의 근대에 있어서 한문맥의 소재所在와 행방을 확인하려는 것이 본서의 주제라고 한다면, 아시아를 아시아라고 규정한 유럽 사람들에게 한문맥이 어떤 것이었는지 전혀 언급하지 않을 수는 없다. 물론 지금까지 거듭해온 논의는 한문맥을 청말淸末 중국이나 메이지 일본 각각의 '내부'에 가두려는 것이 아니다. 더욱이 그것들을 포함한 동아시아의 '내부'에 문제를 한정하려는 것도 아니다. 그러나 한문맥을 그 '내부'의 관점에서 살펴보는 방식으로 전개해온 그간의 논의를 더욱 열린 것으로 이끌고자 할 때, '외부'의 시점을 도입하는 것은 아마도 유효할 것이다. 여기서는 19세기 서양의 시대 사조였던 상징주의를 키워드로 해서 어네스트 페놀로사Ernest Francisco Fenollosa의 『시의 매체로서의 한자古詩の媒体としての漢字考』[1]에 이르는 극히 초보적인 탐색을 수행하여 다른

---

1   Ernest F. Fenollosa, *The Chinese Written Character as a Medium for Poetry*. 에즈라 파운드에 의해 *Little Review* Ⅵ. 5-8(1919)에 나뉘어 실린 것이 첫 게재. 본 장에서는 다카타 도미이치高田美一 역, 『시의 매체로서의 한자고詩の媒体としての漢字考』, 東京美術, 1982를 참조했다. 또한 페놀로사의 한자론을 논한 것으로 가와니시 에이코川西英子의 「페놀로사의 한자론에 관하여―그

장에 대해서는 보론補論적인 역할을, 본서 전체에서 보았을 때에는 하나의 개구부開口部 역할을 했으면 한다.

그런데, 한마디로 상징주의라고 해도 그 실상을 파악하는 것은 대단히 어렵다. 도움을 얻기 위해, 예를 들어 아서 시몬즈Arthur Symons의『상징주의 문학운동』[2]을 훑어보아도 "상징주의는 최초의 인간이 살아있는 모든 것에 이름을 붙였을 때, 처음으로 내뱉은 말과 함께 시작되었다"라는 식이어서 더욱더 곤혹스러워진다. 하지만 "현금現今의 상징주의와 과거의 상징주의를 구별 짓는 것은 오늘날 이것이 스스로를 의식하게 되었다는 사실이다"라는 언명을 접하면 그러한 곤혹스러움도 조금은 해소된다. 상징을 상징으로서 자각적으로 인식하려는 것. 그 인식 이전에는 상징도 뭐도 아니었을 지도 모르는 것을 다시금 상징으로서 읽는 것, 그리고 쓰는 것. 그것이 '현금現今의 상징주의'이고 보면, 문제는 그것이 상징이냐 아니냐가 아니라 그것이 어떻게 상징으로 읽히고 쓰이는가이다. 물론 상징으로 부를 수 있는 것은 고대에서부터 널리 존재할 것이다. 그렇지만 그것을 상징으로서 건져내어 선양하는 행위에는 19세기라는 시대의 표시가 확실하게 적혀있다.

한자가 지닌 상징성을 일반적으로 논하는 것이 아니고, 페놀로사의 미술론, 문학론 그리고 최종적으로는「시의 매체로서의 한자고」라는 제목의 한자론을 통해 '상징'이 무엇인지를 살펴보려는 것도, 어디까지나 '현금現今의 상징주의'를 문제 삼기 때문이다. 물론, 페놀로사가 상징

파문과 배경フェノロサの漢字論について－その波紋と背景」,『比較文学研究』64, 1993.12이 있다.

2 초판 1899년. 참고한 일본어 역은 1919년 판을 저본으로 한 마에카와 유이치前川祐一 역(富山房, 1933). 또한 1913년(다이쇼 2)에 간행된 이와노 호메이岩野泡鳴의 번역은『표상파의 문학운동表象派の文学運動』이라는 제목이다.

주의자를 표방한 적도 그렇게 평가받은 적도 없다. 시집은 남겼지만 도저히 상징파 시인으로 부를 만한 것이 아니다. 공간公刊한 저서도 많지 않고, 일본에서는 잘 알려진 외국인이기는 했으나 서구 세계에서는 물론 본국인 미국에서도 거의 무명의 존재였다. 그러나 그가 남긴 한자론은 후기 낭만주의로서 상징주의가 무엇이었나를 아는 데 좋은 재료가 될 것이다. 그것이 뛰어나다는 것이 아니라, 19세기의 지극히 흔한 서양 세계 지식인의 사고로서 전형적이라는 점에서 상징주의와의 동시대성을 발견할 수 있는 것이다. 그렇다, 1908년에 쉰다섯의 나이로 타계한 페놀로사는 그야말로 상징주의의 시대를 산 사람이었다.

1. 일본 미술과의 해후

1853년 미국 매사추세츠 주 세일럼에서 태어나,[3] 하버드대학을 졸업한 후 보스턴미술관에서 미술을 공부하던 페놀로사가 도쿄대학의 초빙으로 일본에 온 것은 1878년, 즉 메이지 11년 8월의 일이었다.

그 전해에 도쿄가이세 학교東京開成学校와 도쿄의학교東京医学校의 통합으로 창립된 도쿄대학은 정치학 교수로 적임자를 찾지 못해서 외국인 교사를 초빙하기로 하고, 이학부 교수인 모스Edward Sylvester Morse에게 추천을 부탁했다. 모스는 하버드대학 총장인 엘리엇Charles William Eliot 등의 소개로 페놀로사를 알게 되어 면담 후 추천을 결정했다. 부임한 페

---

3 페놀로사의 전기는 야마구치 세이치山口静一의 『페놀로사フェノロサ』上·下(三省堂, 1982)를 참조했다.

놀로사가 담당한 과목은 정치학・이재학理財學・철학사이고 학생 중에는 이노우에 테쓰지로井上哲次郎와 쓰보우치 쇼요坪内逍遥 등이 있었다. 이노우에의 회상에 따르면 "페놀로사 씨가 담당한 학과는 철학과 정치학과 경제학이었는데 대단히 정려精勵 격근格勤하며 또한 열의를 가지고 학생 지도와 교육의 임무를 수행했다"는 것인데,[4] 그러나 그 강의 내용은 "한편으로 밀의 경제원론이나 리이버 혹은 울시의 정치학을 강의하는 동시에 칸트, 헤겔의 철학을 강의하는 것이므로, 지금 생각해보면 당시의 학과 수준은 그다지 높지 않아서"[5]라는 비판도 있었다. 결국, 만약 일본 미술에 대한 관심이 페놀로사에게 생기지 않았더라면, 그는 그저 아시아 소국의 학생들을 상대로 서양의 정치학이나 철학을 대충 소개할 뿐인 외국인 교사 그 이상의 존재가 아니었을 것이다. 사실 일본에 온 지 삼 년이 지났을 무렵에는 계몽적인 수준에 머물렀던 그의 강의로부터 학생들의 마음이 떠나고, 페놀로사 자신도 미술품의 조사・수집을 위해서 휴강을 반복하게 된다.

하버드대학에 다닐 때부터 미술에 대한 관심이 많았다고는 해도, 일본에 오기 전에는 동양 미술에 대한 관심도 지식도 전무에 가까웠던 그가 처음으로 일본 미술에 눈을 돌리게 된 것은, 당시 일본에 온 외국인들과 마찬가지로 골동상 순례에서 시작되는 것 같다. 이윽고 페놀로사는 가노 도모노부狩野友信와 아리가 나가오有賀長雄 등의 협력으로 체계적으로 일본 고미술을 수집하여, 잘 알려져 있듯이 그것은 방대한 컬렉션

---

4 이노우에 테쓰지로井上哲次郎, 「페놀로사와 케벨 씨에 관한 것들フェノロサ及びケーベル氏のことども」, 『明治文化回顧録』, 大日本文明協会, 1924.
5 다카다 사나에高田早苗, 『한뽀 옛날이야기半峰昔ばなし』, 早稲田大学出版部, 1927.

이 되어 간다. 메이지 정부와 대단히 가까운 계열로 1879년(메이지 12)에 결성된 일본미술진흥단체 '류우치카이龍池会'가 페놀로사를 눈여겨보고, 그 의뢰를 받은 페놀로사는 1882년 「미술진설美術眞説」이라는 이름으로 알려진 강연을 우에노 공원 교육박물관에서 한다. 그리고 이 강연은 세상이 그를 일본 미술 연구의 제일인자로 대접하게 하는 중요한 계기가 되었다. 이후 문부성의 뜻을 받들어 문화재 조사에 동분서주해서 호류지法隆寺 유메도노夢殿를 개비開扉하는 등, 정부 고용 교사직을 그만두고 1890년(메이지 23)에 귀국하기까지의 경위는 여기에서 서술할 필요도 없지만 페놀로사가 일본 미술의 '발견'을 이루어낸 것이 그의 독창이라기보다는 거의 시대의 요청에 민감하게 반응한 것이었다는 사실은 강조해도 좋을 듯하다. 쇠망의 위기에 처해 있던 일본 미술계에 있어서 서양인의 보증을 받는 것은 무엇보다 특효약이었고, 미술품으로 외화 획득을 꾀했던 메이지 정부로서도 그것은 크게 환영할 만한 '발견'이었다. 그리고 또한 「미술진설」에서 강조되는, '묘상妙想'의 구현화具現化야말로 미술의 요체라는 주장도 어딘가 19세기 말의 반사실주의적 미술운동과 관련이 있을 것이다.

귀국 후 바로 보스턴미술관 일본 미술부 큐레이터로 착임한 페놀로사는 정력적으로 일본 미술에 더해 중국 미술의 소개를 진행하며 각종 전람회를 개최하고 목록 작성을 도맡았다. 일본 체류 중에 얻은 동양 미술에 대한 지식을 마음껏 활용하여 강연이나 팸플릿 작성에 몰두했던 이 시기에 페놀로사의 동양 미술관美術觀은 확고해졌다. 전람회 목록 같은 것에 그것이 단적으로 드러나 있다. 예를 들면 다음과 같은 글이 그것이다.

이 짧은 이백 년간에 송宋 문화는 생생한 개화의 꽃을 피웠으며 그것은 페리클레스하의 아테네, 메디치가家하의 피렌체를 상기시키는 구석이 있다. 단기간에 중국적 전통 중 최선의 확실한 요소가 열렬한 불교이념과 결합하고, 또한 인간의 개성 및 그 자연에의 반영에 대한 새로운 견해를 섭취해 나간다. 이 사상의 기조를 이루는 것은 그때까지 별개의 것이었던 유교, 도교, 불교의 원리와 신조를 하나의 새로운 종합적 관념 체계로 혼연일체화 하는 새로운 철학이었다. 이것은 주로 시문이나 심벌리즘으로 표현되어 자연을 정신의 거울로 보고, 개성을 작품 창조와 그 특질의 기조로서 중시하고, 미술과 과학과 정치 방식의 모든 것을 똑같이 새로운 실험과 자유로운 개조를 목표로 하는 대도大道를 따라 진전시키는 것이었다.[6]

따라서 그 미술은 심심풀이로 모으는 골동품 같은 것이 아니고 서양 사회에도 특별히 중요한 지침이 되는 사상을 갖춘 것이다. 말하자면 문명의 정화精華로서 그 미술을 선양宣揚하는 이러한 자세는 그의 동양 미술관美術觀의 중심이었다. "새로운 종합적 관념 체계로 혼연일체화 하는 새로운 철학"과 같은 표현에도 유의할 필요가 있을 것이다. 뒤에서 살펴보겠지만, 그는 그 '새로움'이 근대에서도 그리고 서양에서도 충분히 통용하는 '새로움'이라고 생각했다. 더욱이 페놀로사는, 중국에서는 이 위대한 미술이 송대宋代 이후 쇠퇴의 길을 걷지만 그것을 수입한 일본에서는 오히려 그 정화精華가 계승되고 있어서, 우리가 일본 미술에 배우

---

6 *A Special Exhibitions of Ancient Chinese Buddhist Paintings, Lent by the Temple Daitokuji, of Kioto, Japan: Catalogue*, Boston : Museum of fine Arts, 1894. 역문은 야마구치 세이치山口静一, 앞의 책 하下를 참조했다.

지 않으면 안 되는 이유가 거기에 있다고 주장한다.

그리고 페놀로사가 행한, 동양 미술을 소개하는 수많은 강연의 하나에는 초고에 이러한 말이 남아 있다.

자연은 물질이 아니라 정신적 의미를 지닌 것으로 이해하여 여기에서 산수화가 탄생하고 화도華道[7]가 생겨난다. **모든 미술이 인간과 자연의 영靈의 상징**으로 간주되며 일본의 산수화에 그려지는 자연은 모두 인간과 같은 개성을 지닌다.[8]

보스턴미술관에 근무하던 이 시기, 미술관의 안팎을 불문하고 활발하게 벌인 동양 미술의 소개 선양 활동을 통해서, 페놀로사는 자신의 미술관美術觀을 보다 확고하게 하고 또한 동양과 서양의 가교가 되려는 사명 의식을 강렬히 품게 되었다. 서양에 결여된 것을 동양에서 구하고 동양의 미발未發한 부분을 서양에서 자극하려고 한 그 태도는, 19세기 미국에서는 전형적으로 모던한 태도였다고 할 수 있다. 단순히 이국취미로서 동양 미술에 관심을 보이는 것 같은 자세에서는 분명히 벗어난 것이다. 그렇지만 물론 매사 신중히 확인하지 않으면 안 된다. 우리에게 없는 것을 거기에서 찾아 그 과실果實을 제 것으로 하려는 행위는 오리엔탈리즘의 보다 새로운 단계에 불과한 것이 아닐까. 사실, 페놀로사가 일본 국외로 대량의 미술품을 반출한 것은 그 구현이 아닐까. 그렇

---

7 [역주] 꽃꽂이의 도.
8 "The Lessons of Japanese Art", bMS Am 1759.2(87), The Houghton Library. 역문은 야마구치 세이치山口静一, 앞의 책 하下를 참조.

다. 그리고 바로 그렇기 때문에 19세기 서양의 지식인으로서 전형적으로 모던하다고 할 수 있으며 페놀로사와 상징주의를 결부시키는 의미도 거기에서 생겨나는 것이다. 이국취미로서의 미술이라면 그것은 어디까지나 장식의 영역에 머무를 뿐 역할은 홍차나 향신료와 별반 다르지 않다. 그러나 페놀로사는 동양 미술을 마치 서양 문명에 있어서 은이나 석유와도 같이, 즉 그것이 없으면 서양 자체가 존립할 수 없는 것처럼 생각했다. 근대에 있어서 오리엔탈리즘의 중심은 오히려 이러한 사고 속에 있을 것이다. 그리고 페놀로사가 서양에는 결여되어 있으면서 동양에 있다고 '발견'한 것이야말로 자연과 인간의 영적인 관계이고 미술의 상징적 기능이며 미의 종합성이었다. 상징주의는 이러한 동양에 대한 시선도 뒷받침하고 있는 것이다.

2. 페놀로사의 문학관

1892년에 민속학협회Folk Lore Society에서 행한 「동양의 시詩—미술과의 관련에서」라는 제목의 강연에는 단편斷片이기는 하나 초고가 남아 있는데, 거기에는 페놀로사의 문학관을 이해하는 데 흥미로운 메모가 몇 개 적혀 있다.

우리는 중국 언어를 천박하고 차가운 공리주의적인 것으로 여긴다 — 가장 큰 잘못.
게다가 중국인은 큰 장점을 지녔다 —

그리고 일본인도 마찬가지이다.

종합적 언어, 분석적 언어에 대해서 ―

종합적 ― 시詩의 진정한 언어

그것이 중국어.

'비유적 표현'은 금선琴線을 두드린다 ―

말이 서로 융화한다.

게다가 이 언어는 거의 회화적 형식을 지니고 있다 ―

문자 ― 매커티 박사가 말한 것 ―

이와 같이 중국의 시는 시각적 상상이 극한의 힘을 갖고 있고, 동시에 풍부한 사상을 보지保持하고 있다 ― 귀가 아니라 눈이 즐겁다 ―

이처럼 말의 종합적인 힘은 회화에서 붓이 지닌 종합적 용법에 대응한다 ― 몇 자 적은 것이 많은 것을 의미한다. (…중략…)

음악에서 우리는 그와 같은 새로운 예술을 만들어냈다. 바그너, 브람스, 순수 관현악법.

시에서는 ― 상징주의, 로셋티 ― (리얼리즘이 아니고)

이것을 표면적인 운동, 단순한 데카당스라고 부르는 것은 큰 잘못이다.

(…중략…)

그것은 형식에 의한 창조의 해방 ―

음악은 정신적 ―

순수한 색채도 그렇다 ― 순수한 말의 음조도 그렇다 ―

그것은 사물의 보다 고차원적인 상호 침투의 파악.

그것은 직관.

음악이 그 열쇠가 된다.

우리가 중국이나 일본의 시에서 배울 것은 많다.[9]

    훗날 『시의 매체로서의 한자고』로 이어지는 맹아가 이미 나타나 있는 점에 우선 눈이 가는데, 동시에 페놀로사가 동양의 시를 이야기하는 데에 실제로 상징주의와 상당히 가까운 입장을 취하고 있음을 잘 알 수 있다. 매우 단편적이기는 하나, 서구시의 상징주의 그 자체에 대해서도 언급하였으며 그것을 데카당스와 구별하려고까지 한다. 물론 그의 입장에서 보면 일본이나 중국의 시에서 상징을 발견한 것이 먼저이고, 유럽의 상징주의 같은 것은 자신의 통찰이 옳았음을 뒤늦게 증명하는 데 불과하겠지만, 어찌되었든 이러한 사고가 하나의 시대 풍조를 이루고 페놀로사가 그 와중에 있었던 것은 틀림없다. 그리고 "음악과 시 사이에는 음악과 그림 사이와 마찬가지로 막연한 미술적 유사를 훨씬 넘어선 무언가가 있어서, 그것들 한 쌍이 지닌 힘의 일부 요소가 일치한다고까지는 할 수 없어도 유사한 것이 일목요연하므로, 음악의 암시를 문학적 특질을 훼손하지 않고 의식적으로 시의 인스피레이션으로서 이용할 수 있다"[10]라는 그야말로 후기 낭만주의 시대에 어울리는 확신을 들려주거나, 나아가 "나의 창작 과정은 정리定理의 형식적 순서에 따르는 기계적인 것이 아니고 내가 의식적으로 환영하려고 결심한 제 요소에 의한 무의식의 직접적이고 창조적인 이용이다"[11]와 같은 선언을 해

---

9 "Oriental Poetry in Relation to Art", bMS Am 1759.2(71), The Houghton Library(村形明子編訳 『フェノロサ資料3 文学論ハーヴァード大学ホートンライブラリー蔵』第三巻, ミュージアム出版, 1987).
10 "Introduction to *East and West*." 시집 『동과 서東と西』 서문 초고(위의 책).
11 위의 책.

버리면, 나도 모르게 그가 낭만주의에서 상징주의에 이르는 시인의 계보 어디쯤에 어떻게든 자리매김할 수 없는지 생각하게 된다 ― 그 시를 읽으면 바로 그러한 시도를 방기하게 되기는 하지만.

그런데 그에게는 「근대의 예술과 문학」[12]이라는 제목의 단편이, 그 집필연도는 확정할 수 없지만, 남아 있어서 서구 문학에 대한 그의 생각을 좀더 상세히 알 수 있다. 이 절을 끝내기에 앞서 상징주의와 관련이 있을 것 같은 부분을 아래에 인용한다.

> 문학은 많은 분야에서 음악의 이 열쇠, 지휘를 따랐다.
> 그것은 새로운 형식, 새로운 음, 말, 음절, 문자의 새로운 정신적 인상, 형상形象의 새로운 영역, 상징적 통일의 보다 깊은 지각知覺을 발명했다. (…중략…) 그것은 언어 감정의 음악이다. 현대시의 의의는 이것이다. 음악이 공허하지도 추상적이지도 주관적이지도 않은 것과 마찬가지이다. 그것이 무한하게 풍요롭다는 것도 천변만화千變萬化의 전全 정신세계를 지니기 때문이다.

지금까지의 인용과 마찬가지로 여기에도 음악과 문학이 강조되어 있다. 그리고 상징.

> 여기에서 우리는 자연과 정신을 연결 짓는 심벌로지Symbology라는 무한의 가치를 손에 넣는다. 상징은 정신의 법칙 그 자체이다. 이렇게 해서 완전성을 향한 근대의 갈망이 충족되는 것이다.

---

12 "Modern Arts and Literature", 위의 책.

게다가 그의 발상의 근간을 이루는 동양의 예술에 대해서도 칭찬을 잊지 않는다.

그 때문에 그들(동양) 예술의 품격은 우리 것보다도 천년을 앞선다. 옛 중국시는 응축적이고 통합적이며 언어가 신중하면서도 참신하다. 그리고 행복한 연쇄에 의해 감정의 절대적 통일을 형성한다. 그것은 심벌리즘으로 완전히 가득 차 있어서 정신의 법칙에 따른 인간과 자연의 결합인 것이다.

일찍이 유럽인은 중국어에서 완전언어完全言語의 모습을 찾아내려고 했는데, 19세기에 들어서자 이번에는 완전한 시적 언어로 대접하려고 한 듯하다. 한시가 정말로 "심벌리즘에 완전히 가득 차" 있는지 어떤지는 여기서는 문제가 되지 않는다. 중요한 것은 그 완전한 상징이 저편에 있는 것이며 동시에 회복해야 하는 것으로 여기는 그 시선이다.

애당초 그의 동양 문학론은 다분히 결론이 미리 결정된 것이었다. 왜냐하면, 페놀로사가 아마도 평생 동안 중국어는 물론 일본어도 상당히 의심스러운 이해력밖에 습득하지 못한 것이 사실이어서, 적어도 다시 일본에 온 후 모리 카이난森槐南에게 사사하여 한시를 읽게 되기 이전에 과연 제대로 읽고 논의를 전개했는지 일단 의심해 보아야 하기 때문이다. 한시의 시각성이나 음악성을 우선 강조하는 것도 그 때문이라고 말할 수도 있다. 그러나 어찌 되었든 페놀로사에게 이러한 문학관의 표출을 가능하게 한 것이 뿌리깊은 오리엔탈리즘의 시선인 동시에, 상징을 회복해야 하는 것으로 인식하기 시작한 19세기의 사조思潮라는 점을 잊어서는 안 될 것이다.

3. 시의 매체로서의 한자고

1896년(메이지 29), 6년 만에 일본을 찾은 페놀로사는 일본에서 재취직이 가능할 것 같은 느낌을 받고 귀국하여, 다음해 이번에는 장기 체류하려는 생각을 가슴에 품고 요코하마에 상륙한다. 그러나 상황이 예상과는 달리 좋지 못해서 제자 오카쿠라 텐신岡倉天心이나 가노 지고로嘉納治五郎 같은 이들이 애써준 덕분에 겨우겨우 그 다음해, 즉 1898년 1월부터 가노가 교장으로 있는 고등사범학교에서 교편을 잡게 된 것이 고작이었다. 이 시기가 되면 그 자신, 조금 한자 지식이 생겨 그림뿐 아니라 문학에 대한 관심도 커져서 이 해 가을에는 칸제류觀世流[13] 우메와카 미노루梅若実에 입문하여 요謠[14]를 배우기 시작하고, 1899년에는 모리 카이난森槐南에게 사사해서 한시를 읽기 시작한다.

일본어가 서툰 페놀로사는 아리가 나가오有賀長雄와 히라타 기이치平田喜一의 통역을 통해 카이난에게 한시의 초보적인 가르침을 받게 되었는데, 그것은 1899년 2월 18일을 시작으로 매주 한 번꼴로 이어지고 다음해 3월에는 오카쿠라 텐신도 가세하여 『시경詩経』 『초사楚辞』 그리고 당시唐詩의 영역英譯을 작성해 나갔다. 동시에 요쿄쿠謠曲[15]의 번역도 주 1회의 페이스로 이루어졌으므로 동양의 문화를 섭취하려는 열의는 예사롭지 않았다고 할 수 있다. 하지만 모처럼 얻은 고등사범학교 자리도 경제적으로는 만족스럽지 못했고 그렇다고 해서 달리 길이 있는 것도

---

13 [역주] 일본의 전통 예능인 노能 유파의 하나.
14 [역주] 노가쿠能楽의 가사나 그것에 곡을 붙인 것. 또는 그것을 부르는 것.
15 [역주] 노가쿠能楽의 사장詞章(문구)을 가리킴.

아니어서, 그는 어쩔 수 없이 1900년(메이지 33) 8월에 가족과 함께 귀국하게 된다. 그리고 다음 해 마지막 방일訪日이 된 4개월을 그는 그야말로 정력적으로 우키요에浮世絵와 한시, 그리고 노가쿠能楽 연구에 힘을 쏟았다. 그 사이 거의 매일같이 요코하마의 호텔에서부터 아카사카赤坂까지 모리 카이난이 강의하는 중국 시사詩史를 히라타 기이치平田喜一의 통역으로 들으러 간 그는, 귀국 후에도 컬럼비아대학의 중국어학 문학과에 한 달 남짓 다니며 힐트Friedrich Hirth 교수의 강의를 들었다. 그러한 지식을 토대로 유저遺著가 된『시의 매체로서의 한자고』가 쓰였다.

이 책은, 1908년에 페놀로사가 런던에서 객사한 뒤, 미망인으로부터 유고를 맡은 에즈라 파운드Ezra Pound가 1919년에『리틀 리뷰』지에 게재한 것을 시작으로 책으로도 몇 번인가 재간되었다. 카이난이나 힐트 교수의 강의에 의해 중국어학 문학에 대한 폭 넓은 지식을 얻은 후의 저작에 어울리게 기술은 구체적인 사례가 풍부하다. 하지만 근간을 이루는 생각은 지금까지 살펴본 그의 예술론·문학론의 바로 연장선에 있다. 거기에는 이렇게 씌어있다.

우리(서양)는 우리 자신의 이상理想을 보충하는 데 그들(동양)의 최고의 이상을 필요로 한다. 그들의 예술, 그들의 문학, 그들 생활의 비극 속에 감춰져 있는 이상을 필요로 하는 것이다.

동양과 서양이 서로 상대를 필요로 한다는 주장은 페놀로사가 가장 자신 있어 하는 부분이다. 그리고 모리 카이난에게 사사한 것을 스스로 평가하여 "나는 아마도 내 일에 하나의 가치가 있을 것이라고 주장하고 싶다. 그것은 일본식 중국 문화 연구를 처음으로 도입했다는 점이다"라고 하는 것도, 결국은 다음과 같은 귀에 익은 단안斷案의 서두에 불과하게 된다.

　수 세기 전에 중국은 그 창조적 자아의 대부분을 잃고 자기 자신의 삶의 근원을 통찰할 힘의 대부분을 잃었다. 그러나 그 독창적인 정신은 모든 독창적인 신선함을 뒤에 남겨서, 일본에 이식되고 여전히 살아남아 생장하며 의미를 전하고 있다. 오늘날 일본인들은 송宋 왕조하의 중국 문화에 거의 필적하는 문화의 단계를 보여준다.

한시를 제대로 배우기 전과 후에 이 입론立論이 변하지 않는 것은 페놀로사의 한자론의 근간이 미리 결정된 것이었음을 역시 말해주는 것이다. 게다가 그 입론은 새롭게 보강되어 더욱 체계적으로 나타난다. 그 보강의 중심 기둥을 이루는 것이 상형문자로서의 '한자' 분석이다.

　왜 눈에 비치는 상형문자로 쓰인 시를 진정한 시라고 생각할까. 그 이유는 음악과 같은 시간 예술이고 음성의 연속 인상印象으로 그 통일체를 만들어내는 시가, 마침내 주로 눈에 거의 그림과 같이 호소하는 말의 매체를 제 것으로 만들 수 있었다고 생각하기 때문이다.

그림과 음악과 시라는 예술의 세 분야가 서로 결합하는 것. 여기서 문자는 그림의 역할까지도 하며 미美의 정합성을 보증한다. "한시는 그림의 박력과 음성의 가동성可動性을 가지고 동시에 이야기 한다"라는 것이다. 게다가 시가 인간과 자연을 이어주는 것이라는 점에서도 한자가 맡는 역할은 크다.

중국어 표기 방법은 임의의 심벌과는 전혀 다른 무엇이다. 그것은 자연의 다양한 작용의 생생하고 선명한 약화略畵를 토대로 한다. 대수학代數學의 기호나 발화되는 말에서는 사물과 기호 사이에 자연과의 관계가 아무것도 없다. 모든 것이 완전히 습관을 토대로 한다. 하지만 중국어의 방법은 자연의 시사示唆를 따른다.

"초목이 싱싱하게 싹을 틔운다는 글자 아래의 태양=춘春. 나무 기호의 가지 사이에 얽혀있는 듯이 보이는 태양=동東"과 같은 해설은 분명 비한자문화권 사람들에게는 특히 매력적일 것이다. 그러나 '춘春'에 대한 설명은 어찌 되었든 간에 유감스럽게도 '동東'이라는 글자는 본래 밑바닥이 없는 자루의 모양을 본뜬 것으로, 후에 음을 빌려서 '동쪽'의 뜻으로 사용하게 된 것이라는 사실로 짐작할 수 있듯이, 페놀로사의 한자 해석은 철두철미 상형에 편중해서 음성을 고려하지 않으므로 많은 오류를 범하게 된다. 물론 그것은 여기서 일일이 검증할 것도 없지만, 아무리 그래도 모든 한자에 페놀로사와 같은 설명을 덧붙이는 것은 대단히 수고스러운 일이다. 그러나 페놀로사는 주눅 들지 않는다. "수많은 중국 표의문자의 그림의 원천은 이제 그 자취를 확인할 수 없는 것이 사실"이라면서도, 음성만이 그 자체로써 성립한다는 사실을 "나는 믿을 수가 없다"라고 말한다. "이제는 자취를 확인할 수 없는 많은 경우에 비유가 존재한 것이다"라고 단언한다. 가령 그것이 무엇의 상징인지 애매하더라도 그 상징성이 흔들리는 일은 없다. 상징은 이미 기호와는 다른 것이다. 지시 대상이 명료할 필요는 없다. 오히려 명료하지 않은 편이 그 상징성은 커진다는 것이다. 더욱이 그는 "그와 같은 회화적 수법은 중국어가 그것을 예증例證하든 안하든 세계의 이상적 언어일 것이다"라고 공공연히 말한다. 주역周易 속에서 완벽한 신비적 상징성을 본 라이프니츠가 중국어를 보편 언어로 인식하려고 한 시도를, 그것은 멀리서 계승한 것이기도 할 것이다.

매사에 종합이나 결합에서 가치를 발견하는 페놀로사는 중국어 명사와 동사, 사물과 행위 간의 결합에도 주목한다. 즉, 상형문자로서 한자 어근의 대다수는 무언가 행위를 가리키는 동사적 개념을 지니고 있고, 더욱이 중국어에서는 품사가 분리되어 있지 않으며, 그리고 이러한 사실들은 '사물'과 '행위'가 옛날에는 분리되어 있지 않았음을 반영한 것이라고 말한다. 예를 들어 '유有'라는 문자는 영어에서는 is에 해당하는데 "손으로 달에게서 빼앗다(to snatch from the moon with the hand)"라는 구체적인 행위에서 기원한다고 주장한다.

거의 모든 쓰인 한자는 바로 이와 같은 근원적으로 함축성 있는 말이며 게다가 추상적이 아니다. 품사를 배제한 것이 아니라 품사를 포함하고 있는 것이다.

페놀로사는 한자에서 모든 종합을 본다. 그것은 자연과 인간을 이어주는 것이며 사물과 행위를 이어주는 것이고 그림과 음音을 잇는 것이다. 매개로서의 상징. 게다가 그 매개는 매개한 그 순간에 대립항을 자기 안에 응축해서 담아버린다. 매개하는 것이 매개되는 것에 군림한다. 그렇기 때문에 그것이 진정한 시의 언어라고 그가 말할 때, 우리는 아무래도 거기에서 상징주의의 반향을 듣지 않을 수 없다. 적어도 그러한 시선을 준비한 것은 낭만주의의 뒤를 이어서 새로운 인식의 포치布置를 향해 가던 19세기 말이라는 시대였다.

페놀로사의 한자론에서 상징주의를 찾아내는 시도는 한편으로 오리엔탈리즘과 상징주의의 관련성을 찾는 시도이기도 하다. 타자他者인 동양을 단지 호기심의 눈길로 바라보는 것과 같은 일을 페놀로사는 하지 않는다. 그것은 잃어버린 근원이며 다리를 놓아야 할 피안彼岸이다. 그것은 상징에 의해 소환되지 않으면 안 된다.

한자의 상징성을 다양한 각도에서 언급한 페놀로사가 끝내 말하지 않았던 상징성, 하지만 그에게는 오히려 가장 절실했던 한자라는 것 그 자체의 상징성을 우리는 깨닫게 된다. 동양을 상징하는 것으로서의 한자. 그것이야말로 페놀로사의 한자에 대한 지향을 동기 부여하는 것이었다. 서양과 동양이 종합을 이루는 것을 자신의 사명으로 생각하고 한자 저편에 타자他者인 동양을 인식한 그는, 한자를 이야기함으로써 '동양의 혼魂'을 자신의 생명으로 삼으려고 시도했던 것이다.

그리고 페놀로사의 시선은 이윽고 동양의 '내부'에서 굴절하면서 분유分有하게 될 것이다. 그가 관여할 수도 없고 알 수도 없는 그 추이에 관해서는 언젠가 다시 서술하고자 한다.

후기

　아스카이 마사미치飛鳥井雅道 씨가 교토대학 인문과학연구소에서 주재하던 공동연구반 '문학에서 무엇이 보이는가'에 참가하게 된 것은 아마 문학연구과 석사과정에 재학 중이던 무렵이었다. 신선하고 자극적인 연구반에서, 대학원생이니까 옵저버의 입장에 불과했지만, 자유로운 분위기 속에서 발언은 물론이고 연구보고의 기회도 얻게 되어 전공 공부와는 또 다른 즐거움이 있었다. 뜻밖에도 인문과학연구소에서 조수를 공모하는데 지원해보지 않겠냐는 제안을 받은 것은 박사과정 1학년 때였다. 인문과학연구소의 조수는 외국어 시험과 논문 심사 그리고 면접, 즉 거의 대학원 입시와 같은 방식으로 채용을 결정한다. 일본부의 조수 공모였기 때문에 대학 졸업논문이나 석사논문으로 쓴 육조六朝 문학의 논문을 제출할 수는 없다. 우연히 연구반에서 메이지의 정치소설과 그 중국어 역에 관한 내 나름의 생각을 보고한 적이 있어서 그것을 논문으로 하면 어떨까 하는 것이었다.

　이래저래 많이 생각했을 텐데 지금은 잘 기억나지 않는다. 어쨌든 논문을 써서 제출한 결과 다행히도 조수로 채용되게 되었다. 그것이 본서의 제6장 「소설의 모험」이다. 이후, 1년간의 북경대학 유학을 포함해서 6년간 교토대학 인문과학연구소 일본부의 조수로 근무했다. 어쩌다

가 넓어져 버린 연구 영역 속에서 허둥지둥하면서도 거기에서 많은 양
식을 얻을 수 있었던 것은, 연구에 전념할 수 있는 환경이었던 것과 동
시에 어쩌면 그 이상으로 연구소의 멤버로서 다양한 테마의 공동연구
에 참여할 기회가 많았던 것이 크게 작용했다. 본서에 수록된 문장의
삼분의 이, 즉 제1장에서 제7장 및 종장이 인문과학연구소의 공동연구
보고 또는 그 연장으로 쓴 것에 토대를 두고 있다.

　나고야대학 출판회 다치바나 소우고橋宗吾 씨의 전화를 처음 받은 것
은 조수를 마치고 나라여자대학 문학부에 부임한 지 3년, 이미 국문학
연구자료관으로 전출이 결정되었을 무렵이었던 것 같다. 만나 뵈었더
니 「소설의 모험」을 눈여겨보시고, 이 테마의 논문을 모아서 책으로 엮
을 생각이 없냐는 이야기였다. 그 후로 5년. 단오 뒷날의 창포처럼 늦
어버렸음은 물론이거니와, 창포가 됐는지 어떤지조차 의심스럽지만,
겨우 책의 형태를 갖추게 되었다. 각 장의 첫 발표지는 다음과 같다.

제1장　　　「〈文学史〉の近代 ―「和漢」から「東亜」へ」(古屋哲夫・山室信
　　　　　一編『近代日本における東アジア問題』吉川弘文館、2001)

제2장　　　「「支那」再論」(衛藤瀋吉編　『共生から敵対へ ― 第四回日中関
　　　　　係史国際シンポジウム論文集』東方書店、2000)

제3장　　　「文学観念形成期の梁啓超」(狭間直樹編『共同研究梁啓超』み
　　　　　すず書房、1999)

제4장　　　「近代文学への認識と実践 ― 梁啓超とその周辺」(狭間直樹編
　　　　　『京都大学人文科学研究所70周年記念シンポジウム論集西洋
　　　　　近代文明と中華世界』京都大学学術出版会、2001)

제5장　　　"Liang Qichao's Consciousness of Languages", Joshua A.
　　　　　Fogel ed., *The Role of Japan in Liang Qichao's Introduction of
　　　　　Modern Western Civilization in China*, The Institute of East Asian

Studies, University of California, Berkeley, 2004.(1998년에 캘리 포니아대학교 샌타바버라 캠퍼스에서 열린 심포지엄 The Role of Japan in the Reception of Modern Western Civilization in China: The Case of Liang Qichao 의 발표원고를 토대로 함.)

인문과학연구소에 들어간 것을 계기로 근대문학 관계의 논문을 쓰기 시작했을 무렵, 그때까지 치졸하나마 진행해 온 중국 고전문학 연구와 그것이 어떻게 관련을 맺는지 질문 받는 때가 많았다. 잘 대답한 기억은 별로 없지만 지금 근무지인 동경대학 비교문학 비교문화 연구실의 홈페이지에는 이런 식으로 자기소개를 하였다.

육조六朝시문을 연구의 출발점으로 삼은 것은 고전 시문이라는 틀이 생성되는 장場을 보려고 했기 때문이고, 청말―메이지기의 문학에 눈을 돌리게 된 것은 그 틀이 해체되어 가는 장場을 보기 위해서였다. 여러 각도에서 읽고 쓸 때에도 항상 '말'들의 접촉·혼효에 의해 '말'이 ― 그리고 우리가 ― 변용되어 가는 자리에 입회하고 싶다고 생각한다.

이것도 썩 좋은 대답은 아닌 듯하다. 어찌 되었든 레일은 있으면서도 없는 것 같은 것, 지금까지도 그랬고 앞으로도 그럴 것이다. 여전히 『문선』은 계속 읽고 있으며, 메이지의 문장을 손에서 놓는 일도 없을 것이다.

많은 저자들이 말하듯이, 이 책 또한 여러 분들의 도움이 없었으면 이렇게 완성되지 못했다. 감사를 드리고 싶다. 특히, 교토대학 인문과학연구소에서 신세를 진 여러분들께는 일일이 이름을 열거하지는 않겠지만 거듭 감사를 드리고 싶다.

그리고 이 책을 봐주셨으면 했고, 봐주셔야 했는데, 이미 유명을 달리하신 두 분, 아스카이 마사미치 씨와 나카지마 미도리^{中島みどり} 씨의 이름을 특히 여기에 적어 감사 말씀을 올리는 것을 이해해주셨으면 한다.

2005년 1월
사이토 마레시

역자 후기

이 책은 사이토 마레시가 지은 『漢文脈の近代－淸末＝明治の文学圈』(2005, 名古屋大学出版会)를 번역한 것이다. 저자는 도쿄대학 대학원 인문사회계연구과 교수로 재직 중이다.

역자가 저자를 처음 만난 것은 2014년 한 학술행사에서 강연 통역을 맡으면서이다. 당시 저자의 강연 주제는 '국가의 문체·근대 일본의 한자 에크리튀르의 재편'으로 이 책의 문제의식과도 관련이 있다. 그 만남을 계기로 이 책에 관심이 있던 역자가 저자에게 한국어로 번역, 출판하고 싶다는 의사를 타진한바 흔쾌히 허락해 주셔서 출판하게 되었다.

19세기 말에서 20세기 초에 걸쳐 청말 중국과 메이지 일본 사이에는 언어표현에서나 출판, 독서 등에서 대단히 밀접한 교류가 있었고 공통의 문학 공간이 형성되어 있었다. 그것을 이어주는 연결 고리가 된 것이 한어 문어문 즉 한문맥이다. 이 책에서는 이것이 양국의 근대화 과정에서 상호 작용하면서 변용되고, 변용 과정에서 각기 국민국가 의식의 형성을 촉진해 가는 모습을 추적한다.

이 책의 본문은 모두 4부로 이루어져 있다. 제1부에서는 '일본문학사'와 '지나문학사'의 성립론을 다루고, 제2부에서는 청말 유신파 양계초에 의한 메이지 정치소설의 번역을 언급한다. 제3부와 제4부에서는 메이지 한문의 제상諸相에 대해 논한다. 이러한 논의 과정에서 야노 류케이의 『경국미담』과 『우키시로모노가타리』를 통한 메이지 초기의 신문 미디어론, 오락소설과 순문학의 대립, 만능의 문체 '금체문'의 성립과 동판인쇄술의 효용, 메이지기 작문 지남서와 소년들의 투고 잡지의 문제 그리고 메이지의 유기(기행문)의 문제에 이르기까지 폭넓은 주제가 심도 있게 다루어진다.

이 책의 논의 대상은 중국과 일본이지만 책을 읽다보면 이 책의 관심사가 비단 두 나라에만 한정되는 문제가 아니라는 생각을 하게 된다. 조선과의 관계, 조선의 문학에 대한 문제의식을 끊임없이 유발시킴을 느낄 수 있다. 그런 점에서 이 책은 우리 문학을 생각하는 데에도 시사하는 바가 대단히 크다. 역자가 특히 흥미로웠던 부분은 이 책의 번역 관련 논의들이다. 예를 들어 제9장 '월경하는 문제'는 일본에서 『십오소년표류기』 등의 번역으로 잘 알려진 모리타 시켄의 번역 문체론을 다룬다. 새로 유입된 서구의 신문학, 사상을 전달하기 위해서 시도한 시켄의 한문조 번역문은 좋은 번역이란 무엇인가라는 질문을 거듭하게 만든다. 이 고민은 일본어와 일본문학을 공부한 이래 끝없이 역자를 괴롭히는 문제이기도 했다. 그런 점에서 이 책은 번역의 문제를 생각할 때에도 좋은 단서가 될 것이다.

이 책의 번역을 시작한 후 출판에 이르기까지 수 년이 흘렀다. 출판이 지체된 데는 역자의 개인적인 사정도 있지만 중국과 일본을 종횡무진 활보하는 중후한 책의 내용도 한 요인이 되었다. 그 동안 역자는 저자와 지속적으로 상의하고 확인해 가며 원문의 의도를 정확하게 번역

전달하고자 노력하였다. 이 책이 출판되기까지 많은 분들의 도움이 있었다. 특히 오랜 벗인 일본 슈쿠토쿠대학淑德大学의 시라이 이츠코白井伊津子 교수에게 감사의 인사를 전하고 싶다. 정성껏 책을 꾸며준 소명출판에도 고마운 마음을 전한다.

2018년 9월

노혜경